UNE SAISON DE LUMIÈRE

Deirdre Purcell

UNE SAISON DE LUMIÈRE

ÉDITION DU CLUB QUÉBEC LOISIRS INC.
© Avec l'autorisation des Éditions Presses de la Cité
© Éditions Presses de la Cité, 1995
Titre original: Falling for a Dancer
© 1993, Deidre Purcell
Traduit de l'américain par Nordine Haddad
Dépôt légal — Bibliothèque nationale du Québec, 1995
ISBN 2-89430-187-1
(publié précédemment sous ISBN 2-258-00209-5)

Pour mon père, Bill.

Remerciements

Mes plus sincères remerciements aux personnes suivantes :

A Béara : Jerry et June Harrington, Joe Kelly, Dr Colin Gleeson, Sergent Willie Gleeson, Dr Aidan McCarthy et John L. Sullivan.

A Dublin : Robert Carrikford, Christopher et Glynis Casson, Jim Cantwell, Pat Brennan et mes parents, Maureen et Bill Purcell.

Merci également à Jimmy O'Mahoney de l'hôtel Eccles à Glengariff ; à Ray Hennessy de Bantry, et à l'archidiacre Cathal McCarthy, de Rush.

A Fiona Murray et Shane Price de l'Atelier Informatique de Lombard Street, et à Adrian Weckler, pour son travail de recherche quand le temps me manquait.

Merci à mon éditeur, Jane Wood, à Hazel, à Charles et Treasa — et tout particulièrement à Felicity Rubinstein, dont j'espère avoir su honorer la confiance.

Et enfin, merci à Kevin, Adrian et Simon pour leur soutien sans faille.

1

— Désolé, messieurs dames, nous avons un problème avec la pompe à essence. Il va falloir que je contacte Maryborough. Je ferai aussi vite que possible.

Le visage inquiet du chauffeur disparut par l'ouverture de la porte. Les passagers rouspétèrent ; la plupart redescendirent du car et attendirent sur le trottoir ; quelques-uns retournèrent au pub Sheeran. Le village de Durrow constituait une halte traditionnelle pour les voyageurs qui empruntaient la route principale reliant les villes de Cork et de Dublin, et pas un des passagers n'avait remarqué, en s'arrêtant à l'endroit habituel, que quelque chose n'allait pas avec le moteur.

Pourtant, les vingt minutes de pause écoulées, le chauffeur eut beau faire, il ne réussit pas à remettre en marche le véhicule.

— Bon, qu'est-ce qu'on fait ? Tu as envie d'une limonade ?

Au ton las qu'elle venait d'employer, Elizabeth Sullivan essayait de faire comprendre à son amie qu'elle était épuisée et fort peu disposée à quitter son siège.

Mais Ida se leva d'un bond et tira son sac à main de sous la banquette de devant.

— Allons nous dégourdir les jambes ! Il fait un temps splendide, si on allait voir d'un peu plus près ce chapiteau là-bas ?

Elle s'exprimait avec une détermination qu'Elizabeth avait appris à redouter. Ida et elle se connaissaient depuis l'école, mais ce voyage à la Fête Hippique de Dublin — un cadeau de ses parents pour son dix-neuvième anniversaire — était pour elles l'occasion d'être ensemble vingt-quatre heures sur vingt-quatre pour la première fois, et cela pendant une durée appréciable.

A l'école, elle avait appris à ses dépens qu'Ida ne tenait pas en place, mais ni l'une ni l'autre n'étant interne, elle n'avait jamais réellement mesuré à quel point son amie était d'une constitution solide, ni combien était implacable son goût pour l'action. Dès l'instant où elles avaient mis le pied dans la capitale, Ida l'avait entraînée dans un programme qui aurait mis à l'épreuve l'endurance d'un coureur de marathon. Les parents d'Elizabeth les avaient installées à l'hôtel Shelbourne autour duquel gravitaient tous les acteurs de cette semaine hippique, mais les deux familles avaient des amis à Dublin et les jeunes femmes s'étaient vu remettre chacune une liste de noms et de numéros de téléphone. Ida avait contacté toutes les personnes mentionnées sur les deux listes, de sorte que les journées s'étaient succédé à un rythme insensé, faites de déjeuners, d'invitations à venir prendre le thé, de soirées et de bals. Les bavardages répétitifs avaient vite fini par lasser Elizabeth et, une fois estompé l'aspect nouveau de cette escapade, elle avait eu le sentiment de vivre ces vacances plus comme une corvée que comme un plaisir.

Maintenant, serrant les dents dans un dernier effort, elle commandait à son corps de se lever pour suivre Ida, qui s'élançait dans le couloir central comme si les activités de la semaine commençaient à peine.

— Fichtre ! On dirait qu'il s'est mis à faire encore plus chaud depuis cinq minutes.

A peine Ida eut-elle mis le pied dans la rue ensoleillée, qu'elle s'éloigna d'un pas alerte, devançant de quelques mètres Elizabeth, dont les jambes, tandis qu'elle se traînait lourdement, lui faisaient l'effet d'être en plomb.

— Allez, traînarde !

Arrivée au bord de la pelouse, Ida attendit qu'elle la rejoigne et lui prenne le bras.

— N'oublie pas de dire à tes parents quelles splendides vacances nous avons passées et combien j'y ai pris plaisir...

Elizabeth écoutait à peine. Elle avait pris l'habitude de reléguer le bavardage de son amie dans une certaine partie de son cerveau, tout en consacrant les autres parties à des occupations plus reposantes, comme de jouir du paysage ou des bruits environnants. Quoiqu'elle eût traversé Durrow de nombreuses fois, dans la voiture de ses parents ou en car, c'était la première fois qu'elle en appréciait réellement tous les charmes. Dans un pays où les rues des petites villes et des villages sont d'ordinaire étroites et tout en longueur, la large pelouse de Durrow, délimitée par d'imposantes maisons, une vieille auberge Bianconi et le grand mur de pierre qui ceint Castledurrow, respirait la sérénité. Elle avait été récemment tondue. Les brins d'herbe coupés, qui ressemblaient déjà à du foin, donnaient à l'air humide une saveur épicée, et par cet après-midi de dimanche d'août, le village somnolait paisiblement, évoquant à Elizabeth, grande lectrice, un de ces lieux dépeints dans les romans de Jane Austen.

Elle eut un petit sursaut comme Ida lui donnait un coup de coude dans les côtes en manière de reproche.

— Une fois encore, tu n'*écoutes* pas, Beth.

Elizabeth lui accorda immédiatement toute son attention.

— Désolée, que disais-tu ?

— Je te demandais si tu avais jamais entendu parler de cette troupe ?

Elles avaient atteint la grande tente. De couleur brun foncé, couronnée de banderoles dépenaillées, elle s'affaissait un peu au sommet, mais l'auvent d'entrée avait été fraîchement décoré d'un motif représentant les masques jumeaux de la tragédie et de la comédie et arborait en lettres rouges l'intitulé : *Troupe Itinérante Vivian Mellors, Angleterre, Irlande et Commonwealth*. Le mot « Irlande » était repeint en vert émeraude.

— Non, je ne crois pas, mais il y a beaucoup de troupes anglaises dans la région cette année.

Elizabeth n'avait évidemment pas la moindre idée si ce qu'elle disait était vrai ou non.

— Et cette pièce, alors ? s'enquit Ida en pointant un index vers l'affiche placardée devant la tente.

Elizabeth en examina attentivement le texte inscrit à la main :

CE SOIR ! A 8 H 30 !
GRAND SPECTACLE DE VARIÉTÉS,
COMÉDIE DANS SON INTÉGRALITÉ
ET SAYNÈTE REPRISE A LA DEMANDE DU PUBLIC !

La comédie hilarante de M. Dion Boucicault
CONN LE SHAUGHRAUN [1]
(Une NOUVELLE production CONTEMPORAINE
spécialement conçue
POUR CETTE ANNÉE 1937 avec des EFFETS SPÉCIAUX
jamais vus encore en Irlande)

1. *Conn le Vagabond.* De l'irlandais (gaélique) *Seachran*, anglicisé en « shaughraun ». *(N.d.T.)*

avec la troupe AU GRAND COMPLET
ET DANS LE RÔLE PRINCIPAL
(du Shaughraun lui-même)
M. Vivian Mellors
(reprenant le rôle qui a stupéfié toute l'Irlande et la plupart des
têtes couronnées d'Europe !)
avec :
M. George Gallaher
dans le rôle du fringant capitaine Molyneaux
Mme Lydia Smythe-Mellors
dans celui de la belle Arte O'Neal
et
Mlle Claudette Latimer
dans le rôle de sa charmante cousine, Claire Ffolliott

Et pour la première fois sur les planches, la toute nouvelle star
canine de Durrow
RODDY
interprétant « Tatters le petit chien ».

Puis, sur une feuille de papier séparée rajoutée à la fin :

Ce spectacle est garanti conforme aux bonnes mœurs.

— J'ai entendu parler du *Shaughraun,* dit Elizabeth, mais
je n'ai jamais vu la pièce.
— De quoi parle-t-elle ?
— Je t'ai dit que je ne l'ai pas vue ! répéta Elizabeth en
s'efforçant de dissimuler son irritation. Quelque chose à
propos de l'armée britannique en Irlande, je crois.
— Hé ! fit Ida, suivant le fil de ses propres pensées. En parlant d'armées, reprit-elle, que penses-tu *réellement* du spectacle
qu'a donné *Monsieur* De Valera [1] en paradant comme il l'a fait
au concours hippique ? Combien d'années encore nous fau-
dra-t-il le supporter ?
— Écoute, nous ferions peut-être mieux de retourner au
car maintenant, tu ne crois pas ?
Elizabeth, qui n'entendait rien à la politique, essayait d'éviter une discussion sur ce sujet.

---

1. Homme politique irlandais et leader du parti Sinn Fein, Eamon
De Valera fut deux fois Premier ministre de l'Eire avant d'être élu
en 1959 président de la République irlandaise. *(N.d.T.)*

— Le chauffeur a dit qu'il ne serait pas long, reprit-elle sans trop y croire.

La famille d'Ida, qui détestait tout ce qui concernait le Taoiseach [1] réélu, et la sienne avaient soutenu des partis opposés pendant la guerre civile qui avait pris fin quinze ans plus tôt. La réélection de De Valera avait déjà été plusieurs fois un sujet de discorde entre elles pendant la semaine.

Cette fois, cependant, elle avait de la chance ; Ida continuait de fixer l'affiche du regard.

— Mmm, je suppose, dit-elle. J'adore les pièces de théâtre. Dommage que nous ne puissions pas rester pour voir celle-là.

— Ce n'est pas exclu, à en juger par le tour que prennent les événements.

La pensée de devoir passer vingt-quatre heures de plus avec son infatigable amie suffisait à susciter quelque inquiétude dans l'esprit d'Elizabeth.

— Si nous devons rester ici, dit-elle fermement, j'ai bien l'intention de me coucher tôt. D'accord ?

— Ne t'inquiète pas, Beth, nous n'aurons pas à rester. Le chauffeur réparera sûrement, c'est ce qu'ils font toujours... Voyons ce qu'il y a là-dedans.

Ida écarta la porte en rabat de la tente et glissa la tête à l'intérieur. Elizabeth l'imita alors en soupirant, mais un drap intérieur solidement fixé les empêcha de voir bien loin.

— Puis-je vous aider ?

La voix mélodieuse fit sursauter les deux jeunes femmes.

Ida elle-même avait l'air stupéfait comme elles se retournaient toutes les deux pour voir l'homme qui se tenait derrière elles. Elizabeth, qui était plus grande que la moyenne et portait des talons de cinq centimètres, lui arrivait seulement au milieu de la poitrine. Vêtu d'un costume clair curieusement coupé, de demi-guêtres, d'un col haut et d'une large cravate verte ornée d'un palmier, il mesurait facilement un mètre quatre-vingt-cinq ou quatre-vingt-dix.

— Le spectacle ne commence pas avant huit heures trente, reprit-il, sans paraître remarquer l'effet qu'il produisait sur elles, mais je serais ravi de donner à deux jeunes femmes aussi délicieuses un avant-goût de la représentation.

— Mer... merci.

Ida avait retrouvé sa voix.

— Mais j'ai bien peur que nous soyons ici pour très peu de temps. Nous voyageons avec le car qui est là-bas, vous voyez.

1. Premier ministre. *(N.d.T.)*

15

— Mmm !

L'acteur plaça une main sur son cœur et entonna d'une voix forte :

« Énigme du Destin, qui peut dire
Ce que ta brève visite signifie, ou savoir
Le pourquoi de ton passage ici-bas ? »

Il sourit en voyant l'expression de stupeur qui se peignit sur leurs visages.

— Charles Lamb, dit-il.

Il glissa ensuite ses deux pouces dans la ceinture de son pantalon — découvrant ainsi une reprise dans le tissu de son gilet — et ajouta d'un ton de voix plus anodin :

— Certaines que vous ne changerez pas d'avis ? Que vous ne resterez pas ?

— Je ne crois pas, monsieur... euh...

Ida jeta subrepticement un coup d'œil en direction de l'affiche.

— ... Mellors ?

— Malheureusement non. Je ne suis pas encore le patron... mais, j'y travaille ! (Il s'inclina.) George Gallaher, dit-il, jovial. A votre service, jeunes filles.

Elizabeth constata qu'Ida n'était pas moins insensible qu'elle au physique de l'acteur, à sa bonne mine et à son charme. C'était la première fois qu'elle voyait une créature aussi splendide. Elle s'éclaircit la gorge.

— Vous jouez le rôle du capitaine dans la pièce, n'est-ce pas ?

— Oui. C'est même un de mes grands rôles. Quel dommage que vous ne puissiez pas me voir, Mademoiselle... ?

— Sullivan, répondit Elizabeth, Elizabeth Sullivan. Et voici mon amie Ida Healy, ajouta-t-elle. Nous sommes toutes les deux de Cork.

— Ah oui, Cork, soupira-t-il, au bord de la jolie rivière Lee. Je connais bien. J'aurais dû deviner que vous étiez de là-bas. Les femmes les plus ravissantes d'Irlande !

Parfaitement à l'aise, il leur adressa à chacune un sourire.

Elizabeth, un peu troublée, tenta de deviner son âge ; son visage était lisse, mais il montrait tellement d'assurance qu'elle jugea qu'il devait avoir plus de quarante ans. Il y avait par ailleurs dans sa façon de s'exprimer et son accent une particularité qu'elle ne parvenait pas à cerner.

— Vous n'êtes pas irlandais vous-même, n'est-ce pas ? demanda-t-elle.

16

— Pourquoi ? Vous n'aimez pas les Irlandais ?

Il la dévisagea avec une telle franchise dans le regard qu'elle se sentit rougir.

Finalement, il se laissa fléchir.

— En fait, je suis écossais. Mais, c'est ma deuxième saison en Irlande. Splendide pays. J'adore la Porter [1], dit-il en plissant des yeux d'un bleu profond, sans parler des femmes.

De près, il sentait vaguement l'*eau de Cologne* * et la naphtaline ; il avait également une façon de parler qui semblait repousser dans l'ombre la vieille tente, la pelouse, jusqu'à la lumière du soleil. Et à la grande consternation d'Elizabeth — qui, par ailleurs, était ridiculement ravie d'avoir songé ce matin-là à porter sa jolie robe en *crêpe de Chine* * jaune —, Ida elle-même ne semblait pas épargnée.

Elle sentit à cet instant le petit coup de coude d'Ida contre son bras gauche.

— Très heureuse de vous avoir rencontré, monsieur Gallaher, dit son amie d'une voix fluette et haut perchée, mais j'ai bien peur qu'il nous faille regagner notre car maintenant.

Ça n'avait pas été l'effet de son imagination, songea Elizabeth, en ressentant un malaise grandissant : Ida s'était sentie exclue et en avait été irritée.

— Quel dommage que vous deviez partir, reprit l'acteur en souriant à Elizabeth. J'aurais tellement aimé vous avoir au spectacle ce soir.

Il ouvrit de grands yeux provocants, et avant qu'Elizabeth ait pu répondre quelque chose, il leur proposait son bras à toutes les deux en penchant son regard bleu vers Ida.

— Au moins, laissez-moi vous escorter jusqu'à votre car.

Quoiqu'elle sût parfaitement qu'il jouait un rôle, Elizabeth, qui s'était toujours considérée comme quelqu'un de direct, se sentait maintenant aussi impressionnable qu'une enfant. De toute sa vie, elle n'avait jamais rencontré quelqu'un d'aussi extraordinaire que cet homme qui agissait avec la plus parfaite décontraction. Elle était sur le point de lui donner le bras quand elle vit Ida qui lui refusait le sien.

— Merci, mais ça ne sera pas nécessaire.

— Ida, Ida, la gronda-t-il, les bandits ne manquent pas dans

1. Bière brune et forte. *(N.d.T.)*

* Les mots en italique suivis d'un astérisque sont en français dans le texte original.

17

les parages. Et n'avez-vous jamais entendu parler du Tueur de Durrow ?

Ida s'adoucit.

— Oh, pour l'amour du ciel, monsieur Gallaher !

Nullement décontenancé, il leur sourit comme un écolier sûr de trouver des parents indulgents.

— Allons, venez, dit-il.

Ida semblait comme hypnotisée par ce bras qui se tendait.

— De quelle région d'Écosse êtes-vous, monsieur Gallaher ? demanda-t-elle.

Elizabeth, qui avait besoin d'un peu de temps pour masquer sa propre confusion, fut ravie de constater que la voix de son amie manquait pour une fois d'assurance.

— Glasgow, répondit l'acteur en réglant son pas sur le leur.

— Pourtant, vous n'avez pas vraiment un accent écossais, fit remarquer Ida avec plus d'entrain cette fois.

Tandis qu'ils traversaient la pelouse, Elizabeth prit peu à peu conscience qu'il se produisait une chose incroyable. L'acteur, qui avait passé son bras autour du sien, l'attirait progressivement contre lui en accentuant sa pression en étau, de sorte que ses hanches en arrivaient peu à peu à frôler les siennes, et que sa poitrine, elle, effleurait son avant-bras.

Elle pencha la tête pour jeter un regard à Ida, mais il était évident, à en juger par l'expression animée de son amie, qu'elle était la seule à qui cette chose arrivait.

Quand elle vit que le car n'était plus qu'à une cinquantaine de mètres, elle voulut faire un mouvement pour se dégager. La sensation, cependant, était tout sauf désagréable. Le sang afflua plusieurs fois à ses joues comme elle se demandait si elle devait ou non réagir et comment.

La décision ne lui appartenait déjà plus comme ils arrivaient au car.

— Nous y voilà !

Bien qu'il continuât de lui donner le bras, Gallaher relâcha son étreinte avec une soudaineté si imprévisible qu'Elizabeth manqua tituber.

— Il semble que nous soyons seuls par ici, reprit-il avec calme en constatant que le véhicule était vide.

Il jeta ensuite un coup d'œil par-dessus son épaule en direction du pub Sheeran, et ajouta :

— Vos compagnons de route ont manifestement décidé qu'ils avaient là une occasion bénie par le ciel.

Puis, il plongea de nouveau son regard dans celui d'Elizabeth en clignant mécaniquement de l'œil.

18

Chancelante, le sein parcouru par un léger picotement, Elizabeth fit un mouvement pour grimper sur le marchepied du car, mais il l'en dissuada en la retenant par le bras :

— Attendez... vous ne pouvez pas aller vous asseoir toute seule dans cette vieille chose décrépite par une si belle journée alors que tous ces gens là-bas peuvent vous être d'une si agréable compagnie ?

— Bonne idée, s'écria Ida. Allons prendre un verre.

— Aller dans ce pub ? Mais, nous ne pouvons pas faire ça.

Elizabeth était totalement décontenancée. Ida savait pourtant bien que la ségrégation sexuelle, bien que non officielle, n'en était pas moins inflexible et en usage dans les pubs. Les femmes, si elles étaient tolérées, étaient néanmoins reléguées ensemble dans un petit endroit confortable au fond de la salle, ou, dans le cas du Sheeran, dans le « salon » des dames.

— Allons, fit l'acteur en leur adressant un sourire des plus espiègles. Allons prendre un verre ensemble, tous les trois, et faire scandale dans cette bonne ville de Durrow. Quel mal y aurait-il à cela ? Au pire, nous donnerons à quelques-uns l'occasion de jaser, mais ne serez-vous pas parties toutes les deux dans quelques minutes ? Alors, que vous importe ce que les gens peuvent dire ?

— Mais, et vous ? s'enquit Elizabeth d'un air préoccupé. Vous devez rester ici. Vous jouez, ce soir.

— Chacun sait qu'on ne peut pas faire confiance aux acteurs. Et puis, de toute façon, poursuivit-il joyeusement, j'ai une dispense spéciale. Tout le monde m'aime, on me pardonne tout.

Il lui prit la main et se pencha vers elle, ses yeux rivés sur les siens.

— Ne m'aimez-*vous* pas déjà un peu, Elizabeth ?

— Oh, allez, Beth, ne sois pas rabat-joie, intervint Ida. Réfléchis, il a raison, quel scandale veux-tu que nous causions ? Nous sommes en 1937, pour l'amour du ciel, pas au Moyen Age. Et même s'il y en a qui jasent en nous voyant, quelle différence cela peut-il faire ? Il a raison, nous ne connaissons personne ici, et il est probable que nous ne reverrons personne non plus.

Mais, comme ils poussaient la porte d'entrée du pub, Ida la première, Elizabeth sentit brusquement son courage l'abandonner.

— Désolée, murmura-t-elle en rebroussant chemin jusqu'au trottoir, allez-y, vous deux. Je suis... je suis très fatiguée, je crois qu'après tout je serai aussi bien assise à l'intérieur du car.

— Vous avez raison, Elizabeth.

Pour sa plus grande gêne, Gallaher fit promptement demi-tour et la suivit.

— C'est une bien trop belle journée pour aller s'enfermer dans un pub mal aéré. Alors, où allons-nous maintenant ?

Comme si de rien n'était George Gallaher avait réussi à constituer un trio.

Elizabeth aperçut le chauffeur du car et un autre homme qui se dirigeaient à grands pas dans leur direction, et, sur le moment, elle ne sut pas s'il fallait qu'elle en éprouve du soulagement ou de la déception.

— Attendons de voir ce que le chauffeur va nous dire, proposa-t-elle.

L'homme qui accompagnait le chauffeur se révéla être le forgeron du village. Seuls ou par groupe de deux, les autres passagers sortirent du pub les uns après les autres et se joignirent à Elizabeth, Ida et George pour observer le nouveau venu qui venait d'ôter la veste de son costume du dimanche. Après avoir ouvert le capot, il mit les mains dans le moteur. Quand le nombre de personnes présentes fut suffisant pour que l'on puisse parler de foule, Gallaher, qui jusque-là n'avait semblé préoccupé que par le travail effectué dans les entrailles du véhicule, se détendit brusquement de toute sa hauteur et bomba le torse.

— Bonjour, mesdames et messieurs ! entonna-t-il, d'une voix si forte que certains des voyageurs, effrayés, reculèrent d'un pas. Nous sommes la troupe d'acteurs Vivian Mellors, poursuivit-il, sa voix résonnant comme un son de cloche devant les visages ahuris qui le regardaient, et il se peut qu'un jour nous venions jouer dans votre ville.

De la poche de son gilet, il tira une poignée de petits tracts grossièrement imprimés.

— Peut-être, ajouta-t-il en les distribuant, peut-être que dans sa bonté le Seigneur, en attendant, vous a envoyés ici pour nous apporter votre soutien ce soir même... Quant à moi, je joue dans notre pièce, madame, reprit-il en se penchant vers une femme âgée vêtue d'un manteau noir, le rôle du capitaine Molyneaux. Un homme honorable, qui désire ardemment la main d'une jeune fille et porte un *uniforme*...

Il cligna de l'œil vers la femme de façon si outrée qu'elle éclata d'un rire nerveux.

— Et, ajouta-t-il en reculant d'un pas pour les avoir tous

dans son champ de vision, parce que nous sommes dimanche, et qu'il s'agit de notre dernière soirée ici, nous organisons ce soir une tombola avec un lot de *dix livres*... Mesdames et messieurs, c'est votre chance !

En regardant George Gallaher faire son numéro devant les passagers, Elizabeth se prenait maintenant à souhaiter que le car reste en panne. Bien que, comme la plupart de ses amies, elle ait déjà flirté avec des garçons de Cork — plus particulièrement lorsqu'elle était en vacances avec ses parents dans la station balnéaire de Crosshaven — ce brusque dérèglement des sens qu'elle venait d'éprouver était pour elle une révélation. Depuis toujours elle était superstitieuse, et elle cherchait maintenant dans la rue un présage favorable.

Il vint immédiatement comme le chauffeur s'approchait du groupe.

— Mauvaises nouvelles, j'en ai bien peur, dit-il. Je croyais que nous pouvions effectuer une réparation provisoire, mais il semble que non.

Derrière lui, le forgeron essuyait ses mains avec un chiffon en opinant du chef.

— J'ai réussi à contacter Maryborough, poursuivit le chauffeur, mais le car de rechange est en panne lui aussi. Ils font leur possible pour nous avoir la pièce et nous l'apporter, mais nous sommes dimanche, et j'ai bien peur qu'avec la meilleure volonté du monde, il nous faille attendre ici au moins quelques heures encore avant de pouvoir repartir.

— A quelle heure passe le train ? demanda un des passagers.

— Vous avez manqué celui de Maryborough, répondit le forgeron à la place du chauffeur, mais il y a un train assez lent qui fait un arrêt à Attanah aux environs de sept heures ce soir.

Tandis que les membres du groupe s'apitoyaient sur leur sort, George Gallaher leva la main.

— Mesdames, messieurs, je vous en prie ! Pourquoi ne pas passer la nuit dans une des jolies pensions de famille de Durrow, et rendre votre plaisir plus complet encore en venant voir notre spectacle ce soir ?

— Certains d'entre nous travaillent demain matin, objecta un jeune homme.

— Quand le destin commande, les monarques eux-mêmes doivent obéir, récita Gallaher en accompagnant ses paroles d'un geste du bras si large qu'il fit tomber au passage le chapeau d'une femme qui se trouvait tout de suite à sa droite.

Mais la plupart des voyageurs se souciaient peu du destin ou du théâtre, et ils se mirent à débattre avec le chauffeur du meilleur moyen de rentrer chez eux. George renonça et eut un petit haussement d'épaules en regardant Ida et Elizabeth, comme si celles-ci étaient les seules personnes du groupe à pouvoir comprendre quel splendide et rare cadeau il offrait.

On décida finalement que le taxi local conduirait les passagers à la gare d'Attanah, et qu'il ferait autant de voyages que nécessaire. Le forgeron alla chercher le véhicule et son chauffeur, et tandis qu'une discussion opposait le petit groupe au chauffeur du car afin de savoir qui paierait pour ce service, George prit Ida et Elizabeth à part.

— Vous restez, n'est-ce pas ? Vous êtes sûres d'avoir un autre car demain.

— Qu'en penses-tu ?

Elizabeth, qui formulait maintenant des vœux tout différents de ceux qui étaient encore les siens une demi-heure plus tôt, espérait qu'Ida n'avait pas perdu son sens de l'aventure. Mais Ida hésitait :

— Oh, je ne sais pas, dit-elle, le regard vague. Par exemple, comment allons-nous prévenir Cork ? Ils vont s'inquiéter si nous ne nous montrons pas ce soir.

— Je pense que tous ceux qui voyagent par cette route sont coutumiers de tels retards. Peut-on contacter vos familles par téléphone ?

George Gallaher semblait prendre à ce point les choses en mains et si bien veiller sur elles qu'Elizabeth se sentit un peu comme Alice face au lapin blanc.

— Nos parents ont effectivement le téléphone, dit-elle dans un murmure.

— Merveilleux, fit Gallaher d'un air réjoui. Je vais vous accompagner au bureau de poste. Nous sommes dimanche, mais je connais la receveuse.

Pour la seconde fois, il fit un clin d'œil à Elizabeth.

— Songes-y, Ida, enchaîna rapidement Elizabeth, en s'efforçant de ne pas laisser voir devant son amie combien le fait de rester à Durrow était devenu important pour elle, un autre jour de congé.

Elle savait qu'Ida détestait son travail d'employée de bureau chez un détaillant de Cork.

— Et nous aurions une excellente excuse, ajouta-t-elle. Personne ne pourrait rien nous reprocher.

— Et qu'est devenue tout d'un coup cette fatigue que tu invoquais ?

Ida n'avait pas l'intention de lui simplifier les choses.

— Je me sens bien maintenant.

Pour sa plus grande surprise, elle disait la vérité. Elle se sentait pleine d'énergie, alerte et incroyablement consciente de la douce odeur ambrée de cet homme à la silhouette imposante qui se tenait tout près d'elle.

— Dans ce cas, l'affaire est entendue, fit George en les poussant à l'écart du groupe qui continuait de discuter des défauts de la compagnie de car Catherwood.

— A condition que nous puissions trouver un logement décent, l'avertit Ida.

— Ida, je vous le jure, dit-il en posant une main sur son gilet à l'endroit du cœur, vous pouvez me faire confiance. Jamais, *jamais,* m'entendez-vous, je ne laisserai deux jeunes femmes aussi ravissantes manquer de confort.

Et elles le suivirent après qu'il eut récupéré leurs valises sur la galerie du car. La receveuse de la poste, à laquelle George avait manifestement fait du charme un autre jour, se montra extrêmement coopérative en autorisant les deux jeunes femmes à téléphoner chez elles, mais ni l'une ni l'autre ne put joindre ses parents à Cork.

— C'est un si beau dimanche. Naturellement, ils ont dû aller faire une promenade, expliqua Gallaher sans se départir de son air joyeux. Nous réessaierons plus tard.

Il leur fit faire le tour de la plupart des pensions du village, et les conduisit finalement jusqu'à une robuste maison de deux étages avec terrasse située en face du château de Durrow. Cet établissement jouissait, selon lui, de l'inestimable privilège d'avoir ses fenêtres qui donnaient sur le chapiteau de la troupe. Mais la logeuse semblait réticente à leur dire oui.

— Est-ce que vous voudrez vous laver les cheveux ?

— Mme Cahill préfère les hôtes masculins, expliqua Gallaher. Elle doit aller chercher toute son eau à la pompe, voyez-vous, et il serait maladroit de sa part d'accepter des actrices. Ces dames ne font pas partie de notre troupe, madame Cahill, dit-il à la femme en la gratifiant de son sourire le plus lumineux, elles se trouvent ici par hasard, leur car est tombé en panne.

— Dans ce cas, c'est d'accord, dit la femme, en s'écartant pour les laisser entrer dans le petit couloir de la maison.

— Je vous réserve à toutes les deux un billet pour le spectacle. *A bientôt*.*

Prenant congé, George Gallaher les embrassa l'une et l'autre à la manière française, chastement, sur les deux joues. Tandis qu'il embrassait Elizabeth, il s'arrangea pour glisser une main dans ses cheveux, effleurant son cou avec ses doigts et communiquant une sensation de picotement à son cuir chevelu.

— Vous êtes très belle, murmura-t-il à son oreille, si vite et avec un tel calme qu'elle crut avoir rêvé ces mots sur le moment, et quand elle regarda son visage, elle le trouva aussi placide et impénétrable que celui de l'Enfant de Prague.

— A ce soir, leur lança-t-il. Ne vous enfuyez pas après le spectacle. Attendez-moi devant la tente.

Il leur adressa un dernier sourire, tourna les talons et prit congé.

Elizabeth suivit la logeuse dans le couloir jusqu'à une chambre du rez-de-chaussée. La pièce sentait la lavande et la cire d'abeille. Propre et soigneusement arrangée, sa fraîcheur ombragée était comme une douche froide sur les joues brûlantes d'Elizabeth. Après que la femme eut refermé la porte pour les laisser seules, Elizabeth laissa tomber son sac et se défit de sa robe, qu'elle posa ensuite, soigneusement pliée, sur le dossier d'une chaise. Elle jeta un coup d'œil à Ida, qui faisait les cent pas dans la pièce en soulevant et en reposant toutes sortes d'objets — une lampe à pétrole en porcelaine, une cornemuse sur une commode, un couple de chiens en faïence flanquant un aspidistra sur le rebord intérieur de la fenêtre — comme si elle faisait son choix sur l'éventaire d'un colporteur. Pour une raison qu'elle ne comprenait pas encore, Elizabeth ne tenait pas à ce que Ida fasse allusion à George Gallaher.

— Je suis fatiguée, dit-elle, je crois que je vais me reposer un peu.

Rabattant le dessus-de-lit en brocart du grand lit, elle s'engouffra sous les draps et tourna son visage vers le mur.

— Je ne suis pas fatiguée, fit Ida en replaçant un chien en porcelaine dans sa niche sur un secrétaire. Je vais ressortir me promener un peu, d'accord ? J'essaierai de rappeler chez nous.

— D'accord, marmonna Elizabeth, en essayant de donner l'impression qu'elle était déjà à moitié endormie.

Mais lorsqu'elle entendit la porte se refermer derrière Ida, elle se rassit aussitôt dans son lit. Les événements de l'heure précédente se bousculaient dans son esprit : l'attitude de George Gallaher, ses yeux bleus, et surtout la sensation de ses bras contre sa poitrine et celle de ses doigts dans ses cheveux...

D'un autre côté, les cheveux de l'acteur, épais et portés plus longs que la mode ne l'exigeait, étaient curieusement d'un brun roux uniforme. Avait-il fait une teinture ? Et ces demi-guêtres qu'il portait : elle avait remarqué qu'elles étaient effilochées autour des boutons. Le costume blanc démodé, le palmier sur sa cravate, la reprise sur son gilet — il n'avait rien du genre d'homme qu'une fille pouvait décemment présenter à son père.

Elizabeth comprit qu'elle tentait délibérément de mettre un frein à son exaltation. Mais ses sens en éveil opéraient indépendamment de son cerveau.

Des bruits du dehors lui parvenaient à travers le rideau de dentelle de la fenêtre, assourdis et paisibles : près de la pompe qui se trouvait juste en face de la maison, des voisines devisaient tranquillement, leurs propos étouffés par le bruit de l'eau ; de l'arrière-cour montaient le grognement intermittent d'un cochon et le caquet tranquille des poules. Elle se tourna sur le côté pour essayer de dormir, et se représenta assise à son bureau d'assistante dans le cabinet de son père.

Au moment où Ida revint de sa promenade, cependant, Elizabeth avait beaucoup de mal à contenir son excitation à la pensée qu'elle allait bientôt revoir George Gallaher. Elle ne pouvait cependant pas laisser Ida être témoin de son émotion, et, en s'étirant sur le lit comme si elle venait à peine de se réveiller, elle lui adressa un sourire.

— Alors, quoi de neuf dehors ?

— Un dimanche après-midi comme les autres. Tu sais à quoi ressemblent les dimanches dans ce genre de patelin en Irlande.

La petite promenade semblait avoir ravivé la bonne humeur d'Ida.

— S'il n'y avait pas cette troupe d'acteurs, reprit-elle, cet endroit serait tout ce qu'il y a de plus mort. J'ai cependant réussi à contacter mes parents. Papa dit qu'il téléphonera aux tiens. J'ai trouvé que la receveuse des postes était quelqu'un de très serviable, pas toi ?

— Oui, et merci de m'avoir épargné la peine de téléphoner.

— De rien.

Ida ouvrit son sac et fouilla à l'intérieur.

— En as-tu rencontré d'autres ? Des acteurs, je veux dire.

Elizabeth s'efforçait d'adopter un ton détaché.

— Non, pas précisément rencontré, seulement aperçu. Ils étaient deux, un homme et une femme.

Ida vint s'asseoir sur le lit.

— Tu ne le croirais pas, Beth. Tu sais combien il fait chaud et lourd dehors ?

— Mmm... fit Elizabeth en faisant semblant de bâiller.

— Eh bien, la femme paradait dans la rue avec une fourrure en renard autour du cou !

— « Paradait » ?

— Tu sais ce que je veux dire. *Et...* ils sont entrés au pub !

— Tant mieux pour eux. Quelle heure est-il ? Ma montre s'est arrêtée.

La montre-bracelet d'Elizabeth, un cadeau de ses parents pour son dix-huitième anniversaire, avait donné parfaitement l'heure la dernière fois qu'elle l'avait consultée, mais il lui fallait n'avoir aucun doute sur ce point.

— Il est presque sept heures.

Ida ôta ses chaussures et se massa les orteils.

— Est-ce que tu as faim ?

— Oh non, il fait bien trop chaud pour manger. Mais, je crois que je vais me laver et commencer à me préparer. Pour aller voir cette pièce, je veux dire.

Elizabeth roula hors du lit, alla au lavabo, y versa une pleine cruche d'eau et entreprit bruyamment de faire ses ablutions.

2

Une heure plus tard, comme elle longeait avec Ida le grand mur d'enceinte du château de Durrow sur le trottoir opposé, Elizabeth remarqua immédiatement que quelque chose s'était accéléré dans l'atmosphère de la ville. Des enfants jouaient à chat sur la pelouse et couraient en tous sens ; un petit groupe d'hommes se prélassaient à proximité de la pension où elles étaient descendues, tandis que, de l'autre côté de la rue, devant les portes du château, d'autres poursuivaient une conversation animée. Enfin, plus loin, au milieu de la pelouse grossièrement divisée en deux par la route de Cork, à deux cents mètres environ de l'endroit où elles se tenaient, une douzaine d'hommes s'étaient installés de façon à être sûrs de ne rien manquer de ce qui pourrait se passer autour du chapiteau.

Cependant, bien que l'entrée de la tente fût grande ouverte, on n'apercevait aucun des acteurs.

— Je me demande s'ils ont réussi à réparer le car ? demanda Elizabeth, qui commençait à se sentir un peu tendue comme l'heure du spectacle approchait.

— Allons voir.

Ida était d'humeur agréable, mais lorsqu'elles tournèrent d'un pas nonchalant le coin de la rue et virent qu'il n'avait pas bougé de place, elle dit d'un ton brusque :

— Je me demande si nous avons été assez stupides pour être les seules à rester ici... hé ! Que se passe-t-il maintenant ?

Tous les enfants qui jouaient sur la pelouse s'étaient précipités dans la même direction.

Elizabeth comprit aussitôt, ou plutôt entendit, ce qui avait attiré l'attention des enfants : une musique métallique, qui provenait de la rue qu'elles venaient juste de laisser derrière elles. Elles firent demi-tour et, obliquant une nouvelle fois dans la rue, aperçurent la Troupe Itinérante Vivian Mellors en plein défilé.

Précédé par une fille qui jouait de l'accordéon à clavier, un camion descendait lentement la rue ; il transportait sur sa plate-forme un grand piano, auquel était assise une femme aux cheveux roux flamboyants. Ses lèvres et ses joues étaient tout aussi lumineuses, et bien que ses bras rondelets et couverts de bracelets fussent nus, la tête, les pattes et la queue d'un renard se balançaient autour de son cou et sur sa poitrine. Sur un tabouret à côté d'elle, appuyé sur une béquille, était assis un petit homme obèse vêtu d'une chemise blanche aux manches bouffantes, d'un pantalon serré et d'une ceinture de smoking en satin bleu nuit.

Derrière le camion, deux jeunes hommes habillés en soldats suivaient, et derrière eux encore, marchait à grands pas un couple, qui, supposa Elizabeth, devait être M. Vivian Mellors et la première dame de la troupe. M. Mellors, vêtu d'un costume qui aurait pu être shakespearien, ou encore celui d'un membre du clergé, marchait en cadence avec la musique. Quoiqu'il n'y eût qu'une foule clairsemée dans la rue, il agitait sans cesse un bras d'un côté et de l'autre en guise de salut, ou de bénédiction, eût-on dit. La femme à ses côtés avait emprisonné ses cheveux sous une résille ; sous le soleil crépusculaire, les paillettes et les bijoux de sa robe longue scintillaient de mille feux. Elle ne faisait pas le moindre effort pour marcher en rythme, mais glissait comme si elle était juchée sur des patins à roulettes, tenant le bas de sa robe dans ses mains pour éviter qu'elle ne prenne la poussière.

Puis, venait Roddy, « la nouvelle star canine de Durrow ». Un joyeux petit Poméranien un peu trop gros qui haletait au bout de sa laisse, conduit à son dernier soir de gloire par son radieux propriétaire.

Deux filles venaient ensuite, vêtues plus simplement que la première dame de la troupe, mais portant elles aussi une robe longue et scintillante ; l'une était grande et jolie ; l'autre, plus jeune, souffrait de strabisme. Toutes les deux souriaient largement en agitant en cadence de droite à gauche leurs tambourins décorés.

Mais les yeux d'Elizabeth étaient rivés sur l'homme qui fermait la marche. Une grande et lourde cape de velours tombait sur les larges épaules de George Gallaher tandis qu'il marchait à grands pas glorieux derrière les autres. Il avait ajouté une luxuriante moustache à son visage ; le fourreau de son épée et les boutons de son uniforme de soldat anglais jetaient des éclats cuivrés et, complètement anachroniques, des plumes d'autruche flottaient majestueusement sur son chapeau napoléonien. Elizabeth ne se souvenait pas d'avoir eu la vision d'une telle prestance, sinon le jour où, cinq ans plus tôt, elle avait assisté, au milieu d'une multitude d'évêques, à ce congrès eucharistique qui s'était tenu à Dublin.

— Mon Dieu ! laissa échapper Ida à côté d'elle. Est-ce que tu vois ce que je vois...

Gallaher, qui venait de les apercevoir toutes les deux, tira son chapeau à plumes à leur intention en leur adressant un sourire. Ce geste horrifia Elizabeth, qui s'imagina aussitôt la cible de tous les regards ; elle n'osa pourtant pas jeter un coup d'œil autour d'elle pour le vérifier ; en même temps, ce Gallaher était si spectaculairement séduisant que, lorsque Ida l'attira de force dans la rue pour se joindre au petit groupe qui suivait la procession, et quand bien même en eût-elle fait l'effort, elle n'aurait pu opposer à son amie la moindre résistance.

La tente était bondée au moment où le spectacle commença quarante minutes plus tard. A mesure que les numéros de variétés qui précédaient la pièce se succédaient, Elizabeth se sentait de plus en plus émoustillée et nerveuse — quoique ce ne fût pas tout à fait aux talents inégaux de la Troupe Itinérante Vivian Mellors qu'elle devait cet état de tension extrême. L'homme à la béquille — il n'avait qu'une jambe — s'avéra être un ténor, sinon subtil, du moins extrêmement puissant ; puis, la fille à l'accordéon se mit à jouer des airs populaires.

A la fin de son numéro, saluant pour répondre aux applaudissements du public qui appréciait manifestement la performance, la fille joua ensuite un air écossais et George Gallaher fit son apparition sur scène, plein de solennité.

Il avait troqué son splendide uniforme pour un kilt et une escarcelle en peau. Plaçant deux épées en croix à ses pieds, il leva les deux bras à hauteur des épaules et se mit à danser autour avec plus d'énergie que d'adresse, peut-être parce qu'il devait garder la tête penchée pour éviter de toucher le plafond bas en toile. Depuis la place qu'elle occupait dans le fond, Elizabeth n'avait d'yeux que pour son torse sautillant — il ne portait pas de veste, et cette vision lui rappela le contact physique qu'ils avaient eu l'après-midi même.

Les numéros qui succédèrent à la danse des épées passèrent comme un rêve pour Elizabeth : un numéro de jonglerie par la jeune accordéoniste, des negro-spirituals chantés par les deux jeunes actrices qui s'étaient, pour l'occasion, noirci le visage, et une autre chanson napolitaine chantée par le ténor ; puis, « La Rose de Mooncoin » interprétée par la première dame de la troupe, ainsi qu'une récitation du « Dangereux Dan McGrew » par M. Vivian Mellors en personne.

George Gallaher parut une seconde fois pour le final, une version de « L'Emir Abdul A Bul Bul » de Thomas Percy chantée par la troupe au grand complet. Dépassant les autres de la tête et des épaules, il se tenait derrière le groupe et, si Elizabeth voyait bien ses lèvres s'agiter, elle ne parvenait pas à distinguer sa voix derrière celle, fracassante, du ténor unijambiste.

Durant le court intervalle qui suivit le spectacle de variétés, sur les recommandations insistantes de Ida — « Dix *livres*, Beth ! » —, elle acheta une poignée de billets de tombola. Puis, le rideau s'ouvrit et la pièce débuta.

Conn le Shaughraun était bien connu du public. Les gens applaudissaient le héros-patriote, huaient les traîtres, grognaient de plaisir quand les héroïnes s'exprimaient en gaélique devant George, alias le très anglais capitaine Molyneaux. Et quand Conn, accompagné de Tatters/Roddy, bondissait sur scène depuis les coulisses, le public applaudissait durant près d'une minute avant qu'il puisse ouvrir la bouche.

Même aux yeux relativement inexpérimentés d'Elizabeth, George Gallaher, quoique magnifique dans son rôle de paon en pleine parade, était un acteur épouvantable. Pour être juste, le reste de la troupe, en particulier le ténor qui jouait le rôle du traître, Harvey Duff, n'aurait pas eu davantage de chance d'obtenir un prix d'interprétation, mais tous faisaient preuve d'une sincérité pleine d'enthousiasme. Gallaher savait placer sa magnifique voix et poser pour la galerie, mais, en tant qu'acteur, il manquait du plus élémentaire naturel.

Elizabeth en éprouvait, d'une certaine manière, un profond soulagement. Bien qu'elle refusât en partie de l'admettre, elle s'était demandé pourquoi quelqu'un qui avait l'air si extraordinaire faisait le tour des villages d'Irlande avec une troupe de second ordre au lieu de se produire sur les scènes de Dublin, ou même de Londres. Elle était allée jusqu'à le soupçonner d'avoir commis un crime autrefois, et d'être venu trouver refuge dans ce pays.

Maintenant, en l'observant qui se déplaçait avec grâce, mais bien mal à propos, sur scène, il lui paraissait évident que George Gallaher n'était qu'un grand et séduisant cabotin.

La pièce, ramenée à cinquante minutes, prit fin dans un tonnerre d'applaudissements.

— Qu'en penses-tu ? s'enquit Ida auprès d'Elizabeth en lui donnant un petit coup de coude, tandis qu'elles attendaient toutes les deux la dernière partie du spectacle, qui était censée être une « saynète ».

— J'ai trouvé cela très bien, dit Elizabeth.

Puis, d'un ton hésitant, elle ajouta :

— J'ai trouvé que Vivian Mellors était excellent dans le rôle de Conn, et la femme qui joue Arte O'Neal...

— Oui, l'interrompit Ida, mais que penses-tu de notre ami, le superbe George ?

— Oh, il était très bien, fit Elizabeth, occupée à examiner minutieusement les lattes du plancher sous son siège. Mais il est loin d'être le meilleur acteur de la troupe.

Elle fut en partie soulagée de constater que George ne jouait pas dans la saynète finale — une grosse farce pimentée de références locales qui emporta l'adhésion du public. Quand elle prit fin, Elizabeth prétendit qu'elle avait besoin d'aller prendre un peu d'air frais et n'attendit pas la tombola.

— Eh bien, je reste, moi. Il y a dix livres en jeu. Donne-moi tes tickets.

Ida les lui prit des mains, et les déploya en éventail avec les siens.

— Je te verrai dehors quand les numéros seront tirés, d'accord ?

Dehors, la pelouse était déserte, à l'exception des quelques personnes qui n'avaient pas eu la chance de posséder les six pence qu'il en coûtait pour assister au spectacle. Ils flânaient devant l'entrée, écoutant ce qui se disait sous la tente, à défaut de pouvoir en être les spectateurs.

Quoi qu'il en soit, il n'était pas nécessaire d'être à l'intérieur pour jouir du « O Sole Mio », repris maintenant par le ténor, tandis que le public se voyait soutirer encore quelques pence pour les « quelques derniers » billets de tombola qui restaient. La voix puissante du ténor suivit Elizabeth tandis qu'elle traversait tranquillement la pelouse assombrie en direction du car moribond de la compagnie Catherwood.

A son approche, un chat s'enfuit furtivement de derrière une roue ; elle le regarda se précipiter sur la route et disparaître par le trou béant d'un portail dont le bois était pourri, puis elle appuya son front contre le métal froid de la carrosserie en essayant de se calmer et de reprendre ses esprits.

Tu ne le reverras jamais... Comment quelqu'un comme lui pourrait s'intéresser à quelqu'un comme toi ?... Tu n'es qu'un passe-temps pour lui, c'est tout... Il fait probablement la même chose avec quelqu'un d'autre dans chaque ville d'Irlande où il passe...

Quand le ténor eut fini de chanter et que les applaudissements retombèrent, Elizabeth prêta l'oreille aux bruits environnants : l'aboiement isolé d'un chien, le murmure guttural d'une poule s'installant confortablement sur son juchoir, le hennissement d'un cheval.

Le ciel était sombre et sans lune, constellé d'étoiles, scintillant comme un calice retourné au-dessus des toits et des cheminées de la petite ville. Dans cette atmosphère, les corps de garde à créneaux et les hauts murs du château avaient une allure aussi théâtrale qu'une toile de fond peinte, tout comme les lignes dures des maisons, brisées seulement par quelques carrés ou rectangles de lumière figurant les fenêtres ou les portes éclairées de l'intérieur. Pourtant, songea Elizabeth, aucun artifice n'aurait pu remplacer les odeurs familières.

Quoiqu'elle fût née à Cork et y ait grandi, de l'endroit où elle se trouvait, Elizabeth pouvait sans difficulté identifier les arômes distinctifs d'une petite ville de province irlandaise : l'herbe, le fumier et le foin, les chevaux, les poules, les lampes à pétrole ou l'odeur de la tourbe qui brûle. Tout occupée qu'elle était à faire l'inventaire de ces odeurs, ses yeux restaient néanmoins rivés sur la tente, qui semblait amarrée au milieu de la pelouse à la manière d'un voilier lumineux.

Elle reconnut Gallaher au moment où on relevait les rabats de la porte d'entrée pour laisser sortir le public. Il s'était changé et ne portait plus son uniforme, mais elle vit qu'il l'emportait avec lui, ainsi que la grande cape et le chapeau à plumes.

Il fit quelques pas sur la pelouse, s'arrêta brusquement et regarda dans sa direction. Elizabeth sentit son cœur s'emballer violemment. L'avait-il vue ? A l'évidence, car il se dirigeait maintenant droit sur elle.

— Re-bonjour, dit-il en s'arrêtant à sa hauteur, l'allure fière. Je vous ai vues, vous et votre amie. Avez-vous apprécié le spectacle ?

— Euh, beaucoup — oui, beaucoup, balbutia Elizabeth. Merci pour les entrées.

— Je vous en prie, dit-il, avant de jeter un coup d'œil par-dessus son épaule. Où est Ida, à propos ?

— Elle attend la tombola. Je... j'avais trop chaud. Alors, je suis sortie. Oui, il faisait très chaud à l'intérieur.

Elle s'entendait bredouiller comme une voleuse prise sur le fait et se serait giflée pour cela.

— Vous étiez très bon dans la pièce, réussit-elle à articuler d'un ton plus ferme. Je... je veux dire, Ida et moi avons beaucoup apprécié votre jeu.

— Comme la moitié des têtes couronnées d'Europe, dit-il en déguisant si peu l'ironie qu'il y avait dans cette remarque qu'Elizabeth ne put que sourire. Écoutez, reprit-il, il fait un temps splendide ce soir, aimeriez-vous faire une petite promenade ?

— Bien sûr, dit-elle joyeusement. Laissez-moi seulement prévenir Id...

— Rien que nous deux.

Il lui prit les deux mains et se pencha vers elle jusqu'à ce que son visage ne soit plus qu'à quelques centimètres du sien.

— La comédie des sœurs jumelles a assez duré.

L'uniforme qu'il portait à son bras dégageait une légère odeur de moisi, mais son haleine était parfumée à la menthe.

— Comprenez-moi bien, poursuivit-il, Ida est très gentille, je l'aime beaucoup. Mais, c'est vous qui m'intéressez.

La joie le disputa soudain à la panique dans le cœur d'Elizabeth.

— Je... je ne sais pas comment...

— Vous allez le lui expliquer ? Laissez-moi m'en charger.

— Non, ce n'est pas ce que je voulais dire.

— Alors, quoi, Elizabeth ?

Elizabeth apercevait derrière lui la foule qui se dispersait sur la pelouse. Ce n'était plus qu'une question de secondes maintenant avant qu'Ida ne les rejoigne. Ce qu'elle avait été sur le point de lui dire, ou plutôt de lui demander, était une chose stupide et puérile : pourquoi quelqu'un comme lui s'intéressait-il à quelqu'un comme elle ?

— Elizabeth ? demanda-t-il à nouveau. Qu'alliez-vous me dire ?

— Je... je veux bien faire une promenade.

Un bref instant, le visage furieux d'Ida passa devant ses yeux.

— Une courte promenade ! ajouta-t-elle désespérément.

— Merveilleux. Nous irons nous promener au bord de la rivière. Attendez-moi ici. Je vais prévenir Ida.

En proie à l'agitation la plus vive, Elizabeth le regarda se frayer un chemin à travers la foule qui se dispersait, s'arrêtant çà et là pour recevoir les félicitations de quelqu'un.

Elle aperçut Ida avant George. Son amie se tenait juste sous l'auvent d'entrée du chapiteau, tournant la tête à gauche et à droite, manifestement à sa recherche. Comme une voleuse, Elizabeth se dissimula discrètement derrière le bus.

Enfin, George Gallaher aperçut Ida à son tour. Il se dirigea vers elle, la rejoignit et engagea avec elle une conversation interminable.

Elizabeth sentit ses jambes se dérober lorsqu'elle vit Ida tourner la tête dans sa direction, puis regarder de nouveau droit devant elle. *Arrête !* se morigéna-t-elle. Elle ne penserait pas à toi si la situation était inversée...

Elle vit Gallaher passer un bras autour des épaules d'Ida, puis faire quelques pas avec elle en direction du car ; pendant un instant, Elizabeth crut qu'ils se dirigeaient vers elle, et elle recula d'un pas. Mais, ils s'arrêtèrent ; Gallaher embrassa Ida sur les joues, et, sans même tourner la tête, celle-ci partit en direction de la pension.

— Que lui avez-vous dit ? s'enquit ensuite Elizabeth en laissant Gallaher la prendre par le bras et la conduire à l'écart de la pelouse.

— Je lui ai dit que nous avions une liaison. Bien le bonsoir ! fit Gallaher à l'intention d'un admirateur qui passait près d'eux.

— Je ne vous crois pas.

— Vous avez raison. Je lui ai dit que j'étais amoureux d'elle et que je n'en pouvais plus d'attendre, mais que je devais d'abord me débarrasser de vous.

— Monsieur Gallaher ! Je vous en prie — que lui avez-vous réellement dit ?

Un petit groupe de citoyens de Durrow passa à leur hauteur et leur jeta un regard en coin comme ils arrivaient au pont en forme d'arche situé à la limite de la ville.

— Bonsoir ! leur lança George, avec la plus parfaite décontraction.

Puis, revenant à Elizabeth :

— Que disiez-vous ?

— Ne vous moquez pas de moi, je vous en prie. Que lui avez-vous dit ?

Deux jeunes gens étaient postés sur le dos d'âne du pont et contemplaient la rivière. A leur approche, ils se tournèrent soudain vers eux et les regardèrent, bouche bée.

— Belle soirée, n'est-ce pas ? fit Gallaher, toujours imperturbable, en leur tirant son chapeau comme il obliquait avec Elizabeth juste avant le pont en direction de la rive, en contrebas.

Un petit sentier sinuait à quelques centimètres au-dessus du niveau de l'eau. Elizabeth remarqua bientôt que deux couples avaient déjà élu résidence sur la rive et flirtaient tranquillement. Horrifiée, elle se dégagea du bras de George Gallaher. Était-ce cela qu'il avait en tête pour elle — la donner en spectacle ?

— Du calme, dit-il.

Il lui reprit le bras et le plaça sous le sien.

— Comme c'est horrible ! s'exclama-t-il alors. Certaines personnes n'ont vraiment aucun sens de la décence !

Elle leva les yeux vers lui, mais elle aurait été bien incapable de dire s'il se moquait d'elle ou non.

— Je ne voulais pas dire que...

— Évidemment que c'est ce que vous vouliez dire. Et vous avez tout à fait raison. Venez avec moi.

Tandis qu'ils suivaient le petit sentier et s'éloignaient de la ville, un silence pesant s'installa entre eux, brisé seulement par le bruit de leurs pas sur la terre sèche. Elizabeth ne trouvait rien à dire.

George Gallaher ne semblait pas s'en soucier. Il quitta le sentier, et la conduisit dans une clairière où se trouvait un curieux monument de pierre en forme d'aiguille qui se découpait sur le ciel étoilé.

— Je sais bien que ce rocher n'a rien d'un obélisque, mais c'en est un, dit l'acteur.

Il la prit par les épaules et la dirigea pour qu'elle soit face à l'obélisque, puis, passant derrière elle, il posa son costume de scène par terre et l'enlaça par-derrière.

— Je vois, dit Elizabeth, le corps raidi dans le cercle de ses bras, en proie à l'agitation intérieure la plus vive. Qu'est-ce... qu'est-ce que c'est, vous le savez ?

— Apparemment, ce rocher est destiné à commémorer la mort d'une fille.

Il ramassa sa lourde cape et la déplia devant Elizabeth, la ramenant ensuite sur elle et s'en servant pour l'attacher à lui.

— On dit qu'elle hante l'endroit où elle est morte, murmura-t-il dans un soupir sépulcral, on dit que lorsqu'on l'aperçoit, elle est entièrement vêtue de blanc.

— Je... je vois.

Emprisonnée par la cape, Elizabeth n'osait pas bouger un muscle. Elle savait que ce n'était plus qu'une question de temps avant qu'il ne l'embrasse.

Il la surprit alors en la soulevant de terre et en la portant un peu plus loin, telle une enfant, jusqu'à deux frênes jumeaux au feuillage entrelacé. Ne sachant quel geste faire, elle reposait dans ses bras, un peu raide, incapable encore de réagir.

— Elizabeth, dit-il en la posant à terre, regardez-moi.

Son visage était dans l'ombre, mais elle surprit l'éclat léger de ses yeux comme il se penchait pour l'embrasser.

Ce fut un tendre et doux baiser. Il ne fit rien pour le prolonger ou la forcer à répondre, mais s'écarta un peu et plongea ses yeux bleus obscurcis par la nuit dans les siens.

— Vous êtes très belle, Elizabeth.

Il s'exprimait avec sérieux et tendresse. Il secoua la grande cape et l'étala par terre, sur un endroit plat, entre les deux frênes.

— Venez, asseyez-vous ici, n'ayez aucune crainte, dit-il en tapotant du plat de la main la cape pour lui désigner un espace à côté de lui.

Jamais Elizabeth ne s'était sentie aussi nerveuse ; elle savait qu'il n'était plus question de faire marche arrière maintenant. Il lui tendit une main pour qu'elle s'assoie, et elle s'exécuta. Lentement, il l'attira en arrière avec lui jusqu'à ce qu'il soit allongé et que sa tête soit appuyée contre le tronc d'un des deux arbres, tandis que celle d'Elizabeth reposait sur sa poitrine.

— Elizabeth...

Sa voix se faisait caressante comme l'archet d'un violoncelle, tandis qu'il passait ses doigts dans les cheveux d'Elizabeth, les soulevait pour les laisser retomber enfin sur ses épaules.

— Ne coupez jamais ces cheveux splendides, murmura-t-il à son oreille.

— Ils sont... ils sont trop épais.

Les cheveux d'Elizabeth étaient d'un blond vénitien et refusaient de se laisser friser ou crêpeler.

— Ils sont magnifiques.

Tandis qu'il continuait de jouer avec, elle eut l'impression que ses cheveux se dressaient de leur plein gré sur son crâne. Bien qu'elle n'en fût pas à son premier baiser, les contacts physiques qu'elle avait pu avoir auparavant avec des garçons avaient été maladroits et précipités ; jamais encore elle n'avait éprouvé ce flot exquis de sensations nouvelles.

Tandis que George Gallaher continuait de passer ses doigts sur sa nuque, elle se détendit peu à peu. Il lui prit le menton et l'embrassa, plus longtemps que la première fois et en se montrant un peu plus pressant, mais toujours si tendrement qu'elle écarta les lèvres et le laissa glisser sa langue autour de la sienne.

— Elizabeth, chère petite chose...

Il l'embrassa dans le cou et, avec sa langue toujours, qu'il agitait comme une aile de papillon, il lui lécha une oreille. Elizabeth se cambra et glissa ses doigts à son tour dans l'épaisse chevelure de l'acteur ; elle aurait voulu maintenant qu'il ne s'arrête jamais.

A cet instant, il ôta sa tête de l'arbre et la laissa reposer à même le sol tout en la dévisageant attentivement.

— Seriez-vous gênée ? s'enquit-il dans un murmure.

L'air ahuri, prise entre la panique et l'excitation, elle secoua négativement la tête.

— En êtes-vous sûre ?

— Oui, répondit-elle.

— Dans ce cas, c'est votre tour maintenant, Elizabeth — à vous de m'embrasser.

Comme elle approchait ses lèvres des siennes, il ne fit aucun geste d'abord, se contentant de lui répondre avec sa bouche, jusqu'à ce que, sans l'en avertir, il l'attire soudain contre lui en passant une main autour de sa taille et une autre derrière ses épaules.

— Oh... laissa-t-elle échapper.

Immédiatement, il desserra son étreinte.

— Ne vous inquiétez pas, il n'arrivera rien, il ne vous arrivera rien de mal. Tout ce que je veux, c'est un baiser. Embrassez-moi encore, Elizabeth.

Au bout d'une seconde ou deux, elle posa de nouveau ses lèvres sur les siennes, et cette fois, lorsqu'il l'enlaça, elle n'opposa aucune résistance. Elle pouvait sentir, sous la veste et le gilet, la chaleur de son corps irradier à travers le mince tissu de sa robe jaune.

— Oui, murmura-t-il entre deux baisers, comme ça, n'est-ce pas merveilleux ainsi ? Oui, calmement, tranquillement.

Il avait glissé une main par l'ouverture de sa robe largement échancrée dans le dos et maintenue à la taille par une ceinture, et laissait courir ses doigts, sensuellement, le long de sa colonne vertébrale jusqu'à ses reins.

— C'est bon, n'est-ce pas ?

— Oui, soupira-t-elle, les yeux mi-clos.

— Débarrassons-nous de cette ceinture, ce sera plus facile pour moi.

Consciente qu'elle aurait dû refuser, elle le laissa pourtant accéder à la boucle de sa ceinture, qu'il ouvrit d'un geste avant de se défaire de la ceinture elle-même.

— Voilà, c'est bien mieux ainsi, non ? Venez...

De nouveau, il l'attira contre lui et recommença ces gestes lents, presque hypnotiques, avec ses doigts, massant chaque centimètre de sa colonne vertébrale, de haut en bas.

— Nous ne ferons rien que vous n'ayez décidé, Elizabeth, dit-il. Aimez-vous ces caresses ?

— Oui, murmura-t-elle, presque honteuse d'apprécier la chose à ce point.

Il la dévisagea un instant avec tendresse, et lentement, tout en continuant de lui masser délicatement le bas du dos, il glissa une main sous sa robe et remonta progressivement le long de ses bas de soie.

— Souvenez-vous, Elizabeth, souffla-t-il, rien que vous n'ayez décidé.

Elle acquiesça et enfouit sa tête dans le creux de son épaule.

— Oups ! Qu'avons-nous là ? fit-il soudain avec un sourire en découvrant qu'elle portait un porte-jarretelles.

Il poursuivit un instant son exploration, et Elizabeth sentit un des rubans élastiques céder et se détendre brusquement.

— Tiens, tiens, mais que se passe-t-il encore ? dit-il d'un ton enjoué. Dois-je remettre la chose en place ?

— Si vous voulez...

— *Vous,* que voulez-vous ?

— Inutile de la rattacher, peu importe.

— Eh bien, dans ce cas, a-t-on jamais vu un oiseau voler avec une seule aile ? Une seule jarretelle ne sert à rien... vous en conviendrez avec moi, Elizabeth ?

Il dégrafa alors l'autre jarretelle et fit glisser un à un ses bas sur ses jambes.

— N'est-ce pas mieux ainsi ? demanda-t-il après les lui avoir ôtés. Vous avez des jambes splendides, Elizabeth, vous ne devriez pas les cacher, même sous des bas de soie.

Elizabeth baissa les yeux, tremblante.

— Je vous en prie, Elizabeth, murmura-t-il, ne soyez pas nerveuse. Tout ce que je veux, c'est vous donner du plaisir. C'est tout.

Il se redressa, déboutonna sa veste et s'en débarrassa prestement.

— Ma petite fleur jaune, dit-il en lui donnant un baiser sur le front.

Elizabeth passa brusquement ses bras autour de son cou et souda ses lèvres aux siennes. Elle était maintenant à genoux comme lui, à cheval sur sa cuisse. De nouveau, il glissa ses mains derrière elle, jusque sous sa robe et sa culotte, et éprouva le galbe de ses fesses, où il s'attarda assez longtemps pour qu'Elizabeth ait un instant l'impression de suffoquer.

Il déboutonna ensuite sa robe, lentement, aidé par Elizabeth qui haussa les épaules pour pouvoir l'ôter plus facilement et dégrafa elle-même son soutien-gorge.

Il tira alors le soutien-gorge par les balconnets et prit ses seins à pleines mains.

— Merveilleux ! murmura-t-il, en les tenant quelques secondes entre ses doigts avant de les couvrir de baisers humides et d'en agacer la pointe dressée avec ses dents.

Rapidement, il l'aida à s'allonger. Elle était nue maintenant. De nouveau, il s'empara de ses seins et laissa courir ses doigts entre ses jambes.

— Oh, Seigneur ! s'écria Elizabeth, de plaisir, de douleur et de honte à la fois.

— Chut ! fit-il, apaisant, sans cesser de la caresser. Chut...

Bien qu'elle eût les yeux fermés, elle le sentit changer de position et venir sur elle ; sa respiration s'était accélérée, et elle devinait maintenant que le moment ultime était proche.

— Oh, mon Dieu !

Elle leva un coude et se couvrit les yeux comme pour ne pas voir ce qui allait suivre, tandis qu'il poursuivait son exploration savante avec ses doigts entre ses jambes.

— Veux-tu que j'arrête, ma chérie ? Dis-le-moi si tu veux que j'arrête.

— Non, non ! dit-elle, sanglotant presque.

Lentement, avec d'infinie précaution, il vint en elle.

— Je ne te fais pas mal ?

— Non...

— Bien, ma chérie, tu t'en sors merveilleusement.

Peu à peu, il lui imposa son rythme, de plus en plus rapide, et, bien qu'elle eût mal, elle tenta de s'y accorder. Enfin, elle sentit le corps de George se raidir brusquement, et ouvrit les yeux au moment où, secoué par un spasme violent, il relevait le bassin et interrompait la pénétration. Pour la première fois, il pesa sur elle de tout son poids et elle eut des difficultés à respirer ; elle l'attira néanmoins contre elle avec force comme il répandait sur son ventre son fluide brûlant.

La tête lui tournait ; c'était arrivé si soudainement, qu'était-elle censée faire maintenant ? Des visages, des visages accusateurs — celui de sa mère, celui d'Ida, les visages des religieuses qui l'avaient mise en garde contre cela — dansèrent devant ses yeux comme elle contemplait, au-dessus de la tête de George Gallaher, l'entrelacs épais du feuillage des arbres.

Il roula sur le côté et resta allongé près d'elle quelques secondes sans prononcer un mot, le souffle court. De son côté, Elizabeth n'avait qu'une envie, se rhabiller, mais elle craignit de se montrer insultante envers lui.

— Est-ce que ça va, Elizabeth ?

— Oui, répondit-elle, alors qu'elle aurait voulu pleurer.

Il sortit un mouchoir de sa poche, et lui essuya délicatement le ventre.

— Je devrais te demander si tu as pris du plaisir, mais je sais qu'en l'occurrence ce serait stupide. Je ne t'ai pas fait mal, au moins ? As-tu mal quelque part ?

Elle préféra mentir.

— Non, à peine, répondit-elle, luttant pour contenir ses larmes comme elle détournait son regard.

Ce n'était pas tant la douleur qui la rendait triste, que le côté abrupt de tout ceci, la vitesse à laquelle les choses s'étaient déroulées.

— Ce sera meilleur la prochaine fois, et meilleur encore les fois suivantes, je peux te le promettre, lui dit-il en l'embrassant tendrement sur la joue. Tu as un don pour cela, attends de le découvrir. Tu verras.

Cette fois, elle ne put retenir ses larmes.

— Je suis désolée, dit-elle, la gorge serrée.

— Viens ici.

Il l'attira contre lui et la prit dans ses bras.

— Ne pleure pas, je t'en prie. Et si c'est la crainte d'être enceinte qui te met dans cet état, rassure-toi. J'ai pris toutes les précautions.

Cette éventualité n'était pas encore apparue à Elizabeth. Doublement choquée maintenant, elle le dévisagea à travers ses larmes. Il interpréta mal sa réaction.

— Je me suis retiré à temps, ne crains rien, reprit-il en la tenant par les mains. On appelle cela le coït interrompu.

— Ce n'est pas cela, dit-elle, c'est juste que tu vas partir maintenant... J'ai fait cela avec toi, et tu... tu vas partir.

De nouveau, les larmes lui vinrent aux yeux, et tendrement il lui caressa le visage.

— Tu connaîtras d'autres moments tout aussi formidables dans les années à venir, Elizabeth, et tu n'auras même plus une pensée pour moi. Crois-moi, tu m'auras oublié, c'est ce qui arrive toujours. Tu es jeune et belle.

Il la berça un long moment dans ses bras, jusqu'à ce qu'elle essuie ses larmes et se redresse en marmonnant :

— Je me sens mieux maintenant.

— C'est très bien.

Il l'embrassa.

— Allez, réjouis-toi, essaie de voir les choses du bon côté, dit-il en l'aidant à repasser sa robe et à la reboutonner. Maintenant, tu peux me dire ce que tu as *réellement* pensé de moi ce soir. Tiens, ma façon de danser, par exemple. Comment as-tu trouvé cette danse guerrière ? Formidable, non ? Sois honnête.

Sa bonne humeur était si contagieuse, et son visage si radieux qu'elle ne put s'empêcher de rire.

— Eh bien... commença-t-elle.

— Tu penses que j'ai de l'avenir dans les ballets ?

— Sans aucun doute.

— Viens, dansons !

Il se leva d'un bond.

— Quoi ? Ici ?

— Pourquoi pas ? Dieu et cette rivière seuls en seront témoins.

Il lui tendit les bras. Médusée, Elizabeth se leva à son tour et défroissa sa robe.

— Milady !

Il fit claquer ses talons et la prit dans ses bras.

— Un-deux-trois, *un*-deux-trois...

Accompagnés par le doux murmure de la rivière, il la fit valser lentement sous les arbres.

Son numéro avec les épées exécuté quelques heures plus tôt ne rendait pas justice aux exquises qualités de danseur de George Gallaher. Il la faisait valser de façon extrêmement subtile, anticipant chacun de ses mouvements, n'ayant plus qu'à ajuster alors la position de ses bras pour ne faire qu'un avec elle. Bientôt, il lui fut presque aussi naturel de danser que de respirer, et Elizabeth en oublia l'incongruité de la situation. Ayant toujours aimé danser, elle ferma les yeux et se laissa porter par le mouvement ; dans les bras de George, elle se sentait aussi légère que les fées des livres illustrés de Mabel Lucy Atwell qu'elle avait tant aimés petite fille.

La valse terminée, ils restèrent un moment immobiles, dans les bras l'un de l'autre. Puis, Elizabeth leva les yeux vers lui et le dévisagea attentivement.

— Te reverrai-je ? demanda-t-elle.

— *Malesh,* dit-il tranquillement. C'est un mot arabe. Il signifie, si Allah le veut bien.

— Toi, le veux-tu ! s'entendit-elle lui demander comme si elle était quelqu'un d'autre.

— Je suis un nomade, Elizabeth. Je ne peux rien t'apporter de bon. Tu dois m'oublier.

Elle ne décela aucune trace de jeu, rien qui rappelât l'acteur, que ce fût dans sa voix ou dans l'expression de son visage.

— Et puis, je suis trop vieux pour toi, ajouta-t-il. Il faut à une jeune femme un homme jeune.

Il l'embrassa avec une infinie tendresse et la serra contre lui.

— Ce que nous avons fait ce soir a été merveilleux, Elizabeth. Ne laisse jamais personne te dire le contraire. Mon seul espoir est que tu gardes de moi le souvenir d'un homme tendre, et que plus jamais tu n'aies peur. Le plaisir est permis, Elizabeth. Tout comme l'amour.

3

Moins de deux mois après sa première rencontre avec George Gallaher à Durrow, Elizabeth connaissait déjà le texte non seulement de *Conn le Shaughraun*, mais aussi celui de *Meurtre dans la Grange Rouge, Lynne de l'Est, Lumière au Gaz, Le Lis de Killarney*, ainsi que toutes les autres pièces ou mélodrames du répertoire de la Troupe Itinérante Vivian Mellors. Elle connaissait également les horaires et les trajets de tous les bus du Munster depuis que, faisant fi de la désapprobation parentale, elle se rendait chaque week-end dans les villes où se produisait la troupe, à Kilkenny, Waterford, Tipperary et, en dernier lieu, dans le comté de Cork lui-même. A Midleton, elle remporta même le second prix à la tombola organisée ce soir-là et dépensa les deux livres gagnées en achetant un cadeau à Gallaher, un petit nécessaire de voyage contenant un jeu de flacons en verre avec des bouchons en étain pour ses pommades et son eau de Cologne.

Ses parents n'avaient pas été les seuls à émettre des objections : dès le début, Ida, elle aussi, avait tenté de dissuader Elizabeth de s'abandonner à sa « folle » passion. Après ce premier soir à Durrow, il lui avait fallu des jours pour témoigner de nouveau son amitié à Elizabeth. Et il s'était passé des semaines avant qu'elle ne consente à admettre qu'elle était jalouse d'avoir été écartée, fût-ce de la plus charmante façon, par George Gallaher.

Pour être juste avec lui, Gallaher lui-même avait tenté — quoique sans enthousiasme — de décourager Elizabeth au début. Manifestement décontenancé de la revoir devant la tente après le spectacle le samedi suivant, il lui avait proposé de faire quelques pas pour « discuter » un peu. Mais, tandis qu'ils bavardaient, une chose en entraînant une autre, la

« discussion » avait fini par les jeter dans les bras l'un de l'autre. Et Elizabeth, sous le charme, s'était laissé embarquer dans la première histoire d'amour de sa vie.

Au cours des sept semaines magiques qui s'étaient écoulées depuis qu'elle l'avait rencontré, elle n'avait pas ressenti le besoin de dormir et c'est à peine si elle avait touché à ses repas. Et pourtant, elle semblait déborder d'énergie ; les autres secrétaires qui travaillaient dans le cabinet de son père elles-mêmes avaient remarqué quelle somme de travail étonnante elle était capable de fournir en une seule journée. Elle rayonnait, et pas seulement au bureau, car en dehors du travail, les hommes de dix-sept à soixante ans, les jeunes livreurs, les employés de bureau, les vendeurs de magasin, et jusqu'au facteur lui-même, flirtaient ouvertement avec elle et ne ménageaient pas leurs compliments à son égard.

Et chaque fois qu'elle rencontrait George Gallaher, elle en apprenait davantage sur les variations de l'amour.

La troupe se produisait pour la dernière fois ce soir-là à Mallow. Elizabeth gagna sa place au fond de la tente, serrant bien fort le cadeau d'adieu qu'elle s'apprêtait à lui offrir, une paire de boutons de manchettes avec un motif gravé représentant les masques de la tragédie et de la comédie. Elle avait un peu honte de lui offrir quelque chose d'aussi banal, mais toutes ses tentatives de la semaine passée pour trouver un présent original à Cork avaient échoué. D'ailleurs, quelle importance maintenant, songea-t-elle avec amertume, toute cette histoire n'était-elle pas vouée à l'oubli ? George Gallaher repartait pour l'Angleterre, et Dieu seul savait si elle le reverrait jamais.

Il pleuvait dehors, et la pluie qui tambourinait sur le toit de la tente semblait avoir pour effet d'isoler les acteurs et le public du monde extérieur. Elizabeth regardait attentivement autour d'elle, enregistrant chaque détail dans sa mémoire. Un à un, elle passait en revue les accessoires du chapiteau, les poteaux qui le soutenaient, la minuscule scène située quelques centimètres au-dessus du plancher de bois grossièrement assemblé, les projecteurs de couleur, le globe pivotant qui, lorsqu'on l'activait, répandait un kaléidoscope de couleurs sur les visages, les bancs de bois inconfortables destinés à la grande majorité des spectateurs avec, devant, une unique rangée de chaises réservées, elles, au clergé, aux personnes exerçant une profession libérale et aux commerçants locaux ; et puis, les joues fardées et les yeux noirs des acteurs, les sons qui vibraient alentour : elle mémorisait les voix des acteurs, le piano, dont une des touches sonnait faux, la toux grasse du vieil homme assis à côté d'elle. Et les odeurs également : celle du diesel qui activait le générateur, l'odeur des boules de naphtaline, celle des gens en sueur serrés les uns contre les autres dans leurs vêtements humides.

Bientôt, le capitaine Molyneaux fit son apparition sur scène, et, comme si elle venait d'éprouver la brusque accélération des cœurs féminins sous la tente, Elizabeth fut aussitôt tirée de sa rêverie. Ida l'avait surnommé le « splendide George », et Ida n'avait pas exagéré. En le regardant évoluer sur scène pour la dernière fois, la jalousie le disputait à la fierté et au désespoir dans le cœur d'Elizabeth. Les autres femmes qui assistaient au spectacle pouvaient bien jouir de celui qu'il leur offrait et fantasmer à leur guise ; elle, Elizabeth, avait possédé cet homme, et il lui appartiendrait de nouveau ce soir. Elle ne put réprimer un frisson à la seule pensée de ce qu'ils feraient ensemble, mais demain, elle devrait le laisser partir.

A aucun moment, il ne lui avait fait de fausses promesses, elle le savait. En fait, il avait même tout essayé pour la décourager. Il lui avait dit qu'il avait presque cinquante ans, par exemple ; il n'avait jamais fait allusion à l'avenir, pas plus qu'il n'avait évoqué l'existence qu'il menait en dehors du théâtre. D'ailleurs, par crainte des réponses qu'il aurait pu lui donner, elle avait choisi de ne pas l'interroger sur ce point précis.

Au début, l'attitude bienveillante de la troupe Mellors à son égard — tous semblaient l'avoir acceptée comme la compagne épisodique de George Gallaher, et nul n'avait émis la moindre critique — l'avait presque amenée à croire que c'étaient là les manières en usage dans la vie de tous les jours. Mais la découverte la plus surprenante de toutes fut qu'il était facile et naturel de faire l'amour avec un homme ; elle n'avait pas du tout honte de sa liaison coupable avec George Gallaher, pas plus qu'elle n'avait le sentiment de commettre un péché mortel ; en fait, elle avait fini par se convaincre, au demeurant sans difficulté, que ce qu'ils faisaient n'était pas un péché du tout.

D'autre part, et bien qu'elle continuât d'assister à la messe le dimanche, elle abandonna les sacrements. Il était inutile d'aller à confesse si ce n'était pas pour faire réparation à Dieu, et Elizabeth n'avait aucune intention de renoncer à faire l'amour avec George Gallaher avant qu'elle n'y soit contrainte. Le seul rite auquel elle sacrifiait encore consistait à lui témoigner son amour ; quand elle était avec lui, plus rien ne comptait en dehors de sa présence physique. Mais le temps était venu de payer pour tout. Elizabeth serra les doigts autour de la petite boîte qui contenait les boutons de manchettes, et, de crainte de la salir, la glissa dans la poche de sa veste.

Elle quitta sa place aussitôt que le rideau retomba. George ne jouait pas dans la saynète qui suivait la pièce, et quoiqu'il dût reprendre sa place pour la tombola finale, il avait accepté de passer avec elle chaque minute dont il disposerait.

Familière des habitudes de la troupe, Elizabeth savait maintenant que la petite incartade de George pour la rejoindre plus vite ce soir-là à Durrow lui avait valu quelques petits ennuis avec Vivian Mellors ; tous les membres de la troupe, quelle que fût leur place à l'affiche, se devaient d'être présents dans tous les aspects du travail, que ce soit ériger la tente ou charger et décharger les camions, vendre les tickets, assurer la promotion du spectacle ou encore réparer la toile et nettoyer le matériel après chaque représentation. Elle avait été flattée d'apprendre qu'il avait risqué son emploi pour elle, mais ne l'autorisait plus à le faire maintenant. Elle avait pris l'habitude désormais, elle aussi, de se rendre utile en participant à toutes ces tâches.

Dehors, la pluie avait redoublé d'intensité et Elizabeth sortit son parapluie. Pour ne pas trop attirer l'attention, elle s'écarta un peu du triangle de lumière de l'entrée et se blottit sur le côté, à l'abri de la tente, laquelle avait été érigée sur un terrain plat en bordure d'une forêt à environ deux kilomètres de la ville. Tandis que les rires et la musique continuaient de lui parvenir de l'intérieur, elle fut agitée d'un long frisson et abaissa son parapluie jusqu'à ce que les baleines et l'étoffe tendue de celui-ci fussent tout ce qu'elle eût dans son champ de vision.

— Bonjour ! Sale temps, n'est-ce pas ?

C'était lui. La pluie dégoulinait sur la valise dans laquelle il avait rangé son costume et son maquillage.

— C'est le mot, rétorqua-t-elle automatiquement. (Puis :) Oh, George !

Laissant tomber son parapluie, elle se jeta à son cou.

— Quel empressement ! dit-il à son oreille d'un air gêné. Allons ailleurs. Là-bas.

Il lui indiqua du doigt le véhicule de la troupe, garé à une trentaine de mètres au milieu du champ, ramassa le parapluie et l'en abrita.

— Allons-y.

A mi-chemin, Elizabeth dérapa sur une bouse de vache, mais il réussit à la rattraper de justesse, et ils continuèrent d'avancer tant bien que mal vers le camion.

46

— Par ici, vite.

Il ouvrit en grand la portière du côté passager et l'aida à se hisser à l'avant. Puis, elle s'écarta un peu et lui fit une place à côté d'elle.

— Là ! fit-il en claquant la portière. C'est mieux.

Ils échangèrent un sourire, et Elizabeth comprit aussitôt qu'elle ne pourrait plus maintenir bien longtemps les apparences. Maintenant qu'il était assis à côté d'elle dans ce camion, elle ressentait un profond désarroi, visible sur chaque trait de son visage.

— Tout va bien ? s'enquit-il tendrement, en la tenant par le bout du menton.

Elle hocha la tête, sans toutefois pouvoir le regarder.

— Non, n'est-ce pas ? Quel est le problème ?

— Tu me le demandes ?

Elle était furieuse maintenant, quoique consciente du côté irrationnel d'une telle réaction.

— Écoute, tu savais à quoi t'en tenir... je ne peux pas...

— Je sais parfaitement à quoi m'en tenir ! rugit-elle, avant de prendre aussitôt un air contrit. Oh, George, je suis désolée, désolée. Pardonne-moi, je ne sais plus ce que je dis.

De nouveau, elle se jeta à son cou.

— Évidemment que je savais à quoi m'en tenir, je l'ai toujours su. C'est juste que j'aurais voulu...

Elle s'interrompit. Que voulait-elle au juste ? Qu'il l'emmène avec lui ? Ou même qu'il l'épouse ? Abandonner son travail et le suivre avec la troupe aux quatre coins des îles britanniques ? Elle ne savait même pas ce qu'il faisait l'hiver.

— Que veux-tu, Elizabeth ?

— J'aimerais que les choses soient différentes. Tu es toute ma vie maintenant, dit-elle en sanglotant contre le revers de sa veste.

— Je ne suis pas toute ta vie, ma chérie, bien sûr que non. Je ne suis que la première partie d'une vie qui sera certainement aussi belle et passionnante que tu l'es.

— Arrête, ne me donne pas une de tes répliques, je t'en prie.

Elle le repoussa, furieuse de nouveau.

— Pour une fois, reprit-elle, parle comme on est censé le faire dans la vie. Ne me donne pas ces... ces...

— Ces quoi ? demanda-t-il, après un silence. Ces quoi, Elizabeth ! Dis ce que tu as sur le cœur !

Elle eut brusquement conscience que c'était la première fois qu'ils se disputaient, et le dévisagea avec horreur.

— Pour la troisième fois, ces quoi ? reprit-il. Jusqu'à aujourd'hui, ma façon de parler n'a pas eu l'air de te déplaire.

— ... Non, tu as raison, concéda-t-elle.

Il y eut un instant de silence. La pluie, remarqua-t-elle, rendait deux notes distinctes en tombant sur le camion ; une première note au contact du toit, l'autre à celui du pare-brise.

— Désolée, reprit-elle dans un murmure. George, je suis tellement désolée.

— Tu es excédée, dit-il en essuyant un peu de buée sur le pare-brise. C'est compréhensible... A propos, reprit-il, changeant de sujet, sais-tu qu'on dit que saint Patrick a passé un marché avec Dieu, et que l'Irlande est censée être engloutie sept ans avant le reste du monde ? C'est peut-être ce qui est en train d'arriver.

Elle tourna les yeux vers lui. Il souriait : le danger était passé.

— Et sais-tu, reprit-il, visiblement désireux de poursuivre le petit jeu, que le vrai nom de Vivian Mellors est Sid Thornberry [1] ?

— Non, je ne le savais pas, répondit-elle. (Puis, avec un air ingénu :) Mais, ça ne me surprend pas...

— Crénom de... ! s'exclama-t-il en la prenant dans ses bras. Faut-il que tu sois stupide !

— Je ne suis pas stupide !

— Et je n'ai pas cinquante ans.

— Quoi ? Mais, tu m'as dit...

— C'était pour te décourager, pour te protéger contre moi. Tu vois que je peux avoir de nobles sentiments ! J'ai dit, souviens-t'en, que j'avais *presque* cinquante ans. C'est toi seule qui as tiré la conclusion que « presque » signifiait que j'avais vraiment cet âge-là.

— Eh bien, quel âge as-tu ?

Elizabeth ressentit une brève lueur d'espoir. Peut-être allait-il lui demander de faire partie de sa vie après tout ?

— J'ai quarante-six ans.

Elle se lova contre lui et considéra un instant la réponse.

— Au fond, ce n'est pas vieux du tout, dit-elle lentement. Mais pourquoi me dis-tu tout cela maintenant ? Quelle différence cela fait-il ?

— C'est plus de deux fois ton âge, murmura-t-il à son oreille, éteignant par la même toute lueur d'espoir. C'est beaucoup trop. Et je tiens à être honnête avec toi.

1. Thornberry : baie épineuse. *(N.d.T.)*

— Il y a autre chose, n'est-ce pas ? s'enquit-elle en ayant d'instinct le sentiment qu'il ne lui disait pas tout.

— Que veux-tu dire ?

— Ne jouons plus, George, nous n'en avons plus le temps. Il n'y a pas que la question de l'âge, n'est-ce pas ? D'une certaine façon, tu es en train de m'avertir une fois encore de quelque chose.

— Vraiment ?

— Oui, j'en suis sûre.

Elle attendit.

— Il n'y a rien, tu imagines des choses.

Il voulut déboutonner sa chemise pour lui embrasser les épaules, mais elle fit un brusque écart et mit une distance raisonnable entre eux.

— George, tu as dit que tu tenais à te montrer honnête.

Il la dévisagea un instant, puis détourna ses regards.

— Je t'ai sous-estimée.

— Dis-moi ce qu'il y a, George, pour l'amour du ciel, j'ai le droit de savoir.

— Tu dois probablement savoir ce qu'il y a puisque tu en parles.

— Je veux te l'entendre dire.

Elle attendit et vit passer toute la gamme des expressions sur le visage de Gallaher. Finalement, il se tourna vers elle et déclara presque d'un ton de défi :

— Je pars pour l'Amérique, Elizabeth. Pour de bon. J'ai l'intention d'aller à Hollywood et d'essayer de travailler pour le cinéma. Des occasions s'ouvrent en Angleterre également. Sais-tu que la BBC ne se contente plus de radiodiffuser ses programmes, mais qu'elle produit des images maintenant pour son nouveau service de télévision ?

Elle le regarda fixement et devina à son air qu'il improvisait. Son intention première, sans aucun doute, avait été de lui dire tout à fait autre chose. Le message était clair néanmoins : qu'il parte réellement ou non, George Gallaher lui faisait ses adieux. Le tambourinement harmonieux de la pluie sur le toit du camion avait cédé la place à une étrange cacophonie.

De la dignité. Elle devait conserver sa dignité.

— Eh bien, félicitations ! dit-elle. C'est une idée splendide. Je te souhaite toute la chance du monde.

— Elizabeth, je t'en prie, je suis désolé.

Il tenta de l'attirer vers lui, mais elle lui résista.

— Moi aussi, je suis désolée, dit-elle en jetant un coup d'œil par-dessus son épaule. Oh, regarde ! Le spectacle est fini, ils sortent.

— Laisse-les donc, il faut que nous parlions.

Il tenta de nouveau de la prendre dans ses bras, et cette fois, elle n'opposa aucune résistance.

— Tout ceci ne change rien à ce qui s'est passé entre nous ces dernières semaines, reprit-il, tu dois me croire sur ce point, Elizabeth. Ce que nous avons connu et fait toi et moi était quelque chose de très spécial.

— Oh, à propos...

Elle s'écarta, et, avec une désinvolture dans la voix dont elle fut la première surprise tandis qu'elle fouillait dans sa poche à la recherche des boutons de manchettes, elle ajouta :

— Voici pour toi.

Il prit la petite boîte, mais ne lui accorda pas un regard.

— Elizabeth ?

— Oui...

— Peux-tu essayer un instant de te mettre à ma place, de voir les choses de mon point de vue ?

— Mais évidemment que je peux. Tu pars, tu ne m'en as pas parlé, ça ne me concerne pas, je n'ai pas arrêté de penser à toi, je suis une idiote. Fin de l'histoire.

— Non. Ce n'est pas ça. Donne-moi ta main...

— Non !

Il fut stupéfait par la violence de sa réaction, mais trouva néanmoins le courage d'insister, lui prenant de force la main avec laquelle elle se cramponnait au volant.

— Qu'est-ce qui a changé ? Je suis toujours la même personne, tu es toujours la même personne...

— « Qu'est-ce qui a changé » ? Tu ne peux pas me demander cela sérieusement.

Elle faillit éclater de rire devant tant d'audace ou d'insouciance, elle n'aurait su dire.

— Enfin, crois-tu vraiment que nous puissions continuer ainsi ? Et même nous marier ? Réfléchis, Elizabeth. Quel genre de vie aurais-tu avec moi ?

— Oh, le même genre de vie que n'importe quelle épouse a dans le milieu du théâtre, j'imagine.

Doublement mortifiée, elle lutta pour contenir les larmes qui commençaient de lui venir aux yeux. Elle se sentait piégée. Elle avait dû admettre qu'elle avait nourri certains espoirs.

— La plus pauvre des formes d'intelligence, Elizabeth. Le sarcasme. Cela ne te ressemble guère.

Au comble de la fureur, elle retira brutalement sa main de

la sienne et chercha à tâtons la poignée de la portière à côté d'elle.

— Je m'en vais d'ici.

Elle activa le mécanisme d'ouverture, mais, dans un « crac », la poignée lui resta dans les mains.

Elle la regarda les yeux écarquillés, de grosses larmes d'humiliation commençant à couler sur ses joues. Qu'avait-elle espéré, de toute façon ? Elle avait toujours su qu'il quitterait l'Irlande à la fin de la saison, et elle avait toujours essayé d'être réaliste sur ce point. *Oh, non, tu n'as fait aucun effort dans ce sens.* Une petite voix implacable instillait son poison quelque part à la base de son crâne. *Tu as toujours espéré que tu pourrais continuer ainsi.*

— Ah, les vieux tacots, quelle aubaine ! s'exclama Gallaher en lui prenant doucement la poignée des mains. Maintenant, tu es ma prisonnière. Viens ici, embrasse-moi. Me pardonneras-tu, Elizabeth ? Je te désirais tellement que j'avais peur que tu t'enfuies loin de moi si tu connaissais la vérité. Je ne voulais pas gâcher ce merveilleux été. Embrasse-moi. Je ne veux plus que tu sois furieuse contre moi.

Alors, dis que tu m'emmèneras avec toi, faillit-elle laisser échapper, mais elle eut le réflexe de tenir sa langue.

— Laisse-moi seule.

Ne sachant plus si elle était en colère contre lui ou contre elle-même, elle le repoussa.

Pendant un instant, il étudia placidement son visage, puis baissa les yeux.

— Je ne suis que moi, ma chérie, dit-il alors. Je ne t'ai fait aucune promesse, souviens-t'en. Je t'en prie, ne gâchons pas les quelques heures qui nous restent.

Il y eut un moment de silence, durant lequel Elizabeth le dévisagea d'un air éperdu.

— Oh, George, murmura-t-elle enfin, que vais-je faire ?

— Tu auras le temps de répondre à cette question demain, dit-il. Il nous reste encore cette soirée. Concentrons-nous sur l'instant présent, Elizabeth, c'est tout ce que nous possédons.

— C'est si difficile, murmura-t-elle.

— Ça l'est pour moi aussi.

Il approcha alors ses lèvres des siennes, et lui donna un chaste baiser.

— Puis-je ouvrir mon cadeau maintenant ?

— C'est peu de chose. De simples boutons de manchettes.

Il déchira le papier d'emballage et examina les bijoux.

— Ils sont splendides, absolument superbes, s'exclama-t-il en la prenant dans ses bras.

A cet instant, la portière du camion s'ouvrit, et le visage dégoulinant de pluie du joueur de piano apparut à côté d'Elizabeth. Il ne montra aucun signe d'embarras en les voyant enlacés sur la banquette, et se contenta de les regarder du coin de l'œil.

— C'est le moment de la tombola, dit-il.

— Très bien, je viens, fit George. Je ne serai pas long, Elizabeth.

Il ouvrit la portière de son côté, et, relevant le col de sa veste, sauta du camion, instantanément dissimulé par le sombre rideau de pluie qui semblait s'être épaissi maintenant qu'Elizabeth se retrouvait seule dans l'obscurité humide de la cabine. Elle essaya de remettre de l'ordre dans ses pensées, de faire appel à sa raison et non à son cœur : elle n'avait aucun droit de se conduire comme elle venait de le faire avec George Gallaher ; tout ce qu'il avait dit était vrai — ce n'était qu'une idylle de vacances, elle devait faire preuve de plus de bon sens, agir en adulte.

Une seconde plus tard, pourtant, toute notion de bon sens oubliée, elle alla s'asseoir à la place occupée par Gallaher quelques instants plus tôt et ferma les yeux ; la banquette était encore chaude à cet endroit. L'odeur de l'acteur y persistait, plus prégnante que celle du métal, du vieux cuir et de l'huile. Pour mieux sentir sa chaleur, elle glissa ses deux mains sous ses cuisses. Puis, inhalant profondément, elle se laissa submerger par son odeur, qui effleura d'abord ses narines, avant de descendre dans sa gorge et d'emplir ses poumons.

Puis, son pied rencontra quelque chose : la valise. Sans pouvoir s'en empêcher, elle la ramassa, la posa sur la banquette à côté d'elle et en souleva les crampons de fermeture. Elle en sortit ensuite son costume rangé à la hâte, dont elle secoua et replia proprement la veste et la grande cape. Elle fit de même pour le pantalon, la cartouchière et la ceinture à laquelle il attachait son fourreau.

Sous les vêtements se trouvaient le petit nécessaire de voyage qu'elle lui avait offert ainsi qu'une boîte à cigare cabossée qui n'avait plus d'étiquette depuis sans doute fort longtemps. Elle l'ouvrit et, émerveillée par l'arôme puissant qui s'en dégageait, détailla son contenu : cirage, colle gomme, faux cheveux, brosse à dents, bourre-pipe, têtes d'allumettes usagées. Elle découvrit ensuite une autre boîte, ronde et en étain. Elle l'ouvrit également et plongea un doigt dans la substance blanche et grasse qu'elle contenait. Étonnée, elle porta son doigt à ses narines : le produit avait une odeur proche de celle du saindoux.

— Prise la main dans le sac, hein ?

La portière à côté d'elle venait de s'ouvrir et Gallaher bondit sur la banquette.

— Au cas où tu te poserais la question, il s'agit d'huile de noix de coco, dit-il, jovial, en refermant la portière derrière lui.

Il n'avait pas l'air le moins du monde contrarié de l'avoir trouvée fourrant le nez dans ses affaires.

— Je ne t'attendais pas avant des heures.

— C'est ce qu'on dirait.

Il souriait toujours.

— Ils n'avaient pas besoin de moi — la plupart des billets étaient déjà vendus quand je suis arrivé. C'est le dernier soir, le grand prix — douze livres tout rond !

Ils avaient juste terminé de ranger la valise quand la portière du côté conducteur s'ouvrit de nouveau et qu'ils aperçurent le joueur de piano qui les rejoignait dans la cabine.

— Quelle affreuse soirée, s'pas ? dit-il en tournant la clé de contact après qu'Elizabeth et Gallaher lui eurent fait de la place à côté d'eux. Z'allez au pub ? s'enquit-il joyeusement comme le moteur tournait au ralenti. Nous y allons tous.

— Je ne sais pas, répondit Elizabeth en regardant Gallaher.

— Comme vous voulez, fit le joueur de piano avec un petit haussement d'épaules. Ce camion va en ville de toute façon, par une route ou une autre.

Le joueur de piano était le seul Irlandais de la troupe. Il avait été engagé non pas tant pour ses talents musicaux, plutôt limités, que pour son camion, le véhicule habituel de la troupe ayant rendu l'âme une semaine après son arrivée en Irlande.

— Bien sûr que nous y allons, n'est-ce pas, Elizabeth ? fit Gallaher avec un empressement qui la contraria quelque peu et en passant un bras autour de ses épaules.

Le bateau sur lequel la troupe s'apprêtait à embarquer pour Liverpool ne quittait pas Cork avant le lendemain en fin d'après-midi ; aussi, pour une fois, la troupe avait-elle prévu de lever le camp le lendemain matin seulement. Maintenant, plus que jamais sans doute, songea Elizabeth en s'absorbant dans la contemplation du faisceau de lumière projeté par les phares à travers la pluie, Gallaher voudrait profiter de chaque minute qui restait. Elle savait pertinemment que pour lui cette liaison n'était plus qu'une passade, et qu'elle n'avait aucun droit sur lui, ne fût-ce qu'une nuit durant. Elle devrait se contenter de ce qu'il offrirait, ne rien demander de plus.

— Tout va bien ? s'enquit dans un murmure Gallaher, qui avait senti que quelque chose la préoccupait.

Elle remercia le ciel que le bruit du moteur et celui des essuie-glaces sur la vitre empêchassent toute conversation normale, et se contenta de hocher la tête pour signifier que oui, tout allait bien.

Une heure plus tard, coincée au milieu du cercle animé qui entourait Vivian Mellors, les muscles de son visage douloureux d'avoir trop souri, elle tira Gallaher par la manche et demanda dans un murmure :

— Devons-nous rester longtemps encore ?

— Non, bien sûr, répondit-il en lui tapotant le bras, seulement quelques minutes encore.

Fidèle, depuis le sacrement de confirmation, à sa promesse de ne pas boire d'alcool avant l'âge de vingt et un ans, Elizabeth sirotait sa limonade et bouillait intérieurement de colère en constatant que cela faisait déjà deux heures que les précieuses minutes qu'il leur restait s'écoulaient vainement, tandis que les bavardages autour d'elle allaient bon train et que la bonhomie était de mise.

— Est-ce que le pub n'est pas sur le point de fermer ? interrogea-t-elle, profitant du moment où l'intarissable Vivian Mellors marquait une pause entre deux histoires. Il est plus de minuit.

— Chut, chérie, fit Gallaher. Nous y allons dans quelques minutes, c'est promis.

Mais il était près d'une heure du matin lorsque le propriétaire du pub, affrontant les protestations et les sarcasmes des uns et des autres, mit finalement tout le monde à la porte. Presque miraculeusement, la pluie avait cessé, et, bien que l'air fût glacé, la lune, à son dernier quartier, flottait haut dans un ciel clair. Alors que la plupart des membres de la troupe prenaient le chemin des pensions et des chambres meublées des environs, Gallaher, quant à lui, avait pensé à leur réserver une chambre à l'hôtel. Légèrement ivre, il se blottit contre Elizabeth, tandis qu'ils marchaient dans la ville déserte :

— « Comme le ciel paraît paisible maintenant, avec la lune au milieu... » houp ! (Il se frappa la poitrine.) Désolé — j'ai tendance à abuser des citations.

— Tu peux citer la Bible, Shakespeare, et même Vivian Mellors ! Cite autant que tu le voudras, dit-elle en attirant sa tête vers elle pour lui donner un baiser.

Comme elle avait changé en sept semaines ! songea-t-elle brusquement. Elle n'avait plus rien de commun avec l'Elizabeth Sullivan qui, avec son amie Ida Healy, avait pris le car pour assister à la semaine hippique de Dublin moins de deux mois plus tôt. Cette Elizabeth-là n'aurait jamais osé prendre l'initiative d'embrasser un homme, pas plus qu'elle n'aurait demandé à celui-ci de le faire, fût-ce de façon détournée.

Gallaher lui rendit son baiser.

— Tu es adorable, dit-il, son haleine fleurant bon le houblon.

La chambre d'hôtel avait été réservée bien plus tôt dans la journée pour faciliter les choses à Elizabeth, dont c'était là la première expérience dans le rôle de la femme mariée. Elle ne put s'empêcher cependant de prendre une profonde inspiration pour se calmer au moment où le portier de nuit leur ouvrit la porte. Et quoiqu'elle s'efforçât de garder la tête haute tandis qu'elle précédait l'homme dans le hall d'entrée, elle eut immédiatement l'impression que les yeux de celui-ci perçaient à jour son âme pécheresse comme il la suivait du regard dans l'escalier qui menait à la chambre nuptiale.

Elle se jeta sur le lit aussitôt que Gallaher eut refermé la porte derrière lui.

— Je ne veux plus jamais avoir à endurer cela ! s'exclama-t-elle.

Puis, comprenant que ce ne serait sans doute jamais plus le cas, elle se retourna pour le regarder.

— Tu me manqueras, murmura-t-elle.

— Tu me manqueras aussi.

Il fut près d'elle sur le lit en un instant, couvrant son visage et son cou de baisers.

Puis, s'asseyant brusquement sur le lit :

— Il fait froid ici. Déshabillons-nous et glissons-nous sous les couvertures.

Elizabeth était déçue. Elle avait espéré que cette dernière nuit serait une sorte de cérémonie, un rituel dont elle pourrait se souvenir toute sa vie. Puisque c'était la première fois qu'ils se retrouvaient ensemble dans une chambre convenable, elle avait imaginé qu'ils se seraient déshabillés mutuellement, après quoi chacun d'eux aurait laissé libre cours à sa fantaisie en disposant comme il l'entendait du corps de l'autre.

Elle ne dit pas un mot de tout cela. Elle ôta ses vêtements et rejoignit Gallaher sous les draps, blottissant son corps contre le sien. Il se tourna vers elle, et, appuyé sur un coude, la dévisagea attentivement, sans qu'elle puisse dire ce qui se cachait exactement derrière son air narquois.

— Tu as changé, lui dit-il.

— En quoi ?

Elle devait être prudente. Étant donné les circonstances, elle devait se protéger, résister à la tentation, l'empêcher d'affirmer plus avant l'ascendant qu'elle lui laissait prendre sur elle.

— Je ne sais pas, j'ai beaucoup de mal à dire en quoi exactement.

Il colla son nez contre son épaule nue.

— On dirait que tu as pris de l'âge, que tu as davantage confiance en toi.

— Je sais. Il s'est passé tant de choses en sept semaines, murmura-t-elle en traçant un chemin avec sa langue jusqu'aux lèvres de Gallaher. Est-ce que tu aimes ce qui a changé ?

— J'aime tout ce qui fait partie de toi.

Il repoussa la couverture et lui prit le bout d'un sein à pleine bouche, si violemment qu'elle cria de surprise et de douleur.

Ils se livrèrent aux préliminaires de l'amour, et Elizabeth ferma son esprit à tout ce qui n'était pas l'instant présent, résolue à savourer chaque seconde comme elle venait. Dans ce lit, elle n'avait ni passé ni avenir, et pouvait n'écouter que son instinct. Elle s'enroula alors comme un python autour de son corps massif, mais il la repoussa, cherchant à comprendre.

— Qu'est-ce qui t'arrive ? demanda-t-il, visiblement étonné.

— Que veux-tu dire ?

— Tout cela est nouveau, Elizabeth — on dirait que l'élève surpasse le maître.

— Cela semble te décevoir, fit-elle remarquer.

Puis, comme pour semer le doute dans son esprit et l'agacer un peu, elle ajouta :

— Tu as été un excellent maître, tu sais.

Elle serra alors ses jambes autour de son bassin, mais il ne réagit pas, continuant de la regarder comme s'il s'efforçait de résoudre un problème de mots croisés extrêmement compliqué.

— As-tu couché avec quelqu'un d'autre ?

— *Quoi* ?

— Eh bien, je t'écoute.

— George ! Bien sûr que non.

— En tout cas, tu es différente.

— Tu me l'as déjà dit.

Il la dévisagea attentivement, et, sachant qu'elle n'avait rien à perdre, Elizabeth soutint son regard, si bien que lorsqu'il se décida à l'embrasser après quelques secondes, elle eut l'impression d'avoir remporté une espèce de victoire.

— Je suis désolé, dit-il, je n'aurais pas dû dire cela.

— Non, tu n'aurais pas dû.

Pour la première fois depuis qu'elle l'avait rencontré, Elizabeth trouva difficile de réagir de nouveau à ses caresses. Une petite part d'elle-même se tenait encore à l'écart tandis qu'ils faisaient l'amour, l'un et l'autre rivalisant d'enthousiasme pour prendre et donner du plaisir. Quand elle vit qu'il était sur le point d'avoir un orgasme, elle resta un instant immobile.

— George ?

— Oui ? demanda-t-il en s'arrêtant à son tour, tout tremblant.

— Ne te retire pas. Je veux que tu restes en moi ce soir.

— N'est-ce pas risqué ?

— Non.

En réalité, Elizabeth ne savait pas s'il y avait un risque ou non. Mais, elle avait appris à détester ce moment frustrant où ils mettaient volontairement fin à leurs ébats et désirait, pour une fois, faire l'expérience du plaisir jusqu'au bout.

— Eh bien, si tu en es sûre...

Il l'embrassa violemment, et elle se cramponna à lui, le laissant lui imposer son rythme. Soudain, il étouffa un cri, et fut agité d'une convulsion si violente que, l'espace de quelques secondes, elle se sentit comme foudroyée elle aussi. Elle le caressa longuement tandis qu'il reprenait souffle et se calmait, laissant glisser ses doigts et la paume de ses mains le long de son dos couvert de sueur ; tout en faisant cela, elle éprouva une légère déception en songeant au peu de différence qu'il y avait en terme de plaisir à faire l'amour jusqu'au bout comme ils venaient de le faire. Elle était néanmoins heureuse de l'avoir fait.

Toujours en elle, il se hissa au-dessus d'elle, en appui sur ses bras, et la dévisagea.

— Et toi ?

— Tout va bien.

— C'est ton tour, maintenant, Elizabeth.

— Je me sens bien, vraiment.

— Chut. Fais-moi confiance.

Il se releva un peu.

— Maintenant, écarte les jambes et les bras, et évite tout contact avec moi, lui commanda-t-il tendrement. Ferme seulement les yeux, et abandonne-toi à moi.

Ainsi exposée à ses caresses, elle se sentit vulnérable, mais elle fit ce qu'il lui demandait. Bientôt, le sentiment de vulnérabilité céda la place à une excitation fébrile. Elle voulait plus, elle voulait qu'il aille plus vite, mais chaque fois qu'elle refermait ses jambes sur ses doigts ou cherchait instinctivement à poser ses mains sur lui, il la remettait fermement dans la position où il l'avait placée :

— Non, non, pas encore, fais-moi confiance, laisse-toi aller... là... non, n'ouvre pas les yeux...

Quand il vint en elle, elle résista à la tentation de le regarder, de faire quoi que ce soit pour l'aider ; au lieu de cela, elle continua de se laisser porter par le flot de ses propres sensations tandis qu'il allait et venait en elle, doucement d'abord, puis avec une violence et une urgence impérieuses, jusqu'à ce qu'un tressaillement voluptueux s'empare de son ventre et que, se souvenant juste à temps de l'endroit où elle était, elle réprime un cri de jouissance fascinée.

Gallaher accueillit à son tour la jouissance pour la seconde fois, et, tremblants, ils restèrent blottis un moment l'un contre l'autre.

Dans l'esprit d'Elizabeth, le bonheur, la tristesse, le sentiment de perte, l'amour et la haine se livraient une guerre confuse, et, submergée par ce flot de sentiments contradictoires, elle se laissa aller à pleurer à contrecœur.

— Je suis désolée, dit-elle en sanglotant. Je suis désolée, je ne sais pas ce qui ne va pas, c'était merveilleux, je ne sais pas pourquoi je pleure.

— Bien sûr que tu ne le sais pas.

Il l'attira contre lui pour la calmer.

— Là, là, chhutt...

— J'ai mal aux épaules, dit-elle brusquement.

Elle se mit alors à rire à travers ses larmes.

— Oh, Seigneur ! reprit-elle en se cramponnant à lui. On dit des choses tellement stupides quelquefois.

— Chut, fit-il, sans se moquer d'elle. C'est naturel. C'est toute la tension qui retombe maintenant que tes muscles sont relâchés.

Elle se sentait épuisée et heureuse, légère comme un oiseau. Tandis qu'il traçait des motifs complexes sur son ventre avec ses doigts, elle s'étira, s'abandonnant avec délices aux plaisirs de l'élongation, bras, jambes, muscles du dos, après quoi, pour la première fois, elle prêta attention à ce qui l'entourait. Tout dans la chambre était dans les tons marron — un tapis à motifs marron, du papier mural chamois à rayures bordeaux, des rideaux havane devant l'unique fenêtre, une coiffeuse et une armoire en bois d'acajou ; le lit lui-même restait dans la tonalité dominante, ainsi que le couvre-lit.

Gallaher bâilla, puis eut un sourire.

— Si seulement... commença-t-il, se ravisant aussitôt.

— Si seulement, répéta-t-elle, oh, oui, si seulement, mais qui s'en soucie ? Imaginons, imaginons, murmura-t-elle en fourrant son nez dans son cou, deux hommes, complètement gelés ; l'un des deux meurt, combien d'hommes reste-t-il ?

— Arrête ça, tu me chatouilles ! Qu'est-ce que tu racontes ?

Il essaya de l'attraper, mais elle lui glissa des mains tant son corps était couvert de sueur.

— C'est une devinette, cher monsieur !

Elle lui donna un petit coup de coude dans les côtes.

— Il suffit d'imaginer, d'imaginer...

— J'y renonce !

— Tu ne peux pas abandonner, dit-elle en éclatant de rire. Allez, allez, combien d'hommes reste-t-il ?

— Un ?

— Aucun, car nous ne faisons que supposer ! conclut-elle, riant de plus belle. Oh, Seigneur ! Crois-tu que le sexe me fasse perdre la raison ? demanda-t-elle en se dégrisant. Désolée, je t'ai interrompu. Que disais-tu, « si seulement... » ?

— Rien, ça n'a pas d'importance.

— Allons, dit-elle d'un ton enjôleur, il ne nous reste plus beaucoup de temps.

— Crois-moi, ce n'était rien, seulement une pensée idiote. Allons dormir, je n'arrive plus à garder les yeux ouverts. Tu vois l'effet que tu as sur moi ?

Il tenta de l'embrasser, mais elle se montra brusquement réticente.

— Dis-le-moi !

Elle sentit qu'il était sur le point de lui avouer quelque chose de crucial. Il hésita :

— Elizabeth, je...

Elle ne bougeait pas. Elle aurait voulu lui crier dessus pour qu'il en vienne plus vite au fait, mais elle comprit que si elle prononçait un mot maintenant, il ne dirait rien.

Le bruit d'une porte qui claque leur parvint depuis le couloir.

— J'aimerais tellement pouvoir t'emmener avec moi, dit-il. A Hollywood.

Elizabeth sentit son estomac se nouer, mais elle s'efforça de rester calme et d'attendre. Il y avait autre chose, elle le savait, mais il était difficile de dire quoi exactement.

— Revenons au début, dit-elle brusquement. Tu as dit : « Si seulement », si seulement *quoi* ?

Il hésita, leva les yeux au plafond, puis se détourna d'elle dans un soupir.

— Je suis marié, avoua-t-il.

4

Adultère, adultère, adultère... Le mot revenait à son esprit au rythme du sifflement des balais d'essuie-glaces du car à destination de Cork.

Elizabeth se réjouit sombrement de la pluie qui, après le bref répit de la nuit précédente, s'était remise à tomber sans discontinuer depuis les premières heures du jour. Elle essuya avec la main une partie de la vitre embuée à l'endroit où elle était assise ; dehors, la rivière Lee était en crue. Ils traversaient maintenant les faubourgs de la ville.

Qu'allait-elle dire à ses parents ? Certainement pas la vérité : *Bonjour, mère. Eh bien, tu as eu raison de me mettre en garde — il est marié, j'ai été stupide !*

Le bus pénétra bruyamment dans la gare routière. Elizabeth en descendit, ouvrit son parapluie et se dirigea d'un pas traînant le long des rues luisantes de pluie en direction de South Mall et du cabinet de son père. Elle avait l'impression que le poids du petit sac qu'elle transportait avec elle doublait tous les dix mètres. Elle se sentit vieille, affreusement vieille. La pluie avait obligé le bus à aller plus lentement, et elle arrivait encore plus tard que d'habitude pour un lundi matin après un week-end avec Gallaher : les piétons et les cyclistes en route pour leur travail étaient déjà moins nombreux. Tant mieux, songea-t-elle férocement, tant mieux...

Tandis qu'elle marchait, les détails des huit heures précédentes lui revenaient un à un à l'esprit à la manière d'un spectacle de lanterne magique. Après la terrible révélation de Gallaher, elle s'était levée d'un bond ; son premier instinct avait été de fuir, de fuir aussi loin que possible. Mais le bon sens lui avait commandé de n'en rien faire. Où aurait-elle pu courir à deux heures du matin dans une ville comme Mallow ?

Elle avait donc sorti sa chemise de nuit de sa valise, l'avait enfilée et s'était pelotonnée sur le fauteuil branlant qui se trouvait dans la chambre en se faisant aussi petite que possible.

Elle s'était mise bientôt à trembler, de fureur et de peur, en proie à des sentiments mêlés qu'elle jugeait préférable de ne pas analyser. Toutes sortes de questions désespérantes se bousculaient dans son esprit. Pourquoi ne lui avait-il rien dit plus tôt ? Pourquoi maintenant ? Qui était sa femme ? Comment s'appelait-elle ? Quel âge avait-elle ? Était-elle belle ? Tout ce qu'elle lui demanda fut :

— Est-ce que tu emmènes ta femme à Hollywood ?

— Non.

Il restait au lit, évitait son regard.

— Pourquoi ? demanda Elizabeth en attendant qu'il tourne les yeux dans sa direction.

— Elle ne veut pas venir, dit-il en étudiant les plis que faisait le couvre-lit marron. Elle tient à rester avec les enfants.

— Oh.

Elle n'avait plus le courage de l'interroger davantage. Elle avait l'impression que le tremblement qui agitait son corps se communiquait en vagues concentriques au sol, aux murs, au mobilier de la chambre.

— Il faut que j'aille me rafraîchir, dit-elle d'une voix hachée en filant vers la salle de bains, qui se trouvait au bout d'un petit couloir.

Arrivée près du lavabo, elle fut prise de haut-le-cœur et ne put s'empêcher de vomir. Elle vomit plusieurs fois, jusqu'à ce qu'elle n'ait plus rien à vomir. Puis, tremblante, elle s'assit par terre à même le linoléum et appuya sa joue contre le bord de la baignoire. La sensation de froid qui se communiqua à son visage fut si intense qu'elle pâlit.

Elle resta ainsi sans bouger durant plusieurs minutes, prise de sueurs froides, au niveau des seins et dans le bas du dos. Peu à peu, elle prêta attention aux odeurs qui emplissaient la pièce carrelée — l'odeur de la maladie, bien sûr, mais aussi la puanteur de son propre corps, une odeur de transpiration et quelque chose d'autre encore : l'odeur fétide du sexe. Aussi longtemps qu'elle vivrait, songea-t-elle, cette odeur signifierait maintenant la trahison et le mal.

Elle entendit un bruit et leva les yeux. La silhouette géante de Gallaher apparut dans l'embrasure de la porte, masquant la faible lueur de la veilleuse du couloir.

— Est-ce que ça va ?

Elle ne trouva pas la force de lui répondre sur le moment,

et se contenta de hocher la tête. Il s'avança alors vers elle et l'aida à se relever.

— Es-tu sûre que tout va bien ? Veux-tu que je fasse venir un médecin ?

Cette dernière question faillit lui arracher un sourire désabusé. *Oui, docteur, je me sens très faible, c'est parce que mon amant vient de m'annoncer qu'il était père de famille...*

Elle le repoussa de la main.

— Je vais très bien. Laisse-moi seule une minute, veux-tu, George ? J'ai juste besoin de faire un brin de toilette.

— Eh bien, si tu en es sûre...

Tel un cheval de trait incertain de ce que son maître va lui demander, il quitta la pièce.

Elizabeth ferma la porte derrière lui, alluma la lampe à pétrole et, après avoir nettoyé le lavabo, entra dans la baignoire et se fit couler un bain sans se soucier un instant que le bruit de l'eau pouvait réveiller quelqu'un. Elle n'avait emporté ni savon ni serviette avec elle, et l'eau était aussi froide que de la neige fondue. C'était sa punition pour avoir été aussi stupide.

Elle se sentit un peu mieux — du moins, physiquement — lorsqu'elle regagna la chambre.

Gallaher s'était recouché ; il la regarda entrer en cillant légèrement.

— J'ai froid, dit-elle, il faut que je me mette sous les couvertures, désolée.

Elle attendit tandis qu'il se glissait sur le côté pour lui faire de la place, et lorsqu'il voulut passer un bras autour d'elle, elle le repoussa à nouveau d'un geste résolu de la main.

Gallaher tenta alors de se montrer enjôleur, d'user de tout son charme naturel pour sauver ce qui restait de leur liaison, mais Elizabeth, inflexible, resta de marbre à l'autre bout du lit, si bien qu'à trois heures moins le quart environ, il se tourna finalement de son côté et dormit.

Pour Elizabeth, le reste de la nuit fut long et pénible. Incapable même de pleurer, elle resta étendue dans l'obscurité sans faire le moindre mouvement, jusqu'à ce que l'interstice entre les rideaux de la fenêtre devienne gris, puis se teinte brièvement d'or pâle pour s'assombrir de nouveau avec l'arrivée de la pluie. Il était environ sept heures et demie quand elle se glissa hors du lit. Quoiqu'une partie d'elle-même souhaitât désespérément rester, l'embrasser de nouveau, faire l'amour avec lui et oublier les dernières heures, elle sentait qu'il était plus urgent pour elle de s'éloigner, de retrouver un peu d'intimité. Elle devait partir et mettre la plus grande distance physique possible entre elle et George Gallaher.

— Elizabeth, je t'en prie.

Il se réveilla au moment où elle enfilait sa robe.

— Ne dis rien, George, ne dis rien.

Elle lui tournait le dos et ne bougeait pas.

— Mais si seulement tu me laissais t'expliquer...

— Aucune explication n'est nécessaire, dit-elle, soucieuse une fois encore de rester digne. Crois-moi, je pense ce que je dis.

Elle finit de boutonner le haut de sa robe.

— Tu as eu tort de ne pas me dire la vérité, reprit-elle en tirant sur ses bas. Mais je ne peux m'en prendre qu'à moi. J'aurais dû savoir. Je paie maintenant mes propres erreurs.

— Au moins, disons-nous au revoir. Ne peut-on être amis ? Je t'en prie.

— Pour tout t'avouer, George, je ne sais pas.

Finalement, elle se tourna vers lui ; même si c'était pénible, elle tenait à être honnête.

— A quoi bon être ami avec quelqu'un que l'on ne reverra sans doute jamais, hein ? interrogea-t-elle.

Il fit un geste pour répondre, mais elle l'en dissuada en levant la main et en cherchant ses chaussures sous le lit. Quand elle se releva, elle vit une expression bizarre sur son visage, mais elle n'avait aucune intention de prolonger davantage son agonie en essayant de deviner ce qui se cachait derrière.

— Ne t'inquiète pas, George, je suis une grande fille maintenant.

— Ne pourrions-nous au moins échanger nos adresses, Elizabeth ?

— Pour quoi faire ? Et puis d'ailleurs, sais-tu seulement à quelle adresse toi et ta... ta famille..., reprit-elle d'une voix tremblante en se baissant pour lacer ses chaussures, à quelle adresse toi et ta famille allez vivre à Hollywood ?

— Je pars seul, je te l'ai dit, répondit-il en la dévisageant attentivement. Au moins, donne-moi la tienne afin que je puisse t'envoyer une carte postale quand je serai installé.

Elizabeth plia sa chemise de nuit et la rangea dans son sac.

— Non, je ne crois pas que ce soit une bonne idée, George.

Elle jeta un coup d'œil autour d'elle.

— Bien, je crois que je n'oublie rien. Je ferais mieux d'y aller maintenant, je ne voudrais pas manquer le bus.

Mallow n'était qu'à trente kilomètres de Cork, et la liaison routière était parfaitement assurée. Il y avait un bus à huit heures.

— Viens ici, s'il te plaît, demanda-t-il d'une voix douce et suppliante en lui tendant les bras, et, l'espace d'une seconde, elle sentit sa détermination faiblir. Mais une rafale de vent et de pluie cingla la vitre et lui offrit une échappatoire.

— Il fait un temps affreux ce matin, dit-elle, et tu sais combien la pluie retarde ces vieux bus. Je ne tiens pas à être en retard au travail.

— Très bien, puisque tu insistes.

Il se rallongea et ferma les yeux.

Elle hésita, puis fit alors ce qu'elle devina pourtant être une erreur monumentale : laissant tomber son sac par terre, elle se précipita vers le lit, lui prit le visage entre ses mains et lui donna un rapide baiser.

— George, je t'aime.

Avant qu'il ait eu le temps de réagir, elle avait ramassé son sac et quitté la chambre.

Maintenant qu'elle marchait dans les rues de Cork en direction du bureau de son père, le souvenir de cette dernière défaillance la fit rougir. Ils n'avaient jamais, ni l'un ni l'autre, utilisé le mot « aimer » durant toutes ces semaines qu'ils avaient passées ensemble.

Le vent s'engouffrait sous son parapluie, et elle avançait péniblement, tête baissée. Finalement, les pieds trempés et les cheveux raides, elle arriva devant l'immeuble imposant où se trouvait le cabinet de son père. A son grand soulagement, ce dernier, comme d'habitude, était en retard lui aussi.

Elizabeth faisait fonction en quelque sorte de sous-secrétaire de deux des secrétaires juridiques du cabinet, lesquelles étaient déjà confortablement installées à leur bureau derrière une tasse de thé et une pile de dossiers.

— Bonjour, dirent-elles l'une après l'autre d'un ton parfaitement naturel, où ne s'exprimait ni rancune ni curiosité, tandis que, s'excusant de son retard, Elizabeth accrochait son manteau, secouait son parapluie et le mettait à sécher dans un coin près d'un radiateur.

La pièce, carrée et haute de plafond, avait été meublée par la mère d'Elizabeth à partir de ventes aux enchères, dans un style qui, pour l'époque, paraissait complètement démodé. Assez grande pour contenir les six bureaux gigantesques des employés du cabinet, tous accompagnés d'une armoire-vestiaire personnelle en bois d'acajou, elle reflétait quelques-unes des idées que Corinne Sullivan se faisait du sérieux juridique. Elle avait mis des rideaux de velours marron aux deux énormes fenêtres qui donnaient sur la rue, et, à l'exception du mur où se trouvait la porte d'entrée, les autres étaient pour l'un masqué à la base par un alignement de meubles-classeurs en bois brillant, pour les deux autres couverts du sol au plafond d'étagères à livres bien remplies. Le bureau d'Elizabeth se trouvait dans un coin, à côté d'une des fenêtres, mais aujourd'hui la lumière était terne et il faisait frais et humide dans la pièce, d'autant plus humide qu'un des radiateurs en fonte avait une fuite et que l'eau s'écoulait goutte à goutte dans un plateau en métal.

Elizabeth frissonna en ôtant le couvercle de sa machine à écrire, puis s'efforça de se mettre au travail. C'était sa seule consolation. Le travail l'aiderait à exorciser le souvenir de George Gallaher. Elle lut son courrier du jour, inséra une feuille dans le chariot de son Underwood et se mit à frapper avec acharnement.

Elle avait bien avancé dans son travail quand son père arriva.

— Bonjour tout le monde !

St. John Sullivan s'efforçait de masquer son embonpoint sous des costumes bien coupés et des chemises une taille trop grande pour lui. Dur à la tâche, il faisait preuve d'une méticulosité qui inspirait le respect à ses clients et à ses associés.

— Bonjour ! répondirent en chœur les deux secrétaires.

— Bonjour, papa, dit Elizabeth sans lever les yeux de ses dossiers.

— Triste matinée, n'est-ce pas ? lança son père en se débarrassant de son imperméable.

Elizabeth sentit qu'il regardait dans sa direction, mais St. John Sullivan s'enorgueillissait de traiter ses employés avec justice et équité, et il était rare qu'il laisse les questions familiales prendre la moindre importance au bureau. Ce matin, pourtant, était l'un de ceux où il faisait exception à la règle.

— Oh, à propos, Elizabeth, dit-il en passant devant son propre bureau dont la porte était encadrée par les étagères murales, ta mère aimerait que tu lui donnes un coup de main ce soir pour sa partie de cartes.

— Très bien, papa, dit-elle sans cesser de frapper son courrier.

La requête avait été formulée sur un ton plaisant, mais le sous-entendu était parfaitement clair. *Nous ne t'avons pas vue de tout le week-end, aussi tu ferais bien de faire ce qu'on te dit ce soir.*

Au moment où St. John Sullivan refermait derrière lui la

porte de son bureau, le document qu'elle lisait se brouilla devant ses yeux. Elle plongea alors la main dans son sac à la recherche d'un mouchoir, et se moucha.

— Désolée, c'est ce temps affreux, expliqua-t-elle sans s'adresser à quelqu'un en particulier. J'ai dû attraper froid, désolée.

Son père et sa mère n'avaient plus besoin de s'inquiéter désormais, se dit-elle. Elle se sentait si mal qu'elle était prête maintenant à passer toutes ses soirées à la maison pendant les dix prochaines années.

Les choses prirent cependant un tour différent. A Noël, Elizabeth découvrit qu'elle était enceinte.

Elle soupçonnait la chose depuis le début du mois de décembre, mais ne s'était confiée à personne, passant nuit blanche après nuit blanche à s'inquiéter et même à paniquer, jusqu'à ce que le vendredi 13 décembre, elle prenne finalement son courage à deux mains pour annoncer qu'elle avait l'intention de se rendre à Dublin le lendemain afin d'y faire quelques achats. En réalité, son but était de consulter un médecin qui ne connaissait pas sa famille, et elle non plus du même coup.

— Que trouves-tu donc à redire aux boutiques de Cork?

La mère d'Elizabeth, fille de l'un des « princes marchands » de la ville, avait pour la capitale une antipathie à peine dissimulée, et n'y allait jamais quand elle pouvait l'éviter. Elles étaient assises ce soir-là dans la grande cuisine confortable de leur maison de Blackrock, située dans la banlieue aisée de la ville. Elles n'étaient que deux à table, le père d'Elizabeth dînant, lui, avec un de ses clients à la Taverne de l'Huître.

Corinne Sullivan débarrassa leurs assiettes et se leva de table. Svelte, nonchalante, avec la même complexion que sa fille, elle s'habillait avec goût et passait beaucoup de temps chez le plus grand coiffeur de Cork. Elizabeth craignait beaucoup de se confier à sa mère; bien que Corinne élevât rarement la voix, toute sa vie Elizabeth avait eu le sentiment d'être mal comprise. Les week-ends avec Gallaher avaient constitué le premier défi ouvert qu'elle lui eût lancé, et elle n'avait tenu bon que parce qu'à l'époque rien d'autre au monde n'avait d'importance.

Après une brève tentative pour l'en dissuader, Corinne n'avait plus abordé le problème. Et cependant, en dépit de la joie qui ne l'avait jamais quittée durant cette période, chaque fois qu'Elizabeth croisait le regard de sa mère, c'était pour le fuir aussitôt après.

— C'est à peine si tu as touché à ton repas, lui dit sa mère en déposant les assiettes dans l'évier après en avoir jeté les restes dans les bols des deux épagneuls de la famille. Que t'arrive-t-il ces derniers temps, Beth ? J'espère que tu ne tiens pas à perdre trop de poids. Ça n'a rien de séduisant, tu sais.

La séduction était l'une des préoccupations premières de Corinne.

— Maeve nous a préparé un énorme pudding, poursuivit-elle, en veux-tu une part ?

Maeve était la cuisinière-gouvernante des Sullivan, et c'était ce jour-là son jour de congé.

— Bien sûr, répondit Elizabeth pour lui être agréable. L'agneau était parfait, mère, délicieux même... C'est juste que depuis quelques jours la viande ne me dit plus rien.

— Il faut être modéré en toute chose, déclara sa mère en posant le gâteau sur la table.

Elizabeth fit de son mieux pour avaler sa part sans grimacer, quoiqu'elle eût l'impression que son estomac se ratatinait comme une prune.

— Il est excellent, dit-elle en mâchant avec énergie le gâteau qui n'avait nul besoin d'être mâché.

Sa mère changea alors de sujet.

— Quelle sorte d'achat as-tu l'intention de faire à Dublin ? s'enquit-elle d'un ton détaché.

Elizabeth leva les yeux et la dévisagea. Était-ce l'effet de sa propre conscience coupable, ou bien était-ce là une question insidieuse ? Corinne n'en laissait du moins rien paraître. Elle reprit une cuillerée de gâteau et ne répondit pas avant de l'avoir avalée.

— Oh, seulement... tu sais... des cadeaux de Noël, ce genre de chose, dit-elle. Qu'aimerais-tu avoir, à propos ?

— Oh, n'importe quoi, ma chérie. Tu me connais. Après tout, c'est le geste qui compte, n'est-ce pas ?

Elizabeth sourit d'un air lugubre. Elle savait parfaitement que la nature du cadeau qu'elle ferait à sa mère — et l'endroit où elle l'achèterait — lui importerait davantage que le « geste » proprement dit.

— Eh bien, ce sera une surprise, d'accord ?

— Oui, ma chérie, bonne idée. Du thé ?

Elles burent leur thé en silence. La cuisine se trouvait à l'arrière de la maison, dans un demi-sous-sol qui faisait toute la largeur de la bâtisse et donnait sur le jardin qui, bien qu'il fût seulement sept heures du soir, était déjà couvert de givre. A l'intérieur, un gros poêle à mazout scellé à l'un des murs diffusait une douce chaleur ; devant, une vieille chatte, âgée de presque quatorze ans, rêvait.

— Quand tu seras à Dublin, chérie, dit sa mère en reposant sa tasse en porcelaine sur sa soucoupe, cela t'ennuierait-il d'aller chez Bewley's pour moi ? Maeve aime tellement les gâteaux qu'ils préparent là-bas.

C'était là, Elizabeth n'en doutait pas un instant, une façon détournée de vérifier qu'elle allait bien à Dublin, et non en quelque autre endroit du pays à la poursuite de George Gallaher. Après que ses voyages du week-end eurent cessé, ses parents s'étaient abstenus de l'interroger quant à ses intentions concernant Gallaher, mais elle n'avait pas manqué de remarquer leur discrète surveillance.

— Des gâteaux ? Très bien, dit-elle.

Puis, quelque démon intérieur la poussa à ajouter :

— J'espère évidemment que je trouverai le temps d'y passer. Mais, elle se reprit immédiatement :

— Bien sûr que j'irai, mère. J'achèterai trois gâteaux, deux pour Maeve et un pour nous, dit-elle en se levant de sa chaise. Est-ce que ça ira comme ça ?

— Merci, Beth, tu es une gentille fille.

Elizabeth fut heureuse de pouvoir regagner sa chambre.

Le lendemain, bien qu'elle fût à bord d'un train express, les deux cent cinquante kilomètres qui séparaient Cork de Dublin lui parurent interminables. Elle arriva à Dublin à l'heure du déjeuner. En fin d'après-midi, en possession de ses trois gâteaux, elle prit, avec un peu d'avance, la direction des quais et de la gare de Kingsbridge pour attraper le train du retour. Maintenant qu'elle avait consulté le médecin et qu'elle n'avait plus aucune raison d'être angoissée, elle était épuisée.

Elle avait trouvé cela étonnamment facile. Le médecin avait fait preuve de sérieux et d'efficacité ; il s'était adressé à elle, tandis qu'il l'examinait, en l'appelant « Mme Sullivan », et si l'alliance bon marché qu'elle portait au doigt avait éveillé quelques doutes dans son esprit, du moins avait-il eu la discrétion de n'en rien montrer. Il lui avait promis qu'il aurait les résultats du test de grossesse au plus tard le mardi suivant.

Il ne fallait pas qu'elle pleure, non, elle devait s'en empêcher, s'encouragea-t-elle en obliquant à hauteur du pont O'Connell vers le quai d'Aston. Encore cinq jours, et elle saurait. Le pire serait passé. Au fond d'elle-même, elle savait ce que serait ce « pire », mais elle s'accrocha à la plus petite lueur d'espoir qu'elle put faire surgir dans son esprit. En longeant le quai plongé dans la brume et l'obscurité hivernale, elle dut faire un écart pour éviter une bande de mendiants blottis les uns contre les autres. Elle ne serait pas mécontente d'être loin de Dublin, songea-t-elle. Elle avait peine à croire qu'elle avait pris des vacances ici avec Ida quelques mois plus tôt seulement, et supportait difficilement maintenant la vie confuse de la capitale. Tout l'assourdissait et l'étouffait : les émanations du charbon et les gaz d'échappement des voitures auxquels s'ajoutaient la puanteur des eaux de la Liffey, les piétons affairés et les cyclistes filant à toute allure, les *jarveys* [1] et les charrettes en tout genre, et, par-dessus tout, les étincelles et le fracas métallique des caténaires aiguillant les trams le long des rues.

Un peu plus loin, elle s'arrêta devant les vitrines richement décorées du magasin McBirney. Elle observa un moment les clients qui entraient et sortaient, allaient et venaient d'un rayon à un autre, les bras chargés de paquets et de sacs en papier. Puis, elle entra à son tour. Pendant une demi-heure, elle acheta sans compter : une bouteille de parfum pour sa mère, une pipe pour son père, une paire de pantoufles pour Maeve. La proche famille d'Elizabeth se comptait sur les doigts de la main, et son cercle d'amis s'était considérablement réduit depuis qu'elle avait quitté l'école deux ans et demi plus tôt. Elle ajouta un col en dentelle pour Ida, plusieurs foulards de couleur destinés à diverses connaissances, ainsi qu'un petit coussin en tartan pour Bella, la vieille chatte.

Quelle importance cela avait-il au fond ce qu'elle offrait à chacun, songea-t-elle alors qu'elle reprenait le chemin de la gare. Elle imaginait parfaitement quelle serait leur réaction à tous lorsqu'ils apprendraient qu'elle attendait un bébé.

Le Halfpenny Bridge semblait constituer la limite de l'activité commerçante de Noël ; au-delà, les quais étaient tranquilles, la circulation quasiment inexistante. Un chaland de Guinness glissait sur les eaux stagnantes de la Liffey, laissant derrière lui un nuage de vapeur spectral dans le brouillard et l'obscurité.

Elizabeth continua de marcher jusqu'à Adam-et-Ève, l'église franciscaine située sur Merchants Quay et, avant même de savoir ce qu'elle faisait, elle se retrouva montant les quatre marches étroites qui menaient à la grande porte en bois de l'église. Elle hésita un instant avant d'entrer.

Une vieille femme tout de noir vêtue et les cheveux protégés

---

1. Terme d'argot ancien par lequel on désignait en Irlande les conducteurs de fiacre. *(N.d.T.)*

par un châle en tissu épais grimpa les marches à son tour en boitillant. Automatiquement, Elizabeth s'écarta pour la laisser passer. La vieille femme lui tint alors la porte d'une main arthritique et se tourna vers elle.

— Vous restez là, jeune fille, ou bien est-ce que vous entrez ?

Elizabeth vit là un présage.

— Merci, dit-elle.

Elle retint la porte et suivit la femme dans l'église, à travers une sorte d'antichambre d'abord, puis, après avoir poussé une autre porte, à l'intérieur d'un des transepts. L'endroit était obscur et paisible, l'air humide à cause du brouillard qui s'infiltrait de l'extérieur, et tous les sons étaient comme assourdis, le frottement des semelles sur les dalles de pierre, le léger cliquetis des rosaires, jusqu'aux accès de toux des fidèles.

Comme c'était dimanche et que Noël approchait, tous les confessionnaux étaient occupés. Elizabeth examina les noms inscrits au-dessus de ceux qui se trouvaient de son côté : Père Leonard, Père Victor, Père Bernardine, Père Livius. Elle se décida pour le père Livius, en grande partie parce que c'était devant son confessionnal que la queue était la plus longue, si bien qu'il avait probablement acquis la réputation de traiter ses pénitents avec ménagement.

Selon toute apparence, elle avait fait le bon choix ; on passait plus vite avec Livius qu'avec n'importe quel autre prêtre de l'église, et, en moins de dix minutes, Elizabeth n'avait déjà plus que cinq personnes devant elle. Elle ressentit une légère panique à cet instant. Elle n'avait pas réfléchi à ce qu'elle allait dire. Elle ne pouvait cependant plus tourner les talons et partir maintenant, tout le monde dans l'église croirait qu'elle avait un péché si odieux à confesser qu'elle préférait s'enfuir.

Plus que trois personnes maintenant. Et si elle simulait un malaise ? La file avança de nouveau en traînant les pieds. Il était trop tard pour faire quoi que ce soit. Il n'y avait plus que deux personnes devant elle.

Une seule personne...

Oh, Seigneur, pria-t-elle en silence, *aide-moi,* mais elle se souvint aussitôt qu'elle avait commis un péché mortel et déjà tourné le dos à Dieu.

L'estomac noué, elle referma la porte du confessionnal derrière elle et s'agenouilla sur le prie-dieu. Elle se sentit oppressée, claustrophobe, comme si les personnes qui étaient passées avant elle avaient épuisé l'oxygène de cet espace réduit où elle avait maintenant l'impression d'être prise au piège ; le sang lui cognait aux tempes tandis qu'elle écoutait l'acte de contrition murmuré par le pénitent qui se trouvait de l'autre côté du confessionnal et la réponse en « Ss » basse et sifflante donnée par le prêtre.

Tout le confessionnal fut ébranlé lorsque l'autre pénitent se leva et que le volet, de son côté, joua en claquant.

— Bénissez-moi, mon père, car j'ai péché...

Elizabeth fut prise de frissons. Elle était incapable de finir la formule, de dire à quand remontait sa dernière confession. Elle ne s'était pas préparée. Elle ne savait pas comment parler de son péché.

Derrière le grillage, elle ne discernait que les contours du profil franciscain qui se tourna bientôt vers elle pour n'être plus qu'une ombre vague.

— Désolée, mon père, murmura-t-elle.

— Quand t'es-tu confessée pour la dernière fois, mon enfant ? interrogea le prêtre d'une voix grave qui inspirait la confiance.

Elizabeth fit un violent effort pour se souvenir.

— Je ne sais pas exactement, mon père, murmura-t-elle. Il y a quelques mois, cet été.

— Ne t'inquiète pas, ma fille, tu es ici maintenant. Qu'as-tu à confesser ?

— Je... c'est difficile à dire, mon père.

— Laisse-moi t'aider. Cela a-t-il quelque chose à voir avec l'amour charnel ?

— Oui, mon père.

Dans l'obscurité, ses joues s'empourprèrent.

— Je vois. Notre Seigneur a pardonné à Marie-Madeleine. Il te pardonnera également...

— Je crois que je suis enceinte, mon père ! laissa-t-elle échapper.

— Et tu n'es pas mariée ?

— Non.

— Fiancée ?

Puis, voyant qu'elle ne répondait pas :

— As-tu une possibilité de te marier ?

De nouveau, le prêtre attendit sa réponse, mais Elizabeth avait l'impression que les mots étaient coincés dans sa gorge.

— Je vois, dit le père franciscain. Aimes-tu cet homme, ma fille ?

— Je... je ne sais pas. Je crois que oui, mais je n'en suis pas sûre.

L'aveu lui parut horrible. C'était la première fois qu'elle en doutait.

— Oui, oui, je l'aime, mon père, dit-elle désespérément.

— Est-ce que ta famille t'aidera ? Et cet homme ?

— Peut-être. Je n'en ai parlé à personne.

— La première chose que tu dois faire est d'en parler à ta famille. Tu seras peut-être surprise de leur réaction. Mais, même si les choses sont difficiles, souviens-toi que, en tant que chrétienne, tu leur dois ton amour, toi aussi. Ta première préoccupation maintenant doit être pour l'enfant que tu portes. Pour toi, ce petit bébé doit être la personne la plus importante de ta vie, du monde entier. Prie Dieu et Notre Dame de te venir en aide. Je prierai saint Francis pour toi tous les jours. Il faut que tu sois courageuse. Ton bébé te donnera ce courage. Et souviens-toi qu'au ciel on se réjouira de sa naissance, tu dois donc t'en réjouir toi aussi. Aie confiance en Dieu, et tu trouveras force, consolation et joie en cet enfant pour le restant de tes jours. Y a-t-il autre chose ?

— Non, mon père.

— Va en paix, mon enfant. Et même quand tu en auras l'impression, n'oublie pas que tu n'es pas seule. En pénitence, tu diras le Magnificat. Pense bien aux mots quand tu les prononceras. Maintenant, dis ton acte de contrition. Te voilà revenue dans la famille de Dieu, mon enfant.

Tandis qu'elle faisait pénitence pour ses péchés, une chose extraordinaire arriva : Elizabeth eut brusquement l'impression que son corps devenait plus léger de seconde en seconde, jusqu'à ce que ses membres ne fussent plus que vapeur. Elle aurait voulu chanter, briser le grillage qui la séparait du vieil homme pour le prendre dans ses bras.

— Merci, mon père, murmura-t-elle quand il eut fini son absolution, brûlant en réalité de lui répéter mille fois ce merci à la manière d'un refrain : mercimercimercimerci... *merci !*

— Merci, ma fille. Au revoir, maintenant, Dieu te bénisse, toi et ton bébé.

Le volet derrière la grille se referma, et elle entendit de nouveau ce murmure caractéristique comme le père Livius se penchait pour écouter le prochain pénitent.

Bien que l'église ne fût pas entièrement éclairée, Elizabeth, après avoir ramassé ses paquets, dut cligner des yeux en quittant l'obscurité du confessionnal. Elle s'efforça alors de revenir sur terre — de se dire qu'il était un peu tôt pour se comporter comme si tous ses problèmes étaient résolus alors qu'ils ne faisaient sans doute que commencer —, mais l'exaltation qu'elle ressentait était sans borne ; elle courait dans ses veines comme une rivière en crue.

Elle s'agenouilla pour dire sa pénitence, mais après les premiers mots : «Mon âme exalte le Seigneur... », le reste lui échappa complètement. Elle se dit alors qu'elle trouverait la prière chez elle, dans un missel ou dans son *Manuel des Enfants de Marie*, souvenir de ses années d'école. Elle prononça un rapide «Je vous salue, Marie», fit une génuflexion devant l'autel et quitta l'église.

Dehors, il faisait nuit noire, et le brouillard s'était encore épaissi. Elle suivit lentement les quais en direction de la gare. Il était impossible de voir à plus de quelques mètres devant soi ; la ville était invisible maintenant. On ne pouvait que tenter de l'imaginer. De temps à autre, elle croisait une présence humaine, percevait le bruit d'un fiacre sur le pavé, le vrombissement d'un moteur ; tandis qu'elle marchait, elle se sentit légère et forte, capable d'affronter n'importe quelle situation. Pourquoi n'était-elle pas allée se confesser plus tôt ? Si elle était de nouveau en état de grâce, songea-t-elle joyeusement, commettre un péché mortel valait presque la peine.

Dans une explosion de vapeur, le train à destination de Cork se mit en branle et quitta la gare. Comme il prenait de la vitesse, Elizabeth, qui était seule dans son compartiment, abaissa sa vitre et se pencha pour respirer l'air glacé de la nuit. Le ciel était constellé d'étoiles, la lune si blanche qu'elle illuminait la campagne et les champs désertés. Lorsqu'elle rentra la tête et referma la vitre, les yeux larmoyants à cause du vent chargé de vapeur et de suie, elle s'aperçut que quelqu'un d'autre se trouvait maintenant avec elle dans le compartiment. Une femme, accompagnée de deux très jeunes enfants. Elle ne les avait pas entendus venir.

Elle adressa un sourire à la femme en guise de salut et, peu encline à faire la conversation, sortit de son sac à provisions un numéro du *Woman's Weekly* qu'elle ouvrit à l'article « Comment tirer le meilleur parti de votre apparence ». Furtivement, cependant, elle observait sa compagne de voyage. Un des enfants, une petite fille d'environ dix-huit mois, se mit soudain à pleurnicher et ne se calma que lorsque sa mère eut sorti de son sac un petit morceau de chiffon que l'enfant mit aussitôt dans sa bouche avant d'essuyer ses larmes et de fermer les yeux. La femme regarda Elizabeth, puis leva les yeux au ciel comme pour lui dire : *Que peut-on bien faire d'eux ?*

Elizabeth lui sourit, mais s'affligea au fond d'elle-même. Avoir un enfant et l'élever signifiait en passer par les langes, les pleurs et les nuits blanches. Le sentiment d'euphorie qui l'avait saisie après sa rencontre avec le prêtre lui semblait maintenant stupidement sentimental. Elle s'en prit alors à elle-même autant qu'au père franciscain qui lui avait si cruellement donné de fausses joies. C'était si facile, songea-t-elle, pour un prêtre célibataire installé douillettement dans le cocon de son confessionnal, de parler de courage et de bébé. Que savait-il de tout cela ? Au moment où le train entra en gare de Cork, Elizabeth était plus déprimée qu'elle ne l'avait été de toute sa vie.

Et puis, qui a jamais donné comme pénitence la récitation du Magnificat ? Elle était cependant bien trop superstitieuse pour ne pas faire pénitence et, ce soir-là, elle fouilla dans ses affaires personnelles à la recherche du *Manuel des Enfants de Marie*. Elle avait tenu à occuper la grande chambre qui se trouvait sous les combles, mais comme Maeve refusait catégoriquement d'avoir à «monter toutes ces marches» quand elle faisait le ménage dans la maison, la chambre était en permanence dans le désordre. Seuls les ensembles et les chemisiers qu'Elizabeth portait pour aller travailler étaient accrochés de façon propre et ordonnée sur un portant qui faisait toute la largeur d'un des murs ; le reste de ses vêtements pouvait se trouver à peu près n'importe où au milieu de ses raquettes de tennis, de sa première machine à écrire, de ses albums de photographies, de ses ours en peluche ou de ses poupées, et même sur le dos d'un vieux cheval à bascule. Elle détestait devoir se séparer de quoi que ce soit.

En dehors du lit, ce qu'on distinguait immanquablement dans la pièce, c'était les livres qui s'entassaient partout, les livres qu'Elizabeth conservait depuis sa prime jeunesse, empilés sans aucun ordre le long des murs, tout autour de la pièce, et jusque sous le lit.

Tandis qu'elle fouillait avec agacement dans les piles de livres à la recherche de son manuel, elle se dit qu'elle avait vraiment été idiote d'écouter ce stupide père franciscain. Évidemment qu'elle avait besoin de courage, mais il n'y avait pas une seule de ces stupides prières qui fût capable de l'aider à en trouver.

— Où est-il ? marmonna-t-elle à voix haute.

Elle le trouva finalement, rangé dans un coin sous une pile de vieux manuels scolaires poussiéreux.

— Parfait, dit-elle.

Elle l'ouvrit à la bonne page et commença à lire à voix haute.

— «Mon âme exalte le Seigneur...»

Puis, se souvenant des injonctions du prêtre stipulant qu'elle pense aux mots en les prononçant, elle s'agenouilla près de son lit et adopta la position de l'orant.

— « Et mon esprit tressaille de joie en Dieu mon sauveur parce qu'il a jeté les yeux sur l'abaissement de sa servante. Oui, désormais, toutes les générations me diront bienheureuse... »

Elizabeth sentit brusquement son estomac se nouer : elle avait oublié que le Magnificat était la réponse de la mère de Jésus à la nouvelle qu'elle était enceinte.

Lentement, à voix basse, elle poursuivit sa lecture :

« Car le Tout-Puissant a fait pour moi
de grandes choses
Saint est son nom,
et sa miséricorde s'étend d'âge en
âge sur ceux qui le craignent.
Il a déployé la force de son bras,
il a dispersé les hommes au cœur superbe,
il a renversé les potentats de leurs trônes
et élevé les humbles.
Il a comblé de biens les affamés et
renvoyé les riches les mains vides.
Il est venu en aide à Israël, son serviteur,
se souvenant de sa miséricorde
— selon qu'il l'avait annoncé à nos pères —
en faveur d'Abraham et de sa postérité à jamais ! »

— Amen, murmura-t-elle.

Elle relut la prière une seconde fois, en se concentrant davantage encore. Les mots exprimaient tant de joie et d'acceptation qu'elle fut comme transportée par eux. Quand elle eut fini, elle se sentit calme et vidée. Elle se leva alors, se déshabilla, éteignit la lumière et se glissa sous les couvertures. Et si toute cette appréhension qu'elle éprouvait n'avait finalement aucune raison d'être ? Après tout, le médecin pouvait très bien lui annoncer une bonne nouvelle ? Mais non, aucune chance, se ressaisit-elle brusquement, elle était enceinte, elle le savait, et elle ne pouvait plus rien y faire. Il fallait qu'elle s'efforce maintenant de voir le bon côté des choses. Et qu'importe si l'avenir s'annonçait de manière compliquée. Que pouvait-il lui arriver de pire que ce qui était arrivé à la mère de Jésus vingt siècles plus tôt ? Comment la mère de Marie a-t-elle réagi en apprenant que sa fille célibataire de seize ans était non seulement enceinte, mais encore enceinte par une espèce d'osmose ? Allez donc expliquer une chose pareille ! songea Elizabeth avec un sombre sourire en se retournant dans son lit.

5

Au cours des deux semaines qui suivirent, Elizabeth, en dépit de toutes ses résolutions, eut plus d'une fois la tentation de se confier à quelqu'un, mais Ida, qui aurait fait une confidente toute désignée, avait quitté son emploi à Cork et était partie tenter l'aventure aux États-Unis ; elles avaient commencé à échanger une correspondance, mais Elizabeth, dans ses lettres, omettait systématiquement de lui annoncer par écrit la nouvelle de sa grossesse, comme s'il y avait quelque chose de bien trop réel et de permanent à le faire noir sur blanc.

Le mardi suivant, elle appela le médecin de Dublin depuis son bureau après avoir prétexté du travail en retard et attendu que les autres fussent partis.

— Eh bien, maintenant, vous savez tout, dit le médecin après lui avoir précisé la date à laquelle, approximativement, elle donnerait naissance à son enfant. Vous allez contacter votre propre médecin à Cork, j'imagine ?

— Oui.

Elle avait eu beau se préparer à entendre la nouvelle, celle-ci n'en était pas moins dévastatrice.

— Félicitations, madame Sullivan !

S'il se cachait quelque ironie derrière cet encouragement, la voix sèche et précise du médecin de Dublin n'en laissait rien paraître.

— Merci.

Les mains tremblantes, Elizabeth reposa le combiné. Par réflexe, elle jeta un coup d'œil vers la porte fermée derrière laquelle St. John Sullivan travaillait encore : comment diable allait-elle leur annoncer la nouvelle, à lui et à sa mère ?

Il était dans son bureau maintenant. Pourquoi pas

maintenant ? Elle se souvint des exhortations du père Livius :
« *Même si les choses sont difficiles...* »

— D'accord, saint Francis ou qui que tu sois, murmura-t-elle, voilà l'occasion rêvée pour toi de faire tes preuves...

Mais, une fois parvenue devant la porte massive du bureau de son père, elle fut à ce point prise de panique que le souffle lui manqua. L'évidence était là : elle était incapable de tout lui dire. A lui, comme à n'importe qui d'autre.

Elle décrocha son manteau et son chapeau de son vestiaire et quitta le bureau.

Durant les jours qui suivirent, il lui fut presque impossible de travailler normalement, et sa capacité de concentration avait à ce point diminué qu'elle en arrivait à oublier, aussitôt après l'avoir lue, la plus simple des directives. Comparé aux récents événements qui venaient de bouleverser sa vie, le jargon des documents légaux dont elle avait la responsabilité lui semblait aussi déconcertant que ridicule.

Dans son esprit qui oscillait en permanence entre l'espoir et le désespoir, une seule chose était sûre : elle ne voulait pas gâcher le Noël de ses parents.

Elle ferait une fausse couche, cela arrivait tout le temps. Non, pas à elle. Les choses semblaient ne plus tourner qu'à son désavantage désormais. Elle finirait probablement dans un asile avec tous les misérables et les parias du comté.

Et pendant ce temps, la *chose* grossissait en elle. Le soir, allongée sur son lit, incapable de trouver le sommeil, elle l'imaginait, fixée telle une sangsue à l'intérieur de son ventre.

Comment avait-elle pu être assez stupide pour croire qu'elle aimait cet homme ? Et cependant, en dépit des craintes qu'elle éprouvait, en dépit de tout ce qui était arrivé et allait arriver, le souvenir fiévreux des moments passés à faire l'amour avec George Gallaher ne la quittait pas. Elle l'aimait, oui, elle l'aimait. Mais, l'instant d'après, son cœur se soulevait de répulsion. Elle le détestait. Comment avait-elle pu le laisser la toucher ?

Une fois, au cours d'une de ces affreuses nuits sans sommeil, elle avait pris la résolution de le contacter — après tout, lui aussi était responsable de ce gâchis. Mais, le lendemain matin, elle avait dû se rendre à une évidence toute simple : elle n'avait aucune idée de l'endroit où il se trouvait, même s'il n'avait pas encore quitté l'Irlande.

Peu à peu, Elizabeth se réfugia dans une sorte de stoïcisme désespéré.

La confrontation avec ses parents, qu'elle avait remise au

Nouvel An, n'eut pas ce caractère mélodramatique auquel elle s'était attendue ; sa mère soupira longuement et versa quelques larmes ; son père, tout aussi discret, ne trouva pas les mots pour dire ce qu'il ressentait.

Deux jours plus tard, Cork étant une bien trop petite ville pour y consulter un gynécologue sans s'exposer aux commérages, Elizabeth retourna à Dublin, accompagnée de sa mère, pour y voir un spécialiste, lequel ne fit que confirmer le diagnostic du premier médecin. Durant tout le trajet en train, aller et retour, pendant la consultation et le reste de la journée, Corinne Sullivan ne regarda pas une seule fois sa fille dans les yeux.

Et au cours de la semaine qui suivit, chacun, Maeve y compris — qui avait, bien entendu, deviné immédiatement ce qui se passait — se conduisit comme si tout était absolument normal. Pourtant, sous cette apparence de normalité, Elizabeth devinait quelque monstruosité tentaculaire prête à fondre sur elle à la première occasion. L'heure des repas constituait le pire moment de la journée : la douce cuisine où elle avait passé une enfance si heureuse était devenue une chambre de torture dans laquelle les récriminations silencieuses remplaçaient le chevalet du supplicié.

Au cours de la deuxième semaine de la nouvelle année, on la pria de bien vouloir venir dans le salon. Quand elle poussa la porte, elle eut l'étrange impression, une fois de plus, que quelque chose de crucial était sur le point d'arriver. Ses parents, immobiles, le maintien raide, se tenaient de chaque côté de la cheminée en marbre. Un homme qu'Elizabeth ne reconnut pas sur le moment était assis à leur droite, sur le canapé.

— Entre, Elizabeth, fit son père de sa voix grave d'avocat. Tu connais le père Young ? s'enquit-il en désignant l'autre homme d'un geste vague.

— Oh, oui, je me souviens maintenant...

St. John Sullivan avait connu le père Young, originaire de Bantry, un port de pêche situé à l'ouest de Cork, lors d'une partie de chasse. Elizabeth ne l'avait pas vu depuis des années et ne l'avait pas reconnu en partie à cause de l'écharpe de laine qu'il portait enroulée autour du cou et qui masquait son col clérical.

— Désolée, mon père, comment allez-vous ?

Sa voix s'était mise à trembler malgré elle, et elle raidit les épaules.

— Il y a des années que nous ne nous sommes pas vus, reprit-elle en traversant la pièce.

Le prêtre se leva et lui serra la main, avec sérieux, comme pour s'assurer qu'elle ne verrait pas dans son geste une poignée de main ordinaire.

— Oui, c'est vrai, Elizabeth, dit-il. Des années. Comme vous avez grandi.

Il y eut un instant de silence.

— Asseyons-nous tous, dit St. John en s'installant sur l'autre canapé.

Elizabeth, qui se faisait l'effet d'être une actrice dans une des pièces jouées par la Compagnie Vivian Mellors, prit place à côté du prêtre, en se penchant néanmoins sur le bras du canapé pour être aussi loin que possible de lui. Quoique le vent glacial de janvier sifflât derrière les vitres, elle avait plus chaud que par la plus torride journée d'été. Un prêtre ! On n'avait recours généralement à l'autorité d'un prêtre qu'en cas d'extrême urgence.

Et l'urgence, semblait-il, était là.

Son père s'éclaircit la gorge.

— Elizabeth, commença-t-il, tandis qu'elle regardait ses chaussures, nous nous sommes ouverts de la situation difficile qui est la nôtre au père Young qui est ici parce que nous avons confiance en lui et que nous le savons d'une extrême discrétion. Rien de ce qui aura été dit ou décidé ici ne sortira de cette pièce. Compris ?

Elizabeth hocha la tête.

— Beth, ta mère et moi avons considéré la situation sous tous les angles, poursuivit-il.

Le moment était venu, elle le sentait. Le monstre tentaculaire tant redouté allait surgir des profondeurs.

— Et tu sais que nous ne voulons que ton bien.

En dépit du ton pompeux dont il usait, Elizabeth voyait bien que son père était en proie à un sourd désespoir. Elle était tellement désolée pour lui, et pour elle-même, qu'elle aurait voulu pouvoir lui dire que tout cela n'était qu'une erreur, qu'ils ne devaient pas s'inquiéter pour elle, elle offrirait simplement de quitter la maison et irait se noyer dans la rivière Lee. Elle tourna son regard vers sa mère — mais Corinne avait les yeux rivés sur la cheminée et semblait loin de la scène qui se jouait juste devant elle, comme si tout cela ne la concernait en rien. C'était à ces moments-là qu'Elizabeth croyait comprendre pour quelle raison elle était fille unique : elle s'était souvent demandé comment sa mère, si froide et distante, avait pu accepter de coucher ne serait-ce qu'une fois avec son père...

Elizabeth, toujours assise, s'efforçait de contenir ses larmes, tandis que son père s'éclaircissait une nouvelle fois la gorge. Puis, les joues légèrement empourprées, il glissa ses pouces d'un geste assuré dans l'emmanchure de son gilet et déclara d'un ton précipité :

— Je ne te ferai pas perdre ton temps en te passant en revue les différentes possibilités qui s'offrent à nous, tu es une fille intelligente, tu n'as d'ailleurs pas dû manquer de le faire de ton côté. En conclusion, je crois — nous croyons *tous*, Beth — que la meilleure solution pour toi est de te marier aussi vite que possible.

— Mais... mais je ne peux pas, père !

Elizabeth n'en croyait pas ses oreilles. Pas un instant, dans le pire de ses cauchemars, elle n'avait envisagé cette solution.

— Pourquoi pas, Elizabeth ? s'enquit le prêtre.

— Parce que... parce que je ne peux tout bonnement pas. L'homme — George, je veux dire — est, il est...

— Déjà marié, acheva gentiment le prêtre. Nous savons tous cela, Elizabeth. Non, la solution à laquelle nous pensions est que vous épousiez un brave homme d'ici. Enfin, des environs, corrigea-t-il.

— Que voulez-vous dire, « des environs » ? riposta-t-elle d'un ton outragé.

— Cork Ouest. C'est le même comté, vous pourrez facilement revenir chez vous. Aussi souvent que vous le voudrez. En visite.

— Et vous avez quelqu'un en vue, n'est-ce pas ? Tous les trois ?

Elizabeth avait toutes les peines du monde à contenir sa colère maintenant, tandis qu'elle les regardait à tour de rôle.

Corinne ne quittait pas la cheminée des yeux.

— Au moins, penses-y, chérie, dit-elle.

Elizabeth prit une profonde inspiration.

— Et si je vous dis que j'y ai déjà pensé et que la réponse est non ?

De nouveau, elle les regarda tous les trois. Tous baissaient les yeux. Elle se leva.

— Imaginez que je vous dise que j'aie l'intention d'avoir ce bébé ici ? Dans cette maison ?

Elle connaissait la réponse sans qu'ils aient besoin de la lui souffler, elle la devinait à leur façon de continuer à éviter son regard. Ils avaient même dû envisager une telle réaction de sa part.

Le prêtre se leva et prit la relève, confirmant par là l'impression d'Elizabeth que toute la scène avait déjà été répétée.

— C'est une mauvaise idée, dit-il, en se tenant face à elle. J'ai quelque chose à vous montrer.

Il sortit une photographie de la poche de son manteau et essaya de la lui mettre dans la main.

— Regardez-la, dit-il d'un ton enjôleur, regardez-la, Elizabeth.

Elizabeth chercha désespérément une issue. Son père était pâle et gardait la tête baissée ; sa mère tripatouillait les plis de sa jupe. Inutile d'attendre quoi que ce soit de leur part.

De la dignité, songea-t-elle. De la dignité, de la dignité.

Elle se détourna du prêtre et marcha jusqu'à la fenêtre.

La route qui passait devant la maison était bordée d'arbres de chaque côté, dont les branches nues ressemblaient à des doigts suppliants. Sur le trottoir d'en face, un jeune couple se chamaillait en riant, l'homme essayant de s'emparer du chapeau de la femme. Une promenade du dimanche tout ce qu'il y avait d'ordinaire. Elizabeth ne put retenir ses larmes plus longtemps. De la dignité, elle devait faire preuve de dignité.

Lentement, elle leva la photographie et la regarda.

Le prêtre la vit faire.

— C'est un veuf, Elizabeth. Et un homme très convenable.

La photographie avait été prise dans un studio. Deux petites filles étaient assises l'une à côté de l'autre dans un petit fauteuil. Un homme, qu'on imaginait être leur père, se tenait debout derrière le fauteuil ; il tenait dans ses bras un bébé de dix ou onze mois, et à côté de lui se trouvait une autre petite fille, âgée, jugea Elizabeth, d'environ sept ou huit ans. Les enfants assis dans le fauteuil paraissaient plus jeunes, peut-être cinq ou six ans.

Elle sentit le regard du prêtre qui ne la quittait pas.

— Il possède une ferme dans l'ouest, sur la péninsule de Béara, dit-il, un endroit nommé Lahersheen, entre les villages de Eyeries et Ardgroom.

Tous ces noms rendaient un son étrange, presque païen, aux oreilles d'Elizabeth. Béara était pour elle un autre pays. Certes, les trains étaient rapides et fiables maintenant, et la péninsule n'était guère plus distante de Cork que ne l'était finalement Dublin. Elle était allée plusieurs fois à Bantry avec ses parents, et elle avait même rendu visite un jour à un ami de la famille dans le village de plaisance de Crookhaven, mais jamais elle ne s'était aventurée aussi loin que Béara.

Elle ne savait pas quoi faire ni quoi dire et, pour gagner du temps, elle continua d'examiner la photographie. Les petites filles portaient chacune un nœud dans les cheveux et un tablier, et le bébé un bonnet à volants. L'homme, lui, portait un costume ; ses cheveux étaient enduits de graisse, et son col de chemise amidonné paraissait trop serré.

En fait, les cinq personnes qui se trouvaient sur cette photographie et semblaient la regarder d'un air solennel avaient l'air mal à l'aise ; il était manifeste qu'elles avaient revêtu des habits neufs pour l'occasion. Contre toute attente, Elizabeth ressentit un petit pincement au cœur en songeant que toutes ces petites filles étaient orphelines. A en juger par l'âge du bébé, elles avaient dû perdre leur mère tout récemment.

Et l'homme ? Il était mince, de taille moyenne ou un peu en dessous pour autant qu'elle pouvait en juger. Elle examina le long visage étroit aux pommettes saillantes, les grosses mains qui tenaient le bébé, mais la pose était à ce point formelle qu'il était impossible de se faire une idée du caractère, bon ou mauvais, de cet homme.

Et c'était cet étranger qu'on lui proposait comme mari ?

— Vous n'êtes pas sérieux ! lança-t-elle au prêtre en lui restituant sa photographie.

— Vous n'êtes pas obligée de donner une réponse immédiate, Elizabeth, fit celui-ci sans paraître le moins du monde décontenancé. Tout ce que nous vous demandons, c'est d'y réfléchir.

— Nous ? *Nous ?*

Elizabeth laissa enfin exploser sa colère.

— Qu'y a-t-il derrière ce « nous », puis-je le savoir ?

Elle se tourna vers ses parents pour avoir une réponse, mais Corinne continuait de regarder fixement la cheminée et son père masquait sa détresse en se couvrant le front d'une main.

— Vos parents partagent le même avis sur ce point, répondit le prêtre. Ils sont venus me demander mon aide parce que j'ai une petite expérience du problème qui nous concerne. Vous reconnaissez que vous ne pouvez en aucun cas faire ce que vous avez suggéré il y a quelques minutes, Elizabeth ? Vous ne pouvez pas sérieusement proposer de rester dans cette maison et d'avoir ce bébé ici, faisant par là-même affront à Dieu et couvrant de honte vos parents devant toute la ville ?

Elizabeth passa devant lui, traversa la pièce et se planta devant son père.

— As-tu honte, papa ? As-tu honte de moi ?

Il leva les yeux vers elle, le regard tragique.

— Je n'ai pas honte de toi, Elizabeth, mais je ne vois pas quoi faire d'autre.

— Si tu n'as pas honte de moi, pourquoi ne m'aides-tu pas ?

— Ta mère... le cabinet... murmura-t-il misérablement.

— Et toi, mère ?

Elizabeth se tourna vers Corinne.

— Et toi, est-ce que tu as honte de moi ?

Corinne eut un sourire las.

— Bien sûr que non je n'ai pas honte de toi personnellement, Elizabeth, mais nous t'avions mise en garde contre les acteurs et les gens de cette sorte. Oh, tout cela est si fâcheux, s'exclama-t-elle en balayant d'une petite tape la poussière du bras de son fauteuil.

— Qu'est-ce que les acteurs ont à voir là-dedans ?

De manière assez absurde, Elizabeth se sentit maintenant obligée de prendre la défense de George Gallaher.

— Il faut être deux pour faire un bébé, mère. J'ai ma part de responsabilité moi aussi, tu sais. Bien plus que ma part même, en vérité.

Elle aurait voulu punir sa mère, les punir tous.

— Épargne-nous les détails, Beth. Fais au moins preuve d'un peu de bon goût, fit sa mère, le visage grimaçant.

— Eh bien, mère, dit-elle, votre solution à *notre* petit problème ne marchera pas. Je n'ai pas l'intention de me marier par commodité, voilà qui est dit une fois pour toutes, lança-t-elle.

Puis, sans même un dernier regard pour le prêtre, elle quitta la pièce d'un pas furieux.

Le dimanche suivant, pourtant, ils avaient eu raison de son entêtement.

Le prêtre revint la voir deux fois pendant la semaine. La première fois, Elizabeth refusa de lui parler après s'être enfermée au grenier. La seconde fois, elle ne put l'éviter parce qu'il la surprit dans le salon et qu'il se posta devant la porte pour lui bloquer la sortie. Pendant cinq minutes, elle fut contrainte de l'écouter comme il tentait de la persuader une fois de plus que le mieux pour elle, pour ses parents et pour le bébé était qu'elle épouse le veuf de Béara.

— Et songe à ces quatre petites filles, Elizabeth, dit-il finalement, quatre petites filles qui ont besoin d'une mère. Dans ta disgrâce, Dieu te donne cette chance. Saisis-la, et sa bénédiction sera sur toi.

Elizabeth parvint finalement à échapper au prêtre et monta se réfugier dans sa chambre. Là, elle ne put s'empêcher de songer que Dieu la poursuivait avec acharnement. D'abord, ce franciscain à Dublin, et maintenant ce prêtre de province. Courage. Il lui en faudrait.

Le vendredi et le samedi de cette même semaine, elle eut ses premières nausées matinales, et le dimanche, quand le prêtre revint chez eux pour partager, cette fois-ci, le dîner dominical, elle était trop fatiguée, trop faible et déprimée pour demeurer plus longtemps sur ses gardes. En plus des symptômes physiques qui la gênaient, dont ni ses parents ni le prêtre n'avaient la moindre idée, elle était allée la veille se promener devant les grilles de l'institution Sainte-Madeleine où les filles et les femmes déshonorées de la ville venaient mettre au monde leur progéniture coupable. Elle avait contemplé les bâtiments de l'institution et tenté d'imaginer la vie que l'on y menait, mais tout cela n'avait fait que lui confirmer ce qu'elle savait déjà, à savoir qu'il n'y avait aucune issue pour elle.

Et pourtant, ce dimanche-là, pendant le dîner, lorsque le prêtre fit de nouveau allusion au veuf de Béara, elle se tourna une dernière fois vers son père et sa mère pour trouver de leur côté un hypothétique soutien.

— Papa ? Maman ?

— Pour l'amour du ciel, nous ne t'aurions pas fait cette suggestion si nous n'avions pas pensé que c'était la meilleure solution ! La *seule* solution, ajouta Corinne Sullivan en rejetant l'appel de sa fille avec une fermeté qui ne lui ressemblait pas.

Son père se montra plus sensible.

— Beth, que pouvons-nous faire d'autre ? S'il y avait une autre solution, crois-moi...

Elizabeth le supplia du regard, comme pour l'encourager à poursuivre, à dire qu'il avait changé d'avis, qu'elle pouvait rester si elle le voulait, mais il baissa les yeux et regarda son assiette. Elle se tourna alors vers la fenêtre, et contempla le jardin couvert de neige.

— Comment s'appelle-t-il ? demanda-t-elle finalement d'une voix lasse. Quel âge a-t-il ?

— Neeley Scollard, répondit le prêtre. Il a quarante et un ans.

Le père Young s'arrangea pour que le mariage ait lieu à Bantry, et la cérémonie se déroula en fin de journée, avec très peu de témoins. Il n'y eut pas de musique.

Après avoir essayé en vain de convaincre Elizabeth de braver la décision de ses parents et de partir pour Dublin ou même Londres, Ida Healy, qui avait eu le mal du pays et était rentrée d'Amérique, jouait pour l'occasion les demoiselles d'honneur réticentes. Sur le point de franchir les portes de l'église, elle n'avait toujours pas renoncé à convaincre son amie.

— Il n'est pas trop tard, Beth, murmura-t-elle, tu peux encore renoncer et partir avec moi.

Elizabeth secoua la tête. Depuis qu'elle avait accepté d'épouser Neeley Scollard, elle avait vécu dans une sorte de détachement résolu. C'était sa punition pour ses méfaits passés. Elle avait été stupide, hédoniste ; maintenant, elle devait payer, et il valait mieux qu'elle se fasse une raison.

Elle ne s'était pas beaucoup souciée de ce qu'elle porterait pour la cérémonie, errant sans but dans les rayons du magasin Cash tandis que sa mère choisissait pour elle ce qu'elle jugeait convenable.

Corinne interpréta mal son expression lorsque Elizabeth examina les tailleurs qu'elle lui avait choisis.

— Eh bien, chérie, tu peux difficilement porter du blanc, tu ne crois pas ?

Elizabeth préféra ne pas répondre.

— Celui-ci ira très bien, dit-elle en lui prenant des bras l'un des tailleurs en soie gris perle.

— Que penses-tu du jaune ?

Les courses étaient, après le bridge, la seconde passion de Corinne.

— Ce que tu voudras, mère, ça m'est tout à fait égal.

— Oh, pour l'amour du ciel, Beth, ressaisis-toi et fais un effort pour te concentrer.

Corinne avait alors insisté pour qu'elle essaie les deux tailleurs — et lui en aurait volontiers apporté d'autres si Elizabeth ne l'en avait pas dissuadée en l'assurant qu'elle aimait beaucoup le gris. Et elle n'avait pas émis la moindre protestation quand sa mère avait choisi un petit chapeau ridiculement gai pour aller avec le tailleur.

Elizabeth frissonnait maintenant, tandis qu'elle s'apprêtait à entrer dans l'église avec son père et Ida. La soie, songea-t-elle, ne convenait pas pour un mois de février dans le sud de l'Irlande.

— Réfléchis, Beth, réfléchis ! murmura Ida d'un ton suppliant. Je t'aiderai. Tu ne connais même pas cet homme.

— Je t'en prie, Ida, laissons faire et finissons-en.

Elizabeth prit le bras de son père et précéda avec lui son amie dans l'église. Comme leurs pas résonnaient sur les dalles de pierre, elle aperçut Neeley Scollard qui regardait dans leur direction depuis le premier banc ; il détourna ensuite les yeux et fit quelques pas vers le collatéral, suivi de près par un autre homme qui se posta près de lui. Le père Young se tenait debout près de l'autel et attendait la mariée. A la dernière minute, Maeve, la bonne, avait refusé d'assister au mariage en prétextant une mauvaise grippe, si bien que la seule autre personne dans l'église était Corinne, qui se tenait un peu à l'écart, le maintien raide, derrière Neeley et son témoin. Vêtue d'un manteau en laine turquoise et d'un chapeau à plumes bleu-vert, elle avait l'éclat d'un diamant exotique dans la pénombre ambiante.

Tandis qu'elle progressait vers l'autel, Elizabeth avait l'impression d'entendre les injonctions muettes d'Ida derrière elle.

— Tout va bien, Beth ? lui demanda son père en resserrant son bras autour du sien.

— Parfaitement bien, papa, mentit-elle.

Neeley Scollard avait fait un effort vestimentaire. Il portait un costume à rayures sombre — il était difficile, en effet, de discerner dans l'obscurité de l'église s'il était bleu marine ou marron foncé —, des chaussures vernies marron et une chemise blanche tellement empesée qu'Elizabeth entendit un léger craquement lorsqu'il lui prit le bras.

Après un bref sourire échangé, elle garda les yeux rivés sur le prêtre. Elle se sentit comme le jour où elle avait quitté Gallaher pour rentrer à Cork, comme poussée par un vent contraire.

Aucune messe n'était prévue et la cérémonie fut brève. Le prêtre lui ayant demandé au préalable si elle avait une requête particulière à formuler, Elizabeth, sous l'impulsion du moment, avait demandé qu'on dise le Magnificat à la fin. Et, l'anneau d'or de Neeley Scollard au doigt, elle suivit les mots dans son livre de prières tandis que le prêtre les prononçait d'une voix grave :

« Mon âme exalte le Seigneur, et mon esprit tressaille de joie en Dieu mon sauveur, parce qu'il a jeté les yeux sur l'abaissement de sa servante. Oui, désormais, toutes les générations me diront bienheureuse, car le Tout-Puissant a fait pour moi de grandes choses... »

Comme elle se joignait au « Gloire à Dieu » qui suivit, elle comprit pourquoi elle avait demandé au père Young de dire le Cantique de la Vierge : elle, Elizabeth, était l'un des anneaux d'une longue chaîne de commémoration. Chaque fois qu'une femme était enceinte, un maillon s'ajoutait triomphalement à la chaîne ; l'amour physique était un don de vie, et il était aussi naturel à l'être humain qu'il l'était aux plantes ou aux animaux. Jusqu'à sa rencontre avec George Gallaher, le sexe avait été cette chose pleine de dangers et de tabous qu'on nomme à voix basse en ricanant sottement, mais elle savait maintenant — grâce à George — que ce n'était pas ce que Dieu avait voulu.

Elle ne regrettait pas d'avoir fait l'amour avec George Gallaher, ni qu'il lui ait si bien appris à le faire ; elle décida qu'elle n'aurait plus jamais de regret sur ce point. En fait, c'était même le contraire : elle se sentait victorieuse, comme si elle venait de gagner quelque chose que personne ne pourrait jamais lui enlever.

— Amen, fit le prêtre, concluant ainsi la cérémonie.

Elizabeth adressa un sourire à Neeley après qu'ils eurent signé le registre.

— Venez, dit-elle en lui prenant le bras, il fait froid. J'ai hâte d'avoir quitté cette église et de manger quelque chose de chaud.

Il rougit, et, lorsqu'elle sentit qu'il tremblait d'émotion, Elizabeth fut prise pour lui d'un élan de sympathie inattendu.

Elle n'avait rencontré son nouveau mari qu'une seule fois auparavant. Comme ils habitaient à l'opposé l'un de l'autre, ils étaient convenus d'une rencontre à l'hôtel Eccles de Glengarriff, une petite station balnéaire située à la jonction des péninsules de Béara et d'Iveragh. Pour Elizabeth, cette rencontre avait été presque irréelle et elle aurait eu bien du mal à en donner les détails, en dehors du fait que Neeley lui avait tendu une main moite. Son futur mari s'était montré poli et lui avait paru plus grand que sur la photographie. En dépit de son apparente timidité, il semblait exagérément soucieux de faire bonne impression. Et pourtant, songea Elizabeth, il avait été marié et avait quatre enfants, alors il devait bien avoir quelque chose à *offrir*...

Les choses lui avaient paru encore plus irréelles quand elle s'était aperçue qu'elle avait beaucoup de mal à le comprendre ;

comme la plupart des gens de l'ouest, Neeley parlait plus vite qu'une mitrailleuse.

Tandis qu'elle marchait à ses côtés maintenant, Elizabeth se rendit compte que, jusqu'à présent, elle n'avait pas pris pleinement conscience qu'elle épousait une vraie personne. En ne songeant qu'à elle-même et à ses propres ennuis, elle avait négligé le fait que toute cette situation n'était sans doute pas plus facile pour Neeley Scollard. Jusque-là, elle l'avait traité comme un homme de papier, comme une de ces silhouettes qu'elle découpait autrefois dans les magazines et collait sur les murs tout autour de sa chambre pour tromper sa solitude d'enfant.

Neeley n'était peut-être pas George Gallaher, se dit-elle en lui serrant le bras avec plus de fermeté, mais c'était un être humain, fait de chair et de sang. D'accord, il était plus vieux qu'elle ; il n'était pas riche ; il n'avait certainement pas non plus ce qu'on pouvait appeler du charme. En outre, il avait quatre personnes à charge et vivait au fin fond de nulle part. Mais, ce mariage était réel, Neeley était réel. La perspective de devoir passer avec lui le reste de ses jours l'effrayait et l'attirait en même temps à la manière d'un défi. Elle devait saisir sa chance, et elle allait le faire.

— Écoutez, Neeley, murmura-t-elle comme elle sortait de l'église à son bras, veillons à ce que ce repas de noces se termine aussi vite que possible, voulez-vous ?

— Bien sûr, répondit Neeley en lui jetant malgré tout un regard déconcerté.

Le petit groupe, bousculé par le vent marin, se retrouva à la sortie de l'église, et comme personne ne semblait décidé à faire un mouvement, Elizabeth tira Neeley par la manche et prit avec lui la direction de la petite auberge où devait avoir lieu le repas.

Celui-ci se déroula en moins d'une heure. Le père d'Elizabeth s'inquiéta bientôt d'avoir à reprendre la route à la nuit tombée, et Elizabeth et Neeley devaient passer leur nuit de noces à l'hôtel où ils s'étaient rencontrés pour la première fois, à Glengarriff, lequel se trouvait à une bonne heure et demie de route en voiture. Neeley et son ami étaient parvenus à en louer une pour l'occasion.

Personne ne porta un toast aux mariés ; seule Ida, profitant du moment où St. John Sullivan retenait l'attention générale en racontant une de ses anecdotes sur le milieu des avocats de Cork, leva furtivement sa tasse de thé en guise de salut.

— Pardonne-moi d'être d'aussi mauvaise humeur, murmura-t-elle, tu sais que je te souhaite tout le bonheur du monde. Il n'est pas si mal, après tout.

— Non, répondit Elizabeth dans un murmure. Les choses pourraient être pires. Merci, Ida.

— Tu resteras en contact ?

— Bien sûr. Et il faudra que tu viennes nous voir.

— Aussitôt que je pourrai. Tu peux y compter.

Elizabeth se rendit compte que son père avait fini de raconter son histoire, et un silence pesant s'installa autour de la table.

— Je crois qu'il est temps de partir maintenant, dit-elle.

Comme si elle avait donné le départ d'une course, St. John Sullivan repoussa sa chaise et se leva d'un seul mouvement.

— Allons bon, dit-il en cherchant son portefeuille dans la poche intérieure de sa veste, où est ce serveur maintenant ?

— Ne fais pas d'histoires, St. John, lui demanda sa femme d'une voix lasse.

— Pour l'amour du ciel, Corinne, je ne fais pas d'histoires. Ils ne sont jamais là quand on a besoin d'eux, vous ne trouvez pas ? demanda-t-il en interpellant son gendre d'homme à homme.

Elizabeth remarqua que les mains de son père tremblaient, et elle croisa les doigts très fort sur ses genoux en souhaitant de tout son cœur que tout ceci finisse au plus vite.

Le petit groupe déboucha bientôt sur la grande place de Bantry, l'une des caractéristiques les plus notables de la ville portuaire. Ce jour-là, cependant, sous le ciel bas et venteux, la mer était agitée et menait à mal les coques des voiliers à l'ancre.

— Oh, ma chérie, c'est tellement lugubre, fit Corinne en frissonnant doucement.

Elizabeth, voyant que ses parents évitaient de croiser son regard, resserra son manteau autour d'elle :

— Ecoutez, maman, papa, ne traînons pas ici, dit-elle froidement. Il n'y a plus grand-chose à dire de toute façon, n'est-ce pas ?

Au lieu de lui répondre, son père sortit une petite enveloppe de la poche de son manteau.

— Voici pour toi... et... Neeley, dit-il d'un air grave. Ne l'ouvre pas maintenant, ajouta-t-il d'un ton précipité comme Elizabeth faisait le geste de déchirer l'enveloppe. Tu auras tout le temps de le faire plus tard.

Remarquant l'expression de tristesse qui déformait son visage, Elizabeth voulut se jeter à son cou et le supplier d'oublier cette horrible journée. Au lieu de cela, elle mit l'enveloppe dans son sac à main.

— Merci, papa, dit-elle calmement. Je ne mérite pas tout cela.

— J'ai *froid*, St. John ! s'impatienta Corinne, le regard perdu au loin en direction de l'océan, comme si, une fois encore, elle n'était qu'une figurante dans cette scène de famille.

— Merci à toi aussi, mère, pour tout.

— De rien, Beth.

L'espace d'une seconde, Elizabeth vit dans le regard de sa mère toute la déception du monde.

— Je te souhaite bonne chance dans ta nouvelle vie, ajouta Corinne d'un ton formel. Fais un effort pour nous donner de tes nouvelles, veux-tu ?

Elle embrassa rapidement Elizabeth sur les joues, laissant derrière elle une sensation de froid et les effluves de son parfum à la rose. Elle se tourna ensuite vers Neeley et lui tendit la main.

— Félicitations, Neeley, dit-elle. Je regrette sincèrement que ce mariage ne se soit pas déroulé... eh bien, disons, sous de meilleurs auspices.

— Prenez soin d'elle, Neeley, ajouta son père, avant de rejoindre sa voiture d'un pas rapide.

Corinne le regarda partir sans réagir pendant une seconde ou deux ; puis, elle tendit la main au prêtre — « Au revoir, mon père, et merci pour tout » —, et à l'homme qui se tenait, quelque peu mal à l'aise, derrière Neeley :

— Au revoir, monsieur... euh...

— Harrington, répondit l'homme en lui serrant vigoureusement la main.

Pendant un atroce moment, Corinne hésita, ne sachant plus quoi faire ensuite. Elizabeth vint à son secours.

— Au revoir, mère, dit-elle fermement en lui donnant un petit baiser sur la joue.

— Porte-toi bien, Beth...

Elizabeth la suivit du regard, tandis qu'elle rejoignait la voiture à son tour. Ida fut la dernière du trio de Cork à partir. Elle sourit, prit Elizabeth dans ses bras et elle avait presque rejoint la voiture lorsque, à la dernière seconde, elle revint sur ses pas et courut se jeter une seconde fois dans les bras de son amie.

— Tu n'es qu'une stupide tête de mule, voilà ce que tu es, dit-elle en pleurant. Pourquoi n'as-tu pas tout simplement pris le bateau ? Les choses auraient pu s'arranger.

— Crois-tu ? Allons, Ida, tu sais aussi bien que moi que j'étais prise au piège.

— Quoique j'aie pu dire par le passé, je trouve que tu as beaucoup de courage, beaucoup plus que je n'en ai moi-même.

— Oh, Ida, je t'en prie...

Elizabeth éprouvait maintenant des difficultés à parler. Elles s'étaient tellement querellées toutes les deux au cours des semaines qui avaient précédé le mariage. Elle savait pourtant que son amie lui conservait toute son affection.

— Écoute, dit-elle, en prenant Ida une dernière fois dans ses bras, je ne supporte plus ces adieux, alors disons-nous simplement au revoir, d'accord ? Je te verrai bientôt. Je ne m'en vais pas au bout du monde, tu sais !

Elle laissa Ida rejoindre la voiture de son père et s'obligea à détourner la tête. Neeley l'attendait sur la banquette arrière du véhicule de location, un gros Dodge bruyant.

— Allons-y, murmura-t-elle au conducteur en réunissant tout ce qu'il lui restait de force pour garder son visage résolument tourné vers l'ouest.

6

Le soir de leur mariage, Elizabeth et Neeley dînèrent en parfaits étrangers qu'ils étaient, se bornant à prononcer quelques phrases polies sur un ton emprunté.

Seules trois autres personnes étaient attablées comme eux, à l'autre bout de la salle à manger ; d'après leur conversation, Elizabeth crut deviner qu'ils appartenaient à la petite noblesse anglo-irlandaise — ou peut-être simplement anglaise — en vacances dans la région. Par contraste avec les bruits conviviaux qui provenaient de leur table, celle où elle était assise avec Neeley ressemblait à un îlot de silence tendu.

L'hôtel possédait un générateur, et la salle à manger, qui faisait à l'occasion office de salle de bal et s'étendait sur toute la façade de l'hôtel, était brillamment éclairée. Par-delà les fenêtres, lugubre contrepoint à la bonhomie qui régnait à l'autre table, Elizabeth pouvait distinguer les grognements sourds de l'océan. Dans un effort désespéré pour se détendre, elle reporta ses regards sur les entrelacs qui composaient le motif du vieux tapis démodé qui se trouvait au milieu de la salle.

Finalement, elle posa son couteau et sa fourchette l'un à côté de l'autre dans son assiette et leva les yeux vers son mari. C'était maintenant ou jamais. La vie exigeait en ce jour un effort de chacun d'eux s'ils voulaient avoir la moindre chance ensemble. Et comme Neeley ne semblait pas décidé à faire le premier pas, c'était à elle de le faire. Elle inspira profondément, et compta jusqu'à trois. Puis :

— Il faut que nous parlions, Neeley, dit-elle, nous n'en avons pas eu beaucoup l'occasion aujourd'hui — ni même avant, d'ailleurs.

— Oui.

Bravement, il soutint son regard.

— Nous sommes mariés maintenant, dit-il, aux yeux de Dieu et des hommes. Nous devons pouvoir parler comme des chrétiens.

— Ou comme des musulmans !

Il lui sourit d'un air approbateur, et Elizabeth s'en réjouit. Si son nouveau mari n'avait pas reçu une grande éducation, il était cependant loin d'être stupide, et, quoiqu'il ne s'intéressât pas le moins du monde aux livres ou à la culture en général — Elizabeth l'avait immédiatement deviné — c'était moins parce qu'il l'avait décidé que parce qu'il avait toujours vécu dans un endroit isolé du pays, à l'écart de ce qui avait toujours constitué pour elle la normalité de la vie citadine.

— Écoutez, Neeley, dit-elle en se penchant au-dessus de son assiette, je crois qu'il vaut mieux que je sois honnête avec vous. Je suis nerveuse pour ce soir.

Il la regarda un long moment, puis :

— Itou, dit-il.

Le mot parut si incongru et comique à Elizabeth qu'elle ne put s'empêcher d'éclater de rire.

— Qu'y a-t-il de si drôle ? demanda-t-il avec un sourire incertain.

— Désolée, bredouilla-t-elle, c'est seulement ce mot, enfin, pas seulement le mot lui-même, mais la façon dont vous l'avez prononcé.

— « Itou » ?

Il avait l'air sincèrement perplexe.

— La façon dont vous l'avez dit, Neeley, si rapidement, comme ça — ça m'a seulement paru drôle, c'est tout. Désolée.

Le rire d'Elizabeth avait rompu la tension qu'il y avait entre eux, et ils se regardèrent un long moment sans rien dire.

— Croyez-vous que ça marchera ? demanda finalement Elizabeth d'une voix douce.

— Ce soir, vous voulez dire ?

— Ce soir, oui, mais tout le reste également, ce mariage.

Il la dévisagea attentivement et elle sentit qu'un changement subtil s'était opéré dans son attitude, il paraissait plus sûr de lui maintenant.

— Je crois qu'il y a des chances que oui.

— Pourtant pas un grand début, n'est-ce pas ?

— Et pourquoi ça ?

— Je suppose que tout le monde est au courant ? A Lahersheen, je veux dire.

— Au courant de quoi ? Du fait que vous attendez un bébé ?

— Qu'il fallait que je me marie, corrigea Elizabeth qui n'arrivait pas tout à fait à concevoir cette chose qu'elle portait en elle comme un bébé.

— Ça ne regarde personne à part nous.

— Mais on ne se gênera pas pour jaser, un petit village comme ça...

— Écoutez, Elizabeth, nous sommes loin de la ville. Les habitudes sont un peu différentes à Béara.

— Pas de commérages ?

— Rien qui puisse nous faire du tort.

Elizabeth le regarda avec un nouveau respect. L'homme n'avait plus rien du paysan muet qu'elle avait rencontré un mois plus tôt dans ce même hôtel, ni du marié rougissant à l'étroit dans son nouveau costume qui s'était tourné vers elle à l'église.

Il lui posa ensuite une question à brûle-pourpoint, si rapidement qu'elle ne l'entendit pas et lui demanda de la répéter.

— Est-ce que mon âge vous gêne ?

La question, réitérée plus lentement, était néanmoins si inattendue qu'Elizabeth ne put s'empêcher d'être honnête.

— Cela fait une grande différence, admit-elle.

— Qu'importe, je suis jeune de cœur ! Vous verrez !

Derrière la bravade, Elizabeth n'en doutait pas, se dissimulait un doute profond. Il était pour l'instant aussi inquiet qu'elle concernant leur nuit de noces. Elizabeth se rendait compte maintenant à quel point sa relation avec George Gallaher avait été riche d'enseignement. Cet homme qui avait quatre enfants en savait moins sur les choses du sexe, elle en était persuadée, qu'elle n'en savait elle-même.

— Je suis sûre que vous êtes aussi jeune que vous en avez l'air, Neeley, dit-elle tranquillement.

— Nous ne sommes pas obligés de... ce soir, je veux dire...

Il s'interrompit, mal à l'aise.

— Comme vous voudrez, dit-elle, immobile.

— Oh, non, je ne voulais pas dire que...

Il était manifestement horrifié à l'idée qu'elle pût croire qu'il ne la trouvait pas désirable.

— Je sais ce que vous vouliez dire, et je vous en remercie. Allons nous coucher, et voyons ce qui se passe, Neeley, dit-elle en se livrant à un rapide et discret examen de sa personne.

Avec son nez busqué, sa peau hâlée, son long visage étroit et ses ongles cassés, il n'aurait certes pas gagné un concours de beauté, mais il était pour autant bien loin d'être laid ; la bouche avait du charme, les lèvres étaient pleines et mobiles,

les yeux clairs. Et maintenant qu'il avait ôté la veste de son costume et desserré sa cravate, elle pouvait voir que ses épaules habituées au travail étaient larges et musclées, ses avant-bras puissants.

Neeley la suivit jusqu'à leur chambre. Devant la porte, il se tint un peu à l'écart et la laissa entrer la première. Elizabeth eut alors l'impression curieuse que les dimensions de la pièce, depuis le moment où ils y avaient déposé leurs bagages, avaient changé ; les murs semblaient plus proches les uns des autres à présent, le plafond plus bas, de sorte que, proportionnellement, le lit occupait désormais tout l'espace à la façon de quelque chose de monstrueux.

Pour retrouver son calme, elle se dirigea vers la fenêtre, souleva le rideau et contempla le bord de mer devant l'hôtel. Il n'était que huit heures trente, mais, comme c'était généralement le cas un soir de février, les environs étaient quasiment déserts. A l'ouest, elle pouvait voir les montagnes noires de Béara, et au loin, s'élevant au-dessus du niveau de la mer tel un mausolée obscur dans la clarté lunaire, l'île de Garnish.

— La nuit est belle, lança-t-elle par-dessus son épaule, mais, voyant que Neeley ne répondait pas, elle laissa retomber le rideau, inspira profondément et se tourna vers son mari.

Neeley était assis sur le lit et la regardait.

— Voulez-vous que nous remettions ça à une autre fois ? demanda-t-il d'une voix éteinte. Je peux dormir dans le fauteuil qui est là, si vous voulez...

Il paraissait tellement absurde à Elizabeth que Neeley se retire dans son fauteuil pour la nuit à huit heures et demie que l'envie la démangea de dire : « Nous ferions aussi bien d'en finir maintenant ». Au lieu de cela, elle se dirigea lentement vers lui et posa ses mains sur ses épaules.

A travers le tissu de sa chemise, elle sentit qu'il tremblait de nouveau, mais elle éprouvait bien trop d'appréhension elle-même pour deviner si c'était de désir ou de crainte. Elle lui prit les mains et les posa sur ses hanches. Il les laissa là, immobiles, pendant quelques secondes ; puis, lentement, il appuya sa tête contre son ventre.

Il transpirait un peu. Elle baissa les yeux, aperçut son crâne légèrement dégarni au sommet et, telle une mère avec son nouveau-né, elle lui arrangea les cheveux du bout des doigts, surprise par la douceur de la peau à cet endroit. Elle sentait maintenant qu'elle était maîtresse de la situation, et une telle responsabilité lui parut brusquement ahurissante. Dire qu'il n'y avait que six mois qui séparaient ce jour-là de celui de sa rencontre exquise avec George Gallaher sur la pelouse de Durrow. Elle avait tellement changé entre-temps.

La peau soyeuse de ses hanches se réchauffait et devenait moite au contact des mains de Neeley, qui ne bougeaient toujours pas. Lentement, elle déboutonna sa robe et la laissa glisser par terre. Pendant quelques secondes, Neeley conserva la même attitude passive, puis leva les yeux vers elle avec, sur le visage, une expression si curieuse qu'elle recula d'un pas, prise d'inquiétude.

— Que se passe-t-il ?

— Rien.

— Il y a quelque chose, Neeley, je le vois bien.

— Il n'y a rien, rien du tout...

Elle le vit si agité qu'elle s'assit sur le lit à côté de lui.

— Il doit bien y avoir quelque chose, Neeley. Pourquoi êtes-vous si tendu ?

— Pour rien.

Il était pourtant facile de voir que quelque chose n'allait pas. Était-ce le souvenir de sa première femme, enterrée moins de dix mois plus tôt, qui le tourmentait ? Avait-elle mal interprété la situation ? Peut-être que le sexe ne l'intéressait pas du tout ? Peut-être était-il trop tôt pour lui ?

— Est-ce Agnes, Neeley ? demanda-t-elle brutalement. Est-ce cela qui vous ennuie ?

Au lieu de lui répondre, il se leva d'un bond et se précipita hors de la chambre. Stupéfaite, elle ne put que regarder la porte qui émit un claquement sourd en se refermant derrière lui. Soudain, elle se sentit rougir ; elle avait été stupide, cette façon qu'elle avait eu de se comporter prématurément en femme mature. Et cependant, sa liaison avec George Gallaher l'avait très tôt incitée à croire que tous les hommes, en particulier ceux d'un certain âge, s'intéressaient au sexe. Comment n'avait-elle pas vu que Neeley Scollard ne la désirait pas sexuellement, qu'il s'était simplement marié pour avoir une femme au foyer qui l'aiderait à élever ses quatre enfants ?

Elle s'allongea sur le lit, sans prendre la peine de plier la veste de son tailleur, et, étendue là, elle fut submergée par une vague de solitude plus puissante que l'humiliation qu'elle venait de ressentir. Elle aurait voulu pleurer. Elle n'avait même pas dit au revoir à Ida convenablement, ni à Maeve, ni à ses parents. Elle se représenta sa mère et son père, rentrés déjà, sans aucun doute, à la maison, attablés dans la cuisine, Bella entre eux pelotonnée dans son panier.

Et elle était là, elle, mariée à un homme qu'elle ne

connaissait pas et qui n'avait aucune envie d'elle, en route pour le fin fond de nulle part.

Elle resta allongée, immobile, pendant dix minutes, puis se déshabilla et passa l'une des nouvelles chemises de nuit que sa mère lui avait achetées pour compléter son trousseau de jeune mariée. Elle se fit ensuite aussi petite que possible en se recroquevillant au bord du lit et s'efforça d'oublier toute cette soirée.

Elle n'avait pas bougé d'un pouce lorsqu'une demi-heure plus tard elle entendit Neeley rentrer. Quoiqu'il n'allumât pas la lumière, elle garda les yeux fermés et fit semblant d'être endormie. Elle l'entendit trébucher dans l'obscurité en se déshabillant, puis sentit le couvre-lit remuer et le matelas se creuser tandis que, la respiration lourde, il se glissait sous les couvertures à côté d'elle.

Elizabeth retint son souffle un instant, puis sentit la main de Neeley se poser sur son épaule.

— Je suis désolé d'avoir agi ainsi, dit-il.

— N'en parlons plus.

— C'est juste que...

— Peu importe, Neeley, nous réglerons ça demain matin.

— Non! Il faut que je vous le dise maintenant! Je ne pouvais pas... vous savez... avec le... avec le...

Elle se retourna pour lui faire face et, pour la première fois, elle remarqua une odeur de whisky dans son haleine.

— Avec le quoi, Neeley? demanda-t-elle dans un murmure.

— Avec le bébé de quelqu'un d'autre!

La révélation la choqua. Il avait manifestement espéré qu'elle se défendrait ou lui opposerait ses arguments parce que, voyant qu'elle ne disait rien, il l'embrassa maladroitement sur la joue.

— Tout va bien maintenant, tout va bien, murmura-t-il d'une voix enrouée, la respiration lourde, et avant qu'elle ait compris ce qui se passait, il avait relevé sa chemise de nuit et attiré son ventre contre le sien. Lui aussi était nu sous sa chemise de nuit.

D'instinct, Elizabeth résista, mais il était trop fort pour elle.

— Neeley, Neeley, je vous en prie! cria-t-elle comme elle se sentait écrasée sous lui. Je ne peux pas respirer!

— Désolé, dit-il d'une voix haletante en se soulevant un peu, mais lorsqu'elle tenta de se dégager, il prit son pénis dans sa main et la pénétra de force.

Elizabeth ferma les yeux et se soumit à sa volonté. Elle sentit que moins elle résisterait, plus vite tout ceci prendrait fin. Elle écarta les jambes, et le guida en elle.

Deux minutes plus tard, tout fut fini, et il s'écarta pour s'allonger sur le dos, hors d'haleine. Elizabeth sentait son cœur qui cognait comme un piston dans sa poitrine. Prudemment, craignant qu'il ne remarque ce qu'elle faisait et ne juge la chose offensante, elle abaissa sa chemise de nuit et la lissa du plat de la main sur son estomac, encore et encore, comme si ce geste répétitif pouvait effacer non seulement les plis du tissu, mais aussi les traces de ce qu'il venait de lui faire.

— Bonne nuit, Elizabeth, à demain matin, lui dit-il en lui tournant le dos.

Une minute plus tard, sa respiration, ample et régulière, signalait qu'il s'était endormi.

Elizabeth se tourna de son côté à son tour et enfouit sa tête dans le creux de son oreiller.

— Oh, Seigneur, murmura-t-elle sous la masse de cheveux qui couvrait son visage.

Quand il se réveilla le lendemain matin, Neeley n'aurait pu se montrer plus conciliant. Il ne fit pas la moindre allusion à la nuit précédente et se comporta comme si rien n'était arrivé, se levant d'un bond, s'habillant prestement et quittant la chambre en promettant de revenir avec du thé.

Elizabeth était sonnée. Aussitôt qu'il fut parti, elle se leva à son tour et courut dans la salle de bains, ce qu'elle rêvait de faire depuis des heures, n'y ayant renoncé que par crainte de réveiller Neeley, et, ce faisant, de lui mettre de nouvelles idées en tête. Quand il revint avec du thé et des toasts sur un plateau, elle s'était déjà recouchée et faisait semblant de dormir encore. Il se pencha sur elle :

— Elizabeth, dit-il d'un ton enjôleur, réveillez-vous. J'ai apporté le petit déjeuner.

En parfaite comédienne, elle cligna des yeux, s'étira et bâilla.

— Quelle heure est-il ? demanda-t-elle.

— Un peu plus de huit heures, répondit Neeley, le visage radieux et l'air candide. Avez-vous bien dormi ?

— Oui, répondit-elle en bâillant une nouvelle fois pour couvrir son mensonge.

Il lui servit une tasse de thé chaud et alla regarder par la fenêtre.

— Il pleut, annonça-t-il. Dommage.

— Mmm.

Tout en lui jetant des regards furtifs, Elizabeth avait

l'impression que Neeley lui était plus étranger maintenant qu'il ne l'avait été lors de leur première rencontre. L'accouplement grotesque de la nuit précédente, loin de créer entre eux une forme d'intimité, l'avait si profondément perturbée physiquement qu'elle savait que, dorénavant, elle éprouverait des difficultés à toucher Neeley Scollard, et encore plus à le laisser accéder à son corps.

Pourtant, d'après leurs conversations, quoique brèves et décousues, elle sentait instinctivement qu'il y avait des raisons d'espérer que Neeley fût un brave homme au fond. Durant la nuit, elle avait décidé que, pour détestable que cela puisse être, elle devrait accomplir avec la meilleure grâce possible ce qu'on appelle le devoir conjugual. Après tout, elle n'était guère en position d'agir autrement.

Neeley s'écarta de la fenêtre et revint s'asseoir à côté d'elle sur le lit. Elle fit un effort pour ne pas reculer lorsque, timidement mais fièrement, il lui toucha l'épaule.

— Est-ce que nous le ferons encore ? murmura-t-il.

Le cœur d'Elizabeth fit un bond.

— Faire quoi ?

Sur la défensive, les joues empourprées, elle voulait gagner du temps, le forcer à le dire.

— Vous savez...

Comme si elle lui avait renversé sa tasse de thé brûlante dessus, il ôta sa main de son épaule. Il n'osait pas la regarder.

— Non, Neeley, dit-elle, j'ai bien peur de ne pas comprendre de quoi vous parlez.

Elle le dévisagea attentivement, savourant, sans le désirer vraiment, l'exultation de la revanche. Son triomphe fut cependant de courte durée ; Neeley se leva d'un bond et traversa la pièce, ramassant au passage ses chaussettes de la veille et les rangeant dans un fourre-tout.

Elizabeth se rendit compte alors qu'elle était allée trop loin.

— Neeley, dit-elle, je suis désolée. Évidemment que je sais de quoi vous parlez. C'est juste que...

— Je sais ce que vous voulez dire moi aussi, l'interrompit-il.

L'humiliation qu'il ressentait était presque palpable.

— Non, vous ne le savez pas. Venez ici.

Il hésita, puis se dirigea lentement vers le lit. Elle mit le plateau de côté, et lui indiqua une place à côté d'elle.

— Ici.

L'air soupçonneux, il s'assit sur le lit à l'endroit indiqué.

— Je suis désolée, dit-elle. Je ne suis pas moi-même ce matin. J'ai très mal dormi. Vous me pardonnez ?

Elle inspira profondément et, les yeux fermés, elle avança son visage pour qu'il lui donne un baiser.

Il ne se passa rien pendant une seconde ou deux, mais elle demeura dans la position où elle était, les lèvres ouvertes.

— Vous êtes très belle, j'aime vos cheveux, marmonna-t-il enfin avant de l'embrasser furtivement sur le front.

Elle n'ouvrit pas les yeux, pas plus qu'elle ne lui rendit son baiser ; elle passa seulement ses bras autour de sa taille, et enfouit sa tête dans le creux de son épaule. L'image de George Gallaher s'imposa alors à son esprit, et elle ne fit rien pour la chasser. Au contraire ; c'était le cœur de George qu'elle entendait battre maintenant à ses oreilles, les mains de George qui lui caressaient le dos. Elle avait l'impression d'être avec lui et se cramponna à cette illusion tout le temps qu'ils firent l'amour pour la seconde fois.

Ce même jour, en fin d'après-midi, elle aperçut pour la première fois sa nouvelle maison.

La dernière étape du voyage, depuis Castletownberehaven, avait été un cauchemar. Quoique enveloppée dans une couverture et vêtue d'un ciré, elle arriva néanmoins trempée et tremblante de froid. Le Dodge de location ne les avait conduits que jusqu'à Castletown ; là, ils avaient dû transférer leurs bagages dans un cabriolet tiré par un âne qui appartenait à l'un des voisins de Neeley.

Durant les seize kilomètres qu'il leur restait à parcourir jusqu'à Lahersheen, la pluie qui s'était mise à tomber ce matin-là, et qui n'avait pas cessé de toute la journée, s'abattit sur eux à torrents ; on ne distinguait même plus le sommet des montagnes. Kilomètre après kilomètre, la force et la densité de la pluie parurent augmenter encore ; la péninsule était étroite à cet endroit et exposait sur trois côtés distants d'à peine deux kilomètres ses rivages rocheux à la puissance de l'Atlantique. La première chose qui frappa Elizabeth, habituée à la luxuriance du nord et de l'est du comté de Cork, ce fut la nudité du paysage et l'absence d'arbres. Elle ne se souvenait pas d'avoir vu un endroit aussi férocement hostile. Et cette impression fut encore renforcée lorsqu'elle vit surgir au détour d'un virage sur une route de colline escarpée, gris pâle sous le ciel sombre, plusieurs croix celtiques surmontant autant de pierres tombales ; elle en aurait crié de désespoir.

— Où allons-nous ? demanda-t-elle en tirant frénétiquement sur le manteau de Neeley. Nous nous dirigeons vers un cimetière...

— C'est Kilcatherine, dit-il. Nous serons bientôt arrivés.

Elizabeth se recroquevilla sous sa couverture trempée et découvrit avec soulagement que la route ne passait pas à travers les croix ainsi qu'elle l'avait supposé, mais, comme souvent en Irlande où de nombreuses routes rectilignes dévient de leur tracé pour contourner tel ou tel rocher aux fées, suivait un tracé en demi-cercle qui faisait le tour du cimetière de Kilcatherine. Elizabeth, cependant, n'en fut pas moins saisie par une peur irrationnelle lorsqu'ils passèrent à proximité des croix. Symboles du christianisme, elles paraissaient menaçantes en ce lieu étrange et semblaient témoigner d'un mode de vie plus ancien, primitif et païen.

Comme ils laissaient derrière eux la dernière pierre tombale, Elizabeth ressentit une petite douleur au ventre. A la seconde manifestation de cette douleur, elle comprit de quoi il s'agissait : le bébé qu'elle portait venait de lui donner des petits coups de pied. C'était une sensation si extraordinaire, si intime, si personnelle que, trempée et apeurée comme elle l'était, elle en éprouva un petit sursaut de joie. Contre toute attente, les paroles du Magnificat lui revinrent à l'esprit. Deux mille ans plus tôt, cette femme avait senti elle aussi la vie s'annoncer dans son ventre, songea-t-elle. A cet instant, une rafale de vent particulièrement violente la frappa au visage, et elle se concentra sur les quelques kilomètres qu'il leur restait encore à parcourir.

Le soulagement fut immense lorsque, au bout d'un dernier virage, elle entendit Neeley, tout excité de voir quelle allait être sa réaction, lui crier sous la pluie :

— Là, Elizabeth, nous y sommes. Là-bas.

Il quitta alors la route et engagea l'âne et le cabriolet le long d'un étroit sentier boueux qui menait à une barrière faite de cinq planches clouées horizontalement. Plissant les yeux sous la pluie, Elizabeth contempla sa nouvelle maison, ou plutôt, sa façade arrière. La petite ferme à deux étages était orientée au sud, et ils arrivaient par le nord-ouest. Avec son toit en ardoise et ses fenêtres étroites, elle était semblable aux autres fermes aperçues en chemin, à ceci près qu'elle avait été chaulée tout récemment.

— Je l'ai remise à neuf pour vous, Elizabeth, déclara Neeley, faisant ainsi écho à ses propres pensées.

— C'est gentil, dit Elizabeth d'une voix fluette.

Au moins, songea-t-elle, la ferme avait un toit et quatre murs solides.

— Je suis sûr que les enfants meurent d'envie de vous voir,

reprit Neeley, et je suis sûr aussi que vous mourez d'envie de boire une tasse de thé.

Elizabeth hocha la tête, bien que le thé fût la dernière de ses préoccupations à cet instant. La nervosité qu'elle avait d'abord éprouvée à l'idée de rencontrer les enfants de Neeley était maintenant largement supplantée par le simple besoin de se mettre à l'abri de ces rafales de vent et de pluie qui cinglaient impitoyablement son visage.

Transie, elle descendit en titubant du cabriolet aussitôt arrivée dans la cour boueuse de la ferme. Neeley lui prit le bras et, repoussant du pied les assauts affectueux d'un colley noir et blanc tout trempé, il la guida à grands pas vers la porte et la fit entrer dans la petite cuisine où régnait une douce chaleur.

D'abord, Elizabeth fut si occupée à se débarrasser de son ciré et à s'essuyer les yeux qu'elle ne remarqua pas la petite galerie d'observateurs qui la dévisageaient d'un air absorbé d'un peu partout dans la pièce. Quand elle les aperçut enfin — elle était toujours debout et une flaque d'eau s'était formée sur les dalles à ses pieds — elle lança un « bonjour ! » à la cantonade.

— Bonjour, dit la plus petite en mettant son pouce dans sa bouche et en baissant les yeux d'un air timide.

Les autres, y compris le bébé, qui reposait dans les bras d'une femme corpulente aux cheveux frisés et aux joues rouges, continuèrent de la regarder de leurs grands yeux ronds. Elles étaient pieds nus, mais très proprement vêtues. Toutes portaient un ruban en tartan dans leurs cheveux raides et épais, coupés à hauteur des oreilles pour les trois plus âgées ; ceux du bébé ondulaient souplement jusqu'aux épaules.

Elizabeth prit soudain conscience de l'image étrange qu'elle devait offrir avec ses yeux, son nez et ses cheveux dégoulinants d'eau. A cet instant, la femme qui tenait le bébé s'avança vers elle :

— Bonjour, dit-elle. Je m'appelle Tilly Harrington. Soyez la bienvenue.

Elle avait les yeux clairs, le regard serein, et paraissait plus jeune que ses cheveux ou son corps ne l'indiquaient. Elizabeth, qui jugea qu'elle devait avoir à peine plus de trente ans, la trouva immédiatement sympathique.

— Seigneur, quel temps il fait dehors, n'est-ce pas ? reprit la femme. C'est terrible en général quand ça vient du nord-est. Venez vous réchauffer près du feu ou vous allez attraper la mort.

Elle appela alors les deux aînées :

— Mary ! Kathleen ! Mettez donc des bols sur la table.
Les deux fillettes s'exécutèrent aussitôt, tandis qu'Elizabeth
s'approchait de la cheminée d'où s'échappait une forte odeur
de tourbe. A la manière d'un chien, elle secoua sa tête,
envoyant des centaines de gouttes d'eau dans les flammes qui
sifflèrent, et s'assit avec reconnaissance dans le petit fauteuil
sans bras qu'on lui apporta, apparemment le siège le plus
confortable de la maison.

— Merci, madame Harrington, dit-elle. Êtes-vous de la
famille du meilleur ami de Neeley ? Je crois savoir qu'il
s'appelle Harrington lui aussi.

La femme changea le bébé de position et s'empara d'une
bouilloire près de la cheminée qu'elle suspendit à un crochet
massif au-dessus du feu.

— Seigneur, dit-elle en gloussant, tout le monde s'appelle
Harrington par ici. Harrington ou McCarthy. Non, nous ne
sommes pas exactement de la même famille, encore que nous
devons probablement être cousins, par alliance, c'est-à-dire.
Je suis de la famille des Sullivan Harrington ; le meilleur ami
de Neeley vient du côté des Danly Harrington de Uhran, et
l'homme qui vous a conduits jusqu'ici avec son âne et sa carriole est un Cain Harrington de Ardgroom Inward. Mais, ne
vous inquiétez pas, poursuivit-elle en gloussant une fois de
plus, vous finirez par nous reconnaître tous avant qu'il soit
longtemps.

D'un geste vigoureux, elle passa dans les cendres un gros
tisonnier noir.

La bouilloire se mit bientôt à siffler, et tandis que la femme
continuait de s'occuper du feu, Elizabeth entendit derrière elle
le doux cliquetis des couverts comme les deux fillettes mettaient la table. Neeley, qui avait supervisé le déchargement des
bagages, revint dans la cuisine.

— Où sont passées tes manières ? rugit-il en s'adressant à
la fillette désœuvrée qui continuait, bouche bée, de regarder
Elizabeth depuis un coin de la cuisine. Cesse d'avoir ce regard
idiot. Vous toutes, d'ailleurs — venez dire bonjour à votre nouvelle maman !

C'était là, songea Elizabeth, un Neeley bien différent du
paysan timide qu'elle avait rencontré quelque temps plus tôt,
mais les enfants avaient l'air de trouver tout cela normal. Le
bébé grogna à peine et se pelotonna contre Mme Harrington
tandis que les trois autres s'avançaient pour entourer
Elizabeth. La plus grande des filles adressa un regard en coin
aux deux autres comme pour leur donner un signal, et toutes

les trois murmurèrent de concert :

— Bonjour, maman, sois la bienvenue.

Elles avaient si manifestement répété la petite phrase qu'Elizabeth en ressentit un petit pincement au cœur.

— Bonjour, dit-elle avec un sourire. Je m'appelle Elizabeth. Qui est qui ici ?

L'aînée décida de faire les présentations.

— Je m'appelle Mary, dit-elle. Je suis l'aînée, j'ai huit ans. Et voici mes sœurs.

Elle les désigna du doigt l'une après l'autre.

— Voici Kathleen, elle a sept ans, et voici Margaret, elle a cinq ans et demi...

— J'ai cinq ans et trois quarts, corrigea Margaret.

— Et voici Goretti, la plus jeune, fit Mary en pointant un doigt vers le bébé qui tendait le cou pour observer la petite scène de ses grands yeux ronds.

Mission accomplie, Mary recula d'un pas.

— C'est le bébé de la famille, ajouta-t-elle.

A cet instant, Elizabeth sentit qu'on la tirait par la manche. Elle baissa les yeux.

— Êtes-vous de Cork ? demanda Margaret.

— Oui, Goretti, répondit Elizabeth en souriant. Es-tu déjà allée là-bas ?

— Moi, c'est Margaret, corrigea l'enfant d'un ton monocorde. Avez-vous vu le père Noël ?

— Je suis vraiment désolée, oui, bien sûr, tu es Margaret. Désolée. Il me faudra un certain temps.

— Le père Noël ne vit pas à Cork, intervint Mary en poussant légèrement sa petite sœur. Je t'ai déjà dit qu'il vivait au Pôle Nord.

— Ça suffit, maintenant, laissez maman tranquille. Le thé est-il prêt ? Allons, à table.

— Maintenant, il faut que je parte, Neeley, dit Mme Harrington en mettant le bébé dans son parc en bois. Le thé est prêt, et il y a du pain frais et un peu de bacon dans le placard. Je reviendrai demain, pour voir si tout se passe bien.

Elle raidit son dos comme s'il lui posait des problèmes.

— Bienvenue à Béara, Elizabeth, ajouta-t-elle. Vous vous serez bientôt habituée à nous, et nous à vous. A demain. Au revoir, Neeley, au revoir, les filles !

Elle enfila son ciré, chaussa ses bottes en caoutchouc et sortit. La porte se referma derrière elle, et Elizabeth se retrouva seule avec sa nouvelle famille.

7

Au fil des années, Elizabeth et Tilly Harrington, leur voisine rencontrée ce premier soir, devinrent des amies intimes. Pourtant, lorsque, à la fin du mois de février 1944, Tilly suggéra la première qu'elles devraient s'autoriser un petit voyage à Glengarriff pour assister au spectacle que donnait une troupe itinérante baptisée *Liffey Players*, Elizabeth hésita ; quoique la station balnéaire fût à moins de cinquante kilomètres de Lahersheen, la perspective d'un voyage suffisait à la décourager d'avance.

Il n'était pas possible de louer une voiture pour ce genre d'excursion en raison du rationnement de l'essence ; bien que la guerre qui faisait rage dans le reste de l'Europe n'eût eu qu'un impact marginal sur l'Irlande neutre, des tas de marchandises étaient impossibles à obtenir ou à conserver, en particulier dans des régions éloignées comme Béara. Pour faire le trajet jusqu'à Glengarriff autrement qu'en voiture, il fallait soit prendre le vapeur *La Princesse Béara* au départ de Castletownbere, soit rouler en car une demi-journée à travers les cols de montagnes, toutes choses qui rebutaient Elizabeth.

Six années à élever des enfants et à materner entre deux fausses couches dans des conditions spartiates et ce climat rude avaient sérieusement ébranlé ses forces ; Francey, le fils de George Gallaher, qui avait été un bébé tranquille pendant la première année, s'était révélé par la suite terriblement dur à tenir, sans compter les pleurs de la petite dernière auxquels elle devait maintenant faire face ; de sorte que ses journées s'écoulaient sans répit, toutes aussi épuisantes les unes que les autres.

— Non, je ne pourrai pas, dit-elle à Tilly avec toute la fermeté dont elle était capable, merci beaucoup, vraiment, mais c'est impossible. Je suis certaine que tu trouveras quelqu'un d'autre pour t'accompagner.

Tilly, cependant, n'avait l'intention d'emmener personne d'autre.

— Oh, allons, insista-t-elle, ça te fera du bien. Regarde-toi, Lizzie, à peine vingt-six ans et tu passes tes journées sans jamais sortir de chez toi si ce n'est pour aller à la messe. Ce n'est pas naturel, ma fille.

Elle se tourna vers Neeley.

— N'ai-je pas raison, Neeley ? Tu as ton football et tes parties de cartes, alors qu'elle n'a rien en dehors de ses vieux livres et des enfants. Tu ne veux pas que ta femme vieillisse avant l'âge, n'est-ce pas ?

— Ça m'est égal qu'elle sorte, crois-moi, mais qui s'occupera des enfants ?

Neeley ne voulait pas paraître pingre devant ses voisins.

— Le bébé est sevré, non ? rétorqua Tilly. Les grandes veilleront sur les petites. Et puis, tu seras là, Neeley, non ?

— De toute façon, nous ne pouvons pas nous le permettre, fit Elizabeth en regardant Neeley comme pour l'encourager à lui refuser cette sortie.

Depuis longtemps, la simplicité leur était un mode de vie ; la ferme était très petite, et ils vivaient juste au-dessus du niveau de vie minimum. C'est à peine s'ils avaient pu ajouter à la maison une salle de bains et une arrière-cuisine avec l'eau courante, Elizabeth ayant refusé toute aide de la part de ses parents.

— Qui a parlé d'argent ? Tu seras mon invitée, sotte que tu es. Tu sais que j'en ai les moyens, précisa Tilly qui, six mois plus tôt, avait hérité d'une somme d'argent substantielle de parents qui vivaient à Butte, dans le Montana. Et puis d'ailleurs, ajouta-t-elle, je veux voir ce spectacle, Lizzie, et je veux que tu viennes avec moi, alors ne sois pas égoïste, s'il te plaît.

Et Elizabeth n'opposa plus de résistance. Tilly avait raison. Elle était devenue une bête de somme. Il y avait au moins un an qu'elle n'était plus allée à Cork. Sans les livres et les magazines que lui envoyait chaque semaine la toujours fidèle Maeve, elle aurait perdu tout contact avec le monde extérieur et n'aurait connu que la routine du ménage et des enfants.

Tilly avait insisté pour que ce voyage leur soit du même coup de « véritables petites vacances », de sorte qu'en plus du spectacle lui-même et du car pour Glengarriff, elle leur avait réservé à toutes les deux une chambre pour une nuit dans une des meilleures pensions de la ville.

— Une pension avec une vraie salle à manger, Lizzie. Nous nous conduirons comme des riches.

Le lendemain, elles prendraient le train à Bantry pour Cork, où les attendraient les parents d'Elizabeth, chez qui elles passeraient la nuit avant de repartir pour Lahersheen.

Assise maintenant dans l'auditorium de l'hôtel de ville de Glengarriff et tout excitée par le bourdonnement de la salle autour d'elle, Elizabeth se félicitait de s'être laissé convaincre de venir. En consultant son programme, elle vit que deux pièces allaient être données. L'une — une pièce quasi religieuse, *Le Signe de la Croix* — ne lui était pas inconnue ; la première, *Le Rocher aux Vœux*, était nouvelle.

Elle jeta un coup d'œil autour d'elle ; bien que la salle fût presque pleine et la quasi-totalité des sièges occupés, une foule de gens continuait à se presser à l'intérieur de l'auditorium. Quelques touches de couleur çà et là — un foulard, le col d'un chemisier — égayaient la masse obscure des vêtements portés en temps de guerre, mais les femmes étaient en général vêtues avec la même austérité que les hommes, dans les tons gris, marron, noir et beige. Regardant ses propres vêtements, aussi ternes et sans doute plus usés encore que ceux qu'elle apercevait autour d'elle dans la salle, Elizabeth se prit à songer avec nostalgie aux couleurs vives et à la fraîcheur de ses robes d'adolescente. La pauvreté avait tellement été son lot quotidien depuis son mariage qu'elle n'avait même plus conscience de l'aspect piteux qu'elle présentait.

Cinq minutes plus tard, cependant, elle se redressa sur son siège et se concentra sur la scène comme le rideau se levait et découvrait un décor de cuisine dans laquelle un prêtre se tenait debout face à une jeune femme blonde qui se balançait en toussant dans un fauteuil à bascule près de la cheminée.

Tilly Harrington lui donna un petit coup de coude :

— Cette fille est ton portrait craché, Lizzie !

Elizabeth l'entendit à peine ; son regard n'était pas dirigé vers la jeune actrice blonde, mais vers l'homme qui jouait le rôle du prêtre. C'était lui. Cela ne faisait aucun doute.

— Tu ne trouves pas ? murmura Tilly tout excitée. N'ai-je pas raison ?

Elle remarqua alors l'expression d'Elizabeth.

— Quelque chose ne va pas, Lizzie ?

— Non, non, rien, dit-elle dans un murmure, les joues affreusement pâles.

Elle n'avait jeté qu'un coup d'œil hâtif à l'affiche placardée à l'entrée de la salle, mais elle n'aurait certainement pas manqué le nom de George Gallaher s'il en avait été fait mention. Même s'il existait deux acteurs de la taille de George, le visage et le regard ne trompaient pas.

— Tu as l'air bizarre, tu es sûre que tout va bien ? insista Tilly, son visage inquiet à quelques centimètres du sien.

— Chut ! firent quelques spectateurs autour d'elles en leur jetant un regard mécontent.

— Je me sens bien, Tilly, juste un peu fatiguée, c'est tout, dit-elle, embarrassée d'avoir attiré l'attention sur elle.

Elle s'efforça de sourire à son amie, puis reporta ses regards sur la scène en faisant mine d'être absorbée par la pièce qui, eût-elle été donnée en swahili, ne lui aurait pas paru plus étrange.

Que faisait-il ici ? Il était censé être à Hollywood...

Elizabeth écoutait sans bouger les pieux dialogues échangés par les acteurs. A la vérité, c'était le thème religieux de la soirée qui, au départ, l'avait dissuadée d'accepter l'invitation de Tilly. L'époque où elle avait été nourrie spirituellement par les vers extatiques du Magnificat était depuis longtemps révolue.

Maintenant qu'elle avait devant les yeux George Gallaher qui posait en costume clérical dans le rôle de Soggarth Aroon, était-elle heureuse d'avoir accepté ou non ? Tous les sentiments, toutes les émotions qu'elle avait si longtemps refoulés resurgissaient brutalement, et toute son attention était centrée sur la silhouette massive de George Gallaher ; les autres acteurs auraient tout aussi bien pu être invisibles. Elle se sentait galvanisée, en proie à de violentes montées d'adrénaline. Elle avait pourtant cru qu'elle n'éprouverait jamais plus ces sensations physiques électrisantes, enfouies sous le mausolée de l'amour qu'elle faisait régulièrement avec Neeley.

Neeley. Il fallait qu'elle songe à Neeley.

Elle s'efforça de faire surgir dans son esprit le visage sérieux et longiligne de son mari, la force sûre de ses épaules, ses mains maladroites qui lui donnaient envie d'être maternelle avec lui. Ils avaient une vie sexuelle convenable, jugea-t-elle ; elle n'avait pas le droit d'espérer davantage, c'était son devoir d'épouse, et s'il arrivait à Neeley d'être versatile et d'avoir quelquefois des difficultés à se contrôler, il ne se montrait jamais violent avec elle. Oui, se dit-elle, elle avait de la chance. Les choses auraient pu être bien pires entre eux. Et cependant, n'était-ce pas qu'elle manquait de courage au fond ?

Comme une automate, elle applaudit avec le reste du public au moment où George quittait précipitamment la scène.

Elle pria pour ne pas le rencontrer.

Elle s'arrangerait pour que cela n'arrive pas.

Elle ne pouvait pas, elle était mariée maintenant.

Toutes sortes d'impulsions contradictoires se bousculaient dans son esprit, mais une chose était certaine : en dépit des six ou sept années qui s'étaient écoulées, son désir pour l'acteur était resté intact.

Cesse de le convoiter, lui soufflait sa conscience. *Il ne s'inté-ressera plus à toi, de toute façon. Et quand bien même, qu'y gagnerais-tu ?...*

— Es-tu sûre que tout va bien, Lizzie ? s'enquit de nouveau Tilly en la tirant par la manche. Tu trembles.

Elizabeth la regarda.

— Désolée, Tilly, murmura-t-elle, je t'en prie, ne t'inquiète pas, je vais très bien.

— Tu sais, nous pouvons partir si tu préfères.

— Chut, fit quelqu'un assis un rang devant elles en se retournant, sourcils froncés.

Tilly lui tira la langue et fit mine ensuite de l'ignorer.

— Tu en es sûre ? demanda-t-elle encore à Elizabeth.

A cet instant, son attention fut distraite par le retour sur scène de George Gallaher.

— Oh, mon Dieu, s'exclama Tilly, n'est-il pas splendide ?

De fort joyeuse humeur ce soir-là, Tilly se joignit au reste du public qui répétait à grands cris : « Brave homme le prêtre ! »

Est-ce que Hollywood avait été un échec ? Si, dans les films, la Californie et Hollywood étaient toujours représentés en noir et blanc, dans les fantasmes d'Elizabeth, nourris par les pho-tographies des magazines et par sa propre imagination fertile, George Gallaher évoluait toujours dans des piscines turquoise, courait à sa rencontre sur une plage de sable dorée ou se rou-lait avec elle, nu, sur un épais tapis blanc.

Elle ne savait que trop bien à quel point toutes ces images étaient des clichés ; mais, quand les orages du sud-ouest gron-daient autour de la maison de Lahersheen et que Neeley, juché sur elle, haletait péniblement, ces images de George, bronzé, en pleine santé et heureux, lui faisaient éprouver un profond bien-être et lui redonnaient l'espoir.

Il arpentait maintenant la scène à grands pas et virevoltait.

Elizabeth devinait aisément, à le regarder faire, que la moitié des cœurs féminins présents dans la salle vibrait pour lui. Et pourtant, assise maintenant à côté de Tilly sur ce fauteuil en bois, dans la pénombre de cette salle d'où montaient des

111

odeurs de laine moisie et de vieille gabardine, elle se fichait bien de savoir qui d'autre pouvait l'aimer tant il lui était pénible déjà de lutter contre cette sensation de chaleur qui s'emparait de ses jambes, de sa poitrine, du bas de son dos. *Ça va passer,* se dit-elle en serrant les poings sur son siège. *Ça va passer.*

Mais, cela ne passa pas, et à la fin du spectacle, elle était dans un tel état qu'elle ne voyait pas comment Tilly avait pu ne pas comprendre la situation. S'efforçant de dissimuler au mieux son trouble en essayant de partager la joie sans mélange de son amie ce soir-là, elle réagit patiemment à chacun des commentaires que fit celle-ci. Elle alla même jusqu'à acquiescer et sourire lorsque Tilly évoqua devant elle la beauté et le charisme de George.

Quand il fut temps d'acheter les billets pour la tombola, elle aperçut George qui progressait inexorablement dans leur direction. Assise comme elle l'était au bord de l'allée, elle n'avait aucun moyen de se cacher. Lorsqu'il ne fut plus qu'à quelques mètres, elle engagea avec Tilly une conversation sur un rythme effréné, une conversation si peu raisonnée et si éloignée de sa façon de parler habituelle que la différence n'échappa pas à son amie.

— Que se passe-t-il, Lizzie ? On dirait une poule à l'approche du renard...

— Rien, Tilly, rien du tout, s'entendit-elle bredouiller. C'est juste que j'ai tellement aimé cette pièce, ça m'est sans doute monté un peu à la tête. Tu sais, je ne sors pas beaucoup. C'est de ta faute — après tout, c'est toi qui m'as demandé de venir...

Elle s'arrêta net au moment où elle sentit, juste derrière elle, la présence de George.

— Jésus ! soupira Tilly, comprenant enfin ce qui se passait.

— Billets, mesdames ?

Le ton était désinvolte, la voix grave et profonde.

Ni l'une ni l'autre ne lui répondit, mais Elizabeth fut contrainte de se retourner pour le regarder.

— Elizabeth !

L'exclamation était un peu théâtrale, mais le sourire était large et amical.

— Ça, par exemple ! reprit-il. Après toutes ces années.

— Oui, murmura Elizabeth.

Elle n'était plus une épouse ni une mère dévouée. Elle était de nouveau fraîche et jeune. Avant même de comprendre ce qu'elle faisait, elle plia les doigts de sa main gauche dans sa paume droite et ôta son alliance.

Elle eut aussitôt honte de ce geste, mais George, du moins, parut n'avoir rien remarqué.

— Comment vas-tu, Elizabeth ? demanda-t-il comme s'ils étaient simplement de vieux amis. Peut-on se voir après, si tu n'as pas d'autres obligations, bien sûr ?

— Eh bien, je... je, pourquoi pas ? bégaya-t-elle en s'efforçant de lui sourire.

— Splendide ! Mais, pour le moment, dit-il en s'inclinant, puis-je vous proposer des billets de tombola ? Elizabeth ? Vous, madame ? demanda-t-il à Tilly avec un sourire.

— Je vais en acheter pour nous deux, répondit Tilly qui, les yeux ronds et brillants, sortit un shilling de son porte-monnaie et le lui tendit.

— Pour un shilling ? Comme c'est généreux à vous !

Il compta le nombre de billets exact, certains blancs, d'autres roses, tous marqués d'un chiffre.

— Je vous souhaite bonne chance, mesdames ! A tout à l'heure, Elizabeth, ajouta-t-il en continuant de remonter l'allée.

La tombola eut lieu, et Tilly, pour sa plus grande joie, gagna le quatrième prix, un service à thé luxueusement décoré de roses rouges. Rayonnante, elle se dirigea vers la scène où le directeur de la troupe lui remit son prix.

George, applaudissant avec la foule à son succès, se matérialisa aussitôt aux côtés d'Elizabeth.

— Puis-je te voir dehors dans dix minutes ?

— Mon amie sera avec moi, réussit à répondre Elizabeth.

— A tout à l'heure.

Il lui tourna le dos et serra la main d'une femme qui se trouvait de l'autre côté de l'allée et désirait le féliciter pour son interprétation. D'autres personnes dans le public réclamèrent une poignée de main elles aussi, et, tel un empereur victorieux, George se fraya un chemin à travers la foule.

— N'est-ce pas fantastique ? s'exclama Tilly en revenant. Je n'ai jamais rien gagné de ma vie.

— C'est merveilleux, concéda Elizabeth en regardant attentivement le service en porcelaine rouge et blanc.

— Une chance folle, en vérité !

Tilly sortit une des tasses et la regarda à la lumière. Grâce à ce prix, elle avait temporairement oublié ce qu'elle croyait avoir deviné, et elle applaudit avec enthousiasme à chacun des autres prix, jusqu'au quinzième — une demi-couronne.

Quand, la tombola terminée, Elizabeth fut sur le point de se précipiter vers la sortie, elle sentit la main de Tilly se poser sur son bras et la retenir.

— D'accord, dit Tilly, c'est lui, n'est-ce pas ?

— Que veux-tu dire ?

— Cet acteur est le père de Francey.

La conclusion s'imposait avec une telle évidence qu'Elizabeth devina qu'on pouvait lire à livre ouvert sur son visage.

— Je... je..., balbutia-t-elle.

Mais Tilly coupa court à ses protestations.

— Ne te fatigue pas à nier, Lizzie, dit-elle. Ton visage te trahit, et, de toute façon, Francey est son portrait tout craché.

— Je ne serais jamais venue si...

— Je n'en doute pas une minute.

— Que faire maintenant ? demanda-t-elle, en espérant que Tilly lui fournirait la réponse à sa question.

— Je vais te dire une chose, déclara gravement son amie qui n'avait pas cessé de lui tenir le bras.

Elizabeth tendit l'oreille.

— Ce n'est pas moi qui l'aurais chassé de mon lit, celui-là, crois-moi ! dit-elle d'un air espiègle. On peut dire que tu as du goût.

Elizabeth dévisagea Tilly, détaillant les traits de ce visage familier empreint de gentillesse, les cheveux frisés débordant en minces volutes du béret de laine.

— Je suis désolée pour tout ça, Tilly, je n'avais rien prémédité, Dieu m'en est témoin, mais il va falloir que je lui parle. Non, je *tiens* à lui parler. Je vais le rencontrer dehors.

— C'est toi qui décides, mais garde la tête froide, d'accord ?

— Tilly, tu es merveilleuse. Je ne serai pas longue.

— Prends ton temps, Lizzie. (Tilly hésita.) Je vais prendre un bain chaud et manger quelque chose. La logeuse a dit qu'elle nous garderait une assiette froide pour le dîner.

— Merci encore Tilly, murmura Elizabeth en l'embrassant sur la joue.

— Sois prudente, Lizzie.

— Promis. A plus tard.

Et elles se séparèrent.

Dehors, le froid était intense, l'air vif et mordant sous la voûte étoilée. Devant la salle, les spectateurs, qui venaient d'un peu partout dans les terres, de Cork et du Kerry, allaient et venaient en riant et s'arrêtaient parfois en soufflant dans leurs mains pour saluer un voisin ou une vieille connaissance qu'ils n'avaient plus revus depuis des décennies.

Tous ces amateurs de théâtre avaient fait le voyage jusqu'à Glengarriff en utilisant les moyens de transport les plus ahurissants ; tandis qu'elle attendait George, Elizabeth compta trois tracteurs, un vieux camion à bétonnière et une dizaine de carrioles, dont certaines transportaient des bouteilles de gaz.

Peu à peu, la foule se dispersa ; nombreux furent ceux qui se réfugièrent à l'intérieur des pubs. Finalement, Elizabeth aperçut la silhouette imposante de George qui se dirigeait vers elle. *Maintenant, reste calme,* se dit-elle comme elle se préparait mentalement à l'accueillir.

— Elizabeth !

Il s'était changé et portait maintenant un magnifique pardessus avec une cape sur les épaules qui le faisait ressembler à un homme du siècle passé.

Elizabeth prit une longue inspiration.

— Bonjour, George.

Elle remarqua qu'ils attiraient l'attention des quelques personnes qui se trouvaient encore dans la rue. Qu'ils regardent si ça leur chante, songea-t-elle, elle n'avait rien fait de mal. *Et pourtant...* lui soufflait sa conscience.

— Je ne peux pas rester longtemps, j'ai promis à Tilly, dit-elle d'un ton hésitant.

— Au moins une petite promenade ? Une si belle nuit ! Tu ne risques rien, Elizabeth. Les bons citoyens de cette ville sont là pour y veiller.

Il lui sourit si malicieusement qu'elle ne put s'empêcher de rire. Elle éprouvait de nouveau cette impression de bien-être lumineuse, aérienne, dont elle se souvenait si bien, et qui avait été si cruellement absente de sa vie ces dernières années.

— D'accord, mais seulement quelques pas, il faudra ensuite que je rentre.

Elle sentit qu'ils étaient de nouveau dans la ligne de mire des curieux, mais elle ne regarda ni à droite ni à gauche, laissant au contraire George lui prendre le bras et l'entraîner avec lui. Il régla alors son pas sur le sien et ils se dirigèrent vers le centre-ville. La proximité physique de l'acteur agissait encore sur Elizabeth ; si ses yeux pleuraient de froid, elle ressentait une vive impression de chaleur dans le reste du corps.

Espérant qu'il la toucherait furtivement comme il l'avait fait le jour de leur première rencontre, elle se prépara mentalement à ce geste.

— Alors, dis-moi, commença-t-elle d'un ton dégagé,

qu'as-tu fait durant tout ce temps ? Je pensais que tu étais parti à Hollywood.

— Hollywood ?

Il parut décontenancé, puis se ressaisit.

— Ah, non, dit-il gravement, ça n'a pas marché.

— Es-tu parti là-bas malgré tout ?

— Eh bien, non, les engagements, tu sais...

— Tu veux dire ta femme ?

— Oui, ma femme. Oui, répéta-t-il, la famille... tout ça.

Le ton de sa voix parut curieux à Elizabeth, mais elle n'en dit rien.

— Et comment en es-tu venu à travailler avec cette compagnie ? Que sont devenus M. Mellors et le reste de la troupe ? Est-ce qu'ils continuent de se produire ?

— Je n'ai plus de nouvelles d'eux depuis des années, dit George d'un ton vague. Et, avant que tu ne me poses la question, M. Mellors et moi ne nous sommes pas quittés dans les meilleurs termes.

Elizabeth n'en demanda pas davantage.

— Je vois, dit-elle simplement. Et qu'as-tu fait depuis ?

— Oh, un petit peu de ci, un petit peu de ça !

Il la regarda d'une manière amusante.

— As-tu jamais entendu parler de Ivan Eliovsky, le colosse russe ?

— Quoi ?

— C'était moi, dans un cirque.

— Je ne te vois pas dans...

— Et Condor, le géant tatoué de l'Amazonie ?

— George !

— C'était moi aussi. Le travail d'acteur sur le continent n'est pas toujours ce qu'on croit, tu sais. J'ai même joué le rôle d'un chameau — le rôle principal, attention — dans un spectacle de pantomime à Newcastle.

Elizabeth prit le temps de digérer ces informations, qui représentaient dans son esprit une manière de déchéance. Il y avait un tel gouffre entre elles et l'image qu'elle s'était faite de George durant toutes ces années.

— Et comment es-tu arrivé ici, avec cette troupe ? demanda-t-elle. Je n'ai pas vu ton nom sur l'affiche dehors.

— Eh bien, en fait, tu as sûrement dû le voir. Je m'appelle George Stone maintenant.

— Pourquoi ? Qu'est-ce qui n'allait pas avec Gallaher ?

— C'est une longue histoire, ma chère, et bien trop ennuyeuse pour être racontée par une nuit comme celle-ci.

Disons seulement que je craignais que M. Mellors ne ternisse ma réputation dans le métier après notre léger... ah, comment dire... différend.

Il s'éclaircit la gorge.

— Cette troupe s'est montrée très accueillante avec moi. Et puis, comme tu le sais sans doute, en tant que citoyen étranger, je suis piégé ici durant tout le temps que durera ce qu'ailleurs on nomme une guerre mondiale, mais que vous autres Irlandais appelez « l'état d'urgence ». Cela dit, j'avoue volontiers que je préfère de loin être bloqué ici que là-bas, en particulier maintenant que les troupes comme la nôtre ne souffrent plus de la compétition étrangère. Quelques rations de thé supplémentaires, une orange ou deux, et tout serait parfait. Oui, les choses n'ont pas si mal tourné après tout.

Ils avaient atteint la ville basse et, sans qu'ils aient besoin de prononcer un mot, ils s'arrêtèrent tous les deux sur le port en face de l'hôtel Eccles, qui se dressait sur sa colline tel un vaisseau fantôme sur la crête d'une vague. Tournant le dos à l'hôtel, ils se tenaient l'un à côté de l'autre, face à l'océan. Au loin, deux bateaux de pêche se balançaient à l'ancre sur la mer phosphorescente, l'air aussi fragile que des jouets. La marée était haute, et le bruissement des vaguelettes qui montaient à l'assaut des pentes de la plage si faible qu'Elizabeth pouvait entendre craquer les planches des bateaux à rames amarrés à la petite jetée.

Le regard perdu au loin, elle avait maintenant le sentiment que le monde s'était séparé en deux et qu'elle et George Gallaher n'étaient ni tout à fait d'un côté ni tout à fait de l'autre, mais plutôt suspendus l'un et l'autre au-dessus d'une espèce de canyon. D'une certaine façon, elle savait que les cinq prochaines minutes seraient décisives.

— Assez parlé de moi, dit-il en se tournant brusquement vers elle. Parle-moi plutôt de toi. A propos, je suis content que tu n'aies pas coupé tes cheveux, tu es toujours aussi belle, Elizabeth, un peu plus mince peut-être, si je puis me permettre.

— Beaucoup plus mince, George.

Elizabeth savait parfaitement qu'elle n'était plus que l'ombre de l'Elizabeth d'autrefois.

— Oh, allons, ne sois pas modeste. Tu es radieuse.

En dépit de la confusion qu'elle éprouvait à se trouver si près de lui, Elizabeth affrontait maintenant les premiers assauts du doute. Aimait-elle vraiment cet homme ? Dans son souvenir, l'empressement de George à son égard et sa galanterie avaient l'éclat du diamant, alors que toutes ces choses lui paraissaient quelque peu ternies maintenant.

— Tu n'es pas mal non plus, George, laissa-t-elle échapper malgré tout.

— Merci. Les vieux Écossais se portent toujours à merveille. Grâce au porridge.

— Oh, allons, George, tu n'es pas si vieux.

— Quarante-six ! se lamenta-t-il.

Sur le moment, Elizabeth ne sut pas quoi dire. Il devait se tromper. Il avait déjà quarante-six ans six ans plus tôt...

C'est alors que, la prenant par surprise, il l'attira contre lui et l'embrassa avec une telle fougue qu'elle manqua en perdre le souffle.

— Tu n'as pas oublié, j'espère ? demanda-t-il en relâchant son étreinte.

— Non. Non, dit-elle, mais comme il penchait son visage vers elle pour lui donner un autre baiser, elle le repoussa.

Le charme du premier baiser n'avait pas agi comme elle l'avait maintes et maintes fois imaginé dans ses rêves. En fait, si elle voulait être honnête avec elle-même, son corps ne réagissait plus du tout. Quoi qu'elle ait pu ressentir pour lui autrefois, tout cela était mort désormais ; pendant six ans, elle n'avait fait que se bercer des images d'un bonheur illusoire.

Le visage qui la dominait maintenant lui paraissait moins séduisant, son expression moins charmante. Toute cette situation était stupide. Il fallait qu'elle fasse le point.

— Nous ne nous sommes pas vus depuis si longtemps, George, dit-elle pour se défiler.

— Milady ! s'exclama-t-il en s'inclinant révérencieusement. Peut-être, reprit-il, qu'un endroit un peu plus... ah, comment dire ?... *privé*, serait davantage à votre convenance ?

Encore abasourdie par la découverte que ce qu'elle prenait pour de l'amour n'en était pas, et bien qu'il lui fût difficile de renoncer tout à fait aux rêves qui l'avaient soutenue jusque-là, Elizabeth ressentit néanmoins la nécessité de régler certaines choses.

— Ce n'est pas cela... (Elle hésita.) George, lorsque nous étions ensemble il y a six ans, est-ce que... est-ce que tu m'aimais ?

— Si je t'aimais ? reprit-il en baissant les yeux. Évidemment que je t'aimais...

— Je suis sérieuse, George, tout ceci n'est pas un jeu pour moi.

— Qui a dit que c'était un jeu pour moi ?

— Oui ou non ? Je t'en prie, dis-moi la vérité, George. Je n'avais que dix-neuf ans.

— Chut ! fit-il en posant un doigt sur ses lèvres. Évidemment que je t'aimais, mais tu sais qu'aujourd'hui encore je n'en ai pas le droit.

Il lui baisa la main et garda la tête basse.

— Parle-moi sans détour, George. Parce que tu es marié ? C'est ce que tu veux dire ?

— Bien sûr, répondit-il aussitôt. J'allais d'ailleurs te poser la même question.

— ... Oui, dit-elle, je suis mariée. Il s'appelle Neeley. Neeley Scollard.

— Je vois, dit-il en se détournant. Mon Dieu, mon Dieu ! Un homme et une femme mariés en pleine flânerie extra-conjugale...

C'était plus qu'une simple réaction de rejet de sa part, constata Elizabeth ; c'était si banal que c'en était presque une insulte. Comme cette cheminée d'usine qu'on avait un jour démolie devant ses yeux, la tour d'illusions superbes et de fantasmes naïfs, qui avait commencé de se lézarder quelques minutes plus tôt, s'effritait et tombait maintenant à ses pieds, blessant mortellement son orgueil.

— Comment va ta femme ? demanda-t-elle, décochant ainsi la première de ses flèches. A propos, elle a bien un nom ?

Dans la pénombre, elle vit sa bouche esquisser un petit sourire.

— Ce n'est pas là la joyeuse Elizabeth dont j'ai gardé le souvenir. Dois-je comprendre que cette Elizabeth nouvellement mariée que j'ai en face de moi n'est pas heureuse ?

La colère montant, elle dut faire un effort pour garder son sang-froid.

— Je ne suis pas exactement malheureuse, mais je ne suis pas non plus merveilleusement heureuse. Je fais aller. Nous faisons aller.

— Tout comme moi.

L'utilisation du singulier, ajouté à quelque chose de vague dans la façon qu'il avait eue de répondre, actionna brusquement tous les rouages du cerveau d'Elizabeth.

— Tu n'es pas marié, n'est-ce pas ? demanda-t-elle sèchement.

— Qu'est-ce qui te fait dire ça ?

Il était trop tard ; elle savait qu'elle avait fait mouche. Comment avait-elle pu être aussi stupide ? Seigneur ! L'espace d'une seconde, elle eut l'impression que quelque chose se brisait en elle. Avant qu'elle ait pu s'en empêcher, elle l'avait giflé violemment au visage.

Stupéfait, il se tint la joue.

— Qu'est-ce que...

— Et je trouve puéril de ta part de mentir sur ton âge !

Elle éprouva une petite satisfaction à le regarder s'efforcer de faire bonne contenance.

— Oh, à propos, poursuivit-elle avant qu'il ait eu le temps de réagir, il y a quelque chose que j'avais l'intention de te dire.

— Qu'est-ce que c'est, Elizabeth ?

La main toujours posée sur sa joue, il recula par prudence d'un pas.

— Il s'appelle Francey.

Gallaher arqua les sourcils, cherchant à comprendre.

— Qui s'appelle Francey ?

— Francey Scollard. Mon fils.

— Oh.

— Que dis-tu du prénom ?

— Quelle importance ce que j'en dis ?

Elizabeth réfléchit un instant.

— Aucune, je suppose, répondit-elle.

— Eh bien, dans ce cas, tu m'en vois soulagé...

— Si ce n'est qu'il s'agit de ton fils.

Elle eut à cet instant le plaisir de le voir vaciller légèrement.

— Quoi ? murmura-t-il.

— Je suis certaine que tu as entendu ce que j'ai dit, George.

— Pourquoi ne m'en as-tu rien dit avant aujourd'hui ?

Elle n'éprouvait plus ni colère ni humiliation maintenant. Elle hésita un instant, puis répondit :

— Je suis désolée. Désolée...

Elle tourna les talons et prit le chemin de la pension pour rejoindre Tilly.

Tout ce temps... six ans...

Des larmes lui vinrent aux yeux comme elle accélérait le pas en reprenant le chemin bordé de buissons de fuchsias qu'ils avaient emprunté quelques minutes plus tôt, et où un couple, dissimulé par l'obscurité, flirtait tranquillement.

Il la rattrapa.

— Elizabeth ! Que veux-tu que je fasse ? demanda-t-il d'un ton suppliant.

Elle s'efforça de rester insensible à la supplique.

— Ne t'inquiète pas, dit-elle en accélérant encore le pas. Je ne te demande rien. Mon mari sait parfaitement qu'il n'est pas le père de Francey.

— Mais s'il est mon fils, ne devrais-je pas...

Elizabeth s'arrêta net.

— Ne devrais-tu pas quoi ? Que ferais-tu ? Qu'aurais-tu fait ? Te serais-tu comporté d'une manière différente ? George, tu n'étais pas fait pour la paternité. Tu n'es pas fait pour grand-chose, d'ailleurs, n'est-ce pas ? Et puisque nous sommes — non, puisque *je* suis honnête, poursuivit-elle, je ne dirai qu'une chose en ta faveur, c'est que même si tu es un imposteur en tant qu'être humain, et même en tant qu'acteur — personne ne t'a-t-il donc dit que tu n'étais pas fait pour *jouer*, George ? — je reconnais que tu es doué pour faire l'amour. Tiens-toi à cela, c'est ce que tu peux faire de mieux. Je dois admettre que j'ai eu *sexuellement* du plaisir avec toi. Si tu es un jour à court d'engagement, souviens-toi que le lit des femmes peut être une source de revenus pour toi.

Il la saisit par les bras et la força à l'écouter.

— Elizabeth, tu dois me donner un peu de temps. Ça a été un, eh bien, un tel *choc !*

— Du temps pour quoi ? Pour inventer une autre femme, concocter une autre scène galante ?

Elle se libéra de son étreinte.

— Garde ça pour la scène, George.

Comme elle s'éloignait d'un pas rapide, elle ne remarqua pas, derrière George Gallaher, l'homme et la femme qui flirtaient dans l'obscurité. C'étaient deux citoyens de Derryconnla, une petite ville proche de Lahersheen.

8

— C'est ridicule !

L'homme qui se trouvait dans le compartiment avec Elizabeth et Tilly éternua ; un nuage de cendres rosâtres s'infiltrait par la vitre mal fermée.

— Je veux dire... je veux dire... c'est atchOOUM !

Il éternua une seconde fois, et plaça un mouchoir devant son nez et sa bouche.

Elizabeth attendit que le nuage de cendres se soit dissipé, puis abaissa complètement la vitre.

Le train avait ralenti et venait de faire halte en pleine campagne, à proximité d'un grand champ où paissait tranquillement un petit troupeau de moutons.

L'air était glacé ; Elizabeth se pencha par la fenêtre du compartiment et vit que la plupart des voyageurs faisaient la même chose tout le long du train.

— Ils vont encore chercher de la tourbe ! dit-elle.

C'était la seconde fois depuis qu'ils avaient quitté Cork que le train s'arrêtait, à cours de combustible, obligeant les employés de la ligne à aller s'approvisionner le long de la voie ; le conducteur de la locomotive en profitait chaque fois pour enlever à la pelle des monceaux de vieille cendre qui s'envolait sur la voie comme de la poudre de talc.

Elizabeth toussa, remonta la vitre et reprit sa place. Il y avait six ans qu'elle n'était plus montée dans un train, elle n'était pas habituée à progresser par sauts de puce comme c'était le cas avec les transports ferroviaires depuis le début de la guerre. Tout cela aurait pu être drôle si elle n'avait été si pressée de rentrer chez elle.

— A ce rythme, nous ne serons pas chez nous avant minuit, dit-elle.

Le train avait déjà pris tellement de retard qu'elle savait qu'elles n'avaient plus aucune chance d'attraper leur car.

— Et que peut-on y faire, hein ? demanda Tilly en comptant ses mailles. Seigneur, cette Ida est insupportable !

— Oui, fit Elizabeth avec un sourire.

Ida Healy — Ida Lavin, maintenant — qu'Elizabeth n'avait revue que deux fois depuis son mariage, était allée rendre une petite visite à Corinne et à St. John Sullivan la veille au soir ; elle avait donc retrouvé pour l'occasion Elizabeth et Tilly qui passaient la nuit à Cork. Quoiqu'elle fût un peu moins enthousiaste et dynamique qu'autrefois, elle n'avait guère changé. Même devant Tilly, elle n'avait pas hésité à reprocher à Elizabeth une foule de choses, depuis la maigreur de ses joues jusqu'à ses cheveux qu'elle portait trop long selon elle ; elle lui avait même reproché de n'avoir pas cru bon d'assister à son mariage l'été précédent.

— Tu sais ce qu'il en était, Ida, avait protesté Elizabeth. J'étais sur le point d'accoucher.

— Parlons-en, avait répliqué Ida. Quand vas-tu te décider à parler à ton mari ? Tu ne peux pas continuer d'avoir des bébés et de faire des fausses couches comme ça, Beth. Ça n'est pas sain.

Ida avait été tellement choquée d'apprendre qu'Elizabeth s'était retrouvée enceinte de Johanna trois mois seulement après la naissance de Francey qu'elle avait menacé de venir la voir chez elle et de régler le problème avec Neeley.

— Laissez cette pauvre fille tranquille ! s'était insurgée Tilly. Elle a juste besoin de retrouver des forces, c'est tout... N'est-ce pas que c'est tout, Lizzie ? Et puis, d'abord, ceux qu'en veulent pas des enfants en ont, et ceux qu'en veulent en ont pas ! C'est ainsi que va le monde !

Tilly avait ri, d'un rire qui avait désarmé Ida, laquelle n'avait pas non plus d'enfant. Elizabeth les avait laissées se chamailler et s'était détendue. Elle avait d'abord craint que Tilly n'évoque sa rencontre avec George Gallaher, mais, à son grand soulagement, elle était restée très discrète. En fait, en dehors du regard narquois qu'elles avaient échangé au moment où Elizabeth avait regagné la chambre qu'elles partageaient à la pension de Glengarriff, Tilly n'avait pas posé la moindre question, et pour cela, Elizabeth lui en était profondément reconnaissante.

Le troisième occupant du compartiment, l'homme qui éternuait facilement, se leva et sortit dans le couloir sous le regard d'Elizabeth.

Le besoin de parler à Tilly de ce qui la tourmentait se faisait de plus en plus impérieux.

— Écoute, Tilly... commença-t-elle.

Mais un autre homme passa la tête par la porte du compartiment, et elle s'interrompit aussitôt.

— Je me disais bien que c'était vous !

— Bonjour, Mossie, dit Tilly.

— Bonjour, dit Elizabeth, sans enthousiasme.

Mossie Breac Sheehan était un de leurs voisins à Lahersheen. Un célibataire au front couvert de taches de rousseur qui vivait avec une grand-tante âgée sur quelques acres de terre improductives. Deux de ses champs, qui n'étaient utiles qu'à quelques chèvres et à un ou deux moutons, jouxtaient ceux de Neeley, et Elizabeth tombait fréquemment sur lui lorsqu'elle vaquait aux travaux de la ferme. L'ensemble du voisinage voyait en Mossie Breac un brave homme et tenait en haute estime sa nature serviable. Elizabeth se montrait toujours polie avec lui, mais quelque chose dans la façon qu'il avait de la regarder la mettait mal à l'aise.

Ce n'était pas qu'il empiétait sur son territoire, c'était juste que quelquefois, quand elle le rencontrait sur la route ou dans les champs, elle avait l'impression que son regard insistant disait : *je sais qui tu es*. En de tels instants, elle avait le sentiment gênant que Mossie Breac n'était pas le genre d'homme qu'il fallait sous-estimer, et qu'il cachait certainement très bien son jeu.

— Vous venez de la ville ? demanda-t-il à Tilly en entrant dans le compartiment et en s'asseyant à côté d'elle.

— Oui, Mossie, dit Tilly. Nous sommes allées rendre visite aux parents de Lizzie.

— J'ai même entendu dire que vous étiez à Glengarriff avant-hier, reprit-il en jetant un petit coup d'œil à Elizabeth.

La remarque parut parfaitement anodine à Tilly, qui répondit :

— C'est vrai. Il faut croire que nous sommes les dernières à prendre du bon temps à Lahersheen.

— Neeley n'est pas venu ? demanda alors Mossie en se tournant résolument vers Elizabeth cette fois.

Comme d'habitude, elle avait l'impression qu'il faisait plus que simplement bavarder. Elle aurait pourtant été bien incapable de dire s'il savait quelque chose ou bien si c'était seulement sa façon d'être et de parler.

— Et vous, Mossie, demanda Elizabeth, vous venez de Cork ?

— Oui. J'avais quelques achats à faire, des outils, une lame pour ma faux, ce genre de choses...

Mossie examina ses ongles, abîmés mais propres.

— J'aurais pu aussi bien acheter tout ça chez Harrington à Castletown ou même à Bantry, poursuivit-il, mais, comme il n'y a plus très loin jusqu'à Cork, la tante a voulu que j'en profite pour faire un saut chez Cash.

Il sourit, les lèvres de travers, ce qui contribua à lui donner un air sardonique. Voyant que Tilly continuait de tricoter et qu'Elizabeth n'ajoutait rien, mais se tournait au contraire vers la vitre pour regarder dehors, il se leva brusquement et dit :

— Eh bien, salut, à plus tard.

— A plus tard, Mossie, fit Elizabeth en essayant de ne pas avoir l'air de le congédier.

Après son départ, elle leva les yeux au ciel.

— Dieu sauve l'Irlande ! dit-elle.

— Lizzie ! s'exclama Tilly. Mossie Breac est un brave homme. Qu'as-tu au juste à lui reprocher ?

— Je ne sais pas, je suppose que je n'ai aucune raison de lui en vouloir. C'est seulement cette façon qu'il a de me regarder quelquefois.

Tilly lui jeta un regard pénétrant.

— Eh bien, tu sais ce que représente la terre pour les gens par ici.

— Oui, mais ça n'a rien à voir avec *moi*.

— Tu ne devrais tout de même pas le rejeter comme tu le fais.

Étant de la ville, Elizabeth, après son arrivée à Béara, avait mis longtemps à comprendre à quel point l'acquisition de la plus misérable parcelle de terre pouvait tourner à l'obsession chez certains. Peu après son installation à Lahersheen, elle avait entendu parler de l'animosité qui existait entre la famille de Neeley et celle de Mossie Breac. Les deux familles étaient vaguement apparentées, et, au milieu du siècle dernier, l'arrière-grand-père de Neeley avait hérité de la terre sur laquelle l'arrière-grand-père de Mossie prétendait avoir un droit. Pour compliquer encore les choses, le grand-père de Mossie, alcoolique, avait dû vendre peu à peu sa propre terre, jusqu'à ce qu'il n'en reste plus que ce que Mossie possédait aujourd'hui.

Il y eut un long silence.

— Tilly ?

— Mmm ? fit celle-ci en levant les yeux de son tricot.

— Il y a quelque chose qu'il faut que je te dise. Tu mérites une explication pour l'autre soir.

— Ne te sens pas obligée de me dire quoi que ce soit, tu sais. Ce n'est sûrement pas mes affaires, d'ailleurs.

— Peut-être que non, mais j'ai envie de t'en parler. De toute façon, ajouta-t-elle, il faut que j'en parle à quelqu'un.

— Comme tu voudras, fit Tilly en jetant à Elizabeth un écheveau de laine bleue sur les genoux. Je t'écoute. Pendant ce temps, aide-moi donc à enrouler ça.

— C'est fini entre nous, Tilly, dit-elle après un silence tout en laissant l'écheveau se dérouler. J'en ai eu la certitude l'autre soir.

— Lizzie, tu n'as pas à...

— Je t'en prie, Tilly, je n'ai encore pu parler à personne de tout ceci.

— Pas même à Ida ?

— Ida n'y comprendrait rien, elle ne ferait que m'accabler de reproches.

Elle resta silencieuse pendant quelques secondes, puis :

— J'ai tout gâché, n'est-ce pas ? reprit-elle en se concentrant sur l'écheveau de laine qu'elle tenait entre ses doigts. Je l'aimais depuis si longtemps — du moins, je me suis persuadé comme une idiote que je l'aimais. Et le plus terrible dans tout ça, Tilly, je l'ai découvert l'autre soir, c'est qu'il n'en valait même pas la peine. Il m'a menti sur les choses qui comptaient le plus. En fait, tout n'a été que mensonges depuis le début. Oh, Tilly, dit-elle avec amertume, j'ai été si stupide.

— Ne dis pas cela. Tu es tout sauf stupide.

— J'ai été folle en tout cas.

Elle rougit violemment.

— Quand j'y *pense*...

— Écoute, dit Tilly, n'en dis pas plus. Tu te fais du mal...

— Il ne voulait pas de *moi*, poursuivit Elizabeth, ignorant les conseils de son amie. Il n'a jamais voulu de moi, je le soupçonne même de m'avoir totalement oubliée ensuite. N'importe qui aurait fait l'affaire à l'époque. Je me trouvais là, c'est tout. Le pire est que j'y ai pris du *plaisir*. Oh, Tilly, je me sens si *sale !*

D'un geste agacé, elle essuya les larmes de ses yeux.

— Écoute, dit Tilly, tu n'as pas à te sentir sale. Parce que quand ce genre de passion vous tombe dessus, quand on éprouve ce que tu as éprouvé, Dieu lui-même n'y peut rien.

Elizabeth eut l'air étonné. Ce n'était pas le genre de discours auquel on pouvait s'attendre de la part de Tilly.

— Ce n'est pas ce que la plupart des gens disent, répliqua-t-elle.

— Détrompe-toi, Lizzie. Ceux qui disent le contraire sont justement ceux qui n'ont jamais rien éprouvé de la sorte, ceux qui sont jaloux du bonheur des autres.

Quelque chose dans le ton employé par Tilly intrigua Elizabeth.

— Essaierais-tu de me dire quelque chose, Tilly ?

— Je sais que je suis grosse et que j'ai plutôt l'air d'un chêne des marais, mais je n'ai pas toujours été ainsi, crois-moi.

— Oh, Tilly...

— Ne me plains pas. Mon mari est un brave homme, et je ne regrette pas de m'être mariée avec lui. Mais, j'étais...

Elle hésita.

— ... j'étais, euh... *amoureuse* tout comme toi alors que je n'avais même pas ton âge.

Elizabeth n'avait jamais imaginé un instant que son amie pût avoir une vie autre que celle qu'elle présentait au monde. Dans son esprit, Tilly était une femme mariée, sans histoire, de bon voisinage, et une amie sûre. Bien qu'elle fût son amie la plus proche à Lahersheen, dans leur relation, Tilly avait toujours joué le rôle de la conseillère, et il existait une espèce de frontière entre elles, que ni l'une ni l'autre n'avait jamais franchie. Jusqu'à aujourd'hui.

— Qu'est-il arrivé, Tilly ? demanda-t-elle à voix basse.

— Il est parti pour Butte, dans le Montana. Il a été tué dans les mines il y a dix-huit mois, dit-elle, les yeux rivés sur sa pelote de laine.

L'héritage.

Abasourdie, Elizabeth dévisagea son amie.

— Mais, Tilly, je croyais que cet argent te venait d'un parent...

— Et c'est bien ce que j'ai l'intention de continuer à faire croire à Lahersheen, dit-elle en levant les yeux. Tout le monde en ville a des parents, à Butte ou ailleurs.

— Pourquoi ne t'es-tu pas mariée ? Pourquoi ne l'as-tu pas suivi ?

— Nous en avions le projet. Mais il a mis une fille dans l'ennui là-bas et il a dû l'épouser.

Elizabeth ne sut pas quoi dire. Tilly rembobina ce qui restait de laine et rangea la pelote dans son sac.

— Je vois que tu es surprise, Lizzie, mais c'est une leçon de plus pour toi : on ne juge pas un livre à sa couverture.

Elizabeth était bouche bée.

— Je suis étonnée, je...

— Bien sûr que tu l'es, chérie. Cette bonne vieille Tilly, qui aurait cru ? N'est-ce pas ce que tu te dis ?

— N...non...

— Bien sûr que si, rétorqua Tilly avec désinvolture en croisant les mains sur ses genoux. Quoi qu'il en soit, poursuivit-elle avec un large sourire, si tu me demandes si je regrette ou si j'ai honte de ce que j'ai fait, je te répondrai non. Je ne regrette qu'une chose, c'est qu'il soit mort.

— Est-ce que Mick est au courant ? demanda Elizabeth, qui avait retrouvé sa voix.

— Probablement, mais nous n'en parlons jamais, c'est du passé maintenant. Nous ne parlons plus beaucoup. Nous sommes heureux comme ça, et si tu veux un conseil, inutile de dire quoi que ce soit à Neeley de ce qui s'est passé à Glengarriff l'autre soir. Réjouis-toi seulement de ce que tu as, et estime-toi plus heureuse que la plupart.

Elizabeth hocha lentement la tête. Elle n'avait pas envisagé, de toute façon, de dire quoi que ce soit à son mari. C'était seulement maintenant qu'elle s'apercevait que Neeley était de loin un homme supérieur à George Gallaher. Il était constant, fidèle et subvenait autant qu'il le pouvait aux besoins de la famille ; et elle avait appris à vivre avec ses soûleries occasionnelles et ses accès d'humeur qui disparaissaient aussi vite qu'ils étaient apparus. A sa façon, il s'était montré patient, et même affectueux, après les fausses couches qu'elle avait faites, et que la sage-femme n'avait pu expliquer.

Elle comprenait enfin à quel point elle avait été injuste avec Neeley : ce n'était pas sa faute s'il n'avait pas la sensualité et l'expérience de George Gallaher ; elle lui avait reproché, au fond, d'être ce qu'il était, c'est-à-dire un homme aussi bon, sans doute même davantage, que la plupart des hommes de ce pays.

— Tu as raison, Tilly, dit-elle. Je vais rentrer et tenter de rattraper le temps perdu. Neeley mérite mieux que ce que j'ai pu lui donner jusqu'à présent.

— Neeley a déjà eu plus que sa part du marché de toute façon, crois-moi.

Pleine de repentance comme elle l'était, Elizabeth ne voulait pas entendre cela. Embarrassée, elle se leva et regarda par la fenêtre. Dehors, la campagne étalait ses couleurs pâles sous le dur soleil hivernal.

— Puisque nous en sommes à nous parler librement, reprit

Tilly derrière elle, il y a une chose que j'avais l'intention de te demander, Lizzie.

— Bien sûr.

Elle se tourna vers son amie.

— Je t'en prie, arrête-moi si tu as l'impression que tout ça ne me regarde pas.

— Tu es ma meilleure amie, Tilly. J'espère seulement compter autant pour toi. Continue.

— C'est juste que, je me demandais si...

De nouveau, elle hésita.

— Très bien, je me demandais si tout allait bien avec Neeley ces derniers temps.

— Je ne comprends pas, tu veux dire sa santé ?

Elizabeth fronça les sourcils. Tilly avait-elle entendu dire quelque chose ?

— Eh bien, oui, sa santé. Je suppose qu'on peut dire les choses ainsi.

— Tu es bien mystérieuse, Tilly. Je ne vois pas de quoi tu parles.

— Écoute, il y a des mois déjà que je voulais te parler de ça, des années même, mais j'avais vraiment le sentiment que ça ne me regardait pas. C'est juste qu'une ou deux fois par le passé, des gens se sont inquiétés pour lui.

— Tu veux parler du fait qu'il boit ?

— Ils boivent tous, tu sais. Non, il n'y a pas que ça, c'est seulement qu'une ou deux fois — comme quand Agnes est morte —, Neeley a été un peu, eh bien... ses nerfs n'ont pas tenu le coup. Et l'alcool n'a rien arrangé, évidemment, ajouta-t-elle.

Tilly baissa les yeux.

— Je suis désolée, Lizzie, poursuivit-elle, mais Mick dit qu'il l'a vu boire plus qu'il n'était raisonnable l'autre jour à Castleclough, et qu'il l'a trouvé au plus bas, et l'idée m'est venue de te poser la question pour savoir si tout allait bien. Nous vous aimons beaucoup tous les deux, Mick et moi, ajouta-t-elle.

Elizabeth prit le temps de réfléchir, mais ne vit rien dans l'attitude récente de Neeley qui justifiât de tels doutes.

— Pourquoi me demandes-tu ça maintenant ?

— Parce que je n'en ai pas eu l'occasion avant, répondit simplement Tilly. Et puis, je me suis dit qu'il valait mieux t'en parler de toute façon au cas où tu aurais eu l'idée d'aller lui parler de George. On ne sait jamais comment un homme peut réagir face à des révélations de ce genre.

— Merci, Tilly, dit Elizabeth, mais sincèrement, je crois que Neeley va très bien.

Il était près de huit heures du soir lorsqu'elles arrivèrent enfin à Lahersheen. Le car au départ de Bantry était parti depuis longtemps quand le train était finalement entré en gare, mais elles avaient été prises en route par un entrepreneur d'Adrigole, qui, en échange d'assez d'argent pour acheter une bouteille de whisky, les avait conduites avec son camion jusqu'à Castletownbere ; de là, elles avaient pris une carriole tirée par un âne jusqu'à Ballycrovane.

Elles étaient épuisées lorsqu'elles arrivèrent au bout du *boreen* [1] qui conduisait à la maison de Tilly. Là, elles se dirent au revoir.

— Tilly, comment pourrai-je jamais te remercier ? fit Elizabeth en prenant son amie dans ses bras. Oh, au fait, tu ne diras à personne que je l'ai revu, n'est-ce pas ?

— Lizzie ! Je croyais que nous nous étions comprises.

— Désolée. On se voit demain ?

Elles se séparèrent, et Elizabeth fit à pied le dernier kilomètre qui la séparait de la ferme en prenant un raccourci.

Elle traversait le grand champ qui jouxtait la maison lorsqu'une silhouette se jeta sur elle.

— Maman !

— Francey ! Que fais-tu dehors tout seul à cette heure ? Tu devrais être au lit !

— Je t'attendais. C'est terrible à l'intérieur, maman. Papa est de très mauvaise humeur. Il a envoyé tout le monde au lit après le thé. Et il m'a frappé avec la canne. C'est pas juste.

Elizabeth ressentit un petit pincement au cœur. Elle détestait apprendre que Neeley avait frappé un des enfants, même ceux qui n'étaient pas les siens ; bien que, pour être juste, il fût rare qu'il ait recours à la canne qu'il conservait suspendue à un crochet sur la porte du fond, la simple présence de l'objet ayant sur les enfants un effet largement dissuasif. La solidarité parentale impliquait néanmoins qu'Elizabeth soutînt les mesures disciplinaires que son mari décidait de prendre.

— Qu'as-tu fait ? demanda-t-elle. Sûrement quelque chose de grave, Francey.

— Non, rien du tout, je n'ai rien fait. Personne n'a rien fait. Est-ce que tu m'as apporté un cadeau ?

1. Un sentier étroit en Irlande. *(N.d.T.)*

Il voulut se saisir d'un des paquets qu'elle avait dans les bras.

— Hé, doucement ! Aie un peu de patience. Ainsi, tout le monde est couché ?

— Abbie ne dort pas, elle pleure. C'est terrible à l'intérieur, il fallait que je sorte.

Elizabeth lui sourit avec indulgence. Quelquefois, Francey ne parlait pas comme parlent généralement les enfants de son âge, et il savait l'émouvoir comme aucun des autres ne savait le faire. Tandis qu'elle se dirigeait vers la maison, il continuait de palper les paquets qu'elle transportait pour deviner ce qu'ils contenaient.

— Francey, se plaignit-elle, veux-tu ôter tes mains de ces paquets et attendre que nous soyons à l'intérieur ?

Francey avait le sourire de George ; il aurait également son physique ; il était déjà plus grand que la plupart des autres garçons de son âge. Aussi longtemps que Francey serait avec elle, songea Elizabeth, elle n'oublierait jamais complètement son père.

— Tu vas simplement retourner te coucher, ajouta-t-elle, et je te verrai demain matin.

— Mais je veux voir ce que tu m'as apporté !

— Francey Scollard, tu n'auras rien du tout si tu ne retournes pas au lit immédiatement.

— C'est pas juste, protesta-t-il de nouveau, mais, voyant qu'elle était sérieuse, il détala en direction de la porte de la cuisine et courut ensuite dans sa chambre.

Elizabeth mit quelques secondes à s'habituer à la pénombre de la cuisine, éclairée seulement par la lueur rougeâtre des braises du fourneau ouvert.

— Pourquoi fait-il si sombre ici ? C'est toi, Neeley ?

Elle cligna des yeux vers la silhouette de son mari affalé sur le fauteuil à côté du fourneau.

Neeley ne répondit pas, mais l'attention d'Elizabeth fut attirée par les cris du bébé et par l'odeur fétide qui venait de la même direction. Abigail, debout dans son parc en bois à l'autre bout de la pièce, se tenait les jambes écartées, sa couche pendouillant si bas qu'Elizabeth devina qu'elle n'avait pas dû être changée depuis longtemps.

— Oh ! Neeley ! s'exclama Elizabeth en déposant ses paquets par terre.

Elle se précipita aussitôt vers l'enfant.

— Pauvre petite chose !

En soulevant Abigail, elle aperçut une bouteille par terre

près du fauteuil de Neeley. Bien qu'elle n'ait aucune idée de la quantité d'alcool qu'il avait pu absorber, elle sentit son estomac se nouer : Neeley, après quelques verres de n'importe quel *poteen* [1], était un animal imprévisible. Pas étonnant que Francey ait dit qu'il était de mauvaise humeur.

Rapidement, elle alluma la lampe à pétrole qui se trouvait sur la table de la cuisine et s'occupa de changer Abigail en s'efforçant de la calmer par des mots doux jusqu'à ce que ses pleurs se transforment en une espèce de hoquet intermittent.

— C'est fini, Abbie, dit-elle en prenant sa fille contre son épaule. Tu dois te sentir bien mieux maintenant, ma chérie. Est-ce que tu lui as donné à boire, Neeley ?

Elle se tourna vers lui.

— Traînée !

Le mot parut si choquant et inattendu à Elizabeth qu'elle faillit lâcher sa fille de stupeur.

— Quoi ? murmura-t-elle.

— Tu m'as entendu, reprit-il d'une voix venimeuse. Traînée ! Salope ! Putain !

Elizabeth posa avec précaution le bébé dans son berceau. Elle devait garder son sang-froid ; que savait-il au juste ?

— Je ne sais pas ce que tu veux dire, dit-elle calmement.

— Oh, mais si, tu le sais très bien ! Toi et ce... cet *acteur*. Ce dandy ! Se donner en spectacle comme vous l'avez fait dans tout Glengarriff. Tu n'as pas pu t'empêcher de le revoir, n'est-ce pas ? Et je suppose que Tilly Harrington est dans le coup elle aussi !

Neeley parlait de plus en plus fort, il postillonnait, crachait, tant sa rage était grande.

Elizabeth s'efforçait de tenir bon.

— Je ne vois toujours pas ce...

Neeley bondit de sa chaise.

— Tu ne « vois » pas, tu ne *vois* pas ? Bon sang, tout le monde parle de ton escapade au village.

Pendant un instant, elle crut qu'il allait la frapper. Au lieu de cela, il ramassa la bouteille d'alcool, en but une gorgée rapide et la jeta dans la cheminée.

— Neeley, non...

Elle fit un geste pour rattraper la bouteille, mais il était trop tard. Dans un bruit déchirant pareil à une détonation, elle explosa au fond de l'âtre en dégageant une grosse flamme

1. Alcool à base d'orge et de pommes de terre distillé clandestinement. *(N.d.T.)*

132

bleue. Par chance, la plupart des morceaux de verre retombèrent à l'intérieur de la cheminée, sur les cendres.

A cet instant, Abigail se mit à hurler. Craignant le pire, Elizabeth se précipita vers le berceau. Le bébé, fort heureusement, n'avait rien, il avait seulement été terrorisé par le bruit.

Les autres enfants sortirent alors de leur chambre et se rassemblèrent au milieu de la cuisine, les filles en robes de chambre, Francey toujours habillé. Mary, l'aînée, fut la première à parler.

— Que s'est-il passé ? demanda-t-elle, en regardant Neeley, puis Elizabeth. Papa, tu saignes !

Abasourdi, Neeley toucha sa joue, puis regarda sa main, rouge de son propre sang.

— Et maintenant ? Regarde ce que tu m'as fait faire...

Il sortit un mouchoir de sa poche, le porta à sa joue et tamponna la plaie avec. En un instant, le tissu blanc se teinta de rouge.

Elizabeth, en dépit du choc qu'elle venait d'éprouver et de la rapidité avec laquelle les événements s'enchaînaient, réussit à reprendre ses esprits.

— Les filles, allez me chercher de l'iode...

— Que personne ne bouge ! rugit Neeley, faisant trembler les enfants.

Il se tourna vers Elizabeth.

— Ne crois pas que je vais te laisser me soigner ou même m'approcher, espèce de traînée !

Puis, s'adressant aux enfants, tout en pointant un index tremblant vers Elizabeth, il ajouta dans un cri :

— Demandez donc à votre précieuse mère ce qu'elle faisait à Glengarriff avant-hier. Allez, demandez-lui !

Il saisit la plus proche de ses filles par la peau du cou et la poussa vers sa femme.

— *Demande-lui !* hurla-t-il en secouant violemment par les épaules Goretti, alors âgée de six ans et de loin la plus timide de toutes.

— Tu me fais mal, cria celle-ci. Papa, tu me fais mal !

— Laisse-la tranquille ! hurlèrent ensemble Francey et Mary.

— Comment osez-vous parler ainsi à votre père ?

Neeley lâcha Goretti et courut chercher sa canne, mais ne parvint pas à la décrocher.

Tous les enfants, du plus jeune au plus âgé, s'étaient mis aussitôt à pleurer.

— Ne fais pas ça, Neeley, ne t'en sers pas sur eux ! l'avertit

Elizabeth en se précipitant sur lui et en l'agrippant par la veste, mais il se retourna violemment et la projeta par terre.

— Vite, les filles, Francey, au lit, vite ! ordonna-t-elle dans un cri à l'instant même où Neeley libérait finalement la canne en arrachant le crochet qui la maintenait.

Les enfants, en larmes, se précipitèrent vers leur chambre tandis que leur père traçait dans l'air des moulinets avec sa canne.

— Par Jésus-Christ ! rugit-il en courant après eux. Revenez ici, tous !

Elizabeth, qui s'était relevée, courut se mettre en travers de son chemin, bras écartés devant la porte de la chambre.

— Arrête ça, Neeley ! hurla-t-elle. Arrête ça immédiatement !

Rageusement, il leva la canne au-dessus de sa tête comme pour la frapper au visage. Elizabeth ferma les yeux, mais ne baissa pas les bras. L'espace d'un instant, agressée par l'haleine de Neeley qui empestait le poteen, elle attendit que le coup tombe. Puis, elle sentit qu'il faisait demi-tour et, lorsqu'elle rouvrit les yeux, elle vit qu'il se dirigeait en chancelant vers la porte.

Elle attendit qu'il soit sorti, et alors seulement elle baissa les bras. Dans la chambre, les enfants terrifiés continuaient de pleurer. Elizabeth inspira profondément et attendit quelques secondes, comme pour laisser l'oxygène faire son effet. Il fallait absolument qu'elle garde la tête froide.

Elle prit Abigail dans ses bras et décida de mettre le bébé hystérique avec les autres enfants. En la voyant entrer, elle et non leur père, les pleurs diminuèrent instantanément, et Goretti vint se blottir en courant contre ses jambes.

— Où sont Francey et Johanna ? demanda Elizabeth en essayant de se faire entendre.

— Ils sont sous le lit, fit Margaret en indiquant du doigt le lit le plus éloigné de la porte.

— Tiens, fais de ton mieux avec Abbie.

Elizabeth lui tendit le bébé et, avec Goretti toujours accrochée à ses basques, elle traversa la chambre, souleva le couvre-lit à l'endroit indiqué par Margaret et regarda sous le lit.

Dans le coin, pelotonnés l'un contre l'autre, Francey et sa sœur tremblaient comme des souris.

— Johanna ! Francey ! Venez, tout est fini. Vous pouvez sortir maintenant.

Elle tendit un bras et attrapa son fils par le pull.

— Va-t'en, hurla-t-il en se cramponnant à Johanna. Laisse-nous tranquilles !

Elizabeth comprit qu'il ne l'avait pas entendue au milieu des pleurs et croyait que c'était Neeley qui le tirait par le pull.

— C'est moi... maman, dit-elle. Tout est fini, sors, mon amour.

Il la regarda par-dessus son épaule et, même dans l'obscurité, elle put voir à quel point ses yeux étaient exorbités.

— Viens, mon chéri, sors, tout va bien maintenant.

Tenant sa sœur par le bras, Francey sortit de sa cachette en rampant.

Les filles commençaient maintenant à retrouver un peu leur calme ; même Goretti avait fini par lâcher la jupe d'Elizabeth.

— Tout le monde dans la cuisine.

Elle agissait d'instinct ; quoiqu'elle fût habituée aux accès de mauvaise humeur de Neeley, c'était la première fois qu'il quittait ainsi la maison, et elle n'avait aucune idée du moment où il rentrerait, s'il rentrait jamais. La priorité était de calmer les enfants, puis de les mettre au lit et de veiller à ce qu'ils dorment avant le retour de leur père.

Le bébé était le seul à pleurer encore quand les enfants furent tous rassemblés dans la cuisine, formant un groupe compact.

— Qui veut préparer un biberon à Abbie ? Mary ?

Elizabeth alla jusqu'au fourneau et souffla sur les braises pour le rallumer.

— Je crois qu'un lait chaud nous ferait du bien à tous, dit-elle. Combien en reste-t-il ?

— Une demi-cruche, répondit Margaret, comme toujours la mieux informée des choses pratiques.

— Très bien, dit Elizabeth, c'est suffisant pour nous tous, nous n'aurons qu'à le diluer avec un peu d'eau. Francey, j'ai besoin de plus de tourbe ; Kathleen, remplis la bouilloire ; Goretti, mets les bols, et toi, Margaret, je veux que tu balaies la cuisine et que tu t'assures qu'il ne traîne plus aucun morceau de verre.

Avec empressement, tous se mirent à la tâche.

Bientôt, une atmosphère de normalité régna de nouveau dans la cuisine. Mary donna le biberon au bébé, et Elizabeth servit les enfants en rêvant d'une tasse de thé bien fort pour elle-même, avant d'allumer les deux autres lampes à pétrole de la pièce, l'une sur la cheminée, l'autre au-dessus du placard. Elle voulait avoir autant de lumière que possible, et tant pis pour les économies.

— Maman, c'est quoi une traînée ? demanda après quelques minutes Margaret, la première à avoir fini son lait.

Elizabeth s'attendait un peu à une question de ce genre.

— C'est un vilain mot, chérie, c'est ce que les hommes disent quand ils sont en colère, mais ils ne le pensent pas vraiment.

Il y eut un instant de silence.

— Mais pourquoi papa est-il en colère contre toi ?

— C'est pas tes affaires ! s'exclama Mary en reposant bruyamment son bol.

— Papa et notre vraie maman ne se disputaient jamais, dit Kathleen.

Kathleen était la seule des quatre filles de Neeley nées de son premier mariage qui ait jamais manifesté son mécontentement d'avoir vu sa mère remplacée par une autre.

— Et c'est bien inhabituel, Kitty. La plupart des gens se disputent.

Elizabeth voulut détendre l'atmosphère, et elle ajouta :

— Même la famille royale !

— Quand va-t-il revenir ? demanda alors Francey.

A cet instant, le visage d'Elizabeth s'assombrit et elle hésita.

— Très bientôt, répondit-elle d'un ton évasif. Avez-vous tous fini votre lait ? Alors, au lit maintenant, ou papa se fâchera à nouveau. Je veux vous voir dormir aussi vite que possible, d'accord ?

— Et la vaisselle ? demanda Margaret, les filles ayant pris l'habitude de la faire à tour de rôle.

— C'est bon, Maggie, je la ferai moi-même ce soir.

Elizabeth se leva et prit le bébé des bras de Mary.

— Maintenant, ouste ! Au lit, tout le monde !

Quand ils furent tous partis, elle éteignit deux des lampes, s'assit près de la cheminée et donna le reste de son biberon à Abbie, qui la regardait de ses grands yeux noirs.

Qu'avait dit Neeley ? Qu'elle était la risée de la région. Mossie Breac ? Non, elle était presque certaine que Mossie ne se trouvait pas à Glengarriff le jour du spectacle. Quelqu'un avait dû l'apercevoir. Qu'allait-elle faire maintenant ?

Le bébé finit son biberon et bâilla, imité en cela par Elizabeth ; toutes ces émotions l'avaient littéralement épuisée. La meilleure chose à faire, décida-t-elle, était d'aller se coucher ; la vaisselle attendrait le lendemain.

— Viens, mon amour, dit-elle à Abigail en se levant de sa chaise.

Elle déposa le bébé endormi dans son berceau, le couvrit et

elle allait éteindre la dernière des lampes lorsqu'elle entendit un bruit derrière elle.

— Qu'est-ce que... ? fit-elle en se retournant.

— Je n'arrive pas à dormir, maman.

C'était Francey.

Elizabeth regarda son petit visage plaintif et n'eut pas le cœur de le gronder.

— Tu n'as pas beaucoup essayé, Francey, il y a à peine quelques minutes que tu es au lit. Viens, je vais aller te border.

— Je le déteste, maman !

Les mots étaient sortis avant même qu'elle ait eu le temps de lui prendre la main pour le reconduire dans son lit.

Elizabeth se pencha vers son fils.

— Non, tu ne le détestes pas, tu ne détestes personne, Francey. La haine est un péché, un très grand péché. Il faudra que tu parles de tout cela avec le prêtre quand tu feras ta première confession.

— Je m'en fiche. Je le *hais*.

Ses yeux étaient remplis de larmes et sa voix était plus passionnée que jamais.

— Viens par ici, mon chéri.

Elle le conduisit jusqu'à la chaise sur laquelle elle était assise quelques instants plus tôt et le prit sur ses genoux.

— Ton père n'était pas lui-même ce soir, Francey. Les choses iront mieux demain.

Il resta un instant silencieux, balaya une mèche de son front et déclara :

— Je vais me chercher un autre père.

On sentait une telle confiance et une telle résolution dans cette déclaration qu'Elizabeth en eut l'estomac tout retourné. Elle s'écarta un peu et le regarda dans les yeux.

— Et où le trouveras-tu ? demanda-t-elle en s'efforçant d'avoir l'air de plaisanter.

— J'en trouverai un. Il n'est plus mon père à présent.

— Francey, bien sûr qu'il est ton père.

— Non, ce n'est pas mon père !

Francey sauta par terre et, les mains sur les hanches, la défia du regard, prêt à réfuter tout ce qu'elle pourrait lui dire pour l'en convaincre.

Complètement démunie face à cette situation, elle se contenta de le regarder. Francey avait toujours manifesté une confiance inébranlable dans ses propres opinions, et celle-ci, si dangereusement vraie, ajoutée aux événements tumultueux des dernières quarante-huit heures, était tout simplement la goutte d'eau qui faisait déborder le vase. Elle n'avait plus la force de se montrer persuasive.

— Nous reparlerons de tout cela demain matin, dit-elle en se levant de sa chaise et en lui prenant la main.

Francey se laissa conduire jusqu'à son lit, mais, comme elle le bordait, il la regarda avec les yeux de George Gallaher et ajouta dans un murmure :

— Je ne changerai pas d'avis !

— Nous en reparlerons demain. Dors, maintenant.

Francey ferma les yeux, se tourna sur le côté, puis s'endormit quelques minutes plus tard.

9

— C'est ma faute, lui dit Tilly le lendemain, comme Elizabeth était allée lui rendre visite avec les enfants, je n'aurais jamais dû insister pour que tu viennes avec moi à Glengarriff.

Elizabeth, l'air misérable, leva des yeux pleins de sympathie vers son amie.

— Tilly, les rumeurs ont couru par ici bien avant notre retour. Neeley en a eu vent. Tout cela pour rien. Et moi qui me préparais à un nouveau départ, j'ai été si stupide, stupide, stupide ! Et il y a les enfants. Je ne veux rien faire qui puisse les blesser. Oh, Tilly, je me sens tellement *piégée*.

— Quelles rumeurs Neeley a-t-il entendues ?

— Qu'est-ce que ça peut faire maintenant ? L'important, c'est qu'il sait que j'ai vu George. Ça lui suffit.

— As-tu essayé de lui parler ? demanda Tilly.

— Il ne m'en a pas laissé le temps, dit Elizabeth en se souvenant avec colère des événements de la veille.

Neeley était rentré tard dans la nuit et s'était couché sans un mot. Il avait quitté la maison au petit matin.

— Non, reprit Elizabeth, il ne m'a pas laissé la moindre chance de lui donner une explication.

A cet instant, Abigail, comme si elle avait senti sa détresse, se mit à geindre dans ses bras.

— Je suis désolée de t'ennuyer avec toutes ces histoires, dit-elle en berçant sa fille.

— Y a-t-il quelque chose que je puisse faire ?

— Non, tu es gentille. C'est mon problème, c'est à moi de faire quelque chose. Et il faut que je fasse quelque chose, ou bien je vais devenir folle, crois-moi.

— Il faudrait que tu t'éloignes d'ici quelques jours. Pourquoi ne pas aller passer un moment à Cork ?

Elizabeth eut aussitôt la vision de la spacieuse et confortable maison de Blackrock. Puis, elle songea aux silences pesants et aux regards inquisiteurs de sa mère.

— Mais j'en reviens, dit-elle. Et puis, de toute façon, la fuite n'est pas une solution, rien n'aura changé à mon retour.

— Lizzie, tu es jeune, ça passera...

— Peut-être, dit-elle tranquillement, peut-être bien que j'irai à Cork pendant quelques jours. Le problème est que je ne crois pas que je supporterai qu'on me pose la moindre question.

Le visage de Tilly lui-même lui parut insupportable à cet instant, et elle se leva d'un bond, alla jusqu'à la fenêtre et écarta le rideau.

— Belle journée, non ? fit Tilly.

La ferme des Harrington était située sur la côte, et l'on avait depuis ses fenêtres une vue imprenable sur la mer et les montagnes de l'autre côté de la baie de Coulagh.

— N'y vois surtout rien de personnel, Tilly, mais j'ai besoin d'être un peu seule pour réfléchir. Je vais aller faire une petite promenade. Serait-ce trop te demander de t'occuper des enfants pendant une heure ou deux ?

— Non, bien entendu.

Elle embrassa les enfants, presque tous occupés à dessiner dans la cuisine, leur promit de revenir très vite et sortit.

Il faisait plus chaud dehors qu'à l'intérieur de la maison. Deux corneilles mantelées passèrent au-dessus de sa tête en croassant. Sur sa gauche, à environ deux cents mètres, elle reconnut la silhouette de Mossie Sheehan qui ramassait de la tourbe sur la parcelle commune de Derryvegill. Il l'aperçut à son tour et la salua d'un geste de la main, auquel elle répondit sans enthousiasme.

Elle était à bout de souffle lorsqu'elle atteignit le sommet de la colline de Knockameala où un petit cairn de pierre avait été élevé pour commémorer — quoi ? Personne ne le lui avait jamais dit. Elle savait que le nom irlandais de Lahersheen était *Láthair Oisín* — « le lieu d'Oisín », un héros de la mythologie irlandaise. Peut-être que ce cairn marquait l'endroit où le guerrier reposait...

Elle s'assit à proximité des pierres pour reprendre son souffle et réfléchir. La journée était belle, et de l'endroit où elle se trouvait, elle pouvait voir à des kilomètres dans toutes les directions : au nord-est, les montagnes Miskish, et plus loin, les Cahas ; au nord, la rivière Kenmare qui serpentait entre Béara et la brumeuse Iveragh ; au sud, les eaux calmes de la baie de Bantry.

Elle s'allongea sur l'herbe épaisse de la colline et s'adressa au ciel imperturbable :

— J'ai vingt-six ans. Je n'ai que vingt-six ans. Qu'est-ce qui m'arrive ?

A cet instant, elle entendit bouger sur sa droite, au milieu des fougères. Ramenant prestement ses jambes sous elle, elle se mit en position accroupie ; le bruit pouvait avoir été causé par un renard, un blaireau ou même un rat, songea-t-elle. Elle avait en horreur les rongeurs.

Elle attendit quelques secondes, mais, n'entendant plus rien, se détendit. A cet instant, ses yeux saisirent une lueur fugitive dans les fougères à environ dix mètres.

— Madame Scollard ?

Un fusil de chasse ouvert à la main, un jeune homme sortit des broussailles. Elizabeth reconnut aussitôt Daniel McCarthy de Lissacarrig, un des garçons de la région à qui Mary, la fille aînée de Neeley, trouvait fière allure. Répondant au nom de Daniel Carrig pour ne pas être confondu avec les autres Dan MacCarthy des villages avoisinants, il avait dix-huit ou dix-neuf ans.

— Daniel ?

Après l'étonnement de le voir surgir ainsi, Elizabeth ressentit aussitôt un embarras exquis. Ce garçon l'avait certainement entendue crier comme une folle en s'adressant au ciel. Il n'avait pourtant pas l'air gêné du tout.

— Je chassais le lapin, dit-il simplement en sortant un animal de sa besace pour le lui montrer.

Elizabeth se releva et balaya du plat de la main sa robe pour en chasser les plis.

— Je vois.

— Belle journée, madame Scollard, vous ne trouvez pas ? reprit-il, visiblement guère désireux de partir.

— Oui, n'est-ce pas ? fit Elizabeth, un peu mal à l'aise, comme si c'était elle l'enfant et lui l'adulte. Eh bien, reprit-elle aussitôt, je crois que je ferais bien d'y aller maintenant.

— Mais vous venez d'arriver.

— Vraiment ?

Elle tourna ses regards vers les montagnes Miskish où scintillaient les eaux du lac Fada.

— A vrai dire, reprit-elle en s'efforçant de retrouver son calme, je ne savais pas que j'allais avoir de la compagnie, et...

— Oh, je viens tout le temps ici, dit-il. Un endroit formidable pour chasser le lapin.

Elle lui jeta un regard rapide. Est-ce qu'il se moquait d'elle ?

— Je n'ai entendu aucun coup de feu, dit-elle.

— Il y a au moins une heure que je n'ai plus tiré. Je me contentais de profiter un peu de la journée, vous savez...

Elizabeth avait souvent remarqué que les habitants de la péninsule de Béara, quoique peu enclins à la conversation, semblaient doués d'une confiance en eux innée. Et cette qualité ne se retrouvait pas seulement chez les adultes : les enfants et les adolescents semblaient la posséder également.

— Eh bien, c'est ce que je faisais moi aussi, dit-elle, profiter de la journée, je veux dire.

Il y eut un silence, durant lequel Elizabeth se demanda ce qu'elle pourrait bien dire encore. Mais le garçon la devança.

— On aperçoit le toit de votre maison d'ici, dit-il en inclinant la tête en direction de la ferme.

— C'est vrai.

— Une belle maison, fit-il remarquer en s'asseyant sur l'herbe.

— Vous trouvez ?

Elizabeth hésita et s'assit à son tour. Étant donné la nature de la conversation, il n'y avait vraiment aucune raison d'être méfiante.

— Savez-vous l'heure qu'il est, Daniel ? demanda-t-elle.

Il cligna des yeux dans l'éblouissement du soleil.

— Dix heures, dix heures et demie, je suppose. Je n'ai pas de montre.

— Moi non plus.

Elle lui sourit, mit ses mains derrière elle, et se laissa aller un peu en arrière en tournant son visage vers le soleil. Voyant que le garçon ne disait plus rien, elle ferma les yeux et savoura le chant solitaire d'une alouette des champs au-dessus de sa tête. Puis elle prêta l'oreille au mugissement de la mer, qui lui parvenait tel l'écho d'une lointaine caverne.

Imperceptiblement, elle oublia bientôt tous ses problèmes, jusqu'au fait qu'elle n'était pas seule.

— Je vous ai entendue, vous savez. Dire que vous n'aviez que vingt-six ans.

Elle ouvrit brusquement les yeux. Ceux du garçon, remarqua-t-elle, exprimaient le plus grand sérieux. Ils étaient marron foncé, et en y plongeant son regard, elle eut un instant l'impression de sentir la surface de ses propres yeux.

— Je suis désolée, Daniel, dit-elle tranquillement, mais, comme je vous l'ai dit, je croyais être seule.

D'une certaine façon, c'était presque un soulagement d'apprendre que quelqu'un d'autre, fût-ce cet étrange garçon, avait pu mesurer toute l'étendue de sa tristesse.

— Quel âge avez-vous ? demanda-t-elle.

— Dix-neuf ans passés.

— J'aimerais avoir encore cet âge-là, avoua-t-elle à la façon d'une vieille femme.

Puis, pleine d'amertume, elle ajouta :

— J'étais mariée à dix-neuf ans... Oh, mais ne faites pas attention à ce que je dis, reprit-elle en se tournant de nouveau vers le soleil.

— Vous avez des cheveux magnifiques, madame Scollard, dit-il après quelques instants. Ils ont la couleur du miel.

Un peu choquée, elle le dévisagea.

— Vous avez de très beaux cheveux aussi, Daniel, dit-elle en observant sa toison noire et épaisse.

— Merci.

Il accepta le compliment comme s'il était adressé à quelqu'un d'autre et ne cilla même pas.

— Est-ce que vous parlez gaélique ?

— Un peu, répondit Elizabeth, qui avait gardé quelques souvenirs des leçons apprises à l'école.

La plupart des gens âgés de la péninsule de Béara utilisaient cette langue au quotidien, et, en général, si elle avait des difficultés à parler avec eux, du moins réussissait-elle à les comprendre.

— Alors, vous savez sûrement que cette colline s'appelle « la colline du miel sauvage ». Son vrai nom est Knockamealafin, *Cnoc na meala fiáine*, mais les gens sont trop paresseux pour l'appeler comme ça.

— Je vois, dit Elizabeth, qui ne savait pas si elle devait rire ou non du tour que prenait la conversation.

— La première fois que j'ai vu vos cheveux, poursuivit tout naturellement le garçon, c'était à la messe. Vous aviez ôté votre foulard. Je me trouvais deux rangées derrière vous.

— Quand était-ce ? demanda-t-elle dans un murmure.

— Il y a un an environ. Non, un peu moins. Mars.

— Je vois, répéta-t-elle en le regardant fixement. Eh bien, il faut vraiment que je parte maintenant.

Allongé dans les fougères, son fusil à côté de lui, en apparence parfaitement détendu, il soutint un instant son regard.

Il émanait de son corps, remarqua-t-elle, une réelle impression de force.

— Très bien, dit-il.

Elle se leva, défroissa une fois encore sa jupe et jeta un coup d'œil autour d'elle.

— C'est vraiment joli par ici, remarqua-t-elle. Je devrais venir plus souvent.

— Oui, j'aime beaucoup cet endroit.

— Et vous venez ici tout le temps, c'est ce que vous disiez ?

Elle sentit qu'il faudrait impérativement qu'elle rassemble ses esprits une fois partie.

— On trouve des lapins un peu partout sur ces collines, reprit-il. De Derryvegill jusqu'au lac Fada. Je viens également ici le soir quelquefois, pour tirer quelques renards.

— Je vois, fit Elizabeth une fois de plus. Eh bien, comme je l'ai dit, je ferais mieux d'y aller maintenant.

Elle tourna les talons et fixa son regard au loin sur sa maison.

— Alors, au revoir, dit-il.

— Au revoir, Daniel.

Elle préféra ne pas se retourner et, quoiqu'il ne bougeât pas non plus de l'endroit où il était allongé, à quelques mètres d'elle, elle eut l'impression de sentir le contact de ses lèvres sur les siennes.

D'un pas alerte, elle redescendit en direction de la ferme de Tilly.

Qu'était-il arrivé là-haut ? Est-ce qu'elle devenait folle ?

Enfin, ce n'était qu'un adolescent. Et cependant, il y avait en lui quelque chose de plus profond, une douceur...

Arrête ! se morigéna-t-elle. *Arrête immédiatement.*

Lorsqu'elle arriva à la ferme de Tilly, elle avait retrouvé son calme. Elle avait même fini par se convaincre qu'elle avait rêvé tout cet épisode. Et cependant, elle ne put chasser la sensation étrange qu'elle éprouvait depuis quelques minutes, l'impression d'être plus légère qu'une bulle de savon.

Tilly remarqua immédiatement la différence.

— Seigneur, s'exclama-t-elle, tu devrais aller plus souvent en promenade. Regarde-moi ces joues, tu as même repris des couleurs.

— Oui, l'air frais me fait beaucoup de bien, fit Elizabeth en riant.

Neeley ne fit plus jamais allusion à George Gallaher ni à ce qui était ou non arrivé à Glengarriff. Peu à peu, après une période d'observation de quelques jours, leur vie reprit un tour normal, partagée principalement entre les moments en famille et le travail.

Un changement fondamental, pourtant, était intervenu.

Quoique la règle générale fût qu'elle continuât de se soumettre aux appétits sexuels de Neeley, Elizabeth ne l'autorisait plus à la toucher quand il avait bu, une situation que Neeley avait d'abord acceptée avec mauvaise grâce, et finalement avec résignation.

Autre changement, plus insidieux celui-là, Elizabeth ne parvenait pas, en dépit de tous ses efforts, à chasser de son esprit Daniel Carrig McCarthy. Et le hasard voulut que, quinze jours après leur première rencontre au sommet de Knockameala, elle tombât littéralement sur lui à Ardgroom, en sortant du bureau de poste.

Elle se retournait pour dire au revoir à la receveuse, quand elle trébucha sur quelqu'un dans l'entrée.

— Pardonnez-moi, dit-elle. (Puis :) Oh ! C'est vous...

Prise au dépourvu, elle se sentit rougir, consciente néanmoins que la petite bousculade avait attiré sur eux l'attention de la receveuse.

Il ne parut pas le moins du monde gêné.

— Bonjour, madame Scollard, lança-t-il d'un air sérieux. Temps couvert, n'est-ce pas ?

— Oui.

Une odeur insinuante, mélange d'air frais et de tabac fort, collait à ses vêtements.

— Le ciel va probablement s'éclaircir dans la journée, fit-il observer.

Il s'écarta ensuite pour la laisser passer.

— Merci, Daniel.

Elle allongea le pas et s'enfuit littéralement.

L'échange n'avait pas duré plus de dix secondes en tout, mais, comme elle reprenait le chemin de la ferme à vélo, l'odeur des vêtements de Daniel Carrig McCarthy, le souvenir de ses yeux, ne laissaient pas de revenir la tourmenter. Elle se demanda combien il pouvait mesurer exactement ; sans doute un mètre quatre-vingt-cinq, puisqu'il avait au moins une tête de plus qu'elle, qui mesurait un mètre soixante.

Toute cette histoire était déjà allée trop loin ! songea-t-elle, consternée par ses propres pensées. Elle descendit de bicyclette à un endroit où la route était particulièrement escarpée et, penchée sur son guidon, poussant de toutes ses forces, elle s'accabla de reproches. *Qu'est-ce que tu es en train de faire ? Que cherches-tu ?*

Elle poussa si fort sur le vélo qu'elle atteignit le sommet de la colline en un temps record. Tandis qu'elle redescendait en roue libre sur l'autre versant, elle se concentra pour oublier définitivement Daniel McCarthy, ses yeux, sa taille, chaque détail le concernant.

Le lendemain, cependant, alors qu'elle mettait du linge à sécher derrière la maison, au moment où elle levait instinctivement les yeux vers le sommet de Knockameala, elle l'aperçut de nouveau, immobile sur les hauteurs, silhouette sombre découpée sur le ciel clair.

Ils se regardèrent durant quelques secondes, tandis que les draps et les vêtements déjà étendus sur le fil claquaient au vent. Elle se força ensuite à se retourner et à ramasser une taie d'oreiller dans le panier qui se trouvait à ses pieds. Quand elle se releva et qu'elle tourna de nouveau les yeux vers la colline, il n'était plus là.

Le temps se dégrada cet après-midi-là, et elle ne le revit plus durant plusieurs semaines. Pendant cette période, Elizabeth fit tout ce qui était en son pouvoir pour briser le charme par lequel elle s'imaginait être liée à Daniel Carrig McCarthy et oublier ce dernier. Elle nettoya la maison de fond en comble, fit les placards, le fourneau. Le soir, elle faisait la lecture aux enfants qu'elle installait en cercle autour d'elle comme un écran protecteur, aidait les plus âgés à faire leurs leçons. Elle se montrait aimante et pleine d'attentions avec Neeley.

Un soir, ils reçurent quelques voisins pour une partie de cartes. La soirée se passa merveilleusement, et après le départ de leurs hôtes, Elizabeth remarqua que le temps s'était enfin éclairci, si bien que, se sentant plus d'énergie et d'enthousiasme que d'ordinaire, elle fit tout pour retarder le moment d'aller se coucher et dit à Neeley qu'elle avait besoin d'aller respirer un peu d'air frais.

— Je n'ai pas mis le nez dehors depuis des jours. Va te coucher si tu veux, je te rejoins dans quelques minutes.

Une génisse mugit à son passage dans l'un des appentis comme elle traversait la cour de la ferme, bientôt rejointe par Rex, le chien de la famille, surpris et heureux que quelqu'un entreprenne une petite escapade nocturne. Elle dépassa le muret de pierre sèche qui délimitait la cour et prit à travers le champ détrempé et boueux qui se trouvait au pied de la colline.

Depuis ce jour de février au sommet de Knockameala, Elizabeth s'était promis d'être plus attentive aux merveilles qui se dévoileraient chaque jour à ses yeux. Une heure plus tôt seulement, une pluie dense et puissante, accompagnée de violentes rafales de vent, avait martelé le toit en ardoise de la ferme, mais l'orage était passé, et c'était un paysage paisible et silencieux qui s'offrait maintenant aux regards. Quoiqu'il y eût dans l'air la promesse de nouveaux orages, Elizabeth se sentait l'esprit alerte et le corps vif, comme si, tandis qu'elle gravissait la colline, elle absorbait physiquement la luminosité du ciel et de la mer.

A chaque pas, elle s'empêchait de lever les yeux vers le sommet de Knockameala.

Elle appela Rex qui l'avait devancée et zigzaguait un peu plus haut ; il redescendit aussitôt, les oreilles dressées, lui lécha extatiquement les mains et repartit de plus belle vers les hauteurs.

Cette fois, Elizabeth ne put s'empêcher de lever les yeux.

D'aussi loin qu'elle pouvait voir, on ne distinguait rien ni personne au sommet.

Quelle idiote tu fais ! Furieuse contre elle-même d'être aussi faible et stupide — qu'aurait-elle fait s'il avait été là, de toute façon ? —, elle tourna les talons et reprit la direction de la ferme. En arrivant dans la cour, elle entendit soudain l'écho d'un coup de feu isolé.

Elle sursauta et se retourna vers la colline, mais il n'y avait toujours personne. Difficile de dire d'où provient un bruit la nuit, songea-t-elle ; il chassait probablement ailleurs, ou bien il s'agissait tout simplement de quelqu'un d'autre, un voisin.

De nouveau, elle s'accabla de reproches. *Pour l'amour du ciel, femme !* Tu es une créature pathétique ; d'abord, tu dégrades ton âme et ta personne avec un menteur et un fourbe, et tu gâches la moitié de ta vie pour lui. Et juste au moment où tu commences à te sortir de cette histoire, qu'est-ce que tu fais ? Tu te mets à rêver d'un adolescent — un gosse de dix-neuf ans.

Elle reprit son souffle, frissonnante. Elle pouvait, si ça lui chantait, rêver à Daniel Carrig McCarthy, mais les choses devraient en rester là.

Elle rentra les épaules, croisa les bras et observa longuement la maison. C'était là qu'était sa vraie place. Elle n'avait rien à faire dans les collines à folâtrer telle une jeune dévergondée.

Elle traversa alors la cour d'un pas résolu.

— Chut, toi ! siffla-t-elle en s'adressant à la génisse qui mugit de nouveau à son passage.

Elle referma la porte de la cuisine derrière elle et se dirigea vers la chambre. Neeley était déjà couché. Pelotonné sous les couvertures, il lui tournait le dos. Elizabeth se rendit compte brusquement qu'elle avait négligé honteusement cet homme. Pas étonnant qu'il l'ait traitée de traînée ; à bien des égards, il n'avait pas tort.

Elle se déshabilla rapidement et se glissa sous les draps.

— Neeley ?

Elle posa une main sur son dos.

— Oui ? dit-il, sans se retourner.

— Viens ici, viens dans mes bras !

— Quoi ?

Elle devina sa surprise au léger raidissement de son dos.

— Tu as bien entendu. J'ai dit, viens dans mes bras !

Il se retourna et fit un mouvement pour se hisser sur elle.

— Attends, Neeley. Attends un peu.

Elle le repoussa.

— Serre-moi dans tes bras d'abord.

Il l'enlaça et la serra si fort contre lui qu'elle put à peine respirer.

— C'est bien, murmura-t-elle. Est-ce que tu me sens, est-ce que tu me sens vraiment ?

Elle sentit qu'il hochait la tête.

— Alors, embrasse-moi, Neeley, tendrement.

Il s'exécuta aussitôt et l'embrassa avec une authentique tendresse. Elizabeth eut brusquement conscience que c'était là, depuis qu'ils étaient mariés, le baiser le plus significatif qu'ils aient jamais échangé.

— Est-ce que ça te plaît ? demanda-t-elle en reprenant une position plus confortable.

— Oui.

Il l'embrassa une nouvelle fois.

— J'aime quand les choses se passent ainsi, avec douceur et tendresse. Nous avons tout le temps, tu sais, rien ne presse ce soir.

— Tu as raison.

Ravi, il reprit ses lèvres avec enthousiasme. Peu à peu, elle se laissa aller et, sous le coup de l'exaltation, elle se mit à lui mordiller sensuellement la lèvre inférieure. C'est à cet instant que, sans s'en rendre compte, elle perdit la bataille.

Tel un étalon ou un bélier au comble de l'excitation, il releva le bas de sa chemise de nuit et se mit à lui pétrir les seins, les cuisses et le ventre, si rudement qu'elle eut l'impression que la peau lui brûlait.

— Neeley, Neeley...

De toute sa volonté, elle l'encourageait à se calmer, à la suivre de nouveau.

148

— Doucement... doucement...

Durant un court moment, cela sembla avoir quelque effet. Il cessa de la caresser et la prit par la taille.

— Lizzie, oh, Lizzie !

Mais, avant qu'elle puisse l'arrêter, il l'avait pénétrée, et, comme d'habitude, il ne lui fallut que quelques secondes pour en finir.

Il se laissa ensuite glisser sur le côté et se retourna aussitôt vers le mur, au grand désespoir d'Elizabeth, qui, bien que furieuse d'être rejetée de la sorte, ne trouvait pas les mots pour exprimer sa rancœur.

— C'était bien, l'entendit-elle murmurer. Je ne m'attendais pas à cela. Tu es pleine de surprise, Lizzie.

Elizabeth comprit à cet instant ce qu'était l'incompréhension totale et irréversible.

— Oui, dit-elle tranquillement. Bonne nuit, Neeley.

— Bonne nuit.

En quelques minutes, il était endormi, et elle se glissa hors du lit sur la pointe des pieds jusqu'à la salle de bains pour se laver comme elle le faisait toujours après avoir fait l'amour avec lui. De tout son cœur, elle pria Dieu de n'être pas enceinte une fois encore. Ces dernières années, elle avait eu de la chance ; ses fausses couches, quoique fâcheuses et perturbantes, lui avaient été malgré tout un soulagement, et au moins, Francey et Johanna avaient atteint un âge plus facile à l'époque où Abbie était née.

Elle contempla un instant les collines environnantes par la fenêtre de la salle de bains, et comprit combien elle venait, en parfaite simulatrice, de se montrer hypocrite avec Neeley. Au fond d'elle-même, elle savait fort bien qu'elle n'avait aucune chance de s'épanouir en faisant l'amour avec Neeley.

Daniel McCarthy.

Elle s'était tout bonnement trouvé une excuse.

10

Le lendemain, en traversant la cour pour aller donner du grain aux poules, Elizabeth aperçut Daniel Carrig devant le portail. Elle s'arrêta si brusquement que Francey, qui lui collait aux talons, buta contre elle et que la cuvette qu'elle transportait se vida d'une partie de son contenu.

— Je vous ai apporté un saumon, lança Daniel en posant le poisson, enveloppé dans du papier d'emballage, sur un des pilastres du portail.

— Merci.

Elizabeth sentit son estomac se nouer comme elle se dirigeait dans sa direction. Quand elle fut près de lui, elle remarqua qu'il était aussi nerveux qu'elle.

— Voulez-vous entrer quelques minutes ? proposa-t-elle.

— Oh non, madame Scollard, dit-il. Mais merci pour l'invitation. Je suis seulement venu pour vous apporter ça.

Elizabeth le remercia une fois de plus et prit le paquet posé sur le pilastre ; il était humide et étonnamment lourd.

— C'est un gros, dit-elle sans oser lever les yeux vers lui. Vous ne voulez vraiment pas le garder pour vous, Daniel ? Pourquoi avoir pensé à nous ?

— Je l'ai pêché à la cascade ce matin. Nous n'aimons pas le saumon, dit-il.

— J'aimerais que vous entriez quelques minutes, insista-t-elle avec une désinvolture feinte. Je viens juste de sortir du pain du four. Et il y a du babeurre. Neeley est parti à Castletown, ajouta-t-elle.

Finalement, elle leva les yeux.

— Il sera désolé de vous avoir manqué, murmura-t-elle.

Ils se dévisagèrent un instant en silence.

Francey arriva alors en courant jusqu'au portail et se glissa entre eux.

— Bonjour ! s'exclama-t-il, rayonnant, en s'adressant à Daniel.

Daniel s'éclaircit la gorge.

— Bonjour, dit-il à son tour. Francey, n'est-ce pas ?

— Et vous, comment vous vous appelez ?

— Daniel McCarthy.

Elizabeth souleva le loquet du portail et ouvrit en grand.

— Venez ! Restez au moins quelques minutes, parvint-elle à articuler d'une voix rauque. Francey, va à l'intérieur et sers-nous un peu de lait.

Pour se donner le temps de retrouver ses esprits, elle éparpilla le grain des poules dans la cour, puis rinça la cuvette au robinet extérieur ; tout en prenant plus de temps que d'habitude pour faire chacun de ces gestes, elle devinait derrière elle, un peu à l'écart, sans doute trop d'ailleurs pour un voisin venu simplement bavarder un peu, la présence silencieuse de Daniel Carrig.

Quand elle eut fini de rincer la cuvette, elle se dirigea vers la porte, mais, comme elle passait devant lui, il lui bloqua le passage avec son bras.

— Que se passe-t-il ? murmura-t-elle.

Pendant une seconde ou deux, il parut rassembler ses esprits. Puis il se décida à parler.

— Je ne suis pas venu seulement pour vous apporter du saumon, dit-il. Il y a quelque chose que je veux vous demander. Ça peut paraître... un peu bizarre.

Elizabeth sentit son pouls s'accélérer violemment et le sang lui battre à la gorge.

— J'aimerais mieux que nous parlions à l'intérieur, dit-elle.

Ils entrèrent dans la cuisine, et, de nouveau, elle fut sauvée par Francey. Tandis qu'elle coupait deux tranches de pain, il alla s'asseoir à côté de Daniel.

— Vous avez des frères ? demanda-t-il.

— Quatre, répondit Daniel.

— Moi aucun, soupira Francey. Il n'y a que des femmes ici.

Daniel, qu'Elizabeth trouvait plus calme qu'elle, s'efforça de ne pas rire.

— Ça a ses avantages, dit-il avec un sourire. Où sont-elles toutes maintenant ?

— Quelques-unes sont à l'école. Johanna fait un petit somme. Et il y a le bébé.

Francey fit un geste vague de la main en direction du parc en bois d'où Abigail, allongée, regardait le visiteur de ses grands yeux ronds.

— Mais j'aimerais vraiment avoir un frère, dit-il en revenant à son sujet.

— Pourquoi ?

— Pour jouer au football.

— Et ton père ? Est-ce qu'il ne joue pas au football avec toi ?

— C'est pas mon père, répondit-il.

Elizabeth déposa les deux tranches de pain beurré devant eux.

— Tiens, Francey, dit-elle en faisant un effort pour que sa voix reste calme, prends la tranche de pain et emmène-la avec toi dans la cour. Quand tu auras fini de manger, reste un peu dehors et joue, il fait beau, tu seras mieux à prendre l'air.

— Il n'y a rien à faire dehors, maman, protesta Francey.

Mais, en réponse au regard pénétrant de sa mère, il prit sa tranche de pain et sortit en traînant les pieds.

Elizabeth s'assit en face de Daniel. Derrière elle, Abigail jouait dans son parc avec ses cubes en bois, qu'elle empilait les uns sur les autres.

— Comment est le lait ? demanda Elizabeth.

— Très bon, madame Scollard.

Il en but une gorgée.

— Merci encore pour le saumon.

Terrifiée, Elizabeth réalisa brusquement que l'envie la démangeait de poser ses mains sur les siennes. D'un même mouvement, cependant, ils se tournèrent tous les deux vers Abigail qui venait d'émettre un long roucoulement de satisfaction.

— Elle est très jolie, dit Daniel.

— Je sais.

Elizabeth se concentra sur le bébé.

— Francey aussi.

Elle hésita un instant, puis :

— Sans le savoir, Francey a raison, dit-elle. Comme vous le savez probablement, Daniel, Neeley n'est pas le père de l'enfant.

— Je suis au courant.

— Il s'est mis cela en tête tout seul depuis quelque temps, poursuivit-elle.

Maintenant que la conversation avait repris, elle trouvait plus facile de le regarder.

— Pour autant que je le sache, personne ne lui a rien dit. A moins qu'il n'ait entendu des commérages.

— Ça m'étonnerait. Les gosses du coin ne parlent pas beaucoup de ce genre de chose.

— Croyez-vous ?

Il vida son bol et le posa devant lui.

— Madame Scollard, il y a quelque chose qu'il faut que je vous demande...

Il reprit son bol en main et l'examina minutieusement.

— Je ne sais pas si j'ai le droit de vous dire ça ou non, reprit-il. Je n'aurais probablement pas dû venir...

La tension autour de la table était à son comble. Abigail lança un de ses cubes par terre, et Elizabeth sursauta. Daniel tendit alors le bras et lui effleura les mains, juste une fois.

— Je n'ai pas pu dormir hier soir, murmura-t-il.

— Moi non plus. Je suis allée dans les collines. Vous n'y étiez pas.

Il parut réfléchir un instant, puis baissa les yeux.

— Que se passe-t-il entre nous, Elizabeth ?

— Je ne sais pas, répondit-elle.

Puis, sur une impulsion, elle ajouta :

— Enfin, ce n'est pas tout à fait vrai. Je veux être honnête avec vous, Daniel. Et la vérité est que je ne veux pas me prononcer. Pas encore.

— Moi si ! dit-il d'un ton de défi. Je crois qu'il s'est passé quelque chose entre nous, là-haut, à Knockameala.

Elizabeth déglutit avec peine.

— Et quoi, Daniel ?

— Vous m'aimez bien.

Elizabeth remarqua qu'il s'agissait moins d'une question que d'une affirmation.

— ... Oui, dit-elle en le regardant droit dans les yeux. Je l'avoue, Daniel, je suis attirée par vous. Extrêmement attirée même.

— Est-ce que cela peut arriver aussi soudainement ?

— Je... je crois que oui.

— Est-ce que vous vous demandez si je suis amoureux de vous ?

— L'êtes-vous ? demanda-t-elle.

— Je suis éperdument amoureux de vous. Il y a tellement longtemps que je le suis.

Elizabeth sentit un frisson lui courir sous la peau. Elle sourit involontairement tant il y avait quelque chose d'enfantin dans l'expression de son hôte.

— « Éperdument » ? répéta-t-elle, osant à peine respirer.

Il lui rendit son sourire.

— Qu'en dites-vous ?

— Ce que j'en dis, Daniel ? Eh bien, j'en dis que c'est merveilleux.

Il se pencha un peu sur la table, et, l'espace d'un instant, elle crut qu'il allait l'embrasser. Au lieu de cela, il se leva d'un bond et rejeta la tête en arrière ; levant victorieusement ses poings fermés, il se mit à tourner sur lui-même tel un danseur de ballet. Il se précipita ensuite à travers la cuisine, se pencha au-dessus du parc d'Abigail, la prit dans ses bras et la fit valser tout autour de la pièce.

D'abord bien trop étonnée pour réagir, l'enfant se mit bientôt à hurler.

Immédiatement, Daniel s'arrêta.

— Je suis désolé, bébé, désolé, désolé ! dit-il en tendant la petite fille à sa mère. Je suis désolé, madame Scollard, s'excusa-t-il encore. Je ne voulais pas lui faire peur.

Abigail enfouit sa tête dans le creux de l'épaule de sa mère, puis, oubliant sa frayeur, elle tourna de nouveau la tête vers Daniel.

— Ça ne fait rien, fit Elizabeth en riant. Tout va bien. C'est juste qu'elle n'est pas habituée à être dans les bras d'un homme.

— Elle est adorable, dit-il en prenant la main d'Abigail. (Puis, posant des yeux ardents sur Elizabeth :) Vous aussi.

— Assez pour une seule journée, dit-elle en s'efforçant d'oublier l'excitation qui s'était emparée d'elle. Daniel, il me faut du temps pour réfléchir. Tout va si vite... vous feriez mieux de partir...

— Merci pour le pain et le lait.

— Et merci encore pour le poisson.

De nouveau, ils échangèrent un sourire.

— Écoutez, dit Elizabeth, ne précipitons pas les choses.

— Je n'en avais pas l'intention.

— Je veux dire — attendons et voyons ce qui se passe.

— Bien sûr.

Une petite lueur s'alluma dans ses yeux marron.

— Je vais avoir un mal fou à attendre de pouvoir vous embrasser.

A cet instant, elle recula de quelques pas — l'espace d'une seconde, elle avait cru entendre Neeley arriver — et se demanda pourquoi elle n'éprouvait aucun sentiment de culpabilité.

— Je suis sérieuse, Daniel, dit-elle. En dehors du fait que tout ceci est très, très dangereux, nous ne devons pas brusquer les choses. Si nous nous croisons sur la route...

— Ou dans les collines, l'interrompit-il.

— Très bien, ou dans les collines...

— Soyez-en sûre, reprit-il avec ferveur. Soyez sûre que nous nous reverrons.

Sur le pas de la porte, il se retourna.

— Je ne peux plus attendre, gémit-il.

— Chut, fit Elizabeth, l'estomac sens dessus dessous.

Habituée qu'elle était à précipiter les événements, Elizabeth éprouva les plus grandes difficultés à les laisser se dérouler naturellement. Bien qu'elle en eût plus d'une fois la tentation, elle ne retourna pas ce printemps-là sur les hauteurs de Knockameala, ni n'essaya de changer quoi que ce soit à ses allées et venues quotidiennes de façon à tomber sur Daniel Carrig « par accident ». Néanmoins, elle en avait assez de ronger son frein. Non seulement elle ne le voyait plus, mais elle ne savait jamais où il était, ce qu'il faisait ou pensait. S'il pensait à elle.

Elle était obsédée physiquement par lui d'une manière qui lui rappelait les premiers jours de sa relation amoureuse avec George Gallaher ; tandis qu'elle nourrissait les poules, elle se représentait en imagination sa silhouette, sa peau, ses cheveux noirs dans lesquels elle rêvait d'enfouir ses doigts ; quand elle coupait un des pantalons de Neeley pour Francey ou reprisait un plein panier de chaussettes trouées, ce n'était pas ses mains qu'elle voyait, mais celles de Daniel Carrig, dont elle imaginait les caresses sur son dos.

Plus les jours passaient, plus elle redoutait — en dépit de ses plus fermes résolutions, en dépit du fait qu'elle savait, étant mariée, n'avoir aucun droit de nourrir ce genre d'inquiétudes — que Daniel Carrig pût rencontrer une fille à sa convenance et quitter la région. Il n'était pas l'aîné des enfants McCarthy et avait de ce fait bien peu de chance d'hériter de la ferme familiale.

Puis, elle entendit par hasard Mary, l'aînée des filles de Neeley, bavarder avec une autre fille dans la cour. Daniel Carrig, apparemment, travaillait maintenant dans les mines de cuivre d'Allihies. La nouvelle redonna du courage à Elizabeth : Allihies se trouvait à bonne distance de Lissacarrig, et quiconque faisait le trajet deux fois par jour, en plus de sa journée de travail complète, ne devait guère avoir le temps de courir les routes et de parcourir les hauteurs de Knockameala avec un fusil.

Elle le revit au mois de mai, le 12. Mary n'était pas à l'école ce jour-là. Elle avait pris froid. Profitant de sa présence à la maison pour lui confier le bébé, Elizabeth se rendit une fois encore au bureau de poste d'Ardgroom où elle l'avait rencontré pour la dernière fois, un vendredi. C'était aujourd'hui vendredi également, et elle arrivait à la même heure que la fois précédente.

Elle fut cependant déçue. Elle ne vit nulle part trace de lui.

Après avoir acheté des timbres dont elle n'avait aucun besoin, elle reprit le chemin de la ferme avec son vélo. En arrivant au sommet de la colline qui dominait la maison, elle entendit de loin des cris de joie : ceux de Francey. Elle vit alors que son fils n'était pas seul, mais qu'il jouait au football avec Daniel Carrig dans la cour de la ferme.

Elle descendit lentement à leur rencontre, en serrant fortement les poignées de freins de son vélo pour réduire sa vitesse. Francey l'aperçut alors qu'elle n'était plus qu'à une trentaine de mètres d'eux.

— Hé ! Maman ! Maman ! Regarde-moi, regarde !

Tel un petit derviche, il tournait autour de son ballon, bras écartés.

Daniel le regarda faire un moment, puis se tourna vers Elizabeth qui traversait la cour avec son vélo à la main en faisant un violent effort sur elle-même pour dominer ses émotions.

— Danny, Danny ! cria Francey d'une voix tremblante et excitée. Je vais marquer un but, regarde !

Elizabeth se dirigea lentement vers Daniel.

— Danny ! s'impatientait Francey à l'autre bout de la cour. Regarde ! *Regarde,* Danny !

— Nous te regardons tous les deux, Francey ! cria Elizabeth.

— Non, vous ne regardez pas !

— Oh, mais si, au contraire ! fit Daniel avec un sourire.

Concentré sur les deux pierres qui marquaient l'emplacement des poteaux de but, Francey décocha un tir dans leur direction. Le ballon flotta un moment dans l'air, avant que Daniel ne le réceptionne en expert sous le regard admiratif de Francey. Le garçon se précipita alors vers sa mère.

— Je vais apprendre à jouer au vrai football, maman, dit-il en levant victorieusement les bras. Danny a dit qu'il m'emmènerait à Reen pour que je joue avec d'autres garçons de mon âge. Et il a dit aussi qu'il m'emmènerait voir un vrai match bientôt à Eyeries ou Urhan.

— Ça ne vous ennuie pas ? demanda Elizabeth.

Il leva les yeux vers elle.

— Pas du tout, répondit-il d'une voix douce. Ce sera avec plaisir, au contraire.

L'expression de son visage laissait entendre en termes très clairs quelles autres choses pourraient lui faire plaisir.

Elizabeth, résistant à la tentation de s'enfuir comme une enfant, prit Francey par la main. Puis, tandis qu'elle marchait entre son fils et Daniel vers la maison, elle chercha Neeley du regard autour d'elle ; il était parti très tôt dans la matinée pour la tourbière de Derryvegill et pouvait revenir d'un instant à l'autre.

— Vous avez trouvé du travail dans les mines ? demanda-t-elle pour faire la conversation.

— Oui. J'ai pris ça en attendant. J'espère trouver mieux bientôt. On m'a promis du travail comme pêcheur à la senne [1] à Ballycrovane cet automne.

— C'est une bonne chose.

Presque chaque village de la région possédait un ou plusieurs bateaux pratiquant ce genre de pêche au large des côtes avec un équipage composé de dix-huit ou vingt hommes.

— Une des raisons qui m'amènent, dit-il en s'arrêtant soudain et en donnant un petit coup de pied dans le vide, c'est que je crois que Mossie Breac nous a vus l'autre jour dans la montagne.

Elizabeth ouvrit d'abord des yeux étonnés, puis réfléchit un instant. Devait-elle se sentir coupable ? Sûrement pas. Après tout, qu'avait-elle fait à part se prélasser au soleil ?

— Qu'importe ! dit-elle négligemment. Il n'y avait rien à voir, de toute façon.

— Vous pensez qu'il n'y a aucun problème alors ?

Elizabeth, loin d'être contrariée par tout cela — elle se fichait bien, au fond, de ce que Mossie ou Neeley ou quiconque pouvait voir ou penser —, aurait voulu chanter « Ring A Ring A Rosie » en prenant Daniel par la main comme elle le faisait avec les enfants.

— Pas le moindre, répondit-elle. Il n'y a rien dont nous puissions avoir honte.

Ils n'étaient plus qu'à quelques mètres de la maison

---

1. Long filet de pêche qu'on traîne dans l'eau sur les grèves à sol régulier. (N.d.T.)

maintenant. Francey continuait de jouer avec son ballon en faisant le pitre autour d'eux.

— Comment se fait-il que vous ne soyez pas au travail aujourd'hui ? demanda Elizabeth en s'arrêtant de nouveau, cette fois pour regarder Francey faire ses singeries.

— J'y suis allé ce matin, mais ils n'avaient pas besoin de moi.

— Vous n'avez jamais pensé à partir loin d'ici ?

Comme beaucoup d'autres dans la région, les McCarthy avaient de la famille outre-Atlantique.

— J'y ai songé, mais... Oh, je crois qu'il vaut mieux que j'y aille maintenant. Voilà votre mari, ajouta-t-il rapidement en se penchant pour ramasser une pierre et ôter la boue qui collait à ses bottes.

Elizabeth leva les yeux. Neeley se dirigeait vers eux. Il s'arrêta pour se laver les mains au robinet extérieur et les dévisagea d'un air sombre.

— Bonjour, Neeley ! lança-t-elle.

Il ne répondit pas. Au lieu de cela, il se contenta de finir ses ablutions et de rentrer à l'intérieur par une porte située sur le côté de la maison.

— Je m'en vais maintenant, répéta Daniel.

Puis, s'adressant à Francey :

— Garde le ballon, dit-il. Tu peux t'entraîner avec.

— Chouette ! Merci.

Et le garçon se remit aussitôt à zigzaguer, balle au pied, à travers la cour.

— Mmm... douce odeur, fit alors Daniel en inspirant bien fort.

Il faisait référence aux giroflées et aux œillets qu'Elizabeth avait plantés dans un vieil abreuvoir qui décorait le mur extérieur de la cuisine, près de la porte.

— Elles sont splendides, n'est-ce pas ? Voulez-vous entrer quelques minutes ? demanda-t-elle d'un ton hésitant.

Le fait que Neeley fût à proximité n'était pourtant pas pour la rassurer.

— Non, dit-il, il faut que je parte.

Il jeta alors un coup d'œil dans la cuisine par la porte ouverte. Puis :

— Est-ce que vous irez à la soirée dansante donnée par Jimmy Deeney ? demanda-t-il rapidement. Est-ce que vous et votre mari y serez ?

Elizabeth mesura à cet instant à quel point sa position était précaire maintenant. Elle avait entendu parler de cette soirée

— en fait, il y avait des mois que tout le village ne parlait plus d'autre chose. Jimmy Deeney, un homme de la région qui s'était fait une situation aux États-Unis, avait acheté une propriété située à proximité de Castleclough, sa ville natale, et avait fait don à la localité d'une forte somme d'argent destinée à financer la construction d'une salle des fêtes, cet élan de générosité n'étant évidemment pas étranger au fait qu'il se présentait comme candidat aux prochaines élections générales. La grande soirée, d'abord prévue pour la fin du mois de juin, puis avancée en raison, précisément, des élections, avait lieu dans une semaine maintenant. Il y aurait un bal, auquel seraient conviés gratuitement les habitants de la commune et ceux des environs. La plupart des voisins des Scollard comptaient bien s'y rendre, et la soirée promettait d'être réussie.

Jusqu'à maintenant, pourtant, Elizabeth n'avait même pas osé espérer y aller ; en dehors des parties de cartes qui avaient lieu chez lui ou chez ses voisins, Neeley détestait les obligations sociales.

Daniel comprit aussitôt le dilemme auquel Elizabeth était confrontée.

— Ne vous en faites pas, dit-il. Une autre fois.

Elizabeth n'hésita plus.

— Nous y serons, déclara-t-elle fermement.

— Puis-je vous demander une danse dès maintenant ?

— Bien entendu.

— Je suis très bon danseur, dit-il.

— Je ne me défends pas trop mal non plus.

Elle rit. C'était extraordinaire comme elle se sentait jeune — presque aussi jeune que lui — quand il était près d'elle.

Elle le raccompagna jusqu'au portail.

— Il y a une chose encore que j'aimerais vous dire, déclara-t-il précipitamment.

— Oui, qu'est-ce que c'est ?

— Je sais que je vous ai dit que j'avais dix-neuf ans et demi, mais je ne suis plus loin des vingt ans, vous savez.

— Comme c'est vieux !

Il sourit. Il y avait en lui à la fois une telle maturité, et l'enfant était également à ce point présent dans chacune de ses attitudes, qu'en plus des autres sentiments qu'elle éprouvait déjà pour lui, Elizabeth se sentait un réel élan maternel à son égard.

Elle attendit qu'il soit remonté sur sa bicyclette, puis, lui ayant dit au revoir d'un geste de la main, elle tourna les talons.

A cet instant, elle aperçut Mossie Breac Sheehan qui

descendait la colline en direction d'Ardgroom. L'homme était partout, songea-t-elle avec contrariété. Puis, se souvenant des paroles de Daniel, elle ressentit une vague inquiétude durant quelques secondes. Qu'avait-il vu exactement ?

Relevant la tête, elle mit ses craintes sur le compte de l'hypersensibilité et se rassura en se répétant qu'il n'avait rien pu voir de compromettant.

— Bonjour, Mossie ! lança-t-elle d'un ton enjoué.

Elle attendit qu'il lui fasse signe, ce qu'il fit immédiatement. Comment savoir s'il avait vu quoi que ce soit ?

— Belle journée, ajouta-t-elle.

Mais elle repartit aussitôt vers la maison de peur qu'il ne pense qu'elle l'encourageait à s'arrêter pour bavarder un peu. Craignant ensuite que Neeley ne détecte une joie inhabituelle chez elle, elle ne voulut pas rentrer tout de suite, et, au lieu de cela, elle se rendit à l'étable, où un des veaux était malade depuis deux jours. Elle trouva l'animal tremblant dans un coin. Ramassant alors quelques poignées de paille, elle l'en frotta longuement et vigoureusement, avant de sentir une ombre derrière elle. Neeley, les bras ballants, la regardait en silence.

— Je ne veux plus voir ce type par ici, dit-il d'un air bourru.

— Pourquoi cela ? fit Elizabeth, décontenancée.

Elle n'avait pourtant donné à Neeley aucune raison d'être soupçonneux à son égard.

— Il est juste venu jouer au football avec le gosse, dit-elle prudemment.

— Ce n'est pas le gosse qui m'inquiète.

— Alors, quoi ? demanda-t-elle en continuant de frotter le veau malade sans même tourner la tête.

— Je ne veux pas que des gamins viennent fourrer leur nez par ici, c'est tout.

Il fit demi-tour et quitta l'étable.

Elizabeth jeta la paille qu'elle tenait par terre et courut après lui.

— Neeley, appela-t-elle, paniquée, est-ce à propos de Mary que tu t'inquiètes ? Parce que si c'est...

— Peut-être que c'est ça, et peut-être que non, dit-il en conclusion.

Et il s'éloigna vers la maison.

Une semaine passa. Le vendredi matin, Elizabeth n'avait toujours pas abordé avec Neeley le sujet du bal de Castleclough.

Dans l'espoir de le ranger à sa décision, elle l'avait une fois de plus encourager à faire l'amour. Mais les choses s'étaient déroulées de la même et triste façon et elle avait éprouvé un tel dégoût à se comporter comme une prostituée qu'elle n'était pas parvenue à simuler jusqu'au bout.

En outre, Neeley s'était endormi avant même qu'elle ait eu une chance de réfléchir à la meilleure façon d'aborder le sujet qui l'intéressait.

— Mick et Tilly Harrington m'ont demandé si nous allions au bal ce soir, dit-elle en servant à Neeley son petit déjeuner le lendemain matin.

Ils étaient seuls dans la cuisine. Les enfants dormaient encore.

— Je ne vais à aucun bal. Tu sais que je n'aime pas danser, Lizzie.

— Je t'en prie, Neeley. Ça ne coûtera rien, et puis, il est rare que je te demande quelque chose.

— Oublierais-tu Glengarriff ?

Elizabeth tenait surtout à éviter une confrontation. Elle vint se placer derrière lui et enroula ses bras autour de son cou.

— C'est du passé, Neeley.

Elle lui embrassa l'oreille, tout en se reprochant violemment une telle hypocrisie.

— Ne sommes-nous pas heureux maintenant ?

— Je vais y penser, dit Neeley.

Puis, comme elle l'embrassait de nouveau :

— Je te préviens que si nous y allons, nous ne rentrerons pas tard.

— Non, c'est promis.

Elizabeth sut qu'elle venait de marquer un point. Elle songerait à la partie logistique de l'affaire quand elle serait sur place.

En dehors de la messe le dimanche et de quelques parties de cartes chez des voisins, elle et Neeley n'avaient assisté qu'à deux ou trois fêtes depuis leur mariage, et, tandis que la journée s'écoulait, Elizabeth craignait de montrer trop d'enthousiasme au cas où Neeley changerait brusquement d'avis. Cet après-midi-là, pourtant, elle repassa soigneusement sa plus belle robe — confectionnée dans un voile bleu pâle, un cadeau de Corinne —, se lava les cheveux et les brossa longuement avant de jouir de leur éclat somptueux dans le petit miroir de sa chambre. Elle était prête à partir une heure environ avant que le bal ne commence.

Neeley, ronchonnant sans cesse, fit traîner les choses

jusqu'au dernier moment. Elle en aurait crié tant il mettait de mauvaise volonté à se préparer, mais, craignant qu'il ne trouvât là une excuse pour revenir sur sa décision, elle s'abstint de faire le moindre commentaire et fit appel à tout ce qu'elle possédait de patience. Finalement, après avoir fait à Mary, à qui ils confiaient la responsabilité de veiller sur les enfants, les dernières recommandations, ils grimpèrent tous les deux sur leurs bicyclettes et se mirent en route. Le temps, ce soir-là, était clément, et il allait faire nuit assez tardivement. Elizabeth se sentait l'esprit si léger lorsqu'ils passèrent prendre Tilly et Mick Harrington qu'elle dut faire un gros effort sur elle-même pour éviter que Neeley ne se doute qu'il y avait quelque chose de plus important à ses yeux que cette seule soirée.

Sur le chemin, tous les quatre furent rejoints par d'autres voisins, deux autres Harrington dans un cabriolet tiré par un genet [1], un couple McCarthy dans une carriole tirée, elle, par un âne, un célibataire du nom de Lethy en selle sur son cheval et deux O'Sullivan, qui faisaient eux aussi le déplacement à vélo.

Mossie Breac Sheehan les rejoignit à mi-chemin environ de Castleclough.

— Vous avez une robe splendide, dit-il à Elizabeth en pédalant à côté d'elle. Le bleu vous va très bien, vous savez.

— Merci, fit Elizabeth en s'obligeant à lui sourire.

Mossie, de son côté, dans son costume noir et sa chemise d'un blanc éclatant, avait une allure inhabituellement élégante, et elle allait lui retourner le compliment quand elle se ravisa brusquement. Inutile de l'encourager à parler.

Mossie, cependant, paraissait désireux de poursuivre la conversation.

— Oui, reprit-il, c'est une couleur qui va bien avec vos cheveux.

— C'est gentil à vous de le faire remarquer, dit-elle.

Mais, avant qu'il puisse en dire davantage, elle freina légèrement et rétrograda pour revenir aux côtés de Tilly.

— Il a raison, dit Tilly quand Elizabeth parvint à sa hauteur. C'est une jolie robe.

— Je la dois à ma mère, dit-elle sans quitter des yeux Mossie Sheehan.

Qu'y avait-il chez cet homme qui la mettait si mal à l'aise ? En dépit des explications de Tilly, qui mettait l'attitude de Mossie sur le compte d'une vieille querelle à propos de

---

1. Cheval petit et robuste d'origine espagnole. *(N.d.T.)*

parcelles de terrain, elle sentait qu'il y avait quelque chose de plus dans tout cela, sans qu'elle puisse identifier précisément cette chose.

— J'aimerais qu'il me regarde autrement qu'il ne le fait, dit-elle à Tilly en désignant Mossie du regard.

— Écoute, Lizzie, t'es-tu regardée dans un miroir récemment ? Par ici, tu as l'air d'un papillon survolant une bande de scarabées. Mossie n'est pas le seul à te regarder.

— Oui, je ne sais pas...

Embarrassée, Elizabeth changea de sujet, et elles passèrent le reste du trajet à imaginer à quoi ressemblerait ce bal.

Au moment où ils arrivèrent en vue du lieu de réunion, le petit groupe qu'ils formaient comptait plus d'une douzaine de personnes. Devant Tilly et Elizabeth, on bavardait à voix haute d'un air enjoué. En dehors des mariages et des veillées mortuaires, il était rare dans la région qu'autant de couples mariés assistent ensemble à un même événement. Elizabeth elle-même parlait tellement que Tilly la regarda d'un air étonné tandis qu'elles mettaient pied à terre pour pousser leur vélo sur la partie escarpée du chemin.

— Qu'est-ce que tu as ce soir, Lizzie ?

— Rien. Pourquoi ?

— Allons, ne te fiche pas de moi. C'est à moi, Tilly, que tu es en train de parler.

— Rien, je t'assure. Depuis combien de temps ne sommes-nous pas allées à une soirée dansante, Tilly ? Des années. C'est le premier bal auquel j'assiste depuis que je suis à Béara. Je suis heureuse, c'est tout.

— Humm, fit Tilly, guère convaincue.

Elizabeth jugea plus sage de détourner la conversation.

— Allez, du nerf, nous n'y serons jamais à ce rythme !

Quoiqu'elles fussent encore loin du sommet de la colline, elle remonta sur son vélo et pédala avec toute l'énergie dont elle était capable.

Le bal était censé commencer à neuf heures, et bien qu'il fût neuf heures et demie au moment où ils arrivèrent devant la salle des fêtes de Castleclough, rien n'indiquait que la soirée battait son plein, au contraire. Les portes de la nouvelle salle étaient grandes ouvertes, et des hommes rassemblés en petits groupes, ainsi que des garçons plus jeunes, flânaient aux alentours sous l'immense bannière qui montrait un Jimmy Deeney souriant et portait l'inscription : « VOTEZ DEENEY ».

En regardant à l'intérieur, Elizabeth vit que la salle

elle-même était vide à l'exception d'un homme qui vissait ensemble les éléments d'une batterie sur une petite estrade installée dans le fond, et de deux autres personnes qui dressaient une table recouverte d'une nappe en serge bleue.

A en juger par le bruit qui s'en échappait, le pub situé de l'autre côté de la rue, lui, ne manquait apparemment pas d'ambiance. Jimmy Deeney en personne, un mètre quatre-vingt-dix, vêtu d'un costume blanc et d'une chemise verte, était en grande conversation au bar. Au lieu d'une cravate, il portait un lacet en cuir maintenu au col par un serpent bleu lumineux ; à côté de lui, son épouse américaine aux cheveux blonds avait le regard flottant, comme si son seul désir était d'en finir au plus vite avec cette soirée. Mais Elizabeth n'accorda qu'une brève attention au couple : Daniel se tenait avec quelques amis à lui à l'autre bout du comptoir.

Comme pour répondre à sa présence, il fit un mouvement et croisa brusquement son regard. Elizabeth, craignant de se trahir elle-même, détourna aussitôt les yeux. Puis elle accepta le verre que lui offrait Mick Harrington.

— Je prendrai un gin tonique, si ça ne vous ennuie pas, Mick.

— Oh, bon sang ! fit l'un des hommes en donnant une tape dans le dos de Neeley. C'est une femme aux goûts de luxe que vous avez là.

— Ne t'occupe pas de ce qu'on dit, Lizzie, lança le mari de Tilly, embarrassé pour elle, avant de passer sa commande.

Elizabeth se fichait bien de ce qu'ils pouvaient tous dire de ses goûts. Le seul fait de savoir Daniel si proche suffisait à donner de la couleur au lieu. Les robes des femmes, les reflets ambrés du whisky dans les verres, et jusqu'aux bleus et aux rouges sombres des cravates des hommes, tout lui paraissait plus lumineux. Dans cet état d'esprit, et peu habituée à l'alcool comme elle l'était, son premier gin tonique lui monta tout droit à la tête, et elle se sentit légère et pétillante tandis qu'elle bavardait avec Tilly et les autres femmes.

Elizabeth éprouvait en général des difficultés à s'intégrer dans un groupe composé de femmes de Béara. Elle avait souvent essayé, mais c'était comme si elle était, et serait toujours, différente. Elle ne le devait pas seulement aux circonstances de son arrivée sur la péninsule ; elle n'en n'avait jamais éprouvé de gêne véritable, et Francey avait été accepté comme n'importe quel autre enfant. Cela ne venait pas non plus du fait qu'elle ne ressemblait pas aux autres femmes de la région, petites et brunes, alors qu'elle était grande et blonde. Non, il y avait autre chose. Elle avait une façon de voir le monde qui était bien trop éloignée de la leur. Et cependant, comme le lui avait déjà laissé entendre Tilly, peut-être ne mettait-elle pas assez de bonne volonté pour changer cet état de chose. En les voyant rire et échanger des plaisanteries comme elles le faisaient maintenant, elle se disait que c'était par sa seule faute qu'elle restait une étrangère à leurs yeux ; dorénavant, se promit-elle, elle s'efforcerait d'être une bonne voisine.

Ils étaient tous à ce point serrés les uns contre les autres que lever un coude pour boire son verre représentait déjà un exploit. Et il faisait si chaud qu'après quelques minutes Elizabeth se débarrassa du cardigan blanc qu'elle portait sur sa robe. A cet instant, elle vit que plusieurs hommes la regardaient, mais elle fit mine de les ignorer.

— Neeley, c'est notre tournée, lança-t-elle à son mari.

— Par Dieu, Lizzie, vous tenez la grande forme, fit Mick Harrington, dont les joues rouges étaient couvertes de transpiration.

— Et pourquoi pas, Mick ? rétorqua Elizabeth en riant. Ce n'est pas souvent que je me retrouve en si fringante compagnie.

— Ho ho ! s'exclama un des hommes. Ça ressemble bien à des avances, Mick !

— Attention, Neeley, fit quelqu'un d'autre, tu ferais mieux de surveiller ce gars-là.

Presque pour la première fois de sa vie, Elizabeth eut plaisir à être le centre d'attention des uns et des autres. *Et pourquoi pas !* se dit-elle avec insouciance. *Je suis jeune, et c'est une soirée exceptionnelle.* Elle ne s'inquiéta même pas de voir Neeley adopter une sombre expression.

Bien qu'elle lui tournât le dos, elle était consciente de la présence et des gestes de Daniel Carrig McCarthy au comptoir. Elle savait à quel moment il regardait dans sa direction, et à quel moment son attention était retenue par autre chose ; c'était comme si elle avait développé une sorte de sixième sens. Elle n'oubliait pas non plus la présence de Mossie Breac Sheehan qui se tenait à quelques mètres de là, un verre de whisky à la main. En se retournant à un moment, elle le surprit qui la regardait.

— Venez, Mossie, lança-t-elle à la manière d'un défi. Venez vous joindre à nous !

Elle jugeait préférable, au fond, de l'avoir près d'elle pour pouvoir garder un œil sur lui.

— Merci, mais je vais y aller maintenant.

Il vida son verre, le reposa sur le comptoir et prit le chemin de la sortie. Elizabeth se blottit alors dans son coin, tandis que de plus en plus de gens quittaient le bar pour se diriger vers la salle des fêtes.

— Ah, c'est mieux, dit-elle en acceptant un troisième verre que lui offrait un des hommes du groupe.

A cet instant, plusieurs garçons se glissèrent avec difficulté devant eux vers la sortie, et Elizabeth leva son verre bien haut pour éviter qu'il ne se renverse, sans remarquer que, sous son bras, Daniel se frayait un chemin lui aussi.

— Bonsoir, madame Scollard, dit-il en passant.

Puis, s'adressant aux autres, un par un :

— Mick, Tilly, John, Betty, Neeley.

Elizabeth n'entendit que ce « Mme Scollard ». Elle n'osa pas regarder Neeley.

— Comment vas-tu, Danny ? s'enquit Tilly d'un ton amical. Alors, on compte s'agiter ce soir ?

— On va s'y efforcer, répondit-il.

— Ah, c'est bon pour les jeunes, ça ! dit Mick Harrington.

— Pas pour tous, fit un autre homme.

— C'est vrai, fit Daniel en riant. Bon, eh bien, à tout à l'heure, à l'intérieur !

Durant ce petit échange, Elizabeth avait gardé les yeux sagement baissés, mais elle ne put s'empêcher de les relever au dernier moment.

En faisant cela, elle croisa également le regard de Tilly.

11

Au moment où le petit groupe pénétra dans la salle de bal, la fête aurait déjà dû battre son plein. L'orchestre, composé de musiciens traditionnels et populaires de la région, avait beau jouer une musique entraînante, les couples ne se bousculaient pas sur la piste.

— Allons, mesdames et messieurs, allons, les garçons et les filles, je veux vous voir tous sur la piste, allons...

Les recommandations insistantes du maître de cérémonie ne semblaient convaincre personne. Les gens, répartis en petits groupes autour de la salle, fumaient, pour les plus chanceux des cigarettes, pour les autres la pipe, tout en bavardant. Le groupe d'Elizabeth se divisa immédiatement comme c'était la coutume, les femmes d'un côté, les hommes de l'autre.

L'édifice rectangulaire était si neuf qu'il sentait encore la peinture, mais, illuminé et décoré comme il l'était de guirlandes de papier accrochées aux poutres qui soutenaient le toit, il y régnait une joyeuse atmosphère de fête.

— Mesdames et messieurs ! Il s'agit d'une *soirée dansante,* et non d'un jour de foire... Pour l'amour du ciel ! Je vois que les O'Sullivan de Lahersheen sont arrivés, peut-être allons-nous avoir un peu d'action maintenant.

Le maître de cérémonie, par ailleurs chanteur, était petit, gros et chauve, et connaissait tout le monde dans la commune jusqu'à Derryconnla.

— Allons, Raymond, Martha, supplia-t-il, né laissez pas tomber M. Deeney, après toute la générosité dont il a fait preuve. Donnez un peu l'exemple ici ! Et parce que je sais que vous autres, les femmes, mourez d'envie de vous lever, je décide que c'est à vous que revient l'honneur d'inviter un partenaire pour la prochaine danse !

Tandis que le maître de cérémonie commençait à chanter, avec une voix de ténor, sa version de « Red Sails in the Sunset », Elizabeth chercha instinctivement Daniel du regard. Il se trouvait à l'autre bout de la salle, ses cheveux bouclés reconnaissables entre tous au milieu du petit groupe avec qui il bavardait près du bar.

— Est-ce que ça t'ennuie si j'invite Mick à danser? demanda-t-elle à Tilly.

— Si ça m'ennuie? Emmène-le donc! Mais prends garde à tes orteils, fit Tilly en riant.

Avant de braver l'étendue déserte de la piste de danse qui la séparait des hommes, Elizabeth, qui ressentit instinctivement le besoin d'avoir un bouclier, jeta son cardigan sur ses épaules, dont elle boutonna le premier bouton de façon à ce qu'il ne glisse pas. Puis, sentant que tous les yeux étaient sur elle, elle traversa la salle pour rejoindre le brave et joyeux Mick Harrington, qui accepta son invitation. Le rythme de « Red Sails in the Sunset » n'était pas très entraînant, mais Elizabeth se laissa guider avec bonne grâce autour de la piste. Elle n'échangea pas une parole avec Mick de tout le morceau, mais préféra, lorsqu'ils furent rejoints par quatre autres couples, se concentrer sur ce qu'elle faisait afin de ne rien laisser paraître du sentiment de vulnérabilité qu'elle éprouvait à s'exposer ainsi à tous les regards. Comme ils passaient près du groupe de Daniel, elle détourna la tête, mais se réjouit secrètement des caresses langoureuses du voile de sa robe sur ses jambes ; elle ne possédait qu'une paire de bas nylon, et elle était heureuse de les avoir conservés en vue d'une soirée comme celle-ci.

A la fin du morceau, Mick lui lâcha la main.

— Dommage que nous n'ayons pas l'occasion de danser plus souvent ensemble, Lizzie, tu es très légère.

— Tilly aussi.

— C'est vrai, fit Mick avec un sourire. Mais, nous ne sortons plus beaucoup maintenant, il n'y a même plus de bal dans la région. C'est cette fichue guerre qui en est la cause.

— C'est la faute à Chamberlain !

Le mari de Tilly rit joyeusement et la laissa repartir du côté des femmes avant de rejoindre lui-même Neeley et les autres hommes de l'autre côté.

— Très bien, mesdames et messieurs, hurla le maître de cérémonie. Et maintenant, un autre morceau : « The Walls of Limerick »; et si ça ne suffit pas à vous faire bouger, alors, c'est à désespérer de cette soirée.

— Splendide ! fit Elizabeth en saisissant Tilly par la main, ainsi que la femme qui se trouvait à sa gauche.

L'orchestre joua et rejoua les huit premières mesures de l'introduction jusqu'à ce qu'il y ait un nombre suffisant de danseurs, hommes d'un côté et femmes de l'autre, pour se faire face.

— C'est mieux, rugit le maître de cérémonie. Et maintenant, on y va !

Elizabeth aperçut Neeley. Bien qu'il fît de son mieux et que l'art de la danse comptât au nombre des dons inhérents aux habitants de Béara, il avait l'air complètement déphasé par rapport aux autres.

A l'autre extrémité du rang, Daniel Carrig, remarqua-t-elle du coin de l'œil, dansait avec la grâce d'un cygne.

Quand il fut temps pour les danseurs de former des couples, Elizabeth se retrouva embarquée avec Mossie Breac ; il dansait aussi bien que n'importe qui d'autre, mais il la serrait un peu trop à son goût, et elle fut heureuse quand il fallut de nouveau danser individuellement.

A la fin du morceau, elle resta près de Neeley au milieu de la piste et lui prit la main.

— L'orchestre va jouer « Stack of Barley », Neeley.

— Je vais prendre un autre verre, marmonna-t-il en retirant résolument sa main.

— Allons, Neeley, reste... Tu verras, c'est facile à danser.

A cet instant, une vague inquiétude s'empara d'Elizabeth. La dernière chose qu'elle voulait, c'était le voir ivre.

— Écoute, je suis là, non ? Qu'est-ce que tu veux de plus ? Maintenant, ne me fais pas une scène.

Elizabeth vit qu'ils étaient isolés au milieu de la piste et que plusieurs personnes les regardaient. Elle abandonna.

— Très bien, si c'est ce que tu veux.

Elle se détourna, repartit du côté des femmes, mais, avant qu'elle puisse rejoindre les autres, l'orchestre se mit à jouer le morceau suivant, et elle se retrouva face à face avec Mossie Breac.

— Lizzie ?

Il lui tendit la main, et elle n'eut d'autre choix que de la prendre.

Tandis qu'ils faisaient le tour de la piste en dansant, elle se retrouva à quelques mètres derrière Daniel qui dansait avec une jeune fille rousse de Ballycrovane. Ils riaient tous les deux sans le moindre complexe, et Elizabeth en ressentit immédiatement une violente et intense jalousie. Qu'avait-elle cru ? se demanda-t-elle, la rage au cœur. Elle était mariée et plus âgée que lui ; il était libre et jeune. Naturellement qu'il devait avoir des relations avec des gens de son âge. Néanmoins, le spectacle du bonheur et de l'insouciance qu'ils offraient tous les deux lui fit si mal que toute la gaieté qu'elle avait accumulée au cours de la soirée se dissipa en un instant. Peut-être, après tout, avait-elle mal interprété la situation ? Tout ce qu'elle avait fait, c'était se ridiculiser. Comment pourrait-il y avoir quelque chose entre elle et ce garçon à peine sorti de l'adolescence ? Elle était presque au désespoir quand le morceau repartit sur un rythme plus soutenu. Elle décida alors de cesser de regarder du côté de Daniel et d'accorder plus d'attention à son partenaire.

— Ça vous plaît ? demanda-t-elle d'un ton faussement enjoué.

— Beaucoup. Vous êtes merveilleuse, fit Mossie en dansant à ses côtés.

— Merci.

Comme ils s'éloignaient l'un de l'autre pour faire une série de pas en arrière, Elizabeth vit que Neeley était revenu et qu'il bavardait maintenant avec plusieurs hommes rassemblés près de l'entrée. C'était bon signe, se dit-elle ; il s'était écoulé si peu de temps depuis qu'il l'avait quittée qu'il n'avait guère eu le temps de prendre plus d'un verre.

— C'était splendide, merci, dit-elle à Mossie Breac à la fin du morceau.

— Peut-être que nous pourrons danser de nouveau ensemble un peu plus tard.

— Bien sûr, fit Elizabeth, dont les yeux avaient aussitôt, et presque instinctivement, commencé leur recherche.

— Il est là-bas, murmura Mossie en secouant imperceptiblement la tête.

— Qui ?

Il sourit légèrement, et s'éloigna lentement du côté des hommes.

Elizabeth, qui avait rougi, le regarda se glisser dans la foule des danseurs tandis que l'orchestre entonnait les premières notes d'un fox-trot. A cet instant, quelqu'un lui prit le bras et lui demanda cette danse. Il s'agissait de Willi Bád Harrington, un agréable et joyeux quadragénaire.

Au cours de l'heure qui suivit, à son grand soulagement, Mossie la laissa tranquille. Elle n'eut pas le temps, néanmoins, de se reposer, tant elle était sollicitée de toutes parts à chaque nouveau morceau. A aucun moment, cependant, elle n'oublia totalement la présence de Daniel Carrig.

A onze heures et demie, il y avait tant de monde dans la salle que la ligne de démarcation entre les deux sexes était de plus en plus floue. Après un fox-trot endiablé, en sueur et assoiffée, Elizabeth rejoignit Tilly et les autres pour s'apercevoir que Neeley s'était esquivé une fois de plus.

— J'ai très envie d'une limonade, dit-elle sans s'adresser à personne en particulier. Où est Neeley ?

— Je vais vous chercher un verre.

Avant même qu'elle ait une chance d'élever des objections, Mossie Breac Sheehan se frayait un chemin au milieu des danseurs, et elle n'eut d'autre choix que de le suivre jusqu'au bar, où il s'arrangea pour se faire servir avant les autres.

— Merci, dit-elle en acceptant la limonade aussi gracieusement qu'elle le put.

Puis, la chance fut de son côté, car la musique reprit, la dispensant de faire la conversation à Mossie Breac.

Elle avalait la première gorgée de sa boisson quand elle sentit la main légère de Daniel sur son épaule.

— Madame Scollard ? M'accorderez-vous cette danse ?

— Voulez-vous me tenir ceci, Mossie ? Je n'en ai que pour quelques minutes, dit-elle en plaçant son verre entre les mains de ce dernier, avant de rejoindre le centre de la piste tandis que l'orchestre jouait une étrange version de « Moonlight Serenade », dans laquelle l'habituel saxophone était remplacé par un accordéon.

Pour Elizabeth, la musique aurait tout aussi bien pu être jouée par des tambours africains, elle n'aurait rien remarqué. Dans les bras de Daniel, elle oublia en un instant Mossie, Neeley et tous ceux qui se trouvaient dans la salle. Elle avait l'impression que la main posée sur sa hanche faisait partie d'elle-même, tandis que celle qui la guidait l'entraînait avec une délicatesse infinie.

Parfaitement en rythme, ils maintenaient entre eux une distance respectueuse, chacun regardant par-dessus l'épaule de l'autre, occupés, tous les deux, à éviter que leurs yeux ne se croisent. Mais, tandis qu'ils se déplaçaient en virevoltant sans effort sur la piste, Elizabeth avait l'impression qu'un courant électrique les traversait.

Et cependant, danser comme elle le faisait avec Daniel Carrig paraissait, d'une certaine manière, aussi innocent à Elizabeth que le fait de tenir un nouveau-né dans ses bras. Les murs, les guirlandes de papier, les lampes, l'odeur des corps en sueur, tout cela avait disparu pour elle tandis qu'elle glissait au rythme de la musique. L'impression de flottement qu'elle éprouvait était telle qu'au moment où un autre couple les tamponna, Elizabeth en ressentit un choc aussi violent que si quelqu'un l'avait frappée avec une hache.

— Pardon, dit-elle sans même se retourner pour voir de qui il s'agissait.

Puis elle ferma les yeux comme pour reconstituer la bulle d'air protectrice à l'intérieur de laquelle elle évoluait encore quelques instants plus tôt et sentir de nouveau, tangible, la présence de Daniel.

La fin du morceau fut comme une petite mort pour Elizabeth, mais ce qui survécut en elle fut la conviction profonde et lucide qu'en dépit des faux-fuyants sur l'amour dont elle avait usé à ses propres dépens, ce qui existait entre elle et Daniel Carrig était une passion obsessionnelle et réciproque ; qui plus est, elle savait maintenant qu'elle serait incapable d'y résister. De façon perverse, cette certitude sembla la calmer un peu.

— Danserez-vous encore avec moi, Elizabeth ? demanda-t-il d'un ton pressant.

— Certainement, dit-elle.

Elle se dirigea ensuite vers ses amis de Lahersheen et Derryconnla. A mesure que la soirée avançait, les danseurs perdaient progressivement leurs inhibitions et le parterre de danse ne désemplissait pas. Quand elle eut rejoint le groupe, Tilly la prit à part sur le côté.

Tournant la tête pour s'assurer que personne d'autre n'écoutait ou n'était assez près pour lire sur ses lèvres ce qu'elle disait, elle murmura d'une voix sifflante :

— Lizzie, s'il te plaît, sois prudente... (Puis :) Ahh ! Voilà notre homme, reprit-elle avec un large sourire et un complet changement d'attitude en regardant par-dessus l'épaule d'Elizabeth. Où donc étais-tu passé, Cornelius Scollard ? Tout le monde te cherche par ici ! Et voici Mossie avec ta limonade, Lizzie.

Elle prit Elizabeth par le bras et la fit pivoter sur elle-même pour qu'elle soit face à Mossie.

— Vous avez oublié votre verre, dit simplement celui-ci.

Elizabeth lui adressa son sourire le plus innocent et s'excusa poliment.

— Merci, Mossie. Désolée de vous l'avoir laissé aussi longtemps.

— Excusez-moi, Neeley, Mossie, messieurs... fit Tilly en

empoignant de nouveau Elizabeth par le bras. Lizzie et moi étions sur le point d'aller aux toilettes, n'est-ce pas, Lizzie ?

Elizabeth se laissa entraîner dehors par Tilly, puis jusqu'au pub, de l'autre côté de la rue, où elles s'enfermèrent dans les toilettes.

— Maintenant, dis-moi, à quoi est-ce que tu joues ? s'indigna Tilly en la secouant par les épaules. Tu es devenue folle ou quoi ?

— Nous avons dansé, rien d'autre, se défendit Elizabeth.

— Écoute, ma fille, il y a danser et danser. Toute la salle avait les yeux sur vous.

— Nous n'avons rien fait de mal.

— Chérie, tu étais complètement éméchée. Je n'ai jamais rien vu de pareil de toute ma vie. Et si tu tenais à ce point à danser avec lui, pourquoi ne t'es-tu pas cachée au moins au milieu des autres ?

Les toilettes étaient si petites que, sous la pression exercée par les mains de Tilly sur ses épaules, Elizabeth était déséquilibrée vers l'arrière, les jambes bloquées par la cuvette.

— Tilly, je t'en prie, dit-elle, mon dos me fait mal.

Tilly relâcha un peu la pression.

— C'est moi qui te prie de m'écouter, supplia-t-elle, aie un peu de considération. Ce n'est pas... (Elle hésita, cherchant le mot juste.) Ce n'est pas, eh bien... *décent*.

Elizabeth fronça les sourcils.

— N'aie aucune inquiétude, dit-elle, je maîtrise parfaitement la situation.

Tilly inspira profondément.

— C'est peut-être injuste, mais je crois qu'il fallait que j'essaie de te faire entendre raison. A une époque, ne jurais-tu pas que par ce George je-ne-sais-plus-son-nom ? Où est-il maintenant ? Tu as un mari et une famille aujourd'hui...

— Je sais.

— Comment crois-tu que Neeley réagira ? Mossie lui-même a remarqué ce qui se passait.

— Ne t'inquiète pas, Tilly, dit Elizabeth avec un calme imperturbable, il ne peut rien arriver de grave. Tout ce que nous avons fait, c'est *danser*, Tilly. Une seule danse.

— Ne danse plus avec lui ce soir, Lizzie, s'il te plaît. Je t'en prie, pas ce soir. Danse avec lui quand tu voudras, mais plus ce soir.

— Je lui ai promis une autre danse.

Tilly haussa les épaules d'un air désespéré.

— Tu es majeure, je ne peux rien te dire de plus. Mais, je

te supplie une dernière fois d'y réfléchir. Qu'as-tu à gagner dans tout cela ? Une danse, trois minutes, Lizzie...

— Danser avec quelqu'un à un bal public ne constitue pas un péché. Même le chanoine ne dirait pas le contraire. Et je te signale qu'il est déjà à l'intérieur.

Cet ecclésiastique, la terreur de la région, était connu pour vider les salles de bal en moins d'une minute s'il détectait la moindre attitude indécente chez les danseurs.

— Si nous avions dansé comme tu as l'air de le suggérer, poursuivit-elle, tu peux être sûre qu'il nous aurait arrêtés aussitôt.

Tilly soupira.

— J'aurai fait de mon mieux, dit-elle en déverrouillant la porte des toilettes. Que Dieu nous protège tous, c'est tout ce que je souhaite.

Elizabeth, qui avait passé la première partie de la soirée dans une sorte de brouillard, avait tout à fait récupéré maintenant et elle se sentait l'esprit alerte. Durant les quelques minutes où elle s'était absentée avec Tilly, l'atmosphère générale avait gagné en gaieté, et le chanoine, qui s'était posté au milieu de la salle pour avoir un œil sur les participants, n'avait en l'occurrence rien à craindre pour la morale : l'orchestre jouait maintenant « The Siege of Ennis » — bien trop rapide et énergique pour que quiconque ait le temps de songer à commettre un péché.

En quelques secondes, Elizabeth avait repéré Neeley, le regard vague, seul dans un coin. Elle s'excusa auprès de Tilly, se fraya un chemin jusqu'à lui et, après avoir dû crier pour se faire entendre dans le tumulte ambiant, elle le tira par la manche.

— Est-ce que tu veux danser ? demanda-t-elle.

Elle ressentit un petit pincement au cœur au moment où il se tourna pour la regarder : son visage était rouge et ses yeux vitreux ; s'il n'était pas encore complètement soûl, il en avait assurément pris le chemin. Il la suivit pourtant sur la piste, où ils se fondirent dans le groupe le plus proche.

Après quelques minutes, voyant combien il avait l'air de détester cela, elle le tira un peu à l'écart et lui dit :

— Viens, nous allons danser à notre rythme !

Et elle l'entraîna dans un coin de la salle. Tandis qu'elle lui indiquait un rythme qu'il pouvait enfin suivre, le regard de gratitude qu'elle décela sur son visage la fit se sentir plus coupable encore que s'il venait de la surprendre faisant l'amour à Daniel Carrig.

— Je t'aime, laissa-t-elle échapper perfidement dans un murmure.

Le regard d'incompréhension qu'il lui adressa alors la perturba davantage encore, et, pour masquer sa confusion, elle vint se serrer contre lui. Embarrassé, Neeley la repoussa aussitôt.

— Tout le monde nous regarde !

Le morceau s'acheva enfin, et le maître de cérémonie annonça que Jimmy Deeney allait faire un petit discours. Tel César entrant dans Rome, le bienfaiteur de Castleclough traversa la salle en saluant sous les applaudissements des invités encore excités par la dernière danse.

Elizabeth aperçut alors Daniel Carrig qui se dirigeait vers la sortie. Est-ce qu'il partait ?

Le besoin de danser de nouveau avec lui était plus fort qu'aucun autre dans son esprit ; cette danse signifiait certainement plus pour elle que son mariage ou son désir de conserver un nom sans tache. Et si elle n'avait pas été sous la surveillance de Tilly, sans doute aurait-elle abandonné son groupe et serait-elle partie le rejoindre dehors.

Mais Tilly, comme si elle avait deviné ses intentions, profita d'un moment où le discours de l'Américain était salué par une salve d'applaudissements pour l'agripper fermement par le bras et lui souffler à l'oreille :

— Lizzie, *réfléchis !* Un peu de bon sens, et tu vivras assez longtemps pour le revoir. Demain est un autre jour.

Jimmy Deeney termina son discours en annonçant que la tombola destinée à financer le nouveau toit de la chapelle était ouverte, et il quitta l'estrade en saluant son monde tandis que les vendeurs de tickets se précipitaient pour prendre sa place.

Le sixième sens qu'Elizabeth avait développé ce soir-là continua de la servir utilement. Elle se retourna juste au moment où Neeley, lui aussi, se dirigeait vers la sortie, apparemment pour aller prendre un autre verre au pub. Elle s'efforça alors de se détendre : quoi qu'il arrive, se dit-elle, elle n'y pourrait plus rien. Il était donc parfaitement inutile de s'inquiéter.

La tombola eut lieu, mais personne dans son groupe ne gagna un seul des trois modestes prix prévus pour la circonstance : une livre, un billet de dix shillings et une demi-couronne. L'orchestre se remit à jouer aussitôt les prix attribués, et Elizabeth fut invitée à danser pour la seconde fois par Mossie Breac.

Comme elle s'engageait avec lui sur la piste en s'efforçant

de dissimuler la répugnance qu'il lui inspirait, elle aperçut Neeley, de retour du pub, qui la cherchait dans la foule. C'est alors que, se rappelant les avertissements de Tilly, une idée lui vint. Mossie Breac Sheehan lui servirait de paravent...

Le chanteur mettait tout son cœur à chanter sa version de « You Made Me Love You » de Judy Garland, et de nombreux couples sur la piste, sous l'œil attentif du chanoine, dansaient aussi serrés qu'il était concevable de le faire. Et, quoiqu'il fût impossible à un observateur d'accuser Elizabeth de flirter avec Mossie, elle mettait toute la souplesse dont elle était capable à danser dans ses bras, souriant largement, comme si elle passait avec lui un moment merveilleux.

Il ne réagit pas pendant quelques minutes. Puis, presque imperceptiblement, il resserra son étreinte autour de sa taille. Craignant soudain d'être allée trop loin, elle fit un mouvement brusque en arrière pour lui faire lâcher prise, et elle comprit qu'elle avait fait depuis le début une erreur tactique.

La chanson s'acheva enfin, et elle leva la tête pour dissimuler son embarras.

— Merci beaucoup, dit-elle.

— C'est moi qui vous remercie, fit Mossie, les yeux brillants, avant de tourner les talons et de rejoindre le groupe.

Tournant la tête, Elizabeth se retrouva alors face à Daniel Carrig.

— Daniel ! dit-elle, en feignant la surprise.

— Voulez-vous m'accorder la prochaine danse, madame Scollard ?

— Bien sûr, avec plaisir, je...

Elle n'eut pas le temps de terminer sa phrase. En deux enjambées, Neeley était à ses côtés.

— Tu as assez dansé pour ce soir. Nous rentrons chez nous.

Il tendit la main pour la prendre par le bras, mais Elizabeth esquiva son geste.

— Oh, Neeley, dit-elle du ton le plus enjoué dont elle était capable, juste une danse. Il est encore tôt, tu sais.

— J'ai dit : nous rentrons à la maison.

Embarrassé, Daniel recula d'un pas.

Elizabeth frissonna. La situation avait changé. Ce n'était pas seulement qu'elle éprouvait le besoin irrépressible de danser avec Daniel Carrig ; les choses étaient bien plus profondes que cela et faisaient remonter maintenant à la surface des réserves d'indépendance insoupçonnées. Elle ne se laisserait pas dicter sa conduite de cette manière.

— Attendez une minute, Daniel.

Sans même le regarder, elle tendit un bras vers lui pour le retenir.

— Encore une danse, dit-elle à Neeley, et *ensuite*, nous rentrerons à la maison.

Pendant un instant, ils se dévisagèrent en silence avec un Daniel rougissant à leur côté. Leurs amis, les Harrington et les autres, qui avaient remarqué que quelque chose n'allait pas, préférèrent ne pas s'en mêler, à l'exception de Tilly, qui se décida à intervenir :

— C'est vrai, quel mal y a-t-il, Neeley ? Nous allons danser cette dernière danse nous aussi et rentrer aussitôt après, n'est-ce pas, Mick ? dit-elle en donnant un petit coup de coude à son mari.

— Bien sûr, dit Mick Harrington, aussi mal à l'aise que les autres.

Elizabeth et Neeley continuaient de se regarder en chiens de faïence.

— J'ai dit : nous rentrons *maintenant*, insista Neeley, en l'agrippant avec force par le bras.

— Tu me fais mal, Neeley ! dit-elle en essayant de se dégager.

— Suis-moi, *immédiatement !*

Il la tira alors vers lui si violemment qu'elle trébucha, et elle serait tombée si Daniel n'avait pas fait un pas en avant pour la rattraper.

Ce fut un geste de trop pour Neeley. De sa main libre, il frappa Daniel au menton, qui recula d'un pas sous le choc, mais parvint à rester sur ses jambes. Les hommes qui se trouvaient dans le voisinage immédiat se précipitèrent aussitôt pour s'interposer, mais cela fut inutile, car Daniel, qui avait d'abord serré les poings à son tour pour rendre le coup qu'il avait reçu, eut la sagesse de se mettre simplement hors de portée de Neeley, prêt, cependant, à bondir à la prochaine provocation.

Elizabeth, les joues violemment empourprées, se débattait toujours, mais en vain, pour se libérer de l'étau formé par les doigts de Neeley. Nul ne savait vraiment comment intervenir dans cette querelle entre mari et femme. Les choses s'étaient déroulées avec une rapidité déconcertante.

— *Lâche-moi !* hurla-t-elle alors, si fort que Neeley, surpris, relâcha son étreinte et obéit.

Haletante, ignorant les visages choqués qui faisaient cercle autour d'eux et craignant que la situation ne dégénère davantage, elle baissa les yeux et dit :

— Je rentre avec toi, Neeley. Nous reparlerons de tout ça à

la maison. (Puis, s'adressant à Daniel :) Je suis désolée de ce qui est arrivé.

Elle tourna les talons et quitta la salle sans plus attendre.

Elle était rentrée et couchée une demi-heure avant que Neeley n'arrive à son tour. Elle n'avait pas éteint la lampe sur la coiffeuse et veillait les yeux grands ouverts, attentive aux bruits de la maison.

Elle savait que ce qui se passerait dans les cinq prochaines minutes serait crucial, et que le reste de sa vie en dépendrait. Ce n'était pas seulement sa relation avec Daniel Carrig McCarthy qui était en jeu, mais quelque chose de plus complexe. Il lui fallait choisir maintenant entre la vie et la mort lente.

A la façon dont Neeley se déplaçait dans la cuisine, elle comprit qu'il avait probablement bu davantage encore. Elle balança ses jambes sur le côté du lit et resta là, assise face à la porte, à l'attendre.

Lorsque enfin il entra dans la chambre, elle le regarda se baisser pour dénouer les lacets de ses chaussures et en profita pour évaluer l'état dans lequel il était. Elle pouvait voir que sa colère s'était apaisée, mais s'il n'était pas assez soûl pour être immédiatement agressif, il avait suffisamment bu pour être imprévisible. Il faudrait qu'elle soit prudente.

— Avant que tu te déshabilles ou dises quoi que ce soit, Neeley, commença-t-elle, je tiens à te parler. Pourquoi ne pas venir t'asseoir ici, à côté de moi ? demanda-t-elle en lui désignant une place sur le lit à côté d'elle.

Il se raidit un peu et serra les lèvres, mais fit ce qu'elle demandait, en se laissant tomber si lourdement sur le matelas qu'Elizabeth rebondit à côté de lui.

— Neeley, dit-elle, je tiens à te dire que si une telle chose se reproduit, si tu m'humilies une fois encore comme tu l'as fait ce soir, je te quitte.

— Si quelle chose se reproduit ? demanda-t-il d'un ton agressif.

Elizabeth vit pourtant que le cœur n'y était pas. Il avait manifestement honte.

— Tu sais de quoi je parle, répondit-elle tranquillement. Tout ce que j'allais faire, c'est danser avec un voisin à un bal et sous l'œil du chanoine encore. Que diable trouves-tu à redire à ça, Neeley ? Quel mal y a-t-il dans tout ça ?

— Tu te donnais en spectacle... et moi avec.

La réponse semblait faire écho aux reproches de Tilly.

— C'est faux, se défendit Elizabeth. Je dansais seulement avec un bon voisin. Comme tout le monde là-bas.

— Je ne veux pas que ma femme se donne en spectacle, insista-t-il. Crois-tu que ça ne suffit pas d'entendre parler partout de ta petite escapade de Glengarriff ?...

Un simple baiser à Glengarriff avec quelqu'un qui ne signifiait plus rien pour elle paraissait si éloigné de ses préoccupations actuelles qu'il lui paraissait justifié maintenant d'en être outragée.

— Vas-tu cessé une bonne fois pour toutes de me parler de Glengarriff ? s'écria-t-elle. Je ne sais pas ce que tu as entendu dire, mais c'était certainement exagéré, et puis, ça... ça ne signifie rien.

— As-tu ou n'as-tu pas rencontré cet acteur ?

— Je l'ai rencontré.

— Seule ?

Elizabeth prit une longue inspiration.

— Pendant quelques minutes. Mais dans une rue de la ville, au vu et au su de tout le monde. Souviens-toi, Neeley, qu'il est le père de Francey. Je ne pouvais pas faire semblant de l'ignorer.

— Est-ce que... est-ce que tu as fait l'amour avec lui ?

— Quoi ?

Incrédule, Elizabeth ne put s'empêcher de rire, et, pendant quelques secondes, elle eut presque pitié de lui. Mais elle se ressaisit en se souvenant qu'il l'avait humiliée publiquement ce soir-là.

— Je viens de te dire que n'importe qui pouvait nous voir. Nous n'avions rien à cacher.

— Et c'est justement ce qui m'ennuie, vois-tu, parce que tu ne te soucies pas de ce que pensent les gens, tu n'as aucun sens de... de...

Neeley tira sur sa cravate déjà dénouée en cherchant le mot juste.

— De quoi, Neeley ?

Il eut un geste vague, presque de dépit.

— ... de la décence. Tu es une femme mariée, Lizzie.

Pour la seconde fois, Elizabeth reconnaissait avec stupeur les arguments et les mots de Tilly. Puis, elle comprit que c'étaient là les mots et les arguments qu'aurait utilisés tout un chacun dans son cas. La situation lui apparut soudain très clairement.

Mariée signifiait être la possession de quelqu'un.

— Je n'appartiens à personne, balbutia-t-elle.

— Quoi ?

— Tu as très bien entendu. Je n'appartiens à personne.

— Je n'ai jamais dit que tu appartenais à quelqu'un. Tout ce que j'ai dit, c'est que tu étais une femme mariée.

Elle sentait bien que ce dont elle parlait était totalement étranger à Neeley, et qu'il fallait qu'elle le lui explique plus simplement.

— Je suis une femme, Neeley, dit-elle d'un ton passionné. Je suis peut-être mariée avec toi, mais je ne t'appartiens pas comme tes animaux t'appartiennent.

— Qui a dit que...

— Je me conforme aux règles du mariage, et à ses corvées. Je suis — je t'ai été — fidèle, Neeley. Mais, je n'accepterai pas qu'on me dise comment me conduire en public ou avec qui danser à un bal.

Elle était maintenant tellement remontée qu'elle se mit à arpenter en long et en large l'espace réduit de la chambre.

— Je n'accepterai *pas* qu'on me dise quand je dois ou ne dois pas rentrer. Et je ne me laisserai pas traiter en public comme tu l'as fait ce soir. « En spectacle »... *En spectacle...,* mais qui s'est donné en spectacle ce soir ? Certainement pas moi.

Il se leva à son tour.

— Et qu'y a-t-il entre toi et le jeune McCarthy ? Crois-tu que je n'ai pas remarqué qu'il venait fureter par ici ? Tu crois que je ne vous ai pas vus. Danser, mon cul ! Tu t'accrochais à lui comme une traînée.

Tremblante, Elizabeth se mit en travers de son chemin.

— Je t'ai déjà dit de ne plus utiliser ce mot, dit-elle en le giflant aussi fort qu'elle put.

Surpris, il mit un moment à réagir, posant une main sur sa joue. Puis, serrant les dents, il la saisit par les épaules et se mit à la secouer comme un terrier secoue le rat qu'il a dans la gueule.

Elizabeth se mit à crier de douleur et de terreur. Ses longs cheveux défaits lui tombaient sur les yeux et l'empêchaient de voir. Neeley, tel un taureau enragé, s'en saisit à pleines mains et la força à s'agenouiller en la tirant violemment vers lui.

Elle vit alors qu'il ramassait une paire de ciseaux sur la coiffeuse et crut qu'il allait la poignarder avec :

— Non, Neeley, hurla-t-elle, je t'en prie, non, je t'en prie... Non, non !

— Je vais t'apprendre à te donner en spectacle, moi...

Tenant toujours une pleine poignée de cheveux dans une

main, il tailla dedans avec les ciseaux, arrachant un cri de terreur à Elizabeth, qui vit avec horreur plusieurs mèches blondes tomber à ses pieds.

La porte de la chambre s'ouvrit alors avec fracas et Francey, suivi de près par Margaret et Goretti, entra dans la pièce en trébuchant.

Il lui fallut à peine une seconde pour comprendre ce qui se passait. Il se jeta aussitôt sur Neeley, sautant sur son dos en l'attrapant par le cou et en se collant à lui comme une ventouse.

Hors de lui, Neeley repoussa brutalement Elizabeth, qui trébucha en arrière et se cogna contre le lit si violemment que l'air lui sortit par les poumons. Elle ne parvint même pas à pousser un cri et s'écroula telle une poupée de chiffon.

Traînant toujours les pieds en ruant comme un taureau dans son box, Neeley essayait d'attraper Francey derrière lui sans parvenir à trouver une prise. Les boutons de sa chemise sautèrent sous la pression exercée par le poids du garçon qui continuait de se cramponner de toutes ses forces.

Les filles, près de la porte, assistaient terrifiées à la scène sans pouvoir agir et pleuraient hystériquement, à l'exception de Mary, qui aurait voulu que la maison s'écroule et engloutisse tout le monde dans l'instant ; Neeley, cherchant toujours à déloger Francey de son dos, pivota sur lui-même et se jeta délibérément contre le mur.

L'impact fut si violent que, malgré la confusion générale, la tête de Francey, en touchant le mur, rendit un son terrible.

Le garçon relâcha aussitôt son étreinte et tomba par terre, inconscient.

Neeley, enfin libre, se retourna pour voir ce qui s'était passé. Puis, horrifié par ce qu'il venait de faire, il se précipita sur Francey. Mais Mary fut plus rapide que lui.

— Il faut aller chercher un docteur, essaya-t-elle de dire en transportant son frère jusqu'au lit et en l'allongeant à côté d'Elizabeth, mais elle eut l'impression d'avoir le souffle coupé et la phrase se perdit dans un murmure.

Elizabeth, qui essayait de retrouver une respiration normale, en oublia sa propre douleur et se releva aussitôt. Petite fille, elle avait fait partie des Éclaireuses et avait appris les rudiments des premiers secours ; elle posa une main sur le cou de Francey et prit son pouls ; il était lent, mais régulier. La pupille d'un de ses yeux était fixe et dilatée, et du sang suintait sous ses cheveux, en plus d'un mince filet qui s'écoulait du coin de sa bouche.

— Cours chez les Harrington, Mary, cria-t-elle. Dis-leur que nous avons besoin de leur cheval et de leur charrette.

Neeley, pâle comme un linge, s'avança tandis que Mary quittait la chambre, mais avant qu'il puisse poser la main sur Francey, Elizabeth s'interposa.

— Ne le touche pas, cria-t-elle. Est-ce que tu n'en as pas assez fait ?

Le bébé hurlait maintenant dans la cuisine.

— Kathleen, occupe-toi d'Abbie ! commanda Elizabeth en enveloppant Francey dans une couverture.

Elle enfila ensuite ses chaussures, passa à la hâte un châle sur sa chemise de nuit, prit le corps inanimé de Francey dans ses bras et, après avoir traversé la cuisine, sortit dans la nuit.

Elle aperçut la silhouette blanche de Mary beaucoup plus loin devant elle. En arrivant en vue de la ferme des Harrington, elle constata à son grand soulagement que les fenêtres étaient éclairées : Mick et Tilly étaient revenus du bal.

12

Elizabeth et Mary conduisirent Francey chez le docteur de Castletownberehaven en utilisant le cabriolet de Mick et Tilly, non sans avoir demandé à ceux-ci, horrifiés par ce qui venait d'arriver, de passer un moment chez elle. Dieu seul savait ce que Neeley était capable de faire encore aux enfants. Le docteur ouvrit la porte en pyjama et en robe de chambre et examina Francey, toujours inconscient, dans les secondes qui suivirent leur arrivée.

— C'est une méchante entaille, dit-il. Je vais lui faire un ou deux points de suture, mais nous devons le conduire à l'hôpital afin qu'il passe une radio. Qu'est-il arrivé ?

Elizabeth lui expliqua qu'il avait glissé sur une tache de graisse dans la cuisine et qu'il s'était cogné la tête sur les dalles.

— Je vois, fit le docteur d'un air pensif.

Elizabeth devina immédiatement qu'il n'en croyait pas un mot.

Elle resserra son châle autour de ses épaules et vit qu'il tournait la tête de Francey.

— Pouvez-vous me dire quelle partie de la tête il s'est cogné ? demanda-t-il.

— L'arrière, je crois.

— Très bien, dit-il, donnez-moi juste un petit moment.

Il disparut derrière un paravent et revint porteur d'un petit plateau rempli d'instruments. Elizabeth détourna les yeux comme le médecin rasait la tête de Francey autour de la blessure qui saignait toujours afin de lui faire les points de suture nécessaires.

— Ça tiendra, dit-il finalement. Son état est stationnaire, madame Scollard, essayez de ne pas vous inquiéter. Je m'habille, et nous allons prendre ma voiture. Vous aurez besoin de vêtements. Je vais prévenir ma femme.

Elizabeth se rendit compte brusquement en rougissant qu'elle était en robe de nuit et en châle et, qui plus est, qu'une partie de ses cheveux était coupée. Elle espérait que la femme du médecin pourrait lui prêter un chapeau.

Elle sortit du cabinet de consultation et rejoignit Mary qui attendait dans le couloir derrière la porte.

— Quoi qu'il arrive, lui dit-elle, je suis fière de toi. Tu es une grande fille.

La fillette baissa les yeux, puis :

— Je suis désolée, Lizzie, murmura-t-elle, tes jolis cheveux, et puis Francey...

Elizabeth remarqua que c'était la première fois que Mary, au lieu de dire « maman », l'appelait par son prénom.

Elle la prit tendrement par les épaules.

— Tu es une grande fille, répéta-t-elle, et je t'aime. Je vous aime tous. Maintenant, tu seras bien sage. Tu vas attendre l'arrivée de Mick. Il a promis de venir nous rejoindre ici. Tu rentreras avec lui. Moi, je vais accompagner le docteur. Nous nous reverrons plus tard, d'accord ?

Mary vint se lover contre elle un instant, puis regagna sagement son fauteuil.

Quelques minutes plus tard, vêtue d'une robe et d'un manteau trop petits pour elle, ainsi que d'un foulard pour cacher ses cheveux dévastés, Elizabeth accompagna le médecin, qui transportait Francey dans ses bras, jusqu'à sa voiture. Avec mille précautions, il allongea le garçon, qui avait la tête bandée, sur la banquette arrière. Quoiqu'il n'y eût pas beaucoup de place, Elizabeth s'installa près de son fils en se calant sur le côté. Elle voulut le prendre par la main, mais, ne pouvant l'atteindre, elle dut se contenter de lui tenir une de ses maigres chevilles.

Pendant le trajet, interminable et cauchemardesque pour Elizabeth, le docteur arrêta plusieurs fois la voiture pour examiner Francey. A un moment, Elizabeth crut que son fils était sur le point d'ouvrir les yeux, mais, avant que le docteur ait pu constater la chose, le garçon avait de nouveau sombré dans l'inconscience.

Cork se trouvait à cent cinquante kilomètres de là et, à mesure que les heures passaient, Elizabeth luttait contre la peur et le sentiment de panique qui menaçaient à chaque instant de la submerger. A voix basse, et sans que le docteur puisse l'entendre à cause du bruit du moteur, elle parlait sans discontinuer à Francey pour qu'il reste avec elle et ne meurt pas. Elle lui parlait de football, de sa propre enfance à Cork, des espoirs que formaient pour elle ses parents, d'Ida Healy et de ses autres camarades d'enfance, de l'école...

Elle se souvint des mots du père franciscain, dont le nom lui échappait maintenant, mais qui lui avait parlé quand Francey n'était encore qu'un sujet de terreur pour elle. « Il vous faudra du courage, lui avait dit le prêtre. Votre bébé vous donnera ce courage... »

Elizabeth adressa au ciel la seule prière qui signifiât quelque chose pour elle et qui, d'une façon assez étrange, semblait encore appropriée aux circonstances présentes : « Mon âme exalte le Seigneur... »

Elle regarda son fils. Dans l'obscurité de la voiture, son visage pâle, sous le crâne bandé, semblait avoir quitté ce monde.

— Francey, ne me quitte pas, murmura-t-elle, reste avec moi, je t'en prie. « Mon esprit tressaille de joie en Dieu mon sauveur, parce qu'il a jeté les yeux sur l'abaissement de sa servante. Oui, désormais, toutes les générations me diront bienheureuse... »

Pour la première fois depuis que Francey était dans le coma, elle sentit les larmes lui venir aux yeux, mais elle s'efforça de les contenir et continua de dévisager son fils avec tendresse en lui parlant.

— Est-ce que tu m'entends, mon amour ? « Car le Tout-Puissant a fait pour moi de grandes choses. Saint est son nom, et sa miséricorde s'étend d'âge en âge... »

Sur ses mots, elle s'effondra et fut incapable de poursuivre.

Le médecin, qui, en-dehors des arrêts qu'ils avaient faits pour examiner Francey, s'était concentré sur sa conduite et ne lui avait pas adressé directement la parole depuis qu'ils avaient quitté Castletownbere, entendit brusquement ses sanglots.

— Tout va bien ? demanda-t-il par-dessus son épaule.

— ... Oui, réussit à articuler Elizabeth.

— Nous y sommes presque, une vingtaine de minutes encore. Comment va-t-il ? Aucun changement ?

— Non, docteur, je ne crois pas.

La dernière partie du trajet fut la pire pour Elizabeth. Quand, enfin, ils se garèrent devant les urgences de l'Hôpital de la Pitié, elle tremblait, autant de fatigue que de nervosité. Mais, elle fut soulagée de confier Francey au personnel soignant, qui prit les choses en mains avec calme et efficacité.

Elle s'apprêtait à suivre le chariot qui emportait son fils

derrière une large double porte quand une des infirmières la retint par le bras.

— Laissez-leur quelques minutes, madame Scollard, vous rejoindrez votre fils ensuite. Elle conduisit Elizabeth jusqu'à une petite salle d'attente toute proche.

— Regardez-vous, vous avez l'air toute retournée, dit-elle. Je vais vous chercher quelque chose de chaud à boire. Du thé, ça ira ?

Seule pour quelques instants, Elizabeth s'assit lourdement sur l'un des bancs en bois qui se trouvaient dans la salle. Maintenant qu'elle était ici et que le contrôle de la situation ne lui incombait plus directement, le souvenir de ce qui s'était passé chez elle quelques heures plus tôt la secoua avec une violence terrible.

Quand l'infirmière revint avec son plateau, elle la trouva penchée en avant, la tête dans les mains.

— Cessez de vous tourmenter, madame Scollard, lui dit-elle en s'asseyant à côté d'elle et en posant son plateau par terre. J'en ai vu entrer des dizaines ici qu'on ne reconnaissait même plus tant ils étaient couverts de sang, et puis, on les retrouve le lendemain assis dans leur lit et prenant leur petit déjeuner. Les enfants sont étonnants, croyez-moi.

Elle passa alors un bras autour des épaules d'Elizabeth et se coinça malencontreusement le poignet dans son foulard, qui glissa en arrière.

— Jésus-Marie-Joseph ! s'exclama-t-elle. Qu'avez-vous fait à vos cheveux ?

— Rien, fit Elizabeth en remettant rapidement le foulard en place.

L'infirmière, qui était jeune, ne fit aucun commentaire. Elle se pencha vers son plateau, ramassa les deux tasses de thé qu'elle avait apportées, et, sans demander à Elizabeth quelles étaient ses préférences, ajouta du sucre et du lait dans les deux.

— Je profite de ma pause, dit-elle.

— Que lui font-ils ? demanda Elizabeth en avalant une gorgée brûlante de son thé auquel elle ne trouvait aucun goût particulier.

— Des radios, j'imagine. Essayez de ne pas vous inquiéter. Ce petit garçon m'a l'air parfaitement solide et en bonne santé. Quel âge a-t-il ? Huit ans ?

— Non, à peine six, répondit Elizabeth avec un petit tremblement dans la voix. Il aura six ans dans quelques jours.

— Seigneur, il est vraiment grand pour son âge. Madame

Scollard, fit l'infirmière en détournant son regard, je sais que ça ne me regarde pas ni rien, mais, si vous voulez parler, vous le pouvez, ça aide quelquefois.

Elizabeth hésita ; la tentation était pourtant grande de se confier à quelqu'un, mais sa fierté, de nouveau, l'en empêcha. Elle n'était pas prête à faire confiance à quelqu'un.

— Merci, dit-elle, mais je vais bien. Tout ce qui m'inquiète, c'est Francey.

— Voulez-vous que j'arrange un peu vos cheveux ? fit l'infirmière d'une voix hésitante. Je coupe ceux des gosses à la maison.

Elizabeth n'avait pas vu à quoi ressemblaient ses cheveux, mais le spectacle qu'ils offraient était manifestement désastreux — et tout sauf discret.

— Merci, dit-elle simplement.

L'infirmière se leva et fut de retour une minute plus tard avec une serviette de toilette, des ciseaux et son propre sac à main. Elle alla ensuite verrouiller la porte de la salle.

— Ça ne regarde personne, dit-elle en sortant un peigne de son sac. Maintenant, tournez-vous sur le côté.

Elizabeth s'exécuta, et, après avoir placé la serviette sur ses épaules, l'infirmière se mit au travail, tour à tour coupant et peignant.

— Voilà, dit-elle après quelques minutes, je n'ai pas de miroir, mais vous pouvez être sûre que vous êtes présentable. Vous avez des cheveux splendides.

Se souvenant du jour où Daniel lui avait fait le même compliment au sommet de Knockameala, Elizabeth ressentit un tel chagrin qu'elle eut peur de se trahir encore par des larmes. Jusqu'à ce jour, elle ne s'était pas vraiment rendu compte que ses cheveux étaient intimement liés, et cela depuis l'enfance, à l'image qu'elle renvoyait d'elle-même. L'infirmière perçut sa détresse.

— Ils repousseront, dit-elle gentiment en balayant avec un morceau de papier les mèches de cheveux qu'elle venait de couper. L'huile de foie de morue fait des miracles, vous savez. Maintenant, je ferais mieux d'ouvrir cette porte. Est-ce que vous vous sentez un peu mieux ?

— Oui, merci, murmura Elizabeth.

— Allons donc, ne me remerciez pas, nous sommes là pour ça. Et s'il y a autre chose...

Elle s'interrompit et regarda par terre.

— Aimeriez-vous voir l'aumônier ?

— Non. Pas pour l'instant, merci.

— Très bien, dans ce cas, je vais y aller et prendre des nouvelles de votre fils, Francis, c'est ça ?

— Francey.

— Je ne serai pas longue.

Plus par distraction que parce qu'elle en avait réellement envie, Elizabeth, après le départ de l'infirmière, finit sa tasse de thé, qui avait refroidi. Des couloirs voisins de la salle d'attente lui parvenaient les bruits habituels d'un hôpital, l'écoulement d'un robinet, le tintement métallique d'un plateau, le bruissement d'une blouse. Elizabeth ferma les yeux et tenta de conserver son calme. Il était inutile de s'agiter. Francey n'allait plus tarder à reprendre connaissance, et il la réclamerait aussitôt...

La porte s'ouvrit, et elle se leva au même moment. Elle vit apparaître alors la jeune infirmière, accompagnée du médecin de Castletownbere. Immédiatement, Elizabeth chercha sur le visage du médecin une indication de l'état de santé de son fils, et, comme si on l'avait poussée, elle retomba en arrière sur le banc lorsqu'il lui annonça que Francey avait repris connaissance dans la salle de radio.

Il vint ensuite s'asseoir à côté d'elle.

— C'est une bonne nouvelle, madame Scollard, dit-il, mais il est très désorienté. Il faut lui laisser le temps de récupérer un peu, et vous pourrez le voir.

Il se passa plus d'une heure avant qu'Elizabeth, le cœur lourd, puisse s'asseoir au chevet de son fils. Les radios avaient révélé une fracture du crâne et sa tête avait été immobilisée dans une sorte de cage en métal. Il n'avait plus l'air robuste et vigoureux, mais au contraire sans défense et tout, tout petit. Il se maintenait également dans un demi-sommeil, perdant et reprenant conscience tour à tour, et les infirmières venaient vérifier que tout allait bien toutes les dix minutes environ.

Le soleil entrait par les fenêtres de la chambre où on l'avait placé et le remue-ménage du petit déjeuner avait commencé quand il tourna enfin les yeux vers elle.

— Maman ?

C'était la première fois qu'il parlait depuis l'accident.

— Je suis là, mon amour.

Elle lui prit la main.

— Tout va bien se passer maintenant. Tu es dans un hôpital à Cork, mais tu vas déjà beaucoup mieux.

Il essaya de s'asseoir, mais ne parvint pas à soulever la tête, maintenue par le cerclage métallique. Elle décela de la panique dans ses yeux et s'approcha pour le réconforter ; elle s'assit alors sur le lit à côté de lui et, autant qu'il lui était possible de le faire, le prit dans ses bras.

— Tu as reçu un coup à la tête, mon amour, et tu ne dois pas bouger avant d'aller mieux.

— Je veux rentrer à la maison !

Il était rare que Francey se mette à pleurer, mais les larmes lui venaient aux yeux maintenant.

— Tu ne peux pas rentrer à la maison maintenant, Francey, tu dois rester ici et récupérer avant toute chose, expliqua-t-elle en essayant vainement, elle aussi, de contenir ses larmes.

— Je veux rentrer à la maison, maman ! répéta-t-il, paniqué, en essayant de passer un bras autour du cou d'Elizabeth.

— Il faut que tu sois courageux, Francey, dit-elle en s'efforçant de dégager son bras, tu dois être comme Robin des Bois.

Il avait peur lui aussi, j'en suis sûre, mais il ne voulait pas que ses fidèles compagnons s'en aperçoivent, et ça lui redonnait du courage...

Les mots étaient inutiles, il se mit à sangloter comme si on venait de lui briser le cœur. Une des infirmières fut aussitôt à ses côtés.

— Chut, Francey, dit-elle, tu vas déranger les autres personnes malades. Il faut qu'elles guérissent, elles aussi. Voudrais-tu boire un verre de lait ?

Mais rien, ni les cajoleries ni les tentatives d'Elizabeth pour le calmer, ne réussit à le distraire. Ses pleurs commençaient à tourner à l'hystérie, et bien que sa tête fût maintenue, le reste de son corps s'agitait en tous sens, si bien que l'infirmière finit par s'inquiéter réellement.

Une religieuse en habit blanc vint ensuite à son chevet.

— Il vaudrait mieux que vous partiez maintenant, madame Scollard, dit-elle avec fermeté. Il se calmera quand vous serez partie, nous nous occuperons de lui.

— Mais je ne peux pas le laisser !

Elizabeth, presque hystérique elle aussi, était atterrée.

— Croyez-moi, madame Scollard, cela vaut mieux pour lui, fit la religieuse en la prenant par le bras.

— Je ne m'en irai pas ! se défendit Elizabeth.

Quand il comprit ce qui se passait, Francey tendit les bras vers elle autant qu'il le put.

— Ne t'en va pas, maman, s'il te plaît, reste, ne me quitte pas ! J'ai peur... J'ai peur, maman...

Ses cris brisèrent le cœur d'Elizabeth, qui faillit s'effondrer complètement.

— Venez, madame Scollard, il ira mieux dans quelques minutes.

La religieuse l'agrippa de nouveau par le bras. Elizabeth essaya faiblement de se dégager, mais n'y réussit pas et se laissa guider hors de la chambre.

— Maman, maman...

Les hurlements de Francey la suivirent dans le couloir, tandis que la religieuse la conduisait jusqu'à un petit bureau, où elle entra avec elle. Même de là, la porte fermée, elle pouvait encore entendre son fils.

Elle s'effondra alors sur une chaise et se remit à pleurer sans retenue.

— Madame Scollard, madame Scollard ! fit la religieuse en s'accroupissant à côté d'elle. Il va aller mieux dans quelques minutes, je vous le promets. Vous devez me croire.

Elle sortit un mouchoir d'une des poches de son habit blanc.

— Tenez, mouchez-vous maintenant et ressaisissez-vous.

— Je... je n'y arrive pas, ma sœur, fit Elizabeth, qui avait l'impression d'être à l'école et d'avoir quinze ans.

La religieuse lui tapota alors la main et resta accroupie à côté d'elle jusqu'à ce qu'elle retrouve son sang-froid. Puis, lui prenant le bras de nouveau :

— Vous voyez, dit-elle. Que vous avais-je dit ? On ne l'entend déjà plus. Je sais que c'est difficile pour vous, mais il sera sur pied en un rien de temps.

Elizabeth retint son souffle et écouta, mais la religieuse semblait dire vrai. Elle n'entendait plus Francey crier ; seuls les bruits habituels de l'hôpital lui parvenaient.

— Alors, vous voyez ? fit la religieuse en se levant. Maintenant, poursuivit-elle, vous devez être épuisée. Quels sont vos projets ? Avez-vous quelque part où aller ?

Elizabeth tendait toujours l'oreille pour entendre la voix de Francey.

— Madame Scollard ?

— Je n'y ai pas encore pensé ; je n'ai pensé à rien, à vrai dire, répondit-elle.

— Le docteur Troy a dû rentrer à Castletownbere, mais il veut que vous lui téléphoniez si vous avez besoin de lui pour arranger quoi que ce soit. Avant toute chose, il vous faut du repos. Avez-vous de la famille en ville ?

— Mes parents, dit Elizabeth.

— Est-ce qu'ils ont le téléphone ?

— Oui.

— Eh bien, comme ça, c'est réglé. Nous allons leur téléphoner. Quel est le numéro ?

Elizabeth le lui communiqua et, une minute plus tard, elle eut son père au téléphone, encore endormi et surpris.

Elle lui expliqua la situation, mais laissa de côté la raison pour laquelle Francey se trouvait à l'hôpital.

— Ne bouge pas, lui dit St. John. Je passe te prendre dans un quart d'heure.

Après quelques mots gentils, la religieuse repartit travailler.

Elizabeth fit les cent pas durant quelques minutes dans le petit bureau, mais ne put résister longtemps au besoin de retourner voir Francey dans sa chambre. Sans faire de bruit, elle ouvrit la porte du bureau et regarda à droite et à gauche. Le couloir était désert. Elle le traversa à pas feutrés mais rapides jusqu'à la chambre. Arrivée devant la porte, cependant, elle s'arrêta. Peut-être que les religieuses avaient raison, et qu'elle risquait de le perturber à nouveau en se montrant. Elle préféra alors renoncer et s'éloigna, le cœur lourd.

Quand son père arriva, elle l'attendait devant l'entrée principale de l'hôpital.

— Elizabeth !

Il se précipita à sa rencontre et la prit dans ses bras.

— Quelle terrible chose ! Comment est-ce arrivé ? demanda-t-il. Et que t'est-il arrivé à *toi* ? Tu as une mine affreuse. Et tu as coupé tes cheveux aussi.

— Je suis terriblement fatiguée, papa. Je t'expliquerai tout plus tard.

Elizabeth ne se sentait pas la force d'entrer maintenant dans les détails. Et puis, de toute façon, elle n'avait pas eu le temps de songer à ce qu'elle dirait, ou ne dirait pas, à ses parents. St. John ne posa plus de questions et la ramena chez lui en silence.

Six heures plus tard, Elizabeth se réveilla dans son ancienne chambre. Un rayon de soleil tombait directement sur son lit par la petite lucarne qui se trouvait au-dessus de sa tête, et, pendant quelques secondes, elle s'abandonna avec délices à la douce chaleur qui l'enveloppait et à la satisfaction d'avoir pris un bon repos.

Puis, elle se souvint de l'endroit où elle était et se leva aussitôt.

Elle n'avait pas eu le courage de se déshabiller en se couchant et, en voyant l'état dans lequel se trouvait la robe trop petite que lui avait prêtée la femme du docteur Troy, elle le regretta. Elle n'aurait plus le temps de la faire nettoyer maintenant. Elle devait rendre visite à Francey, puis rentrer à Lahersheen aussitôt que possible.

Pendant son sommeil, quelqu'un lui avait apporté une serviette, des articles de toilette et des vêtements propres, une jupe, une chemise, un cardigan et des sous-vêtements. En examinant les vêtements, Elizabeth vit qu'ils portaient encore l'étiquette du magasin Cash ; sa mère avait manifestement été faire ces achats spécialement pour elle. Elle fut touchée par l'attention, mais refusa en même temps de se laisser trop attendrir, et descendit l'escalier à la hâte jusqu'à la salle de bains. Après s'être lavée, elle remonta dans sa chambre et s'habilla rapidement. La jupe était légèrement trop large, mais, en dehors de cela, tout était parfait. Corinne, songea-t-elle, ne changerait jamais.

Sa mère se trouvait dans le salon. Assise près de la fenêtre, elle regardait dans la rue. Il régnait étrangement un silence total. D'ordinaire, la radio fonctionnait toute la journée, et les programmes de la BBC accompagnaient toutes ses allées et venues. Cette fois-ci, pourtant, elle avait dû baisser le volume, car la radio, ainsi que le remarqua Elizabeth, était allumée.

— Bonjour, mère, lança-t-elle en traversant la pièce pour venir embrasser les joues parfumées de Corinne, merci pour les vêtements. Ils me vont parfaitement — tu es incroyable.

— Elizabeth, dis-moi : qu'est-ce qui se passe là-bas ? s'enquit aussitôt Corinne en lui lançant un regard pénétrant.

— J'ai la situation en main, mère.

Immédiatement après avoir dit cela, Elizabeth le regretta. D'ordinaire si sûre d'elle-même, comme son fils, elle avait pourtant désespérément besoin d'une mère en cet instant pour l'aider à remonter la pente. Mais elle n'avait pas saisi sa chance.

Corinne cilla à peine.

— Au moins, dis-moi ce qui est arrivé à Francey. C'est mon petit-fils, après tout.

— Il est tombé et s'est cogné la tête.

— Oui, c'est ce que tu as dit à ton père au téléphone. Comment est-ce arrivé ?

— Il a glissé, tu sais...

— Au milieu de la nuit ? Et, à propos, où as-tu déniché ces vêtements horribles que tu portais, Beth ?

— Oui, au milieu de la nuit. Et ces vêtements horribles, comme tu les appelles, m'ont été très gentiment prêtés par la femme du docteur Troy.

— Je vois, mais je ne te crois pas au sujet de Francey, dit Corinne en se levant de sa chaise.

Elle se dirigea vers la radio, remonta légèrement le volume, et les accents saccadés d'une valse de Strauss se diffusèrent aussitôt dans la pièce.

— Je me trompe peut-être, reprit-elle en tournant le dos à sa fille, mais tout cela me paraît douteux. Et il n'y a pas que Francey, tu as une mine affreuse, Beth. Je ne parle pas seulement de cette coupe de cheveux, poursuivit-elle en se tournant lentement vers elle, il y a aussi ton visage. On dirait que tu viens de livrer une guerre toute seule. Pourquoi ne me dis-tu pas la vérité ?

— Parce que c'est toi qui, la première, m'as envoyée dans cet endroit ! s'écria Elizabeth, avant de porter une main à sa bouche.

Mais elle avait dit ce qu'elle pensait et il était trop tard à présent pour faire machine arrière.

— Je vois.

— Mère, je suis désolée, fit Elizabeth après un silence.

— Ne te fatigue pas, Beth, dit Corinne avec un geste de dénégation. Je ne t'ai jamais comprise, et il est probable que je ne te comprendrai jamais.

— Il ne s'agit pas de me comprendre ou non, mère, mais puisque nous en sommes à parler et que nous n'avons pas eu l'occasion de le faire jusqu'à aujourd'hui, je veux que tu saches ce que je pense du mariage que toi et papa et ce prêtre avez arrangé pour moi.

— Nous l'avons fait pour...

— Non, mère, l'interrompit Elizabeth. Ne dis pas que c'est pour mon bien. C'est pour votre bien à vous que vous l'avez fait. Pour vos amis qui viennent jouer au bridge, pour les collègues de papa.

Corinne jouait avec les perles de son collier.

— Ce n'était pas comme ça...

— Mère, s'il te plaît, ne me prends pas pour une idiote. Au moins, épargne-moi ça.

— Est-ce que nous avons... t'ai-je jamais refusé quoi que ce soit, Beth ?

— Non, je suppose que non, du moins pas au sens matériel. Mais tu m'as refusé l'unique chose dont j'avais le plus besoin, c'est-à-dire ton attention. Mère, s'écria Elizabeth, trouves-tu étonnant, à partir de là, que je sois tombée dans les bras du premier homme plus âgé qui s'est montré gentil avec moi ?

— Ce que tu dis est injuste ! se défendit Corinne, dont le visage blémissait de minute en minute.

— Peut-être, mais est-il juste qu'à vingt-six ans, je me retrouve mère de sept enfants ?

Cette fois, Corinne ne put retenir plus longtemps ses larmes.

— Je... je...

Sa détresse semblait telle qu'Elizabeth sentit sa colère retomber, et, l'espace d'un instant, le remords la tenailla. Mais, elle se ressaisit aussitôt. Elle n'allait pas permettre à sa mère de s'en tirer aussi facilement.

— En dépit de toutes ses fautes, reprit-elle en faisant un effort pour garder son sang-froid, Neeley Scollard en sait plus que tu n'en sauras jamais sur ce que signifie avoir un enfant et l'élever.

Sa mère se laissa tomber lourdement sur la chaise qui se trouvait derrière elle.

— Tu as été trop loin...

— Crois-tu ? s'écria Elizabeth. Le crois-tu *vraiment* ? Un peu de courage, mère, c'est tout ce que cela demandait. Un peu de courage. Je suis ta seule fille, ton enfant unique. Mais, parce que tu n'as pas osé t'opposer à tes amis, tu m'as condamnée, tu as condamné ton unique fille.

— Beth... Beth...

Corinne avait enfoui son visage dans ses mains.

— Je dois partir maintenant, dit Elizabeth. Je dois aller voir Francey à l'hôpital, et puis, je rentrerai à Lahersheen. Je ne sais pas ce qui m'attend exactement là-bas, mais je rentre parce que j'ai des enfants qui m'attendent, des enfants que j'aime. Ils ont besoin de moi, aujourd'hui plus que jamais sans doute.

Déchirée entre la pitié et le besoin de finir ce qu'elle avait commencé, elle hésita, puis :

— Tu as raison de ne pas me croire à propos de ce qui s'est passé la nuit dernière.

Corinne écarta doucement les mains de son visage et leva les yeux vers elle. Son expression était si pitoyable qu'Elizabeth n'eut pas le courage de la pousser dans ses derniers retranchements.

— Je déteste être aussi désagréable, mère, dit-elle, mais il fallait que je te dise tout cela. Il le fallait. Après tout, peut-être est-ce moi qui ai manqué de courage, peut-être aurais-je dû te parler comme je viens de le faire depuis longtemps déjà, je n'en sais rien...

Il y eut un long silence. Elizabeth n'éprouvait aucune gloire à s'être enfin déchargée du fardeau qui lui pesait depuis si longtemps. Au contraire, en voyant les larmes silencieuses qui zébraient les joues poudrées de sa mère, elle se sentit vide et triste.

— Je suis désolée, mère, je suis vraiment désolée, dit-elle en s'approchant pour remettre en place une mèche de cheveux qui tombait sur le front de Corinne.

— Oh, Beth.

— Je tiens à te remercier encore pour les vêtements. Et pour l'argent que toi et papa m'avez envoyé à la maison — je ne veux pas que vous pensiez que je ne vous en suis pas reconnaissante. J'imagine qu'à votre manière vous avez fait de votre mieux.

Au milieu de la pièce éblouie de soleil, sa mère ressemblait à un vieux mannequin mis au rebut par un étalagiste qui vient de refaire sa vitrine.

— Je suis désolée, répéta tristement Elizabeth avant de quitter la pièce, mais l'argent n'a jamais été ce dont j'avais réellement besoin.

Comme son père la reconduisait ce soir-là à Béara, Elizabeth était si affligée qu'elle en ressentait une douleur presque physique. En plus des remords qu'elle éprouvait de s'être attaquée à sa mère comme elle l'avait fait et de l'angoisse de laisser Francey seul à l'hôpital, il y avait la crainte liée à l'incertitude de ce qui l'attendait en rentrant.

St. John eut très vite conscience de l'angoisse qui torturait sa fille, et durant tout le trajet, il ne lui posa aucune question tendancieuse, se bornant à échanger avec elle des remarques sans intérêt. Elizabeth lui en fut reconnaissante. Bien que convaincue que sa mère ne lui avait rien dit, elle se demanda néanmoins une ou deux fois ce qu'il savait exactement. Peu de chose, sans doute. Elle lui savait cependant gré de la discrétion qu'il observait.

Il faisait nuit lorsqu'ils arrivèrent devant le portail de la ferme. La maison était plongée dans l'obscurité, ce qui ne fit qu'exacerber l'angoisse d'Elizabeth.

En entrant, elle remarqua la faible lueur d'une lampe à pétrole sur la cheminée. Neeley était endormi tout près de là, à côté du fourneau. Elle ne vit cependant aucun signe du bébé.

Elle traversa alors la cuisine d'un seul mouvement.

— Neeley, Neeley, appela-t-elle en le secouant par les épaules. Où est Abigail ?

— Quoi...

Les yeux pleins de sommeil, il la dévisagea. A la faible lueur de la lampe, elle vit qu'il n'était pas rasé.

— J'ai dit : où est Abigail ? répéta-t-elle avec fermeté.

— Chez les Harrington.

Puis, remarquant brusquement la présence de St. John Sullivan quelques mètres derrière sa femme, il se mit aussitôt sur ses pieds.

— Monsieur Sullivan !

— Entre, papa, dit Elizabeth. (Puis, s'adressant à Neeley sans lui accorder toutefois un regard :) Papa va rester pour la nuit.

La colère qu'elle éprouvait contre Neeley, maintenant qu'elle l'avait revu, resurgissait avec plus de force encore.

— Où sont les autres enfants ?

Elle traversa la pièce jusqu'à leur chambre dont ils laissaient toujours la porte entrouverte et vit qu'ils dormaient tous tranquillement. Elle referma alors la porte avec précaution ; elle ne voulait pas que les filles se réveillent et entendent ce qu'elle avait à dire.

Quand elle se retourna vers Neeley, elle tremblait de fureur.

— Est-ce que tu ne veux pas savoir comment va Francey ?

Elle ne se souciait plus maintenant de ce que son père savait ou ne savait pas. Elle avança jusqu'à la cheminée et augmenta au maximum la flamme de la lampe.

— Vous êtes le bienvenu, monsieur Sullivan, murmura Neeley. Comment va-t-il ? Est-ce qu'il est avec toi dans la voiture ?

— Il a failli mourir, dit froidement Elizabeth en s'approchant de lui.

Derrière elle, elle sentit son père qui s'agitait.

— Je vais te dire comment il va, Neeley, reprit-elle, son visage à quelques centimètres du sien. Il a une fracture du crâne. Il a la tête bloquée dans un truc en métal, et il ne peut pas bouger.

L'horreur se lisait dans les yeux de Neeley.

St. John s'avança vers sa fille.

— Beth, tu ne...

— Papa, l'interrompit Elizabeth, c'est entre Neeley et moi.

Elle n'avait plus honte de la situation et, d'une certaine manière, la présence de son père lui donnait le courage d'affronter son mari.

Tout en continuant de s'adresser à St. John, elle garda les yeux rivés sur Neeley :

— Je suis sûre, papa, que tu as deviné maintenant que ce qui est arrivé à Francey l'autre nuit n'était pas un accident.

C'est Neeley qui a brisé le crâne de notre fils. Et il y a autre chose encore, ajouta-t-elle, c'est lui également qui a joué au coiffeur avec mes cheveux...

Telle une tigresse traquant un daim, elle baissa la tête et regarda Neeley par en dessous.

— Je n'ai pas encore décidé, ajouta-t-elle, si j'allais ou non informer la police de ce que tu as fait. Je vais attendre et voir ce qui va arriver à Francey.

Elle savait, d'après certaines rumeurs, que la police de la région se mêlait rarement des querelles domestiques, mais son désir de faire peur à Neeley — et de protéger le reste des enfants — était bien trop fort pour recourir à plus de subtilité. Elle n'espérait pourtant pas voir Neeley réagir de manière aussi radicale. Poussant un cri à mi-chemin entre le grognement et le sanglot, il se saisit du premier objet qui lui tomba sous la main, à savoir la lampe à pétrole, la souleva et la lança contre le mur de la cuisine qui était en face de lui. Le globe de verre, en touchant le mur, vola en éclats dans toute la pièce et le pétrole, s'écoulant par les trous qui entouraient la mèche, s'enflamma sur les dalles de pierre en formant une petite rivière jaune et bleu.

Le père d'Elizabeth fut le premier à bouger. Il ôta la veste de son costume et en couvrit les flammes en tapotant dessus d'une main, tout en s'efforçant, de l'autre main, de remettre la lampe debout. La manœuvre réussit et le feu fut maîtrisé. St. John ramassa la lampe et la posa sur une chaise. Une seconde plus tard, Neeley se précipita dehors en claquant la porte derrière lui, sous les regards muets d'Elizabeth et de son père.

— Comment les choses ont-elles pu en arriver là ? demanda St. John d'une voix lasse.

Elizabeth prit un balai et se mit à balayer les morceaux de verre. Maintenant que l'affrontement avait eu lieu, elle se sentait une nouvelle fois vide et triste — et plus fatiguée qu'elle aurait pu l'imaginer.

— Pour être tout à fait honnête, Papa, ça n'a pas toujours été comme ça. Je ne voudrais pas exagérer. Mais, depuis quelque temps, je dois supporter ses humeurs changeantes.

— A-t-il vraiment fait du mal à Francey délibérément ?

Elizabeth reconnut là le ton formel et subtil de l'avocat menant un interrogatoire.

— Oui, répondit-elle simplement, mais c'était au milieu d'une bagarre.

— Une bagarre avec toi ?

— Oui. Francey s'est jeté sur le dos de son père. Je suppose qu'il essayait de me défendre, et Neeley n'arrivait pas à se débarrasser de lui. Pour autant que je m'en souvienne — tu dois comprendre que la situation était des plus confuses — Neeley l'a délibérément cogné contre ce mur.

— Et il t'a coupé les cheveux ?

— Oui.

— Tu dois l'attaquer pour coups et blessures, Beth. Tu dois le faire. Et s'il te faut un témoin, j'étais là et j'ai tout vu...

— Je t'en prie, papa, fit Elizabeth en s'appuyant sur son balai. Demain, s'il te plaît. Je n'arrive plus à penser ce soir.

— Si j'avais su... si nous avions su... fit St. John Sullivan en frappant avec un poing la paume de son autre main.

— Il est un peu tard pour cela, dit Elizabeth, en essayant de dissimuler son amertume.

De toute façon, songea-t-elle, ça n'avait plus d'importance. Plus rien ne comptait à cet instant précis, ni ses inquiétudes à propos de Francey, ni la perspective de voir Neeley rentrer soûl. Ce qui était urgent, c'était de dormir. Elle tanguait maintenant de fatigue sur son balai. Son père s'en aperçut.

— Laisse-moi te conduire jusqu'à ton lit, Beth.

Il passa un bras autour de sa taille et la conduisit jusqu'à sa chambre.

— Voudrais-tu me faire une faveur, père ? demanda-t-elle tandis que, tout habillée, elle se glissait sous les couvertures.

— Tout ce que tu voudras, Beth, tout ce que tu voudras.

— Veux-tu rester dans la chambre, s'il te plaît ?

Elizabeth sombra dans le sommeil avant même d'entendre la réponse de son père. Ainsi, elle ne le vit pas se prendre la tête dans les mains et sangloter comme un enfant.

13

Après avoir fui de chez lui, Neeley prit la direction des collines et grimpa jusqu'au sommet de Knockameala. Là, hors d'haleine, il s'assit sur un rocher face au sud et tenta de reprendre son souffle. Au-dessus de lui, le ciel était profond et les étoiles scintillaient de mille feux. La brise du soir lui apportait, assourdies, les plaintes furieuses de l'océan, mais Neeley n'y prêtait aucune attention, pas plus qu'il n'écoutait les autres bruits nocturnes, l'aboiement d'un chien au loin ou les cris stridents d'un lapin pris au piège. Mains sur les genoux, un masque de désespoir sur le visage, il était aussi immobile que le cairn de pierre qu'il venait juste de dépasser. De l'endroit où il se tenait, il ne voyait même pas le toit de sa propre ferme, et la seule lumière qui se détachait, moins large qu'une tête d'épingle, contre la masse sombre des montagnes provenait de la maison de l'instituteur de Derryconnla.

Peu à peu, en dépit des préoccupations qui agitaient son esprit, les bruits de la vie nocturne de Knockameala se rappelèrent à son attention. Il se redressa sur son rocher et tendit l'oreille pour les entendre. Il perçut alors un bruissement tout près, puis un petit tintement métallique, si ténu qu'il en aurait été inaudible à quiconque n'était pas, comme Neeley, de la région.

— Qui est là ? demanda-t-il sèchement.

Il n'y eut pas de réponse.

— Qui est là ? répéta-t-il en se levant.

Il se fit, de façon inhabituelle, un grand silence alentour pendant quelques secondes. Puis il entendit de nouveau un bruit, plus précis cette fois, qui indiquait la présence de quelqu'un.

Au-dessus de lui, au nord, une silhouette sombre et

longiligne se découpa sur le ciel clair. Le canon d'un fusil scintillait entre ses mains.

Quelques minutes plus tard, St. John Sullivan se redressa brusquement sur la vieille chaise qu'il avait placée à côté du lit de sa fille et sur laquelle il essayait de dormir. Qu'est-ce que c'était ? Un coup de feu ? Il tendit l'oreille, mais le bruit ne se répéta pas.

Il regarda alors Elizabeth qui dormait. Le couvre-lit avait glissé de ses épaules. Il se leva sans faire de bruit pour ne pas la réveiller et, avec d'infinies précautions, remonta le couvre-lit et la borda de nouveau. Après quoi, il se rassit sur sa chaise, ferma les yeux et s'efforça de trouver le sommeil.

Au sommet de Knockameala, Mossie Breac Sheehan, qui était monté pour poser quelques pièges, regardait, étendu sur le sol, le corps ensanglanté de Neeley Scollard. La moitié de sa tête avait été déchiquetée par le coup de feu. Le fusil se trouvait juste à côté du corps.

Mossie était accroupi devant un de ses pièges, lorsque, à cent mètres environ de l'endroit où il se tenait, sur l'autre versant de la colline, il avait entendu deux personnes se quereller. Croyant reconnaître la voix de Neeley et imaginant que son voisin avait peut-être besoin d'aide, il avait abandonné ce qu'il faisait et s'était précipité là où semblait avoir lieu la dispute.

Il était arrivé au sommet juste à temps pour voir et entendre ce qui se passait.

Relevant maintenant les yeux du corps de Neeley, Mossie vit la silhouette d'un homme détaler comme un renard en descendant la colline. Il le suivit du regard jusqu'à ce qu'il disparaisse après avoir atteint la route.

Puis, il regarda de nouveau le corps de Neeley.

La vue du crâne sanguinolent et des dents exposées sous la chair arrachée de l'homme qui, quelques instants plus tôt, était encore son voisin, lui donna un haut-le-cœur, et il vomit aussitôt dans un buisson d'ajoncs qui se trouvait là.

Elizabeth se réveilla lentement. La lumière du soleil qui entrait dans sa chambre était si chaude qu'elle repoussa les couvertures à ses pieds. Elle vit alors qu'elle était encore habillée et, tournant la tête, comprit ce qui l'avait réveillée : Mary et Kathleen se tenaient, l'air indécis, dans l'embrasure de la porte.

— Grand-père Sullivan est dans la cuisine, dit Kathleen. Où est papa ?

— Nous sommes dimanche, intervint Mary. Est-ce que je dois dire aux autres de se préparer pour la messe ? Où est Francey ? Comment va-t-il ?

Elizabeth se redressa dans son lit. Elle avait dormi, mais la tête lui tournait un peu et elle se souvint qu'elle n'avait rien mangé de consistant depuis plus de vingt-quatre heures.

— Que l'une d'entre vous m'apporte un peu de lait avec un morceau de pain, ce serait gentil, dit-elle en se calant contre son oreiller. Francey a dû rester à l'hôpital, précisa-t-elle ensuite, il a une fracture du crâne, mais il va aller très vite beaucoup mieux. Grand-père Sullivan m'a ramenée à la maison, mais il était trop tard pour qu'il reparte hier soir.

— Où est papa ? insista Kathleen.

— Je ne sais pas, mon petit chat. Je viens de me réveiller.

— Et pour ce qui est de la messe ? demanda Mary.

Pour les habitants de Lahersheen, aller à la messe à Eyeries signifiait traverser les collines de Ballycrovane, prendre un bateau à la baie de Coulagh, et enfin marcher pendant un bon quart d'heure. Elizabeth ne s'en sentait pas la force. Pas plus qu'elle ne se sentait le courage d'affronter les regards, les questions indiscrètes ou les murmures dans son dos à la chapelle. Elle se doutait bien que la nouvelle de l'hospitalisation de Francey, dramatisée à l'envi par certains, avait déjà fait le tour du village.

— Dieu nous pardonnera notre absence pour cette fois, dit-elle en croisant les bras et les jambes. Alors, et ce lait ?

Tandis que les deux fillettes repartaient vers la cuisine, elle tourna la tête vers la fenêtre ensoleillée. Où pouvait bien être Neeley ? Était-il revenu pendant la nuit, puis reparti ? Dans ce cas, où avait-il dormi ?

— Bonjour !

La large silhouette de son père apparut dans l'embrasure de la porte.

— As-tu bien dormi ?

— Oui, merci, papa. Et toi, le lit pliant était-il assez confortable ?

— Je suis resté ici, dit St. John en lui indiquant la chaise en bois qu'il avait prise dans la cuisine. Tu me l'as demandé, tu t'en souviens ?

Elizabeth était horrifiée.

— Papa !

De nouveau, elle se redressa. Elle ne se souvenait pas d'avoir demandé à son père de dormir sur une chaise.

— Tu n'as pas dû dormir du tout.

— Je vais très bien, fit St. John en s'approchant du lit, avant de remettre en place l'oreiller de sa fille dans son dos. Reste un peu ici, tu as le temps. Les filles s'occupent de tout. Elles sont merveilleuses, tu sais, Beth. Et c'est grâce à toi.

— Et à leur mère, je suppose, dit Elizabeth.

Elle faillit ajouter le nom de Neeley à la liste, mais se reprit à temps.

— As-tu vu Neeley ? demanda-t-elle prudemment.

St. John baissa les yeux de façon à ce que sa fille ne puisse pas lire l'expression de son visage.

— Je ne crois pas qu'il soit rentré, Beth, dit-il. S'il l'avait fait, je l'aurais entendu.

A cet instant, Johanna, encore en pyjama, entra dans la chambre à son tour et grimpa sur le lit pour être à côté de sa mère. Fourrant son nez dans le creux de l'épaule d'Elizabeth, elle mit son pouce dans sa bouche et regarda timidement son grand-père.

— Est-ce que tu veux aller à la messe, papa ? demanda Elizabeth. Nous n'y allons pas aujourd'hui, je ne pourrais pas affronter les regards des autres.

Il s'assit sur sa chaise.

— Je crois que je n'irai pas non plus aujourd'hui.

St. John Sullivan avait été fait chevalier de Colomban et faisait partie des piliers de sa confraternité, si bien que manquer une messe du dimanche était pour lui quelque chose d'inconcevable. Elizabeth n'en apprécia que plus son geste.

Les filles lui rapportèrent un bol de lait avec du pain comme elle l'avait demandé et s'assirent tranquillement sur le lit à côté d'elle en la regardant savourer son petit déjeuner.

Margaret entra alors dans la chambre.

— Maman, tu as gardé tes vêtements pour dormir ! s'écriat-elle. Oh, bonjour, grand-père Sullivan. Mais, qu'est-ce qui se passe ? Est-ce que Francey est revenu hier soir ? Où est papa ?

— Tu ferais aussi bien de venir avec nous ici, Maggie, fit Elizabeth en lui désignant une place à côté d'elle sur le lit. J'ai dû laisser Francey à l'hôpital, mais il va déjà beaucoup mieux. Aussitôt que j'aurai la certitude que les choses sont en ordre ici, je retournerai certainement le voir.

Elle bâilla.

— Je suis trop fatiguée pour aller à la messe aujourd'hui. Nous allons simplement passer une journée tranquille.

En buvant la dernière gorgée de son lait, elle espéra de tout cœur qu'elle disait vrai.

— Oh, chouette ! s'exclama Margaret en s'installant sur le lit à côté de ses sœurs.

A cet instant, Goretti entra à pas feutrés dans la chambre.

— Que se passe-t-il ? demanda-t-elle en se frottant les yeux.

— Nous allons passer une journée tranquille. Nous n'allons pas à la messe, expliqua Margaret.

— N'est-ce pas un péché mortel ? interrogea Goretti d'un air inquiet.

— Pas aujourd'hui, fit Elizabeth en lui tendant les bras. Viens par ici.

En voyant Goretti grimper à son tour sur le lit et pousser les autres pour se faire une place, Johanna se blottit davantage contre sa mère.

A cet instant, quelqu'un frappa à la porte de la cuisine.

— Qu'est-ce que c'est ? fit Elizabeth.

— C'est probablement Mme Harrington avec Abbie, répondit Mary, en sautant du lit pour aller ouvrir. Elle a dit qu'elle la ramènerait ce matin avant la messe.

Elle revint quelques secondes plus tard, pâle comme un linge.

— Maman, on te demande, dit-elle.

— Qui est-ce ?

Elizabeth décroisa les jambes et sortit du lit à son tour en espérant que ses vêtements n'étaient pas trop chiffonnés. Brusquement, avant même que Mary ait eu le temps de lui répondre, son cœur se mit à battre plus fort. *Quelque chose était arrivé à Francey pendant la nuit.* Mettant à la hâte son cardigan autour de ses épaules, elle se précipita dans la cuisine.

Devant la porte grande ouverte se tenaient un brigadier et le vicaire d'Eyeries.

Elizabeth s'arrêta, prise de stupeur. Le vicaire aurait dû dire la messe à l'heure qu'il était.

— C'est Francey, n'est-ce pas ? cria-t-elle. Oh, mon Dieu !

Elle sentit ses jambes se dérober sous elle, et elle trouva un appui sur le rebord de la table. Le brigadier, ôtant sa casquette, fit aussitôt un pas en avant, prêt à la retenir si elle s'évanouissait.

— Pouvons-nous entrer, Lizzie ? demanda le vicaire.

Elizabeth acquiesça, et les deux hommes entrèrent dans la cuisine.

— Ce n'est pas à cause de Francey que nous sommes ici, fit le vicaire d'une voix douce en lui prenant les mains et en la conduisant jusqu'à une chaise près de la cheminée. Mais il va falloir, j'en ai bien peur, que vous fassiez preuve d'un grand courage. Nous avons de mauvaises nouvelles pour vous.

Il exerça alors une pression plus forte sur ses mains comme pour la forcer à s'asseoir, mais Elizabeth résista, et regarda les deux hommes tour à tour. L'expression du brigadier reflétait le même air de gravité qui se lisait sur le visage du vicaire.

— C'est votre mari, annonça ce dernier. C'est Neeley.

Elizabeth ne comprenait pas. Neeley ? Que se passait-il avec Neeley ? Il ne s'agissait pas de Francey, ils n'étaient pas là pour Francey. Elle laissa échapper un profond soupir de soulagement.

— Merci, mon père. (Puis :) N'êtes-vous pas censé dire la messe à l'heure qu'il est ?

— Lizzie, est-ce que vous m'avez bien compris ? interrogea le vicaire, décontenancé par sa réaction. Nous sommes ici à cause de ce pauvre Neeley...

Elizabeth entendit une des filles pleurer et vit son père traverser la cuisine et venir la rejoindre. *Pauvre Neeley*, avait dit l'homme d'église. Ils étaient ici à cause de ce *pauvre Neeley*. Elle porta alors sa main à sa bouche.

— Qu'est-il arrivé ? murmura-t-elle à travers son poing.

— Votre mari a été retrouvé dans les collines, m'dame, fit le brigadier, qui s'exprimait pour la première fois. J'ai bien peur qu'il soit mort.

— Oh, non...

Les filles, rassemblées à quelques mètres de là devant la chambre, éclatèrent en sanglots. Johanna traversa la cuisine en courant et vint se blottir contre les jambes de sa mère.

— Je suis désolé, m'dame, désolé pour la peine que ça vous cause, murmura le brigadier.

— Assieds-toi, Lizzie, je vais rester un moment avec toi.

Le vicaire essaya à nouveau de la faire asseoir et, une fois de plus, elle résista.

— Non, merci mon père.

Toute cette situation était si inattendue qu'elle avait besoin de réfléchir. Elle n'arrivait pourtant pas à faire fonctionner son cerveau logiquement. Elle se sentait comme Alice dans cette histoire qu'elle avait si souvent racontée aux enfants qu'elle la connaissait par cœur. Elle grandissait et rétrécissait, grandissait et rétrécissait, les meubles de la cuisine semblaient changer de forme eux aussi, et les bruits qui lui parvenaient étaient curieux et lointains, les pleurs des filles, le craquement du feu fraîchement attisé dans la cheminée.

Elle prit soudain conscience qu'elle avait manqué quelque chose que lui avait dit le vicaire.

— Pardon, mon père, que disiez-vous?

Même sa voix ressemblait à celle d'une enfant, comme celle d'Alice.

— Y a-t-il quelque chose dont vous ayez besoin, Lizzie? répéta le vicaire.

Elizabeth ne parvenait toujours pas à faire le point.

— Non, murmura-t-elle. Merci, non... je n'ai besoin de rien.

— Comment est-ce arrivé? demanda St. John en s'adressant au brigadier. Je suis le père d'Elizabeth.

— Ravi de vous connaître, monsieur, fit le brigadier. Je m'appelle Clancy. Je suis normalement en poste à Cork, mais j'effectue actuellement un remplacement à Eyeries. L'autre brigadier est à l'hôpital avec une jambe cassée.

Les deux hommes se serrèrent la main.

— Nous ne sommes pas encore tout à fait sûrs de ce qui est arrivé, poursuivit-il. Le corps a été trouvé aux environs de huit heures ce matin. Il y avait une arme à côté de lui, ajouta-t-il prudemment.

— Je vois, fit le père d'Elizabeth. Où est-il maintenant?

— Ils vont l'emmener à Cork. Il y aura une autopsie, évidemment, et une enquête.

Puis, se tournant vers Elizabeth :

— Mais, le problème le plus immédiat est l'identification. Je suis désolé, m'dame, mais quelqu'un doit nous accompagner à Castletownbere pour identifier le corps...

Il laissa avec délicatesse la phrase en suspens.

— Je vais venir avec vous, dit aussitôt St. John. Il faut que ma fille reste ici avec les enfants.

Durant le temps que dura ce petit échange, Elizabeth avait remarqué que le vicaire ne la quittait pas des yeux. Elle se sentit bientôt claustrophobe ; la conversation, les sanglots des fillettes, même le sérieux de son père et sa présence inhabituelle dans la cuisine de sa maison de Lahersheen, tout cela lui semblait si irréel que c'en était absurde.

Puis, elle s'aperçut que le brigadier s'adressait de nouveau à elle.

— Pardon? dit-elle.

— Je reviendrai vous voir plus tard, répéta le brigadier. J'imagine à quel point le choc doit être terrible pour vous, m'dame, mais vous comprendrez qu'il faut que je vous pose quelques questions.

— Bien sûr, brigadier, répondit St. John à la place de sa fille.

— Croyez-vous que je doive faire venir un médecin ? lui demanda le vicaire.

— Non.

Cette fois, Elizabeth avait répondu elle-même.

— Je vais très bien, nous allons tous très bien.

— Peut-être un verre ? Le choc a été terrible...

L'ecclésiastique jeta un coup d'œil à l'armoire de la cuisine.

— Y a-t-il du brandy dans la maison ?

Elizabeth secoua négativement la tête. Neeley conservait du *poteen*, mais un verre était la dernière chose dont elle avait envie à cet instant.

— Au moins, laissez-moi vous aider, proposa le vicaire. Qui avez-vous besoin de contacter ? Je peux faire cela pour vous en utilisant le téléphone du presbytère.

— Merci, mon père, fit St. John en prenant une fois de plus les devants. Je crois que la mère d'Elizabeth doit être informée de ce qui se passe. Elle voudra venir bien sûr. Dites-lui de prendre un taxi si nécessaire. J'irai en ville avec ma voiture, et je reviendrai ici ensuite...

— Certainement, monsieur... ?

— Sullivan. St. John Sullivan.

Le père d'Elizabeth n'allait jamais nulle part sans emporter avec lui un carnet de notes. Il le sortit, ainsi que son stylo, de la poche intérieure de sa veste, et écrivit sur une feuille le numéro de téléphone de chez lui à Cork.

— Et que fait-on pour la famille de Neeley en Angleterre et en Amérique ? interrogea le vicaire en regardant Elizabeth.

Toujours en proie à des sensations agaçantes, Elizabeth écarta Johanna, traversa la cuisine jusqu'au vaisselier, et ramassa une feuille de papier jaune qui contenait une liste d'adresses. En la prenant, elle fit tomber en même temps le talon d'un billet de tombola provenant de la soirée organisée par Jimmy Deeney.

Daniel...

— Est-ce que ce sont leurs adresses ? demanda le vicaire en s'approchant d'elle et en lui prenant la liste des mains.

— Oui, murmura-t-elle.

— J'en prendrai soin, dit-il en lui tapotant l'épaule. Et je m'arrêterai chez les Harrington pour leur faire savoir que vous aurez peut-être besoin d'un peu d'aide.

— Merci, mon père.

— Et Ida Healy, Beth ? demanda son père en la prenant par les épaules. Je suis sûr que tu aimerais qu'elle soit avertie de ce qui se passe.

Elizabeth acquiesça. D'une autre poche, St. John sortit un petit carnet d'adresses et ajouta le numéro des parents d'Ida Healy au sien.

Après avoir assuré une dernière fois Elizabeth de leur compassion, le prêtre et le brigadier allaient sortir quand Tilly, tenant Abigail dans ses bras, apparut devant eux, hors d'haleine.

— Je suis venue dès que j'ai appris la nouvelle... Oh, Lizzie...

Elle se tourna vers les trois hommes.

— Bonjour, mon père, brigadier... Bonjour, monsieur Sullivan. Je ne pensais pas que nous nous reverrions aussi tôt, et dans de telles circonstances.

Elizabeth trouva la force de mettre un pied devant l'autre et de prendre le bébé des bras de son amie. Elle aurait dû en éprouver du soulagement, mais tout ce qu'elle ressentit à cet instant fut une espèce d'éloignement de toutes les choses et de toutes les personnes qui se trouvaient autour d'elle dans la cuisine.

Et une écrasante sensation de danger, qui lui arracha un long frisson.

En fin d'après-midi, ce dimanche-là, tout le monde savait dans la région que le fusil de chasse retrouvé à côté du corps de Neeley Scollard appartenait à Daniel Carrig McCarthy. Tout le monde savait également que Daniel était introuvable.

Vers cinq heures, une vague de visiteurs venus d'un peu partout déferla dans la cuisine d'Elizabeth, qui accepta leurs condoléances sans bien comprendre ce qui se passait. Le vicaire avait réussi à obtenir de l'essence pour St. John, et était reparti lui-même vers quelque mission de charité ; sa mère était attendue sous peu. Une perspective qui ne réjouissait guère Elizabeth, qui se souvenait encore de leur dernière rencontre. Le monde était fait maintenant de visages, d'yeux et de lèvres murmurant des mots incompréhensibles. Tout ce qu'on lui demandait, apparemment, c'était de rester assise, de hocher la tête et de faire preuve de la passivité qui sied à ce genre de situation.

Tilly et deux autres voisines veillaient sur le fourneau et la table de la cuisine afin que personne ne soit négligé. Les filles, le teint blafard et l'air solennel, aidaient également. Elles avaient finalement cessé de pleurer, à l'exception de Kathleen qui était inconsolable et s'était réfugiée dans sa chambre.

Ses voisines lui interdisant formellement toute activité, Elizabeth, se sentant complètement inutile, alla voir Kathleen dans la chambre. Sachant que celle-ci n'aurait pas permis qu'on la touche à cet instant, elle s'assit maladroitement à côté d'elle sur le lit, espérant qu'elle finirait par répondre à sa présence.

Elle entendit alors un bruit derrière elle. Tournant la tête, elle vit Tilly qui passait sa tête dans l'entrebâillement de la porte et devina, à son expression, qu'il y avait du nouveau.

— Que se passe-t-il ? demanda-t-elle dans un murmure.

— Viens, Lizzie. J'ai quelque chose à te dire.

Elles traversèrent la cuisine, puis la cour jusqu'au portail pour être sûres qu'on ne les entende pas. Là, Tilly se tourna vers elle et dit :

— Je dois te parler d'une chose avant que tu ne l'apprennes par quelqu'un d'autre.

— Je t'écoute.

— C'est Daniel Carrig, reprit Tilly sans autre préambule. La police est à sa recherche. C'est avec son arme que Neeley a été tué, et il est introuvable pour le moment. Tout ça n'est pas bon signe, Lizzie.

Elizabeth recula d'un pas, puis se tourna pour contempler la mer par-delà une haie de fuchsias ; la profusion des calices rouges et violets, le chant d'une alouette au-dessus de sa tête, le miroitement de l'océan, tout cela semblait tellement incongru dans la situation présente que, de nouveau, elle adopta malgré elle une attitude de détachement profond.

Tilly lui toucha alors le bras d'un geste hésitant.

— Est-ce que tu m'as entendue, Lizzie ?

— Je t'ai entendue. Sais-tu où il est, Tilly ?

— Dieu m'est témoin que je n'en ai aucune idée, Lizzie, mais, pour tout t'avouer, même si je le savais, je ne sais pas si je te le dirais.

Elle s'approcha tout près d'Elizabeth et ajouta :

— Écoute, je sais ce que tu éprouves, mais, pour l'amour du ciel, ne rends pas les choses plus compliquées qu'elles ne le sont déjà. Pour une fois, je t'en supplie, écoute-moi. Si tu m'avais écoutée l'autre soir...

Elizabeth l'interrompit d'un geste de la main.

— Je suis sincèrement désolée, Tilly, sincèrement. Mais je ne veux plus entendre parler de tout ça.

— Lizzie, insista Tilly.

Elizabeth entendit le chant d'un coucou provenant de la colline de Knocknasheeog et tourna les yeux dans cette direction.

— Je te suis reconnaissante de m'avoir avertie en premier. Oh, Tilly, dit-elle en déglutissant avec peine entre chaque mot, tu es ma meilleure amie, la seule amie véritable que j'ai eue ici.

— Que vas-tu faire ? demanda Tilly, émue à son tour.

— Je ne sais pas. Rien pour le moment.

Elle avait maintenant l'impression d'avoir de nouveau les pieds sur terre.

— Une dernière chose, dit Tilly. La police est au courant pour la dispute de l'autre soir, au bal.

Il était arrivé tellement de choses en vingt-quatre heures et l'esprit d'Elizabeth était à ce point perturbé qu'elle eut des difficultés à voir sur le moment à quoi Tilly faisait allusion.

— La dispute, tu te rappelles ? Entre toi et Neeley quand Daniel a voulu t'inviter à danser ?

Elle acquiesça enfin.

— Merci de me le dire, dit-elle, mais j'ai une dernière faveur à te demander. J'aimerais que tu veilles sur les filles et la maison quand je serai repartie à Cork pour aller voir Francey.

En raison des difficultés de transport en temps de guerre, les funérailles de Neeley n'eurent lieu que le vendredi suivant à Castletownbere. Entre-temps, le mardi, Elizabeth avait reçu la visite de sa mère, à qui elle avait simplement demandé de repartir pour Cork pour veiller sur Francey.

Presque tous les gens valides de Eyeries, Ballycrovane, Ardgroom, Kilcatherine, Lahersheen et Derryconnla avaient fait le voyage pour assister à l'enterrement, en plus de certains habitants de Rossmackoven, Adrigole, Urhan, Garnish et même Dursey. Ce n'était pas que Neeley fût populaire à Béara, c'était seulement que les membres de la communauté étaient si étroitement liés les uns aux autres que la mort de l'un d'entre eux — surtout dans des circonstances aussi tragiques — les touchait tous.

La journée, sombre et interminable, fut des plus pénibles pour Elizabeth et les enfants. Tard dans la soirée, à Lahersheen, elle attendit patiemment que la maison se vide de ses visiteurs, à l'exception de son père, des Harrington et d'Ida, qui avait assisté elle aussi aux funérailles et aidait maintenant les autres à la cuisine où régnait une chaleur suffocante.

— Je vais imiter les enfants et aller me coucher, dit finalement Elizabeth, éprouvant les plus grandes difficultés à se lever de sa chaise à côté du fourneau.

— Vas-y, l'encouragea Ida en même temps que Tilly hochait la tête d'un air approbateur, nous allons finir de nettoyer ici.

— Mick et Mossie se sont occupés des bêtes, ajouta Tilly. Tout est en ordre, alors profites-en pour prendre un bon repos, Lizzie.

— Je ne sais pas ce que j'aurais fait sans vous tous, dit Elizabeth d'un ton las.

Et, sans attendre de réponse, elle quitta la cuisine et se dirigea vers sa chambre.

Elle pensait pouvoir trouver le sommeil immédiatement, mais, dès qu'elle fut allongée, les images des cinq jours précédents se bousculèrent dans son esprit : le contact physique transcendantal avec Daniel au bal de Jimmy Deeney, Tilly qui tentait de la raisonner dans les toilettes du pub de Castleclough, le voyage de nuit vers l'hôpital de Cork dans la voiture du Dr Troy, la protection en métal autour de la tête de Francey, le cercueil de Neeley, la lente progression vers le cimetière de Castletown sous la mêlée confuse et piaillante des mouettes de la côte.

Mais, surtout, les visages : celui, inconscient, de Francey, le visage haineux de Neeley, celui de sa mère, plein d'amertume, le visage attentif de Tilly et l'expression soucieuse de son père, le visage du brigadier, ceux, ambigus, des voisins, tous tournés vers elle comme si elle était le clou d'une étrange attraction. Elizabeth se tourna sur le côté et s'efforça de chasser tous ces visages de son esprit. Finalement, la fatigue physique eut raison d'elle et elle sombra dans le sommeil.

Son repos fut cependant de courte durée ; peu de temps après, oscillant entre le sommeil et la veille, elle eut l'impression qu'elle était en train de se noyer ; ses membres n'avaient plus aucun poids, et elle flottait juste au-dessous de la surface de la mer, mais, au-dessus de sa tête, quelque chose fendait les vagues, une rame ou la proue d'un bateau, en émettant un bruit sourd et régulier.

Dans un violent effort, elle secoua la tête et se réveilla. Elle était dans sa chambre. Et le bruit était réel. Quelqu'un cognait doucement à la fenêtre.

Le cœur battant, elle se redressa sur son lit. Encadré par les volets, un torse humain lui apparut.

C'était Daniel.

Par réflexe, elle jeta un coup d'œil au cadran phosphorescent de sa montre-bracelet et vit qu'il était quatre heures vingt du matin. Elle se leva d'un bond et, au même moment, la silhouette disparut.

Craignant qu'il ne se soit enfui, Elizabeth, en s'efforçant de faire le moins de bruit possible, courut à la fenêtre à guillotine. Là, elle l'aperçut à côté de l'étable à vaches et lui fit signe frénétiquement de rester où il était. Elle allait le rejoindre. Elle prit son manteau, ouvrit la porte de la chambre et inspecta la cuisine. Il y faisait sombre et tout était tranquille. Elle jeta alors son manteau sur ses épaules, traversa la cuisine pieds nus, s'arrêtant au passage pour vérifier qu'Abigail dormait tranquillement dans son berceau, et sortit.

Dehors, l'air était vif, mais il n'y avait pas de vent ; même l'océan, au loin, semblait tranquille, tandis que des lambeaux de jour commençaient à déchirer la toile unie de la nuit. Le cœur battant, Elizabeth se dirigea vers l'étable.

Il fit un pas en avant comme elle s'approchait, et elle ressentit un petit pincement au cœur en voyant ses vêtements en désordre et ses traits fatigués.

— Daniel, murmura-t-elle, la gorge serrée. Oh, Daniel, que t'est-il arrivé ? Où étais-tu passé ?

Il tendit les mains dans un geste d'impuissance.

— Je dois te parler... Je dois t'expliquer...

— Pas ici.

Elle lui prit la main et l'entraîna jusqu'au champ qui se trouvait en contrebas, à bonne distance de la maison. Là, une vieille cabane en ruine, qui avait servi de refuge durant la Famine à l'arrière-grand-père de Neeley et à sa famille, leur fit un abri inconfortable, mais sûr.

— Maintenant, dis-moi ce qui s'est passé, s'écria Elizabeth en s'emparant de nouveau de ses mains et en les serrant dans les siennes. Où étais-tu ? J'ai cru mourir d'inquiétude. Tu n'es pas en sécurité ici, tu le sais, tu n'aurais pas dû venir.

Daniel hésita.

— Il... Il fallait que je te voie, j'avais peur que tu les croies.

— Croire quoi ? Que tu as tué quelqu'un ? Que tu es un meurtrier ?

— C'était terrible...

— Daniel, *non*...

Avant même de comprendre ce qu'elle faisait, elle posa ses mains sur son visage et lui donna un long baiser passionné, auquel il répondit instantanément en la serrant très fort contre lui.

Mais elle s'écarta brusquement :

— Je suis désolée, pardonne-moi, dit-elle en cherchant son souffle, je n'aurais pas dû faire ça !

— Au contraire...

Il voulut la reprendre dans ses bras, mais elle s'écarta à nouveau.

— L'endroit est mal choisi pour ça — tu le sais très bien. Et nous n'avons pas beaucoup de temps. Je t'en prie, Daniel, dis-moi ce qui est arrivé là-bas l'autre soir.

Il recula et s'appuya contre l'un des murs en ruine de la cabane.

— J'étais là-haut avec mon fusil...

Sa voix se mit alors à trembler et il s'interrompit. Elizabeth, qui ressentait encore dans ses veines l'excitation du baiser, ne fit rien pour l'aider et resta silencieuse.

— Je n'ai rien à me reprocher, Elizabeth, reprit-il en raidissant les épaules. Ce qui est arrivé là-haut n'était pas ma faute.

— Dis-moi seulement la vérité.

— J'étais là-haut avec mon fusil, et je ne savais pas qu'il y avait quelqu'un d'autre au même endroit. J'avais cru entendre quelqu'un poser des pièges, mais je pensais que c'était Mossie Breac, il monte souvent là-haut. Ce n'est que lorsque je suis arrivé au sommet de la colline que j'ai vu Neel — ton mari.

— Que faisait-il là-haut ?

— Il était simplement assis là. Il a crié : « Qui est là ? », deux fois, je crois, ou peut-être trois, je ne m'en souviens plus... Quand il m'a vu, il... il s'est mis dans une colère noire.

— Qu'a-t-il fait ? demanda Elizabeth en frissonnant.

— Il... Il s'est mis à m'insulter...

De nouveau, Daniel hésita.

— Je t'en prie, Daniel, dit Elizabeth, je connais Neeley, dis-moi seulement tout ce qui s'est passé.

— La chose la plus terrible, gémit-il, c'est qu'il avait le droit de...

— Il n'avait aucun droit !

La vigueur de sa dénégation surprit Elizabeth elle-même, et surprit tellement Daniel que pendant une seconde ou deux il parut perplexe.

— Quoi qu'il en soit, poursuivit-il, il m'a traité de tous les noms et il s'est avancé vers moi. Et puis, il m'a poussé et je suis tombé.

Comme s'il revivait la scène, il se mit à arpenter en long et en large l'intérieur de la cabane.

— Je ne me suis pas fait mal, mais il ne voulait pas que je

me relève, il s'est mis à me donner des coups de pied, en visant la tête, alors j'ai essayé de me protéger le visage. J'avais toujours le fusil dans les mains à ce moment-là.

Il s'arrêta de marcher et, tournant le dos à Elizabeth, il appuya son front contre le mur.

— Ce dont je me souviens, c'est que Neeley essayait de me prendre le fusil et que j'essayais de l'en empêcher, et c'est devenu une espèce de guerre entre nous. J'étais toujours par terre et il continuait de me donner des coups de pied avec ses bottes en hurlant je ne sais trop quoi...

Voyant que sa voix avait faibli brusquement, Elizabeth s'approcha de lui et mit ses bras autour de sa taille.

— Reprends-toi, Daniel. Reprends-toi, s'il te plaît.

— Je n'y arrive pas.

Il sanglotait maintenant.

— Je ne voulais pas le tuer, Dieu m'en est témoin, c'est arrivé comme ça, c'est tout.

— Comment est-ce arrivé ? Dis-le-moi, Daniel, tu dois me le dire, finis ton histoire...

Elle le força à se retourner vers elle. Le ciel s'éclaircissait à l'est, et elle vit les traces des larmes sur son visage.

— Dis-le-moi ! insista-t-elle en pliant les genoux et en l'entraînant avec elle pour qu'ils s'assoient par terre.

Il se blottit ensuite contre sa poitrine et lui encercla la taille avec ses bras tandis qu'elle lui caressait les cheveux et couvrait ses tempes de tendres baisers.

Bientôt, il fut capable de poursuivre.

— J'ai réussi ensuite, je ne sais pas comment, à me mettre sur les genoux, et là j'ai essayé de lui arracher une fois pour toutes le fusil des mains mais... je ne sais pas comment c'est arrivé, honnêtement, je ne sais pas... ma main a dû glisser et appuyer sur la détente alors que le fusil était pointé vers le visage de ton mari. Oh, Seigneur...

Il pleurait maintenant à chaudes larmes.

— Pardonne-moi, pardonne-moi, je me conduis comme un gosse, je n'ai pas le droit...

— Chut, chéri, chut. C'est fini, maintenant, fini.

Elle continua de le bercer jusqu'à ce qu'il se calme. Le ciel se dégageait et s'éclaircissait de minute en minute. Elle ne pourrait plus rester bien longtemps avec lui. Elle se força à réfléchir. Il y avait sûrement un moyen de sortir de cette situation.

Daniel, enfin calmé, se redressa.

— Je suis désolé, dit-il. Je n'aurais pas dû venir te voir.

— Ne dis pas d'idioties.

— Je vais partir maintenant. Un de mes frères m'aidera sûrement.

Avec une confiance qu'elle était loin d'avoir en vérité, elle lui prit les mains et_le força à la regarder.

— Je t'aiderai, moi, murmura-t-elle.

— Je ne veux pas t'impliquer dans cette histoire, tout est arrivé à cause de moi.

Ses yeux rougis par les larmes ne bougeaient pas.

— J'y suis aussi pour quelque chose.

— J'ai fait des erreurs, dit-il en se relevant. En premier lieu, je n'aurais pas dû m'enfuir.

— Non, tu n'aurais pas dû, répéta Elizabeth en levant les yeux vers lui.

Puis, d'un ton plus ferme, elle ajouta :

— Il faut aller trouver la police.

— Ils refuseront de me croire.

Elle se leva à son tour.

— Je ferai tout pour qu'ils te croient, s'exclama-t-elle en plongeant son regard dans le sien. C'était un accident, Daniel, c'est ce qu'il faudra leur faire comprendre. Ils finiront par nous croire.

— Mais ça s'annonce tellement mal, le bal et tout le reste...

— Daniel, écoute-moi.

Elle inspira profondément.

— Mets-toi bien une chose dans la tête. Toi et moi n'avons rien fait de mal au cours de cette soirée. Nous avons *dansé*.

Ils se tenaient maintenant tout près l'un de l'autre, et même dans ce lieu incongru la magie des quelques instants passés ensemble à danser au bal de Castleclough continuait d'opérer chez l'un et l'autre avec une rare intensité.

— A propos, dit-il brusquement, j'ai appris pour tes cheveux, et pour Francey. Comment va-t-il ?

— Il va s'en sortir, répondit-elle. Il va d'ailleurs falloir que j'aille le voir aussitôt que possible. Il est si petit, si vulnérable.

— Embrasse-le pour moi.

— Je n'y manquerai pas.

— Tu es aussi jolie avec les cheveux courts.

— Merci, dit-elle.

Il y eut un long silence.

— Est-ce que tu es rentré chez toi ? demanda Elizabeth.

Elle aurait dit n'importe quoi pour rompre la tension qu'il y avait entre eux.

— Non.

— Est-ce que quelqu'un sait où tu es ?

— Seulement un de mes frères, l'aîné.

— Et où as-tu dormi ?

— Il y a un bateau abandonné près d'une grotte à Clean-derry — j'y étais à l'abri.

— Est-ce que tu as faim ? murmura Elizabeth.

— J'ai toujours faim !

Pour la première fois, Daniel lui adressa un sourire, un charmant sourire navré qui bouleversa ses plus fermes résolutions. Elle se pencha en avant, posa ses lèvres sur les siennes, puis s'écarta aussitôt pour ne pas lui laisser le temps de réagir.

— Écoute, dit-elle rapidement, nous n'avons pas le temps de jouer.

— Crois-tu que ce soit un jeu ?

— Nous savons tous les deux ce qui se passe entre nous. *Je le sais*, du moins.

— Je le sais également, dit-il avec calme.

— Nous n'y pouvons rien, mais c'est une chose qui existe, qui est réelle pour moi.

— Elizabeth...

Il voulut la prendre dans ses bras, mais elle le repoussa.

— Non ! Nous n'avons pas le temps. Il nous faut régler certaines choses, d'abord, tu comprends ? Et je n'ai pas eu le temps encore d'y réfléchir sérieusement.

— Tu as dit « réelle »...

Cette fois, son visage s'illumina d'un sourire radieux. En quelques secondes, la transformation de l'enfant en jeune homme sûr de lui était stupéfiante. Elle ne lui opposa plus aucune résistance lorsqu'il tenta une nouvelle fois de la prendre dans ses bras.

— *A chroí*, murmura-t-il en gaélique, *mo chroí ghlégheal...*

Les mots doux, suivis d'un lent et langoureux baiser, eurent raison des dernières forces d'Elizabeth, au point qu'elle sentit ses jambes se dérober sous elle. A cet instant, l'image de George traversa son esprit comme un éclair.

— Il ne faut pas, nous devons être prudents ! dit-elle en s'écartant brusquement, le souffle court.

— Je sais...

— Mon mari a été enterré aujourd'hui... je veux dire, hier.

Elle se détourna brusquement de lui.

— Je sais, dit-il en se rapprochant d'elle.

— Nous avons des ennuis, nous devons attendre, Daniel...

— Je sais...

Il la força à se retourner, la prit par la taille et l'embrassa passionnément.

14

— Où étais-tu passée ?

Debout dans un renfoncement de la cuisine, le visage accusateur, Kathleen était furieuse.

— Kitty ! Tu es déjà debout ? Il est très tôt.

Elizabeth s'efforça de rassembler ses esprits. Elle devait sûrement ressembler à un épouvantail, songea-t-elle, les cheveux ébouriffés, les pieds nus égratignés et couverts de boue, sa robe de nuit toute froissée et même déchirée par endroits. L'air coupable, elle espéra que ses lèvres ne révélaient rien des baisers passionnés qu'elle venait juste de recevoir.

— Où étais-tu ? répéta Kathleen.

— Je n'arrivais pas à dormir. Je suis allée me promener.

— Abbie a été malade ! Elle t'a demandée, tu sais !

Dédaigneusement, la fillette tourna les talons et repartit dans sa chambre.

Pour autant que Elizabeth pouvait en juger, Abbie avait l'air parfaitement heureuse assise dans son parc à jouer avec ses cubes de bois ; elle la prit néanmoins dans ses bras.

— Viens ici, ma chérie.

— Maman ! fit Abigail avec un sourire en lui caressant les joues.

Elizabeth l'embrassa dans le cou, puis alla chercher le biberon que Kathleen avait mis à chauffer sur le fourneau. Après avoir versé quelques gouttes de lait sur son poignet pour en vérifier la température, elle s'assit sur une chaise et donna à boire au bébé.

— Là, Abbie, là, c'est ça, mon gros poussin, murmura-t-elle tandis que, buvant à grand bruit d'un air concentré, Abigail la fixait du regard.

Elizabeth profita de ces instants de calme pour mettre de

l'ordre dans ses pensées. Elle et Daniel étaient convenus d'un nouveau rendez-vous à la cabane en ruine à la tombée de la nuit ce soir-là, et elle lui avait promis qu'entre-temps elle irait trouver la police pour essayer de régler le problème. Elle espérait seulement qu'on la croirait lorsqu'elle expliquerait ce qui était réellement arrivé.

Et après ? se demanda-t-elle brusquement. Était-elle absolument certaine d'aimer Daniel Carrig McCarthy ? De l'aimer assez pour s'aliéner une nouvelle fois ses parents, perturber les enfants et scandaliser le voisinage ? Étaient-ils suffisamment forts tous les deux pour faire face à une situation comme celle-là ?

— Nous allons simplement attendre et voir, hein, mon bébé ? dit-elle en s'adressant à voix haute à Abigail qui, maintenant qu'elle avait terminé son biberon, se débattait pour qu'on la pose par terre.

Elizabeth la mit dans son parc et, en la regardant empiler bruyamment et joyeusement ses cubes les uns sur les autres, elle se demanda quel père — ou beau-père — ferait Daniel. *Du calme,* se reprit-elle aussitôt. *Ne précipite pas les choses...*

Elle alla dans la salle de bains pour se laver. Puis, comprenant qu'il était important qu'elle fasse bonne impression au brigadier, elle s'habilla avec soin, mais sans recherche excessive : elle ne voulait pas avoir l'air de jouer le rôle de la veuve joyeuse. Corinne, sur laquelle on pouvait toujours compter en matière d'habillement, lui avait ramené de Cork un ensemble de vêtements de deuil, jupes et cardigans, en plus de quelques robes-tuniques confectionnées dans des tissus sombres et légers.

Elizabeth choisit une robe en lin, avec un col en V très discret, qui lui allait parfaitement. Elle enfila ensuite la seule paire de bas qu'elle possédait, mit ses escarpins et attacha autour de son cou la croix en or que ses parents lui avaient offerte pour son vingt et unième anniversaire.

Puis elle recula et se regarda rapidement dans le miroir de sa chambre, avant de jeter un coup d'œil à sa montre. Son père et Ida, qui dormaient par commodité chez Mick et Tilly Harrington, n'allaient pas tarder à arriver. Elle espéra que St. John la conduirait au poste de police de Eyeries sans poser de questions. Ce fut le cas.

A leur arrivée au village, le brigadier les reçut poliment et ne parut pas surpris lorsque Elizabeth demanda à lui parler en privé.

St. John, l'air solennel, s'effaça discrètement.

— Prends ton temps, Beth, dit-il. Je t'attendrai au pub, de l'autre côté de la rue.

En regardant le brigadier lui indiquer la porte de son bureau, elle eut l'impression désagréable qu'il la jaugeait du regard.

— Voulez-vous une tasse de thé, madame Scollard ? demanda-t-il.

— Non, merci, répondit-elle en s'efforçant d'avoir l'air plus confiante qu'elle ne l'était réellement.

Maintenant qu'elle était là, la situation ne lui paraissait plus aussi simple qu'elle l'avait imaginé. Elle examina la pièce. Celle-ci était meublée simplement : une petite table en bois, quatre chaises, une armoire à papeterie. En lui-même, l'endroit n'avait rien d'intimidant, mais Elizabeth avait déjà du mal à contrôler les battements de son cœur.

— Très bien, fit le brigadier.

Il referma la porte, lui désigna une chaise et attendit poliment qu'elle soit assise. Puis, croisant les mains devant lui, il s'assit à son tour en face d'elle.

— Comment vous sentez-vous, madame Scollard ? Ce sont des adieux chaleureux auxquels a eu droit votre mari hier.

Il avait adopté un ton grave et courtois, mais l'impression d'Elizabeth était qu'il l'observait avec plus d'attention qu'il n'était justifié de le faire s'il avait réellement vu en elle la veuve éplorée de Neeley Scollard.

— C'est vrai, admit-elle. Nous sommes reconnaissants à chacun de l'aide qu'il a apportée. Nous avons de bons voisins.

— Si je puis faire quelque chose, n'hésitez pas.

— Je vous en remercie.

— L'enquête durera de six semaines à deux mois, reprit-il. Si un détail vous trouble à ce sujet, je serai heureux de répondre à vos questions. Concernant la procédure, je veux dire.

Elizabeth avait beau chercher sur son visage, tout indiquait la politesse.

— Merci, dit-elle d'un ton hésitant, mais ce n'est pas pour cette raison que je suis ici. Enfin, d'une certaine manière si.

— Je vous écoute.

— En fait, je... je voudrais vous parler de ce qui est arrivé la nuit où mon mari est mort.

— Oh.

Le brigadier lui adressa un sourire encourageant, mais il était évident qu'elle venait d'éveiller chez lui plus que de la simple curiosité.

— Est-ce que ça vous ennuie si je prends des notes,

madame Scollard ? demanda-t-il en sortant un petit carnet de la poche intérieure de son uniforme.

Elle n'avait pas prévu cette éventualité.

— Le faut-il vraiment ? demanda-t-elle d'un air inquiet.

— Oh, c'est seulement parce que ma mémoire me joue des tours quelquefois, vous comprenez. Bien entendu, nous voulons découvrir ce qui est arrivé cette nuit-là. Alors, si vous savez quoi que ce soit qui puisse nous aider...

Pendant ce temps, il avait sorti un stylo de sa poche et était prêt à écrire.

— Eh bien, s'il le faut...

Elizabeth savait maintenant qu'il n'était plus question de faire demi-tour.

— Je vous écoute, madame Scollard.

— C'est-à-dire que je ne sais pas par où commencer.

Sur le mur, derrière le brigadier, se trouvait un calendrier. Elizabeth le consulta en faisant un effort pour rassembler ses pensées.

— Laissez-moi vous aider, dit le brigadier. Vous étiez chez vous en train de dormir quand votre mari a été tué.

— Oui, c'est exact. Mon père se trouvait lui aussi à la maison cette nuit-là, nous arrivions de Cork. J'étais très fatiguée, parce que j'avais passé une nuit blanche la veille.

— Avez-vous entendu le coup de feu ?

— Non, je n'ai appris ce qui s'est passé que lorsque vous êtes venu me l'annoncer avec le vicaire. Mais, je crois que mon père a entendu quelque chose.

Elle voulait avoir l'air coopérative.

— Oui, cela, nous le savons...

Tandis qu'il écrivait quelque chose dans son carnet, Elizabeth rassembla tout son courage.

— Écoutez, brigadier, dit-elle d'une voix assurée, je suis ici pour vous dire que je ne crois pas que Daniel McCarthy a tué délibérément mon mari.

— Oh.

Le brigadier s'arrêta d'écrire, releva la tête et lui lança un regard pénétrant.

— Je ne crois pas avoir fait allusion jusque-là à Daniel McCarthy, dit-il.

— Je suis au courant des bruits qui courent dans la région, reprit Elizabeth en se raidissant sur sa chaise.

— Je vois.

— C'était un accident, brigadier.

— Comment le savez-vous ?

— Je connais Daniel Carrig. Il est incapable de tuer quelqu'un. Et, étant la veuve de Neeley, je suis convaincue que Daniel n'a pas tué mon mari.

Le calme du brigadier et son manque de réaction commençaient à l'agacer sérieusement.

— Je crois qu'il y a eu une dispute entre eux, vous me suivez ? Et que Daniel se trouvait sur la colline ce soir-là avec son fusil — il monte souvent là-haut pour chasser le lapin. Mais c'était vraiment un accident, vous pouvez me croire.

— Vous savez comment c'est arrivé ?

Elle le fixa un instant du regard, puis :

— Oui, je crois que oui.

— Pardonnez-moi, madame Scollard, mais vous ne vous trouviez pas là-haut à ce moment-là.

— Non, mais vous non plus, ni personne d'ailleurs.

— Puis-je vous demander sur quoi se basent vos hypothèses ?

— Sur mon observation de la nature humaine, répondit Elizabeth. (Puis, d'un ton plus ferme, elle ajouta :) Est-ce que vous ne croyez pas possible qu'il puisse y avoir eu lutte entre eux et que le coup de feu soit parti par accident ?

— C'est une version des faits plausible, répondit le brigadier en se calant contre le dossier de sa chaise.

— « Plausible » ? Que voulez-vous dire ? demanda Elizabeth en se levant.

— Pardonnez-moi, madame Scollard, fit le brigadier en se levant à son tour, mais, à moins que ce jeune homme ne vienne s'expliquer lui-même, tout ceci est pure spéculation.

— Je vous demande pardon ?

— Écoutez, je ne voudrais pas paraître soupçonneux une fois de plus, mais puis-je vous demander quel intérêt personnel vous avez dans tout ceci ?

— Je pensais que vous le saviez, répondit Elizabeth, le cœur battant.

— Oh.

Le brigadier arqua un sourcil.

— Je... je veux que justice soit faite.

— Savez-vous où il en est en ce moment ?

La soudaineté de la question lui coupa le souffle.

Les yeux perspicaces du brigadier étaient impassibles. Il était inutile de faire appel aux sentiments de cet homme.

— Non, répondit-elle calmement.

— En êtes-vous sûre ? Madame Scollard, je suis certain que vous avez subi un choc, mais êtes-vous consciente que si vous savez où se trouve ce jeune homme, la loi vous oblige à nous le faire savoir ? Ne pas nous le dire vous mettrait dans une position, disons... *délicate.*

— Je ne sais pas où il est, répéta Elizabeth, la voix enrouée.

— Pardonnez-moi d'insister encore, m'dame, mais on parle beaucoup d'un incident qui a eu lieu quelque temps plus tôt entre ce jeune homme et votre mari. C'était, je crois, pendant un bal à Castleclough... Votre mari était beaucoup plus vieux que vous, n'est-ce pas ?

Cette fois, le sous-entendu était évident.

— Puis-je vous demander une fois encore, madame Scollard, s'il est en votre pouvoir de nous aider en nous disant où se trouve actuellement Daniel McCarthy ?

Elizabeth regarda le visage lisse du brigadier. Elle pouvait lire dans ses yeux ce qu'il pensait : elle avait conspiré avec son jeune amant pour se débarrasser du mari gênant.

De la dignité, de la dignité... Elle n'avait plus peur du tout à présent.

— Je suis désolée de vous avoir fait perdre votre temps, brigadier, dit-elle tranquillement. Il est maintenant évident que, moi aussi, j'ai perdu le mien, et que venir ici était une erreur. J'aurais dû deviner que, ne le connaissant pas et étant nouveau dans la région, vous trouveriez parfaitement concevable que Daniel Carrig ait tué mon mari. Tout ce que je puis vous dire, vous *répéter,* c'est que je sais qu'il n'est pas coupable.

Il resta silencieux et se contenta de la regarder. Ses yeux, remarqua-t-elle, étaient d'un bleu très clair.

— Je vous quitte, maintenant, dit-elle en inclinant la tête comme si elle était la reine et lui l'ambassadeur de quelque colonie particulièrement modeste.

— Merci d'être venue, madame Scollard.

Il alla lui ouvrir la porte.

— Je regrette maintenant de l'avoir fait, murmura-t-elle.

— Une dernière chose...

Il lui tint la porte ouverte, mais pas suffisamment pour qu'elle sorte sans devoir lui demander de s'écarter.

— Je suis sûr que vous comprenez combien nous apprécierions si Daniel McCarthy venait se rendre de son propre chef.

— C'est une chose qui n'est pas de mon ressort, brigadier. Mais si c'était le cas, permettez-moi de vous le dire, ce serait bien le dernier conseil que je lui donnerais.

— Et pourtant, madame Scollard, croyez-moi, cela ne pourrait que servir ses intérêts à long terme. Nous le trouverons, vous savez.

— Vraiment ?

— A propos, vous ne comptez pas quitter la péninsule vous-même dans les jours qui viennent, madame Scollard ?

L'impertinence du brigadier avait transformé la nervosité d'Elizabeth en une colère froide.

— Si, brigadier, aussitôt que l'occasion m'en sera donnée, et certainement demain au plus tard. Je dois aller rendre visite à mon fils à l'hôpital, à Cork. Est-ce une chose permise ?

— Bien entendu, pardonnez-moi, fit le brigadier avec un sourire d'excuse. Vous irez à Cork, naturellement. Combien de temps pensez-vous rester là-bas ?

— Ça dépendra de l'état de santé de mon fils. Maintenant, si vous voulez bien m'excuser, mon père m'attend.

— Si vous changez d'avis et désirez nous faire savoir où se trouve le jeune McCarthy, n'hésitez pas. Encore une fois, croyez-moi, ce n'est qu'une question de temps...

Cette fois, il ouvrit largement la porte et recula d'un pas pour lui laisser le passage libre.

— Et acceptez encore mes condoléances, madame Scollard. Nous nous reverrons prochainement, j'en suis sûr.

Tremblante, Elizabeth quitta le poste de police et se dirigea droit vers le pub où son père l'attendait devant un verre de whiskey. Il la vit entrer, descendit aussitôt de son tabouret, et, sans même finir son verre, ressortit avec elle. Il la conduisit ensuite jusqu'à sa voiture après lui avoir donné le bras.

— As-tu réglé toutes tes affaires ? demanda-t-il à brûle-pourpoint.

La question surprit Elizabeth, qui n'avait pas prévu de révéler quoi que ce soit de son entretien avec le brigadier.

— Oui, papa... Non, en fait, non, balbutia-t-elle. Oh, papa, je suis dans une situation terrible !

— Attends une minute, et tu me raconteras tout.

St. John donna un tour de manivelle pour lancer le moteur de la voiture et alla s'installer à la place du conducteur.

— Papa, je ne veux pas que tu sois impliqué dans tout ceci, d'une façon ou d'une autre, dit Elizabeth tandis qu'ils prenaient la direction de Lahersheen. C'est mon problème, pas le tien. Je suis adulte maintenant.

Quoi qu'elle en dise, elle ne désirait qu'une chose : pouvoir se confier à quelqu'un.

— Fais comme tu veux, Beth. Ne me dis rien si tu ne veux pas.

Prudemment, il négocia un virage et dépassa un cabriolet attelé.

— Ce que j'ai à te dire pourrait te choquer, reprit-elle.

— J'ai été confronté, de par mon métier, aux situations les plus étonnantes, Lizzie. Il y a très peu de choses qui peuvent encore me choquer.

Elle essaya de mettre de l'ordre dans son esprit de façon à lui faire un récit cohérent.

— L'entretien avec le brigadier s'est mal passé, papa, commença-t-elle.

— Oh ? Sans le connaître beaucoup, j'aurais pourtant pensé que c'était quelqu'un de très capable.

— Il l'est, dit Elizabeth. Il l'est même probablement trop. C'est justement là le problème. J'ai tout gâché...

Il lui jeta un regard en coin, puis reporta son attention sur la route et la laissa prendre son temps.

Ils roulèrent en silence pendant quelques minutes.

Puis St. John s'éclaircit la gorge :

— Y a-t-il quelque chose que je puisse faire pour t'aider, Beth ? demanda-t-il d'une voix enrouée.

— Il se peut que j'aie besoin de toi, papa, mais pas dans l'immédiat.

Elle posa une main sur son bras, et ajouta :

— Je n'aurai peut-être plus l'occasion de te dire ça, mais je veux que tu saches que je te suis sincèrement reconnaissante de ton soutien.

— Beth, je suis ton père ! s'exclama St. John en rougissant.

Ils furent rapidement à la ferme. St. John préféra ne pas entrer tout de suite et resta quelques minutes dehors à profiter du grand air. A l'intérieur de la maison, tout était tranquille. Abigail dormait dans son berceau, et il n'y avait aucun signe des autres filles.

Elizabeth se tourna alors vers Ida et Tilly assises autour de la table, et demanda :

— Où est tout le monde ?

— J'ai envoyé les filles chez moi. Mick a promis de leur faire faire une balade en carriole le long de la côte. C'est une si belle journée, et elles étaient si tristes. J'ai pensé qu'une petite distraction leur ferait du bien. J'espère que ça ne t'ennuie pas ?

— Au contraire, Tilly, fit Elizabeth en ôtant ses escarpins. Je t'en suis très reconnaissante.

Elle passait son temps à remercier les gens, songea-t-elle tristement.

— A propos, Lizzie, reprit son amie, il va être temps de les renvoyer à l'école demain.

— Tu as raison, dit Elizabeth. Il faudra bien qu'elles se débrouillent toute seules.

Elle se laissa tomber sur une des chaises et accepta la tasse de lait froid que Tilly posa devant elle.

— Je déteste avoir à te demander ça une fois encore, Tilly, mais pourrais-tu me garder les petites quelques jours encore ? Je pars pour Cork avec papa et Ida en voiture à la première heure demain.

— Je resterai, fit Ida sur une impulsion. Bien sûr, il faut que tu ailles à Cork, mais Tilly aura besoin d'un coup de main ici, et il n'y a rien qui m'oblige à rentrer dans l'immédiat.

Ida, dont le mari était reparti aussitôt après les funérailles de Neeley, menait une vie relativement libre.

— Je resterais avec toi jusqu'à ce que tu sois retombée sur tes pieds, Beth.

— C'est trop...

— Non, ce n'est pas trop, rétorqua Ida. Beth, pour une fois dans ta vie, accepte l'aide des autres. Si tu ne le fais pas pour toi, fais-le au moins pour les enfants.

Abasourdie, Elizabeth regarda les deux femmes attablées avec elle dans la cuisine. Deux femmes dont elle avait obstinément refusé de suivre les conseils — à ses dépens. Ni l'une ni l'autre n'avaient tiré orgueil d'avoir vu juste, elles lui étaient simplement restées loyales et fidèles.

Pour dissimuler son émotion, elle avala une longue gorgée de lait.

— Je crois que vous savez toutes les deux combien vous comptez pour moi, dit-elle quand elle fut enfin en mesure de parler.

— Ah, tais-toi, *amadan* ! fit Tilly en souriant largement pour masquer sa gêne. Et profite donc de ce que le Seigneur se soucie de toi et t'envoie deux anges pour veiller sur toi !

— C'est vrai, fit Ida en marquant son approbation d'un petit hochement de tête. Pour quelle autre tâche Tilly et moi aurions-nous été mises sur cette terre, si ce n'est pour chouchouter la princesse Elizabeth Sullivan ?

— Non, je pense sincèrement ce que je dis.

— Évidemment que tu le penses, dit Ida, et nous t'aimons, nous aussi, n'est-ce pas, Tilly, que nous l'aimons ?

— Bien sûr que oui. Et maintenant, finis ton bol de lait, et essaie de faire une sieste avant que les filles ne reviennent, ça te fera le plus grand bien.

Vers onze heures ce soir-là, quand les filles, épuisées par la journée qu'elles avaient passée à la plage avec Mick Harrington, furent toutes endormies, Elizabeth se glissa discrètement hors de la maison et courut vers la cabane en ruine où Daniel avait promis de la retrouver.

En approchant, elle remarqua qu'il y avait du mouvement à l'intérieur, et elle ralentit le pas. Il se pouvait très bien que ce ne fût pas Daniel, et, dans ce cas, il aurait été malvenu d'être vue courant vers la cabane. Elle reconnut cependant sa silhouette et se précipita à sa rencontre. Quand elle fut tout près de lui, elle constata qu'il avait fait un effort, depuis le matin, pour avoir meilleure mine : ses cheveux étaient propres, et il avait réussi sans qu'elle sache comment à se raser.

— Daniel !

Après un baiser passionné, elle entra avec lui à l'intérieur de la cabane.

— Il faut être prudent, dit-elle d'une voix entrecoupée, la police te cherche partout.

— Qu'est-il arrivé ?

Elizabeth lui raconta aussi succinctement qu'elle le put, l'entretien qu'elle avait eu avec le brigadier au poste de police d'Eyeries ce matin-là. Daniel écouta en silence, le blanc de ses yeux brillant dans la semi-obscurité ambiante. A la fin, il baissa la tête, puis les bras, comme s'il n'avait plus la moindre énergie en lui.

— Il n'y a plus rien à faire. Je ne dois plus compter que sur moi-même.

— Je suis désolée, Daniel, murmura Elizabeth en détournant les yeux. Tout est de ma faute.

Prise d'un soudain élan de colère, elle arracha une pleine poignée de lierre sur le mur qui était en face d'elle et la réduisit en lambeaux entre ses doigts.

— Tu as fait de ton mieux.

— Non, j'ai tout gâché, et pas seulement ce matin. Je n'aurais jamais dû...

La frustration qu'elle éprouvait affleurait dans chaque mot qu'elle prononçait.

— Tu n'aurais pas dû quoi ? demanda-t-il calmement.

Une fois de plus, c'était lui qui se comportait en adulte.

— J'aurais dû faire preuve de plus de sang-froid, reprit-elle en se frottant les mains pour en chasser les derniers morceaux de lierre. De plus de bon sens.

— Est-ce tu regrettes de m'avoir rencontré ce jour-là à Knockameala ?

Les pieds enfoncés dans les ajoncs et les mauvaises herbes, il avait l'air d'une sombre statue.

— Bien sûr que non ! s'écria-t-elle.

Quoique son instinct lui commandât, à cet instant, d'aller se jeter dans ses bras, elle s'en défendit et, tout en prenant garde d'éviter les orties, elle s'assit lourdement à même la terre et se prit la tête dans les mains.

— Elizabeth, non, je t'en prie !

Il fut aussitôt à ses côtés et lui couvrit les mains de baisers.

— Daniel, je t'en prie, tu dois penser à toi. J'aurai de l'argent par mon père. Tu dois partir.

Elle ôta ses mains de son visage et agrippa celles de Daniel.

— Papa a dit qu'il m'aiderait...

— Tu lui as parlé de moi ?

— Pas encore, mais il m'aidera, je sais qu'il le fera. Il a des amis très influents. Daniel, tu pourrais aller en Amérique.

Elle se releva brusquement.

— Oui, c'est ça, reprit-elle en s'animant, l'Amérique. Pas le Montana, évidemment, parce que tout le monde ici connaît quelqu'un dans le Montana. Non, une ville comme New York ou Boston... ou même Chicago...

— Je n'ai pas l'intention de m'enfuir, Elizabeth.

Elle hésita un instant, durant lequel elle le dévisagea d'un air incrédule, puis elle courut vers lui et l'enlaça par la taille.

— Mais, il le faut, Daniel, ou ils te mettront en prison. Peut-être même qu'ils te *pendront !*

— Ils ne me pendront pas. Je suis innocent, Elizabeth. Je ne peux pas m'enfuir. Je l'ai fait une fois, et regarde ce qui est arrivé. Et, de toute façon, je ne prendrai pas ton argent.

— L'argent ne compte pas. Ce n'est que du papier et un peu de métal. Tu pourras en gagner des tonnes en Amérique et nous rembourser au centuple si ça te fait plaisir.

— Non.

Pendant plus de cinq minutes encore, elle usa de tous les arguments dont elle disposait pour le convaincre de partir, mais ce fut peine perdue. Elle enfouit alors sa tête dans le creux de son épaule, et il resserra l'étreinte de ses bras autour d'elle.

— A propos, comment t'es-tu débrouillé pour te raser ? demanda-t-elle brusquement.

— Mon frère, dit-il.

— Est-ce qu'il t'aidera ?

— Il le ferait s'il le pouvait, mais que peut-il faire, hein ? Oh, je suis fatigué.

En le regardant grimacer, elle se reprocha brusquement de l'avoir malmené comme elle l'avait fait en dépit de l'épuisement qui était le sien.

— Oh, pauvre petite chose, dit-elle. Écoute, tout le monde dort à la maison. Accompagne-moi jusque là-bas, je te donnerai quelque chose à manger.

— Non, je ne veux pas que ta famille soit impliquée dans tout ceci.

— Crois-tu qu'elle ne soit pas déjà impliquée ? demanda-t-elle. Maintenant, suis-moi, c'est un ordre.

Ayant établi à nouveau une sorte d'autorité morale, elle se sentit mieux.

— J'entrerai la première pour m'assurer que tout est tranquille, insista-t-elle.

Tandis qu'ils sortaient de la cabane, une effraie s'envola du haut de la cheminée en ruine.

— Tu as vu ça ? fit Elizabeth, impressionnée.

— Ce n'est qu'une chouette. Il y en a très peu par ici.

— Est-ce que tu crois que c'est un présage ?

— Je ne crois pas aux présages. Pour moi, ce n'est qu'une chouette, et rien d'autre.

Mais, tandis qu'ils marchaient, Elizabeth ne parvenait pas à se défaire de l'idée que l'apparition soudaine de cette créature nocturne annonçait peut-être quelque chose de néfaste.

— Viens, murmura-t-elle. Dépêche-toi.

Avant d'arriver dans la cour de la ferme, Daniel s'arrêta et la prit une nouvelle fois dans ses bras.

— Peut-être que nous n'aurons plus l'occasion de faire ça avant longtemps.

Elizabeth trouva la force d'écarter cette perspective de son esprit.

— Je pars pour Cork demain. Je dois veiller sur Francey, murmura-t-elle.

— Et j'irai au poste de police à la première heure demain matin.

— Je suis heureux de l'entendre ! fit le brigadier, accompagné d'un collègue plus jeune, en se relevant derrière la haie où ils les attendaient.

15

Plusieurs fois au cours des dix jours qui suivirent, Elizabeth se demanda si elle survivrait aux épreuves terribles que lui infligeait le destin. Il lui était déjà suffisamment pénible de n'être autorisée à rendre visite à Francey que deux fois par jour — les pleurs de l'enfant lorsqu'elle quittait l'hôpital tous les soirs lui brisaient le cœur —, il fallait encore qu'elle se tourmente pour Daniel.

Avant qu'elle ne parte pour Cork avec son père, quelques heures après l'arrestation de Daniel, elle était allée chez les Harrington. Ida n'était pas encore levée, mais Tilly se trouvait dans la cuisine avec Abigail.

— Elizabeth ! s'exclama-t-elle, surprise. Je ne m'attendais pas à te voir avant plusieurs jours !

— Il est arrivé quelque chose, Tilly.

Elle se pencha au-dessus du parc et prit sa fille dans les bras.

— Quelque chose de si terrible que je n'ai pas le temps de tergiverser. Il faut maintenant que je te demande d'être mon amie et de faire quelque chose pour moi. Tu désapprouveras certainement. Dis-moi seulement oui ou non, Tilly, mais si tu dis non, je ne sais pas ce que je ferai. Tu es mon seul espoir.

Tilly écouta sans sourciller ni l'interrompre le récit empreint d'émotion des événements des dernières vingt-quatre heures.

— Est-ce que tu crois que je te dis la vérité ? Est-ce que tu crois que Daniel dit la vérité ?

— Oui.

La réponse sans ambiguïté de Tilly fut un soulagement pour Elizabeth, qui reposa le bébé dans son parc et se jeta au cou de son amie.

— Je ne te remercierai jamais assez.

— Qu'attends-tu de moi exactement ?

— Tout ce que je te demande, c'est d'aller au bureau de poste d'Ardgroom ou d'Eyeries et de me téléphoner régulièrement pour m'informer de ce qui se passe pour Daniel.

— Mais tout le village sera au courant.

— Je t'avouerai que c'est le cadet de mes soucis en ce moment.

Tilly hésita et Elizabeth comprit aussitôt que ce qu'elle demandait était impossible ; Tilly, avec la meilleure volonté du monde, ne pouvait pas l'aider, elle devait penser à sa propre position, à celle de son mari et de ses amis.

— Très bien, dit-elle en serrant une nouvelle fois son amie dans ses bras. Je suis désolée, Tilly, désolée. Je trouverai un autre moyen, c'était très égoïste de ma part de te demander ça, ne m'en veux pas, je t'en prie. Je partirai au moins en sachant que tu nous crois.

— Je vous crois. Et, Lizzie, je trouverai un autre moyen de te téléphoner si j'apprends quoi que ce soit, c'est promis. Je suis désolée.

— Je sais que tu le feras. Un jour, je te revaudrai tout ça.

— Fiche-moi le camp d'ici maintenant ! fit Tilly en rougissant.

Au cours de la semaine qui suivit, Elizabeth réussit à rassembler quelques informations utiles qui lui permirent de reconstituer ce qui était arrivé à Daniel depuis son arrestation. Le deuxième jour de son arrivée à Cork, Tilly — chère et brave Tilly ! — s'était arrangée pour utiliser le téléphone privé du docteur Troy à Castletownbere. Après avoir rassuré Elizabeth sur l'état de santé des filles et lui avoir confié qu'Ida s'en sortait à merveille avec elles, elle lui avait appris que, le soir de son arrestation, Daniel avait comparu devant le juge d'instruction à Eyeries et avait été inculpé de meurtre. Il avait été ensuite écroué à la prison de Limerick. Nul ne savait quand ni où aurait lieu le procès.

La famille de Daniel, avait ajouté Tilly, vivait un drame terrible, et toute la péninsule ne parlait plus d'autre chose.

— Qu'est-ce que les gens disent ? avait demandé Elizabeth, inquiète.

— Ne te préoccupe pas de ça, lui avait répondu Tilly en criant pour être entendue tant les parasites étaient nombreux sur la ligne. Tu as des tas d'amis ici. Mick et moi essayons autant que possible de plaider la cause de Daniel.

— Ça veut dire que tous les autres le croient coupable, n'est-ce pas ?

— Il faut s'en tenir à la vérité, Lizzie, et tout finira par s'arranger.

Grâce à ses contacts dans le milieu judiciaire, son père l'avait aidée à obtenir plus de détails. La police, après avoir interrogé tout le village, avait rassemblé un nombre considérable de preuves en un temps record. Dans le même temps, Daniel avait comparu devant le procureur et obtenu un renvoi à huitaine du jugement provisoire.

— Ils exigeront ton témoignage à toi aussi, Beth, l'avait avertie son père en évitant de croiser son regard. Dès que tu t'en sentiras capable, je te conduirai à Union Quay.

Elizabeth avait dû puiser dans ses ressources intérieures pour ne pas se trahir elle-même.

— Je ne pourrai pas, avait-elle dit doucement, pas maintenant.

— Eh bien, quand tu voudras...

Ils étaient assis dans la cuisine, à Blackrock. St. John était rentré chez lui pour le déjeuner. Maeve faisait la vaisselle dans l'arrière-cuisine, et d'une pièce située à l'étage leur parvenaient les accords d'un piano, Corinne s'étant remise récemment à prendre des leçons. L'atmosphère était à la tranquillité, et Elizabeth en oubliait presque, par contraste, les événements de Lahersheen.

— Tu es sûre que tu n'as rien à me dire, Beth? Comme l'autre jour dans la voiture après ta visite au brigadier? demanda St. John en reposant d'un air concentré sa petite cuiller sur son assiette à dessert.

Elizabeth en était venue peu à peu, au fil des jours, à faire confiance à son père, et ce n'était pas l'envie qui lui manquait de tout lui raconter. Elle pensait cependant que son côté discipliné l'empêcherait — et plus encore sa mère, si énigmatique — de comprendre ou même d'accepter l'amour qu'elle vouait à Daniel Carrig.

— Non, papa, dit-elle, pas vraiment.

— C'est toi qui décides, abdiqua St. John en regardant sa montre et en se levant de table. Tu sais où me trouver si tu as besoin de moi.

— Merci.

Et les jours s'enchaînèrent, identiques les uns aux autres, rythmés seulement par ses visites à l'hôpital. Elizabeth passait des heures à errer dans les rues de Cork sous le soleil de juin jusqu'à ce que ses pieds lui fassent mal. Sur les recommandations insistantes de Corinne, elle se rendit chez le coiffeur pour se faire couper les cheveux convenablement, mais ne prit aucun intérêt particulier à la chose.

Le huitième jour, son père téléphona de son bureau pour lui annoncer que la demande de mise en liberté provisoire pour Daniel avait été rejetée par la cour de Bantry en moins de deux minutes. Après qu'il eut raccroché, Elizabeth resta une bonne minute immobile à contempler d'un œil morne le combiné en bakélite. Elle venait d'aller rendre une première visite à Francey, et la seconde n'aurait lieu qu'à sept heures du soir. Elle se leva, ramassa son sac à main et, sans même prendre la peine d'enfiler un manteau ou de mettre un chapeau, se précipita dehors. Là, elle prit le premier bus qui passait et descendit dans Patrick Street. Et maintenant ? De l'autre côté de la rue, elle aperçut l'enseigne du Savoy : le cinéma rejouait *Lily Mars vedette* avec Judy Garland et Van Heflin. Elizabeth n'était plus allée au cinéma depuis des années, mais sa mère avait vu le film et l'avait adoré, et au moins, l'attente lui paraîtrait moins longue d'une heure ou deux. Elle traversa la rue et acheta un billet.

Moins de quarante minutes plus tard, sévèrement secouée, elle émergea du cinéma, les yeux éblouis par le soleil. Elle n'avait même pas attendu que le film commence ; c'était la première fois, grâce aux actualités filmées, qu'elle se retrouvait confrontée à la réalité de ce qui se passait en Europe et en Crimée où, si elle devait en croire les horreurs qu'elle venait de voir sur l'écran, quarante-sept prisonniers avaient été tués en essayant de s'échapper d'un camp de prisonniers de guerre en Allemagne, où l'armée soviétique avait repris Sébastopol, où les Alliés avaient remporté une victoire capitale dans une ville italienne nommée Monte Cassino et faisaient route vers Rome. Les scènes filmées maladroitement, en dépit du ton journalistique du commentateur anglais, détruisaient pour toujours la résonnance romantique des noms de villes cités.

Quoiqu'il y eût des journaux à Béara, et qu'ils fussent lus avec avidité, Elizabeth avait toujours été trop occupée par ses propres problèmes pour prendre la peine d'y jeter un coup d'œil ; la guerre, dans son esprit, était tout au plus un inconvénient. Accaparée comme elle l'était par la routine quotidienne, ses besoins étaient simples ; elle ne fumait pas, si bien qu'elle pouvait rire de l'obsession nationale pour les cigarettes de bonne qualité. Les mots « état d'urgence », pour elle, signifiaient seulement qu'il n'y aurait plus pendant quelque temps ni oranges, ni thé, ni chocolat.

La plupart des jeunes hommes de la région s'étaient engagés

dans les Forces de Défense Régionale, souvent pour le prestige et la qualité de l'uniforme. C'est en songeant à eux que, tandis qu'elle reprenait le bus qui la ramenait à Blackrock cet après-midi-là, Elizabeth se décida à écrire à Daniel. Plus elle y pensa, plus l'idée lui parut excellente, puisqu'elle pouvait être sûre que sa lettre serait lue en premier lieu par l'administration pénitentiaire. C'était une façon détournée de déposer en faveur de la vérité.

Elle passa le reste de l'après-midi à rédiger la lettre, dans laquelle elle racontait en détail, en s'efforçant de toujours s'adresser à Daniel, tout ce qui s'était passé, depuis leur première rencontre au sommet de Knockameala jusqu'à l'arrestation de Daniel. Elle y donnait sa version de ce qui était arrivé au bal de Castleclough, elle y parlait du saumon qu'il lui avait offert à elle et à Neeley, des leçons de football qu'il avait données à Francey. En fait, elle n'omit rien, en dehors des contacts physiques qu'ils avaient eus ensemble.

Tu te demandes sans doute, Daniel

écrivait-elle en conclusion, et à l'intention des autorités,

pour quelle raison je reviens sur tous ces détails. Mais, je tenais à te démontrer que, s'il y a un procès, tu n'auras rien à craindre. Il te suffira de dire la vérité, et je suis sûre que l'on te croira.

Mon mari était, comme tu le sais, un brave homme au fond. Il a commis des erreurs, mais nous en commettons tous. Non, il n'aurait pas dû agir avec toi comme il l'a fait ce soir-là à Castleclough. Mais ses humeurs étaient difficiles à saisir, personne ne dira le contraire au village. C'était pourtant un homme juste, et il aurait été le premier à parler en ta faveur s'il avait su que cet incident allait conduire finalement à ce que tu sois rendu responsable, à tort, de sa mort.

J'espère que tu vas bien, Daniel, et que tu gardes le moral. Tilly Harrington m'a raconté que les gens du village et des environs — c'était prévisible — ne parlent plus que de ce qui est arrivé, mais que nombre d'entre eux croient à ton innocence. Bientôt, tout ceci ne sera plus qu'un mauvais souvenir.

Elle s'arrêta d'écrire et mâchonna le bout de son stylo. Il fallait qu'elle ajoute quelque chose qu'ils seraient seuls à comprendre tous les deux, une espèce de code. Après y avoir réfléchi un temps considérable, elle ajouta :

Reste confiant, garde ton courage. Tu seras bientôt de retour
auprès de ta famille et auprès de nous tous à Knockameala.

Mais, elle se souvint brusquement que Neeley avait trouvé la mort sur cette colline ; elle déchira la page et réécrit les derniers mots :

Tu seras bientôt de retour auprès de ta famille et auprès de
nous tous à Béara. Tout le monde ici pense constamment à toi.

C'était maladroit, elle le savait, mais elle espéra qu'il y verrait au moins un témoignage des sentiments qu'elle éprouvait pour lui. Elle réfléchit un instant sur la meilleure façon de signer, et écrivit :

Dieu te bénisse,
Ton amie sincère,
Elizabeth Scollard.

Après avoir posté sa lettre ce jour-là, Elizabeth eut la bonne surprise d'apprendre à l'hôpital qu'elle pourrait ramener Francey chez elle le surlendemain. Mais, d'abord, songea-t-elle, il lui fallait régler la question de son témoignage, qu'elle devait faire enregistrer au plus vite.

La veille de son retour à Lahersheen — le jour où elle devait passer prendre Francey —, St. John Sullivan accompagna sa fille au poste de police de Union Quay.

— Laisse-moi parler, murmura-t-il en entrant avec elle à l'intérieur du bâtiment administratif.

Grâce à la présence rassurante de son père, l'épreuve fut moins intimidante pour Elizabeth qu'elle ne l'aurait été autrement ; le jeune policier chargé de recueillir son témoignage se montra plein d'égards et parut même quelque peu embarrassé. Elizabeth, qui avait répété mentalement ce qu'elle allait dire, témoigna avec concision ; elle expliqua ce qu'elle savait de la situation, comment elle avait appris la mort de son mari, et ce qu'elle imaginait qu'il s'était passé. Puis, s'armant de tout son courage pour parler en présence de son père, elle précisa que ses hypothèses étaient fondées sur deux conversations qu'elle avait eues avec l'accusé, la première à l'instigation de ce dernier, l'autre par accord mutuel. A son grand soulagement, si cette révélation fut un choc pour son père, il n'en montra rien.

Le policier ne fit aucun commentaire, se contentant de lui

relire le contenu de sa déposition. Il lui demanda ensuite de signer, et les choses en restèrent là.

Sur le chemin de l'hôpital, cependant — ils s'y rendaient à pied pour ne pas gâcher l'essence que son père avait réussi à se procurer au marché noir en vue du voyage à Béara —, St. John aborda à nouveau le sujet :

— Elizabeth, commença-t-il, j'ai cru comprendre que tu lui as écrit, à Daniel McCarthy.

— O... oui, bredouilla Elizabeth, abasourdie d'entendre son père évoquer la chose. Comment le sais-tu ?

— Peu importe, répondit-il.

Il s'arrêta de marcher, se pencha par-dessus le muret de pierre qui longeait le quai et contempla la rivière Lee.

— Je crois qu'il est temps que tu me dises la vérité, reprit-il tranquillement. Je ne peux pas t'aider si je ne connais pas les faits, tous les faits.

Elizabeth restait silencieuse. Les bicyclettes, les chevaux, les bus et les taxis, les miroitements du soleil à la surface de l'eau en contrebas, tout cela s'imposait avec force à ses sens en éveil. Nerveusement, elle fit le geste de balayer une mèche de cheveux de son front, mais se souvint au dernier moment qu'il n'y en avait plus.

— J'attends, Beth, fit observer son père, les mains agrippées au parapet de pierre.

— Très bien, fit Elizabeth en levant le menton. Nous nous aimons, Daniel et moi.

En disant cela, elle se rendit compte que le mot « amour » était un mot que ni elle ni Daniel n'avaient encore utilisé, et que, étant donné la force des sentiments qu'elle éprouvait pour lui, ce n'était pas un mot trop fort.

— Mon Dieu, où ai-je déjà entendu cela ? fit St. John avec amertume.

— Je suis désolée, papa, mais les choses sont ainsi. Et si tu ne veux plus entendre parler de moi ni de cette histoire, je comprendrai.

— Jusqu'à quel point sont allées les choses ?

Elizabeth ne chercha pas à se défendre.

— Pas jusqu'où tu crois, dit-elle simplement. Si tu veux savoir si nous avons fait l'amour, je te réponds non. Non, ça n'aurait pas été convenable.

— Eh bien, c'est au moins une chose.

Elizabeth le vit tendre le menton comme si son col de chemise le serrait. C'était si difficile pour lui, elle aurait tellement voulu lui épargner cela. Ils se remirent à marcher, mais il ne la regardait toujours pas.

— Tu aurais dû me faire part de tout cela plus tôt, Elizabeth, reprit-il en levant les yeux vers le ciel.

Elle voulut lui expliquer pour quelles raisons elle ne l'avait pas fait, lui dire qu'elle n'avait pas voulu compromettre le nouvel équilibre qu'ils avaient trouvé tous les deux dans leurs rapports mutuels, lui expliquer qu'après s'être sentie exclue émotionnellement et physiquement pendant tant d'années, elle s'était réjouie d'avoir pu renouer le contact avec lui ces dernières semaines. Mais, tandis qu'elle marchait à ses côtés sous le soleil de juin en direction de South Mall, elle se sentit incapable de lui avouer quoi que ce soit.

— Je suis désolée, papa, dit-elle simplement, je ne pouvais pas.

Il lui donna le bras pour traverser la rue, et ils poursuivirent leur chemin en silence.

Francey, la tête rasée entourée d'un bandage blanc, était habillé et les attendait lorsqu'ils arrivèrent à l'hôpital.

— Est-ce que vous m'avez apporté un cadeau ? demanda-t-il aussitôt qu'il les aperçut.

— Non, et maintenant, tu vas être très sage, répondit Elizabeth en se penchant pour l'embrasser.

Gâté par les infirmières et les autres patients du service durant son séjour, il n'avait laissé une minute de répit à personne.

Tous les trois prirent un taxi pour rentrer à Blackrock, où Maeve, pour fêter le retour de Francey, leur fit la surprise d'une tarte aux pommes et, en l'absence de citron en temps de guerre, d'une carafe de jus de raisin noir fraîchement cueilli dans le jardin.

— Il va se rendre malade ! s'exclama Corinne, fascinée de voir que Francey avalait morceau de tarte après morceau de tarte.

— Non, grand-mère, dit-il la bouche pleine, juré, j'suis un grand garçon maint'nant.

— Pour l'amour du ciel, Francey, parle correctement, maugréa Elizabeth.

— Je parle correctement, protesta-t-il, en mettant une nouvelle cuillerée dans sa bouche avant d'avoir avalé la précédente. Tout le monde parle comme ça.

— Beth, puis-je te dire un mot ?

Son père se tenait dans le couloir.

— Tu veux bien rester avec lui, mère ? fit Elizabeth en se levant de table.

— Oui, chérie, mais ne sois pas trop longue, tu veux bien ?

En raison des derniers événements, Elizabeth et Corinne avaient été contraintes d'oublier pour un temps leurs différends et de faire la paix, et elles y réussissaient plutôt bien.

— Je n'en ai que pour une minute, mère.

— Viens dans mon bureau, lui demanda St. John en lui faisant signe de le suivre.

Il ferma la porte derrière lui et alla s'asseoir à son secrétaire comme s'il prenait un client en consultation.

— Que se passe-t-il, papa ? demanda Elizabeth d'un air inquiet.

St. John attendit qu'elle soit assise en face de lui, puis, posant les mains à plat sur son secrétaire, il lui lança un regard pénétrant.

— Ne me demande pas comment je me suis débrouillé, mais si tu veux rendre une petite visite au jeune McCarthy avant de repartir à Lahersheen, sache que c'est une chose possible. Je ne sais pas où je pourrai trouver de l'essence pour aller à Limerick, cependant. J'ai épuisé tous mes contacts. Il nous faudra prendre le bus ou un taxi.

Elizabeth était si abasourdie par la nouvelle qu'elle mit un moment à comprendre ce qu'elle signifiait vraiment ; puis elle bondit de joie et fit le tour du bureau pour l'embrasser.

— Contrôle-toi, Elizabeth ! grommela St. John d'un air gêné.

— Oui, papa.

Elle retourna s'asseoir sagement.

— Quand ? demanda-t-elle.

— A six heures et demie ce soir, répondit St. John en jetant un coup d'œil à sa montre. Il est presque une heure. Nous prendrons un taxi.

— Merci, papa.

— Je t'avertis, la visite sera très courte et hautement surveillée. Et, ajouta-t-il en soupirant, cela va coûter une fortune.

— Je suis désolée, papa.

— Peut-être vaut-il mieux ne rien dire de tout cela à ta mère.

— Je comprends.

Elizabeth retourna dans la cuisine et expliqua à Corinne qu'elle devait accompagner son père à son cabinet pour régler certains détails concernant les affaires de Neeley.

— Et le travail ne manquera pas, renchérit St. John dans

son dos en entrant à son tour dans la cuisine. Nous dînerons probablement à la Taverne de l'Huître. Ne nous attends pas, il se peut que nous rentrions très tard.

— Est-ce que je peux venir ? demanda Francey.

— C'est une excellente idée ! s'exclama Corinne en lui souriant avec bienveillance.

— Non, mon chéri, intervint aussitôt Elizabeth. Grand-père et moi avons des tas de choses à faire qui t'ennuieraient.

— Je suis certaine qu'il aimerait y aller. Vous ne pouvez vraiment pas le prendre avec vous ? Il adorerait jouer avec toutes ces machines à écrire, n'est-ce pas, Francey ?

Elizabeth serra les dents, agacée par le ton plaintif de sa mère.

— Je sais ce que je vais faire, je vais demander à Maeve de garder un œil sur lui si tu es trop occupée, mère.

— Non, chérie, ça ne sera pas nécessaire, soupira Corinne. Viens, Francey, je vais te montrer comment on joue du piano.

L'intérieur de la prison était encore plus impressionnant qu'Elizabeth ne l'avait imaginé. Tandis qu'elle attendait avec son père au parloir que l'on amène Daniel, elle s'efforça de ne pas prêter trop attention à l'épaisseur des murs et aux irrégularités du sol. Ils étaient assis sur des chaises en bois au bout d'une petite table rudimentaire, face à une chaise vide. Un petit tabouret destiné, présuma Elizabeth, au gardien qui assisterait à l'entretien, avait été installé à côté de la lourde porte en fer. L'unique fenêtre de la pièce était placée trop haut sur le mur derrière eux pour laisser entrer une lumière suffisante, et une ampoule électrique avait été allumée.

Un des pieds de la chaise d'Elizabeth était considérablement plus court que les autres — ou bien le sol était particulièrement inégal en dessous —, et chaque fois qu'elle faisait un mouvement, elle avait l'impression qu'elle allait basculer.

— C'est ridicule, dit-elle enfin en regardant sa montre, ils ont dit six heures et demie, et il est déjà sept heures dix.

— Patience, murmura St. John. Ils te font déjà une faveur, n'oublie pas cela.

C'était la première chose qu'il disait depuis qu'ils étaient entrés dans la pièce.

Au moment où la porte s'ouvrit, elle était si nerveuse qu'elle en éprouvait presque des difficultés à respirer.

Daniel entra et s'arrêta net. Les expressions les plus diverses se succédèrent alors sur son visage. La morosité céda la place à l'incrédulité, qui fit place elle-même à la joie.

— Elizabeth !

238

Un instant, il sembla prêt à bondir vers elle et à la prendre dans ses bras, mais il jeta un coup d'œil au gardien en uniforme qui était entré avec lui et y renonça.

— Oh, mon Dieu !

Elizabeth était comme figée dans une position qui n'était ni tout à fait assise ni tout à fait debout ; Daniel portait des menottes.

A côté d'elle, son père se leva :

— Je suis le père de Mme Scollard, monsieur McCarthy, dit-il d'un ton formel. Je suis également avocat.

L'utilisation de son nom d'épouse choqua Elizabeth. Mais, évidemment, quelle que fût sa générosité, son père n'allait rien faire pour rendre les choses plus faciles. Elle se pencha en avant, si bien que St. John sortit de son champ de vision.

— Comment vas-tu, Daniel ? demanda-t-elle.

Elle sentit que son père se rasseyait sur sa chaise.

— Très bien, madame Scollard, répondit Daniel.

Elizabeth aurait voulu pleurer. Au lieu de cela, elle laissa toute son émotion se transformer en un geyser de colère brûlant. Elle était furieuse que son père se montre aussi insensible, furieuse que Neeley soit mort, furieuse contre la police, contre tous ceux qui avaient contribué à les mettre elle et Daniel dans cette situation.

— Est-ce qu'il peut s'asseoir ?

Elle dut faire un effort pour ne pas formuler sa requête au gardien sur un ton désagréable.

— Allez-y, fit le gardien en désignant la chaise vide d'un petit hochement de tête.

Elizabeth essaya de garder son sang-froid tandis que Daniel et le gardien s'asseyaient l'un et l'autre. Daniel gardait les mains sous la table.

— J'ai reçu votre lettre, dit-il d'un ton hésitant, tout en lançant un rapide regard à St. John.

— J'en suis heureuse. Je t'écrirai une autre lettre aussitôt que je serai rentrée à Lahersheen.

— Quand partez-vous ?

— Demain.

Ils restèrent silencieux pendant un instant, durant lequel Elizabeth sentit sa colère l'abandonner et céder la place à une profonde tristesse. *Oh, Daniel*, cria-t-elle intérieurement, *viens avec moi ! Dis-moi que tout ceci n'était qu'un cauchemar, et viens avec moi...*

Ce fut lui qui, le premier, reprit la parole.

— Comment va Francey ?

— Il va très bien, répondit-elle avec un sourire. Les infirmières l'ont gâté. Il a toujours un bandage autour de la tête, mais il est en forme.

— Dites-lui que j'ai demandé de ses nouvelles... dit-il d'une voix chevrotante.

— Je le ferai.

— Je n'ai jamais pu l'emmener voir ce match.

— Ça viendra.

C'était terrible, c'était pire, bien pire, que de ne pas le voir du tout. Du coin de l'œil, Elizabeth vit le gardien sortir sa montre de la poche de son gilet. Le temps de visite ne pouvait pas être déjà écoulé...

Elle rassembla tout ce qu'il lui restait de volonté et de courage et s'adressa à Daniel en le regardant droit dans les yeux.

— Je t'en prie, fais-moi confiance, dit-elle avec conviction. Je sais que les choses paraissent désespérées, mais je te promets, *je te promets* que tout s'arrangera finalement. Je te le *promets*, Daniel.

Elle prit une longue inspiration avant d'ajouter dans un murmure :

— Je t'aime de tout mon cœur. Nous n'avons pas eu l'occasion encore de nous dire ce genre de choses, admit-elle en faisant mine d'ignorer la présence gênée de son père à côté d'elle. C'est terrible de devoir te dire cela ici pour la première fois, mais je n'ai pas d'autre choix pour le moment.

De l'autre côté de la table, Daniel se pencha en avant et la regarda de ses yeux brillants :

— Elizabeth...

— Chut, l'interrompit-elle avec douceur. Laisse-moi finir.

Elle baissa encore la voix, et ajouta :

— Nous n'avons pas beaucoup de temps, alors je veux que tu te souviennes pour toujours de ce moment.

Puis, en soulignant solennellement chaque mot, elle répéta sa déclaration :

— Je t'aime, Daniel McCarthy.

Avant que quiconque puisse ajouter quoi que ce soit, le gardien se leva de son tabouret et prit Daniel par le bras.

— Il est temps, mon gars.

Dans un accès de colère, Daniel essaya de se dégager, mais Elizabeth intervint aussitôt.

— Tout va bien, dit-elle, va avec lui, tout ira bien.

Daniel, qui mesurait une tête de plus que le gardien, se laissa conduire dans le couloir, mais n'eut aucun mal, en dépit de la main qui le poussait en avant, à s'arrêter sur le seuil de la porte ouverte et à se retourner vers Elizabeth.

— Je t'aime aussi, déclara-t-il avec un sourire radieux.

— Daniel...

Elle fit un pas vers lui, mais le gardien le poussa avec plus de force.

— Quoi qu'il arrive, je t'aime moi aussi, *a ghlégheal* ! répéta Daniel, les yeux brillants.

Tout en continuant de lui sourire, il se laissa emmener. La porte se referma derrière lui, et Elizabeth tendit l'oreille pour entendre le bruit de ses pas, mais tout ce qu'elle entendit fut le fracas métallique d'une porte ou d'une barrière que franchissaient le gardien et son prisonnier. Elle attendit une seconde ou deux encore, puis se tourna vers son père et s'effondra dans ses bras.

St. John eut un instant d'hésitation, puis il lui fit relever la tête :

— Ça va aller, dit-il maladroitement.

St. John ne desserra pas les lèvres sur le chemin du retour et ne reparla de Daniel que lorsqu'ils furent à mi-parcours de Lahersheen le lendemain. Depuis la veille, la possibilité que son père ait désapprouvé la scène dont il avait été témoin à la prison de Limerick inquiétait Elizabeth, qui attendait avec angoisse une réaction de sa part. Elle était heureuse, pour le moment, d'avoir Francey avec elle dans la voiture pour la distraire par ses bavardages.

Tandis qu'ils traversaient les montagnes aux environs de Glengarriff, Francey s'endormit enfin et St. John s'éclaircit la gorge.

— J'étais en train de réfléchir, Beth.

— Oui, papa ? fit Elizabeth, le cœur battant.

— Je suis inquiet pour toi.

— Il ne faut pas. Je t'en prie, papa, je sais ce que tu penses, je...

— Je m'interroge, pas toi ? l'interrompit St. John en ralentissant pour négocier un virage en S. Tu crois sincèrement à la version des faits que t'a donnée ce garçon ?

— Oui, répondit passionnément Elizabeth. Oui, papa, je suis sûre qu'il m'a dit la vérité. Y a-t-il quelque chose que tu puisses faire ?

— Eh bien, devant un tribunal, ce sera sa parole contre celle de la police, et, d'après les éléments que j'ai pu rassembler, les preuves sont accablantes.

— Oui, mais elles ne prouvent pas le meurtre de sang-froid. Papa, Daniel n'a pas assassiné Neeley, c'est évident. C'était un *accident*.

St. John lui jeta un petit regard en coin.

— Quel âge a ce garçon ?

— Vingt ans, répondit Elizabeth.

— Ça ne me regarde peut-être pas, mais est-ce qu'il n'est pas un peu jeune ?

— Tu as raison, ça ne te regarde pas.

— Ne me réponds pas de cette façon, Elizabeth, si tu veux pouvoir compter sur mon aide.

— Oh, papa, je suis désolée.

Elle était consciente d'être allée trop loin.

— Est-ce que tu vas vraiment nous aider ?

— Je ne peux rien promettre. Mais je vais toucher un mot de cette affaire à quelques-uns de mes confrères. Il a déjà un avocat, c'est une question d'éthique professionnelle.

— Oui, mais avec quelqu'un comme toi à ses côtés... Oh, papa, accepte.

— Je verrai ce que je peux faire, promit St. John. Je suis d'ores et déjà sûr que nous pourrons obtenir une simple accusation d'homicide involontaire, mais il faudra qu'il plaide coupable. Nous pourrons ensuite faire appel pour réduire la condamnation.

— Mais, papa, il n'est pas coupable.

— Elizabeth, soupira patiemment St. John, la loi ne s'intéresse qu'aux faits et aux preuves. En l'occurrence, il y a une preuve irréfutable dans cette affaire : son fusil. Et puis, il y a eu cette dispute au bal — qui a eu lieu en présence, si j'ai bien compris, de nombreux témoins —, et aussi le fait qu'il se soit enfui. Ton... ah... intérêt pour lui...

Le ton qu'il venait d'employer fit frémir Elizabeth.

— Oh, papa ! s'écria-t-elle d'un air désespéré.

— Allons, ne te laisse pas aller, dit St. John pour la réconforter, les procès réservent souvent des surprises. J'ai un peu de temps libre en ce moment, j'irai le revoir dans les jours qui viennent, d'accord ?

Il n'ajouta rien de plus, mais, au moment de repartir pour Cork le lendemain, il abaissa la vitre de sa voiture et dit :

— Je t'en prie, Elizabeth, ne fais rien d'irréfléchi — plus rien, tu m'entends — pour ton propre bien. Je doute que ta mère et moi-même puissions en supporter davantage !

Une semaine plus tard, se souvenant des admonestations de son père, Elizabeth se demanda si l'expédition dans laquelle elle était maintenant embarquée pouvait être qualifiée d'irréfléchie.

Elle avait surpris, quelques jours plus tôt, alors qu'elle broyait du noir seule dans sa cuisine, une conversation entre Tilly Harrington et une de ses cousines d'Eyeries à propos d'une voyante de la région qui lisait dans les tarots, une Anglaise qui résidait de l'autre côté de la baie, à Caherkeem. Immédiatement, l'idée lui était venue d'aller consulter cette femme. N'importe quoi, avait-elle songé, pourvu qu'elle retrouve quelque espoir.

— Tu en es sûre ? lui avait demandé Tilly d'un air incertain. Il faut être prudente avec les tarots.

— Je crois que c'est une excellente idée, et Mme Charlton Leahy est brillante ! s'était exclamée la cousine de Tilly, une mère de famille d'une cinquantaine d'années qui était également une adepte passionnée des cartes.

Elizabeth connaissait déjà Alison Charlton Leahy de réputation. Venue en vacances à Béara avant la guerre, elle était tombée amoureuse de la région et d'un de ses habitants, mais, comme elle était protestante et avait refusé de se convertir, le futur couple avait dû obtenir une dispense spéciale pour pouvoir se marier.

Elle n'était pas la seule dans la région à lire les cartes. Béara semblait avoir le pouvoir d'attirer toutes sortes d'étrangers versés dans les sciences mystiques, le paranormal et l'occulte. Quoique ces pratiques fussent dénoncées par l'Église — même les bohémiennes et les diseuses de bonne aventure qui officiaient pendant les ventes de charité et les foires rencontraient une opposition vigoureuse —, comme Mme Charlton Leahy et beaucoup d'autres n'étaient pas catholiques, le clergé était bien en peine de les interdire. Mme Charlton Leahy était en outre considérée comme une des meilleures voyantes de toute la péninsule, et, en dépit des efforts de ses détracteurs, la clientèle ne lui avait jamais fait défaut.

Ainsi donc, par une journée de grand vent, Elizabeth se retrouva confortablement installée dans la cuisine surchauffée de l'Anglaise de Caherkeem.

— Merveilleux, non ? fit celle-ci d'un air radieux. Il semble bien que cette satanée guerre va bientôt toucher à sa fin !

Elizabeth acquiesça avec un sourire. La péninsule, bien qu'éloignée du feu de l'action, n'en résonnait pas moins de côte en côte de l'excitation que suscitait la progression des

Alliés depuis le Débarquement qui avait eu lieu une semaine auparavant.

Quelques minutes plus tôt, tandis qu'elle l'observait qui se concentrait sur les cartes qu'elle avait posées entre elles sur la table, Elizabeth s'était étonnée que Mme Charlton Leahy ne ressemblât en rien à l'image que l'on se faisait d'ordinaire d'une diseuse de bonne aventure. Mince, les cheveux blonds et les yeux bleus, c'était sur une des photographies mondaines du magazine *Tatler*, et non devant une caravane de bohémienne, que cette femme aurait eu sa place. Le décor lui-même ne ressemblait en rien à celui qu'Elizabeth avait imaginé trouver : les cartes étaient posées sur une table tout à fait ordinaire, dans une cuisine tout aussi ordinaire, entre un vaisselier parfaitement commun et une cheminée qui l'était tout autant. Seul un petit pot contenant de l'encens et posé à un bout de la table rappelait le genre d'activité que pratiquait Mme Charlton Leahy.

A mesure que les secondes passaient, Elizabeth devenait de plus en plus nerveuse. Ce n'était pas seulement ce qu'elle allait découvrir qui l'inquiétait, mais également le fait que la moitié du village était probablement déjà au courant de sa visite à la voyante. La charrette attelée des Harrington devant la maison signalait leur présence — Tilly l'attendait dans le salon — à la manière d'une balise. Le temps avait en effet rendu impossible la traversée de la baie en bateau.

— Votre anniversaire tombe quand ? demanda Mme Charlton Leahy sans même lever les yeux des cartes posées sur la table.

Sa voix était douce et très calme.

— Le dix-huit août.

— Très bien. Maintenant, vous devez vous concentrer de la même façon que vous le faites lorsque vous coupez ou choisissez les cartes. Tout ceci est une opération très complexe, vos questions et vos réponses sont importantes pour moi. Plus vous serez ouverte, meilleures seront mes interprétations. D'accord ?

Elizabeth sentit à cet instant son estomac se nouer. Elle fit cependant ce que lui demandait la voyante, elle coupa les cartes trois fois avec sa main gauche, choisit un certain nombre d'entre elles, et enfin les retourna sur la table selon une disposition précise. La plupart représentaient des êtres humains. L'une, au centre, lui sauta aux yeux ; d'après ce qu'elle pouvait voir, elle montrait un homme pendu par une cheville ; elle la mit immédiatement en relation avec Daniel.

— Ne sortez pas les cartes de leur contexte, fit Mme Charlton Leahy à cet instant, comme si elle avait lu dans ses pensées. Le Pendu n'est pas nécessairement ce dont il a l'air, cela dépend de l'endroit où il apparaît et de ce qu'il y a autour de lui. Dans de nombreux cas, il signifie que vous avez accepté ou que vous accepterez de faire un sacrifice... un acte désintéressé. Mais, ne sortons pas cette carte de son contexte, comme je l'ai dit.

Elizabeth hocha la tête et la femme lui jeta un regard plein d'astuce :

— Maintenant, reprit-elle, il faut que je vous avoue quelque chose. Je veux dire que je sais, bien évidemment, qui vous êtes. Vous êtes cette malheureuse fille dont le mari a été tué d'un coup de fusil. Est-ce pour cela que vous êtes ici ?

— Eh bien...

Elizabeth répugnait à l'admettre. Mme Charlton Leahy répondit à sa place.

— Oui, je le vois ici de toute façon, dit-elle d'un ton assuré, la Maison-Dieu signifie que vous avez eu une perte terrible et un changement dramatique dans votre vie. Mais, poursuivit-elle, cette carte signifie également que, d'une certaine manière, cette même perte a mis fin à une situation qui ne pouvait plus durer. Voyez-vous, renchérit-elle en lançant à sa cliente un regard pénétrant, les cartes vont vous dire ce qui est en train d'arriver ou ce qui arrivera probablement ; elles vous donneront des tendances, des directions, des probabilités — mais, c'est à vous qu'il reviendra finalement de décider si vous voulez intervenir et changer votre destinée ou non. Tout ce que je peux vous donner en fin de compte, c'est le choix. Quoi que puissent dire les cartes, n'oubliez pas que vous êtes libre de les faire mentir, que vous avez le libre arbitre.

— Je comprends, fit Elizabeth. Maintenant, pouvez-vous me dire ce qui va arriver ?

Mme Charlton Healy hésita.

— Ce n'est pas que je veuille éluder votre question, mais je crois qu'elle est un peu prématurée.

— Je vois.

L'air parfaitement concentré, la voyante examina de nouveau les cartes.

— Oui, murmura-t-elle pour elle-même. Le quatre de deniers... le valet de coupe... la Lune... oui... l'Impératrice... que pensez-vous du remariage ? demanda-t-elle soudain.

La joie illumina le visage d'Elizabeth. C'était plus qu'elle n'en espérait, tout allait bien se passer.

— C'est ce que je veux, plus que tout... commença-t-elle avec ferveur, mais Mme Charlton Leahy posa une main sur les siennes pour modérer son enthousiasme.

— Il semble que cela ne soit pas pour tout de suite, les choses seront retardées, dit-elle. Oui, retardées. Bien sûr ! songea Elizabeth. Elle était officiellement en deuil et ne pouvait pas songer à se remarier avant au moins un an. De nouveau, comme si elle avait lu dans ses pensées, Alison Charlton Leahy leva la main pour couper court à ses conclusions.

— Les obstacles sont nombreux, et ce ne sont peut-être pas ceux auxquels vous pensez. Ils ne sont pourtant pas insurmontables. De nouveau, le choix vous revient. Les cartes montrent que vous avez du courage et de l'endurance pour le moment. De la sagesse, également, ajouta-t-elle, mais vous devez rester vigilante. Il se peut, j'en ai l'indication ici, que vous ne voyiez pas le danger à temps. Parce qu'il y a des obstacles bien visibles et aisément évitables, mais d'autres, également, dissimulés. Il est très, très important que vous vous en souveniez, vous devez rester extrêmement vigilante. Car vous auriez plutôt tendance à agir en suivant vos impulsions du moment, je me trompe ?

— Non, c'est vrai, répondit Elizabeth en souriant.

La femme hocha la tête.

— Vous voyez cette carte ici ? C'est vous, la Reine d'Épée ; et cette personne là — l'Impératrice —, il faut suivre ses conseils. Elle vous protège, c'est probablement une femme plus âgée. Votre mère ?

Elizabeth sourit malgré elle.

— Ça m'étonnerait, dit-elle, avant de songer immédiatement à Tilly, tandis que Mme Charlton Leahy suivait les expressions de son visage.

— Quoi qu'il en soit, reprit-elle, vous devez écouter ce que cette femme vous dira.

— Quand aura lieu ce mariage ? demanda Elizabeth, plus intéressée par Daniel que par Tilly.

La femme la dévisagea attentivement.

— Je vous ai demandé ce que vous pensiez du remariage, parce qu'il semble que vous vous marierez deux fois. Et l'un de ces mariages sera un mariage d'affaires.

— Deux fois ?

Elizabeth était abasourdie.

— Vous voulez dire mon premier mariage, et maintenant un second ?

— Non, deux dans l'avenir. Un pour les affaires, répéta

Mme Charlton Leahy. Maintenant, souvenez-vous, je vous ai dit que vous étiez libre de vos choix en toutes circonstances. Mais, c'est ce que disent les cartes.

— Lequel... lequel des deux sera pour les affaires ? demanda Elizabeth, totalement captivée.

— Le premier. Mais, en un sens, ce premier mariage sera profitable au second.

— Vous voulez dire que je vais me marier pour l'argent ?

— Je dis seulement que vous aurez *l'occasion* de vous marier, corrigea Mme Charlton Leahy.

Elle étudia de nouveau les cartes.

— C'est un mariage d'affaires, aucun doute. Je ne peux pas dire si c'est pour de l'argent ou non, mais il s'agit bien d'une espèce de transaction.

Ses yeux clairs se fixèrent sur ceux d'Elizabeth comme pour voir au travers.

— Il semble bien que cela soit imminent. Peut-être est-ce déjà arrivé ? Êtes-vous sûre que ce n'est pas pour cette raison que vous êtes venue me voir ?

Elizabeth était trop bouleversée pour répondre de façon cohérente.

— Non, murmura-t-elle enfin, je n'avais pas du tout cela en tête.

Mais est-ce qu'elle disait la vérité ? Est-ce qu'elle n'avait pas, au fond de son cœur, espéré qu'elle et Daniel pourraient devenir mari et femme ?

Quelque chose d'autre l'intrigua. Si le mariage était imminent, cela voulait dire que Daniel allait être bientôt libéré. Mais le bonheur occasionné par cette pensée fut de courte durée : comment un mariage avec Daniel pouvait-il être un mariage d'affaires ? Et, plus sinistre encore, pourquoi, après l'avoir épousé, voudrait-elle se remarier une troisième fois ?

A moins qu'il ne meure...

Mme Charlton Leahy la vit en proie à la consternation et voulut la rassurer.

— Laissez-moi vous rappeler une fois encore, dit-elle, que tout ceci aura une issue positive. Vous affronterez des difficultés et traverserez des épreuves — certaines tragiques même, j'en ai bien peur —, mais vous en sortirez finalement victorieuse. Je vois très nettement la présence de l'amour dans ces cartes, un amour qui ne peut être brisé, même si vous essayez.

— Pourquoi voudrais-je le briser ? demanda Elizabeth d'un air incrédule.

— Il n'y a que vous qui puissiez le savoir...

En se penchant de nouveau au-dessus des cartes, elle répéta ce qu'elle venait de dire :

— Oui, très fort. Et je vois, ajouta-t-elle d'un air jovial, un voyage ici également, à travers des eaux profondes et sombres.

— Des eaux profondes et sombres ? C'est probablement le bateau de retour à Lahersheen !

Mme Charlton Leahy ne réagit pas à la plaisanterie.

— Êtes-vous satisfaite de ce que je vous ai dit ? demanda-t-elle. Voulez-vous que nous recommencions avec d'autres cartes ? Ça ne coûtera pas plus cher.

— Non, merci.

La première fois était suffisamment inquiétante comme cela.

— Très bien. Maintenant, j'ai une douzaine de jeunes poules à nourrir.

Elle se leva et souffla sur les bâtons d'encens.

— C'est un plaisir de lire les cartes pour quelqu'un d'aussi réceptif que vous, dit-elle. J'imagine que, pour vous, c'est la première fois ?

— Oui.

— Vous avez probablement choisi le moment qu'il fallait pour venir me voir. Dans la vie, rien n'est accidentel.

Elizabeth la paya et appela Tilly dans le salon.

— Et souvenez-vous, ajouta Mme Charlton Leahy en la reconduisant jusqu'à la porte, je n'ai fait que vous donner quelques indications. A vous, maintenant, de les utiliser — c'est comme une carte routière. C'est à vous de choisir la route que vous voulez suivre.

16

Ce soir-là, quelque chose arriva qui jeta un éclairage nouveau sur les prédictions de Mme Charlton Leahy.

Aidée par Margaret et Mary, Elizabeth débarrassait la table après le thé lorsque Francey vint la prévenir que quelqu'un la demandait à la porte. Elle essuya ses mains sur son tablier, et traversa la cuisine.

Dehors, la pluie avait cessé, mais le temps était encore singulièrement froid et venteux pour un mois de juin. Mossie Breac, sa casquette à la main, se tenait au milieu de la cour.

— Mossie.

Elizabeth lui adressa un sourire en guise de bienvenue. Il avait toujours ce même air fureteur sur le visage qu'elle lui avait toujours vu, mais, depuis la mort de Neeley, il n'avait pas ménagé ses efforts pour aider aux travaux de la ferme. Elle ne pouvait pas se montrer grossière avec lui.

— 'soir, Lizzie, dit-il. Désolé de vous ennuyer...

Il avait l'air particulièrement mal à l'aise.

— Pas du tout, Mossie, le rassura-t-elle chaleureusement. Voulez-vous entrer ? Je vous avoue qu'on se bouscule un peu dans la cuisine en ce moment.

A la différence de la plupart des fermes des environs, celle des Scollard n'avait qu'une seule pièce principale ; la cuisine s'étendait sur toute la largeur de la maison.

— Non, merci.

Quoiqu'il portât ses vêtements de travail de tous les jours, son col semblait le gêner, et il glissa un doigt à l'intérieur comme pour le desserrer.

— Je suis juste venu pour vous dire que j'en avais terminé avec la tourbière de Derryvegill.

— Oh. Merci, Mossie, fit Elizabeth. Je ne sais pas comment

vous remercier. Je suis sûre que Neeley aurait voulu que je vous témoigne notre gratitude d'une façon concrète.

Elizabeth savait que la coutume entre voisins n'était pas de faire payer ses services, mais peut-être était-ce ce que Mossie attendait ?

— Seriez-vous contrarié si je vous offrais quelque chose pour vous dédommager de votre peine ?

Il parut si scandalisé — « Je n'y ai pas pensé une seule seconde ! » — qu'elle se hâta de réparer l'insulte.

— Ne le prenez pas mal, Mossie, dit-elle, tout ceci est nouveau pour moi. J'espère que vous en tiendrez compte.

A cet instant, une violente rafale de vent balaya la cour et vint s'engouffrer sous sa robe ; elle eut juste le temps de la rattraper pour préserver sa pudeur.

— Écoutez, dit-elle. Il fait froid dehors. Venez à l'intérieur, j'insiste. Entrez prendre au moins une tasse de thé. Nous venons juste d'avoir la nouvelle ration.

Il hésita, et elle crut qu'il allait refuser. Finalement, il se laissa fléchir.

— Merci, dit-il.

Elizabeth, après avoir demandé à Kathleen, qui s'était installée sur la « bonne » chaise près du feu pour lire, de changer de place, invita Mossie à s'asseoir et s'activa pour préparer le thé. Margaret et Mary faisaient leurs devoirs sur la table. Elizabeth en nettoya une des extrémités et y posa une miche de pain fraîche et un bol.

Cherchant désespérément un sujet de conversation tandis qu'elle beurrait une tranche de pain, elle se souvint de la grand-tante de Mossie, qu'elle connaissait vaguement.

— Comment va Bel ces derniers temps ? demanda-t-elle d'une voix faussement enjouée tandis qu'elle mettait, l'une sur l'autre, deux tranches épaisses de bacon sur le pain.

— Très bien, dit Mossie en tirant de nouveau sur son col, elle va très bien.

— On dit que la fin de la guerre est pour bientôt.

— C'est ce que j'ai entendu dire aussi.

Tandis qu'elle versait l'eau dans la théière, Elizabeth s'entendait marmonner intérieurement des inepties et se demanda combien de temps elle allait encore pouvoir tenir ainsi. Elle attendit patiemment que le thé infuse et servit à Mossie son bol et sa tartine sur un petit plateau en fer-blanc. Elle s'assit ensuite en face de lui, en se prenant à espérer que son comportement était celui de n'importe quelle hôtesse de la région.

— Vous ne buvez rien ?

— Non, merci, nous venons juste de prendre le thé, expliqua-t-elle.

La conversation retomba une nouvelle fois.

Mossie but une gorgée de son thé.

— Il est vraiment très bon.

Une des filles assises à table déplaça sa chaise en la traînant sur les dalles de pierre. En dehors de cela, le seul autre bruit audible était le frottement de la plume de Margaret sur le papier.

— Excusez-moi, Mossie, dit alors Elizabeth qui ne supportait plus ce silence, je vais remettre une motte de tourbe dans la cheminée.

Elle prit plus que le temps nécessaire pour faire la chose et, lorsqu'elle se retourna vers lui, il finissait son bol. Il se leva.

— Je vais partir maintenant.

— Très bien, Mossie, et merci encore pour tout, dit-elle en espérant qu'il ne devinait pas quel soulagement elle éprouvait à cet instant.

Au moment où elle allait refermer la porte derrière lui, il se retourna brusquement.

— Vous n'allez nulle part dans la soirée ? demanda-t-il.

Il avait ce regard impénétrable qu'elle lui avait vu au bal de Jimmy Deeney.

— Non, Mossie, pourquoi ?

Elle était mal à l'aise maintenant.

— Quelqu'un que je connais veut vous parler un peu plus tard.

— Vraiment ? Mais qui ?

— Ce n'est pas quelqu'un que vous connaissez. Est-ce que ça vous irait si nous venions vers dix heures, ou bien est-ce que ce serait trop tard ? demanda-t-il.

Elle allait élever des objections quand elle se souvint du conseil de Mme Charlton Leahy ; il fallait qu'elle reste disponible, quoique vigilante.

— Très bien, Mossie, répondit-elle lentement. Vous ne voulez pas me dire de qui il s'agit ?

Il hésita, lui fit un pauvre sourire et remit sa casquette sur sa tête.

— Chaque chose en son temps !

Après son départ, Elizabeth envoya les enfants se coucher, puis alla dans sa chambre pour écrire une lettre à Daniel. Quelques minutes avant dix heures, après avoir vérifié que tous les enfants dormaient bien, elle retourna dans la cuisine, alluma les lampes et attendit ses visiteurs.

A dix heures cinq, elle entendit des bruits de pas devant la porte et se leva pour aller ouvrir.

Le compagnon rayonnant de Mossie mesurait au plus un mètre soixante, il était aussi mince que Mossie était large d'épaules et faisait penser un peu à un whippet [1]. Les cheveux huileux, l'allure pimpante dans son costume bleu marine et ses chaussures marron vernies, il scintillait dans l'obscurité comme la fée électricité. Mossie fit les présentations.

— Johnny Thade, Johnny Thade Sheehan, un cousin à moi de Lacknaheeny, derrière Adrigole... Mme Elizabeth Scollard.

— Comment allez-vous ? fit Elizabeth en serrant la main de l'homme. Entrez, je vous en prie, ajouta-t-elle en reculant d'un pas pour leur laisser le passage libre.

Elle referma la porte derrière eux et se dirigea vers le fourneau pour y faire chauffer la bouilloire.

— Vous prendrez quelque chose ? demanda-t-elle.

— En fait, nous vous avons amené quelque chose.

Mossie, remarqua-t-elle, portait également ses habits neufs ; à la lumière de la lampe, le col de sa chemise blanche brillait comme de la neige sur sa peau brunie et desséchée par le hâle. Sortant une bouteille de whiskey d'une des poches de son pardessus en tweed et une bouteille de porto d'une autre, il les posa doucement sur la table de la cuisine.

— Vous voulez un verre de porto ?

Le côté formel de tout ceci n'échappait pas à Elizabeth. Les deux hommes étaient là pour conclure un marché quelconque. Mossie s'occupait des bêtes depuis la mort de Neeley, peut-être avait-il l'intention de faire une offre pour les racheter ? Le téléphone arabe fonctionnant à Béara plus rapidement que partout ailleurs en Irlande, tout le monde savait certainement que Neeley lui avait légué la ferme et son cheptel.

Toutes sortes de conjectures se bousculaient dans son esprit tandis qu'elle sortait trois verres du vaisselier. Si Mossie voulait le bétail, il aurait besoin également d'un champ pour le faire paître. Après tout, l'idée de louer ses parcelles de terre n'était peut-être pas si mauvaise ? Elle avait songé plus d'une fois aux revenus qu'elle pourrait en tirer. Elle était sûre d'une chose : elle ne devait pas montrer trop d'enthousiasme pour cette idée.

Un autre détail, cependant, lui vint à l'esprit : si Daniel

1. Chien d'origine anglaise proche du lévrier. *(N.d.T.)*

devait vivre avec elle par la suite, qu'en penserait-il ? Est-ce qu'il ne voudrait pas travailler la terre lui-même ?

— Voilà, dit-elle en posant les verres sur la table à côté des deux bouteilles.

Mossie servit d'abord le porto, puis le whiskey, tenant chacun des verres bien haut dans la lumière en recherchant d'un air concentré d'éventuelles impuretés. Puis il leva son verre en la fixant du regard :

— A votre santé, Lizzie.

— Amen, gazouilla pour la première fois Johnny Thade, *go mbeirimid beo ar an am seo aris !*

Sa voix aigrelette correspondait tout à fait à son physique, songea Elizabeth en levant son verre à son tour.

— Messieurs !

Tous les trois burent leur verre, avant de prendre place autour de la table.

— Mes condoléances pour votre mari, m'dame, fit le petit cousin de Mossie pour rompre le silence embarrassant qui s'était installé.

— Merci, dit Elizabeth en avalant une autre gorgée de vin. Le porto, même à son palais inexpérimenté, avait un goût étonnamment agréable.

— Les braves hommes sont rares, ajouta Johnny Thade en roulant des yeux pétillants et en se penchant pour souligner sa remarque.

— C'est vrai.

Elizabeth espérait maintenant que les deux hommes allaient en venir au fait. Elle se tourna vers Mossie.

— Eh bien, Mossie, dit-elle brusquement, merci pour le verre. Qu'est-ce qui vous amène ?

Il la dévisagea attentivement.

— Mon cousin a une proposition à vous faire, dit-il.

— Oui ? fit Elizabeth en reportant son attention sur l'autre homme.

En réponse, Johnny Thade repoussa sa chaise de quelques centimètres et s'éclaircit la gorge comme s'il allait s'embarquer dans une récitation poétique.

— Quand je dis, commença-t-il en gonflant son maigre torse, que les braves hommes sont rares, madame Scollard, il y a une exception à cette règle. Mon cousin ici présent, Maurice Breac Sheehan, est l'un de ces hommes.

Intriguée, Elizabeth se tourna vers Mossie, dont les yeux étaient rivés sur son verre de whiskey.

— Aucun homme de Béara n'est plus honnête, plus

respecté et plus généreux, poursuivit Johnny Thade. Et vous ne le savez peut-être pas, madame Scollard, car Mossie n'est pas de ces hommes qui font leurs propres louanges, mais mon cousin possède une intelligence remarquable. A l'école, le maître disait toujours que Maurice Sheehan était celui qui, à Béara, possédait les dons d'érudit les plus réels. L'université d'Oxford, la Sorbonne peut-être, disait le maître, si seulement les choses avaient été différentes en ce temps-là... Mossie Breac, reprit Johnny Thade avec le plus grand sérieux en se penchant un peu plus en avant, est connu dans sa famille et en dehors comme quelqu'un qui a toujours subvenu aux besoins des autres et aux siens ; économe, évidemment, mais pas avare. Demandez à n'importe quel voisin ! Un homme avare, madame Scollard, est une épine dans le pied de Dame Nature.

A cet instant, il se redressa et vida son verre. L'air ébahi — qu'est-ce que tout cela avait à voir avec le bétail et le fait de louer ses terres ? —, Elizabeth le lui remplit de nouveau.

Johnny Thade en but immédiatement une gorgée, puis reprit son boniment.

— De notre côté, nous pouvons fournir un certificat médical certifiant que Maurice Sheehan ne souffre d'aucune maladie transmissible. De génération en génération, les Sheehan ont toujours eu une santé et une vitalité à toute épreuve.

A cet instant, Elizabeth comprit enfin ce qui se passait. Il s'agissait d'une proposition de mariage, et Johnny Thade jouait le rôle de l'entremetteur.

Elle faillit éclater de rire tant la situation lui parut absurde.

— Pardonnez-moi de vous interrompre, Johnny, dit-elle doucement, mais dois-je comprendre que vous agissez en qualité de marieur pour Mossie ?

— Tout ceci n'a rien de professionnel, répondit le petit homme en adoptant un air digne. Il n'est et n'a jamais été question d'argent entre mon cousin et moi. madame Scollard, poursuivit-il, vibrant de sincérité, le Seigneur vous a envoyés l'un à l'autre. J'ai entendu dire que vous aviez un problème. Eh bien, mon cousin ici présent a un problème lui aussi. Voyez-vous, (Johnny reposa son verre sur la table et tendit les mains devant lui, paumes vers le haut, comme s'il allait se mettre à jongler avec quelque chose, en réalité pour mettre en balance ses arguments) vous êtes, dit-il en levant la main gauche, une brave femme avec une ferme qui vous est chère et pas d'homme pour s'en occuper... Mossie, reprit-il en levant cette fois la main droite, est un brave homme qui, lui, n'a pas de ferme qui nécessite son travail, et pas de femme pour le consoler de sa solitude.

A cet instant, il joignit les deux mains.

— Et comme vous le savez, les querelles n'ont pas manqué entre vos deux familles autrefois à propos de cette même terre. C'est donc là une occasion bénie par le ciel de remédier définitivement à tout cela. Vous voyez ? Qu'y a-t-il de plus clair ?

Démonstration faite, Johnny posa bruyamment ses deux mains sur la table en face de lui, ramassa son verre, en but une gorgée et se remit à énumérer les avantages d'un tel mariage, la somme confortable que Mossie avait épargnée à la poste et qu'il apporterait avec lui, son habileté avec les animaux et la terre, sa résistance physique au travail.

Elizabeth, déroutée, n'osait pas regarder Mossie, mais, tel un lapin paralysé par un serpent, continuait de fixer Johnny Thade du regard.

— Maintenant, qu'en dites-vous ? demanda-t-il finalement en se redressant sur sa chaise. Le mariage est-il conclu ?

Elizabeth en avait assez entendu. Elle repoussa sa chaise, se leva et remit en place le bouchon de la bouteille de porto.

— Je suis navrée de vous décevoir, dit-elle avec la plus grande politesse, mais je n'envisage pas de me remarier pour le moment.

— Bien sûr que non, bien sûr que non, fit Johnny Thade en se levant à son tour, pas le moins du monde découragé. Tout ce que nous vous demandons, c'est une indication, une intention, si vous me comprenez. Des fiançailles, c'est tout ce que nous désirons pour le moment. Il n'y a aucune loi humaine ou divine qui interdise une promesse sincère. Et mon cousin ici présent est tout disposé à attendre son heure.

— Je suis désolée, mais la réponse est non, répéta Elizabeth en s'efforçant de rester polie. Merci tout de même d'être venus. Je suis honorée par votre offre, mais je ne veux pas gâcher plus longtemps votre temps.

Elle referma la bouteille de whiskey et la tendit à Mossie.

— Gardez-la, Lizzie.

C'était la deuxième fois qu'il parlait depuis qu'il était entré. Il continuait d'éviter son regard. En le dévisageant, Elizabeth eut la curieuse sensation qu'il s'attendait à sa réponse et ne s'en offusquait pas. Dans la défaite, il ne semblait pas résigné, simplement tranquille.

Son cousin paraissait tout aussi optimiste.

— Oui, gardez la bouteille, madame Scollard. Maintenant

que nous nous sommes compris, nous aurons sûrement l'occasion de reparler de tout ça.

— Je ne pense pas, rétorqua fermement Elizabeth pour ne laisser aucun doute possible sur ses intentions. Merci de l'intérêt que vous me portez, mais, comme je vous l'ai dit, je n'ai pas l'intention de me remarier.

— Pas pour le moment, non, fit Johnny Thade, qui n'avait aucune envie de renoncer lui non plus. Mais pouvons-nous au moins convenir d'une nouvelle rencontre ? La glace est brisée maintenant, non ?

— Il n'y avait rien à briser. Merci d'être venus.

Cette fois, le ton employé décourageait toute discussion, et le cousin de Mossie en prit son parti.

— Y a pas de mal de toute façon, hein ?

— Aucun mal, en effet, répondit Elizabeth en se dirigeant vers la porte.

Les deux hommes lui serrèrent la main et sortirent.

— Je reviendrai demain matin quoi qu'il en soit, Lizzie, dit Mossie en la regardant droit dans les yeux.

Il hésita, puis :

— Le bétail, précisa-t-il avant de partir.

Laissée avec l'impression désagréable qu'il était sur le point de lui dire autre chose, Elizabeth, en refermant la porte derrière eux, était plus que convaincue qu'elle n'avait pas fini d'entendre parler de son voisin et soupirant, Mossie Breac Sheehan.

Et il ne serait sans doute pas le dernier à lui faire ce genre de proposition, songea-t-elle. Trente-cinq acres de terre fertile avaient de quoi en motiver plus d'un dans la région. N'étaient les enfants et leur sécurité, elle aurait préféré ne jamais hériter cette ferme.

Ce soir-là, elle eut des difficultés à trouver le sommeil. Toutes sortes d'images se bousculaient dans son esprit : le visage de gnome et les yeux rieurs du cousin de Mossie, le regard pénétrant d'Alison Charlton Leahy. Elle s'efforça de se rappeler chacun des mots prononcés par la voyante : *obstacles, retards, un mariage d'affaires... vigilance...*

A l'évidence, le « mariage d'affaires » révélé par les cartes était celui qu'elle venait de refuser. Et cependant, est-ce que Mme Charlton Leahy ne lui avait pas répété qu'elle avait le libre arbitre, et que c'était à elle seule qu'incombaient certains choix ? Eh bien, songea-t-elle, son choix était clair et net : elle n'épouserait pas Mossie Breac Sheehan.

Et pourtant, se dit-elle, est-ce que la voyante n'avait pas dit également que ce mariage serait bénéfique à son prochain mariage avec Daniel ?

Le lendemain matin, fatiguée et irritable, elle eut la tentation d'expédier sans ménagement Mossie lorsque, à onze heures et demie environ, celui-ci apparut à la porte. Elle ne pouvait pourtant pas se montrer impolie.

— Entrez, Mossie, dit-elle aussi courtoisement qu'il était possible de le faire.

Le temps s'était amélioré depuis la veille. Francey et Johanna jouaient dehors dans les champs et le bébé faisait la sieste. Les autres filles étaient à l'école.

— J'ai quelque chose à dire, déclara Mossie, debout près de la porte, après avoir refusé de boire quelque chose et de s'asseoir. Je vous ai demandé en mariage, et je crois que nous savons tous deux que mes intentions étaient honorables.

Il y avait dans ses yeux, fixés sur un point imaginaire derrière Elizabeth, cette espèce de détachement par rapport aux choses qui n'était qu'apparent et qu'elle connaissait bien maintenant.

— Je vous le demande une nouvelle fois. Lizzie, voulez-vous m'épouser... ! Je vous en prie. Il y a longtemps que je vous aime.

Elizabeth sentit son sang se glacer dans ses veines.

— Je suis désolée, Mossie, dit-elle aussi calmement qu'elle le put, mais j'ai bien peur que ma réponse soit toujours non. Je vous suis reconnaissante pour toute la gentillesse que vous m'avez témoignée depuis que Neeley est mort, et je suis flattée par votre offre, mais...

— Est-ce qu'au moins vous y réfléchirez ?

Quoiqu'elle ne voulût pas paraître brutale, elle jugea qu'il était inutile de lui laisser de faux espoirs.

— Je ne pense pas, dit-elle doucement. Je suis désolée.

Il la regarda droit dans les yeux. Si la réponse l'avait blessé d'une quelconque manière, il n'en laissa rien paraître. L'homme qui se tenait devant elle n'avait rien d'un suppliant, au contraire.

— Maintenant, si vous voulez bien m'excuser, je...

— Je crois que vous finirez par dire oui, l'interrompit-il. Je pourrais vous en persuader.

— Je vous ai dit...

— Peut-être me faut-il alors présenter les choses d'une autre manière, poursuivit-il en l'interrompant une nouvelle fois. Je crois qu'il est de votre intérêt de m'écouter.

Elizabeth eut un instant le sentiment qu'elle perdait du terrain.

— Je suis désolée, Mossie, dit-elle. Il va falloir que je vous demande de partir. Que dois-je dire pour que vous compreniez que ma réponse est non ?

Il se contenta de la fixer du regard.

— Si j'étais vous, j'écouterais.

Comme elle allait protester une fois de plus, il s'avança dans la cuisine et alla s'asseoir sur une chaise près de la cheminée. Elizabeth le regarda faire, bouche bée.

— Une fois encore, Lizzie, reprit-il en regardant le foyer de la cheminée, je vous donne l'occasion d'exprimer votre consentement. Nous avons encore du temps pour nous.

A cet instant, Elizabeth commença à réellement prendre peur. La personne calme et autoritaire qui était en face d'elle n'était pas le Mossie qu'elle croyait connaître. Elle avait tenté de le repousser, voyant en lui un de ces célibataires ou un de ces vieux garçons contraints de prendre femme pour tromper leur solitude en ce lieu isolé de l'Irlande. Maintenant, elle comprenait qu'elle avait fait une erreur. La personnalité complexe de Mossie, qu'elle n'avait fait jusqu'à présent qu'entrevoir, n'était pas de celle que l'on traite avec condescendance.

— Jamais vous ne réussirez à me convaincre de faire une chose aussi abominable que d'épouser quelqu'un que je n'aime pas, quelqu'un dans votre genre, laissa-t-elle échapper, regrettant aussitôt cette insulte.

— C'est donc ainsi ?

Il repoussa sa chaise en faisant grincer les pieds sur les dalles de pierre comme s'il allait se lever, mais il se rassit et resta à sa place. Même dans la faible lumière de la cuisine, elle pouvait voir que ses joues avaient pâli.

— Quelqu'un dans mon genre, hein ? reprit-il doucement. Vous n'avez pas toujours été aussi difficile, Mademoiselle la fille de l'avocat de Cork.

— Sortez ! cria Elizabeth.

Il se tourna un peu, de façon à lui faire face.

— Je me suis efforcé de faire les choses raisonnablement, dans les règles. Mais ça ne vous va pas encore, n'est-ce pas ? Avec vos airs de femme du monde, vos robes et vos bas de soie, vous ne voulez rien avoir à faire avec les hommes dans mon genre. Les paysans, vous en avez assez, n'est-ce pas, Lizzie ?

Elizabeth, effarée, s'assit à son tour sans dire un mot à côté de la fenêtre.

— Ma famille s'est brisé le dos sur cette terre que vous

prétendez vôtre aujourd'hui, poursuivit Mossie en la regardant par en dessous, la voix empreinte d'émotion. Vous n'avez aucune idée de ce que c'est pour moi que de vivre sur quelques miettes de terre inculte et rocailleuse, et de vous voir, vous, qui ne connaissez rien à la terre, assise dans cette cuisine, dans cette ferme qui devrait me revenir et qui va maintenant tomber en ruine parce que vous ne voulez pas vous salir les mains.

Elizabeth remarqua que ses mains tremblaient tant il mettait de passion dans ce qu'il disait.

— Il ne sert à rien de remuer le passé, risqua Elizabeth.

— Cette ferme est mon *sang !...* Elle est mon sang, répétat-il plus calmement. (Puis :) Je ne m'attends pas, de toute façon, à ce que vous me compreniez.

Elizabeth rassembla alors tout son courage, et dit :

— C'est cette terre que vous voulez épouser, pas moi.

— Croyez-vous ? demanda-t-il doucement, l'air distant.

— Ça me paraît évident, et je pense que c'est une raison méprisable de vouloir se marier. Où vous croyez-vous, en plein Moyen Age ? Laissez-moi vous dire, Mossie, que si vous pensez me persuader de vous épouser de cette façon, vous faites fausse route. J'espère que vous comprendrez qu'après ça, je ne pourrais pas me marier avec vous même si ma vie en dépendait.

— Vous pourriez changer d'avis quand je vous aurais dit ce que j'ai à vous dire. Je n'ai pas terminé. Il y va de votre intérêt, ajouta-t-il. Et de celui de Daniel McCarthy...

Elizabeth le fixa du regard, l'œil glacial, mais ne trouva rien à dire sur le moment. Mossie attendit une seconde ou deux. Quand il fut certain qu'elle l'écouterait sans l'interrompre, il poursuivit.

— J'étais sur la colline ce soir-là. J'ai vu ce qui est arrivé.

Le cœur d'Elizabeth battait de plus en plus fort. D'un ton laconique, il expliqua ce qu'il avait vu précisément.

— Mais c'est exactement ce que Daniel a dit à la police ! s'écria-t-elle.

Puis, elle s'arrêta net.

— Pourquoi est-ce que vous me dites ça seulement aujourd'hui ? Pourquoi n'avoir rien dit avant ? Vous auriez pu lui épargner la torture d'aller en prison, ajouta-t-elle, furieuse.

— Peut-être.

Mossie restait calme, mais elle sentait bien que ce n'était qu'une apparence, qu'il était en réalité aussi tendu qu'une corde de violon.

— Nous devons aller à Castletown, immédiatement. Nous prendrons le cob [1] des Harrington, et...

A cet instant, elle vit l'expression du visage de Mossie.

— Il y a autre chose, n'est-ce pas ?

— Oui, dit-il. Inutile de tourner autour du pot. J'irai trouver la police et je leur dirai ce que j'ai vu *si* vous acceptez de vous marier avec moi. Dans le cas contraire, je ne dirai rien.

— C'est scandaleux !

Elizabeth n'en croyait pas ses oreilles.

— J'irai moi-même trouver la police, dit-elle, ils vous forceront à dire la vérité.

— Croyez-vous ? Vous vous souvenez du bal de Jimmy Deeney, Lizzie ? Tout le monde vous a vue vous disputer avec votre mari, et tout le monde sait pourquoi vous vous disputiez. Parce que Neeley vous empêchait d'aller danser avec Daniel McCarthy. Alors, de quoi tout cela a-t-il l'air, hein ? Qui est-ce que la police va croire, Lizzie ? Vous et Daniel McCarthy ? Ou moi et les dizaines de témoins de ce soir-là ?

Il se leva de sa chaise.

— Je vous laisse le temps d'y penser. Je ne reviendrai plus vous voir jusqu'à ce que vous m'ayez vous-même donné votre réponse.

Il détourna les yeux, puis ajouta d'un ton désinvolte :

— Mais, ne vous inquiétez pas pour la ferme. Je continuerai de m'occuper des bêtes pour vous.

Il remit sa casquette et se dirigea vers la porte. Avant de mettre le pied dehors, il se retourna et, le visage à contre-jour, ajouta :

— Souvenez-vous, madame Scollard, j'ai commencé par essayer de faire les choses dans les règles.

Elizabeth avait l'impression que ses joues étaient transies de froid.

— Et que faites-vous de la loi ? murmura-t-elle. Si je vous fais citer comme témoin, vous serez sous la foi du serment...

— Vous me surprenez, Elizabeth. Drôles d'avocats, drôles de lois, en vérité, que nous ont laissés les Anglais ! Nous ne sommes plus en ville... Ne l'avez-vous pas encore remarqué depuis que vous vivez ici ? Nécessité fait loi. Il y a de la *terre* en jeu en ce qui me concerne.

— Mais si je vous avais dit oui hier soir, vous ne m'auriez

1. Cheval de taille moyenne, ayant une forte et courte encolure. *(N.d.T.)*

jamais parlé de tout cela, n'est-ce pas ? demanda-t-elle. Vous alliez laisser Daniel pourrir en prison... ou même être pendu.

— Probablement pas, dit-il en rajustant soigneusement sa casquette. Mais qui pourrait le dire avec certitude, hein ? Voyez-vous, ajouta-t-il avec une certaine tristesse, je voulais que vous acceptiez de vous marier avec moi pour ce que je suis, pas pour Daniel. Qui sait, nous avions peut-être autant de chance de réussir que la plupart... Il détourna son regard et leva les yeux vers le ciel.

— Mais c'est une autre histoire, inutile d'en parler plus longtemps. Il s'ébroua comme un chien au sortir de l'eau.

— Et n'oubliez pas... j'attends votre réponse.

Après son départ, le premier réflexe d'Elizabeth fut de courir chez les Harrington pour se confier à Tilly, mais elle se l'interdit. Elle avait besoin de penser à tout cela avant. L'intérêt que Mossie lui portait à elle personnellement était une révélation. Comment avait-elle pu être aussi aveugle ? Elle avait pourtant soupçonné bien souvent au cours des années, en voyant la façon qu'il avait de la regarder, quelque chose de cette nature.

En même temps, tout cela était si soudain ; qu'éprouvait-elle réellement pour cette ferme ? Mossie avait raison quand il lui faisait comprendre qu'elle n'avait pas, et n'aurait sans doute jamais, la passion paysanne de la terre. Mossie, lui, était prêt à se parjurer pour elle. Pour trente-cinq acres de terre. Alors, quoi ? Que faire maintenant ?

A huit heures ce soir-là — il faisait encore tout à fait jour —, après avoir confié à Mary le soin de veiller sur les enfants, Elizabeth partit voir Mossie Breac Sheehan.

L'étroit sentier qui menait à la maison de la tante de Mossie était impraticable à vélo, et elle fut contrainte de mettre pied à terre. Laissant la bicyclette dans un fossé, elle s'arrêta quelques secondes pour rassembler ses pensées. Dans la poche de son cardigan, elle transportait deux feuilles de papier d'écolier, avec lesquelles elle projetait de négocier son avenir et celui de Daniel Carrig.

La maison de Mossie ressemblait à la sienne, solidement bâtie, avec un rez-de-chaussée et un étage. La cour était propre, mais minuscule ; des soucis, des giroflées et des pois de senteur fleurissaient le long des murs.

Elizabeth frappa à la porte, et la tante de Mossie ouvrit presque immédiatement.

— Bonsoir, dit Elizabeth. Est-ce que Mossie est là... ? Je ne sais pas si vous vous souvenez de moi, madame... Je suis Lizzie Scollard.

— Bien sûr que je me souviens de vous, entrez, entrez...

Bel avait le dos voûté et déformé par l'arthrite. D'une main tremblante, elle souleva le loquet de la porte et recula pour laisser entrer Elizabeth.

— C'est une belle soirée, dit-elle, Dieu merci, et je suis désolée de ce qui vous arrive, Lizzie, je n'ai pas pu aller à l'église, mais Mossie y était, n'est-ce pas ? Je crois que Neeley a eu de belles funérailles.

— En effet. Est-ce vous qui jardinez, madame ? demanda Elizabeth en indiquant les plates-bandes dans la cour.

Elle espérait ainsi couper court au rituel interminable des condoléances.

— Plus maintenant, ma fille, pas depuis que je souffre de rhumatismes. C'est Mossie qui s'en occupe. C'est un brave garçon.

Pour qui est aveugle, songea immédiatement Elizabeth, mais elle n'en dit rien. Cette pauvre Bel n'était pour rien dans tout cela.

— Oui, poursuivit Bel, Mossie a toujours eu le pouce vert, comme on dit. Un véritable don pour les plantes.

— Vraiment ? Et est-ce qu'il est là ? demanda-t-elle à nouveau en essayant de ne pas paraître grossière.

— Il est dans les parages, dit la vieille dame en traînant péniblement les pieds vers la cuisine. Johnny Thade est avec lui.

Elle ouvrit une fenêtre, passa la tête dehors et appela de sa voix haut perchée :

— Mossie !... Mossie !

Pour la première fois depuis qu'elle était partie de chez elle, Elizabeth sentit son estomac se nouer.

— Il va arriver, dit Bel. Vous voulez boire quelque chose ?

— Merci, mais je ne reste pas. Je suis juste venue dire un petit mot à Mossie, et puis je repars. Les enfants sont seuls à la maison.

— Ces pauvres petites créatures qui n'ont plus leur père !

Avec difficulté, Bel s'installa dans un large fauteuil rembourré de vieux coussins.

— Je vais aller dehors à sa rencontre, dit Elizabeth.

— Très bien. Vous m'excuserez de ne pas me lever pour vous accompagner.

— Ne vous inquiétez pas de ça.

262

Heureuse de s'échapper, Elizabeth se demanda ce que Mossie avait en tête pour sa tante. Avait-il l'intention de l'amener avec lui ? La pauvre femme était à l'évidence incapable de s'occuper d'elle-même.

Tandis qu'elle attendait dans la cour, elle aperçut Mossie qui arrivait dans sa direction en traversant le champ qui se trouvait devant la maison. Dieu merci, songea-t-elle, Johnny Thade n'était pas avec lui.

— Je ne vous attendais pas aussi tôt, dit-il quand il fut à portée de voix en montrant ses vêtements de travail couverts de terre. J'étais en train de creuser un fossé.

— Ça n'a pas d'importance, dit brièvement Elizabeth. Y a-t-il un endroit où nous pourrions parler en privé ?

— La maison est petite.

— Dehors, dans ce cas.

Elle jeta un coup d'œil autour d'elle.

— Là-bas, reprit-elle en indiquant du doigt un vieux banc de jardin au soleil, devant la remise.

— Avez-vous réfléchi à ma proposition ? demanda-t-il quand ils furent assis.

Il ne se serait pas exprimé autrement s'il lui avait fait une offre pour un veau. Elizabeth prit volontairement son temps pour répondre. Elle serra les pages qui se trouvaient dans sa poche pour se donner du courage et déclara enfin :

— J'ai une proposition à vous faire.

— Je suis toujours ouvert aux propositions, dit Mossie avec une ironie désabusée.

Maintenant que le moment était venu de passer à l'action, Elizabeth éprouvait quelques difficultés à le faire. Elle sortit les deux feuilles de papier de la poche de son cardigan et en choisit une, qu'elle déplia sur ses genoux.

— Je veux vous lire quelque chose, dit-elle en le regardant pour voir comment il réagissait.

Mais si Mossie fut surpris de voir le document qu'elle lui présentait, il n'en montra rien.

— J'ai longuement réfléchi à ce que je vais vous dire maintenant, poursuivit-elle, et ce n'est pas négociable. Vous comprenez ?

Il hocha imperceptiblement la tête.

Elizabeth souleva la feuille de papier, et en commença la lecture :

— « Par la présente, vous, Maurice Sheehan, êtes autorisé à travailler la ferme Scollard comme vous l'entendez, mais, étant donné que mes enfants et moi-même devons pour vivre

263

avoir une source de revenus, la terre vous sera seulement louée, à un prix raisonnable qui reste à déterminer. Après une période de quinze ans, quand le plus jeune de mes enfants aura quitté l'école et sera indépendant, je ferai un testament par lequel je vous léguerai la terre. Elle sera vôtre le temps qu'il vous restera à vivre, après quoi cette terre reviendra de droit à la famille de Neeley, ainsi que vous devrez le mentionner dans votre propre testament. Ces deux testaments, le vôtre et le mien, seront déposés en même temps chez un avocat de mon choix, à savoir mon père. »

Elle leva les yeux.

— Est-ce clair ? demanda-t-elle.

— Parfaitement, répondit Mossie, l'air impénétrable.

— Êtes-vous d'accord ?

— Non.

— Pourquoi ?

— Votre document ne dit rien à propos du mariage.

— Je croyais que c'était la terre qui vous intéressait.

— La terre aussi.

Les yeux dans les yeux, ils s'observèrent en silence quelques instants. Puis, comprenant qu'elle avait une fois de plus sous-estimé Mossie, Elizabeth baissa la tête la première.

— Cette terre appartient à ma famille, dit doucement Mossie.

Elizabeth fit un effort sur elle-même pour ne pas se mettre en colère. Puis, admettant sa défaite, elle déplia la seconde feuille de papier et se mit à la lire en adoptant le ton le plus formel dont elle était capable.

— « Je vous épouserai selon certaines conditions. Naturellement, pas avant la fin de la période de deuil, qui durera au moins un an à dater de ce jour. La deuxième condition », poursuivit-elle en reprenant sa respiration et en s'efforçant de ne pas trembler, « est... que vous acceptiez que je sois votre femme sur un plan strictement légal, et d'aucune autre manière. Autrement dit, vous resterez chez vous et moi chez moi. »

Elle l'entendit se racler la gorge, et le vit changer de position.

— « La troisième condition est que vous ne parliez jamais, à qui que ce soit, de la raison pour laquelle je vous ai épousé. A personne. Étant donné les circonstances inhabituelles dans lesquelles nous serons appelés à vivre, les gens se poseront des questions, évidemment, mais vous devrez vivre avec cela et ne jamais briser le silence.

« Ceci étant posé, j'ai le droit, de mon côté, de mettre dans la confidence un petit nombre de personnes dont j'estimerai qu'elles ont le droit de savoir, mais je garantis ne rien divulguer à moins d'avoir reçu l'assurance de ces mêmes personnes qu'elles garderont, elles aussi, le secret.

« Qui plus est, personne ne doit savoir que nous sommes fiancés et que nous avons l'intention de nous marier avant que nous n'en fassions nous-mêmes la proclamation solennelle, ce qui n'aura pas lieu avant au moins un an et une semaine après que Daniel McCarthy aura été libéré de prison.

« La quatrième condition est que je puisse mener ma vie comme je l'entends, sans avoir à recevoir un seul ordre de vous.

En échange de tout ceci, poursuivit-elle en accélérant sa lecture, je vous léguerai la terre à condition que les enfants de Neeley aient toujours un toit au-dessus de leurs têtes et qu'entre-temps, d'ici au moment du mariage, vous fassiez usage de la terre selon les conditions mentionnées dans le premier document.

« Si vous ne respectiez pas une seule de ces conditions... »

Elle s'arrêta de lire, et releva les yeux.

— «... une seule de ces conditions, Mossie — si je vous prenais à rôder furtivement autour de moi dans la campagne, par exemple — jamais, je le jure, vous n'aurez un pouce de cette terre. Pas un pouce. Et, bien entendu, c'est à vous seul qu'il revient d'aller trouver la police demain matin, et de blanchir le nom de Daniel.»

Une abeille passa bruyamment devant le nez de Mossie, mais il cilla à peine.

— Un an et une semaine ? répéta-t-il doucement. Vous êtes bien la fille d'un avocat. Quelles garanties ai-je que vous ne changerez pas d'avis quand il sera sorti de prison ?

— Aucune, répondit Elizabeth. A part ma parole — et ces bouts de papier. Mais, je suppose que ces... *contrats* auront quelque valeur devant la loi. Je les signerai devant témoins.

— Des témoins ? Je croyais que personne ne devait être au courant en dehors de quelques personnes choisies avec soin.

— Les autres ne pourront témoigner que de nos signatures, et de rien d'autre.

De nouveau, il la dévisagea.

— Vous avez le droit d'en parler, mais pas moi ?

— Les personnes que j'ai en tête sont des gens comme mon père... et...

Elle hésita pour la première fois.

— Et Daniel McCarthy, dit-il tranquillement.

— Je vous l'ai dit, reprit-elle d'un ton obstiné, je ne parlerai de notre arrangement à *personne* en dehors de ceux qui ont le *droit* de savoir. Si ce point ne vous paraît pas suffisamment explicite dans le document, je le réécrirai à votre convenance. Y a-t-il quelqu'un de votre côté qui ait le droit ou le besoin d'être mis au courant ?

— Que croyez-vous, Elizabeth ? Pensez-vous que je tienne à ce qu'on sache que j'ai dû contraindre quelqu'un à m'épouser ?

Elle éprouva à cet instant une joie sauvage à voir qu'au moins il en éprouvait de la honte.

— Nous signerons ce document, enchaîna-t-elle d'un ton sec, *après* que vous serez allé trouver la police.

— Après ? répéta-t-il avec un sourire ironique. Elizabeth, croyez-vous que je sois tombé de la dernière pluie ? Je veux que nous signions *avant* que j'aille où que ce soit. J'aurai ainsi la garantie que vous tiendrez parole et que vous m'épouserez dans un an.

— Je vous ai dit que les termes de mon contrat n'étaient pas négociables, dit-elle en repliant les feuilles de papier et en les remettant dans sa poche.

Mais Mossie fit montre d'une détermination étonnante et ne parut pas vouloir céder un pouce de terrain.

— D'accord, explosa finalement Elizabeth, je suis d'accord pour signer votre fichu document. Mais ne me parlez plus jamais. Jamais.

— Il le faudra pourtant, si, comme vous le demandez, je dois travailler votre terre pendant plus d'un an.

— Et je veux que l'on fasse l'inventaire du matériel et que l'on note par écrit chaque râteau et chaque herse, de façon à ce que vous ne puissiez pas m'escroquer, moi ou mes enfants.

Mossie lui jeta un regard en coin.

— Vous n'avez pas une haute opinion de moi, dit-il après un silence.

— Quoi ?

Elizabeth s'esclaffa, incrédule.

— Que feriez-vous, Mossie, si la situation était inversée ? Le chantage n'est pas une occupation honorable.

— L'adultère non plus.

Elle aurait voulu le gifler pour cela, mais elle s'en empêcha et se contenta de le foudroyer du regard.

— Où est votre cousin ? demanda-t-elle brusquement.

— Il travaille à creuser le fossé.

— Allez le chercher, nous aurons besoin de lui et de votre tante pour témoigner que j'ai bien signé ces documents. Les

Harrington, de leur côté, témoigneront que vous l'avez fait. Ils ne seront pas au lit avant minuit.

— Tout ce que vous voudrez, Votre Majesté, dit-il en portant la main à son front pour saluer. Mais est-ce qu'ils ne vont pas poser des questions ?

— Ils ne verront que les signatures. Je sais qu'il est de coutume par ici de ne pas fourrer son nez dans les transactions des autres. C'est au moins une chose que j'ai apprise.

— Vous avez tout prévu, n'est-ce pas, Elizabeth ?

Mossie semblait avoir quelque chose dans l'œil.

— Avant que nous en venions à conclure notre affaire, dit-il en se frottant l'œil, je tiens à ce que vous sachiez que je m'occuperai bien de la terre de Neeley. Vous n'avez pas besoin d'avoir ma signature pour en être sûre.

— Dites-moi seulement une chose, fit Elizabeth en mettant le plus grand dégoût dont elle était capable dans le ton qu'elle employait, simple curiosité. Pourquoi avoir attendu aussi longtemps avant de révéler ce que vous aviez vu ce soir-là ?

Il cessa de se frotter l'œil.

— Vous ne m'auriez pas cru si je vous en avais parlé.

— Vous voulez parier ?

— Peu importe.

Laissant Elizabeth avec ses propres pensées — elle ne savait pas si elle devait être furieuse de le voir aussi sûr de lui, si elle devait craindre pour elle-même ou se réjouir de la libération prochaine de Daniel —, il partit chercher Johnny Thade.

Aussitôt qu'il eut tourné au coin de la resserre et qu'il fut hors de vue d'Elizabeth, Mossie s'effondra par terre, se prit le visage dans les mains et, à genoux près d'un tonneau vide, se laissa aller à sangloter.

Les dix-huit heures qui suivirent parurent interminables à Elizabeth. Pour la deuxième fois en deux nuits, elle dormit à peine et, au matin, elle prépara le petit déjeuner comme une somnambule. Tilly arriva à onze heures et demie pour bavarder un peu et la trouva les yeux tirés et les nerfs à fleur de peau.

— Je suppose qu'il est inutile de te demander ce qui ne va pas ?

— Oh, comme d'habitude ! dit-elle en faisant claquer son balai sur les dalles de la cuisine.

— Qui est-ce ?

— Quoi ?

— Qui es-tu en train de tuer avec ce balai ?

— Désolée, Tilly. Je suis de mauvaise humeur. J'ai à peine dormi, gémit-elle.

Elle reposa le balai à sa place ; puis, la question lui brûlant les lèvres :

— As-tu entendu dire quelque chose ? demanda-t-elle.

Il y avait une chance pour que Tilly, dont la maison se trouvait plus proche du village que la sienne, ait entendu parler avant elle des derniers développements de l'affaire Daniel McCarthy.

— A propos de quoi ?

— De Daniel par exemple, soupira Elizabeth d'un air agacé.

— Écoute, il y a vraiment quelque chose qui ne va pas ici, dit Tilly en s'asseyant à table.

— Alors ça, c'est typique ! Pourquoi faut-il que tu croies toujours que quelque chose ne va pas ? J'aimerais bien que les gens cessent un peu de s'occuper de moi.

— Ça peut s'arranger, dit lentement Tilly.

— Oh, je ne parle pas de toi, fit Elizabeth d'un air triste. Vraiment. Tu me pardonnes ?

— Est-ce que j'ai le choix ? Lizzie, veux-tu que nous parlions ? Est-ce que c'est cette voyante, Mme Charlton Leahy, qui t'a perturbée ? Tu n'es plus la même depuis... Oh, bonjour, brigadier !

— Bonjour, madame Harrington, madame Scollard.

Sur le pas de la porte, le brigadier ôta son képi.

— Puis-je vous dire un mot, madame Scollard ?

— Entrez, brigadier.

— Nous ne serons pas longs, madame Harrington, dit-il.

Tilly, saisissant l'allusion, se leva de sa chaise.

— Je reviendrai tout à l'heure, Lizzie.

Après qu'elle eut quitté la pièce, le policier sortit son petit carnet.

— Puis-je m'asseoir, madame Scollard ?

— Je vous en prie.

Elizabeth s'assit en face de lui tandis que, avec une lenteur exaspérante, il tournait une à une les pages de son carnet. Enfin, il leva les yeux.

— Je suis sûr que vous savez pour quelle raison je suis ici, dit-il, si rapidement qu'elle se doutât immédiatement qu'il essayait de la piéger.

Mais elle l'avait déjà rencontré une première fois, et ses armes étaient maintenant affûtées. Elle ne se déroba pas.

— J'imagine que cela a quelque chose à voir avec la mort de mon mari ?

— Vous pouvez le dire.

— Quelque chose est-il arrivé ?

— Apparemment, *apparemment,* répéta-t-il, il y a eu un témoin de l'incident.

Ses yeux pâles étaient si dénués d'expression, songea Elizabeth, que l'on aurait pu croire ceux d'une morue sur l'étalage d'un poissonnier.

— Vraiment ? C'est une excellente nouvelle. Et qui est cette personne ?

— Un de vos voisins. Un homme nommé Maurice Sheehan.

— Mossie ? Oh, oui. Il s'est montré très serviable. Il s'est occupé de la ferme ici.

— Apparemment, il a tout vu. Du moins, c'est ce qu'il dit.

— Eh bien, c'est merveilleux, brigadier, dit Elizabeth.

— C'est un petit peu curieux, vous ne trouvez pas, qu'il ne

vienne nous faire part de tout cela qu'aujourd'hui, plusieurs semaines après les événements...

De nouveau, il tourna les pages de son carnet.

— ... vingt-six jours, pour être précis. Comment expliquez-vous qu'il ait fallu vingt-six jours à cet homme pour se décider à venir trouver la police ?

— Je n'en ai pas la moindre idée, brigadier. Comment le saurais-je ?

— Étrange, tout de même, non ?

— Je ne suis pas de la région, brigadier, comme vous le savez. Les gens d'ici me surprennent tous les jours. Peut-être a-t-il eu peur d'aller dire ce qu'il savait ?

— Comment cela se peut-il ?

— Peut-être a-t-il pensé qu'il pouvait être soupçonné ? suggéra Elizabeth en joignant les mains et en les posant sur ses genoux.

— Peut-être.

Le brigadier rangea son carnet dans la poche intérieure de la veste de son uniforme et se leva.

— Eh bien, je ne vais pas vous ennuyer plus longtemps.

— Merci d'être venu, et tenez-moi au courant, brigadier.

Elle se leva à son tour. Elle se dirigeait vers la porte pour le reconduire quand il la retint par le bras, ses yeux brillants comme des pierres précieuses.

— N'êtes-vous pas curieuse de savoir ce que Maurice Sheehan a vu cette nuit-là, madame Scollard ?

Elizabeth vit le piège, mais trop tard.

— Bien sûr que si, brigadier, se reprit-elle, que vous a-t-il dit ? Que faisait-il là-haut ?

— Il semble que la moitié du pays se promène sur cette colline après minuit, fit observer ironiquement le brigadier.

— Je ne crois pas. Je connais Mossie... Maurice a des pièges là-haut, et ils sont un ou deux à chasser le lapin ou le renard...

Le brigadier semblait fatigué de jouer.

— Eh bien, madame Scollard, dit-il, il apparaît que la version des événements que nous a fournie Maurice Sheehan correspond à la vôtre... et à celle du jeune homme, bien sûr. En fait, il y a, si je puis dire, une concordance remarquable entre les trois.

— Ce sont d'excellentes nouvelles. Et, comme je vous l'ai dit, je n'ai jamais cru que mon mari avait été assassiné.

— Oui, dit lentement le brigadier, vous l'aviez dit. Quoi qu'il en soit, M. Sheehan est prêt à venir témoigner sous la foi du serment.

— Dieu merci !

Elizabeth, qui espérait n'avoir paru ni trop surprise ni trop soulagée en disant cela, lui tourna le dos en prétextant qu'elle devait vérifier le feu dans le fourneau.

— Excusez-moi un moment, brigadier. Je suis en train de préparer du pain. Quand le procès doit-il avoir lieu ? demanda-t-elle par-dessus son épaule. J'aimerais, bien entendu, être là si possible.

— Bien sûr. Eh bien, j'imagine que, puisque la défense plaidera maintenant l'homicide involontaire et qu'un jury ne sera pas nécessaire, l'affaire sera portée devant la prochaine commission qui siégera à Bantry, ou, si tout le monde est prêt, mardi prochain à Ballyfee. Nous serons le vingt.

Elizabeth referma la porte du fourneau.

— Est-ce que ça signifie que Daniel... Daniel McCarthy va être libéré ?

— Ça dépendra de la façon dont les choses se passeront devant la cour, répondit le brigadier. Après tout, un homme a été retrouvé mort par balle, une balle qui venait du fusil de McCarthy.

— Mais, si c'était un accident...

— Le travail de la police s'arrête à l'établissement de preuves. Après cela, c'est à la cour de trancher.

Elizabeth fit un effort pour ne pas se trahir davantage.

— Merci de me tenir au courant, dit-elle simplement.

— Il est naturel que vous vous intéressiez de près à cette histoire, madame Scollard. Vous serez probablement citée en tant que témoin vous-même.

— Quand le brigadier Coyle reviendra-t-il à Eyeries ? demanda-t-elle pour paraître un peu plus cordiale.

— On m'a dit qu'il récupérait doucement, mais la jambe a été fracturée en trois endroits, et il ne sera pas de retour avant au moins deux mois.

— Il nous manque.

— J'en suis sûr.

Elizabeth réussit à faire bonne figure jusqu'à ce qu'elle ait refermé la porte derrière lui. Puis, toute la tension accumulée retomba brusquement, et elle se rendit compte que, sans le savoir, elle n'avait cessé de retenir sa respiration et qu'elle était en sueur. Elle appuya son front contre la porte lorsqu'elle entendit cogner à coups répétés.

— Ouvre-nous, maman, ouvre-nous !

Elizabeth se frotta les yeux, ouvrit la porte et découvrit, debout sur le seuil, Johanna et Francey, indignés.

— Tu nous as enfermés dehors !

— Tu nous as enfermés dehors ! répéta Johanna.

— Mais non, fit Elizabeth en riant et en les prenant dans ses bras pour les embrasser. Entrez, entrez, mes chéris.

— Qu'est-ce qui se passe ? Nous avons vu un policier, dit Francey.

— Le brigadier nous rendait seulement une petite visite, mon amour, dit-elle. Il n'y a rien, tout est en ordre.

— Est-ce qu'on va nous arrêter ? s'enquit Johanna, pas vraiment inquiète, juste intéressée.

— Bien sûr que non nous n'allons pas être arrêtés. Maintenant, dit joyeusement Elizabeth en se mouchant, qui veut un pain aux raisins ?

— Moi ! Moi ! s'écrièrent-ils en chœur.

À l'heure du dîner, la nouvelle du témoignage de Mossie avait fait le tour de la commune.

— C'est vrai ? demanda Tilly en entrant comme une tornade dans la cuisine où Elizabeth servait le dîner aux enfants.

— Qu'est-ce qui est vrai ? demanda calmement Elizabeth en essuyant la bouche d'Abigail.

— Ne fais pas la maligne, Lizzie, tu sais bien ce que je veux dire. Le brigadier est venu te voir, non ?

— Tu l'as vu toi-même. Si tu veux savoir si Mossie Sheehan est allé trouver la police, alors oui, c'est vrai.

— Alors, ça veut dire que Daniel va s'en sortir ?

— Rien n'est moins sûr s'il faut en croire ce Clancy. Oh, Tilly, il a été détestable.

— N'y pense plus. Maintenant que Mossie va témoigner, tout devrait s'arranger...

— Je l'espère, dit Elizabeth. Mais, Tilly, il est temps de prier comme tu ne l'as jamais fait encore. Il se peut que l'affaire passe devant la cour mardi prochain.

— Je prierai pour lui ! promit Tilly. Faut-il qu'il soit détestable tout de même...

— Qui ? Le brigadier ?

— Mossie Breac. Pourquoi avoir attendu tout ce temps ?

— La peur, j'imagine, tu sais à quel point les gens détestent aller trouver la police.

— Peut-être. Mais tout ce temps...

Secrètement, tandis que Tilly continuait de s'interroger sur les raisons qu'avait pu avoir Mossie d'attendre si longtemps avant de témoigner, Elizabeth, de son côté, se demanda comment son amie allait prendre la nouvelle de son mariage avec lui. Elle n'arrivait pas, pour le moment, à trouver le courage de le lui annoncer. Chaque chose en son temps, se dit-elle. Et puis, qui pouvait dire ce qui allait se passer d'ici à ce qu'ils soient officiellement mariés ?

Le mardi suivant, Elizabeth, accompagnée de ses amis les Harrington, embarqua à bord du *Princess Béara* à destination de Ballyfee.

Ils se rendirent immédiatement au palais de justice pour connaître l'heure exacte du procès ; Daniel ne devait comparaître que dans l'après-midi. Il était l'heure du déjeuner lorsqu'ils arrivèrent au palais de justice, et le juge, après avoir consulté sa montre, avait ajourné la séance jusqu'à deux heures. Mick interrogea alors un des policiers, qui lui-même interrogea le greffier ; Daniel ne comparaîtrait probablement pas avant trois heures.

Ils rejoignirent alors le père d'Elizabeth au restaurant de l'hôtel situé de l'autre côté de la rue. St. John n'était pas l'avocat de Daniel légalement désigné par la loi, mais, fidèle à sa parole, il avait fait bénéficier ce dernier de sa longue expérience. En outre, après les révélations de Mossie Sheehan, il avait également usé de toute son influence pour que sa fille, qui avait été convoquée comme témoin dans cette affaire, ne soit pas citée à la barre à moins que cela ne fût véritablement nécessaire.

— Je suis confiant, dit-il. C'est une bonne chose que nous ayons Eager.

Eager était le nom du juge de la cour.

Elizabeth, qui était trop nerveuse pour avaler quelque chose, se contenta de grignoter une petite côte de mouton. Courageusement, Mick et Tilly assurèrent la conversation. *L'Indépendant,* ce matin-là, était presque entièrement consacré à la dernière arme de Hitler, les fusées V-1.

— Elles volent toutes seules, c'est incroyable ! dit Mick.

Au moment où son père, qui suivait chaque jour la progression de la guerre sur les nouveaux programmes de la BBC, se lançait à son tour dans la discussion, Elizabeth n'y prêta qu'une demi-attention. Elle venait de repérer les parents de Daniel assis à une table à l'autre bout de la salle. Devait-elle aller vers eux ? Mais pour leur dire quoi ? Elle ne les avait rencontrés qu'une ou deux fois, et bien qu'elle eût entendu dire qu'ils étaient présents aux funérailles de Neeley, elle ne les avait pas revus depuis que Daniel avait été emprisonné. Elle les observa discrètement tandis que, les yeux baissés, ils mangeaient en silence, et avec beaucoup de précaution, comme s'ils se disaient qu'on allait peut-être leur demander ensuite de nettoyer la salle. Ils avaient l'air si seuls et si déroutés qu'elle ressentit un profond sentiment de culpabilité. Et, quelle que soit l'issue du procès, Dieu seul savait comment ils allaient pouvoir s'acquitter des frais de justice qu'avait entraînés cette affaire.

Elle ne put les regarder davantage.

— Je n'ai pas faim, dit-elle, en reposant son couteau et sa fourchette sur son assiette à laquelle elle avait à peine touché. On suffoque ici, je vais aller prendre un peu l'air.

— Tu veux que je vienne avec toi ? lui demanda Tilly en repoussant sa chaise.

— Non, reste ici et finis ton repas. J'ai envie d'être seule un petit moment, si ça ne t'ennuie pas, Tilly... Il faut que je mette de l'ordre dans mes idées.

Tandis qu'elle quittait le restaurant, elle remarqua du coin de l'œil que les McCarthy s'étaient arrêtés de manger et la suivaient du regard. Il était facile de deviner ce qu'ils devaient penser d'elle.

Il était deux heures moins vingt lorsque, après s'être promenée autour du château en ruine de Ballyfee qui avait appartenu autrefois au clan O'Sullivan, Elizabeth revint à l'hôtel. Elle ne vit aucun signe des parents de Daniel, mais son père et les Harrington l'attendaient dans l'entrée.

— Je crois que nous ferions bien d'y aller maintenant, fit St. John en boutonnant sa veste et en ramassant son porte-documents.

Été comme hiver, ses vêtements ne changeaient jamais : un solide vieux costume trois-pièces, une chemise démodée à col haut et une cravate soigneusement nouée.

— Quoi qu'il arrive cet après-midi, papa, fit Elizabeth avec un soudain élan de tendresse en l'embrassant sur la joue, je veux que tu saches que je te remercie pour tout.

Surpris et embarrassé, il s'essuya la joue à l'endroit où elle l'avait embrassé.

— Oui, eh bien, si nous voulons avoir une place à l'intérieur, nous ferions bien de nous hâter.

La salle d'audience, qui pouvait contenir au grand maximum quarante ou quarante-cinq personnes, y compris la police et les avocats, était déjà pleine de monde quand ils arrivèrent.

— Ça ne devrait plus tarder maintenant, dit Tilly en serrant doucement la main d'Elizabeth, tandis que tous se glissaient sur un des bancs en bois réservés au public.

Elizabeth connaissait déjà l'atmosphère d'une cour de justice — quand elle était enfant, son père l'y emmenait de temps à autre pour qu'elle voie quel métier il faisait —, mais elle n'avait jamais vu une salle aussi décrépite que celle-ci. Les murs étaient moisis, humides et couverts de taches, et le mobilier semblait avoir été récupéré dans quelque maison ayant appartenu à la bourgeoisie montante du siècle dernier. Enfin, une odeur de chat empestait l'atmosphère.

De l'autre côté de la petite allée centrale qui séparait les bancs réservés au public, elle aperçut les McCarthy, parents, frères et sœurs ; d'autres personnes, qui étaient sans doute des proches de la famille, s'étaient groupées devant, de son côté à elle. Elle pria pour qu'ils ne se retournent pas.

— La Cour !

Le juge fit son apparition et le babillage cessa immédiatement dans la salle.

Les faits furent d'abord résumés à l'intention du juge par l'avocat de la défense, mais Elizabeth ne parvint pas à se concentrer sur ce qu'il disait. Aussitôt qu'elle entendait un bruit derrière elle, elle se retournait, croyant chaque fois que c'était Daniel que l'on amenait. C'est ainsi qu'à un moment elle croisa, non pas le regard de Daniel, mais celui du brigadier Clancy. Une autre fois, ce fut Mossie Sheehan qui entrait, et elle détourna instantanément les yeux.

Il y eut de nombreux ajournements et renvois et les affaires s'enchaînèrent à une vitesse qui l'aurait consternée si elle n'avait été familière des façons de procéder de la loi irlandaise. Elle étudia les traits du juge, essayant de deviner ce qu'il pensait du cas de Daniel. Il avait une soixantaine d'années, la peau de quelqu'un qui souffre de dyspepsie et ne cessait de tripoter ses lunettes en demi-lune quand ses yeux étaient irrités. N'importe quel avocat qui osait le contredire était expédié sans ménagement. Elizabeth le vit néanmoins traiter avec respect et même gentillesse une veuve très âgée qui avait agressé un voisin pour une question de droit de passage.

Une fois encore elle se retourna et croisa enfin le regard de Daniel. Son visage s'éclaira quand il l'aperçut, mais elle se mordit les lèvres avant de pouvoir lui rendre son sourire. Il avait le teint terreux et paraissait très amaigri ; ses os saillaient au niveau des joues et des tempes, et l'impression de maigreur était encore soulignée par la sévère coupe de cheveux. Il était attaché par des menottes à un homme en uniforme, qui le conduisit jusqu'à un banc en bois au fond de la salle, où il dut s'asseoir entre cet homme et un policier.

Au cours des dix minutes qui suivirent, Elizabeth se retourna fréquemment pour lui adresser un sourire d'encouragement. Pourtant, lorsqu'elle entendit finalement appeler son nom, elle sentit son estomac se nouer. Il était trois heures dix.

L'atmosphère dans la salle d'audience changea de façon remarquable quand Daniel s'avança jusqu'au banc des accusés. Quoique la cour de Ballyfee traitât toutes sortes d'affaires, celle-ci, que la rumeur avait très vite assimilée à un cas de crime passionnel, était suffisamment rare pour être une source de divertissement public.

Elizabeth fut extrêmement sensible au changement d'atmosphère qui s'opéra à ce moment-là, au calme attentif qui s'installa à l'instant où Daniel prêta serment. En l'écoutant répéter les mots après le greffier, Elizabeth lui trouva la voix faible et chevrotante, et elle serra les poings sur ses genoux. A côté d'elle, Tilly remarqua son geste et lui tapota doucement les mains pour la calmer.

L'avocat chargé de l'accusation se leva le premier et demanda à parler au juge en aparté. Après quelques paroles murmurées, le juge demanda à l'avocat de Daniel de bien vouloir s'approcher également. Elizabeth tendit l'oreille pour entendre ce qui se disait, mais n'y parvint pas. Elle se sentit si frustrée de ne rien entendre qu'elle en aurait hurlé. Enfin, le premier avocat quitta le groupe, et, sous le regard des deux autres — ainsi que ceux de toute la salle — se dirigea à grandes enjambées jusqu'au dernier des bancs réservés au public et murmura quelque chose à l'oreille de Mossie Sheehan. Au bout d'une minute environ, Mossie acquiesça d'un air incertain et voulut se lever, mais l'avocat le repoussa doucement sur le banc. Elizabeth se tourna alors d'un air désespéré en se penchant au-dessus de Mick et Tilly vers son père pour lui demander ce qui se passait.

— Chuuut, fit simplement St. John en mettant un doigt sur ses lèvres. Eager est un homme probe, et tout cela m'a l'air encourageant.

Quelques instants plus tard, Elizabeth entendit appeler le nom de Mossie, et celui-ci s'avança à pas rapides jusqu'à la barre des témoins où il prêta serment.

Il se mit ensuite à raconter les événements qu'Elizabeth connaissait si bien, et elle qui d'ordinaire ne faisait pas grand cas de la religion se mit à prier inconsciemment avec ferveur.

Appropriée ou non, la prière qui lui vint immédiatement à l'esprit alors fut le Magnificat.

« Mon âme exalte le Seigneur. Et mon esprit tressaille de joie en Dieu mon sauveur, parce qu'il a jeté les yeux sur l'abaissement de sa servante. Oui, désormais, toutes les générations me diront bienheureuse... Mon âme exalte le Seigneur... Mon âme exalte le Seigneur... »

Résolument, elle se concentra, chassant de son esprit tout ce qui n'était pas ce cantique exalté.

« Car le Tout-Puissant a fait pour moi de grandes choses. Saint est son nom, et sa miséricorde s'étend d'âge en âge sur ceux qui le craignent. Il a déployé la force de son bras, il a dispersé les hommes au cœur superbe, il a renversé les potentats de leurs trônes et élevé les humbles. »

Elle sentit la main de Tilly se tortiller dans la sienne et la relâcha. C'était une bataille contre elle-même qu'elle livrait maintenant, dans laquelle la concentration était un élément vital. Elle avait l'impression que si elle se concentrait suffisamment fort, elle pourrait influencer les événements qui avaient lieu dans cette salle d'audience.

« Et sa miséricorde s'étend d'âge en âge. »

Elle perçut à cet instant, malgré elle, quelque hésitation dans la voix de Mossie, et, redoublant d'effort, elle fit en sorte de ne plus l'entendre. *Miséricorde, miséricorde, miséricorde...* Elle répéta le mot comme un mantra.

Mossie termina son témoignage et, le visage imperturbable, quitta la barre et regagna sa place. Elizabeth n'eut pas un regard pour lui au moment où il passait près d'elle.

A nouveau, les avocats se concertèrent avec le juge. La conversation, murmurée, fut de nouveau une torture pour Elizabeth.

Puis ils retournèrent à leur place, sans précipitation, prenant le temps de retourner quelques papiers sur leur bureau en s'asseyant. Le dénouement semblait proche. La tension était à son comble. Elizabeth n'osait faire le moindre geste. Le juge Eager se servit alors un peu d'eau dans un verre, s'éclaircit la gorge, puis, se tournant vers le box des accusés, s'adressa à Daniel sur le ton de la conversation. Il lui dit qu'il le déclarait coupable d'homicide involontaire et le condamnait à sept ans, mais que cette condamnation était abandonnée à la lumière des plus récents témoignages. Il lui conseilla enfin de bien se conduire à l'avenir et ajouta qu'il pouvait s'estimer heureux d'avoir d'aussi bons voisins.

Affaire suivante.

Elizabeth n'écouta pas plus loin que les mots « sept ans ». Et, comme le jour où le vicaire et le brigadier étaient venus lui annoncer la mort de Neeley, les gens et les objets qui l'entouraient se mirent soudain à grandir et à rétrécir avec une rapidité inquiétante. Elle ferma les yeux pour garder l'équilibre ; puis, Tilly la secoua.

— Lizzie ! Lizzie ! Oh, mon Dieu, oh, mon Dieu !

— Quoi ? dit-elle en ouvrant enfin les yeux. Quoi ?

— Tu n'as pas écouté ? Oh, Lizzie ?

Elle regarda autour d'elle. Les gens se parlaient avec excitation et le juge tapait à coups répétés avec son marteau sur son pupitre.

— SILENCE ! rugit le greffier, un homme de petite taille, à la façon d'un Monsieur Loyal.

Elizabeth risqua alors un regard vers Daniel. Il regardait ses parents dans la salle d'un air désorienté ; il était mal à l'aise, et donnait l'impression de ne pas savoir quoi faire de ses mains.

— Que se passe-t-il ? demanda Elizabeth en se penchant vers son père.

— Tu n'es pas heureuse, Beth ?

— Quoi ? Heureuse de *quoi* ?

De nouveau, le juge donna un coup de marteau sur son pupitre.

— SILENCE DANS LA SALLE ! rugit le greffier.

Puis l'avocat de Daniel s'avança et serra la main de son client.

Elizabeth posa alors un regard stupide sur son père.

— Est-ce qu'il est libre de partir ? demanda-t-elle dans un murmure.

— Chuut !

St. John se leva pour partir, imité aussitôt par Mick et Tilly.

— Nous parlerons dehors, dit-il.

Elle se tourna alors vers Tilly d'un air désespéré.

— Il est acquitté, que tu es gourde. dit celle-ci en la prenant dans ses bras.

— Merci mon Dieu.

Ils étaient attablés tous les quatre, Elizabeth et son père, Mick et Tilly, dans un coin du bar de l'hôtel situé en face du palais de justice — Elizabeth avait jugé préférable de ne pas aller tout de suite vers Daniel, mais d'attendre de le revoir en privé —, lorsque les McCarthy arrivèrent en masse. St. John était en train d'expliquer à Mick Harrington quel rôle les subtilités de la loi avaient joué dans cette affaire, tandis qu'Elizabeth, qui tournait le dos à l'entrée — Tilly venait de l'avertir de l'arrivée de la famille McCarthy —, se penchait en avant en feignant de se concentrer sur la conversation. Par chance, le bar, dont les murs étaient recouverts de panneaux en bois d'acajou et de papier peint cramoisi, était sombre et les clients ne manquaient pas à cette heure de la journée, de sorte que le coin où ils étaient assis était largement dissimulé par les autres tables.

Tandis que son père poursuivait ses explications techniques, elle surveilla du coin de l'œil les activités des McCarthy. Le père de Daniel alla passer les commandes au bar tandis que les autres s'installaient en formant un groupe compact en forme de fer à cheval près de l'entrée, ajoutant des tabourets à l'extrémité d'une large banquette en L. Daniel, qui prit place sur un des tabourets, tournait le dos à la salle.

Quelques minutes plus tard, ce fut un des frères de Daniel, son aîné d'un an, qui repéra leur table. Elle le vit faire un petit signe de tête et avertir les autres de leur présence, tandis que chacun cessait de bavarder.

Elle vit ensuite Daniel se lever et traverser la salle dans sa direction. Il lui sembla qu'il se déplaçait avec une lenteur qui n'était pas naturelle, comme s'il marchait sous l'eau, et les bruits autour d'elle, la voix de son père, les bavardages et les rires, le tintement des verres, les mouvements bruyants des deux serveurs derrière le bar, tout cela se fondit en une espèce de fond sonore proche du gargouillis. En voyant l'expression presque effarée de son visage, son père ainsi que Mick Harrington se retournèrent sur leur chaise.

— Bonjour, Daniel.

Son instinct lui commandait de se lever pour l'accueillir, mais elle resta dans la position où elle était.

— Je suis vraiment heureux que tu sois venue, Elizabeth, dit simplement Daniel.

Il se tourna ensuite vers St. John.

— Monsieur Sullivan, jamais je ne vous remercierai assez. Mon avocat m'a dit combien vous l'avez aidé.

— Justice a été faite, dit St. John après s'être éclairci la gorge.

— Puis-je te dire un mot ? demanda alors Daniel en s'adressant à Elizabeth.

— Bien sûr.

Mais il était encore trop tôt pour elle : elle ne se sentait pas le courage d'affronter les proches de Daniel et — elle en était persuadée — leur hostilité à son égard.

— Est-ce que tu rentres par le vapeur ? demanda-t-elle.

— Mes parents ont loué une voiture. Je vais rentrer avec eux.

— Dans ce cas, fais un saut à la maison dans la soirée, d'accord ?

Elle trouvait à ses yeux, si sombres dans son visage blême, une intensité extraordinaire.

— J'ai invité Tilly et Mick également, ajouta-t-elle.

Tilly, qui apprenait la nouvelle, s'agita sur sa chaise, mais Elizabeth l'ignora complètement.

— Nous sommes tous ravis de la façon dont les choses ont tourné, poursuivit-elle désespérément.

Comment pouvait-elle dire une chose pareille ? Comment pouvait-elle se réjouir que son mari soit mort ?

— Merci, je te verrai ce soir, dit Daniel, avant de se tourner une nouvelle fois vers St. John. Et merci encore, monsieur Sullivan. Ma famille et moi vous sommes infiniment reconnaissants de votre aide.

La famille de Daniel n'avait pas cessé de les regarder durant tout le temps de la conversation.

— Nous ferions mieux d'y aller maintenant, dit Elizabeth à Tilly et à Mick, si nous ne voulons pas que le bateau parte sans nous. Et, papa, tu as sûrement envie de reprendre la route.

Le bateau ne devait pas partir avant une heure, mais peut-être que si tous les quatre sortaient en même temps, se dit-elle, il serait plus facile de passer à côté des McCarthy.

Elle sortit donc du bar en se tenant le plus droit possible derrière son père, Mick et Tilly, mais, après avoir traversé le couloir de l'hôtel et être sortie, elle eut l'impression qu'elle venait de faire preuve de la plus grande des lâchetés. Elle se tança sévèrement : elle devait retourner au bar et affronter les parents de Daniel ; elle devait dire quelque chose au moins pour briser la glace.

Sur une impulsion, elle prétexta devant Mick et Tilly qu'elle avait oublié quelque chose à l'intérieur et retourna à l'hôtel.

En entrant, elle croisa le frère aîné de Daniel qui se rendait aux toilettes. Il changea de direction en l'apercevant et lui bloqua l'entrée du couloir qui menait au bar.

— Madame Scollard ?

Ses yeux, comme ceux de Daniel, étaient polis et froids.

— Ce n'est peut-être pas à moi de vous dire ça, mais mes parents et moi apprécierions si vous vouliez bien laisser Daniel en paix maintenant.

Avec un dernier regard qui ne laissa aucun doute à Elizabeth sur ce qu'il pensait d'elle, il poursuivit son chemin et la laissa plantée là, muette et mortifiée.

Juste au moment où elle embarquait avec Mick et Tilly à bord du vapeur *Princess Béara*, Elizabeth eut l'impression qu'elle était observée. Elle se retourna et croisa alors le regard du brigadier Clancy.

— Félicitations, madame Scollard, dit simplement le policier, et Elizabeth devina à son expression que, jusqu'à son dernier jour, il resterait convaincu qu'elle était coupable avec Daniel du meurtre de son mari.

Et ce soir-là, bien qu'elle l'attendît jusqu'à minuit, Daniel ne vint pas.

18

Durant la nuit, le mauvais temps arriva du nord-est, et au matin une pluie torrentielle se mit à tomber sur la région, projetée par vagues horizontales contre les fenêtres de la maison. Le temps était tellement inclément que, bien qu'il eût fallu un événement aussi improbable qu'un tremblement de terre pour que les enfants de Béara n'aillent pas à l'école, Elizabeth se demanda pendant dix minutes ce matin-là, avant de sortir de son lit, si elle devait ou non envoyer les siens faire trois kilomètres dans ces conditions.

Mais la perspective de les avoir dans ses jambes toute la journée la convainquit de le faire, et elle se souvint que Neeley lui avait dit que, de toutes les maisons de Lahersheen, celle-ci était la plus exposée aux vents du nord-est en raison d'une découpure dans la montagne. En outre, les vents du nord-est étaient rares à Béara, de sorte que ceux-ci allaient très certainement se calmer d'eux-mêmes en quelques heures, peut-être moins.

Elle réveilla les plus âgés comme d'habitude, leur prépara leur petit déjeuner et les aida à enfiler leurs cirés et leurs bottes en caoutchouc. Elle leur ouvrit la porte et les regardait traverser la cour lorsque, un peu plus haut, au-dessus de leurs têtes, elle aperçut un homme vêtu d'un ciré de pêcheur qui descendait la colline à bicyclette. Il ne portait pas de capuche, et Elizabeth reconnut aussitôt le visage de Daniel.

Francey, qui tournait autour d'elle, l'aperçut et le reconnut en même temps.

— C'est Danny McCarthy! cria-t-il, et il se précipita à l'intérieur en criant qu'il allait jouer au football, en dépit du mauvais temps.

Maintenant que le moment de retrouver Daniel était

imminent, Elizabeth, qui, quelques heures plus tôt encore, ne pensait à rien d'autre, se sentit brusquement prise de panique. Pour se donner un peu de temps, elle fit comme si elle ne l'avait pas vu et rentra dans la cuisine, poussant la porte de toutes ses forces pour lutter contre le vent. Elle vit alors Francey qui se débattait pour enfiler un ciré beaucoup trop grand pour lui.

— Qu'est-ce que tu fais ? interrogea-t-elle d'un ton plus sévère que la situation ne le justifiait.

— Je vais jouer au football, répondit-il sans même lever les yeux.

— Ne sois pas un *amadan*. Tu ne vas aller nulle part avec un temps pareil.

Cette fois, il réagit.

— Pourquoi ?

Elizabeth détestait le ton geignard que Francey avait adopté depuis son retour de l'hôpital.

— Parce que je le dis, voilà pourquoi !

En trois enjambées, elle traversa la cuisine pour lui prendre le ciré des mains. Il résista et elle lui donna une gifle, pas forte, mais suffisante pour le faire pleurer. Elle aurait pu compter sur les doigts d'une seule main les fois où elle avait giflé son fils ; elle détestait la violence physique, quelle qu'elle soit, et le remords l'envahissait chaque fois que, pour une raison ou pour une autre, elle y cédait malgré elle. Pour aggraver les choses, Johanna, qui jouait tranquillement dans un coin, se mit à pleurnicher à son tour. Elizabeth, consciente que Daniel allait frapper à la porte d'une seconde à l'autre, se sentit comme paralysée. Elle aurait voulu consoler Francey, mais toutes ses théories sur l'éducation des enfants consistaient précisément à ne pas se laisser fléchir et à faire preuve de force de caractère. En même temps, elle se demandait si Daniel l'avait vue ignorer délibérément son arrivée.

Elle était dans un tel état de confusion sur le plan émotionnel quand elle entendit frapper à la porte qu'elle craignit que Daniel, en la voyant, ne la prenne pour une folle. Elle repartit vers la porte, sans même savoir encore si elle allait lui ouvrir ou non, et lorsqu'elle se décida finalement à le faire, un vent violent s'engouffra en rafales dans la cuisine, l'obligeant à tenir la porte de toutes ses forces pour qu'elle ne sorte pas de ses gonds. Daniel, pour lui venir en aide, attrapa la porte à son tour et se retrouva à l'intérieur avant qu'elle ait eu le temps de prononcer un mot.

— Bonjour, dit-elle d'une voix rauque en regardant la pluie dégoutter de son ciré et inonder les dalles de pierre.

Ses cheveux trempés paraissaient plus noirs que d'habitude et soulignaient davantage encore la pâleur de sa peau. Elizabeth, qui n'avait plus éprouvé de timidité depuis des années, prit absurdement conscience tout d'un coup de l'image qu'elle renvoyait. Elle portait des pantoufles, ses cheveux coupés à la garçonne étaient soigneusement brossés et, comme elle ne prenait pas la peine de porter des vêtements de deuil chez elle, elle était vêtue d'un vieux cardigan marron et d'une robe d'été plus vieille encore. Et cependant Daniel avait une façon de la regarder qui lui donnait la chair de poule.

— Assieds-toi, dit-elle, et enlève tes vêtements, tu es trempé.

Détournant la tête pour masquer sa confusion, elle traversa la cuisine et s'agenouilla devant Francey qui pleurnichait toujours. Elle le prit alors dans ses bras et le serra si fort et avec un tel amour que, complètement abasourdi, il cessa immédiatement de pleurer.

Quand elle se retourna vers Daniel, il se tenait toujours près de la porte, son ciré à la main.

— Donne-le-moi, dit-elle, je vais le mettre à sécher.

Elle se dirigea vers lui, le lui prit des mains et mit un temps anormalement long pour le poser sur le dos d'une chaise.

— Veux-tu une serviette pour t'essuyer les cheveux? demanda-t-elle.

— Merci.

C'était le premier mot qu'il prononçait.

— Cours me chercher une serviette dans la salle de bains, Francey, commanda-t-elle, et, tandis qu'il s'exécutait, elle se tint face à la porte par laquelle il allait revenir comme si elle attendait de le voir émerger avec le saint Graal.

Johanna, déroutée par l'attitude de sa mère à l'égard de Francey, avait cessé de pleurnicher elle aussi et regardait Daniel de ses grands yeux ronds.

Après lui avoir tendu la serviette, Elizabeth se dirigea vers le fourneau, consciente des mouvements de Daniel derrière elle, qui se séchait les cheveux. Tout en s'activant autour de la bouilloire et de la théière, elle utilisa un vieux truc pour retrouver une contenance, comptant mentalement à rebours à partir de cinquante; à dix, elle avait retrouvé son calme.

— C'est mieux, dit-elle d'un ton enjoué en se retournant vers lui et en voyant qu'il finissait d'arranger ses cheveux du bout des doigts. Pourquoi ne t'assieds-tu pas à table ? L'eau va bouillir dans une minute.

Daniel prit place autour de la table et, immédiatement, Francey s'approcha et engagea avec lui une conversation sur le football, répétant ce qu'il avait entendu dire au village.

— Laisse un peu Daniel tranquille, Francey, allez, ouste ! fit Elizabeth en s'approchant avec la théière. Va jouer avec ta sœur.

— Oh, c'est qu'une fille, grommela Francey, je veux rester ici et parler avec Danny.

Mais il obéit à sa mère lorsque Daniel lui promit de faire une vraie partie de football avec lui avant le week-end si le temps s'améliorait.

Pour la deuxième fois, Elizabeth se retrouvait assise en face de Daniel à sa propre table. Et, quoiqu'elle s'efforçât de faire appel à ce qui lui restait de décence et de sens des responsabilités, elle savait que la bataille était perdue d'avance.

— Tu n'es pas venu hier soir ?

— Nous sommes rentrés très tard, et des tas de voisins sont venus nous voir. Ils ont été très bons avec m'man et p'pa.

— Bien sûr, je comprends. Mes voisins aussi m'ont beaucoup soutenue.

Il y eut un silence gêné, puis :

— Du thé ? demanda-t-elle désespérément, en versant le liquide brûlant dans les deux tasses qui se trouvaient sur la table.

Daniel ajouta du lait dans la sienne et, tout en buvant, lui lança un regard pénétrant.

— Non ! dit-elle doucement, avant de jeter un coup d'œil par-dessus son épaule pour voir si Francey et Johanna prêtaient attention à ce qui se passait.

Mais les deux enfants étaient absorbés dans un jeu compliqué qui consistait à assembler les wagons d'un train dans un certain ordre.

— Non quoi ?

— Ne me regarde pas comme tu le fais.

— Comme quoi ?

— Avec des yeux comme ça.

— Et comment voudrais-tu que je te regarde ? demanda-t-il. Quand allons-nous nous voir tous les deux ?

Sa vie sentimentale avait été tellement chaotique dans l'ensemble qu'elle en avait presque oublié l'extraordinaire aplomb que manifestait Daniel dans ces questions.

— Nous nous voyons en ce moment, dit-elle dans un murmure.

— Tu sais bien ce que je veux dire !

Elizabeth sentit son estomac se nouer.

— Bientôt, murmura-t-elle.

— Ce soir.

Le ton, catégorique, ne fit qu'exacerber le trouble qu'elle éprouvait à cet instant. Elle n'était pas encore prête, elle devait penser à sa situation, à sa famille... Puis, elle s'entendit trahir toutes ces résolutions.

— Où ?

— Le cottage en ruine un peu plus bas ?

— Non.

Elizabeth se souvint que Mossie avait l'habitude d'y rôder. Elle se concentra alors pour trouver un endroit où personne ne les observait et l'image lui revint de la pointe de Kilcatherine et du cimetière.

— Je te retrouverai au cimetière de Kilcatherine, dit-elle. Personne ne va là-bas à la nuit tombée.

Il ne songea même pas sur le moment que c'était un endroit bizarre pour un rendez-vous d'amoureux.

— Tu sais qu'aujourd'hui est le jour le plus long de l'année ? dit-il. Il va faire nuit très tard ce soir.

— Non, regarde ce temps affreux. Il fera nuit à dix heures et demie.

Fait typique à Béara, il n'y avait plus trace en début d'après-midi de l'orage du matin. En rentrant de l'école, les filles, pieds nus et traînant leur ciré derrière elles sous le soleil brûlant, trouvèrent Elizabeth en train d'étendre du linge sur le fil dans la cour.

Tilly Harrington leur rendit une petite visite vers huit heures ce soir-là et trouva son amie aussi agitée qu'un jeune chat.

— Oh, c'est toi ? fit Elizabeth en essayant de dissimuler sa nervosité.

— Qui croyais-tu voir ? répliqua tranquillement Tilly. Gracie Fields ?

Même dans cette partie de l'Europe, si éloignée de la guerre, Gracie Fields avait ses fidèles, et Tilly comptait parmi les plus fervents d'entre eux. Elle possédait non seulement un poste de T.S.F. — un des premiers de la péninsule —, mais également un gramophone et une petite collection de disques qui faisaient de sa maison un des lieux les plus populaires de la commune.

— Désolée, s'excusa Elizabeth en continuant de balayer un coin de la cour déjà propre, je ne voulais pas être grossière.

— Mmm, fit Tilly, avant d'aller s'asseoir sur le banc qui se trouvait là. Comment vas-tu autrement ?

— Très bien, merveilleusement bien.

— J'ai vu Daniel qui partait tout à l'heure.

Elizabeth aurait voulu bondir sur son amie et l'accabler de reproches. Rien ni personne, semblait-il, ne pouvait faire le moindre mouvement dans les environs sans être immédiatement repéré par Tilly. Mais elle retint sa langue et continua de balayer rageusement la cour.

— Est-ce qu'il avait des nouvelles ?

Ou bien Tilly cherchait délibérément à être exaspérante, se dit Elizabeth, ou bien c'était elle qui se sentait si coupable qu'elle en devenait paranoïaque. Elle opta pour la seconde hypothèse.

— Non, dit-elle en reposant son balai, rien de nouveau. Ils sont rentrés tard de Ballyfee hier soir, et ils ont eu des tas de visiteurs. C'est pour ça qu'il n'est pas venu.

La veille au soir, Tilly et Mick étaient restés fidèlement avec elle jusqu'à onze heures.

— Je vois, dit Tilly en tournant ses regards vers le champ au pied de la colline. Oh, voilà Mossie. Bonsoir, Mossie ! cria-t-elle en agitant un bras au-dessus de sa tête.

Mossie, qui réparait une barrière à l'autre bout du champ, se releva en se frottant le bas du dos comme s'il lui faisait mal.

— Bonsoir, Tilly ! cria-t-il à son tour. Belle soirée.

— Ne l'appelle pas, pour l'amour du ciel, marmonna Elizabeth.

— Qu'est-ce que ce pauvre Mossie a encore fait, hein ? Et qu'est-ce qui te prend en ce moment ? Je le devine bien, tiens ! fit Tilly sans se laisser intimider par l'humeur de son amie.

Mossie se remit au travail.

— C'est un bon travailleur. Grâce à lui tu retombes sur tes pieds. Tu verras qu'il n'aura de cesse d'améliorer les choses. Non pas que Neeley, Dieu ait son âme, ne travaillait pas bien, ajouta Tilly en se signant, loin de là. Mais Mossie y met tout son cœur. La transaction valait la peine.

Elizabeth se souvint que Tilly croyait toujours que les papiers qu'elle avait signés avec Mossie concernaient seulement la location des trente-cinq acres de terre.

Tilly tourna son visage vers le soleil qui chauffait encore quoiqu'il commençât à décliner.

— Quand vas-tu le voir ? demanda-t-elle en fermant les yeux.

— Voir qui ? Mossie ?

— Ne fais pas l'innocente avec moi, Elizabeth Sullivan. Danny McCarthy, bien sûr.

L'espace d'un instant, Elizabeth fut tentée de se confier à son amie — après tout, Tilly avait suffisamment mérité sa confiance maintenant —, mais son rendez-vous avec Daniel était si imminent que, par simple superstition, elle préféra ne pas en parler.

— Nous n'avons rien décidé de précis encore, dit-elle tranquillement. Nous allons simplement attendre et voir comment tournent les choses.

— Mmm, fit Tilly, sans bouger un muscle. Si j'étais toi, je serais très prudente, Lizzie. Les fossés ont des yeux et des oreilles par ici.

— Crois-tu que je ne le sache pas ? Maintenant, est-ce qu'on peut changer de sujet ?

Elle s'assit à côté de Tilly et l'imita en tournant elle aussi son visage vers le soleil et en fermant les yeux. Tandis qu'elle s'efforçait de retrouver son calme, les bruits du soir parvenaient à ses oreilles, le bourdonnement des abeilles, des guêpes et des mouches, le *pukka ! pukka !* régulier du lourd marteau de Mossie, les appels lointains et les sifflements d'un homme rassemblant ses bêtes avec son chien, les cris des filles qui, leurs devoirs terminés, jouaient au football avec Francey dans le champ situé en contrebas, à deux cents mètres de là.

— C'est bon d'entendre crier les enfants, n'est-ce pas ?

Mais la voix de Tilly était empreinte de tristesse. Elizabeth, à qui la petite phrase n'avait pas échappé, en éprouva à son tour une profonde détresse. Quel monde était-ce là, songeait-elle, qui permettait que Tilly, par nature si maternelle et qui aurait donné son petit doigt pour avoir ne serait-ce qu'un enfant, ne pouvait justement pas en avoir, alors qu'elle-même en avait sept — dont pas un seul, même si elle ne pouvait plus se passer d'eux aujourd'hui, n'avait été prévu ni même attendu impatiemment ?

A onze heures et demie ce soir-là, elle traversait les champs en direction du cimetière de Kilcatherine. Les dernières lueurs roses et or du jour éclairaient le ciel à l'ouest, et, quoique ce fût une nuit sans lune, les détails du paysage se détachaient très nettement.

Elle se faisait l'impression d'être une voleuse dans la nuit, mais elle s'efforça de marcher à pas lents et réguliers en balançant les bras pour donner l'impression, si elle venait à croiser quelqu'un ou à être vue, qu'elle était seulement sortie pour prendre un peu l'air. C'est ce qu'elle avait laissé croire à Mary.

— J'étouffe avec cette chaleur, avait-elle dit d'un ton désinvolte, et je sais que j'aurai du mal à trouver le sommeil. Je crois que lorsque vous serez tous couchés et endormis, j'irai faire une petite promenade...

Et Mary, serviable comme toujours, avait hoché la tête et répliqué que si quelque chose devait arriver durant « l'heure ou plus » où sa mère serait sortie, elle se considérerait comme responsable de la maison.

Mais, comme s'ils avaient deviné ce qu'elle avait l'intention de faire, les enfants, ce soir-là, s'étaient montrés particulièrement turbulents et avaient fait tout ce qui était possible pour retarder le moment d'aller au lit. Lorsqu'ils furent finalement couchés, Elizabeth se prépara comme une jeune mariée pour sa petite escapade nocturne. Quoiqu'elle fût vêtue d'une de ses robes de deuil, d'un cardigan et d'un foulard noirs, elle s'était lavé et longuement brossé les cheveux. Elle s'était également soigneusement parfumée. Ses sous-vêtements, qui avaient survécu au trousseau que Corinne lui avait composé il y avait de cela une éternité à ses yeux, étaient en soie.

Après avoir évité autant que possible les maisons et les dépendances, elle arriva à un endroit d'où elle pouvait voir très loin à travers le petit cimetière. Sur sa gauche, elle aperçut le sommet de Knocknasheeog à la verticale duquel brillait une étoile solitaire ; sur sa droite, par-delà la ligne côtière, la masse noire du Rocher au Taureau émergeait sur la houle longue de l'océan, mais, le regard fixe, elle était aveugle à tout ce qui n'entrait pas directement dans son champ de vision. Elle chercha alors un signe de Mossie Sheehan, mais tout semblait calme et désert ; elle pouvait voir au loin, à travers l'entremêlement des croix celtiques du cimetière, les eaux calmes de la baie de Coulagh scintiller comme les écailles d'un poisson dans la pénombre.

Enfin, elle allait faire les quelques pas qui la séparaient encore du lieu de rendez-vous lorsqu'elle commença à s'inquiéter : imaginons que Daniel ait été repéré ? Mais non, de toute façon, il était connu pour se promener seul le soir, se rassura-t-elle, et qu'y avait-il de plus naturel que de désirer se promener librement après avoir été incarcéré plusieurs semaines ?

Assez ! se dit-elle en s'avançant pour longer par l'est le muret de pierre qui entourait le cimetière tout en jetant des coups d'œil furtifs autour d'elle. Lorsque, enfin, elle s'avança au milieu des tombes, elle l'aperçut immédiatement et courut se jeter dans ses bras.

— Je croyais qu'il ne ferait jamais nuit, dit-il d'une voix haletante entre deux baisers.

— Moi aussi...

Elle avait faim de lui et sentait une douce chaleur se communiquer à tout son corps.

— Oh, Daniel, j'avais si peur que tu ne viennes pas.

— Je suis là maintenant.

Quoiqu'ils fussent à l'abri des regards indiscrets, Elizabeth ne pouvait s'empêcher de redouter quelque chose.

— Viens, ne restons pas ici, dit-elle dans un souffle en l'entraînant à l'écart.

Mais le désir qu'il éprouvait pour elle à cet instant était si intense que, tout en se laissant guider, il lui enleva son foulard et se mit à lui couvrir les oreilles et le cou de baisers fiévreux. Ils traversèrent ainsi le cimetière jusqu'à la grille en fer forgé située du côté ouest ; mais celle-ci étant fermée, il leur fallut l'escalader et, tandis qu'il aidait Elizabeth à grimper en la poussant par derrière, il vit le bas de sa robe découvrir ses jambes nues et ses mains effleurèrent ses cuisses. Il se mit alors à lui embrasser les genoux.

— Pas ici, pas ici, répéta Elizabeth en grognant de plaisir, je t'en prie...

Lorsqu'ils furent de l'autre côté, elle le prit par la main et le conduisit avec des gestes pressants, après lui avoir fait traverser un fossé, jusqu'à un endroit où le champ, derrière le cimetière, formait un creux d'où ils ne pouvaient être vus de personne. Là, elle se retourna vers lui, le laissa la prendre dans ses bras et ils s'allongèrent au fond du trou où l'herbe et les fougères d'été étaient encore humides des orages du matin.

— Elizabeth, Elizabeth, murmura-t-il, tu ne sais pas combien de fois j'ai rêvé de cet instant...

Il glissa une main sous sa robe et lui caressa les hanches, puis les fesses, avec force. Pour l'aider, Elizabeth se tortilla et tira elle-même sur ses vêtements. Puis elle lui ôta sa chemise et laissa ses mains courir sur son dos musclé et d'une grande douceur.

Pendant ce temps, il continuait de la caresser et de la couvrir de baisers brûlants et impatients, dans le cou, sur ses épaules, sur son ventre, entre ses seins, pour revenir chaque fois à ses lèvres.

Soudain, il s'arrêta, hors d'haleine :

— Je n'ai jamais... Je n'ai jamais...

— Je sais, dit-elle en essayant elle aussi de reprendre son souffle. Tout se passera bien...

Elizabeth ôta elle-même ses dessous, tandis que Daniel se débarrassait de son pantalon. Lorsqu'il revint dans ses bras, elle sentit qu'il tremblait. Elle le guida ensuite en elle et l'entendit gémir :

— Oh, Seigneur, oh, Seigneur...

Il commença à aller et venir en elle, lentement, une fois, deux fois, et alors elle sentit un long tressaillement de plaisir extatique monter en lui et tendre son corps comme un arc. A cet instant, dans un mouvement de hanches, elle se dégagea vivement et le laissa hurler son plaisir à la façon d'un animal blessé.

En le tenant dans ses bras, elle se sentit exaltée, ravie de lui avoir procuré semblable jouissance. Elle l'embrassa dans le cou, mais il enfouit sa tête contre son épaule.

— Je suis désolé, je suis désolé, oh, Elizabeth, je suis tellement désolé.

— Mais de quoi ? Ne sois pas désolé, mon amour, mon petit amour, tu n'as aucune raison de l'être, tu es merveilleux, tu es adorable...

Par-dessus son épaule, elle vit que le ciel obscur s'était couvert d'étoiles, de milliers d'étoiles. C'était la première fois qu'elle remarquait leurs couleurs ; elles n'étaient pas seulement blanches, elles avaient également de subtils reflets roses, jaunes, rouges, et même verts. Certaines brillaient d'une lueur égale, d'autres palpitaient, miroitaient, tremblaient ou dansaient.

Daniel s'était calmé maintenant, et elle revint soudain à la réalité. Imaginons que quelqu'un vienne à passer ? Ou que l'un des enfants soit malade ?

Il sentit le changement qui s'était opéré en elle et se releva un peu en s'appuyant sur son coude.

— Est-ce que j'ai fait ce qu'il fallait ? murmura-t-il.

— Tu as été parfait, mon chéri, parfait.

Elle se souvint de sa première fois avec George Gallaher et le remercia intérieurement de lui avoir aussi bien appris à faire l'amour ; elle n'avait pas oublié ce qu'il lui avait dit ce premier soir à Durrow : *Ce que nous avons fait ce soir est merveilleux. Le plaisir est permis. Tout comme l'amour...*

Elle embrassa Daniel et ajouta, faisant ainsi écho aux paroles de George :

— Ce sera meilleur la prochaine fois, et meilleur encore les fois suivantes, tu verras.

Il voulut la prendre dans ses bras, mais, cette fois, elle le repoussa tendrement.

— Je dois partir, mon cœur, les enfants sont tout seuls à la maison.

— Quand te reverrai-je ?

— Pas comme ça. C'est trop dangereux, Daniel. Mais je vais trouver un moyen, crois-moi.

— C'est mon anniversaire aujourd'hui, dit-il timidement. Tu m'as donné le plus beau cadeau d'anniversaire que j'aie jamais eu.

— Oh, Daniel, je ne savais pas...

— Le vingt-deux, c'est aujourd'hui.

— Joyeux anniversaire, mon amour.

A la façon dont elle l'embrassa, cependant, il sut qu'elle était sérieuse en parlant de partir maintenant.

Ils se levèrent et mirent de l'ordre dans leurs vêtements.

— Je t'aime, je t'aime, je t'aime ! C'est le plus beau soir de ma vie, ajouta Daniel d'une voix vibrante. Je veux me marier avec toi. Veux-tu m'épouser, Elizabeth ?

Il attendit, les yeux grands ouverts ; puis, voyant l'expression d'Elizabeth, il vacilla légèrement :

— Oh...

Aussitôt, elle s'avança vers lui et posa un doigt sur ses lèvres.

— Nous aurons tout le temps de reparler de cela, Daniel, murmura-t-elle. Et, je... je suis en deuil, tu sais.

Il prit la main qu'elle avait posée sur sa bouche et l'écarta de lui.

— Je ne voulais pas dire tout de suite.

Elle réfléchit rapidement.

— Viens à la maison demain soir après le thé pour jouer au football avec Francey.

Même si Mossie était dans les parages à ce moment-là, se dit-elle, il ne pourrait rien trouver à redire à une partie de football avec un enfant.

— Nous en profiterons pour parler tranquillement, ajouta-t-elle.

— Tu es sûre que tu veux que je vienne ?

— Tout à fait sûre, Daniel. Maintenant, je dois partir.

Elle l'embrassa une dernière fois et partit sans se retourner.

Elle fut soulagée de voir que tout était en ordre en arrivant à la ferme. Elle traversa la cuisine sur la pointe des pieds et trouva un mot devant la porte de sa chambre, appuyé contre une cruche vide de façon à ce qu'elle ne puisse pas le manquer : « J'ai parlé à l'institutrice aujourd'hui », disait le mot écrit de la main de Kathleen, « et elle dit qu'elle parlera pour moi avec les sœurs. Je veux aller en pensionnat à Cork pour passer mon certificat d'études. » Elle signait simplement K. C'était la première fois qu'Elizabeth entendait parler du désir qu'avait Kathleen de poursuivre ses études. Elle avait été si accaparée par ses propres problèmes qu'elle avait perdu de vue ceux de la famille.

Soudain, un détail la frappa : le mot, manifestement, avait été placé devant sa porte après sa sortie. Kathleen l'avait-elle vue partir ? Pire, l'avait-elle vue ou entendue se préparer, et avait-elle attendu son départ ? Ce mot était-il une façon de dire qu'elle la méprisait tellement qu'elle ne voulait plus vivre sous le même toit qu'elle ?

Elle poussa un profond soupir et décida que le mieux, jusqu'au lendemain, était d'aller se coucher et d'oublier tout cela.

19

Elizabeth interrogea Kathleen au petit déjeuner le lendemain matin.

— Est-ce que tu es sérieuse à propos de Cork ? demanda-
t-elle en lui versant une louche de porridge.

Kathleen, l'air renfrogné, gardait les yeux fixés sur le bol qui
était devant elle.

— Je n'aurais pas écrit un mot si je n'étais pas sérieuse, tu
ne crois pas ?

— Ne me parle pas sur ce ton, tu veux bien ? rétorqua automatiquement Elizabeth, avant de se tourner vers la sœur aînée
de Kathleen.

— Et toi, Mary ? Est-ce que tu veux passer ton certificat
d'études ?

— Non, fit celle-ci en avalant son porridge. Je trouve qu'elle
est folle. Moi, j'ai hâte de quitter l'école.

— Bon, mais que veux-tu faire ensuite ?

— Sais pas, dit-elle en haussant les épaules et en regardant
sa belle-mère comme si elle était surprise par la question.

Elizabeth comprit qu'il fallait qu'elle s'assoie et qu'elle parle
sérieusement avec les deux filles de leur avenir. Les années
étaient passées si vite, la routine quotidienne l'avait à ce point
accaparée que c'est à peine si elle avait prêté attention à ce
que Neeley avait eu en tête pour ses filles. Il était de pratique
courante dans la région qu'une fille travaille entre le moment
où elle quittait l'école et le moment où elle se mariait. Beaucoup, dont certaines n'avaient que quatorze ans, émigraient
dans le Montana ou en Angleterre, mais, pour le moment,
étant donné qu'il était interdit de voyager entre l'Irlande et
l'Angleterre, la possibilité de travailler à l'étranger était à écarter. Enfin, ne l'ayant jamais rencontrée, Elizabeth hésitait à

écrire à la famille américaine de Neeley. Il fallait pourtant prévoir quelque chose pour Mary et Kathleen, et aussi vite que possible.

Les quatre filles se levèrent de table pour aller à l'école. Elizabeth se reprocha de ne pas avoir été plus vigilante sur toutes ces questions ; maintenant qu'elle était seule responsable du bien-être des enfants, il était temps qu'elle prenne son rôle au sérieux.

— Nous reparlerons de tout cela quand tu rentreras de l'école, d'accord ? dit-elle à Kathleen, rompant du même coup le silence qui s'était installé tandis qu'elle faisait des nattes à Goretti.

— Je ne veux parler de rien du tout ! rétorqua Kathleen, catégorique. Je m'en vais, et voilà tout.

— Je suis désolée de te le dire, insista Elizabeth d'un ton agacé, mais les études secondaires coûtent de l'argent.

— J'ai écrit à grand-père Sullivan, dit Kathleen.

— *Quoi ?*

Maintenant, Elizabeth était réellement en colère.

— Tu n'avais pas le droit de faire ça sans m'en parler, Kitty !

— Et pourquoi pas ? interrogea Kathleen avec insolence. Grand-père Sullivan m'a dit que je pouvais lui écrire aussi souvent que je le souhaitais

Elizabeth s'arrêta au milieu de la seconde natte de Goretti.

— Et quand t'a-t-il dit cela ?

— Pendant les funérailles de mon père.

A la façon dont elle prononça ce dernier mot, Elizabeth comprit sans équivoque que sa fille adoptive ne lui accordait aucune autorité.

— Je vais prendre mon cartable, tu viens, Mary ? dit-elle en traversant la cuisine.

Elizabeth était partagée entre l'envie de la gifler et celle de la plaindre pour le traumatisme qu'elle avait, elle plus que les autres, éprouvé à la mort de son père.

— Ne fais pas attention à elle, dit Mary en se levant avec l'air de s'excuser pour sa sœur. Ça lui passera.

— Je ne crois pas. Elle a l'air bien décidé à partir.

— Non, je veux dire... oh, et puis, ça ne fait rien. Je ferais mieux d'aller prendre mes livres moi aussi. Allez, dépêche-toi, Margaret ! dit-elle en s'adressant à sa sœur cadette, qui n'avait pas fini son bol, avant de ramasser la brosse à cheveux qui traînait sur la table et de l'utiliser sur elle avec une telle énergie qu'Elizabeth n'osa pas lui poser la moindre question : Mary semblait pourtant savoir certaines choses sur Kathleen qui allaient bien plus loin que le simple chagrin d'avoir perdu son père.

Elizabeth eut alors l'impression que le monde devenait trop compliqué autour d'elle, que trop d'émotions diverses y étaient en jeu en même temps. Elle songea à Daniel, à la détresse de ses parents, à Mossie, à son propre père avec qui il était si délicat de maintenir une relation durable et, au sein même de la maison, à la tristesse, aux désirs et aux espoirs de toutes ces individualités uniques.

Ce fut l'imperturbable Margaret qui la ramena à la réalité.

— Je crois que je voudrais passer mon certificat moi aussi plus tard, annonça-t-elle en finissant méthodiquement son porridge. Si *elle* le passe — elle agita un doigt en direction de la chambre — je veux le passer moi aussi. Je voulais juste t'avertir à temps, maman. Comme ça, tu pourras t'arranger.

— Très bien, maintenant, secoue-toi un peu, Maggie, ou c'est avec la baguette de l'instituteur qu'il faudra que tu t'arranges.

Elle lui enleva son bol et lui pinça les joues affectueusement.

— Oh ! protesta Margaret. Ne fais pas ça, maman, je *déteste* ça...

Elizabeth les envoya à l'école puis s'occupa des trois plus jeunes. Elle avait hâte que Francey et Johanna soient scolarisés à leur tour en septembre. Elle n'aurait plus qu'Abigail à la maison, et elle aurait vraiment l'impression d'être en vacances. Il lui serait alors plus facile d'organiser sa vie à l'extérieur.

Elle aida les petits à se débarbouiller et à s'habiller, et sortit dans la cour pour donner aux poules les restes du petit déjeuner. Il faisait une fois de plus un temps magnifique, et, seule pour la première fois depuis qu'elle s'était levée, tout en éparpillant des poignées de flocons d'avoine autour d'elle, elle se laissa aller à repenser à sa rencontre de la veille avec Daniel. Puis, du coin de l'œil, elle vit briller quelque chose de métallique et leva les yeux vers le champ au pied de la colline. Elle aperçut alors la solide silhouette de Mossie Sheehan, penché sur la barrière qu'il réparait déjà la veille ; il tenait une scie à la main.

Elizabeth comprit brusquement que cette situation allait se reproduire chaque jour et elle en éprouva un profond sentiment de détresse. Au même titre que le muret de pierre sèche élevé pierre après pierre par les ancêtres de Neeley pour délimiter leurs champs, Mossie Sheehan faisait maintenant partie de la ferme. Et, arrangement ou non, sa présence allait leur rendre désormais, à elle et à Daniel, la vie difficile.

Et en plus de cela il y avait les enfants. Elle se les représenta tous tels qu'ils étaient ce matin-là, Kathleen, renfrognée, Mary, conciliatrice, Margaret, terre à terre, et les plus jeunes, pour qui elle était encore le centre du monde. Elle avait été folle de croire qu'elle pourrait organiser les choses à sa convenance.

Et en berçant Daniel de fausses espérances, elle n'était pas juste envers lui. Si, réellement, c'était son bien qu'elle voulait, elle se devait de lui dire la vérité.

Elle retourna dans la cuisine, découragée, et commença à laver les bols de porridge ; ce faisant, elle se demanda quelle était exactement cette vérité.

La passion qu'elle éprouvait pour Daniel était si intense qu'elle ne voulait même pas envisager l'idée d'être séparée de lui. Et cependant, pouvait-elle réellement songer à installer à la ferme ce garçon de dix-neuf ou vingt ans, ou même vingt et un ans, et d'en faire le beau-père de sept enfants ?

Et comment allait-elle lui expliquer que, à moins d'un miracle — un miracle auquel elle se prenait maintenant à rêver désespérément — elle devrait d'abord épouser Mossie Breac Sheehan ?

Elle finit la vaisselle et s'attaqua au reste du ménage comme si la fin du monde approchait et qu'il fallait que sa cuisine soit en ordre avant que Dieu lui-même ne la convoque pour entendre ses explications.

— Bonjour, Elizabeth, fit une voix derrière elle une heure plus tard.

Elle était occupée à refaire la garniture des tiroirs du vaisselier. Le sol autour d'elle était jonché d'objets de toutes sortes, couteaux à découper, louches, bouts de ficelle, bougies, mèches, allumettes, plumes et stylos, bouteilles d'encre à moitié vides, papier à lettres, courrier, poignées de porte et autres choses tout aussi superflues que personne n'avait le cœur de jeter.

Elle se retourna et vit Daniel appuyé contre le montant de la porte : il avait sur le visage la même expression qu'elle sept ans plus tôt, lorsque plus rien ne comptait que George Gallaher. Il était si désirable qu'elle sentit tous ses doutes fondre comme neige au soleil.

— Bonjour, murmura-t-elle. Je n'espérais pas te voir avant l'heure du thé.

— Je n'en pouvais plus d'attendre, dit-il doucement.

Elle lui trouvait meilleure mine ce matin, il semblait en

forme, plus sûr de lui. Il s'était également habillé avec soin ; quoiqu'il ne portât pas de veste, sa chemise et son pantalon étaient impeccablement repassés.

— Francey ! appela-t-elle, tout en refrénant de son mieux l'envie qu'elle avait de se jeter dans ses bras. Daniel est là pour jouer au football avec toi... Francey ? Qu'est-ce que tu fais ?

— Je suis dans la salle de bains, répondit le garçon.

— Il sera là dans une minute.

Elle se passa une main dans les cheveux ; elle oubliait toujours qu'ils étaient courts.

— Rien ne presse, murmura Daniel, immobile.

— Assieds-toi, dit-elle avant de commencer à remettre dans les tiroirs le bric-à-brac qui traînait par terre.

— J'ai aperçu Mossie Breac en arrivant, fit Daniel derrière elle. J'ai entendu dire que tu lui louais la terre ?

— Ce qu'on t'a dit est vrai.

— Eh bien, j'espère que ce n'est que pour une année, dit-il en manière de plaisanterie.

Elle eut l'impression que son cœur se brisait en le voyant si gai. Elle referma brutalement un tiroir.

— Écoute, Daniel...

Elle se tourna vers lui, mais avant qu'elle puisse ajouter un mot de plus, Francey se précipita dans la pièce.

— Je suis prêt maintenant. Et toi, Daniel ? Où allons-nous ? Dans le champ plus bas ?

— Où tu voudras, Allons, suis-moi, *giolla*...

Enlevant d'un geste vif le ballon des pieds de Francey, il le fit rebondir et le prit à la main en se dirigeant vers la porte.

Francey le suivit, et, après quelques secondes, Johanna également.

— Moi aussi, moi aussi, attends-moi, Danny ! cria-t-elle en courant aussi vite que ses petites jambes pouvaient la porter.

Elizabeth s'assit à table et se prit la tête dans les mains.

Après un moment, elle alla chercher Abigail dans son lit et la mit dans le landau en bois que Neeley avait confectionné et qui avait servi également pour les autres enfants.

A mi-chemin de la ferme de Tilly, elle s'arrêta pour observer la partie de football ; Daniel entraînait les enfants à sa suite en traçant de grands arcs de cercle, contrôlant le ballon juste assez longtemps pour ne pas frustrer Francey, à qui il faisait une passe au moment opportun, tandis que Johanna, les bras écartés, tournait autour d'eux en bourdonnant comme un petit avion, ne faisant rien d'autre, heureuse simplement de participer.

Elle poursuivit son chemin.

Pour une fois, Tilly n'était pas chez elle. D'après Mick, qui sortit des écuries en l'entendant arriver dans la cour, Tilly était allée voir sa sœur à Eyeries.

— Rien de grave, j'espère ?

— Oh non, fit Mick en s'essuyant les mains sur sa chemise, pas du tout. L'idée lui est venue d'y aller, c'est tout.

— Très bien.

Elizabeth fit demi-tour avec le landau et reprit le chemin de la ferme. Elle était presque arrivée lorsqu'elle vit que la partie de football se poursuivait. Cette fois, cependant, ils l'aperçurent et traversèrent le champ pour venir à sa rencontre.

Francey était hors d'haleine.

— Tu nous as vus, maman ? C'était *fantastique*. On s'est bien amusés.

— Je vous ai vus, chéri, répondit Elizabeth en souriant.

Puis, se tournant vers Daniel :

— Ils ont dû t'épuiser. Oh, non, ajouta-t-elle d'un air consterné, regarde ta belle chemise. Elle est toute tachée.

— Ce n'est pas grave, ça partira au lavage, dit Daniel.

Lui aussi respirait difficilement, mais son visage était rayonnant de santé et de bonne humeur. Il déboutonna sa chemise, l'ôta et la fit tournoyer plusieurs fois au-dessus de sa tête comme un drapeau. Elizabeth trouva qu'il ressemblait ainsi, à l'exception des cheveux, trop courts, à un jeune guerrier celte célébrant avec arrogance une conquête.

Ce qu'il était, songea-t-elle avec une ironie désabusée, précisément en position et en droit de faire.

— Viens à la maison, lui dit-elle en reprenant le chemin de la ferme, que je puisse te laver cette chemise.

Suivi de près par les deux enfants, Daniel ouvrit la marche en longeant la haie qui délimitait le champ des Harrington. Elizabeth, à quelques mètres derrière, l'air digne, ne pouvait détacher les yeux de son dos lisse et musclé, couvert de sueur et baigné de soleil. Au diable les bonnes résolutions, songea-t-elle : par une aussi belle journée, pourquoi devrait-elle résister ? Quelle femme, avec un garçon comme Daniel, épris d'elle comme il l'était, avec le chant d'une alouette au-dessus de sa tête et le soleil sur son visage, résisterait à pareille tentation ?

— Allez, tous les trois, du nerf !

Riant comme une jeune fille, elle baissa la tête et les dépassa bruyamment avec le landau.

— Attends-nous, attends-nous ! crièrent Francey et Johanna en courant après elle avec Daniel.

Quand ils arrivèrent au portail, elle vit Mossie Sheehan, manches retroussées, qui se tenait debout comme un agent de la circulation au milieu de la cour.

Son premier instinct fut de faire demi-tour, mais une colère sauvage et irrationnelle s'empara d'elle. Comment Mossie Sheehan osait-il envahir ainsi sa vie et gâcher un moment de plaisir aussi innocent — quoique «innocent» ne fût pas forcément le mot approprié ?

Elle ouvrit la barrière et confia le landau à Daniel.

— Veux-tu l'emmener à l'intérieur, s'il te plaît, Daniel ?

— Bien sûr.

Puis, déglutissant avec peine pour s'empêcher de hurler, elle se dirigea vers Mossie.

— Oui ? demanda-t-elle d'une voix glaciale de châtelaine que l'on dérange, avant d'ajouter dans un sifflement plus que dans un murmure pour ne pas que Daniel entende : Je croyais que nous avions un *accord*.

— Bien sûr que nous en avons un, répondit Mossie avec une parfaite désinvolture. C'est pour ça que je suis ici. Je suis venu vous demander ce que vous comptiez faire de ces bœufs. Il y a une foire à Castletown la semaine prochaine. A moins que vous ne préfériez me les vendre ?

Elizabeth lui lança un regard furieux. Elle entendit Daniel qui refermait le portail et traversait la cour avec le landau. A cet instant, elle surprit quelque chose qui la rendit muette. Tandis que Mossie regardait par-dessus son épaule en direction de Daniel, elle vit les traits de son visage se relâcher imperceptiblement. Elle vérifia encore pour en être sûre, mais oui. Mossie Breac Sheehan voulait donner de lui l'image de quelqu'un de simple. Bouche bée, elle le regarda sourire béatement à Daniel.

— Comment vas-tu, Danny, nous n'avons pas eu l'occasion de bavarder l'autre jour...

Daniel s'arrêta avec le landau et tourna la tête dans leur direction, ne sachant pas, manifestement, comment réagir. Lentement, il enfila sa chemise et se mit à la boutonner de bas en haut.

— Je vais bien, Mossie. Merci, dit-il. Mais, il y a quelque chose que j'aimerais te demander.

— Demande, Danny, demande !

— Comment se fait-il que tu aies attendu aussi longtemps avant d'aller dire à la police ce que tu avais vu ce soir-là ?

Elizabeth frissonna.

— Pour tout t'avouer, Danny, répondit Mossie, c'est une

question à laquelle moi-même je ne sais pas comment répondre. J'ai fait une espèce de blocage.

— Tu veux dire que tu ne t'en souvenais plus ? interrogea Daniel, sceptique.

— C'est ça. Je suis venu voir Lizzie ici aussitôt que ça m'est revenu.

Sa sournoiserie, sans compter le fait qu'il venait de l'appeler par son prénom, exacerba encore la fureur d'Elizabeth alors qu'il se tournait vers elle pour confirmation.

Daniel, à son tour, se tourna vers elle, et elle décida qu'il était plus sage de rester en dehors de la conversation. Contrôlant ses émotions, elle adressa un sourire à Daniel et haussa les épaules.

Mossie, cependant, inébranlable, semblait attendre patiemment que quelqu'un d'autre reprenne la parole, et elle se sentit obligée de confirmer que Mossie disait vrai, et qu'aussitôt qu'il était venu la trouver, elle l'avait pressé d'aller immédiatement à la police.

— Merci, Mossie, mieux vaut tard que jamais, je suppose, déclara Daniel.

Mais, à son regard, Elizabeth devina qu'il ne prenait pas cette histoire pour argent comptant.

— De rien ! fit Mossie, qui poussait l'effronterie jusqu'à simuler l'abnégation. Je suis content que les choses aient marché, c'est tout.

Il s'éclaircit la gorge.

— Maintenant, voulez-vous me dire ce que je fais des bœufs, Lizzie ?

— Je vous le dirai demain.

Elle saisit alors le landau, le poussa jusqu'à l'appentis où elle le rangeait habituellement et détacha Abigail. Quand elle ressortit au soleil, tenant l'enfant dans ses bras, Mossie était parti.

— Est-ce que tu vas lui vendre le bétail ? demanda Daniel en marchant à ses côtés vers la maison.

— Probablement, répondit-elle sèchement. N'importe quoi pour ne plus l'avoir dans mes pattes.

— Est-ce qu'il a vraiment eu ce...

Il hésita.

— ... blocage ?

— Ne perdons pas de temps à parler de quelqu'un comme lui, dit-elle.

Elle entra dans la maison et installa Abigail dans un coin en lui donnant une vieille casserole avec son couvercle en guise de jouets. Le tintamarre qui s'ensuivit presque immédiatement rendit évidemment la conversation difficile, à son grand soulagement.

— Donne-moi ta chemise, commanda-t-elle en lui tendant la main.

— Je te donnerai plus que ma chemise !

Jetant un rapide coup d'œil par-dessus son épaule pour s'assurer que Francey et Johanna n'étaient pas en vue, il tenta de la prendre dans ses bras.

— Daniel, pas maintenant. Je te l'ai dit hier soir, nous devons être prudents et discrets.

Il sentait la sueur fraîche et le soleil, mais Elizabeth s'écarta fermement.

— Eh bien, quand, alors ? Je te l'ai dit, je *t'aime*, Elizabeth !

— Bientôt, mon amour. Bientôt.

Elle embrassa délicatement son torse nu.

— Aussitôt que possible, ajouta-t-elle dans un murmure. C'est promis.

Pourtant, lorsqu'il la pressa, après qu'elle eut nettoyé sa chemise et alors même qu'elle l'étendait sur un buisson dehors pour qu'elle sèche, de le rejoindre au cimetière de Kilcatherine ce soir-là, elle refusa.

— Je ne peux pas, je suis désolée. Je ne peux vraiment pas.

— Mais je t'aime, Elizabeth.

— Eh bien, mon amour, si tu m'aimes vraiment, il va falloir que tu me prouves cet amour en montrant un peu de patience. J'ai sept enfants, Daniel. Sept !

— Pardonne-moi, dit-il, l'air triste. Tu as besoin d'un homme ici.

Puis, voyant le regard d'avertissement qu'elle lui lançait :

— D'accord, d'accord, je me tais, j'ai compris.

Il ramassa le ballon de foot qui traînait au milieu de la cour et l'envoya rebondir contre le mur de la maison.

— Je reviendrai te voir demain dans la matinée, ajouta-t-il en posant une main sur sa joue. Oh, Elizabeth, je n'en peux plus d'attendre...

Il ne lui laissa pas le temps de répondre.

— ... de jouer au football, bien sûr.

Il fit rebondir le ballon sur sa tête et s'écria d'une voix chantante :

— Francey ! Johanna ! Venez par ici, où que vous soyez...

Plus tard cet après-midi-là, juste avant que les filles ne reviennent de l'école, Francey se précipita dans la cuisine pour annoncer qu'un camion remontait la colline. Un véhicule à moteur dans la région était un phénomène rare, plus rare encore depuis que la guerre avait mis fin à la plupart des transports de ce type, et Elizabeth sortit sur le seuil pour regarder.

Tout ce qu'elle pouvait voir du camion, c'était un toit poussiéreux qui avait dû être vert et qui, soulevant derrière lui un gros nuage de poussière mordorée, se traînait comme une grosse chenille au-dessus des haies de fuchsias. De l'endroit où elle était, elle arrivait presque à sentir l'odeur de l'essence qui le propulsait.

Le spectacle avait attiré les enfants de plusieurs maisons à la ronde, et malgré les grognements de protestation du moteur, elle entendait leurs cris excités.

Elle avait décidé qu'il s'agissait certainement de la nouvelle acquisition de quelque pêcheur de Cleanderry ou d'Ardgroom qui s'en retournait chez lui en suivant la route qui longe la côte lorsque, à son grand étonnement, en arrivant à hauteur de la ferme, le camion obliqua brusquement dans sa direction et, dans un grincement de freins, s'arrêta net devant le portail.

Remettant automatiquement de l'ordre dans ses cheveux, Elizabeth s'avança dans la cour. Le chauffeur du camion coupa le contact. Le nuage de poussière soulevé par le véhicule se dissipa, et elle vit qu'il y avait deux personnes dans la cabine. La portière du côté conducteur s'ouvrit, et c'est alors qu'elle sentit son sourire anticipé se figer sur son visage.

La personne qu'elle venait de voir descendre du camion était George Gallaher.

— Bonjour, Elizabeth, dit-il en brossant ses vêtements poussiéreux du plat de la main. Belle journée.

Elizabeth aurait été incapable de répondre même si on lui avait donné un million de livres. Elle n'eut pourtant pas à le faire immédiatement, car une petite blonde dont le visage lui était vaguement familier descendit à son tour du côté passager, avant de faire le tour du capot et de venir se placer à côté de George. Elle lui arrivait à hauteur du coude.

George se tourna vers elle et lui prit le bras.

— Tu ne connais pas Hazel, n'est-ce pas, Elizabeth ? Je te présente Hazel Slye. Elle est actrice, précisa-t-il inutilement puisque Elizabeth, en entendant son nom, venait de se souvenir l'avoir vue sur scène à Glengarriff.

Petite et nerveuse, Hazel était blonde et portait les cheveux courts. Sur son visage d'elfe, cependant, les yeux étaient de loin ce qui attirait en premier l'attention : l'un était marron clair avec des reflets verts, l'autre d'un bleu lumineux. Elizabeth trouva l'effet de ce regard multicolore déconcertant.

— Comment... comment allez-vous ? bégaya-t-elle en tendant la main.

— Bonjour, madame Scollard, salua la fille avec sérieux, je suis heureuse de faire votre connaissance. George m'a beaucoup parlé de vous.

— Vraiment ? fit Elizabeth en réprimant une soudaine envie de rire.

Après toutes les épreuves qu'elle avait traversées, l'arrivée de ce duo comique dans cet absurde véhicule, oui, c'était le comble, songea-t-elle. Elle remarqua alors qu'une galerie d'observateurs fascinés, jeunes aussi bien que vieux maintenant, assistaient de loin à la petite scène.

— Voulez-vous entrer ? suggéra-t-elle.

De nouveau, elle réprima un gloussement. Puis, une pensée beaucoup moins drôle lui traversa l'esprit.

Francey...

— Merci, avec plaisir, fit George en sortant un petit paquet d'une des poches de sa veste.

C'était un paquet flamboyant, enveloppé dans une étoffe cloquée vert Empire.

— Nous t'avons apporté un petit cadeau. Un petit peu de thé, un peu de sucre, quelques raisins...

— Comme c'est gentil à vous, dit Elizabeth en prenant le paquet et en s'efforçant de leur être agréable. Par ici, je vous en prie.

Elle tourna les talons et les précéda à l'intérieur de la maison.

Francey, qui était resté assis un peu à l'écart sur la barrière durant le petit échange, se précipita à cet instant pour les devancer. Elizabeth ne se retourna pas pour voir comment George réagissait en voyant son fils pour la première fois.

La quantité de thé qu'ils avaient apportée était substantielle, presque la ration d'un mois. Elizabeth ne s'éternisa pas en remerciements, mais décida de leur préparer à la place un bon repas dans la cuisine. Elle leur servirait, se dit-elle, quelques tranches de bacon avec du mouton et du pain.

Ce fut la fille qui, tandis qu'elle cuisinait, assura un semblant de conversation en faisant sauter Abigail sur ses genoux.

Francey, pendant ce temps, semblait curieusement muet. Il traînait avec Johanna devant la chambre des enfants, ne quittant pas un instant des yeux le plus grand de leurs deux hôtes. Quoiqu'il n'eût aucune raison de soupçonner que George était son père, elle ne pouvait pas lui reprocher de le regarder comme il le faisait ; il n'avait certainement encore jamais vu une créature aussi exotique de toute sa courte vie. Le corps massif de George semblait occuper tout l'espace de la cuisine, et sa veste verte et son pantalon kaki brillaient dans la pénombre de la pièce ; il était assis à table, parfaitement détendu en apparence, souriant chaque fois qu'il croisait le regard de quelqu'un, y compris celui d'Elizabeth. Elle était intimidée par le silence qu'il observait, mais ne savait pas quoi dire non plus pour briser ce silence. Quand le repas fut prêt, elle l'apporta sur la table.

— Voilà, c'est prêt, dit-elle. Ce n'est pas grand-chose, je suis désolée, mais nous ne vous attendions pas, j'espère que vous en tiendrez compte.

— C'est parfait, madame Scollard, l'assura la fille après avoir reposé Abigail dans son parc.

Ses vêtements étaient aussi voyants que ceux de George. Elle portait un chemisier étroit dans les tons or avec des empreintes animales marron et noires, et un bandana jaune autour de ses cheveux blonds ; en la regardant attentivement, Elizabeth se souvint d'avoir vu un lynx au zoo de Dublin qui lui ressemblait. Sans son maquillage, elle n'aurait pas paru beaucoup plus vieille que Mary, ou même Kathleen.

— Merci, Hazel, et, je vous en prie, appelez-moi Elizabeth, lança-t-elle impulsivement.

— Certainement ! dit la fille avec un large sourire.

Elizabeth leur servait le thé lorsqu'elle remarqua que Francey s'était rapproché furtivement de la table et regardait George dans les yeux.

— Francey, c'est impoli de regarder les gens comme tu le fais, dit-elle automatiquement.

Tout en continuant de servir, elle se prit à espérer qu'aucun voisin n'allait arriver sous prétexte de bavarder un peu. Parce qu'en dehors de la couleur des cheveux, personne ne pouvait manquer de voir la ressemblance qu'il y avait entre George et Francey.

— C'est ton fils, Elizabeth ? demanda George en mettant de l'effet dans sa voix.

Elizabeth renversa un peu de thé sur la toile cirée et l'essuya avec son tablier.

— Oui, dit-elle.

— Pardonne-moi, tu m'as dit qu'il s'appelait... ?

— Francey Scollard, répondit immédiatement Francey. Comment vous vous appelez, vous ?

— George, dit l'acteur. J'ai un cadeau pour toi.

— Un cadeau ?

Francey fronça les sourcils.

— Pourquoi ? demanda-t-il.

— Francey ! s'exclama Elizabeth. Où sont tes manières ?

— Est-ce que vous avez un cadeau pour Johanna ? interrogea à nouveau le garçon, ignorant les remontrances de sa mère.

Sombrement, Elizabeth comprit qu'elle n'avait pas un grand rôle à jouer dans cette scène, sinon de celui d'en limiter la portée. Elle se souvint de la fois où Francey avait renié Neeley en tant que père ; elle savait qu'en dehors d'une bonne fessée il n'y avait rien qu'elle puisse faire pour empêcher son fils de faire ou de dire ce qu'il voulait quand il l'avait décidé.

Ce fut Hazel qui sauva la situation :

— J'ai un cadeau pour ta sœur, dit-elle en retirant un bracelet doré de son poignet et en le poussant sur la nappe vers Francey, qui le ramassa et l'examina attentivement, avant de se tourner vers sa sœur qui le suivait comme son ombre.

— C'est un serpent, Johanna, dit-il comme s'il s'adressait à sa nièce préférée à la façon d'un adulte. On voit les deux yeux, ajouta-t-il en indiquant du doigt deux petites pierres précieuses vertes. Elle dit « merci ».

Il se tourna à nouveau vers George.

— Et voici ton cadeau, annonça ce dernier.

Elizabeth avait l'impression que George était décontenancé par l'assurance que montrait Francey.

— Sois prudent en l'ouvrant.

— Merci.

Il s'agissait d'une petite boîte de la taille et de la forme d'une boîte à cigare. Lourde, apparemment, elle était fermée au moyen d'un petit fermoir en cuivre jaune.

— Oh ! s'exclama alors Francey, émerveillé.

La boîte contenait, dans un moule en velours, le modèle réduit d'une locomotive à vapeur, reproduite dans les moindres détails.

— Le reste est dans le camion, dit George. Wagons, rails, et même une gare miniature. C'était à moi quand j'avais ton âge.

Francey leva les yeux vers lui.

— Pourquoi ? répéta-t-il.

— Je suis... je suis ton oncle, murmura George, et les oncles apportent toujours des cadeaux quand ils viennent en visite, non ?

De nouveau, un pli songeur apparut sur le front du garçon.

— Vous êtes le frère de qui ? demanda-t-il.

— Eh bien...

George hésita, et ce fut la première fois qu'Elizabeth le vit perplexe.

— Je suis... eh bien, en fait, je suis plus un cousin, tu vois, un cousin anglais... euh, je veux dire écossais... de ta mère.

— Quel est votre nom de famille ?

— Gallaher.

Francey le dévisagea encore un instant, puis referma le couvercle de la boîte.

— Puis-je voir le reste du train ?

Connaissant Francey comme elle le connaissait, Elizabeth devinait que le sujet des liens exacts de George avec la famille était loin d'être clos.

George, cependant, parut soulagé.

— Certainement, dit-il en se levant, viens avec moi, nous le ramènerons ensemble.

— Ils sont adorables, Elizabeth, fit Hazel en regardant Johanna qui emboîtait le pas à George et à Francey.

Elizabeth s'assit sur la chaise que George venait juste de quitter.

— Pourquoi maintenant ? Et comment nous avez-vous trouvés ?

— Il y a eu un article à propos du procès dans un journal, expliqua Hazel. En le lisant, George a reconnu le nom... Désolée pour votre mari, ajouta-t-elle, ça a dû être terrible pour vous.

— Ça l'est toujours.

Elizabeth commençait à apprécier cette étrange fille, en dépit de son accent dublinois, qu'elle avait toujours trouvé commun.

— Je lui ai dit, reprit Hazel en agitant un bras en direction de la porte, que vous n'auriez sûrement aucune envie de le voir dans une période comme celle-ci, mais ça ne l'a pas arrêté.

— Êtes-vous... êtes-vous sa petite amie ?

— Si on veut. Vous connaissez George... en fait, oui, je crois que vous le *connaissez*, n'est-ce pas ?

Elle eut un petit sourire.

— Les hommes ! s'exclama-t-elle en levant ses yeux multicolores au ciel.

Elle était si directe qu'Elizabeth la trouvait de plus en plus sympathique.

— Que faites-vous dans la région ? lui demanda-t-elle.

— Nous débutons la saison lundi à Killarney, avec notre

propre troupe. George a réussi à mettre de l'argent de côté l'année dernière ; c'est comme ça que nous avons eu le camion. Pourquoi ne viendriez-vous pas ? Je vous aurai des entrées...

Faire le voyage jusqu'à Killarney était une perspective encore plus décourageante que celle d'aller à Glengarriff.

— Non, merci, dit Elizabeth. Ne croyez pas que je ne vous suis pas reconnaissante de votre invitation, mais je suis en deuil.

— Oh mon Dieu ! fit Hazel en se couvrant la bouche avec une main. Comment puis-je être aussi stupide !

— Je vous en prie, ça ne fait rien. Quelles sont d'après vous les intentions de George pour ce qui est de Francey ?

— Je n'en sais rien, vraiment. Je pense que tout ce qu'il veut, c'est lui faire ce cadeau. Pour être honnête avec vous, Elizabeth, je crois qu'il tient à se rassurer lui-même, à voir qu'il a finalement accompli l'exploit de produire un être à son image. Peut-être simplement qu'il se fait vieux.

Elizabeth ne put s'empêcher de sourire.

— L'âge de George a toujours été un mystère pour moi.

— Ce n'est pas un si grand mystère, répliqua Hazel. Je lui ai demandé de me montrer son acte de naissance.

— Alors, quel âge a-t-il ? demanda presque avec crainte Elizabeth.

— Il va bientôt avoir quarante-cinq ans.

— Mais pourquoi donc prétendait-il il y a six ans qu'il en avait quarante-six ?

— Je crois que George veut tout à la fois. Quarante-six ans devait lui paraître un bon âge, encore assez jeune pour la peccadille, si vous voyez ce que je veux dire, mais plus assez pour qu'aucune fille veuille jeter les bases d'une relation durable avec lui.

— C'est votre cas ?

— Je ne sais pas, fit Hazel en haussant les épaules. J'ai dix-sept ans, mais je fais ce travail depuis si longtemps que j'ai l'impression d'être plus vieille que George. Je suis danseuse. Sur scène depuis l'âge de quatre ans. Mais depuis quelque temps je me suis lancée dans l'art dramatique.

Elizabeth n'était toujours pas rassurée quant aux intentions de George.

— Alors, vous pensez qu'il ne va pas me faire d'ennuis ?

— Si vous voulez mon avis, répondit Hazel d'un air sérieux, c'est vous qui devriez lui en faire. Maintenant qu'il a quelques shillings en poche, je vous le dis, Elizabeth, il — doit — payer — pour — l'enfant !

A cet instant, George et Francey entrèrent dans la cuisine.

— Est-ce que tu as entendu, George ? interrogea Hazel, nullement intimidée.

— Entendu quoi ?

Il était radieux.

— Ça ne fait rien, plus tard, dit Hazel. Nous en reparlerons plus tard.

— Où est-ce que je vais installer tout ça, maman ? demanda Francey en déposant ses boîtes sur la table.

— Nous demanderons à ton père de...

La phrase lui avait échappé, et elle rougit violemment.

— Désolée, reprit-elle. Je verrai cela demain avec Mossie, je lui demanderai de te faire une place quelque part dans l'écurie. D'accord ?

— Oh, maman, grommela Francey d'un air boudeur, je veux y jouer *tout de suite*...

— J'ai dit demain, insista-t-elle.

— Tu permets ? proposa George. Montre-moi seulement où tu veux que je l'installe...

— Eh bien, si tu y tiens, dit Elizabeth, en songeant que, décidément, la vie était pleine de surprises.

Ce n'était certes pas là le George qu'elle avait connu six ans plus tôt.

En sortant dans la cour, elle vit que la plupart des enfants du voisinage traînaient toujours autour du camion et de la maison. Elle choisit de les ignorer et conduisit George et Francey jusqu'à l'écurie où, un des deux mulets ayant été vendu, un box était libre et pouvait servir à installer le train.

— Tes jouets risquent de rouiller, Francey. Il faudra que tu les rentres à l'intérieur en hiver. N'est-ce pas, cousin George ? ajouta-t-elle malicieusement, incapable de résister à la tentation.

Gallaher, pour donner le change, lui sourit tristement. Tandis qu'il ôtait sa belle veste verte pour être libre de ses mouvements, Elizabeth contempla son torse magnifique et se demanda si quelque chose en elle vibrait encore à ce spectacle.

Il lui sembla que non.

C'était stupéfiant, songea-t-elle, comme le désir physique qu'elle éprouvait autrefois pour lui s'était éteint ; maintenant, George Gallaher ne l'attirait plus que sur un plan esthétique, comme un objet de valeur dans une exposition publique. Tout au plus, désormais, jouerait-il le rôle du cousin bien-aimé.

Johanna vint les rejoindre à l'écurie et Elizabeth la prit dans ses bras. George et Francey, de leur côté, étaient occupés à ouvrir toutes les boîtes. Et c'était encore une chose curieuse, songea Elizabeth en continuant de s'étonner des changements survenus chez George, que de le voir se comporter aussi gentiment, aussi généreusement ; il y avait une telle différence entre l'homme qu'elle avait aujourd'hui devant les yeux et celui qu'elle avait vu au mois de février précédent qu'il était difficile de croire qu'il s'agissait de la même personne. Se pouvait-il que M. Gallaher ait enfin trouvé son égal ? Elle jeta un coup d'œil furtif dehors : Hazel Slye était assise sur le banc en bois dans la cour, sa jupe serrée découvrant des genoux aussi pâles que des champignons pelés, le visage béatement tourné vers le soleil. Ce n'était pas une beauté, songea Elizabeth, mais en dépit de sa petite taille qui lui donnait une apparence fragile, Hazel était forte et drôle et s'exprimait intelligemment. C'était probablement quelqu'un comme elle que, sans le savoir, George avait recherché durant toutes ces années.

Elle continuait de regarder le train prendre forme sur le sol lorsqu'elle entendit Hazel adresser le bonjour aux filles qui revenaient de l'école.

Elle reposa Johanna par terre et alla à leur rencontre. Les quatre filles de Neeley avaient l'air à la fois timide et émerveillé devant la jeune femme, dont la tenue vestimentaire n'était pas passée inaperçue à leurs yeux.

— Ces quatre-là sont à vous ? Vous n'êtes pas assez âgée.

L'expression de l'actrice, elle, était sans équivoque : elle les regardait bouche bée.

— Je les ai eues en me mariant, fit Elizabeth avec un sourire. Mon mari avait déjà été marié une fois. Dites bonjour à notre invitée, les filles. Vous avez devant vous Mlle Hazel Slye. Elle est actrice.

Toutes saluèrent dans un murmure à l'exception de Kathleen, dont la réaction fut si inattendue et atypique que Elizabeth en fut complètement décontenancée : son visage, d'ordinaire si sombre et fermé, s'illumina brusquement.

— Une *actrice ?* lâcha-t-elle dans un souffle.

Puis, comme si elle en avait trop dit, elle se tut aussitôt.

Elizabeth n'eut pas le temps de réfléchir à ce que signifiait cette réaction. Les filles se groupèrent autour de Hazel et elle se rendit compte brusquement qu'elle ne s'était pas préparée aux présentations qui allaient suivre. Étant plus âgées, il était bien improbable — à l'exception peut-être de Goretti — qu'elles se laissent abuser et voient en George, qui ressemblait tant à Francey, un lointain cousin écossais qui n'avait plus donné de nouvelles depuis des années. Elle se dit qu'elle ferait mieux de leur parler avant que George ne sorte de l'écurie.

— Allons, les filles, dit-elle avec force, laissez Mlle Slye tranquille maintenant. Rentrez et lavez-vous les mains. Excusezmoi un moment, Hazel, ajouta-t-elle, je reviens dans quelques minutes.

— Qui est dans l'écurie ? interrogea alors Margaret en entendant la voix grave de George qui expliquait quelque chose à Francey.

— Je vous le dirai à l'intérieur. Maintenant, allez, ouste, vous toutes.

Les étrangers de passage étaient chose rare à Lahersheen, et les filles bavardaient entre elles avec excitation tandis qu'elles posaient leurs cartables et allaient se laver les mains. En les regardant, Elizabeth fut frappée par la souplesse de caractère naturelle des enfants ; il n'y avait pas un mois que leur père était mort, et cependant, bien qu'elle surprît parfois l'une d'elle abîmée dans une rêverie morose, elles avaient remarquablement bien récupéré dans l'ensemble. L'exception, bien sûr, c'était Kathleen, qui était si introvertie qu'il était difficile de deviner ce qui se passait dans sa tête.

Même maintenant, elle ne participait pas au bavardage général dans la cuisine, mais semblait s'être réfugiée déjà dans un monde à elle. Elizabeth remarqua pour la première fois qu'elle était un peu plus grande que sa sœur aînée.

Le bavardage cessa à l'instant même où George entra dans la cuisine. Cette fois, même Kathleen réagit de concert avec ses sœurs, l'expression de son visage reflétant exactement celle de Mary et de Margaret alors que tous les regards étaient tournés vers l'homme en bras de chemise qui venait de passer la porte. L'effet aurait pu être comique si Elizabeth n'avait pas été aussi inquiète pour Francey, et si elle n'avait pas décelé dans ses yeux le culte du héros.

— Bonjour, les filles, dit George d'un ton légèrement emphatique.

Elizabeth fit un pas en avant.

— Les filles, voici George Gallaher, l'ami de Mlle Slye. C'est un lointain parent à moi, il est écossais.

Toutes les filles étaient comme hypnotisées, mais, du coin de l'œil, Elizabeth vit Kathleen plisser les yeux. Avait-elle reconnu le visage ?

— Voici mes autres filles, poursuivit Elizabeth.

George les examina attentivement du regard et Elizabeth, qui se demanda brusquement jusqu'à quel point les instincts lascifs de l'acteur étaient en sommeil, devint immédiatement protectrice.

— Tu as déjà rencontré Johanna, Abigail et Francey, alors voilà, tu connais tout le monde, conclut-elle abruptement.

— Je n'en crois pas mes yeux, fit George en leur adressant son plus beau sourire. Six filles, et toutes plus belles les unes que les autres.

Mary et Margaret gloussèrent en rougissant ; Elizabeth était persuadée que le mot « harem » trottait dans l'esprit de George. De nouveau, elle prit les choses en mains.

— Tu cherchais quelque chose, George ? demanda-t-elle.

— Oui. Le sol n'est pas régulier dans l'écurie. Aurais-tu une petite planche de bois ou quelque chose comme ça ?

— Je sais où trouver ça, dit Kathleen sans même laisser à Elizabeth le temps de répondre.

— Non, tu restes ici et tu termines ce que tu étais en train de faire, intervint Elizabeth d'un ton autoritaire. Suis-moi, George.

Elle le prit par le coude et le conduisit dehors, derrière la maison, tandis qu'il continuait de hocher la tête, émerveillé. En traversant la cour, elle tendit l'oreille. Après une seconde ou deux de profond silence, il y eut une explosion de bavardages.

Lorsqu'elle revint après avoir trouvé ce que George demandait, les filles étaient encore en pleine discussion.

— Tout cela est très grossier, dit-elle. Vous avez laissé Mlle Slye toute seule dehors par exemple. Goretti, veux-tu sortir et aller lui parler quelques minutes, s'il te plaît ? J'ai un autre travail pour ces trois-là, ajouta-t-elle en désignant les aînées.

Quand Goretti fut sortie, elle demanda aux filles de s'approcher de la table.

— Il y a quelque chose qu'il faut que je vous dise, annonça-t-elle avec calme, mais il s'agit d'une chose confidentielle. Ça signifie que c'est un secret, compris ? Un secret entre nous quatre. J'ai confiance en vous maintenant.

Mary et Margaret acquiescèrent solennellement. Kathleen pinça les lèvres.

— C'est compris, Kathleen ? reprit-elle en lançant à celle-ci un regard pénétrant.

Kathleen arqua les sourcils, puis hocha la tête.

— Oui, dit-elle.

— Eh bien, George Gallaher n'est pas un lointain parent à moi, avoua Elizabeth, c'est le père de Francey. Mais Francey est encore trop jeune pour qu'on le lui dise. D'accord ?

— Pourquoi est-ce que tu nous le dis à nous ? demanda Margaret après une pause durant laquelle ni l'une ni l'autre n'avait osé faire un geste ni dire quoi que ce soit.

— Parce que vous êtes assez grandes pour le savoir, voilà pourquoi, répondit Elizabeth du ton que l'on prend pour faire un compliment. Et puis, vous n'auriez pas manqué de remarquer combien Francey ressemble à George ; je ne voulais pas que vous racontiez quoi que ce soit.

— Pourquoi est-ce que Francey ne doit pas savoir qui est son père ? demanda Kathleen en enroulant une de ses nattes autour de son index.

— Je te l'ai dit, il est trop jeune.

A cet instant, Hazel fit irruption dans la cuisine.

— Fichtre ! dit-elle. Il fait trop chaud dehors. Dirait-on que nous sommes en Irlande ? Est-ce que ça vous ennuierait si je vous demandais un verre d'eau ?

— Eh bien, nous sommes en été, et vous êtes à Béara ! fit Elizabeth en riant.

Une heure plus tard, tout le monde se rassemblait à l'écurie pour voir fonctionner le train mécanique de Francey. Elizabeth put constater que c'était un splendide objet, construit avec amour par un maître artisan, fidèle jusque dans les moindres détails.

George avait fait suivre aux rails un tracé en huit, et il était fascinant de regarder la locomotive traverser bruyamment le quai de la gare où des petits personnages en étain — une infirmière, un porteur, une dame richement vêtue accompagnée de son mari au chapeau mou — semblaient figés là pour l'éternité.

Elizabeth fut arrachée à sa rêverie quand elle sentit que quelqu'un lui tirait la manche avec insistance. Elle se retourna et vit qu'il s'agissait de Kathleen.

— Maman ! murmura-t-elle en ouvrant de grands yeux.

— Qu'y a-t-il ?

— Je veux te parler, en privé. C'est urgent.

— Maintenant ?

— Oui.

Elizabeth la suivit jusqu'à la maison.

— Que se passe-t-il ? demanda-t-elle.

Kathleen inspira profondément, puis les mots se déversèrent de sa bouche comme une rivière à l'ouverture d'un barrage :

— J'ai parlé à Hazel, dit-elle, et, maman, s'il te plaît, s'il te plaît, elle dit que c'est d'accord pour elle si toi tu es d'accord.

S'il te plaît, est-ce que je peux aller avec eux à Killarney ? J'ai toujours voulu être actrice...

Elle s'interrompit et vacilla un peu, comme si elle en avait trop dit.

Elizabeth regardait ses grands yeux sauvages et suppliants. Elle n'avait jamais vu Kathleen dans un tel état, pas plus qu'elle ne l'avait entendue s'adresser à elle de cette façon, directement, d'âme à âme. Le projet était manifestement d'une importance vitale pour elle, et elle comprit qu'il fallait qu'elle se montre extrêmement prudente.

— Je vois, dit-elle. Mais, et ton certificat d'études... le pensionnat ?

— J'ai parlé de tout ça avec Mlle Slye... avec Hazel. Elle dit que ce que nous devrions faire, c'est que j'essaye cet été, et si je ne suis pas bonne ou je ne sais quoi — si c'est le cas, je me contenterai d'aider ou de faire de la figuration — alors, j'irai en pensionnat à l'automne. Mais, maman, s'il te plaît, je ne le saurai jamais si je n'essaye pas. Je t'en prie, maman, *je t'en prie*...

Elle se tordit les mains devant Elizabeth, et les larmes lui vinrent aux yeux.

Elizabeth se dit qu'elle pouvait faire confiance à Hazel, mais, et George ? Pouvait-elle confier Kathleen à une troupe qui comptait George Gallaher comme membre ?

— Chérie, tu n'as que quatorze ans, dit-elle doucement, c'est très jeune pour partir comme ça...

— J'aurai quinze ans en septembre. Mais, maman, Hazel n'avait que *quatre ans* quand elle a commencé. Je sais que j'en suis capable si seulement on m'en donne la chance. Et je n'aurai jamais, jamais plus, une pareille occasion. J'en suis *certaine*, jamais plus !

Elizabeth réfléchit rapidement. Killarney n'était pas le bout du monde après tout, et des filles bien plus jeunes que Kathleen s'étaient embarquées seules pour l'Angleterre ou l'Amérique afin de travailler comme domestique chez des gens que ni elles ni leurs familles ne connaissaient. Elle regarda Kathleen dans les yeux. Il y avait en elle un tel désir, un tel enthousiasme qu'elle sentait bien que, si elle n'accédait pas à sa requête, elle ne pourrait plus jamais espérer établir une relation quelconque avec elle. Et cependant, pouvait-elle prendre pareille responsabilité ?

Tandis qu'elle hésitait, Kathleen se mit à changer d'expression. Une fois de plus, elle se referma sur elle-même, ses traits se durcirent, et son visage révéla bientôt de la haine.

— Tu ne vas pas me laisser y aller, n'est-ce pas ? dit-elle.

— Je ne dis pas ça, Kitty... j'essaie seulement d'y réfléchir, c'est tout.

— Eh bien, réfléchis-y alors. Je sais pourquoi tu veux qu'on garde le secret sur George Gallaher. Et ça n'est pas pour Francey !

— Quoi ?

— Je sais ce que tu fabriques avec Danny McCarthy, poursuivit-elle en inclinant la tête jusqu'à regarder Elizabeth par en dessous. Que dirait-il s'il savait *tout* sur sa précieuse chérie ?

— Kathleen !

Elizabeth était si atterrée qu'elle parvint à peine à articuler son prénom.

— Alors, tiens-toi-le pour dit. Et je m'en vais, que ça te plaise ou non. Tu ne peux pas m'en empêcher.

Elizabeth déglutit péniblement.

— Je suis désolée que tu penses devoir recourir à ce genre d'argument, Kathleen, parce que, que tu le croies ou non, j'étais sur le point de te laisser partir à Killarney. J'étais seulement en train d'y réfléchir, c'est tout.

— Oh, vraiment ? dit-elle agressivement.

— Oui.

Elizabeth se demanda si l'on pouvait sauver quelque chose de tout ce gâchis. Elle se souvint alors des conseils d'Alison Charlton Leahy : rester vigilante, se méfier des dangers les moins apparents. Mossie Sheehan n'était pas le seul espion dans les parages.

— Et d'ailleurs, reprit-elle, sache que ma relation avec Daniel ne te regarde pas, Kathleen.

— En tout cas, ça regardait certainement mon *père !* Tu ne penses pas beaucoup à lui, n'est-ce pas ?

Elizabeth trouva la force de la toiser de toute sa hauteur jusqu'à ce qu'elle baisse les yeux.

— Nous parlions de toi et de Killarney, dit-elle.

— Alors, puis-je y aller ?

— Oui. Pour une période d'essai.

Elizabeth crut que Kathleen allait se mettre à pleurer. Elle ferma les yeux, rejeta la tête en arrière et serra les poings, folle de bonheur.

— J'ai bien dit « pour une période d'essai », reprit Elizabeth. Et tu n'iras pas avant les vacances scolaires, dans deux semaines.

— Merci, murmura Kathleen. Puis-je le dire à Hazel ?

— Tu peux, répondit Elizabeth, en songeant pour elle-même : *et je mettrai les choses au point avec George.*

Kathleen se précipita vers la porte :

— Maman ? fit-elle en se retournant avant de mettre le pied dehors.

— Quoi ?

— Je suis désolée pour ce que j'ai dit.

Elizabeth se contenta de hocher la tête, sachant trop bien que la tristesse de Kathleen, bien que sincère, n'en était pas moins passagère. En la regardant sortir, elle se promit de redoubler de vigilance et de discrétion dans sa relation avec Daniel.

Ce soir-là, en se mettant au lit, elle se demanda combien d'autres femmes dans la région connaissaient autant de problèmes qu'elle. Elle était sûre d'une chose, du moins pour le moment : George ne ferait pas d'histoires à propos de Francey. Elle avait pu lui parler, seule, durant quelques minutes dans la cour, juste avant qu'il ne reparte avec Hazel.

— Je voulais seulement le voir, lui avait-il confié. Hazel a pensé que ce pouvait être une bonne idée.

— *Hazel* a pensé ? avait-elle répété sans pouvoir s'en empêcher.

— Je sais, je sais, avait-il dit d'un air penaud. Est-ce que tu penses que je pourrai revenir le voir de temps en temps ? Je t'enverrai de l'argent pour lui chaque fois que ça sera possible.

— Tu pourras le voir quand tu le voudras, mais je me réserve le droit de lui annoncer que tu es son père quand *je* jugerai le moment opportun. D'accord ?

— D'accord... et, Elizabeth ?

— Quoi ?

— Tu t'en es très bien sortie.

— Merci. Une chose encore, je te fais confiance pour Kathleen, George. Si tu utilises un seul de tes vieux tours avec elle, un seul, George, laisse-moi t'avertir, tout grand et fort que tu es, je te briserai la mâchoire. C'est compris ?

— Elizabeth !

Il avait placé alors une main sur son cœur et avait fait une petite moue.

— Allons, un peu de confiance...

— C'est à Elizabeth Sullivan que tu t'adresses, souviens-t'en, lui avait-elle rappelé. Il se trouve que je n'ai pas d'autre choix que de te faire confiance, mais elle n'a pas quinze ans, et je suis sérieuse, George. Je te poursuivrai à l'autre bout de la terre — jusqu'à Hollywood, s'il le fallait.

A cet instant, Hazel les avait rejoints. George avait promis d'envoyer quelqu'un prendre Kathleen avec le camion une quinzaine de jours plus tard, et les deux visiteurs s'étaient retirés.

A une certaine époque, songea Elizabeth en leur faisant un signe de la main comme le camion gravissait la colline en direction de Castleclough, un compliment aussi misérable que « tu t'en es bien sortie » aurait suffi à lui donner la chair de poule. C'était incroyable comme on pouvait changer...

20

Au cours des quinze jours qui suivirent la visite de George et de Hazel, toute la maison ne pensa plus qu'au départ de Kathleen pour Killarney. Ensuite, chacun vécut l'arrivée du facteur comme un événement excitant.

Kathleen semblait apprécier sa nouvelle vie. Même si, à en juger par ses lettres, son principal travail consistait à faire les commissions des uns et des autres, à repriser les costumes et à actionner un dispositif de simulation d'orage dans les coulisses, elle tenait néanmoins des petits rôles dans les productions de la troupe. Elle remplissait des pages et des pages où elle décrivait les réactions du public et les éloges que lui faisaient ses nouveaux amis, George, Hazel et une fille prénommée Vanessa.

Ses lettres étaient tellement vivantes et imagées qu'elles furent comme une révélation pour Elizabeth, habituée à l'humeur taciturne et aux sombres rédactions scolaires de Kathleen. Elle n'aurait jamais pensé que la seconde fille de Neeley fût si imaginative ou ait en elle une telle aptitude à la joie.

La saison théâtrale devait s'achever au début du mois de septembre, et, de plus en plus, les lettres de Kathleen mentionnaient son désir de faire carrière comme actrice. Elizabeth se trouvait de ce fait dans un embarras considérable ; elle avait fait vœu de prendre soin des filles de Neeley et n'était pas convaincue que la vie d'acteur itinérant convenait à une jeune fille qui n'avait pas quinze ans. Cependant, Kathleen était si têtue qu'il était bien improbable qu'elle se laisse dicter sa conduite.

Elle remit à plus tard sa décision, mais se renseigna malgré tout sur les pensionnats de Cork. Elle découvrit ainsi que

Kathleen avait effectivement sollicité l'aide et les conseils de St. John pour ce qui était des études secondaires qu'elle comptait entreprendre, et que ce dernier était tout prêt à en assurer les frais.

La pression qu'elle devait supporter chaque jour était descendue d'un petit degré depuis le départ de Kathleen. Sa liaison avec Daniel Carrig continuait d'osciller entre la passion obsessionnelle et joyeuse d'une part, et l'anxiété profonde d'autre part. Étant donné la présence de Mossie Sheehan à Lahersheen et la longueur interminable des jours d'été, elle ne pouvait plus se résoudre à faire l'amour dans les champs ou même dans le petit cottage en ruine qui se trouvait sur ses propres terres.

Ils n'avaient par conséquent plus guère d'occasion d'être seuls et, avec les vacances scolaires, les enfants se trouvèrent à la ferme en permanence. Contraints de se contenter de baisers échangés à la dérobée, leur frustration augmentait en proportion de leur ardeur.

A la fin du mois d'août, Elizabeth ne s'était toujours pas résolue à dire la vérité à Daniel concernant le contrat qu'elle avait passé avec Mossie Sheehan. Lorsqu'il insistait pour qu'ils se décident à vivre leur amour au grand jour, elle continuait de faire valoir qu'elle était en deuil et expliquait que, étant donné les circonstances dans lesquelles son mari avait trouvé la mort, faire étalage de leur amour maintenant ne pourrait que créer un scandale.

Elle hésitait même à se confier à Tilly, persuadée qu'elle ne ferait que mettre celle-ci dans une position délicate par rapport à Daniel, qui était son ami ; elle n'avait que trop fait appel déjà à sa loyauté et à sa générosité.

Sur le plan matériel, cependant, Elizabeth devait convenir que les affaires n'étaient jamais allées aussi bien depuis son mariage. Suivant les conseils de Tilly, elle avait ajouté quelques canards et quelques oies à son élevage de volaille ; cela représentait peu de travail supplémentaire, et l'on pouvait en tirer un bon prix à Noël. En dehors de cela, elle n'avait gardé comme animal de ferme que la vache à lait pour subvenir à leurs besoins quotidiens — Margaret et Goretti se partageaient la responsabilité de la traite. Des douze vaches de Neeley, Mossie lui en avait acheté six, et elle avait vendu les autres à la foire de Castletown. L'argent ainsi récolté avait été placé en sécurité à la banque, et son père avait insisté pour qu'elle place une somme d'argent substantielle sur un compte-épargne séparé à Castletownbere.

Qui plus est, bien qu'elle détestât l'admettre, sa terre prospérait sous l'intendance de Mossie Breac.

Tilly avait vu juste sur les compétences agricoles de Mossie : sept jours sur sept, par tous les temps, il travaillait avec assiduité depuis l'aube jusqu'au couchant, et, même aux yeux inexpérimentés d'Elizabeth, la terre était manifestement beaucoup plus florissante. Bien qu'elle continuât de lui en vouloir de la position dans laquelle il l'avait placée — et de faire avec effroi le décompte des mois qu'il lui restait avant de devoir déclarer publiquement ses fiançailles avec lui —, elle ne pouvait que reconnaître, fût-ce de mauvaise grâce, ses dons agraires.

Pour autant, elle ne lui témoignait pas plus de respect, et chaque fois qu'elle devait lui parler, elle lui faisait bien comprendre ce qu'elle pensait de lui et du comportement qu'il avait eu. Tout cela restait pourtant sans effet apparent. Quelque froideur ou indifférence qu'elle lui témoignât, il continuait de faire preuve, de son côté, d'une égalité d'humeur exaspérante.

Le soir du vingt août, jour de son vingt-septième anniversaire, elle était assise avec Tilly, non pas dans la cour comme elles le faisaient toujours quand le temps était clément, mais devant la maison, sur des chaises de cuisine qu'elles avaient traînées jusque-là.

— Je ne sais pas pourquoi nous ne venons pas plus souvent de ce côté, fit remarquer Tilly en contemplant, par-delà le muret de pierre, la douce ondulation du paysage jusqu'à la baie de Coulagh.

— Je suppose que c'est parce que nous aimons bien garder un œil sur les allées et venues des uns et des autres.

Pour une fois, Elizabeth se sentait sereine et détendue. Avec l'aide des enfants, elle avait nettoyé la maison de fond en comble ; sur le fil à linge, à sa gauche, séchaient au soleil draps, nappes, chiffons et torchons, et les haies de fuchsias étaient recouvertes de couvertures et de dessus-de-lit.

— Je vais bien dormir ce soir, dit-elle en portant à son nez une main qui fleurait bon la lessive.

— Je sais que la plupart des gens n'aiment pas faire le ménage, dit Tilly, mais de temps en temps, je ne sais pas... on a l'impression agréable que la maison vous parle, qu'elle vous dit merci. Tu vois ce que je veux dire ?

— Mmn.

Elizabeth ne partageait pas tout à fait ce point de vue ; dans son esprit, le ménage était quelque chose de répétitif et de mortellement ennuyeux, mais elle devait bien admettre que, ce soir, elle se sentait satisfaite, pour ne pas dire davantage.

— Je suppose que tu sais la dernière à propos de Jimmy Deeney ? interrogea Tilly après un silence.

— Non, mais je suis sûre que tu vas me l'apprendre.

Elizabeth n'aimait pas cet homme qu'elle trouvait du plus parfait vulgaire et n'avait pas voté pour lui. Deeney avait, en fait, largement échoué aux élections — en dépit de sa générosité, même les urnes de Lahersheen, Derryconnla et Eyeries n'avaient pas été en sa faveur —, mais il n'avait pas renoncé pour autant, et on continuait de le voir offrir la tournée dans tous les pubs de la circonscription en vue des prochaines élections.

Tilly, qui avait voté pour lui, ne s'offusqua pas du ton employé par Elizabeth.

— Eh bien, apparemment, il a acheté Castleclough, dit-elle, avec tout le fourbi.

— Ce vieux tas de pierres ? Que compte-t-il en faire ?

— Y vivre, d'après ce qu'on m'a dit, au moins pendant l'été. Maintenant qu'il veut devenir T.D. [1], il a sûrement envie de se faire une place dans le sud-ouest du comté de Cork. Sa femme, l'Américaine, n'a probablement pas envie de vivre ici en permanence, mais l'idée de devenir châtelaine n'a pas l'air de lui déplaire. Il y a quatre-vingts acres de terre en tout, tu sais, sans parler du petit port privé sur la mer.

— D'accord, mais le château est sûrement irréparable ?

— Non, il n'y a pas de toiture, mais la structure de base tient encore debout. Et puis, qui dit restauration dit emplois pendant quelques mois au moins pour les gens d'ici.

Elizabeth se demanda si son amie songeait à Daniel en disant cela, mais ne lui posa pas la question.

— T'ai-je dit que j'ai reçu une carte d'anniversaire de Kathleen hier ? demanda-t-elle. Je t'avoue ma surprise. Elle a certainement changé. Jusqu'à maintenant, elle aurait refusé de me donner l'heure si je la lui avais demandée. Elle doit rentrer très bientôt, ajouta-t-elle paresseusement en s'abandonnant avec délices à la chaleur du soleil sur son visage. Je ne sais pas ce que je vais faire d'elle. Je lui ai trouvé un pensionnat à Cork, mais elle ne veut plus y aller maintenant. Il n'y a plus que cette histoire de théâtre qui compte. Qu'en penses-tu ?

— Est-ce qu'elle a un brin de talent ? demanda Tilly en

---

1. Abréviation de *Teachda Dala*, membre du Dail Eireann, l'Assemblée irlandaise. *(N.d.T.)*

donnant une petite chiquenaude à une coccinelle qui avait atterri sur ses genoux.

— Je ne sais pas, répondit Elizabeth en haussant les épaules, c'est toute la question. Je ne l'ai jamais vue jouer. Tout cela a été si vite. Je parie que Neeley s'est retourné dans sa tombe.

— Pourquoi ne vas-tu pas la voir ? Tu en auras au moins le cœur net, tu ne crois pas ?

— Je ne peux pas m'absenter.

— Et pourquoi pas ? Mossie s'occupe merveilleusement de la ferme. De mon côté, j'aiderai Mary pour la partie domestique — les filles ont grandi, tu sais, Lizzie, elles sont plus dociles maintenant. Et puis, ça ne serait que pour un soir.

Plus Elizabeth y songeait, plus la suggestion lui paraissait intéressante.

— Tu ferais cela, Tilly ? Oh, j'en ai tellement assez de toujours te demander quelque chose.

— Un jour viendra où ce sera mon tour de te demander un grand service, tu verras. Et puis d'ailleurs, ça ne me gêne pas. J'aime m'occuper des enfants, tu le sais.

Tandis qu'elle examinait la perspective d'aller à Killarney, elle songea évidemment que, s'ils étaient assez discrets et prévoyaient bien les choses, Daniel pourrait l'accompagner. De la même façon qu'elle l'avait fait avec George des années plus tôt, elle pourrait passer la nuit à l'hôtel.

Jetant un coup d'œil à Tilly pour s'assurer qu'elle ne se trahissait pas, son esprit se mit à comploter fiévreusement : elle pourrait quitter ses habits de deuil, avoir l'air un peu plus jeune. Ils pourraient prendre une chambre en se faisant passer pour un couple en lune de miel...

— Alors vraiment, tu t'occuperas des filles ? demanda-t-elle à nouveau.

— Je te l'ai dit, non ? Allez, décide-toi, et profite de cette occasion pour t'amuser un peu.

Et c'est ainsi qu'elle se retrouva assise sur le quai de la gare de Killarney à attendre nerveusement l'arrivée de Daniel. Elle avait réservé par écrit une chambre au Grand Hôtel du Sud, qui jouxtait la gare — la confirmation était dans son sac à main —, et, suivant le plan qu'elle avait méticuleusement mis au point, ils entreraient à l'hôtel comme s'ils avaient voyagé ensemble.

Jouant avec son alliance, qu'elle avait nettoyée et fait briller pour qu'elle paraisse la plus neuve possible, elle se dit que George Gallaher aurait été stupéfait de voir avec quelle facilité la jeune fille qu'il avait connue était passée maîtresse dans l'art stratégique de tromper les yeux et les oreilles de Lahersheen et d'ailleurs. Par exemple, sachant qu'ils ne pourraient pas être vus mangeant ensemble à l'hôtel ou même au restaurant, elle avait pensé à acheter des sandwiches pour Daniel ; et, l'esprit délicieusement coupable, elle s'était même arrangée pour que la date du voyage coïncide avec le moment où elle était le moins féconde.

Après s'être levée cinq ou six fois afin de vérifier si Daniel n'arrivait pas, elle l'aperçut enfin dans la rue, juste devant l'hôtel, au moment où il sautait d'une remorque tractée par une moto.

Résistant à la tentation de courir se jeter dans ses bras, elle marcha lentement vers l'entrée de l'hôtel. En le regardant approcher, elle vit qu'il était vêtu élégamment ; il portait son costume du dimanche et de belles chaussures, et ses cheveux bouclés, qui avaient retrouvé leur longueur habituelle, étaient enduits d'huile capillaire. Elle lui trouva l'allure d'un adolescent prêt à recevoir le sacrement de la confirmation.

Quand il fut à sa hauteur, elle l'accueillit sobrement, lui prenant le coude de force afin de l'empêcher de lui manifester en public une marque d'affection par trop visible.

— Mais nous sommes censés être en lune de miel ! protesta-t-il.

— Nous avons tout le temps pour ça, susurra-t-elle. D'ailleurs, si nous venons juste de nous marier, nous devons avoir l'air timides l'un envers l'autre.

— Oh... Désolé...

Elle glissa son bras sous le sien et monta chastement les marches de l'hôtel à ses côtés.

Elle tendit ensuite sa réservation au réceptionniste, surprise de ne pas trembler, mais aussitôt que la porte se referma derrière le portier, qui leur avait montré leur chambre, elle s'appuya contre le mur et exhala un long soupir.

Daniel fut aussitôt près d'elle.

— Attends, attends !

Elle le repoussa pour verrouiller la porte, mais alors qu'elle tournait la clé dans la serrure, il avait déjà posé les mains sur ses seins et l'embrassait fiévreusement dans le cou.

— J'aimerais que nous n'ayons plus à nous cacher, murmura Daniel en la tenant dans ses bras après qu'ils eurent fait l'amour.

— Moi aussi, dit Elizabeth, mais il le faut, et tu sais pourquoi.

— Ce sera différent quand nous serons mariés, lâcha-t-il.

Elizabeth ressentit à cet instant une brusque impression de froid.

Il nota le changement d'expression sur son visage et, appuyé sur un coude, lui lança un regard pénétrant.

— Désolé, je sais que je n'aurais pas dû dire cela sans t'avoir posé la question avant. Mais c'est bien ce que nous allons faire, nous marier, n'est-ce pas ?

Il n'était pas juste de lui cacher la vérité, songea Elizabeth, mais pourquoi gâcher une aussi belle journée, peut-être la plus belle qu'ils auraient jamais ensemble ?

— Écoute, mon amour, dit-elle en l'embrassant sur le front, je ne peux ni parler ni même *penser* au mariage dans les circonstances actuelles. Contentons-nous pour l'instant de vivre chaque jour comme il vient et d'être reconnaissants envers la vie pour ce qu'elle nous donne. Maintenant, je dois trouver où se joue la pièce et acheter un billet.

Craignant de rendre Kathleen nerveuse, elle avait préféré ne pas la prévenir de son arrivée à Killarney.

— Tu as tout le temps pour ça.

— Non !

— Parfait, dit-il, mais reviens vite. Ne me laisse pas seul ici trop longtemps, tu veux ?

Voyant qu'il était prêt à lui faire l'amour une nouvelle fois, elle se mit à rire et bondit hors du lit.

— C'est une machine qu'il te faut... incroyable !

Elle alla prendre une douche, s'habilla et promit de revenir très vite.

En sortant de l'hôtel, la première personne qu'elle vit après avoir tourné au coin de la rue fut George Gallaher. Elle n'en croyait pas ses yeux. Pourtant, aucun doute, sa silhouette massive était reconnaissable entre toutes tandis qu'il marchait sur le trottoir, une fille à ses côtés.

Elizabeth accéléra le pas.

Elle n'était plus qu'à quelques mètres du couple quand la fille qui accompagnait l'acteur tourna la tête pour dire quelque chose.

Elle reconnut alors Kathleen.

Le choc fut si grand qu'elle s'arrêta net et se tourna vers la vitrine du magasin le plus proche pour reprendre son souffle. Les objets en devanture — des édredons en satin, des piles de tissus d'ameublement, des tabliers, des salopettes, des

Wellington, des serviettes de tables, des nappes, des draps, des taies d'oreillers — se mirent à tourbillonner devant ses yeux tandis qu'elle s'efforçait de rassembler ses pensées.

Après une minute, elle risqua un autre regard en direction du couple. Le fait qu'elle n'ait pas immédiatement reconnu la fille n'avait rien d'étonnant : Kathleen n'avait plus rien de l'écolière qui avait quitté Lahersheen deux mois plus tôt. Ses cheveux noirs étaient ramenés en chignon sur sa tête, elle portait une robe-fourreau, des talons hauts et était outrageusement maquillée.

Son premier instinct fut de courir après eux et d'attraper Kathleen pour la ramener avec elle. Mais elle se dit qu'elle faisait peut-être une montagne d'un rien : pourquoi Kathleen ne pourrait-elle pas se montrer en public en compagnie de son patron ? Après tout, ils travaillaient ensemble.

Ils étaient maintenant à une cinquantaine de mètres devant. Il n'y avait aucun contact physique entre eux et, pour le moment, elle décida de leur accorder le bénéfice du doute. Elle décida également qu'elle s'en tiendrait à son plan initial, à savoir qu'elle n'annoncerait pas sa présence à Killarney avant la fin du spectacle ce soir-là.

Elle attendit que George et Kathleen soient hors de vue avant de poursuivre son propre chemin. Killarney était une petite ville, et elle n'eut aucune difficulté à découvrir dans quelle salle avait lieu le spectacle. Elle acheta un billet pour le soir même et retourna à l'hôtel pour y retrouver Daniel.

Plus tard ce soir-là, elle eut toutes les difficultés du monde à se faire une idée du talent d'actrice de Kathleen. Elle tenait trois rôles minuscules dans une pièce traduite du russe qu'Elizabeth n'avait jamais vue et dont elle trouva l'intrigue si lente et compliquée qu'elle se prit à regretter plusieurs fois le mélodrame, combien plus simple et divertissant, de *Conn le Shaughraun*. Kathleen y apparaissait dans le rôle de la bonne, puis dans celui de la nièce d'un des personnages secondaires, et enfin, largement maquillée et portant une perruque grise, dans celui d'une vieille femme voûtée faisant l'aumône. La nièce ne parlait pas du tout, et le texte de la bonne et celui de la vieille femme n'auraient pas rempli, à eux deux, plus d'une demi-page.

C'était cependant le rôle de la bonne qui était le plus intéressant des trois ; elle n'avait pas grand-chose à dire ni à faire, mais elle apparaissait dans plusieurs scènes. Au moins, songea Elizabeth, Kathleen était capable de se déplacer avec grâce et désinvolture, et elle ne manquait certainement pas d'assurance, même si rien ne lui permettait de révéler un réel talent d'actrice.

George, toujours aussi séduisant et inexpressif, jouait curieusement le rôle d'un étudiant ; il avait une réplique où il expliquait qu'il était un éternel étudiant, chose qui n'était pas rare en Russie, si bien qu'Elizabeth se demanda si ce détail n'avait pas été ajouté simplement pour justifier son âge. N'en eût-elle pas été victime elle-même à une époque, elle aurait ri de voir le regain d'attention fascinée que suscitait chez les spectatrices chacune de ses apparitions.

La prestation de Hazel était encore d'une autre sorte. A peine reconnaissable avec ses anglaises brunes qui cascadaient sur sa nuque, et sans plus une trace de cet accent dublinois qui se manifestait d'ordinaire dans chaque mot qu'elle prononçait, elle jouait le rôle d'une jeune fille extra-lucide dont le personnage incarné par George était éperdument amoureux. Elle était vraiment bonne, songea Elizabeth, tout en se demandant combien de temps elle allait encore rester avec une troupe aussi médiocre.

Mais sa préoccupation principale, durant presque tout le temps que dura la pièce, fut Kathleen. Qu'allait-elle faire d'elle ? Elle n'avait encore rien décidé quand le rideau retomba. Elle se renseigna auprès du portier pour savoir par quelle porte les acteurs allaient sortir, et l'homme se proposa de lui montrer les coulisses. Elizabeth déclina poliment son offre, préférant attendre Kathleen dehors.

Le ciel était couvert, et il faisait sombre dans la rue. L'obscurité ne la dérangeait pourtant pas, au contraire : Killarney n'était qu'à cent kilomètres de Lahersheen et, en raison de la mort de Neeley, elle était connue non seulement à Béara, mais dans toute la région. Elle savait que rien ne lui interdisait d'être ici pour assister à la prestation de sa fille, mais, étant donné la présence de Daniel en ville, elle estima que, moins les gens seraient au courant, mieux cela serait.

Les acteurs sortirent tous en même temps en bavardant et riant ; Kathleen était la dernière du groupe.

— Bonjour, dit Elizabeth en s'avançant dans la lumière.

— Maman ! s'exclama Kathleen en se couvrant la bouche avec une main sous le coup de la surprise. Que fais-tu ici ?

— Je suis venue voir la pièce. C'est un spectacle public après tout...

Elle prit Kathleen dans ses bras et, pour une fois, celle-ci ne se raidit pas, mais l'enlaça à son tour.

— Elizabeth, c'est bon de te voir, dit George en lui baisant la main d'une manière théâtrale. Tu connais déjà Hazel, reprit-il, avant de lui présenter le reste de la troupe, y compris Vanessa, l'autre « fille » à laquelle Kathleen faisait constamment référence dans ses lettres, et qui était en réalité une grande femme d'une trentaine d'années à la silhouette de sylphide.

— Félicitations, vous étiez formidables ! dit-elle en s'adressant à l'ensemble de la troupe.

— Vanessa donne une petite fête chez elle, annonça George d'un ton pressant. Bien sûr, tu nous accompagnes ?

Ne sachant trop quoi répondre, elle jeta un coup d'œil à Kathleen et ne vit rien sur le visage de celle-ci qui indiquât que cela l'ennuyait.

— D'accord, dit-elle, mais seulement une demi-heure.

Elle était consciente qu'il y avait déjà plus de trois heures qu'elle avait laissé Daniel.

Pour se rendre rue de Cork où habitait Vanessa, le groupe dut passer devant l'entrée de l'Hôtel du Sud. Elizabeth, qui savait la gêne que l'on pouvait ressentir à devoir marcher avec ses parents en compagnie de ses amis, avait laissé Kathleen devant avec le groupe tandis qu'elle-même bavardait avec Hazel loin derrière, Hazel à côté de qui elle avait l'impression d'être une girafe tant celle-ci était petite. Elle détourna les yeux en passant devant l'hôtel. Lorsqu'elle se sentit en sécurité, elle en profita pour demander à Hazel ce qu'elle devait faire avec Kathleen.

— Elle est extrêmement intelligente, répondit la jeune femme, mais il est encore trop tôt pour dire si elle fera une actrice ou non. Elle apprend vite et je crois qu'elle peut réussir, mais, pour tout vous dire, je pense qu'elle devrait retourner à l'école en attendant. Pour ma part, j'ai toujours regretté de n'avoir pas eu une éducation convenable. A propos, je m'en vais, vous l'a-t-elle dit ?

— Non, elle ne m'a rien dit. Où cela ?

— J'ai réussi à économiser un peu d'argent ; je pars pour Londres. Je dois auditionner dans une école d'art dramatique. J'en ai assez de ces blagueurs, dit-elle en agitant une petite main dédaigneuse en direction du reste du groupe.

— Comment vous arrangerez-vous ? Je pensais qu'il était interdit de voyager ?

— Oh, il y a toujours un moyen, répondit mystérieusement Hazel.

— Et George ? Je pensais que vous et George...

Les mots lui avaient échappé.

— Un vaurien ! maugréa Hazel. Un beau parleur et un vaurien. Je ne supporte plus de le voir, et je ne veux plus rien avoir à faire avec lui. Je dois rester ici et finir la saison parce que je suis une *professionnelle !* Autrement, je... Désolée, Elizabeth, dit-elle en lui jetant un regard à la dérobée, mais il est... oh, rien.

Elle se tut complètement.

Les soupçons que nourrissait Elizabeth à l'égard de George refirent brusquement surface.

— Je vous en prie, Hazel, reprit-elle avec insistance en s'efforçant de ne pas montrer à quel point elle était inquiète, y a-t-il quelque chose que je devrais savoir ?

— Rien, rien du tout, dit rapidement Hazel, c'est un beau parleur, c'est tout. Comme tous les hommes. Mais, d'ailleurs, pourquoi est-ce que je vous dis cela à *vous,* à vous entre toutes ?

Elle s'arrêta et prit Elizabeth par le bras.

— Il y a quelque chose, peut-être que je ne devrais pas vous en parler... et, je vous en prie, ne soyez pas triste, il n'en vaut pas la peine, mais...

Elle inspira profondément.

— Savez-vous qu'il a des enfants partout ?

— Quoi ?

— Eh bien, je suppose que j'exagère un peu, mais il y a quelqu'un d'autre en plus de votre fils, corrigea-t-elle, un autre garçon.

Elizabeth ne savait pas comment elle devait prendre cette nouvelle. A sa grande surprise, il lui apparut que cela ne lui importait pas tant que cela.

— Comment le savez-vous ? demanda-t-elle.

— Je viens de Dublin. Je ne suis pas tombée de la dernière pluie, répondit Hazel de façon énigmatique. Un vaurien !

Elle regarda alors Elizabeth droit dans les yeux.

— Êtes-vous triste ? Peut-être que je n'aurais pas dû vous dire cela, mais, je suis tellement en colère. Je ne supporte plus de me trouver dans la même pièce que lui, dit-elle en grimaçant de dégoût.

— Hazel, reprit Elizabeth d'un ton suppliant tandis qu'elles se remettaient à marcher, vous me le diriez, n'est-ce pas, s'il y avait autre chose ?

— Évidemment que je vous le dirais, répondit Hazel.

Mais quelque chose dans son expression laissait entendre qu'elle mentait.

— Je ne vous crois pas, fit Elizabeth en l'empoignant par le bras. C'est Kathleen, n'est-ce pas ? Kathleen et George ?

— Elizabeth, ne... ne me posez plus aucune question sur George, s'il vous plaît. Ne me parlez plus de ce sale type ! répéta-t-elle en crachant sur le trottoir. Désolée, reprit-elle, je ne peux pas m'en empêcher. Chaque fois que je pense... Elle fit un violent effort pour se contrôler.

— Je vous en prie, n'oubliez pas que Kathleen fait le même métier que moi maintenant, et elle me fait confiance...

— Oh, mon Dieu ! s'exclama Elizabeth en mettant une main sur sa bouche, devinant trop bien ce qui se cachait derrière cette phrase laissée en suspens. Je le savais !

Elle sentit la colère monter en elle, mais Hazel posa une main sur son bras pour l'empêcher de faire une bêtise.

— Vous ne savez rien, insista-t-elle, et je n'ai rien vu, Dieu m'en est témoin, je n'ai rien vu. Et ce n'est pas ce que je dis. Je pense seulement qu'elle a le béguin pour lui... Elizabeth, je vous en prie...

— Je, je vais... balbutia Elizabeth, bouleversée.

— Nous sommes arrivées, dit Hazel d'un ton pressant en s'arrêtant devant une petite porte en fer. Pas un mot, Elizabeth, je vous en prie. Tout est de ma faute, je n'aurais rien dû vous dire.

— Vous n'y êtes pour rien, Hazel, l'assura Elizabeth en essayant de reprendre ses esprits, mais merci de m'avoir prévenue. Tout va bien maintenant. Mais ne me laissez pas seule avec lui, ou... (elle serra les poings) ... je ne réponds pas de moi. Bien entendu, Kathleen ne peut rester ici maintenant.

— Je vous le répète, Elizabeth, je n'ai rien vu, insista Hazel, mais je garderai un œil sur elle. Il ne reste plus que deux semaines.

— Alors, il faut que je parle à George...

Hazel la retint par les avant-bras.

— Si vous faites ça, Kathleen peut aussi bien repartir avec vous ce soir. *Réfléchissez*, Elizabeth. Croyez-vous qu'elle vous pardonnera ?

Elizabeth se souvint de son propre « béguin » pour George Gallaher et du ressentiment qu'elle avait éprouvé à l'égard de ses parents durant toutes ces années.

— Êtes-vous sûre que les choses ne sont pas allées au-delà de ce que vous dites ? demanda-t-elle à Hazel.

— Je suis formelle. Elle est très jeune et je la surveillerai pour vous, je vous le promets. Et surtout, je surveillerai George. Ni l'un ni l'autre ne fera un mouvement sans que j'en sois avertie.

— Comment puis-je... Je ne suis pas sûre de faire ce qu'il faut en la laissant ici.

— Je vous le promets, Elizabeth, je m'occuperai d'elle. Je le jure. Maintenant, calmez-vous, pour l'amour du ciel, inspirez profondément... voilà, très bien...

Obéissante, Elizabeth, qui s'aperçut qu'elle tremblait, fit ce que lui dit Hazel. Quand elle eut retrouvé son calme, et après que Hazel l'eut assuré une fois encore qu'elle garderait un œil sur Kathleen durant les deux semaines qui restaient, elle réussit à pousser le portail et à se diriger vers la petite fête.

— Vous m'écrirez s'il y a quelque chose, n'est-ce pas ? demanda-t-elle une nouvelle fois en s'arrêtant devant la porte d'entrée.

— Bien entendu. Je vous le promets.

Personne chez Vanessa — elle habitait en fait une petite chambre meublée — ne remarqua quoi que ce soit dans les manières d'Elizabeth. Elle fut accueillie chaleureusement, on lui tendit un verre de bière et on la laissa se débrouiller. Kathleen, confortablement installée dans un coin de la chambre, lui avait adressé un sourire nerveux à son arrivée, manifestement mal à l'aise. *Tu peux l'être, ma fille,* avait pensé sombrement Elizabeth en s'asseyant elle-même sur un divan.

La fille de Neeley manifestait très peu de cet enthousiasme que l'on sentait dans les lettres qu'elle écrivait ; pas plus qu'elle ne montrait, au grand soulagement d'Elizabeth qui l'avait observée attentivement tout en écoutant George raconter une de ses histoires de théâtre, un intérêt particulier pour lui. George, remarqua Elizabeth, était fidèle à lui-même ; ce soir, il n'avait plus rien du vieil acteur assagi qu'il semblait être à Lahersheen — comme elle s'était trompée sur ce point, songea-t-elle avec amertume ; il semblait simplement heureux de briller devant ses amis sans prêter attention à personne en particulier.

Ou bien n'était-ce qu'une couverture ? Non, George, se souvint Elizabeth, n'était pas un bon acteur...

Croisant le regard de Kathleen, elle leva son verre à son intention, puis, tout en écoutant distraitement la dernière histoire de George, elle s'imagina à la place de Kathleen : à peine quinze ans, un premier travail auréolé de prestige, le béguin pour un homme qui comptait au nombre des plus beaux qu'elle avait jamais vus, et qui avait été, en outre, l'amant de sa belle-mère. Et finalement, se retrouver observée maintenant par cette même belle-mère.

Pas étonnant qu'elle se sente mal à l'aise.

Elizabeth essaya de relâcher un peu sa vigilance et, tout en observant les acteurs qui l'entouraient, leur façon de réagir, de se tenir, de sourire et de parler, elle ressentit une vague impression de déjà vu. Il y avait peu de différence entre ces acteurs et ceux qui avaient fait partie de la troupe Vivian Mellors. Les gens de théâtre s'amusaient bien, certainement, mais Elizabeth se demandait ce qui se cachait sous cette bonhomie apparente. Combien manquaient en réalité d'assurance ? Combien de ces Roger, Hazel et Vanessa — à l'instar de Vivian Mellors, qui avait changé son nom — s'appelaient en réalité Dotty, Mary ou Sean ? Qu'est-ce que cela cachait réellement ? Au moins, Kathleen n'avait pas encore manifesté son envie de s'appeler Juliet ou autre chose d'aussi fantaisiste.

Une fois de plus, Elizabeth eut le sentiment que les acteurs étaient totalement différents des mortels ordinaires. Par exemple, après la haine qu'elle avait manifestée envers George, on aurait pu s'attendre à ce que Hazel soit pour le moins tendue, assise comme elle l'était à quelques centimètres de lui, mais non ; la petite actrice se contentait de l'ignorer et semblait, par ailleurs, tout à fait à l'aise.

En dépit de ses inquiétudes, Elizabeth était consciente que le temps passait et que Daniel attendait son retour à l'hôtel. Mais, elle ne pouvait pas partir trop tôt, et il était presque minuit lorsque, profitant d'un moment où tout le monde riait de concert, elle se leva.

— Il faut vraiment que je parte maintenant. Veux-tu me raccompagner ? ajouta-t-elle à l'intention de Kathleen.

Après avoir dit au revoir au reste de la troupe et suivie de près par Kathleen, elle quitta la pièce.

— Merci d'être venue, dit Kathleen comme elles se tenaient toutes les deux, un peu tendues, sous le porche, devant la maison.

— De rien, répondit Elizabeth. Ça m'a fait plaisir de te voir, tu es merveilleuse.

— Tu le penses vraiment ?

— Oui, dit Elizabeth, mais nous en reparlerons plus longuement quand tu rentreras à la maison à la fin de la semaine prochaine, d'accord ?

Elle sentit alors le trouble qui agitait l'esprit de la jeune fille et choisit ses mots avec soin.

— As-tu besoin de quelque chose, Kathleen ? Quoi que ce soit, dis-le-moi... pendant que je suis ici.

— Je ne veux pas aller à l'école de Cork ! lâcha-t-elle brusquement à la façon d'une petite fille capricieuse. Je sais que j'ai dit le contraire, mais c'était il y a des siècles. Tout a changé, et je ne veux plus maintenant.

— Rien n'est jamais écrit définitivement, répondit prudemment Elizabeth. Mais c'était ton idée, tu sais. Nous nous sommes tous donné beaucoup de mal pour toi. Grand-père Sullivan...

— Je sais que c'était mon idée, et je le regrette. Mais n'a-t-on pas le droit de changer d'avis, après tout ? Il s'agit de ma vie, tu sais.

— Pourquoi ne parlerais-tu pas de tout cela avec Hazel ? risqua Elizabeth. Elle pense que tu devrais aller à l'école d'abord, recevoir une bonne éducation. Ensuite seulement, tu pourrais songer sérieusement au théâtre.

Elle hésita.

— Ne te précipite pas, ajouta-t-elle. Ne grandis pas trop vite, tu as tout le temps, Kathleen.

— C'est facile pour Hazel de dire ça, rétorqua-t-elle agressivement, elle part pour Londres.

— Elle me l'a dit.

Une fois de plus, Elizabeth avait l'impression qu'elle était au bord du désastre avec Kathleen.

— Kathleen, reprit-elle calmement, j'ai dit que nous reparlerons de tout cela quand tu rentreras. Mais laisse-moi te dire tout de suite que tu es beaucoup trop jeune pour aller à Londres. Et puis, de toute façon, les voyages sont interdits pour le moment, il te faudra pour cela attendre la fin de la guerre. Mais ainsi que je te le dis, tu devrais discuter avec Hazel. Elle semble savoir ce qu'elle fait.

— J'ai presque quinze ans, et je ne te pardonnerai jamais, *jamais,* si tu me fais quitter le théâtre. *J'aime* le théâtre. C'est ma *vie !*

— Je t'en prie, Kathleen, ne réagis pas comme ça...

— C'est moi, maman, qui t'en supplie. Tu n'imagines pas à quel point c'est important pour moi. C'est une question de vie ou de mort.

— Il est naturel de penser ainsi à ton âge. Tu verras les choses autrement quand...

— Je t'avertis, l'interrompit Kathleen d'un ton menaçant, le corps raide et immobile, je te ferai regretter ça. Et j'en suis capable, tu le sais.

— Tu t'emballes trop vite, Kitty.

— *Et ne m'appelle pas Kitty !*

— Très bien !

Elizabeth en eut assez.

— Je suis désolée, dit-elle en s'efforçant de garder son sang-froid, mais ce n'est ni le lieu ni le moment de parler de tout ça. Je dois réfléchir à ce que ton père aurait voulu...

— Ne mêle pas mon père à ça. Il est mort, à cause de toi et de ton...

Kathleen, rouge de fureur, s'arrêta juste à temps. Dans un suprême effort, Elizabeth parvint à retenir sa langue.

— Bonsoir, Kathleen, dit-elle tranquillement. Nous parlerons la semaine prochaine. Et je t'écrirai demain.

— Eh bien, n'espère pas recevoir une réponse ! rétorqua Kathleen avant de tourner les talons et de claquer la porte d'entrée derrière elle.

Tandis qu'elle traversait les quelques mètres de béton de l'allée, Elizabeth réalisa brutalement la vitesse avec laquelle la conversation avait dégénéré en querelle. C'était comme si Kathleen ne l'avait pas seulement provoquée, mais qu'elle l'avait également répétée.

Après avoir refermé le portail derrière elle, Elizabeth reprit la direction de l'hôtel à travers les rues plongées dans l'obscurité ; même la perspective de retrouver Daniel ne suffisait pas à lui faire oublier ce qui venait de se passer. Quand elle y songeait, elle ne doutait pas un instant que Kathleen pût lui faire beaucoup de tort si ses projets étaient contrecarrés d'une façon ou d'une autre ; mais quelle sorte de revanche avait-elle en tête ?

Elle envisagea différentes possibilités, plus douloureuses les unes que les autres. Bien que la fin du mois d'août, techniquement, fût encore considérée comme la pleine saison à Killarney, il y avait très peu de monde dans les rues. Entre la maison où vivait Vanessa et l'entrée de l'hôtel, elle croisa seulement une femme qui promenait son chien et deux jeunes hommes en grande conversation appuyés contre le haut mur de pierre qui entourait les environs immédiats du Grand Hôtel du Sud.

Quand elle entra dans sa chambre, elle trouva Daniel assis sur le lit qu'il avait refait. Fraîchement lavé et rasé, ses cheveux bouclés scintillant à la lumière des lampes de chevet, il leva les yeux du livre qu'il était en train de lire.

— Je commençais à m'inquiéter, dit-il, il est plus de minuit.

Elle eut brusquement l'impression d'entendre son père, plutôt que son amant.

— Oh, Daniel, quelle soirée j'ai passée, dit-elle en

s'effondrant sur le lit à côté de lui. Serre-moi, serre-moi fort et ne dis rien.

Il reposa son livre avec précaution et la prit dans ses bras comme si elle était en porcelaine.

— Que s'est-il passé ? demanda-t-il après un moment.

— J'ai si peur que tout s'effondre brusquement autour de moi. Tout.

— Tout quoi ? Dis-le-moi...

— Toi, moi, nous, la ferme, la famille, tout.

Il lui caressa les cheveux calmement pendant quelques instants.

— Quelle pièce ce devait être ! dit-il alors.

— Oh, Daniel !

Elle rit, tourna son visage vers lui pour qu'il l'embrasse et s'émerveilla qu'il pût paraître si jeune quelquefois, et faire preuve d'une telle maturité d'autres fois. Elle ne put cependant se résoudre, après le baiser, à lui avouer ses craintes au sujet de Kathleen. Elle soupira. Tout était tellement compliqué.

— Ne te tourmente pas, dit-il en l'entendant soupirer. Je n'aime pas te voir ainsi. Je veux prendre soin de toi. Ce n'est plus qu'une question de temps avant que nous puissions vivre notre amour au grand jour. Et tout Lahersheen peut bien aller au diable.

Elizabeth plongea son regard dans ses yeux brûlants de passion.

— Embrasse-moi, murmura-t-elle.

21

Elizabeth n'eut pas à attendre très longtemps pour découvrir ce que Kathleen avait en tête. Deux semaines après lui avoir rendue visite à Killarney — et la veille du jour où elle devait partir au pensionnat à Cork —, elle la surprit dans sa chambre. Elle venait, ce jour-là, de quitter la maison pour aller rendre visite à Tilly, mais à peine avait-elle fait cinquante mètres qu'elle trouva que le temps s'était rafraîchi. Elle décida alors de faire demi-tour pour aller prendre un cardigan, et ce fut à ce moment-là qu'elle surprit Kathleen les mains dans le petit coffret en bois caché sous une pile de vêtements dans le premier tiroir de la commode, dans lequel étaient conservées toutes les choses de valeur qu'elle possédait, ses certificats de naissance et de baptême et ses bijoux.

Ainsi que l'accord écrit passé avec Mossie Sheehan.

— Qu'est-ce que tu fais ? demanda-t-elle en se précipitant sur elle, mais Kathleen fut plus rapide.

— Je suis sûre que ceci intéresserait Danny McCarthy !

Elle brandit le document, puis le cacha dans son dos.

— Rends-moi ça immédiatement !

Immobile, concentrant toute son énergie dans sa voix, Elizabeth essaya de l'intimider.

Mais Kathleen ne bougea pas.

— Tu as ruiné ma vie, c'est à mon tour de ruiner ton petit arrangement avec ton chéri.

Elle mit un tel accent sur le mot « chéri » qu'Elizabeth aurait voulu la gifler pour son insolence.

— Ce morceau de papier ne te regarde pas, dit-elle sèchement.

— Ah non ? Tu en es sûre, maman ? Mossie Breac va

devenir... que va-t-il devenir exactement, maman ? Mon beau-beau-père ? Non, comment dit-on ? Oh, j'ai oublié...

Tournant le dos en se voûtant pour se protéger d'une attaque éventuelle, elle lut aussi rapidement qu'elle le put : «... que je sois votre femme sur un plan strictement légal, et d'aucune autre manière. Autrement dit, vous resterez chez vous et moi chez moi».

— Pas de grimpettes pour Mossie, hein ? dit-elle en pivotant de nouveau.

Il était rare qu'une femme — et plus encore une jeune fille de l'âge de Kathleen — utilise cet horrible argot masculin, mais le souci principal d'Elizabeth pour le moment était de récupérer le document. Au moment où elle bondit pour l'attraper, Kathleen, vive comme l'éclair, se glissa sous son bras et s'adossa contre le mur, tenant toujours le document derrière elle.

— Tu as pensé à tout, hein, *maman ?* railla-t-elle. Mossie d'un côté, Danny de l'autre...

Elizabeth la saisit alors par les épaules et essaya de l'écarter du mur, mais Kathleen résista en donnant des coups de pied.

A cet instant, horrifiée par ce qu'elle faisait — à l'endroit même où Neeley avait assommé Francey — Elizabeth recula d'un pas, et aussi rapidement qu'elle avait commencé la lutte cessa. Haletantes, elles se dévisagèrent, et Elizabeth fut doublement épouvantée par l'intensité de la colère qu'elle pouvait lire dans les yeux de Kathleen.

— Qu'est-ce que je t'ai fait pour mériter ça ? demanda-t-elle d'une voix entrecoupée.

— C'est de ta faute. Si tu m'avais laissée continuer avec la troupe, rien de tout ça ne serait arrivé.

— Ça ne justifie pas ton mépris, dit calmement Elizabeth en reculant pour aller s'asseoir sur le lit. Fais ce qui te plaît, Kathleen, je ne t'en empêcherai pas. J'espère seulement que tu sauras en assumer les conséquences.

— Tu peux en être sûre !

Mais, pour la première fois, Kathleen parut incertaine. Elle se reprit cependant aussitôt.

— Le voilà, ton précieux papier ! dit-elle en envoyant la feuille par terre. Je n'en ai pas besoin de toute façon. Il y a des *mois* que je sais ce qu'il contient.

Elle tourna les talons et sortit.

Lentement, Elizabeth se pencha pour ramasser le document, le replia et le rangea dans la poche de sa jupe. Le moment était venu de dire la vérité à Daniel. Avant qu'il ne l'apprenne par quelqu'un d'autre.

Elle savait où elle le trouverait : le travail sur le bateau de pêche à la senne n'avait pas marché — six des cousins de Neeley faisaient partie de l'équipage —, mais on lui avait donné une chance de participer aux travaux de restauration préliminaires de Castleclough.

Elle enfila le cardigan qu'elle était venue chercher et quitta la chambre.

— Qu'est-ce qui s'est passé ? demanda Mary en levant les yeux du coloriage qu'elle faisait avec Abigail. Je lui ai dit de ne pas aller dans ta chambre.

— Je ne peux pas t'expliquer maintenant, Mary, dit-elle sèchement.

Mais elle regretta aussitôt le ton qu'elle venait d'employer et s'excusa immédiatement. Elle se sentait coupable par rapport à Mary en général. Ayant quitté l'école, l'aînée des filles de Neeley ne manifestait aucune envie de partir loin de la maison ou de chercher du travail et, au cours des mois d'été, elle avait révélé des qualités de maîtresse de maison étonnantes.

— Je te le dirai, promit-elle, mais je dois sortir un petit moment. Je serai revenue à l'heure du thé. En attendant...

Elle hésita.

— ... si Kathleen t'en parle, sache que la vérité a toujours deux visages. Tu t'en souviendras ?

Mary hocha la tête, intriguée.

Étrangement, tandis qu'elle se dirigeait à bicyclette vers Castleclough avec, devant elle, une des tâches les plus difficiles de sa vie à accomplir, elle sentit son esprit se détacher de la partie émotionnelle de ce qui l'attendait. C'était comme si elle refusait de voir les choses en face jusqu'à ce qu'elle ne puisse plus faire autrement.

Elle songea à ce qu'elle venait de dire un peu facilement à Mary à propos des deux visages de la vérité. Quel était exactement le visage de sa vérité à elle ? Regarde-toi, se dit-elle, survivante de trois fausses couches, mère de sept enfants — dont un qui te hait —, ta vie est un désastre ; veuve infâme, promise à un homme que tu n'aimes pas, amoureuse d'un autre que tu ne peux avoir. Et tout cela parce qu'il y a sept ans tu as eu le béguin pour un goujat sans principes.

Non, se reprit-elle, elle n'était pas juste. Elle ne pouvait rendre George Gallaher responsable des directions que sa vie avait prises. Elle ne pouvait s'en prendre qu'à elle-même. Ce n'était pas comme si personne ne l'avait mise en garde, tous l'avaient fait, l'église, ses parents, son amie. Si seulement elle avait eu plus de bons sens, plus d'assurance... Et pourtant, en toute justice, songea-t-elle, sa vie n'avait pas été si mauvaise. Par exemple, isolée ici de la guerre interminable qui faisait rage en Europe, elle avait eu un toit, de quoi manger, n'avait manqué sérieusement de rien sur le plan matériel. Les enfants étaient en bonne santé, pas comme ces malheureux orphelins de guerre ou ces réfugiés qu'elle avait vus parfois sur les photographies atroces que publiaient les journaux.

Et elle ne comptait pas les joies humaines et vraies qu'il lui avait été donné de connaître : tenir Francey dans ses bras à sa naissance ; renouer, en dépit de toutes les fautes qu'elle avait pu commettre, avec son père ; ou encore jouir de l'amitié sincère qui la liait à Tilly Harrington.

— Bonjour ! lança-t-elle pour saluer un voisin qui conduisait un âne chargé de paniers remplis de mottes de tourbe.

En réponse, l'homme donna un petit coup de cravache sur la croupe de l'animal, rajusta sa casquette et dit :

— Bonjour, m'dame ! Belle journée, Dieu merci !

— Dieu merci.

Voilà une autre de ces joies simples, songea Elizabeth en peinant pour gravir une pente escarpée : le sentiment que, d'une façon qu'elle n'aurait su définir précisément, les gens comme cet homme qu'elle venait de croiser lui étaient familiers, et que la péninsule de Béara était devenue son port d'attache.

Tandis qu'elle poursuivait son inventaire des aspects positifs de sa vie, il lui vint à l'esprit que si quelqu'un, dix ans plus tôt, avait dit à la pure citadine de Cork qu'elle était alors qu'elle viendrait s'enraciner un jour dans cette splendide région sauvage, elle l'aurait immédiatement jugé bon à enfermer. Et pourtant, elle savait maintenant que Béara faisait partie d'elle et avait une importance que sa ville natale n'aurait jamais.

Parvenue au sommet de la colline, elle descendit de vélo et regarda autour d'elle. De l'endroit où elle se trouvait, elle ne voyait aucune maison d'habitation, seulement un paysage de tourbière vert et brun mordoré d'un côté, vers les bas sommets des collines de Béara, et de l'autre la douce ondulation de la plaine coupée en son milieu par le ruban scintillant de la rivière Kenmare. A cette époque de l'année, les pics violets du comté de Kerry étaient visibles au loin, flottant sur l'horizon lumineux à la façon d'un rêve.

Devant ce spectacle, elle ressentit brusquement un sentiment de perte si intense que les larmes lui vinrent aux yeux.
La même chose lui était arrivée deux semaines plus tôt alors
que, un peu avant l'aube, elle était allongée tranquillement
avec Daniel dans leur lit du Grand Hôtel du Sud. Ils avaient
fait l'amour deux fois cette nuit-là, et après que Daniel s'était
endormi dans ses bras, au point du jour, elle en avait profité
pour le regarder dormir. Sa tête était rejetée un peu en arrière,
et elle pouvait voir la lueur de ses yeux sous ses paupières ; ses
lèvres, également, étaient entrouvertes et vibraient chaque fois
qu'il inspirait et expirait profondément. En le regardant, elle
fut prise du même sentiment de désolation que celui qui l'étrei-
gnait maintenant.

La beauté qui l'entourait aujourd'hui lui devint vite insupportable et, remontant sur son vélo, elle se laissa descendre en
roue libre jusqu'à ce que, émergeant devant elle comme un
navire carré sur une mer d'arbres, lui apparaisse Castleclough
et ses tourelles sans toit. A partir de maintenant, se dit-elle,
plus question de rêver les yeux ouverts ou de s'apitoyer sur
elle-même. Pinçant les lèvres d'un air déterminé, elle arriva
devant le château et passa entre les hauts piliers de pierre qui
en marquaient l'entrée.

L'allée avait déjà été dégagée. De chaque côté s'entassaient
des monceaux de feuillage, de jeunes arbres et des buissons
déracinés, tandis que l'allée elle-même avait été temporairement recouverte de gravier sur lequel les pneus de son vélo
crissaient bruyamment. Craignant une crevaison, elle s'arrêta,
laissa le vélo contre un arbre et fit le reste du chemin à pied.
De l'endroit où elle était lui parvenaient déjà le tintement des
outils et les voix assourdies des hommes qui travaillaient. Après
avoir parcouru une centaine de mètres, elle passa sous un porche voûté couvert de lierre et découvrit devant elle la façade
de la bâtisse contre laquelle les hommes érigeaient un
échafaudage.

Elle aperçut Daniel immédiatement. Il était torse nu et portait une poutre en équilibre sur une épaule.

Comme elle hésitait, un homme dont elle ne connaissait pas
le nom mais qu'elle avait déjà aperçu à Derryconnla remarqua
sa présence. Il agissait manifestement en qualité de contremaître, puisqu'il dirigeait les opérations du sol.

— Madame Scollard, dit-il, surpris, en s'avançant vers elle.
Qu'y a-t-il pour votre service ?

— J'ai un message pour Daniel Carrig, répondit Elizabeth,

convaincue que si elle se mettait à trembler maintenant, tout serait fichu. Est-ce qu'il est là ?

— Danny ! cria l'homme. Viens par ici une minute.

Elizabeth vit Daniel regarder par-dessus son épaule, et même à cette distance, elle remarqua le choc sur son visage quand il vit pourquoi on l'appelait. Elle s'efforça de garder la tête haute tandis que les autres hommes qui travaillaient sur la façade s'arrêtaient pour observer ce qui se passait.

Daniel envoya alors à terre, d'un mouvement d'épaule, la poutre qu'il portait ; le *tunk* qu'elle fit en touchant le sol résonna dans le silence attentif qu'observaient les ouvriers. L'embarras se lisait sur son visage comme il s'avançait vers elle.

— Bonjour, Elizabeth, marmonna-t-il, quelque chose est arrivé ?

— J'ai besoin de te parler, Daniel, dit-elle. Ça ne prendra pas longtemps, ajouta-t-elle à l'intention du contremaître, qui saisit l'allusion et les laissa seuls, criant au reste des hommes de se remettre au travail.

— Je suis désolée de venir te voir comme ça, s'excusa-t-elle, mais il est arrivé quelque chose qui fait que je dois te parler immédiatement.

Ne voulant pas voir sa réaction, ni vérifier s'ils étaient toujours observés, elle tourna les talons et l'entraîna avec elle sous le porche voûté, vers la grande allée.

Quand elle fut certaine que personne ne pouvait plus les voir, elle s'arrêta et se tourna vers lui.

— Daniel, je ne sais pas comment tu vas prendre ce que j'ai à te dire... enfin, je crois que je l'imagine assez bien... il faut pourtant que je t'en parle, même si c'est terrible à entendre.

— De quoi s'agit-il ? Dis-le-moi.

Elle s'efforça d'ignorer la crainte qui se lisait dans son regard et se jeta à l'eau.

— Daniel, je ne peux pas me marier avec toi, dit-elle sans trembler, et il y a une excellente raison à cela : je dois épouser quelqu'un d'autre. Je répète, je *dois* le faire, même si je ne le veux pas. Tu sais quels sentiments j'ai pour toi. Je ne t'ai jamais menti, je...

Elle s'interrompit. Le visage de Daniel avait pâli violemment.

— Tu « dois » le faire ?

Elizabeth s'aperçut qu'elle n'avait peut-être pas employé les mots qu'il fallait : le fait de « devoir » se marier pouvait signifier en l'occurrence qu'elle était tombée enceinte de quelqu'un d'autre.

— Non, ce n'est pas ce que tu crois, s'empressa-t-elle de préciser, il s'agit d'autre chose.

Elle prit une profonde inspiration, baissa les yeux et lui raconta toute l'histoire.

— Maintenant, tu comprends, conclut-elle dans un murmure. Je devais t'avertir avant que Kathleen ne le fasse elle-même. C'était à moi de te le dire, répéta-t-elle obstinément, je suis sûre que tu le comprends. Et j'espère que tu comprends également pourquoi je ne t'ai rien dit plus tôt. C'était très égoïste de ma part, mais je ne voulais pas te perdre, je ne savais pas comment faire autrement, Daniel.

Elle leva les yeux vers lui, et quoiqu'elle pensât y être préparée, elle fut consternée par l'effet que ses révélations avaient eu sur lui.

Il se tenait tête baissée, les bras ballants, le visage blafard. Il semblait effondré.

— Oh, Daniel, dit-elle d'une voix larmoyante en posant une main sur sa joue, je suis désolée, tellement désolée.

Elle essuya aussitôt ses larmes du revers de la main.

— Oui, je suis désolée, répéta-t-elle, mais tu n'imagines pas ce que c'est que de garder une chose pareille pour soi. Dis quelque chose, supplia-t-elle tandis qu'il restait de marbre, je t'en prie, dis quelque chose, n'importe quoi...

Il leva finalement les yeux, le teint cadavérique.

— Je vais régler son compte à Mossie Breac Sheehan, dit-il.

— Non, oh, Seigneur, non !

Elle essaya de le prendre par le bras, mais il se dégagea.

— Laisse-moi *seul !*

— Dis-moi seulement que tu viendras à la maison ce soir, reprit-elle d'un ton suppliant. Nous parlerons...

— De quoi pourrions-nous parler maintenant ? demanda-t-il en lui jetant un regard terrifiant.

— Oh, Daniel, ne dis pas cela, je ne t'ai jamais vu ainsi...

De nouveau, elle essaya de l'étreindre, mais il la repoussa, prêt à parer n'importe quelle autre approche.

— Non, Elizabeth, ne fais pas cela. La situation est assez humiliante ainsi.

Il tourna les talons et repartit vers le porche, et Elizabeth sut qu'elle reverrait jusqu'à la fin de sa vie l'image de fureur contenue qu'il offrait maintenant, les épaules arrondies, la tête basse et les poings fermés. Les bruits en provenance du château flottaient autour d'elle, l'accent rude et joyeux des hommes de Béara lui parvenait assourdi : pourquoi personne ne réagissait-il physiquement à ce qui venait d'arriver ? se demanda-t-elle contre tout bon sens. Comment se pouvait-il qu'à quelques dizaines de mètres seulement des hommes plaisantent en travaillant comme si rien ne s'était passé ?

Elle parvint à se contrôler jusqu'à ce qu'elle ait atteint son vélo. Elle remonta dessus et, en donnant un coup de pédale, fit dérailler la chaîne, qui était trop lâche, et se cogna le tibia contre la fourche. Elle ne s'était pas vraiment fait mal, mais ce petit malheur fut la goutte d'eau qui fit déborder le vase. Elle perdit alors la maîtrise d'elle-même et se mit à pleurer toutes les larmes de son corps, sans la moindre retenue. Elle se pencha ensuite aussi loin qu'elle put en avant jusqu'à ce que le guidon lui rentre douloureusement dans l'abdomen et accueillit la douleur sans sourciller, appuyant de tout son poids, toujours plus fort, comme si elle voulait se couper en deux. Elle se ressaisit enfin et se redressa, grimaçant tant la douleur se rappelait avec force dans son ventre.

Elle n'avait pas de mouchoir et utilisa à la place quelques feuilles mortes qu'elle ramassa dans l'herbe, essuyant les larmes de ses joues avec les manches de son cardigan.

— Très bien, dit-elle à voix haute en s'éclaircissant la gorge, ressaisis-toi maintenant. Tu dois être au mieux de ta forme pour affronter la suite des événements.

Elle rejeta la tête en arrière, ferma les yeux, prit une longue inspiration, puis une seconde, puis une troisième, jusqu'à ce qu'elle se sente plus calme. Quand elle eut le sentiment d'avoir retrouvé enfin une respiration normale, elle ouvrit les yeux ; de chaque côté de l'allée se dressaient de grands arbres, et le ciel, encadré par leur feuillage dense, semblait la regarder d'un air impassible comme l'œil bleu d'un cyclope.

— Allez, secoue-toi, s'encouragea-t-elle en écartant cette image de son esprit, l'heure n'est pas aux rêveries.

La brise légère qui soufflait agit comme un baume sur ses yeux rougis par les larmes, et elle sentit les traits de son visage se détendre aussitôt.

Elle mit alors toute l'énergie dont elle était capable à grimper la colline par laquelle elle était arrivée, appuyant de tout son poids sur les pédales, torturant la vieille machine, la forçant à rejoindre le sommet comme si le diable était à ses trousses.

— Allez, allez, pousse, *pousse* ! s'exhorta-t-elle. Ne regarde pas en arrière. Ne réfléchis pas. Plus tard...

C'était d'activité dont elle avait besoin maintenant. Quand

elle arriverait à la ferme, elle nettoierait le fourneau, oui, voilà ce qu'elle ferait. Et l'écurie également. Il y avait trop longtemps qu'elle remettait cela à plus tard. Elle pourrait aussi passer l'intérieur au lait de chaux — Neeley n'avait pas utilisé toute la chaux la dernière fois qu'il avait blanchi la maison. Et il y avait la cabane qui servait autrefois à faire hiverner le bétail. Tout ce qu'elle contenait maintenant, c'était une baratte et une vieille essoreuse. Elle pourrait la nettoyer, mettre des rideaux aux fenêtres, quelques chaises et une petite table à l'intérieur, et en faire une espèce de salle de jeux pour les filles les plus jeunes. Ainsi, les jours de pluie, elle ne les aurait plus dans ses jambes à la cuisine. Et puis, il y avait Francey qui attendait qu'elle l'aide à creuser un nouveau tunnel pour son train...

Et, quand tout cela serait accompli, elle pourrait reprendre ses vieux livres, tous ceux qu'elle préférait et qu'elle avait emmenés avec elle. Elle avait été si occupée depuis son arrivée à Béara qu'elle n'avait jamais trouvé le temps de se replonger dedans. Elle n'avait lu qu'un seul roman, *Rebecca,* envoyé à Noël par Maeve, au cours des deux dernières années. Ce serait bon de se remettre à lire à nouveau...

Quand enfin, épuisée et hors d'haleine, elle arriva à la ferme, ses jambes tremblaient tant l'effort qu'elle leur avait demandé avait été intense. Elle s'effondra sur une chaise près de la fenêtre et chercha à reprendre son souffle. L'arôme du pain chaud emplissait la cuisine et, sur la table, les tasses, les assiettes et les couverts étaient éclairés par un rayon de soleil qui entrait en diagonal par-dessus son épaule : Mary avait déjà commencé à préparer le thé. Les œufs étaient alignés et prêts à être cassés dans la poêle, la bouilloire sifflait sur le feu. Comme à Castleclough, tout semblait normal, comme si rien n'était arrivé.

— Tu vas bien, maman ? s'enquit Mary en lui jetant un regard inquiet, tandis qu'elle mettait un morceau de beurre dans une assiette.

— Très bien, répondit Elizabeth d'une voix rauque. Je vais très bien, reprit-elle aussitôt après s'être éclairci la gorge, juste un peu fatiguée, c'est tout. Où est Kitty ?

— Sais pas, dit Mary en haussant les épaules. Elle est sortie.

— Et les autres ?

— Elles sont quelque part dans le coin. Sûrement avec Francey à l'écurie. Elles s'occupent d'Abbie, répondit Mary en continuant ce qu'elle faisait.

Après quelques instants, Elizabeth se leva et se dirigea vers la chambre des enfants. La valise de Kathleen, encore vide, était ouverte sur un des lits ; son uniforme scolaire, sa robe de chambre, ses chemises de nuit, ses pantoufles et sa trousse de toilette traînaient par terre ou sur les autres lits. Elizabeth, s'efforçant de garder son sang-froid, sentit les larmes lui venir aux yeux, des larmes de frustration cette fois. Kathleen était censée avoir fini ses bagages à l'heure qu'il était : elles devaient être prêtes à quitter la maison très tôt le lendemain matin.

Elle retourna dans la cuisine. Mary était occupée à étaler un peu de beurre sur une part de gâteau dans une assiette.

— Un coup de main ? demanda Elizabeth.

— Non, merci, j'ai fini.

Le moment était peut-être bien choisi, songea-t-elle soudain, pour aborder la question de l'avenir de Mary.

— Mary, es-tu sûre que tu es heureuse ici ? Passer ton temps à t'occuper de tout à la maison ne t'ennuie pas ?

— Qu'est-ce que je pourrais faire d'autre ? interrogea Mary d'un air hésitant. J'étais nulle à l'école, personne ne me donnera un travail chez un pharmacien.

— Cesse de te déprécier ainsi.

La meilleure amie de Mary, fille d'un commerçant de Castleclough, avait été embauchée, à peine sortie de l'école, comme assistante chez un des deux pharmaciens de Castletownbere.

— Tu n'es pas nulle, tu as d'autres talents.

— Comme quoi, maman ?

— Comme de tenir une maison mieux que je ne l'ai jamais vu faire, et tu sais t'occuper merveilleusement des enfants.

— Tu veux dire comme une bonne ?

C'était la première fois qu'elle détectait de l'amertume dans les paroles de l'aînée des filles de Neeley ; il ne lui était jamais apparu que Mary, si digne de confiance, pouvait elle aussi être malheureuse ou frustrée. Une fois de plus, elle se sentit démunie : elle avait l'impression que les enfants lui échappaient les uns après les autres, ils avaient grandi sans qu'elle s'en aperçoive vraiment.

— Bien sûr que non, s'empressa-t-elle de corriger, pas une bonne. Quelqu'un avec qui il est agréable de vivre.

Mary lui jeta un regard incertain.

— Je le pense, Mary, insista Elizabeth, tu es quelqu'un d'agréable. Et l'homme qui t'épousera aura beaucoup de chance.

— Ouais, c'est tout à fait moi, la belle du bal ! dit-elle en posant le beurre sur la table.

Les mouvements tranquilles de Mary, les gestes mesurés

qu'elle faisait tandis qu'elle allait et venait dans la cuisine avaient quelque chose d'apaisant. En s'asseyant à table, cependant, Elizabeth, quoique très calme, ne l'était pas suffisamment pour s'empêcher de songer aux conséquences de ses aveux à Daniel dans l'allée de Castleclough. Devait-elle mettre en garde Mossie ?

Elle se sentit trop fatiguée pour y réfléchir sérieusement et prêta l'oreille aux bruits familiers de la cuisine, le bouillonnement de l'eau dans la casserole avec les œufs, le claquement sourd de la porte du four comme Mary en sortait le pain, le caquet impatient d'une poule qui franchit le seuil de la pièce et s'avança pour picorer les miettes entre les dalles. Elle avait l'impression d'être coupée du monde extérieur ; le traumatisme récent de Castleclough, les dangers possibles inhérents à la réaction de Daniel, et jusqu'à la réalité de sa relation avec lui, tout cela semblait flou et comme nié par la normalité de l'activité qui avait lieu dans cette petite pièce, ce petit monde ordinaire où les marques de couteau et les traces d'encre tenaces sur la table devant elle étaient comme des repères, où la petite déchirure sur la toile cirée au-dessus de la cheminée était comme une amie proche.

Tout en regardant Mary finir de préparer le repas, elle s'efforça de retrouver un peu ses esprits et de faire preuve d'un peu plus d'assurance. A la différence de Kathleen ou de Margaret, Mary ne se souciait pas le moins du monde de son apparence ; porter les mêmes vieux vêtements et les mêmes chaussures ne semblait pas la gêner, elle ne se plaignait jamais de l'état de ses cheveux, ni ne demandait à mettre du rouge à lèvres. Et pourtant, elle avait un joli visage en forme de cœur et un merveilleux sourire. Le risque était de trop compter sur elle, d'en faire la bête de somme de la maison. C'était bien trop facile, songea Elizabeth, il faudrait qu'elle soit vigilante sur ce point.

— Dois-je prévenir les autres pour qu'ils viennent manger ? demanda-t-elle.

— Je vais le faire, si tu veux, dit Mary.

— Non, tu en as assez fait, répondit Elizabeth en se levant.

A huit heures, toute la famille était inquiète pour Kathleen. Personne ne savait où elle était. Elizabeth avait d'abord mis son absence à l'heure du thé sur le compte d'une nouvelle bouderie ; ce fut seulement lorsque, sur une impulsion, elle décida d'aller fouiller dans ses affaires qu'elle découvrit que son porte-monnaie et sa trousse à maquillage — un cadeau de Hazel — manquaient. Elle comprit alors qu'elle s'était enfuie.

D'abord en colère contre la jeune fille, elle s'apitoya ensuite sur elle-même : il allait falloir qu'elle aille trouver la police à Castletown ; les commérages ne manqueraient pas d'aller bon train dans le voisinage. Tout cela n'était donc pas fini ? Les conséquences de la disparition de la jeune fille lui apparurent brusquement. Supposons que Kathleen soit réellement désespérée et qu'elle fasse une bêtise ? Elizabeth s'assit sur le lit et vit en imagination le corps de la jeune fille flottant sur la rivière Kenmare ou sur les eaux de la baie de Coulagh. Mais elle se ressaisit : si Kathleen avait eu réellement l'intention de se suicider, songea-t-elle, aurait-elle pris la peine d'emmener avec elle son maquillage de scène ?

Et pourquoi pas ? Elle aimait tellement le mélodrame. Abandonnée aux vagues telle Ophélie...

Elizabeth se leva. Kathleen n'était pas la seule à se conduire de façon mélodramatique : après tout, elle n'avait disparu que depuis quelques heures, et il ne faisait pas encore nuit. Selon toute vraisemblance, si elle s'était vraiment enfuie, elle essaierait de rejoindre George — ou Hazel —, ou même une autre troupe théâtrale.

Il y avait encore une autre possibilité. Elle était si furieuse contre sa belle-mère qu'elle voulait simplement lui donner une leçon et n'avait pris sa trousse à maquillage que pour qu'Elizabeth *croie* qu'elle était partie pour de bon.

Plus elle y pensait, plus ce dernier scénario lui paraissait vraisemblable.

Elle retourna dans la cuisine pour s'adresser au conclave de visages solennels qui l'attendait en silence. Seule Abigail était occupée à jouer comme d'habitude dans un coin de la pièce avec ses cubes et ses boîtes de conserve.

— Bien, commença-t-elle, nous n'allons pas nous mettre dans tous nos états à cause de ce qui arrive. Kitty est une fille intelligente, elle va revenir, vous verrez. Ce qu'il nous faut simplement, c'est réfléchir à l'endroit où elle pourrait être. Aussi, Margaret, j'ai un petit travail pour toi. Je veux que tu te rendes chez les Harrington et que tu demandes à Tilly si, par hasard, elle a vu Kitty partir, et, si oui, dans quelle direction. Tu as compris ?

Margaret acquiesça gravement, consciente de l'importance de la tâche qui lui était confiée.

Elle traversa la cuisine en courant et sortit. Elizabeth s'adressa alors à Mary, Johanna et Francey.

— Vous autres maintenant, dit-elle en se dirigeant vers le vaisselier pour y prendre plusieurs feuilles de papier d'emballage marron qui y traînaient, je crois que vous devriez vous occuper de couvrir vos livres. Oui, vous deux également, ajouta-t-elle en faisant signe à Francey et à Johanna qui avaient commencé l'école au début de la semaine et qui avaient un livre chacun. Voici deux paires de ciseaux. Tu les aideras, Mary, d'accord ? Et toi, Francey, poursuivit-elle, quand tu auras fini avec le tien, n'oublie pas les oies.

Francey avait en effet depuis quelque temps la responsabilité de parquer la volaille le soir.

Quand ils furent tous à la tâche, Elizabeth prit Abigail dans ses bras et sortit dans la cour pour réfléchir. Serrant la petite fille contre elle, elle leva les yeux vers le ciel de septembre. Les journées commençaient à raccourcir ; le soleil était presque couché, et, à l'opposé, la lune à son troisième quartier était déjà visible, disque diaphane sous le voile d'écume des cirrus. Il régnait le soir un calme tout à fait différent de celui du matin, songea-t-elle. Les oiseaux, qui passaient pour la dernière fois de la journée, semblaient y mettre moins d'entrain ; les vagues elles-mêmes paraissaient moins impatientes de s'écraser contre les rochers de Cod's Head, de l'autre côté de la baie.

Tandis qu'elle écoutait le bavardage à voix basse des enfants dans la cuisine ou les gloussements intermittents d'Abigail, Elizabeth réaffirma intérieurement ses choix : elle se promit une fois encore d'être attentive désormais aux envies et aux besoins des enfants de Neeley Scollard. Elle n'avait cependant aucun scrupule et ne regrettait rien de sa liaison avec Daniel. Ils vivraient sans doute ensemble un jour, elle devait croire les tarots d'Alison Charlton Leahy, qui lui prédisaient deux mariages. Mais, pour le moment, libre arbitre ou non, le destin lui laissait peu de marge pour intervenir.

Elle aperçut alors Margaret qui revenait en courant à travers champs, si vite, songea-t-elle, qu'il était probable que la fillette avait des nouvelles de Kathleen.

Mais elle n'eut pas le temps d'arriver que Kathleen, justement, apparut sur la route. Elle était accompagnée de Mossie Sheehan.

En les voyant tous les deux, Elizabeth fut partagée entre le soulagement et la colère. Non seulement Kathleen leur avait causé à tous mille tourments, mais voilà qu'elle ramenait Mossie avec elle. Que diable faisait-elle avec lui ?

Il lui vint alors à l'esprit que, n'étant pas au courant de la visite qu'elle venait de rendre à Daniel, elle avait peut-être poussé les choses encore plus loin en créant d'autres problèmes avec Mossie. Elle serra les poings. Au moins, se dit-elle, elle était saine et sauve.

Margaret la rejoignit avant les autres.

— Elle revient, dit-elle d'une voix haletante. Tilly l'a vue partir, mais c'est moi qui l'ai vue revenir sur la route avec Mossie.

— Merci, Maggie. Je les vois maintenant. Tu es une gentille fille.

— Est-ce qu'il va y avoir une dispute ? demanda Margaret en inspirant profondément pour reprendre son souffle.

— Je ne sais pas, répondit Elizabeth. Tout ce que je sais, c'est que j'aimerais bien étrangler ta sœur pour le moment.

— Peut-être qu'elle a de la peine de nous quitter, c'est tout.

— Je ne sais pas pourquoi tu la défends, mais laisse-moi te rappeler qu'elle n'a pas montré l'ombre d'une tristesse quand elle nous a quittés pour aller à Killarney. Maintenant, prends Abbie et emmène-la à l'intérieur, s'il te plaît.

— Je suis sa *sœur* ! C'est pour ça que je la défends, crut bon de préciser Margaret avec dignité. Viens, mon bébé, dit-elle ensuite en s'adressant à Abbie d'une voix toute différente.

Elizabeth la regarda traverser la cour avec Abbie et rentrer. Puis elle attendit que les deux autres arrivent.

Kathleen marchait un peu en retrait derrière Mossie et traînait les pieds d'un air maussade.

Bientôt, ils furent au portail.

— Où étais-tu, Kathleen ? interrogea-t-elle aussitôt.

Kathleen se contenta de garder le silence et de prendre une pose insolente tout en détournant le regard.

— Je l'ai trouvée à Castletown, intervint Mossie, elle attendait sur la route que quelqu'un la prenne en voiture.

— Sur la route de Lahersheen ?

Mossie regarda Kathleen et hésita comme s'il ne voulait pas la trahir. Mais Kathleen répondit à sa place :

— Non, dit-elle, catégorique. La route de Cork.

— Rentre, ordonna Elizabeth. J'arrive dans une minute.

Kathleen passa à côté d'elle et, la tête haute, entra dans la cuisine.

Elizabeth était d'autant plus irritée qu'elle se sentait redevable maintenant envers Mossie de l'avoir trouvée et ramenée.

— Merci, Mossie, dit-elle en ravalant sa fierté. J'apprécie ce que vous avez fait.

— De rien, Elizabeth. Si je peux faire quoi que ce soit...

Elle savait qu'elle aurait dû lui demander d'entrer, mais elle n'était pas certaine de supporter cette épreuve.

— Elle doit partir très tôt demain matin, dit-elle, il nous reste des tas de choses à préparer, j'espère que vous ne m'en voulez pas de ne pas vous inviter à entrer ?

— Pas du tout.

— Merci encore.

Il tourna les talons et repartit vers le portail. Quoiqu'elle ne pût s'empêcher de penser qu'il n'avait que ce qu'il méritait, elle ne pouvait pas, en toute conscience, ne pas l'avertir des menaces de Daniel et du danger qu'il encourait.

— Mossie, appela-t-elle sans trop réfléchir.

Il se retourna et, pendant une fraction de seconde, elle surprit chez lui une vulnérabilité qu'elle n'avait jamais remarquée auparavant.

— Il y a quelque chose qu'il faut que je vous dise.

— Oh ?

La vulnérabilité qu'elle avait cru déceler avait été un mirage. Mossie arborait maintenant un masque aussi impénétrable que d'habitude.

— J'ai parlé à Daniel Carrig de notre arrangement, déclara-t-elle.

— Je vois, dit-il en la regardant attentivement. Vous en aviez le droit. Pourquoi est-ce que vous m'en parlez ?

— Parce que... (Elle s'interrompit.) ... Il, il ne l'a pas bien pris.

— J'en suis sûr, dit tranquillement Mossie. Je suis désolé.

— Le problème, ajouta-t-elle d'un ton résolu, c'est qu'il va venir vous trouver.

Mossie éclata de rire.

— Il faudra qu'il se lève tôt pour ça, dit-il. Oh, à propos, je vous ai récolté quelques patates, je les laisserai dans la cour.

Il souleva sa casquette pour la saluer et s'éloigna sans autre commentaire.

Elizabeth resta sans voix.

Kathleen ne fit pas d'autres problèmes ce soir-là. Elizabeth prit sur elle-même et ne chercha pas à faire une scène. Il s'avéra que ce fut une sage décision puisque Kathleen, étonnée de ne pas essuyer une dispute, s'occupa de préparer tranquillement ses bagages pour le pensionnat.

Elizabeth attendit que sa valise soit bouclée, qu'elle ait enfilé sa chemise de nuit et qu'elle soit prête à dormir, avant de lui demander, dans la cuisine, pourquoi elle s'était enfuie.

— Il le fallait, c'est tout.

— Mais pourquoi ?

— Il n'y a pas de pourquoi. C'est ma vie.

Elizabeth reconnut le ton agressif. Épuisée comme elle l'était, elle ne se sentit pas le courage de tirer la question au clair.

— Très bien, dit-elle, je ne tiens pas à te harceler sur ce point. Dis-moi seulement où tu comptais aller.

— Nulle part, répondit-elle d'abord.

Puis, voyant la façon dont sa belle-mère la regardait, elle ajouta en marmonnant :

— J'allais à Cork pour demander de l'aide à grand-père Sullivan.

— Quel genre d'aide voulais-tu demander ?

Elizabeth était un peu choquée. Ses parents étaient les dernières personnes vers lesquelles elle aurait pensé que Kathleen se tournerait.

— Je voulais qu'il m'aide à aller à Londres, avoua Kathleen en s'efforçant de garder le menton haut.

Elizabeth arqua un sourcil. Kathleen, songea-t-elle, méritait décidément un prix de persévérance.

— Écoute, dit-elle, ne refais plus jamais une chose pareille, je t'en prie. Tu sais quoi, je vais passer un accord avec toi. On dit que cette fichue guerre est sur le point de se terminer, et si tu es toujours aussi passionnée par le théâtre l'année prochaine à la même époque, je te promets que nous en parlerons, d'accord ?

Si elle espérait de la gratitude ou même de la surprise, elle se trompait. Kathleen se contenta de murmurer un « D'accord » dépité, avant de regagner directement sa chambre, laissant une fois de plus Elizabeth sans voix. Dût-elle vivre jusqu'à cent ans, songea celle-ci, elle et Kathleen ne se comprendraient jamais.

Dix minutes plus tard, le calme régnait enfin dans la maison. Trop fatiguée pour penser à Kathleen ou à Daniel ou à quoi que ce soit qui ne fût pas son lit et son oreiller, Elizabeth se força à aller dans la cour pour vérifier que les poules étaient en sécurité pour la nuit.

Tout était en ordre, et elle allait rentrer à l'intérieur quand elle se souvint qu'elle avait laissé un drap à sécher. Il avait fait très chaud dans la journée, mais qui pouvait dire quel temps il allait faire le lendemain ?

Elle traversa la cour jusqu'au fil à linge, décrocha le drap, tellement sec qu'il en était un peu raide, et, au moment de repartir, automatiquement — comme elle l'avait toujours fait depuis sa rencontre avec Daniel, même lorsqu'il était en prison et qu'elle savait pertinemment qu'elle n'avait aucune chance de l'apercevoir —, elle tourna les yeux vers le sommet éclairé par la lune de Knockameala.

Il était là.

Même sans la signature du fusil ouvert sur son bras, il ne faisait aucun doute que c'était lui.

Ils se regardèrent sans bouger pendant quelques minutes.

Elizabeth aurait voulu crier, agiter son drap, faire quelque chose pour les sortir de cette impasse, mais elle était comme paralysée par l'indécision, et ne fit rien.

Et puis, brusquement, sans même qu'elle s'en aperçoive, il avait disparu.

22

Elizabeth avait décidé qu'elle ne passerait pas la nuit à Cork lorsqu'elle conduirait Kathleen à sa nouvelle école, mais s'offrirait le luxe de faire l'aller et le retour en taxi dans la même journée. Pourtant, si le taxi les prit bien à l'heure le lendemain matin, à huit heures exactement, elle passa beaucoup plus de temps au pensionnat qu'elle ne l'avait prévu.

Ne soupçonnant pas un instant que Kathleen pût éprouver le moindre sentiment à son égard, ce qui arriva au moment des adieux lui parut d'autant plus bouleversant ; Kathleen s'approcha et jeta ses bras autour de son cou, ne voulant plus la lâcher, quoi qu'elle pût dire ou faire.

Elles se trouvaient dans le salon sobrement meublé et mal ventilé du pensionnat. Dehors, il faisait très chaud.

— Que se passe-t-il, Kitty... Kathleen ? Allons, chérie, dit-elle en s'efforçant d'adopter un ton enjôleur tandis que Kathleen pleurait contre son épaule, Noël n'est pas loin, tu rentreras bientôt à la maison. Tu vas adorer cette école, donne-toi un peu de temps.

Mais Kathleen ne parut pas consolée et ne voulut pas la laisser partir jusqu'à ce qu'une des religieuses, accompagnée d'une ancienne de l'école, entre dans la pièce et insiste pour qu'elle accepte de faire le tour de l'établissement avec elles.

Bouleversée à son tour, Elizabeth la suivit jusque dans le hall d'entrée, où, en larmes, Kathleen sembla accepter enfin la situation. Quoiqu'elle fût grande, elle lui parut très petite quand, flanquée de ses deux guides, elle disparut au bout d'un long couloir où résonnaient leurs pas.

Elizabeth ne fut pas à Lahersheen ce soir-là avant neuf heures. Mary avait cependant la situation parfaitement en main : Abbie et Johanna étaient au lit et la cuisine était immaculée.

— Merci, Mary, dit-elle, reconnaissante, en ôtant ses chaussures et en acceptant la tasse de lait chaud que celle-ci lui mit dans les mains aussitôt qu'elle fut assise sur la chaise près de la cheminée.

— Raconte-nous tout, maman, demanda Margaret, assise en face d'elle sur un petit tabouret. Est-ce que ça me plaira, tu crois ?

— Il est encore trop tôt pour le dire, Maggie, attendons d'abord de voir comment Kitty s'en sort.

Entre deux gorgées de lait, elle répondit, autant qu'elle en était capable, à toutes les questions de Margaret sur le pensionnat. Mary écoutait également, mais à la manière d'un observateur intéressé, et Elizabeth se promit une fois de plus de réfléchir très vite à son avenir.

Elle les envoya ensuite au lit après les avoir embrassées, puis, avant même qu'elle ait le temps de s'en rendre compte, sous les effets conjugués de la chaleur du four et du lait chaud dans son estomac, elle s'endormit sur sa chaise.

Quand elle se réveilla en sursaut et regarda sa montre, il était plus de onze heures, l'heure à laquelle elle se couchait d'ordinaire. En se levant, les membres engourdis, elle eut brusquement l'intuition que Daniel se trouvait tout près. Les sens en éveil, elle se précipita dans la cour et leva les yeux vers la colline de Knockameala.

Elle ne s'était pas trompée. Il était là, silhouette lointaine et immobile contre le ciel étoilé. Que pouvait-elle faire ? Elle ne pouvait pas l'appeler de peur de réveiller toute la maison. Devait-elle courir le rejoindre ? Elle n'eut pas le temps de se décider que, comme la veille, il avait disparu.

Le lendemain, son regard fut sans cesse attiré vers les collines. Ce jour-là, le temps étant toujours aussi clément, elle lava et mit à sécher plus de linge qu'au cours des quinze jours précédents. A trois heures de l'après-midi, le seul être humain qu'elle avait vu était Mossie Sheehan, venu lui apporter des choux et des pommes de terre. Aux questions qu'il posa sur Kathleen et le pensionnat, elle répondit froidement en usant autant qu'il était possible de monosyllabes.

Vers quatre heures, tandis qu'elle finissait d'étendre un panier de linge, Tilly arriva pour bavarder un peu.

— J'adore cette période de l'année, dit-elle en jetant un coup d'œil autour d'elle dans la cour ensoleillée.

— Oui, fit Elizabeth en hochant doucement la tête. Une tasse de thé ?

Elle avait profité de son voyage à Cork pour ramener un peu

de thé. Elle leur en prépara une tasse, et elles allèrent s'asseoir sur le banc en bois, dans la cour. De là, elles pouvaient entendre le cliquetis du train mécanique de Francey en provenance de l'écurie où le garçon jouait avec Johanna.

— On peut dire que ça, c'est de la lessive ! fit observer Tilly en regardant le fil à linge surchargé. Des nouvelles de Cork ?

Elizabeth, qui songeait à autre chose, décida brusquement qu'il était temps de parler à Tilly de l'arrangement qu'elle avait passé avec Mossie.

— Écoute, Tilly, commença-t-elle, j'ai quelque chose à te dire. Je regrette de ne pas t'en avoir parlé plus tôt...

Et elle poursuivit en rappelant les faits aussi froidement qu'elle le put, n'omettant aucun détail.

— Et voilà, conclut-elle, les yeux rivés sur sa tasse de thé, j'ai bien peur maintenant qu'il n'y ait une autre bagarre à cause de moi. Oh, Tilly, c'est la guigne.

— Je n'arrive pas à croire que tu vas respecter cet accord, dit Tilly, les yeux écarquillés.

— J'ai donné ma parole, insista Elizabeth. J'ai signé ce papier, toi et Mick en avez été témoins.

— Pas un tribunal sur terre ne fera respecter un pareil arrangement. Je ne connais pas les détails, mais ça a quelque chose à voir avec le fait d'obliger quelqu'un à faire quelque chose contre sa volonté...

— J'ai donné ma parole, répéta Elizabeth. Et je peux te dire, moi, qu'avec ce document, il peut m'avoir si je n'en respecte pas les termes.

— Oui, mais...

— Ne rends pas les choses plus difficiles, je t'en prie, Tilly. D'ailleurs, pour le moment, j'y survis très bien, non ? Qu'est-ce qui aura changé ? Ce sont les enfants qui comptent avant tout, et tu as dit toi-même que Mossie était un bon fermier. Et puis, nous ne vivrons pas sous le même toit, c'est tout de même important.

Tilly ne dit rien pendant quelques secondes, puis :

— Que Dieu vous aide tous, c'est tout ce que j'ai à dire, ajouta-t-elle en plaçant ses mains autour de sa tasse de thé. Mais, il faut que tu raisonnes Daniel.

— Je sais, dit Elizabeth.

Puis, sur la défensive :

— Qu'aurais-tu fait si tu avais été à ma place ? L'aurais-tu laissé pourrir en prison ?

Tilly ne répondit pas. Au lieu de cela, elle but une longue gorgée de thé d'un air songeur.

Chaque soir au cours des quatre jours qui suivirent, Elizabeth se posta près du portail et regarda Daniel Carrig la regarder depuis les hauteurs de Knockameala. Il ne restait jamais longtemps, disparaissait quelques minutes à peine après qu'elle l'avait aperçu. De sorte qu'elle ne savait pas combien de temps il passait réellement à contempler la ferme et ses environs.

Le cinquième soir, aussitôt que les enfants furent couchés, elle sortit un peu avant dix heures et demie et, au lieu de s'arrêter au portail comme d'habitude, elle suivit la route qui grimpait au sommet de la colline, sans savoir si Daniel s'y trouvait, son angle d'approche ne lui permettant pas de voir le sommet précisément.

La nuit était douce pour un mois de septembre. Une énorme lune jaune, la lune des amoureux, lui éclairait le chemin tandis qu'elle quittait la route et empruntait un petit sentier étrangement calme. Quand elle atteignit le cairn de pierres, elle s'arrêta pour y ajouter un petit caillou, puis releva la tête vers le sommet, visible maintenant. Aucune silhouette, pourtant, ne se détachait contre le ciel. Elle frissonna ; elle s'attendait presque, maintenant, à voir surgir Mossie Sheehan de derrière un buisson d'ajoncs. Au fond, une confrontation ne lui aurait pas déplu ce soir. Elle resserra son gilet autour d'elle et tendit l'oreille.

Tout ce qu'elle entendit fut le souffle lointain de la mer, et plus près, un petit bruissement, qui n'avait certainement pas été causé par une présence humaine ; pas même par un oiseau de nuit. Elle continua de grimper, très affectée par l'atmosphère inquiétante des choses qui l'entouraient sous l'implacable clarté lunaire. Enfin, elle atteignit le sommet. Un petit vent de terre s'était levé, qui agita ses cheveux et le tissu de sa robe noire, tandis que, l'herbe lui montant jusqu'aux genoux, elle se levait sur la pointe des pieds pour signaler sa présence alentour. Elle se fichait complètement à présent que Mossie Sheehan, ou n'importe quel voisin, sache qu'elle se trouvait là. Après quelques minutes, n'entendant rien et ne distinguant aucun mouvement autour d'elle, elle choisit finalement de s'asseoir sur un rocher et d'attendre.

Depuis toutes ces années qu'elle vivait à Lahersheen, elle n'était encore jamais montée le soir sur cette colline. Toutes les fois où elle s'était représenté Daniel sur ces hauteurs, inspirée par les récits qu'il lui avait faits de ses parties de chasse, elle avait imaginé ce sommet débordant de vie animale, lapins, renards, hiboux et même chauves-souris. Peut-être cette soirée faisait-elle exception à la règle, mais la réalité était bien différente : Knockameala était pour le moment un havre de paix. Au loin, elle pouvait voir le ruban phosphorescent de la rivière Kenmare qui sinuait au pied des montagnes plongées dans l'obscurité de Cork et du Kerry.

— Bonjour.

Son cœur fit un bond dans sa poitrine en même temps qu'elle se retournait, apeurée. Il y avait plusieurs minutes qu'elle n'avait plus entendu le moindre bruit. Le visage de Daniel, où s'accrochaient d'étranges nuances d'ombre, semblait appartenir à quelqu'un de plus âgé. Elizabeth lui prit la main et le força à s'accroupir pour qu'il soit à son niveau et qu'ils puissent se regarder dans les yeux.

— Je t'ai vue tous les soirs, dit-elle.

— Je sais. Je t'ai vue moi aussi.

— Pourquoi n'es-tu pas descendu ?

— Je n'étais pas prêt.

— Et l'es-tu, maintenant ?

— Non.

— Alors, pourquoi... ?

— Je t'ai vue ici, c'est tout, dit-il simplement. Il y a un quart d'heure que je t'observe.

Gardant sa main fermement serrée dans les siennes, Elizabeth se mit à genoux à côté du rocher pour être plus près de lui.

— Je t'aime. Je *t'aime.*

Il ne réagit pas, d'abord ; puis, lentement :

— Vraiment, Elizabeth ?

— Est-ce que tu en doutes ?

— Tu vas épouser Mossie Breac.

— Daniel, s'écria-t-elle, tu n'es pas juste. Tu sais comment les choses se sont passées, ça ne signifie rien du tout. Je t'ai dit...

— Rien ne t'oblige à te marier avec lui, l'interrompit-il, faisant ainsi écho aux paroles de Tilly.

Elizabeth baissa la tête et appuya son front contre son torse.

— Il m'intentera un procès pour n'avoir pas respecté notre accord, murmura-t-elle, nous avons signé tous les deux. Je pourrais tout perdre, les enfants pourraient tout perdre...

— Laisse-le donc te poursuivre en justice. Laisse-le faire !

Il tremblait maintenant de fureur contenue. Elle leva les yeux et lui jeta un regard suppliant.

— Je ne peux pas, c'est trop risqué. Je dois penser aux enfants.

— Et à moi, est-ce que tu penses à moi ? interrogea-t-il d'un ton amer.

— Daniel, c'est pour toi que j'ai fait cela. Si j'ai accepté cet arrangement, c'est parce que je voulais te faire sortir de prison. D'un mouvement rapide, il reprit sa main et se leva. Il avait la lune derrière lui, et elle ne distinguait plus les traits de son visage ; de l'endroit où elle était agenouillée, il paraissait immense penché vers elle comme un monolithe obscur et menaçant.

— J'aurais préféré rester en prison jusqu'à la fin de ma vie plutôt que d'être libre pour te voir te marier avec quelqu'un d'autre, dit-il.

— Daniel, je t'en prie, parlons-en...

— Il n'y a plus rien à dire, tu ne crois pas, Elizabeth ?

— Je t'en prie, donne-moi au moins quelques minutes. Elle se leva à son tour.

— Je t'ai dit que nous ne serons mariés que par le nom, précisa-t-elle désespérément. Nous ne vivrons même pas sous le même toit. Et Mossie m'a garanti — par écrit — qu'il ne se mêlerait pas de ma vie privée.

— Es-tu consciente de ce que tu dis, Elizabeth ? Ainsi donc, Mossie Sheehan nous autorise à nous retrouver furtivement ici jusqu'à la fin de notre vie ? Je peux t'avoir avec sa permission, c'est ça ? Non, merci !

L'espace d'une seconde, elle voulut lui parler de la prédiction d'Alison Charlton Leahy, mais elle s'en empêcha ; non seulement le moment était mal choisi, mais, n'en ayant jamais parlé avec lui, elle ne savait même pas s'il croyait aux tarots. Au lieu de cela, elle s'efforça de le rassurer en lui laissant entendre que la situation s'arrangerait d'elle-même.

— Oui, Daniel, crois-moi. Si seulement tu veux bien m'attendre...

— *Quoi ?*

Il ne put s'empêcher de rire ; il n'en croyait pas ses oreilles.

— Et jusqu'à quand, puis-je te le demander ? Je ne suis pas sûr que Mossie Sheehan ait envie de nous rendre service en mourant plus tôt que prévu !

— Fais-moi confiance. Je sais quelque chose que tu ne sais pas. Je te *promets* que la situation va s'arranger. Fais-moi seulement confiance, tu veux bien ?

Il la dévisagea d'un air sceptique.

— Tu sais que c'est impossible.

— Au moins, veux-tu me donner ta parole que tu ne te battras pas avec Mossie pour moi ?

Elle voulut mettre ses bras autour de son cou, mais il se dégagea violemment.

— Alors, c'est ça, tu le protèges maintenant ? dit-il en lui jetant un regard foudroyant. Eh bien, tu n'auras pas ma parole. J'ai mes propres comptes à régler avec Mossie Sheehan.

Elizabeth se sentit brusquement paralysée, incapable d'ajouter un mot. Daniel se couvrit alors le visage avec ses mains.

— Oh, Jésus, Elizabeth...

— Chut !

Elle s'approcha de lui.

— Je t'en prie, Daniel, supplia-t-elle, plus de violence. Pour l'amour du ciel.

Il la laissa, cette fois, l'enlacer par la taille, et ils restèrent ainsi quelques secondes, silencieux.

— D'accord, murmura finalement Daniel, je promets de ne pas aller le trouver... mais il ferait mieux de ne pas chercher à m'approcher.

Quand ils s'embrassèrent, elle goûta aux larmes qu'il venait de verser.

Quoiqu'elle sortît plusieurs soirs de suite au cours des jours qui suivirent pour contempler le sommet de Knockameala, elle ne s'attendait pas vraiment à apercevoir à nouveau Daniel. Après quelque temps, elle ne sortit même plus. Et bien qu'elle continuât, à contrecœur, d'accompagner les filles à la messe du dimanche à Eyeries, pas une fois elle ne le vit à l'église.

Au cours des semaines qui suivirent, cependant, elle l'aperçut en deux occasions.

La première fois, ce fut lorsqu'elle conduisit Johanna chez le médecin à Castletownbere. La consultation terminée, elle sortit dans la rue principale, et elle allait entrer dans une épicerie pour y faire quelques provisions, lorsqu'elle le vit qui marchait dans sa direction en venant du bord de mer. Il était avec deux autres hommes, et tous les trois portaient des bleus de travail.

Tenant Johanna par la main, elle hésita, se demandant si elle devait l'attendre, mais, quand il la vit, il changea de direction et, laissant ses compagnons, se dirigea vers le pub O'Donoghue. Elizabeth se sentit si insultée qu'elle rougit et entraîna vivement Johanna avec elle à l'intérieur de l'épicerie.

Elle le revit une autre fois un samedi après-midi, à Eyeries, où elle se trouvait avec Tilly pour donner quelques paires de chaussures à réparer chez un des cordonniers du village. Daniel, une latte de bois à la main, sortait de la boutique du charpentier attenante à celle du cordonnier. Cette fois, elle n'eut même pas le temps de chercher à l'éviter, puisqu'ils butèrent pratiquement l'un dans l'autre.

— Désolée, lâcha-t-elle mécaniquement.

— Bonjour, madame Scollard, dit simplement Daniel après avoir fait un brusque écart, le visage inexpressif.

Il s'était mis à porter la casquette comme la plupart des hommes qui travaillaient à la restauration de Castleclough. Il la souleva, adressa un rapide salut à Tilly et poursuivit son chemin.

Elle aurait voulu courir après lui, lui dire que, quelles qu'en soient les conséquences, elle irait trouver Mossie Sheehan et lui annoncerait que leur pacte répugnant était annulé. Au lieu de cela, elle prit le bras de Tilly et, déglutissant avec peine, consciente des regards qui se portaient sur elle dans la rue, l'entraîna en direction de la carriole et son cheval.

— Le pauvre garçon, dit Tilly.

— Je fais de mon mieux, Tilly, je t'en prie ! gémit Elizabeth en serrant les dents. Et pourquoi est-ce qu'on ne me plaint pas, moi ?

— C'est toi qui détiens la solution. Je ne dis pas que j'approuve l'idée que toi et Danny viviez ensemble, mais, ce qui est sûr, c'est que je n'approuve pas la manière dont tu t'entêtes pour ce qui est de Mossie Sheehan. T'es-tu seulement renseignée auprès de ton père sur la valeur de cet accord que vous avez passé ? Je suis sûre que tout ça ne vaut rien devant la loi.

— Non, je n'ai pas interrogé mon père, dit Elizabeth en grimpant dans la carriole. Et d'ailleurs, j'en ai assez que les autres me disent ce qu'il faut que je fasse.

— Désolée, dit Tilly en montant à côté d'elle.

— Écoute, reprit Elizabeth, ce n'est pas à toi que j'en veux, c'est à moi-même.

Que lui arrivait-il ? Son corps n'avait pas réagi au contact de celui de Daniel comme ça avait été le cas un mois plus tôt encore. Son instinct de conservation était-il si puissant qu'il tuait jusqu'aux sentiments qu'elle éprouvait ?

— Je ne sais plus où j'en suis, ajouta-t-elle, je ne sais plus ce que je ressens.

Tilly pinça les lèvres et rangea ses paquets sous la banquette. Eyeries était un petit village en forme de L aux maisons blotties les unes contre les autres, niché juste au-dessus de l'océan dans l'un des plus beaux endroits de la péninsule. Faisant claquer sa langue pour donner au cob l'ordre d'avancer, Tilly tira sur les rênes d'une main experte et reprit le chemin de Lahersheen.

— Écoute, dit-elle comme le cheval se mettait au pas en grimpant la colline à la sortie du village, tu m'as déjà dit de m'occuper de mes affaires, et c'est sûrement ce que je devrais faire. Mais tu m'as impliquée dans cette histoire et il se trouve que je me soucie de toi. J'ai beaucoup réfléchi, Lizzie, alors ne me regarde pas de haut si je te dis ce que je pense.

— Je n'ai pas l'intention de t'interrompre.

Elizabeth savait qu'elle n'allait pas apprécier ce qui allait suivre. Mais, Tilly avait raison. Elle se devait au moins de l'écouter.

— Je crois que tu n'as plus les sentiments que tu croyais avoir pour Daniel Carrig, expliqua Tilly. Je crois que si ce n'était pas le cas, il y a longtemps que tu aurais été trouver ton père pour qu'il t'aide à te débarrasser de Mossie Sheehan. Tu es une femme passionnée, Lizzie, mais je crois qu'en l'occurrence il est arrivé tellement de choses que tu as du mal à admettre que ce que tu prenais pour de l'amour véritable n'était en réalité que du désir physique. Et maintenant, tu te sens coupable. Que tu en aies conscience ou non, tu utilises Mossie Sheehan comme une excuse.

A cet instant, elle tira sur les rênes du cheval pour qu'il se range sur le côté et laisse passer une charrette à foin.

— Bonjour, Eoin ! lança-t-elle à l'homme qui conduisait la charrette.

— Belle journée, répondit celui-ci en donnant un petit coup de bâton sur la croupe de son âne.

— Désolée d'être aussi brusque, reprit Tilly en jetant un petit regard en coin à Elizabeth, mais, Lizzie, pourquoi ne te poses-tu pas la question à toi-même : pourquoi ne dis-tu pas tout simplement à Mossie de foutre le camp ?

C'était la seconde fois ces derniers temps qu'elle entendait une femme employer ce genre de vocabulaire à Béara, et certainement la première fois de la bouche de son amie. Elle n'en voulait pas vraiment à Tilly ; ce qui l'ennuyait, c'était de s'entendre dire la vérité aussi brutalement.

Elle n'avait pas obéi aux élans du cœur, mais à ceux du corps, drapant artificiellement du voile de l'amour vrai ce qui n'était au fond qu'une toquade. Elle aurait pourtant dû être attentive à certains signes, son inquiétude, par exemple, quant à savoir si Daniel pouvait faire un beau-père digne de ce nom pour les enfants.

— Est-ce que tu me pardonnes, Tilly ? demanda-t-elle.

— Te pardonner de quoi ? C'est ta vie, ma fille, tu n'as rien fait à personne si ce n'est à toi-même.

De nouveau, Tilly dut tirer sur les rênes pour laisser passer un poney tirant un cabriolet ; puis, comme elle donnait au cheval un petit coup de fouet pour le mettre au trot, Elizabeth n'ajouta rien, se contentant de porter son regard sur sa gauche, vers le port de Ballycrovane et la station des garde-côtes, carcasse usée dont les hautes cheminées et les murs sombres lui rappelaient, depuis qu'elle avait lu *Rebecca*, les ruines de Manderley.

Au cours du mois qui suivit, elle s'accorda le temps de souffler un peu. Le jour, quand elle sentait poindre un sentiment de culpabilité ou de honte, elle le prenait pour ce qu'il était, le circonvenait et l'oubliait dans une débauche d'activité. Fréquemment, en particulier le soir, il arrivait que Daniel lui manque physiquement, mais pas au point de dominer ses pensées, si bien que, peu à peu, elle en vint à se persuader que sa liaison avec Daniel Carrig était finie. Au moins, songea-t-elle, il ne lui avait pas fallu six ans pour s'en rendre compte comme ça avait été le cas avec George Gallaher. Peut-être avait-elle mûri, après tout. Elle prit bientôt la ferme résolution de ne plus jamais laisser sa chair guider sa vie.

Après les événements mouvementés des derniers mois, sa vie s'écoulait enfin à un rythme plus sûr et apaisant. Avec Mary à ses côtés pour veiller au bon déroulement des choses, la maison n'avait jamais été aussi bien tenue, les filles n'étaient jamais allées à l'école avec des nattes aussi parfaites, des vêtements aussi bien repassés ou des cahiers aussi bien vérifiés. Même les plus jeunes, Francey et Johanna, s'étaient faits à la routine que Mary leur avait imposée, et, quel que fût le temps, ils partaient chaque matin à l'heure avec les autres. Après leur départ, quand la vaisselle et le nettoyage étaient faits, que le pain était en train de cuir au four, Elizabeth et Mary s'asseyaient ensemble autour d'une tasse de thé.

Elizabeth en vint même à goûter le calme des soirées quand, Abigail dans son lit et Mary à « l'intendance », tous faisaient leurs devoirs sur la table à la lumière de deux lampes à pétrole. Alors qu'elle préparait la pâte pour le pain du lendemain, il lui arrivait fréquemment de s'interrompre pour les observer discrètement, penchés sur leurs livres d'un air concentré, trois têtes brunes et une blonde, autant d'individualités irréductibles.

Francey et Johanna insistaient toujours pour être assis l'un à côté de l'autre et se consultaient en permanence, Francey prenant quelquefois la petite main de Johanna dans la sienne pour l'aider à tracer ses lettres ; Goretti, qui était une *ciotóg*, devait s'asseoir à un bout de la table afin que son coude gauche ne gêne personne ; l'institutrice essayait de la forcer à écrire de la main droite à l'école, mais elle faisait ses devoirs de la main gauche à la maison. Margaret, elle, ne se mettait au travail qu'à la condition d'avoir devant elle, sur la table, un large espace impeccable, où elle installait alors en bon ordre crayons, compas, équerre, plumes et bouteille d'encre.

Ainsi, plus d'une fois au cours de ces longues et paisibles soirées, en particulier lorsque la pluie tambourinait contre les fenêtres et la porte de la cuisine, Elizabeth avait ressenti un sentiment proche de la félicité. Était-ce qu'elle vieillissait ? se demandait-elle en riant silencieusement à cette pensée.

Mossie lui-même s'était montré plus prévenant ces derniers temps, remarqua-t-elle un lundi matin dans la cuisine, tandis qu'elle se versait, ainsi qu'à Mary, une tassé de thé, si pâle qu'il en était quasiment incolore. On était presque à Halloween, et elle n'était plus tombée face à face avec lui depuis au moins quinze jours. Elle se prit alors à souhaiter que cela dure.

Elle éprouvait cependant une grande satisfaction à marcher sur sa propre terre et à voir les haies bien taillées, les clôtures d'aplomb et les champs de légumes que Mossie cultivait parfaitement semés en ligne. On tenait, dans la commune, que Neeley avait été un bon fermier, mais Mossie Sheehan, semblait-il, était plus que bon dans sa partie. C'était un don inné ; plus d'une fois, Elizabeth s'était souvenue de ce que sa tante Bel lui avait dit ce terrible jour où elle s'était rendue chez les Sheehan, que Mossie avait « le pouce vert », un don pour faire pousser les plantes.

Dans l'ensemble, elle se sentait plus forte.

— Je me suis décidée, dit-elle à Mary alors qu'elles étaient assises autour d'une tasse de thé ce lundi matin de la fin du mois d'octobre. Nous irons toutes les deux à Cork samedi prochain. Nous passerons voir Kitty, puis nous irons chez le coiffeur et nous t'achèterons quelques vêtements. Tu le mérites largement. Qu'en dis-tu ?

Le visage de Mary s'illumina brusquement.

— Ce serait fantastique, maman. Mais qui va s'occuper de la maison ?

Elle prit Abigail sur ses genoux et lui donna un morceau de sa part de gâteau.

— Tilly, répondit Elizabeth, catégorique. Elle se propose toujours de le faire avec plaisir.

Et elles passèrent la demi-heure suivante à faire toutes sortes de projets qu'elles entendaient bien réaliser lorsqu'elles seraient à Cork.

Une fois de plus, Elizabeth avait décidé de ne pas regarder à la dépense et de prendre un taxi. Il arriva, comme prévu, à six heures du matin, parce qu'elle tenait à profiter le plus possible de cette journée. Tilly, sur qui elle pouvait compter comme toujours, arriva quelques minutes après le taxi.

— Bonjour, murmura Elizabeth en la faisant entrer dans la cuisine. Désolée de ne pas parler plus fort, mais il est préférable de ne pas réveiller les autres encore.

— Ne t'inquiète pas, fit Tilly en bâillant, et n'achète pas tout ce qu'il y a dans les vitrines de Patrick Street !

Le moteur du taxi faisait un bruit assourdissant tandis qu'ils traversaient la campagne encore plongée dans l'obscurité matinale.

— On se croirait à Noël, tu ne trouves pas ? dit Mary, le front collé à la vitre de son côté, et trop excitée pour dormir.

Elizabeth savait ce qu'elle voulait dire. Quoique, depuis qu'elle vivait à Béara, elle se fût tenue à l'écart de la religion, la randonnée matinale sous la voûte étoilée pour se rendre à la Première Messe le jour de Noël avait réveillé son sens du mysticisme et du rituel.

— On dirait tout à fait Noël, dit-elle. J'ai hâte de me faire couper les cheveux, et pour ce qui est des courses, nous irons directement chez Cash !

Mary ne put s'empêcher de glousser.

— Oh, maman ! Pauvre papa, si seulement il pouvait nous voir maintenant, prêtes à gaspiller tout cet argent !

C'était la première fois que Mary faisait allusion à son père de cette façon depuis qu'il était mort, et la petite phrase leur parut tout à fait naturelle tandis qu'elles échangeaient un sourire complice.

De crainte de ne pas entendre le réveil, Elizabeth avait très mal dormi cette nuit-là. Elle appuya sa tête contre le cuir doux et moelleux de la banquette arrière et, en dépit des bonds fréquents de la voiture et des changements de vitesse bruyants lorsque le chauffeur négociait un virage ou s'engageait sur une route à fortes côtes, elle s'endormit en quelques minutes.

Lorsqu'elle se réveilla, ils avaient dépassé Bantry. Dans son coin, Mary s'était endormie elle aussi, les deux mains posées sur sa poitrine, paumes tournées vers l'intérieur, comme les pattes d'un écureuil. La journée serait longue, songea Elizabeth, mieux valait la laisser dormir encore un peu. Elles avaient décidé qu'après le coiffeur Elizabeth téléphonerait à ses parents, et que Corinne et St. John passeraient les prendre pour aller déjeuner à l'Huître. Après cela, elles feraient leurs emplettes et iraient voir ensuite Kathleen au pensionnat. Le taxi les déposa dans le centre de Cork au milieu de la matinée, et la journée passa comme un charme. Même le déjeuner à l'Huître, qui n'était pas ce qu'Elizabeth attendait avec le plus d'impatience — elle n'était toujours pas à l'aise avec sa mère — se déroula remarquablement bien. Corinne se montra aussi évasive que d'habitude, mais fit un réel effort pour être agréable à tout le monde, et il n'y eut pas un mot de trop dans la conversation.

Mary, d'abord timide dans ce décor opulent, se détendit après quelques minutes et bavarda bientôt tout à fait naturellement avec ses grands-parents par alliance. Après l'avoir vue pendant toutes ces années avec les cheveux longs et raides, Elizabeth avait quelque mal à s'habituer à sa nouvelle coupe toute en boucles et frisettes au-dessus des oreilles, mais elle adoucissait les lignes de son visage et la faisait paraître plus âgée. Elle était en fait très jolie ainsi et, par plus d'un côté, était devenue la sœur cadette qu'elle n'avait jamais eue.

Elle dépensa son argent avec une parfaite insouciance lorsqu'elles furent chez Cash. Corinne les accompagna. « Pour te guider, Beth, dit-elle Dieu seul sait ce que tu es capable d'acheter si on te laisse n'en faire qu'à ta tête ! De plus, ça n'embête pas Mary, n'est-ce pas, chérie ! » Mary, pour qui toute cette journée était un voyage en pays magique, fit signe que non d'un air joyeux. Finalement, Elizabeth, pour qui l'expédition des emplettes était plus agréable en théorie qu'en pratique, ne regretta pas que sa mère fût avec elle. Elle expliqua à Corinne qu'elle avait envie de faire quelques pas dehors et qu'elle reviendrait dans une demi-heure pour payer ce que Mary avait choisi.

— Une heure, s'il te plaît, Beth, ordonna Corinne.

Ayant réussi à s'échapper dans Patrick Street, elle prit plaisir à flâner le long du boulevard — la dernière fois qu'elle était venue à Cork, Francey se trouvait à l'hôpital, et elle était furieuse contre Neeley. Elle appréciait enfin le joyeux vacarme de la ville : les cris des garçons de L'*Écho*, ceux des amateurs de vieux livres chaque fois qu'ils faisaient une trouvaille, la clameur stridente des sonnettes de bicyclettes entre les bus, les bruits des sabots des chevaux, les coups de Klaxon des quelques véhicules privés qui se frayaient un chemin au milieu des piétons indisciplinés. Après Béara et ses étranges silences, elle trouvait tout cela stimulant et regretta bientôt de n'avoir qu'une heure pour en profiter. Elle entra dans plusieurs boutiques et acheta un petit nécessaire de correspondance en cuir pour Kathleen ; le reste du temps, elle le passa chez Woolworth, où elle acheta des cadeaux pour les enfants, y compris un jeu de rails supplémentaires pour le train de Francey.

Quand elle revint chez Cash, Mary et Corinne l'attendaient impatiemment près de la caisse du côté des vêtements pour femme, avec, empilés à leurs pieds, toutes sortes de boîtes et de sacs.

— Te voilà enfin, dit Corinne, nous allions t'abandonner, voilà ce que nous allions faire, n'est-ce pas, Mary ?

Elle fit un clin d'œil à Mary, et Elizabeth s'émerveilla de voir à quel point sa mère s'animait lorsqu'elle faisait des achats.

— Tu as dit une heure, mère, fit-elle remarquer en plaisantant, avant de sortir son carnet de chèques de son sac à main. Alors, quels sont les dégâts ?

— Ils sont pour moi, dit Corinne.

— Mère ! s'exclama Elizabeth, horrifiée. Nous avons assez d'argent, je t'assure. Papa...

— N'en parlons plus, Beth, insista Corinne.

D'une main gantée, elle couvrit celle dans laquelle Elizabeth tenait son chéquier.

— Laisse-moi me rendre utile, ça me fait plaisir.

— Dans ce cas, merci, mère, murmura simplement Elizabeth.

Corinne, remarqua-t-elle, faisait mille efforts pour contenir ses larmes.

— De rien, fit celle-ci en lui lâchant la main, puis se baissant pour ramasser quelques sacs. Maintenant, allons mettre tout cela dans le taxi.

La présence de sa mère n'était pas un hasard. C'était sa façon à elle de réparer ses torts d'autrefois.

— Heureuse de ce que tu as eu, Mary ?

— Il y a trop de choses. Je ne pourrai jamais porter tout ça. Mais, elle a insisté, maman.

— Bien sûr qu'elle a insisté, et elle peut se le permettre, alors tu n'as pas à t'inquiéter pour cela.

Elles dirent au revoir à Corinne aussitôt que le taxi, qui les attendait dans une rue latérale, fut chargé, et prirent la direction de St. Brigid, l'école de Kathleen.

— J'espère que Kitty ne va pas s'inquiéter que nous soyons en retard, dit Mary en se tenant bien droite sur la banquette pour voir par-dessus l'épaule du chauffeur.

— Les religieuses savent que nous venons de loin, la rassura Elizabeth d'un ton apaisant. Ne t'inquiète pas.

Quand elles arrivèrent au pensionnat, on les conduisit jusqu'au salon où Elizabeth se souvenait d'avoir laissé Kathleen presque deux mois plus tôt ; il était encore plus propre et aseptisé que dans son souvenir ; à tel point, en fait, qu'elle osa à peine poser le nécessaire de bureau de Kathleen sur la petite table devant laquelle elle était assise.

Après quelques minutes, elle entendit frapper à la porte.

Mary se précipita, ouvrit la porte, mais son sourire se figea sur son visage. Elle tituba un peu en arrière, et Kathleen se jeta alors dans ses bras et fondit en larmes.

Mary réagit instinctivement et tapota sa sœur dans le dos comme elle le faisait pour calmer Abigail, avant de murmurer :

— Là, maintenant, du calme, qu'est-ce qui se passe ? Tout va bien, maintenant...

Elle ne réussit pourtant qu'à provoquer un nouvel accès de larmes, et jeta un regard perplexe à Elizabeth.

Pour se donner le temps d'évaluer la situation, Elizabeth passa derrière les deux filles et referma la porte. Elle était choquée, non tant à cause des larmes ni de la propension au mélodrame de Kathleen, qu'en raison de son apparence : elle avait perdu du poids, son visage était d'une pâleur maladive, et ses cheveux, bien que fraîchement lavés, avaient perdu leur lustre et tombaient sur son petit visage en longues mèches raides et ternes. Il était évident qu'elle n'était pas heureuse ici. Les lettres qu'elle écrivait chaque semaine (Elizabeth imaginait qu'elles étaient lues par les religieuses avant d'être postées) n'en avaient pourtant jamais fait état.

Et cependant, il n'y avait pas sept semaines qu'elle était là — il était sans doute trop tôt pour dire si elle allait ou non pouvoir s'adapter à l'atmosphère et au rythme de vie du pensionnat.

Elizabeth crut comprendre que Kathleen essayait de dire quelque chose à travers ses sanglots. Doucement, elle tenta de détacher ses bras du cou de Mary, mais Kathleen résista, s'accrochant à sa sœur comme un bébé animal s'accroche au ventre de sa mère. Finalement, elle cessa de pleurer et se laissa conduire, encadrée par Mary et Elizabeth, jusqu'au canapé qui se trouvait dans la pièce.

— Voilà, fit Elizabeth en lui tendant un mouchoir, mouche ton nez maintenant, chérie, et dis-nous ce qui ne va pas.

Après s'être mouchée plusieurs fois et avoir retrouvé son calme, Kathleen marmonna qu'elle allait mieux.

Elizabeth lui prit le mouchoir humide des mains et lui essuya le visage avec un second, tandis que Mary, assise de l'autre côté du canapé, lui tenait les deux mains dans les siennes.

— Qu'y a-t-il, chérie ? insista Elizabeth. Dis-nous tout, je t'en prie, dis-nous ce qui se passe. Nous sommes là pour t'aider...

— Je... je... commença Kathleen en hoquetant comme un bébé.

— Chut, fit Elizabeth en lui caressant tendrement les cheveux, prends ton temps.

Elle paraissait incapable d'exprimer ce qui la tourmentait. Toutes les fois où elle essayait, elle devait faire face à une nouvelle montée de larmes.

— Tu pourrais le dire à Mary ? Dois-je comprendre que tu ne veux pas me le dire à moi ? Veux-tu que je te laisse quelques minutes ?

Elizabeth commençait à s'inquiéter sérieusement pour Kathleen maintenant. Il y avait certainement autre chose que le simple fait de s'ennuyer de sa famille et de Lahersheen.

Le visage déformé par une grimace, la jeune fille fit un effort désespéré pour se contrôler.

— Tout... tout va bien, dit-elle.

Elle eut encore un petit hoquet, puis ajouta en regardant tour à tour Elizabeth et Mary :

— Je crois que je suis enceinte.

Toutes sortes d'émotions contradictoires se bousculèrent dans l'esprit d'Elizabeth en l'espace de deux secondes ; elle aurait voulu frapper Kathleen, la plaindre aussi, de tout son cœur, et en même temps s'en prendre violemment à George Gallaher.

Parce que c'était lui évidemment. Qui d'autre ?

Et pourtant, Hazel Slye l'avait assuré, dans les deux lettres qu'elle lui avait écrites après son voyage à Killarney, qu'après avoir surveillé Kathleen et George de très près, elle était absolument convaincue que rien ne s'était passé entre eux. A moins que les choses n'aient eu lieu avant cela...

— C'est George Gallaher, n'est-ce pas, Kathleen ? interrogea Elizabeth en s'efforçant de ne pas montrer la colère qu'elle ressentait.

Kathleen, incapable de parler, se contentait de la fixer de ses yeux rougis par les larmes.

— Très bien, très bien, fit Elizabeth en la prenant doucement par le cou, même si tu es enceinte, ce n'est pas la fin du monde. On n'en meurt pas, regarde-moi ! Pauvre petite chose, ajouta-t-elle en lui caressant la joue, par quoi es-tu passée...

Elle réfléchit intensément tout en berçant Kathleen dans ses bras. La jeune fille n'avait pas encore seize ans, et Elizabeth connaissait suffisamment la loi pour savoir que George Gallaher risquait plusieurs années de prison pour ce qu'il avait fait. Elle n'hésiterait d'ailleurs pas à aller jusqu'au bout afin qu'il ait la punition qu'il méritait.

En fait, si Kathleen n'avait pas été aussi bouleversée, elle aurait passé à la minute même un coup de téléphone au poste de police de Union Quay.

— Là, là, chut, dit-elle en essayant d'être aussi apaisante que possible.

En jetant un coup d'œil à Mary par-dessus l'épaule de Kathleen, Elizabeth s'aperçut qu'elle était presque aussi bouleversée que sa sœur. Et, comme toujours quand les choses n'allaient pas, elle décida de faire confiance à son instinct pour agir.

— Kathleen, Kathleen, dit-elle dans l'oreille de la jeune fille, écoute-moi, chérie. Écoute, j'ai une idée, d'accord ?

C'était faux, mais elle espéra que les mots appropriés lui viendraient aussitôt qu'elle aurait réussi à calmer Kathleen assez longtemps pour qu'elle l'écoute.

— Kitty, *Kitty !* insista-t-elle en élevant la voix cette fois, espérant que le surnom détesté agirait comme un détonateur.

Elle avait vu juste.

— Ne m'appelle pas Ki... se défendit automatiquement Kathleen en tournant la tête, avant de s'excuser : ... Désolée, marmonna-t-elle.

— J'ai une idée, enchaîna rapidement Elizabeth en la prenant fermement par les poignets. Est-ce que tu ne veux pas l'entendre ? Il faut que tu te ressaisisses, Kathleen. Fais un effort.

— Je veux mourir !

— Bien sûr que tu veux mourir, mais essaie d'abord de m'écouter. Si tu ne le fais pas, Mary et moi serons obligées de te laisser là et de rentrer à la maison. Tu n'es pas seule, Kathleen, il y a Francey et les filles.

— Je suis désolée, maman, vraiment désolée.

— Je sais que tu l'es. Mais il faut dépasser cela maintenant, et réfléchir à ce que nous allons faire.

— Quelle est ton idée ?

— La première chose est de s'assurer que tu es réellement enceinte.

— Je le suis, je *sais* que je le suis...

Elle était de nouveau au bord des larmes.

— D'accord, d'accord, concéda Elizabeth, mais il faut tout de même qu'un médecin le confirme. La deuxième chose, ajouta-t-elle rapidement pour couper court à toute protestation, c'est que tu rentres immédiatement avec moi et Mary à la maison. Aujourd'hui. Maintenant.

— Je *peux* vraiment ? Tu me ramènes *chez nous* ? demanda-t-elle d'un air incrédule.

— Pourquoi pas ?

Ce n'est qu'à cet instant qu'Elizabeth mesura toute la détresse de la jeune fille.

— Oh, Kitty, s'écria-t-elle, as-tu cru un seul instant que je t'avais abandonnée ? Tu as vraiment cru ça ?

Elle était effondrée de voir quelle sorte de mère elle était aux yeux de Kathleen.

Pour une fois, Kathleen ne réagit pas à son surnom.

— Je ne savais pas quoi penser, murmura-t-elle.

— Es-tu sûre que ce soit la meilleure chose à faire ? interrogea Mary, dont Elizabeth avait presque oublié la présence.

— Que veux-tu dire ?

Mary baissa la tête.

— La famille, tout ça...

— Tu veux dire la honte qui peut en rejaillir ? demanda Elizabeth, qui sentit qu'elle allait se remettre en colère.

Mary acquiesça misérablement.

— Écoute-moi bien, Mary Scollard, et toi aussi, Kathleen ! commença-t-elle. Cette grossesse — si, toutefois, elle existe vraiment — est malheureuse. Mais, c'est tout. C'est un *accident*, et c'est *malheureux*, mais on ne peut plus rien y changer maintenant. Est-ce que vous comprenez ce que je dis ? L'une comme l'autre ?

Les deux filles la regardaient attentivement maintenant. Du moins, songea Elizabeth, Kathleen avait cessé de pleurer.

— Kathleen, tu es encore une ravissante jeune fille, et nous t'aimons toujours. Cela, ça ne change pas simplement parce que tu es tombée sur un... un...

Elle ne parvenait pas à trouver un mot suffisamment fort pour qualifier George Gallaher.

— Et toi, Mary, ajouta-t-elle en se tournant vers celle-ci, tu es sa *sœur*. Ne l'oublie pas. Nous sommes une *famille !* Nous allons nous serrer les coudes, et faire face tous ensemble. Compris ?

Elle était furieuse contre George, mais sa colère allait bien au-delà ; quand elle s'était retrouvée dans la même situation elle-même, elle n'avait pas eu l'occasion d'exprimer son mépris à tous ceux qui le méritaient alors. Elle était si furieuse et d'une manière si complexe — furieuse contre elle-même, contre ses parents, contre George, Mossie Sheehan et toute la galerie — qu'elle n'arrivait plus à rester assise.

Elle se leva d'un bond.

— Que les mauvaises langues aillent se faire foutre !

— *Maman !*

Ni Kathleen ni Mary ne l'avaient jamais entendue jurer encore.

Tremblante, elle regarda leurs visages choqués et songea à Tilly, qui avait employé le même genre de vocabulaire quelque temps plus tôt.

— Qu'ils aillent tous se faire foutre ! répéta-t-elle d'un ton moins passionné. Tous ceux qui disent du mal des Scollard devront en répondre avec leurs poings. Compris, les filles ?

23

Elizabeth ne se départit pas de son humeur massacrante durant tout le temps que dura son entretien avec la mère supérieure de St. Brigid et son voyage de retour en taxi. Elle avait songé un instant à téléphoner à ses parents, mais y avait finalement renoncé. Chaque chose en son temps, avait-elle pensé d'un air lugubre.

Si le chauffeur, qui était de Urhan, fut surpris de voir qu'il y avait une troisième passagère au retour, il n'en dit rien. Tilly, cependant, ne manqua pas de manifester son étonnement.

— Kitty ! s'exclama-t-elle en se levant, stupéfaite, de sa chaise près du fourneau comme Kathleen entrait dans la cuisine à la suite de sa sœur et de sa belle-mère.

Pour toute réponse, Kathleen fila dans la chambre. Elle avait à peine ouvert la bouche de tout le trajet — comme Elizabeth et Mary d'ailleurs —, et, accusant le coup après tant d'émotions et d'inquiétudes, elle s'était finalement endormie vers Adrigole, ne se réveillant qu'une fois arrivée devant le portail de la ferme.

Elizabeth mit un doigt sur ses lèvres.

— Je te raconterai tout plus tard, murmura-t-elle à Tilly.

Puis, se tournant vers Mary :

— Tu as l'air fatiguée, chérie. Tu peux aller te coucher maintenant. Et profites-en pour faire la grasse matinée demain matin. Je m'occuperai de tout. Tout va s'arranger, tu verras, ajouta-t-elle en lui adressant un sourire d'encouragement.

— Où voulez-vous que je mette tout ça, m'dame ? demanda le chauffeur sur le pas de la porte, tenant à la main et dans les bras non seulement la valise de Kathleen, mais tous les paquets et les sacs de chez Woolworth et Cash.

Elizabeth lui fit signe de poser tout en vrac au milieu de la cuisine. Elle avait presque oublié les achats qu'elles avaient faits : les quelques heures idylliques qu'elle et Mary avaient passées ce jour-là dans les boutiques semblaient appartenir à un autre siècle. Pauvre Mary, songea-t-elle, pour une journée pleine de surprises, c'en était une ! Ce fut seulement à cet instant qu'elle se souvint du nécessaire de bureau de Kathleen ; aucun doute, il était resté sur la petite table du salon de St. Brigid.

Elle paya le taxi en lui donnant un pourboire généreux, et, après qu'il fut parti, pressa une nouvelle fois Mary d'aller se coucher.

— Très bien, maman, bonsoir. Bonsoir, madame Harrington.

Elle avait l'air si abattu qu'Elizabeth la prit dans ses bras.

— Allons, ne fais pas cette tête, tu verras les choses autrement demain, je te le promets, lui dit-elle d'un ton rassurant.

Sans même un regard pour les sacs et les paquets empilés au milieu de la pièce, Mary se dirigea vers la chambre en traînant les pieds.

— Enfin, que s'est-il passé ? demanda Tilly, qui n'avait pas bougé de sa place. Pourquoi Kathleen est-elle rentrée ?

— C'est une longue histoire, mais autant que tu sois la première à la connaître.

Elle prit une profonde inspiration. Elle pouvait se confier à Tilly. Elle savait que ce qu'elle lui avait demandé de supporter au cours des dernières années aurait mis à l'épreuve la fidélité d'un saint-bernard.

— Elle croit qu'elle est enceinte, dit-elle sans ambiguïté.

— Oh, non, Lizzie !

— J'ai bien peur que si. Je n'en suis pas sûre à cent pour cent — elle n'a vu aucun médecin encore —, mais elle n'est pas stupide.

— Qui ?

— Devine !

Tilly réfléchit un instant en la regardant droit dans les yeux, puis :

— Oh, Jésus-Marie-Joseph ! Que vas-tu faire d'elle ?

La question était insidieuse, Elizabeth en était consciente. Elle dévisagea Tilly attentivement : la réponse dépendait beaucoup de la réaction de son amie.

— Que veux-tu que je fasse ? interrogea-t-elle pour l'effet. Il y aura une bouche de plus à nourrir, j'imagine.

— Je... je vois. Oh, eh bien, Dieu est bon.

Avant de rentrer chez elle, Tilly accepta de conduire

Elizabeth et Kathleen chez le médecin de Castletown le lendemain matin pour avoir confirmation de la grossesse.

Elizabeth dormit très peu cette nuit-là. L'hésitation qu'avait marquée Tilly avait suffi à lui faire entrevoir quelles difficultés elle et les autres allaient devoir affronter en gardant Kathleen et le bébé à la maison.

Quand les enfants furent partis à l'école le lendemain matin, elle décida qu'elle n'avait guère qu'une solution : se préparer à faire face dignement, et vite. Il ne se passerait pas plus de quelques heures avant que tout le village ne soit au courant que Kathleen Scollard, l'actrice et l'étudiante, était, contre toute attente, de retour chez elle. De là à spéculer...

La visite au médecin de Castletownbere se déroula très bien. Kathleen, quoique pâle et apeurée, se montra docile et le médecin s'abstint de faire le moindre commentaire fâcheux sur ce nouveau malheur qui frappait les Scollard. Elizabeth le remercia et rejoignit Tilly qui les attendait dans la rue avec la carriole. Il tombait une pluie fine et régulière qui symbolisait à elle seule le mois de novembre, et Tilly, enfouie dans son ciré, s'était abritée sous le porche de la boutique MacCarthy.

Elizabeth lui demanda si cela l'ennuyait d'attendre quelques minutes de plus avec Kathleen.

— J'ai une toute petite affaire à régler, précisa-t-elle.

Tilly hocha la tête.

— Je dois aller chez Hanley, de toute façon, pour acheter quelques torchons, dit-elle. Viens avec moi, Kitty.

Elizabeth voulait voir le chanoine avant de repartir. Plutôt que de vivre, elle et Kathleen et toute la famille, dans la terreur de recevoir la visite inévitable de l'homme d'église lorsque celui-ci aurait appris la nouvelle de la grossesse de Kathleen, elle avait décidé au cours de la nuit de prendre l'initiative et d'aller le trouver la première. Pour calmer la nervosité qu'elle éprouvait en traversant le pont qui enjambait un petit bras de mer à l'extrémité est de la ville, elle puisa à nouveau dans ses réserves de colère, celle qu'elle ressentait en l'occurrence contre l'attitude si peu charitable de l'Église en matière de sexualité, attitude qui était responsable de son propre exil à Béara sept ans plus tôt.

Le presbytère était un bel édifice situé près du port. Elizabeth frappa lourdement à la porte d'un air résolu : aucun des enfants dont elle avait la charge ne connaîtrait le destin qui avait été le sien.

Cinq minutes plus tard, elle attendait toujours le prêtre,

mais cette fois dans le salon du presbytère ; trop tendue pour s'asseoir, tandis que les secondes tictaquaient à l'horloge qui se trouvait dans la pièce, elle se mit à faire les cent pas devant la cheminée vide en évitant de regarder l'image du Sacré Cœur qui se trouvait juste au-dessus.

Elle était dans un tel état de fureur contenue que, lorsqu'elle entendit jouer la poignée de porte derrière elle, le chanoine lui eût-il adressé un sourire à cet instant, elle lui aurait probablement craché au visage.

Il ne souriait pas, cependant, pas plus qu'il n'entra tout à fait dans la pièce, tenant la poignée de porte dans une main comme s'il ne faisait que passer et qu'il était seulement venu jeter un coup d'œil.

— Je suis très occupé pour le moment, madame Scollard, dit-il d'un ton sévère. En quoi puis-je vous aider ?

La brusquerie du prêtre servit le but qu'elle s'était fixé et renforça sa détermination.

— Je ne suis pas sûre que vous pouvez m'aider, mon père, dit-elle. Il y a quelque chose, cependant, dont j'aimerais vous parler.

— Oui ?

Il ne lâchait toujours pas la poignée de porte.

— Avez-vous une minute ? demanda-t-elle d'un ton qui disait bien ce qu'il voulait dire. Ça ne prendra pas longtemps.

Il soupira et entra finalement dans le salon. Il ne referma pas la porte et resta debout.

— Qu'y a-t-il ? demanda-t-il en faisant sauter des clés ou des pièces dans la poche de sa soutane.

Elizabeth lui faisait face depuis l'autre bout de la longue table qui occupait presque tout l'espace de la pièce. Elle avait décidé de ne pas user d'euphémismes du genre « être dans l'ennui » pour décrire la situation, lesquels euphémismes auraient pu donner un avantage psychologique au prêtre, « dans l'ennui » impliquant que l'on attendait de « l'aide » ou une « solution ».

— Il s'agit de la sœur puînée de Mary, Kathleen, dit-elle. Elle est enceinte.

Le chanoine la regarda un long moment sans rien dire, puis :

— Pourquoi me dites-vous cela ? Est-ce mon aide que vous cherchez ?

— Non, mon père, mais je vous remercie de me la proposer, répondit-elle malicieusement, sachant parfaitement qu'il n'avait rien offert de la sorte.

— Dans ce cas, pourquoi êtes-vous ici ?

— Je suis venue vous voir, mon père, parce que je savais que lorsque vous apprendriez la nouvelle, vous souhaiteriez nous aider, dit-elle en soulignant ce dernier mot, et je voulais juste vous dire que nous étions capables de nous en sortir par nous-mêmes. Mais, merci, quoi qu'il en soit.

Ce n'était pas une façon de procéder très élégante, elle en était consciente, mais elle sut qu'elle avait marqué un point en voyant le prêtre froncer les sourcils et éviter son regard.

— Je vois, dit-il alors.

— Je voulais être la première à vous l'annoncer, précisa-t-elle à nouveau.

— Eh bien, merci pour cela, dit-il sèchement.

C'était peut-être un homme influent, songea-t-elle, mais il était loin d'être idiot.

— Je ne veux pas abuser plus longtemps de votre temps, conclut-elle. (Puis, dans le même élan :) Merci beaucoup, une fois encore.

Sans attendre d'être congédiée, elle fit le tour de la table, quitta la pièce et sortit par où elle était entrée.

Se souvenant de la façon dont elle avait été harcelée par le prêtre auquel ses parents avaient fait appel autrefois, elle savoura avec malice sa victoire tandis qu'elle rejoignait Tilly et Kathleen. Ce sentiment fut pourtant de courte durée et disparut complètement lorsqu'elle aperçut le visage lugubre de Kathleen assise dans la carriole, s'abritant de la pluie sous son ciré. La victoire, si victoire il y avait eu, était provisoire. Elle avait peut-être gagné, ou encore évité, une bataille, mais la guerre des prochaines années s'annonçait difficile.

Plus tard dans la journée, elle se rendit compte qu'elle ne pourrait compter éternellement sur les Harrington pour la question du transport. L'acquisition d'un attelage pour leurs propres besoins constituerait une distraction pour toute la famille et ferait oublier un moment la terrible situation traversée par Kathleen. En prenant le thé ce soir-là, elle annonça qu'elle allait demander à Mick Harrington de lui trouver un bon cheval et une carriole.

La nouvelle provoqua une vive excitation autour de la table. Même Kathleen, qui avait à peine prononcé une phrase depuis son retour, leva des yeux intéressés de son assiette à laquelle elle n'avait pas touché.

— Pourquoi ne pas demander également à Mossie Sheehan ? demanda Margaret quand le calme fut revenu.

Elizabeth lui jeta un regard perplexe.

— Pourquoi veux-tu que nous fassions cela ?

— Ce n'est qu'une suggestion, maman, fit Margaret, visiblement vexée.

— Très bien, peut-être que je lui demanderai à lui aussi, dit Elizabeth d'un ton faussement désinvolte.

Puis, versant du lait dans le bol d'Abigail :

— Est-ce que tu as parlé à Mossie ?

— Évidemment, je le rencontre tout le temps, répondit Margaret, bien sûr que je lui parle. Ce serait grossier de ne pas le faire. Et puis, je l'aime bien, ajouta-t-elle. Il est gentil.

— Est-ce qu'il t'a parlé de quelque chose ?

Elizabeth vit Kathleen relever la tête à cet instant.

— De quoi m'aurait-il parlé ? On se dit bonjour, c'est tout ! Alors, puis-je lui demander la prochaine fois que je le verrai ?

— Lui demander quoi ?

Elizabeth avait déjà oublié comment elles en étaient venues à parler de Mossie.

— *Maman !* Pour le *cheval !*

— Très bien, dit-elle à contrecœur.

Puis, tandis que les conversations reprenaient autour de la table, elle se dit qu'elle ferait mieux de veiller à ce que Mick Harrington leur trouve un cheval et une voiture au plus vite maintenant.

Le lendemain après-midi, elle s'occupait avec Mary du barattage à l'intérieur de la remise lorsqu'elle entendit la voix de Mossie qui l'appelait à la porte de la cuisine. Sachant que Kathleen ne répondrait pas — elle ne quittait presque pas sa chambre et Elizabeth jugeait plus sage de la laisser seule pour le moment —, elle sortit dans la cour.

— Oui, Mossie ? cria-t-elle.

— Je crois que vous êtes intéressée par un poney et une carriole, non ?

Il s'appuya contre le montant de la porte.

— Un cheval et une voiture, en fait...

Il était inutile de faire la distinction, mais elle était agacée que Mossie ait une fois de plus l'avantage.

— Est-ce que par hasard vous auriez ça à vendre ? demanda-t-elle froidement.

— Disons que je sais où l'avoir à un prix raisonnable.

— Merci, je vais y réfléchir. Maintenant, s'il n'y a rien d'autre ?

Elle se détourna à moitié.

— Dois-je vous amener le cheval demain matin ? Maggie a l'air de penser que vous êtes pressée.

Il continuait comme si de rien n'était.

— Merci, répondit Elizabeth, mais j'ai demandé à Mick Harrington de m'en trouver un. Si ça ne marche pas, je vous contacterai.

— Mais c'est Mick Harrington qui m'a recommandé celui-là, dit-il avant qu'elle puisse s'échapper.

Blême, elle sentit son irritation augmenter et, dans un effort pervers pour reprendre son sang-froid, elle mentit.

— Demain, ce n'est pas possible, dit-elle. Remettons cela à samedi. Nous prendrons la décision en famille.

Mossie se redressa et leva les yeux vers le ciel.

— On dirait qu'il va pleuvoir, hasarda-t-il. Alors, à samedi.

Quand elle revint dans la remise, elle se mit à remuer la crème dans la baratte avec une telle énergie que le beurre devint dur comme de la pierre en quelques minutes.

L'excitation dans la maison le samedi suivant était à son comble. Francey, en particulier, ne cessait d'aller et venir entre la cuisine, le portail et le champ pour être le premier à apercevoir Mossie.

En-dehors de deux vieilles bicyclettes et de l'âne que Neeley avait utilisé pour transporter les mottes de tourbe, les Scollard n'avaient jamais joui du privilège d'avoir leur propre moyen de transport, et en voyant l'enthousiasme des enfants — y compris la joie des deux plus grandes, Mary et Kathleen —, Elizabeth, dont le père avait été l'un des premiers à posséder une automobile à Cork, mesurait une fois de plus à quel point elle avait grandi dans un milieu différent. Elle avait toujours considéré comme un fait acquis la possibilité pour elle et sa mère de se déplacer où bon leur semblait ; son père les conduisait chaque fois que son travail lui en laissait le temps.

Enfin, elle entendit les cris de Francey et sortit. Il était perché dangereusement sur le toit de l'écurie et agitait un bras dans l'air. En bas, Johanna, qui l'imitait en tout, faisait de même.

— Descends de là immédiatement, Francey Scollard ! hurla Elizabeth. Tu vas te tuer...

Elle n'eut pas à répéter son ordre. Agile comme un jeune chimpanzé, Francey recula à quatre pattes sur le bord du toit, se suspendit par les mains, puis se laissa tomber par terre en souplesse, comme s'il faisait cela tous les jours. Il sauta ensuite par-dessus le muret de pierre et se mit à courir sur la route pour rejoindre Mossie et le nouveau cheval.

Averties par le vacarme, les filles se précipitèrent à leur tour dans la cour et se rassemblèrent autour du portail.

Elizabeth hésita à les rejoindre. Elle savait qu'elle n'avait aucune raison d'être furieuse contre Mossie Sheehan pour ce qu'il essayait de faire ; après tout, il lui rendait un service. Un service *de plus*, songea-t-elle sombrement, le haïssant pour cela. Elle était en outre contrariée par le fait qu'il semblait gagner, sans qu'elle puisse rien y faire, la sympathie des enfants.

De l'endroit où elle se tenait, elle aperçut le visage de Mossie par-dessus l'épais squelette hivernal des haies de fuchsias. Francey, les joues rouges, était assis à côté de lui dans la carriole. Comment Mossie Sheehan osait-il agir aussi familièrement avec son fils ? Elle en fut si contrariée qu'elle eut envie de tout annuler.

En y regardant bien, cependant, elle remarqua que toutes les filles n'étaient pas à côté du portail. Kathleen, l'air maussade, était cachée dans l'embrasure de la porte de la cuisine. Avec tout ce qui s'était passé dernièrement, Elizabeth en avait presque oublié que Kathleen était au courant de l'arrangement qu'elle avait passé avec Mossie.

Mais il était trop tard maintenant pour lui demander de ne pas en parler. Le cheval passait le portail.

Les filles reculèrent pour laisser entrer l'animal et ses passagers ; mais quand Mossie tira sur les rênes pour s'arrêter au milieu de la cour, elles se rassemblèrent de nouveau autour de lui pour lui caresser les naseaux ou lui tapoter les flancs. Le cheval, comme pour marquer sa satisfaction d'être là, secoua la tête et renâcla. Même Elizabeth, qui ne connaissait rien ou presque aux chevaux, dut reconnaître que c'était un bel animal. Un hongre noir comme un corbeau à l'exception d'une tache blanche sur le chanfrein et les canons ; son pelage d'hiver brillait sous le pâle soleil de novembre.

— Il s'appelle Snowball [1], cria Francey.

— Ça n'a aucun sens ! laissa échapper Elizabeth, qui s'efforçait de paraître le moins possible intéressée.

Mossie Sheehan éclata de rire.

— Non, dit-il en descendant de la carriole, je taquinais seulement le garçon.

— Bon, mais comment s'appelle-t-il, alors ? demanda Francey, décontenancé, avant de sauter de la carriole à son tour et de venir se planter devant Mossie, les mains sur les hanches, le regard fixe.

1. Boule de neige. *(N.d.T.)*

— Il s'appelle Éclair, répondit Mossie en lui ébouriffant les cheveux.

La familiarité du geste agaça Elizabeth.

— J'aurai besoin d'avoir un autre avis sur ce cheval, bien sûr, dit-elle froidement à Mossie.

— Bien entendu. Mais je peux vous garantir que, à ce prix, vous trouverez difficilement une aussi belle bête à Béara.

Il tapota l'encolure luisante du cheval.

— Il est un peu fougueux, mais il va s'adapter très vite.

— A qui appartient-il ?

— A moi, dit Mossie. Je l'ai acheté à un gitan avant-hier à Cahirciveen.

Elizabeth eut envie de crier. Puisant dans ce qu'il lui restait de patience, elle se tourna vers les filles qui continuaient de caresser d'un air enchanté les oreilles et le toupet du cheval.

— Est-ce que l'une d'entre vous voudrait aller chercher Mick Harrington ? demanda-t-elle.

Aucune ne se porta volontaire.

— Toi, Margaret ! Est-ce que tu m'entends ? reprit-elle d'un ton brusque.

— C'est pas juste, geignit Margaret, mais le regard qu'elle lui jeta à cet instant coupa court à toutes ses protestations, et elle s'exécuta promptement.

— Est-ce qu'on peut aller faire une balade ? demanda Francey.

— Oh oui, s'il te plaît, s'il te plaît ! supplia Johanna.

— Est-ce qu'on peut, Mossie ? répéta Francey en le tirant par la manche.

— C'est à vot' maman de décider.

— Non, trancha Elizabeth.

Puis, changeant de ton, elle ajouta :

— Ce cheval ne nous appartient pas encore, et nous ne savons même pas si nous avons les moyens de nous l'offrir. Les prix de M. Sheehan sont généralement élevés.

Elle ne regarda pas Mossie en disant cela, mais fit le tour de la carriole, remarquant qu'elle venait d'être repeinte, en noir, comme le cheval, à l'exception des roues et des brancards, peints en rouge vif.

— Je lui ai donné un petit coup de peinture hier soir, dit Mossie, anticipant un commentaire. Faites attention à votre robe, Lizzie, la peinture n'est peut-être pas sèche partout.

Elle ignora ses avertissements et continua ce qui, elle l'espérait, avait l'air d'une inspection en règle. Elle n'avait cependant aucune idée de ce qu'il fallait regarder, et, pour faire quelque chose malgré tout, elle donna un petit coup de pied dans l'une des roues, se souvenant d'avoir vu son père faire la même chose avec les pneus de son automobile.

— Oh, la roue est bonne, dit Mossie.

Elle sentit une telle ironie dans sa voix qu'elle aurait bien aimé l'envoyer immédiatement au diable, lui et son cheval. Mais, maintenant que Margaret était partie chercher Mick Harrington, elle devait au moins attendre qu'il se soit prononcé pour faire cela.

— Appelle-moi quand M. Harrington sera là, dit-elle à Mary. Je dois vérifier quelque chose dans le four.

Sans un regard pour Mossie, elle traversa la cour et retourna dans la cuisine. Elle se figea sur le seuil. Kathleen était assise à table, la tête enfouie dans ses bras croisés.

— Est-ce que tu veux le voir, Kathleen ? demanda Elizabeth en s'approchant d'elle et en posant une main sur son épaule.

— Quoi ?

Kathleen leva les yeux. Elle avait l'air si vulnérable que la colère qu'éprouvait Elizabeth contre Mossie Sheehan s'adoucit brusquement.

— Le nouveau cheval, bien sûr, dit-elle.

— Je me fiche de ce que ce type peut bien ramener ici.

— Il faut que nous parlions toi et moi, Kathleen, dit Elizabeth en s'asseyant à table à côté d'elle.

— Il n'y a rien à dire.

— Oh, tu te trompes. Tu as des ennuis — et, d'une certaine façon, j'en ai aussi. Nous pouvons nous entraider, tu comprends ?

De nouveau, Elizabeth laissait son instinct lui inspirer ses paroles.

— Comment as-tu fait ? s'écria Kathleen en frappant sur la table avec ses deux poings.

— Fait quoi ? Tomber amoureuse... comme toi, Kathleen ?

— C'est...

— Différent ? ajouta rapidement Elizabeth. Qu'y a-t-il de différent ? Parce que je suis plus âgée, c'est ça ?

— Non...

— Eh bien, pourquoi, alors ?

— Tu déformes tout... comme toujours !

— Est-ce parce que je suis tombée amoureuse plusieurs fois ? C'est ça ?

— Et mon père dans tout ça, hein ? interrogea Kathleen en se couvrant le visage avec les mains.

De l'extérieur leur parvenaient les cris animés des filles, le claquement des sabots du cheval qui s'agitait dans la cour.

— Oh, Kathleen !

Elle se risqua à tendre le bras pour caresser la tête penchée de la jeune fille.

— Eh bien ? demanda Kathleen en écartant la tête dans un geste de rebuffade. Et mon père ? répéta-t-elle en sanglotant. Est-ce que tu l'as aimé ? Une seule minute ?

— Mon Dieu, dit tristement Elizabeth, je l'ai aimé autant que j'ai pu. Oui, autant que j'ai pu, Kathleen. Et j'ai toujours pensé que c'était un homme bon et un père fantastique pour vous toutes, tu dois me croire.

— Même s'il t'a... tes cheveux... ?

— Oui, répondit fermement Elizabeth.

Elle attira alors la tête de Kathleen contre son épaule et la laissa pleurer tout son soûl, avant de l'entendre marmonner quelque chose.

— Qu'y a-t-il, chérie ? demanda-t-elle en tendant l'oreille. Je ne t'ai pas entendue.

Elle crut cependant que Kathleen répétait indéfiniment « Je l'aimais, je l'aimais, je l'aimais. »

— Bien sûr que tu l'aimais, dit-elle d'un ton apaisant. Ton père était...

— *Non !*

Kathleen leva la tête.

— *George !* Je l'aime... j'aime George.

De nouveau, elle enfouit son visage dans le creux de l'épaule d'Elizabeth et fondit en larmes.

— Allons, chérie, dit-elle en la berçant, pauvre petite chose... Chut...

S'il lui avait été donné à cet instant de pouvoir faire souffrir le martyre à George Gallaher et le précipiter en enfer où il n'est nulle rédemption, elle l'aurait fait sans la moindre hésitation.

Margaret apparut alors dans la cuisine.

— M. Harrington est là, annonça-t-elle, essoufflée.

Puis, voyant la détresse de sa sœur :

— Oh...

— J'arrive dans une minute, dit Elizabeth.

A cet instant, Kathleen se leva d'un bond et courut se réfugier dans la chambre.

— Qu'est-ce qu'elle a ? demanda Margaret d'un air inquiet.

— Elle est un peu perturbée pour le moment, répondit Elizabeth.

Margaret était au courant de la grossesse de Kathleen, Mary lui ayant confié la chose.

Dehors, Mick Harrington, sous les regards attentifs et fascinés des plus jeunes, examinait le cheval et la carriole. L'animal était agité, secouait la tête et tirait sur la bride en donnant des coups de patte sur le sol. Il coucha ses oreilles et roula des yeux quand Mick lui écarta les lèvres pour examiner sa bouche, mais se laissa faire.

Mick fit ensuite glisser ses mains le long du garrot de l'animal, puis s'écarta pour évaluer du regard sa conformation.

— Ce cheval m'a l'air en bonne forme, dit-il finalement à Mossie.

Puis, se tournant vers Elizabeth :

— Tu pourrais trouver pire, Lizzie.

Elizabeth sentit presque le frisson qui parcourut les enfants à l'annonce du verdict, et elle sut alors qu'elle n'avait guère le choix. Après tout, c'était elle qui avait mis toute cette affaire en route, impossible de faire marche arrière.

— Combien ? demanda-t-elle à Mossie.

— Nous n'allons pas nous brouiller pour un prix, dit-il d'un air désinvolte.

— Veux-tu te charger de la négociation pour moi, Mick ? demanda-t-elle au mari de Tilly.

En laissant planer un sous-entendu de la sorte à savoir que Mossie pouvait l'escroquer si on lui en donnait la chance, et à en juger par l'expression qu'elle vit sur le visage de celui-ci elle marquait un point. Enfin, pour ajouter à l'insulte, elle dit à Mick dans un sourire :

— Je te fais confiance, donne-lui le prix que tu penses juste.

Mick la regarda, puis tourna les yeux vers Mossie, d'un air incertain.

— Bon, très bien, dit-il, mal à l'aise.

— Merci, fit Elizabeth. Je suis dans la cuisine.

Et elle rentra à l'intérieur sans ajouter un mot.

Mossie n'avait pas menti quand il avait dit qu'Éclair, qui n'était âgé que de cinq ans, était « un peu fougueux ». Elizabeth le trouva très nerveux lorsqu'elle entreprit sa première sortie avec lui sur la route de Eyeries. Au début, elle craignit de le faire aller à une autre allure qu'au pas. La contrainte ne fut manifestement pas du goût de l'animal, qui rua nerveusement dans les brancards. Elle se prit un moment à regretter de n'avoir pas accepté la proposition de Mossie de les conduire pour cette première fois. Mais, après quelques minutes, le cheval commença à se détendre et Elizabeth finit par prendre plaisir à l'expérience, retournant leurs saluts aux voisins admiratifs et se délectant de la joie euphorique des enfants dans la carriole. Tout le monde avait abandonné la maison pour l'occasion, même Abigail, assise sur les genoux de Mary, les yeux écarquillés. La seule absente était Kathleen.

Le soleil, qui s'était montré par intermittence toute la journée, réapparut soudain entre deux nuages juste comme ils descendaient la colline au-dessus de Kilcatherine en direction du sud.

La lumière se répandit sur la mer, puis sur les terres au-delà de la baie de Coulagh, illuminant d'abord les maisons du village d'Eyeries, puis celles d'Urhan et de Caherkeem jusqu'à Gortahig et Cod's Head, rendant invisibles les volutes de fumée qui s'échappaient des cheminées.

Puis, d'autres nuages glissèrent dans le ciel et tout fut de nouveau normal.

— Est-ce que tu as vu cette lumière ?

Elle se tourna vers Margaret, qui était assise à côté d'elle à l'avant de la carriole.

— Quoi ?

Margaret avait l'air de chercher à comprendre.

— La façon dont le soleil... oh, peu importe.

Elle imagina qu'ayant vécu toute leur vie entourées de cette beauté phénoménale, elles étaient immunisées contre elle.

Ils abordaient un tournant en épingle à cheveux au-dessus du port de Ballycrovane lorsque Francey laissa échapper un cri.

— Voilà Danny McCarthy ! Ohé, Danny ! cria-t-il de toutes ses forces. Regarde... nous avons un nouveau cheval !

Elizabeth jeta un regard par-dessus son épaule. Daniel et un de ses frères récoltaient des algues avec une fourche sur la plage à marée basse. Elle le vit se redresser et tourner la tête dans leur direction, mais elle fut contrainte de se retourner elle aussi pour maintenir Éclair en ligne.

— Pourquoi est-ce que Danny McCarthy ne joue plus au football avec moi ? demanda Francey en la tirant par la manche. Il avait promis.

— Il est sans doute trop occupé, répondit Elizabeth en gardant les yeux fixés sur la route.

— Eh bien, je vais aller le voir et lui demander pourquoi !

— Écoute-moi bien, ne t'avise surtout pas d'aller le trouver pour lui demander une chose pareille. Si Daniel veut venir jouer au football avec toi, il le fera. Tu m'entends ?

— Je voulais seulement lui demander, c'est tout, marmonna Francey, à voix suffisamment basse pour ne pas risquer d'autres réprimandes.

Elizabeth ne s'étendit pas sur le sujet : le fait d'avoir vu Daniel la perturbait suffisamment sans qu'elle ait encore à parler de lui avec Francey.

Ils poursuivirent leur route pendant deux kilomètres encore jusqu'aux faubourgs d'Eyeries, mais Elizabeth ne se sentit pas encore assez en confiance pour guider Éclair et la carriole à l'intérieur du village. Elle fit donc demi-tour devant le portail d'une ferme et laissa Mary prendre les rênes un moment. Quand ils reprirent la route en épingle qui surplombait le port de Ballycrovane, elle craignit de croiser Daniel une nouvelle fois, mais, à son grand soulagement, elle ne vit aucun signe ni de lui ni de son frère.

De retour à Lahersheen, ils réussirent finalement, non sans difficulté, à dételer Éclair. Puis, Elizabeth et Mary rentrèrent la carriole dans la remise pour la protéger des intempéries. En prévision de l'arrivée du cheval, ils avaient déjà installé un lit de paille dans la stalle qui se trouvait à côté de celle utilisée par Francey pour jouer avec son train. Tilly leur avait fourni un petit peu de foin et d'avoine, et c'était à Francey qu'avait incombé la tâche de nettoyer un vieux seau en fer pour donner à boire à Éclair. Comme s'il avait fait cela toute sa vie, le cheval entra dans son nouvel abri à la suite de Margaret et vida le seau d'eau en moins d'une minute.

Les Scollard passèrent le reste de la journée à faire mieux connaissance avec leur cheval, oubliant ainsi la routine habituelle du samedi. Même Elizabeth se trouva des excuses pour sortir dans la cour et, à chaque fois, jeter un coup d'œil dans l'écurie.

Elle essayait de rassembler tous les enfants pour le bain rituel du samedi soir lorsqu'elle s'aperçut une fois de plus que Kathleen manquait à l'appel. Elle se dirigea alors vers l'écurie.

Kathleen et Éclair étaient littéralement joue contre joue dans la stalle. La fille avait passé ses bras autour de son encolure et appuyait son visage contre le sien. C'était un moment si intense pour Kathleen qu'Elizabeth, qui par chance n'avait pas allumé la torche dans l'écurie, repartit à reculons vers la porte. Mais Kathleen entendit — ou sentit — un mouvement et se retourna.

— Ce n'est rien, Kathleen, dit-elle tranquillement. Tu viendras prendre ton bain quand tu seras prête.

Mais Kathleen s'avança vers elle.

— Maman, demanda-t-elle, quand vas-tu dire la vérité aux autres à propos de ce qui m'arrive ?

— Tu veux que je le fasse ? Tu es sûre que les plus jeunes ont besoin de le savoir ?

— Je veux en finir, qu'il n'y ait pas de secret, répondit-elle d'un ton obstiné.

— Je leur dirai demain après la messe.

— Il y a autre chose...

Derrière elle, Éclair baissa la tête, prit une bouchée de foin et la mâcha méthodiquement.

— ... et Mossie Sheehan ? poursuivit-elle. Qu'est-ce qui va arriver ?

— Rien avant plusieurs mois. S'il arrive quelque chose, ajouta-t-elle d'un air entendu. Ne t'inquiète pas pour cela, Kathleen, mais laisse-moi te rappeler que c'est une chose que tu ne devrais pas connaître. Tu n'aurais jamais dû...

— Ne recommence pas !

Elizabeth jugea qu'elle avait toutes les raisons de recommencer justement, mais préféra tenir sa langue.

— Très bien, dit-elle, je n'en parle plus.

— Et Danny McCarthy ? Que devient-il ?

Elizabeth crut détecter une petite lueur de malice dans le regard de Kathleen, et elle en fut presque heureuse, préférant finalement cette Kathleen-là à la Kathleen torturée des jours précédents.

— Tout cela, dit-elle fermement, ne te regarde absolument pas. Et je ne veux plus que tu m'en parles. Compris ? Maintenant, ne reste pas trop longtemps ici, il commence à faire froid, ajouta-t-elle avant de repartir superviser le bain.

En jetant un dernier coup d'œil dans l'écurie ce soir-là avant d'aller se coucher, sa torche à la main, elle s'aperçut qu'Éclair avait de nouveau de la compagnie. Cette fois, c'était Francey, qui s'était endormi sur la paille dans un coin de l'écurie ; une de ses mains, posée sur son ventre, tenait fermement serrés quelques brins de paille ; l'autre, à côté de lui, était ouverte et exposait la locomotive de son train.

Petit singe ! songea Elizabeth. Il ne pouvait être arrivé là sans être vu qu'après être descendu par la fenêtre de la chambre. Décidant finalement de le laisser dormir dans l'écurie, elle alla chercher une couverture dans sa propre chambre et revint l'en couvrir tendrement.

Au cours des semaines qui suivirent, la vie sembla reprendre enfin son cours normal. Les travaux agricoles étaient largement terminés pour l'année, et, au grand soulagement d'Elizabeth, Mossie se montrait moins souvent à la ferme. La perspective de son mariage avec lui se chargeait peu à peu d'irréalité ; elle commençait sérieusement à croire que, si elle cessait d'y penser, cela n'arriverait pas. Une ou deux fois, Tilly y avait fait allusion, mais, voyant qu'Elizabeth changeait immédiatement de sujet, elle n'avait pas insisté.

Bientôt, il fut temps de se plonger dans les préparatifs des fêtes de fin d'année. Elle était bien décidée à ce que ce Noël-là, le premier de la famille sans Neeley, soit aussi joyeux que la bienséance le permettait.

A la différence de la plupart des familles de Lahersheen, les Scollard n'engraissaient pas un cochon spécialement pour Noël, mais, cette année, ils avaient leurs oies. Ces monstres féroces et criards, qui étaient maintenant les monarques incontestés de la cour, s'étaient révélés comme étant le pire investissement qu'Elizabeth ait jamais fait, parce que personne à la maison, et surtout pas elle, n'avait le courage de toucher à une seule plume de ces volatiles. C'était un des problèmes qui lui faisaient regretter son défunt mari : Neeley n'avait jamais hésité à faire couler le sang, et depuis sa mort, les poules des Scollard — et maintenant les oies et les canards — étaient assurées de couler paisiblement de vieux jours. Aussi, en ce début du mois de décembre, les Scollard commandèrent non seulement le bacon et le jambon pour le réveillon, mais également une oie chez un voisin.

Ils attelèrent Éclair et se rendirent à Castletown pour la foire de Noël où ils achetèrent des raisins secs et autant de farine qu'ils purent en trouver. Elizabeth dépensa son argent sans compter. Elle acheta de nouveaux vêtements pour tout le monde — même pour Mary, qui n'avait pourtant pas encore eu le temps de mettre tout ce qu'on lui avait offert à Cork ; elle acheta également des casseroles, un nouveau jeu de personnages complet pour la crèche, des bougies, et, en réglant sa note à la boutique MacCarthy, elle reçut en retour la traditionnelle bouteille de whiskey offerte chaque année à la même époque. Elle donna enfin un shilling à chacun des enfants et les envoya tous avec Mary s'acheter ce qu'ils voulaient, tandis qu'elle en profitait pour leur acheter leurs cadeaux.

Épuisée, mais heureuse comme elle ne l'avait été depuis longtemps, elle chargea tous les paquets dans la carriole, fit monter les enfants et reprit le chemin de la ferme. Tandis qu'Éclair leur faisait gravir la colline qui se trouvait à la sortie de la ville, elle éprouva une sensation étrange, et pourtant familière, et se rendit compte brusquement que, inconsciemment, elle avait cherché Daniel dans la foule, et elle n'arrivait pas encore à savoir si le fait de ne pas l'avoir vu lui procurait de la déception ou lui était une source de soulagement. D'un côté, elle avait appris à jouir du calme relatif des dernières semaines, mais de l'autre, il lui avait manqué physiquement plus qu'elle n'en avait eu conscience en général.

Toutes les fois où elle se repassait les événements des sept derniers mois, elle en venait à dater invariablement tous ses malheurs non du jour où elle avait rencontré Daniel au sommet de Knockameala, mais du soir où avait eu lieu le bal donné par Jimmy Deeney. Si seulement elle avait écouté Tilly...

— Veux-tu conduire un peu ?

Elle tendit les rênes à Mary, dont c'était le tour d'être assise à côté d'elle à l'avant de la carriole. Elle portait des gants, mais ses mains étaient glacées ; pour les réchauffer, elle croisa les bras et les plaça sous ses aisselles.

Bien qu'il fût à peine plus de quatre heures de l'après-midi, il faisait déjà presque nuit.

— Est-ce que ça va, tout le monde ? demanda-t-elle en tournant la tête et en vérifiant par elle-même à la faible lueur des deux lampes de chaque côté de la carriole.

Abigail s'était déjà endormie au milieu des paquets au fond de la voiture. Francey et Johanna étaient blottis l'un contre l'autre sous une couverture, et Goretti et Margaret sous une seconde. Tous ces enfants, songea Elizabeth, tous ces êtres humains qui dépendaient d'elle et lui faisaient confiance...

Elle se retourna et, avant d'être submergée par cette pensée, se raccrocha à l'idée qu'il fallait qu'elle profite autant que possible de cette période de calme domestique, ne sachant pas ce que la vie lui réserverait quatre ou cinq mois plus tard, avec la naissance du bébé de Kathleen et l'annonce de ses fiançailles avec Mossie Sheehan.

Pauvre Kathleen, songea-t-elle. Quoique sa grossesse ne fût pas encore vraiment visible, elle se croyait déjà énorme et s'aventurait rarement au-delà du portail de la ferme. Elle avait même fini par renoncer à aller à la messe le dimanche.

Les enfants avaient pris la nouvelle sans paraître le moins du monde affectés. Les plus jeunes n'éprouvaient aucune honte et Margaret s'était mise à harceler Kathleen pour qu'elle mange correctement.

Le matin de la veille de Noël, Elizabeth les réveilla très tôt pour les derniers préparatifs.

— Et qui viendra y redire quoi que ce soit ? répliqua-t-elle quand Mary, la voyant se diriger vers la porte pour sortir couper du houx, demanda tristement s'il était bien convenable de mettre des décorations partout.

Elizabeth adorait couper du houx ; il y en avait à profusion à Lahersheen, au point que l'endroit aurait pu devenir la capitale mondiale du houx, songea-t-elle comme, les joues rougies par le froid, elle venait de trouver un merveilleux spécimen de buisson à moins de deux cents mètres de la maison.

— Francey ? Johanna ?

Elle revint les bras chargés de petites branches vertes et luisantes, donna aux deux enfants du papier crépon et des ciseaux et leur montra comment fabriquer des guirlandes. Mary et Margaret, de leur côté, devaient éplucher des pommes de terre pour le repas du soir, tandis qu'elle-même et Kathleen s'occupaient des autres légumes.

La maison ressembla à une ruche toute la journée. Même Abigail eut quelque chose à faire puisque Elizabeth décréta — plutôt que d'attendre, comme c'était l'usage, le matin de Noël — que Jésus naîtrait dans sa crèche aussitôt qu'il ferait nuit ; si bien qu'à quatre heures, sous les encouragements bruyants de son frère aîné et de ses sœurs, la petite fille porta dans sa petite main potelée la figurine en plâtre de Jésus jusqu'à son berceau en bois, où elle arriva sans accident.

Il n'y avait eu aucune carte de Noël au courrier ce matin-là, et lorsque le facteur arriva pour la dernière distribution, au lieu d'ouvrir les enveloppes qu'il lui remit, Elizabeth les glissa dans la poche de son tablier et les oublia aussitôt.

A huit heures ce soir-là, la cuisine était pleine de vapeur due à la cuisson des gâteaux, les guirlandes de papier étaient en place, ainsi que le houx, derrière chaque image sur le vaisselier, et la crèche, à laquelle ne manquait même pas, au-dessus du toit, l'étoile argentée accrochée à l'extrémité d'un bout de fil de fer, reposait sur une petite table dans un coin de la pièce.

Les souliers avaient été placés devant la cheminée et l'oie, recouverte d'un petit morceau de mousseline, trônait au milieu de la table, prête à rôtir.

La dernière tâche de la journée échut de nouveau à Abigail. Aidée par Elizabeth qui tenait sa petite main, elle alluma les bougies de Noël enfoncées dans des bols remplis de terre sur le rebord de chaque fenêtre.

Ce fut seulement lorsqu'ils furent tous couchés après avoir pris leur bain qu'Elizabeth se souvint brusquement des lettres dans sa poche. Il lui restait encore les souliers à remplir, mais elle décida de s'accorder une pause. Elle se servit un verre de sherry, s'installa à table et rapprocha la lampe pour lire. Il y avait cinq enveloppes en tout ; l'une provenait manifestement de la banque, une autre était une facture. Elle mit ces deux-là de côté pour après les fêtes et ouvrit la lettre d'Ida en premier. La grande nouvelle, c'était que son amie était enceinte. Page après page, elle décrivait de sa large écriture flamboyante la joie et l'inquiétude qu'elle avait éprouvées, ses symptômes physiques, la réaction de son mari et celle de sa famille. Elizabeth était ravie : Ida n'avait jamais été du genre à se lamenter sur elle-même, mais elle désirait vraiment ce bébé depuis quelque temps.

La seconde enveloppe contenait deux lettres, l'une de sa mère, avec un post-scriptum et un chèque de son père, l'autre de Maeve, la bonne, qui, depuis qu'Elizabeth s'était installée à Béara, lui avait toujours écrit fidèlement le premier jour de chaque mois. La lettre de sa mère était bavarde et chaleureuse : elle faisait de sérieux efforts pour être amicale et maternelle. Bien sûr, songea tristement Elizabeth, Corinne n'était pas encore au courant pour Kathleen. Buvant une gorgée de sherry, elle examina le chèque : c'était une somme importante. Son père, se dit-elle tendrement, avait l'air de croire qu'elle vivait dans le plus complet dénuement, avec un nombre incroyable d'enfants à sa charge. Elle se promit que la prochaine fois qu'il lui rendrait visite, elle l'emmènerait faire le tour des autres cottages de Lahersheen et lui montrerait ceux où vivaient quinze, dix-huit et même vingt enfants.

Ne reconnaissant pas immédiatement l'écriture, elle avait laissé la troisième lettre de côté. En l'ouvrant, elle vit qu'elle contenait également de l'argent, deux billets de cinq livres.

Le dos de l'enveloppe mentionnait seulement « Londres », et la lettre, en fait un simple mot, était de George Gallaher :

Ma chère Elizabeth,
J'espère que tu vas bien. Reçois, ainsi que ta famille, tous mes vœux de Noël, et accepte cette petite offrande pour Francey.
Fidèlement,
George.

Sans même prendre le temps d'y réfléchir, elle se leva, se précipita vers le fourneau et y jeta en même temps le mot, les billets et l'enveloppe. Le cœur battant, elle regarda les flammes lécher, puis dévorer les billets de banque. Ce n'est que maintenant qu'elle comprenait vraiment comment elle aurait toujours dû traiter Gallaher. Découvrant qu'il était beaucoup plus facile d'agir avec détermination au nom de Kathleen qu'autrefois en son nom propre, elle décida que la première chose à faire pour la nouvelle année, après avoir mis ses parents au courant pour Kathleen, serait de demander à son père de retrouver la trace de George afin qu'il comprenne une fois pour toutes quelle perfidie était la sienne et qu'il en paie le prix. Elle finit son sherry cul sec. Oui, elle s'occuperait de cela en priorité la semaine suivante. En attendant, elle ne devait pas permettre à George Gallaher de détruire la magie qu'elle avait mis toute la journée à créer. Pour retrouver son calme, elle sortit prendre l'air dans la cour. Il ne faisait pas froid, et la nuit était si belle qu'elle décida de faire quelques pas en direction des collines.

La scène qu'elle avait sous les yeux aurait pu servir de modèle à un artiste pour une illustration intitulée « Noël à Béara ». Debout sur une petite butte herbeuse, elle inspira profondément et inhala l'arôme piquant de la fumée de tourbe qui s'élevait en pâles colonnes de vapeur depuis une centaine de cheminées alentour. Entre Lahersheen et l'autre côté de la baie, la mer miroitait faiblement, et les fenêtres de chaque maison à des kilomètres à la ronde étaient éclairées par des bougies, des centaines de points dorés qui formaient comme l'image inversée de la voûte étoilée. Quelques minutes de ce spectacle suffirent à faire disparaître tout souci de son esprit.

Quoiqu'il fût à plus de cinquante mètres de l'endroit où elle se trouvait, elle pouvait entendre Éclair traîner des sabots dans sa stalle, et, pour revenir à la réalité, elle décida d'aller vérifier que Francey n'était pas retourné dormir avec lui, une habitude qu'il se permettait un peu trop souvent. Le cheval hennit en la sentant approcher de sa stalle. Elle alluma la torche à l'intérieur, murmura un « Joyeux Noël, cheval » en regardant la bête dans les yeux, puis, se sentant un peu stupide, elle ressortit aussitôt de l'écurie.

De retour dans la cuisine, elle s'attela à la dernière tâche de la journée : poser à côté des souliers les sacs qu'elle avait soigneusement cachés dans le grenier au-dessus de la cuisine. Elle était occupée à les mettre en place devant la cheminée lorsqu'elle crut entendre frapper à la porte. Elle arrêta ce qu'elle faisait et tendit l'oreille : oui, on frappait à nouveau. Elle se demanda si elle devait ouvrir ou non — il était tard, elle était fatiguée, et il faudrait qu'elle se lève très tôt le lendemain. Puis — c'était probablement Tilly —, elle alla ouvrir en soupirant.

Ce ne fut pas Tilly qu'elle aperçut derrière la porte, mais Daniel.

— Je ne savais pas si je devais venir, dit-il rapidement, mais je t'ai vue dehors dans le champ, et j'ai su que tu n'étais pas encore couchée...

— Entre, dit-elle d'une voix éteinte en tenant la porte ouverte.

Daniel était la dernière personne sur terre qu'elle s'attendait à voir. Elle se tourna vers lui après qu'il fut entré. Sans savoir pourquoi, elle le trouva plus grand que dans son souvenir.

— Tu m'as manqué, avoua-t-il.

A la clarté de la lampe, ses yeux marron s'allumaient de petites lueurs fauves.

— Je suis venu pour te donner ceci, ajouta-t-il en sortant un petit paquet d'une des poches de son manteau.

Elle le prit sans le regarder.

— Daniel, je ne t'attendais pas... je n'ai rien pour toi.

— Ouvre-le, s'il te plaît.

Elle défit l'emballage et découvrit une petite boîte de bijoutier, qu'elle ouvrit.

— Oh, mon Dieu !

La boîte contenait, dressée fièrement sur une garniture en satin blanc, une bague en or ornée de deux améthystes et d'un minuscule diamant. C'était une bague de fiançailles, et elle avait dû coûter à Daniel tout l'argent que lui avait rapporté son travail à Castleclough.

— J'aurais voulu une plus belle bague encore, marmonna-t-il. Veux-tu m'épouser ?

La succession d'émotions — le chagrin, le souvenir amoureux, l'horreur — qui se bousculèrent à cet instant dans l'esprit d'Elizabeth lui donna le vertige. La petite boîte ouverte dans sa main, elle cherchait désespérément comment gagner du temps.

— Buvons quelque chose... en l'honneur de cette soirée.

Mais il ne la laissa pas se défiler si facilement.

— Veux-tu m'épouser ? insista-t-il.

Elizabeth paniqua. N'ayant pas une seconde prévu cette situation, et n'ayant donc pas eu le temps de réfléchir à l'attitude à adopter, elle lui adressa un petit sourire hésitant, tandis que son esprit s'activait furieusement. Il ne lui rendit pas son sourire, et elle pouvait sentir la tension nerveuse qu'il éprouvait à cet instant ; il avait l'air d'un animal sauvage prêt à fondre sur sa proie.

— Que fais-tu de l'accord que j'ai passé avec Mossie ? murmura-t-elle, mais il l'interrompit brusquement.

— Je t'ai promis qu'il n'y aurait pas de violence, et j'ai tenu parole, mais si tu acceptes de m'épouser, je m'occuperai de Mossie Breac. Tu n'as qu'à me le laisser.

Elizabeth se sentit acculée au pied du mur. Elle leva les yeux vers Daniel ; il était si près d'elle qu'elle pouvait sentir sur ses vêtements et dans ses cheveux l'odeur de la tourbe qui imprégnait l'air dehors. L'attirance physique qu'elle éprouvait pour lui refit surface en elle — son cœur battait plus vite maintenant —, mais elle n'était pas assez puissante pour qu'elle se précipite brusquement dans ses bras. Comment lui signifier son refus sans blesser fatalement sa fierté ? Il s'était passé tellement de choses entre eux cette nuit-là à Killarney...

— C'est une bague magnifique, Daniel.

Sa voix tremblait tandis qu'elle regardait, fascinée, les petites pierres accrocher la lumière de la lampe à pétrole sur la cheminée. Puis, tournant de nouveau son regard vers lui :

— Puis-je avoir un peu de temps pour y réfléchir ?

— Pourquoi ? demanda-t-il, immobile.

— C'est que je ne m'attendais pas à cela, c'est une telle surprise...

— Après Killarney ?

— Après ce que je t'ai dit à propos de moi et de Mossie Breac.

Daniel inspira profondément et baissa les yeux vers la cheminée.

— Dis-moi seulement une chose. Est-ce que tu m'aimes ?

— Faut-il que tu le demandes ? s'écria Elizabeth, devinant immédiatement qu'elle n'aurait pas dû répondre cela.

Il choisit d'ignorer sa réponse et lui lança un regard pénétrant.

— A quoi est-ce qu'il faut que tu réfléchisses, dis-le-moi ? demanda-t-il doucement.

Elle recula devant la force de son regard.

— Ce... ce n'est pas aussi simple, dit-elle.

— Je crois que si, Elizabeth. Je crois que c'est très simple au contraire. Ou bien tu m'aimes et tu veux m'épouser, ou bien c'est non.

Elizabeth n'arrivait pas à se résoudre à lui dire qu'elle ne voulait pas l'épouser. Elle n'eut pas à le faire, il le devina à ses yeux et à la façon dont elle baissa honteusement la tête.

— Dans ce cas, dit-il d'une voix qu'elle ne se souvenait pas lui avoir entendu prendre, j'ai bien peur d'être obligé de te reprendre cette bague. J'ai besoin de cet argent... Je vais partir pour Butte, dans le Montana, aussitôt que possible.

— Oh, Daniel, non...

— Je suis désolé, Elizabeth. Je suis vraiment désolé. Je sais que je n'aurais pas dû venir ici ce soir.

Il s'efforça de faire bonne contenance, mais c'était comme si son visage était en papier et qu'il allait se déchirer s'il bougeait un seul muscle ; Elizabeth en ressentit plus de tristesse que s'il s'était véritablement effondré devant elle. Elle ne trouvait cependant rien à dire dans les circonstances présentes, et, sans un mot, elle lui rendit la bague. Il referma la boîte et la rangea rapidement dans sa poche.

— Le papier...?

Stupidement, elle lui tendit le papier d'emballage déchiré. Il leva la main pour lui faire signe qu'il n'en avait pas besoin.

— Non, inutile, dit-il.

Il parut sur le point d'ajouter quelque chose, mais il tourna rapidement les talons et se dirigea vers la porte, cherchant à tâtons la poignée.

Elizabeth se précipita à côté de lui.

— Non... je t'en prie, ne pars pas comme ça.

Il eut un geste d'impuissance et de désespoir en cherchant à ouvrir la porte, tout en la regardant comme si elle était la source de tous ses ennuis.

— Daniel ?

Elle posa une main sur son bras.

— *Je t'en prie*, Elizabeth, dit-il, criant presque.

Elle recula d'un pas. Il ouvrit finalement la porte et sortit précipitamment.

Elizabeth referma derrière lui, appuya son front contre la porte glacée et attendit les larmes. Rien ne vint, et elle retourna vers la cheminée pour finir de placer en bon ordre les cadeaux. Soudain, la porte de la chambre des enfants s'ouvrit, et elle aperçut Francey en pyjama.

— J'ai cru que j'avais entendu le père Noël, dit-il en se frottant les yeux.

— Non, chéri, il n'est pas encore passé... et il ne passera pas tant que tu ne dormiras pas. Alors, retourne vite au lit.

Francey était trop jeune pour prêter attention à la fausse gaieté qu'il y avait dans la voix de sa mère.

— Bonne nuit, maman, dit-il d'une petite voix ensommeillée.

Il était si grand pour son âge qu'il n'eut aucune difficulté à passer ses bras autour du cou d'Elizabeth.

— Bonne nuit, chéri.

— Est-ce que tu pleures, maman ?

— Bien sûr que non, mon amour, répondit-elle en s'efforçant de rire, mais l'humeur n'y était pas. C'est toute cette vapeur dans la cuisine. Bonne nuit, maintenant. (Elle le prit à nouveau dans ses bras.) Et joyeux Noël !

24

Durant les jours qui suivirent Noël, Elizabeth se demanda fréquemment si elle n'avait pas laissé passer une chance de bonheur, mais elle finit pas se convaincre qu'elle avait pris la bonne décision et en éprouva bientôt un profond sentiment de soulagement.

D'abord, elle était soulagée de ne pas avoir à supporter la responsabilité d'imposer de nouveaux bouleversements dans cette famille ; plus profondément, elle avait la conviction que, pour désastreux qu'aient pu être les derniers moments, elle était finalement heureuse que sa relation avec Daniel soit parvenue à son terme. Mais, conséquence de cette découverte, son amour-propre tomba au plus bas ; elle se détestait pour ce qu'elle lui avait fait — par plus d'un côté, se disait-elle, elle avait agi comme George Gallaher l'avait fait avec elle. Elle avait si honte de tout cela qu'elle s'accablait régulièrement d'une avalanche de reproches. Les enfants ne manquèrent pas de remarquer son humeur inhabituelle, et l'atmosphère dans la maison devint bientôt sinistre.

Le temps n'aida pas à arranger les choses. Le mois de janvier à Béara était généralement le mois des forts coups de vent et des marées déchaînées, mais, comme pour s'accorder à son humeur maussade, ce mois de janvier-là fut le mois des pluies fines interminables et des ciels gris nuageux. Pendant une semaine entière, la brume océane envahit la région, à tel point que, de la porte de derrière, elle n'arrivait même pas à distinguer le portail, qui n'était pourtant qu'à une trentaine de mètres de là ; jour après jour, la grisaille tomba sur le paysage, étouffant les sons et les couleurs. Tous les enfants prirent froid et passèrent leurs soirées à tousser ou à renifler.

Le baromètre ne remonta qu'à la fin du mois, le jour de la

sainte Brigid, où le soleil refit son apparition. Sortant, ce matin-là, pour donner du grain aux poules, Elizabeth eut l'impression d'être une taupe émergeant des profondeurs souterraines. Elle s'étira au soleil, s'occupa comme chaque jour de la volaille, puis retourna dans la cuisine, ouvrit toutes les fenêtres et passa le reste de la matinée à nettoyer la maison de fond en comble.

Le beau temps dura quinze jours, et Elizabeth finit par surmonter sa tristesse. Elle en vint peu à peu à admettre que les souvenirs qu'elle conservait de Daniel étaient dans l'ensemble beaucoup plus agréables que douloureux, et que vouloir qu'il en soit autrement revenait à faire preuve de masochisme. Elle était même capable maintenant d'en discuter avec Tilly.

Elle se trouvait ce jour-là dans la cuisine de Tilly et s'indignait en entendant son amie défendre l'idée que sa relation avec Daniel Carrig avait été une simple réaction au fait qu'elle n'était pas heureuse avec son mari, et que les choses n'auraient pas duré aussi longtemps si les circonstances exceptionnelles de la mort de Neeley n'avaient pas joué.

— Tu crois que je suis un monstre alors ? s'exclama Elizabeth, prête à s'accabler de nouveau de tous les maux du monde.

— Oui et non.

Tilly, occupée à tricoter, restait très calme. Elle portait depuis peu des petites lunettes et regarda Elizabeth d'un air désabusé.

— C'est à Tilly que tu t'adresses, ma fille, ajouta-t-elle. Nous avons déjà eu cette conversation plusieurs fois, tu t'en souviens ? Tu sais donc ce que je pense.

— Dis-le... Dis-le, Tilly ! Pour une fois, prononce le mot « sexe » !

Exaspérée, Tilly se mit à compter nerveusement les mailles d'une de ses aiguilles.

— Pourquoi es-tu aussi furieuse ? demanda-t-elle quand elle eut fini.

— Je ne suis pas furieuse.

— Tu sais ce que je pense, Lizzie Scollard ? poursuivit Tilly avec un petit sourire. Je pense qu'au plus profond de toi, tu es prude.

— Quoi ?

D'abord déroutée, Elizabeth se sentit ensuite outragée.

— Comment oses-tu ?

— Oui, insista Tilly, imperturbable. Je crois que tu as peur d'être honnête avec toi-même. Je l'ai déjà dit : je pense que, comme beaucoup d'autres femmes, quand ton corps réclame violemment quelque chose qui lui est naturel, tu te caches cette réalité, tu la déguises, et finalement, tu te fais l'impression d'être le diable en personne.

Elizabeth commença par grogner, puis se sentit embarrassée que Tilly la connaisse si bien.

Au milieu du bavardage général ce soir-là à l'heure du thé, Elizabeth apprit par Margaret que Danny McCarthy était parti la veille pour Butte, dans le Montana. Faisant un effort sur elle-même pour ne pas réagir immédiatement, Elizabeth attendit que les enfants soient tous occupés à faire leurs leçons. Elle alla alors dans sa chambre et se regarda dans son miroir, fixant son propre visage pour voir à quoi ressemblait une réaction *vraie*.

La vérité s'avéra plus complexe qu'elle ne croyait. Elle était triste qu'il soit parti sans lui dire au revoir, et bouleversée quand elle songeait à quel point elle l'avait blessé ; et, si elle voulait être tout à fait honnête avec elle-même, elle devait également admettre qu'il lui manquerait parce que, maintenant, elle n'avait plus d'amant.

Puis elle se souvint de ce que lui avait dit Alison Charlton Leahy, à savoir que tout finirait par s'arranger une fois surmontés les obstacles et acceptés les retards. Mais, si Daniel n'était pas l'homme destiné à devenir son troisième mari, qui était-ce ?

Deux jours plus tard, Mossie Sheehan vint lui rendre visite.

— Excusez-moi, dit-il poliment quand elle ouvrit la porte, je songeais à planter quelques *scilleáins*, et je me demandais si vous en vouliez pour la maison.

Il ouvrit le sac qu'il transportait pour lui montrer les graines de pommes de terre, prêtes à être semées.

Depuis quelque temps, en particulier depuis qu'elle s'était remise en question comme elle l'avait fait, Elizabeth avait beaucoup de mal à adopter la même attitude qu'autrefois avec Mossie. Au fil des jours, même si elle ne lui pardonnait pas ce qu'il avait fait, elle en vint à ne plus éprouver de haine pour lui ; ce n'était plus une bête qu'elle voyait lorsqu'il s'adressait à elle, mais un être humain ordinaire, avec ses imperfections.

— Bien sûr, Mossie, dit-elle avec indolence, merci.

Il releva les yeux de son sac, et elle fut surprise de voir l'expression perplexe de son visage. Elle se fit la réflexion que c'était probablement la première fois qu'elle lui parlait normalement, sans le traiter avec condescendance ni lui faire des reproches sur un ton méprisant.

— Voulez-vous entrer ? demanda-t-elle.

Il hésita.

— Vous en êtes sûre ?

— Oh, eh bien, si vous ne voulez pas...

— Je crois que nous ferions mieux d'oublier ça, dit-il tranquillement.

Elizabeth se sentit si vexée de voir l'accueil que son geste magnanime rencontrait qu'elle durcit le ton.

— J'aimerais vous parler, dit-elle.

— Oui ?

Il avait à nouveau ce regard prudent sur le visage.

— A propos de ce mariage, commença-t-elle, surveillant ses réactions, vous ne pensez pas sérieusement que nous devons aller jusqu'au bout ? Les choses sont très bien comme elles sont maintenant, non ?

— Un accord est un accord.

La carrure de Mossie parut plus large encore tandis que, résolument, il fermait le sac de graines en faisant un nœud.

— Oui, mais vous ne pouvez pas m'obliger à le respecter à la lettre. Il me suffirait d'aller en justice, je suis absolument certaine que je pourrais prouver que j'ai signé cet accord sous la contrainte.

Mossie tourna la tête vers le champ au pied de la colline. La journée était lumineuse, mais très froide. Il sortit une paire de mitaines en laine de sa poche, et les enfila lentement.

— Un accord est un accord, répéta-t-il. Il y a des témoins.

Elizabeth n'avait aucune intention de poursuivre cette discussion aujourd'hui ; il aurait suffi que Mossie accepte son invitation et entre chez elle pour qu'elle n'en parle même pas.

Elle croisa les bras sur sa poitrine.

— Oui, Mossie, reprit-elle obstinément, mais ne croyez-vous pas que vous allez être ridicule ? Tout le monde dans la région pensera que c'est une honte, et que vous ne faites ça que pour la terre.

— Je me fiche de ce que les gens peuvent dire, rétorqua-t-il, le visage imperturbable, et mes raisons m'appartiennent.

Elizabeth savait qu'il était inutile de poursuivre dans ce sens. Il faudrait, se dit-elle, qu'elle trouve quelque chose de mieux que la crainte de l'opprobre public, que Mossie n'éprouvait pas à l'évidence, si elle voulait le convaincre de renoncer.

Et les jours s'enchaînèrent, identiques les uns aux autres, sans événement majeur. Le seul nuage à l'horizon était la naissance imminente du bébé de Kathleen. Habituée au cours de sa scolarité aux récits d'accouchement à vous glacer le sang, la jeune fille était terrifiée par la douleur physique qui accompagne la naissance d'un enfant, et, bien qu'Elizabeth fit de son mieux pour apaiser ses craintes, à mesure que le moment se précisait inexorablement, Kathleen avait de plus en plus de difficultés à trouver le sommeil et se levait avant tout le monde le matin.

Les parents d'Elizabeth avaient pris la nouvelle de la grossesse de Kathleen beaucoup mieux qu'Elizabeth ne l'avait pensé. En lisant la première lettre de sa mère en réponse à cette nouvelle, elle songea d'un air sardonique que, quelques années plus tôt, elle n'aurait pas été mécontente elle-même de se voir manifester un peu de cette tolérance et de ce pardon chrétiens. Mieux vaut tard que jamais, se dit-elle cependant, comprenant que, en se montrant proches aujourd'hui, ses parents s'amendaient pour la façon dont ils s'étaient conduits avec elle.

St. John avait écrit deux fois en son nom à la dernière adresse connue de George Gallaher en Angleterre. Il s'efforçait actuellement de retrouver sa trace à la Société des Acteurs de Londres. Elizabeth avait donné des instructions simples à son père : si George Gallaher essayait par un moyen ou un autre d'entrer en contact avec elle ou n'importe lequel des enfants, elle le traînerait en justice en son nom et en celui de Kathleen pour qu'il reconnaisse sa paternité. Au début, elle avait voulu le poursuivre sans aucune réserve, mais, après y avoir longuement réfléchi, elle avait décidé qu'il valait peut-être bien qu'il ne montre plus jamais le bout de son nez.

Elle n'avait cependant encore rien dit à ses parents en ce qui concernait Mossie Sheehan. D'une certaine façon, elle espérait l'intervention d'une espèce de *deus ex machina* qui réglerait tout, mais elle savait la chose plus qu'improbable, et elle décida de prendre la situation en mains elle-même et de tenter une nouvelle fois de trouver une solution.

Un beau jour, elle alla trouver Mossie dans le champ où il plantait des pommes de terre.

— Est-ce que ça vous ennuierait d'emmener Éclair chez le forgeron à Eyeries pour le faire referrer ? demanda-t-elle en adoptant le ton le plus conciliant possible tout en lui tendant une tasse de thé qu'elle avait apportée.

Il but son thé d'une seule traite.

— Merci, dit-il, en lui redonnant la tasse. Oui, je ferai ça.

Voyant qu'elle ne bougeait pas, il arqua un sourcil.

— Y a-t-il autre chose ?

— Vous le savez bien, Mossie.

Il resta silencieux.

— Pouvons-nous en parler... ne pouvez-vous un instant vous mettre à ma place ?

— Et vous, pouvez-vous vous mettre à la mienne ?

— Bien sûr, répondit-elle vivement. Vous avez déjà travaillé sans compter pour cette ferme, Mossie, et ne croyez pas que je n'apprécie pas ce que vous avez fait. Je veillerai à ce que vous en soyez honnêtement dédommagé...

Elle vit son visage s'assombrir.

— Ce n'est pas ce que je voulais dire, ajouta-t-elle.

Il lui tourna délibérément le dos pour se remettre au travail.

Mossie avait décidément le don de la mettre en colère, songea-t-elle, furieuse. Elle savait cependant qu'elle n'avait rien à gagner à l'affronter directement et elle fit un gros effort sur elle-même pour ravaler son dépit.

— Je suis désolée si je vous ai insulté, Mossie, dit-elle en s'adressant à son dos.

— N'en parlons plus, lança-t-il par-dessus son épaule, mais sans marquer la moindre pause dans ce qu'il faisait.

Une fois de plus, elle se retrouvait réduite au silence.

Il faudrait qu'elle prépare son plan avec plus de soin la prochaine fois.

Elle fit une nouvelle tentative quelques jours plus tard, quand Mossie ramena Éclair.

— Est-ce qu'on ne peut pas parler comme des adultes ? demanda-t-elle en l'aidant à dételer le cheval dans la cour.

— Je vous écoute, dit-il en débouclant une sangle, dissimulé par le flanc de l'animal.

— Non, c'est moi qui vous écoute, répliqua-t-elle, se sentant puérile.

— Vous connaissez ma position, dit-il. Elle n'a pas changé.

Il passa le licou à Éclair et le conduisit à l'écurie.

— Écoutez, Mossie, reprit-elle en le suivant. J'ai la loi et la morale de mon côté, vous le savez bien. Je pourrais vous traîner en justice, mais je ne tiens pas à en passer par tout ça. Est-ce qu'on ne peut pas trouver un arrangement ?

— Celui que nous avons passé me convient très bien, répondit-il en accrochant les rênes à leur place dans l'écurie.

400

Il était insupportablement calme. Elle ne savait pas si elle devait lui envoyer un bon coup de pied ou le supplier.

Il termina ce qu'il était en train de faire et se tourna vers elle.

— Elizabeth... commença-t-il, mais elle l'interrompit aussitôt.

— Ne prenez pas trop de liberté, Mossie. Je ne vous ai pas autorisé à m'appeler par mon prénom.

Puis, tandis qu'il la regardait fixement, elle comprit qu'elle avait réagi stupidement et perdu du terrain une fois de plus.

— Désolée, marmonna-t-elle.

— Inutile de se disputer, dit-il tranquillement.

— Très bien ! Quand voulez-vous me *contraindre* à devenir votre femme ? Mais, je vous préviens, tout le monde saura ce qui est arrivé et pourquoi.

— C'est un privilège que vous avez, mais n'oubliez pas que vous briseriez ainsi notre accord. De toute façon, vous savez que je me fiche de ce que les gens peuvent penser. Quant à savoir à quel moment, nous étions convenus d'une période de un an et une semaine après...

— Je sais de quoi nous étions convenus ! s'écria-t-elle. Arrêtez de me le rappeler.

— C'était votre idée, fit-il remarquer.

Elizabeth s'efforça de rester digne.

— Si vous ne me délivrez pas de mes engagements, dit-elle, si vous ne vous conduisez pas comme un gentleman, eh bien, dans ce cas, en ce qui me concerne, plus tôt nous en aurons fini, mieux ça vaudra.

Il la regarda fixement un long moment, et elle se sentit rougir en devinant ses pensées.

— Bien sûr, dit-il impitoyablement, lui prouvant du même coup qu'elle avait vu juste. Danny McCarthy ne fait plus partie du tableau, n'est-ce pas ?

— Êtes-vous obligé d'être aussi désagréable ?

Elle crut percevoir une lueur amusée dans ses yeux, tandis qu'il donnait une petite tape à Éclair pour lui dire au revoir.

— Vous me remercierez un jour, dit-il. Maintenant, si vous voulez bien m'excuser...

Imperturbable, il passa devant elle sans la regarder et sortit de l'écurie.

Elizabeth ramassa alors une poignée de foin et se mit à frotter le cheval si furieusement qu'il s'écarta en donnant une ruade.

Ce soir-là, ayant retrouvé son calme, Elizabeth décida de cesser d'aller à l'encontre du destin que les tarots lui avaient prédit. Si les cartes disaient vrai, l'avenir lui réserverait un mariage dont elle pouvait présumer qu'il serait heureux — elle était de plus en plus convaincue que Daniel n'aurait rien à y voir. En attendant, sa vie quotidienne ne changerait en rien de ce qu'elle était à présent. Elle continuerait de veiller sur la ferme et de couler des jours paisibles.

Le samedi suivant, elle profita d'une visite chez un voisin pour échanger quelques mots avec le vicaire, qu'elle appréciait en dépit de son état. Durant la messe, elle se répéta ce qu'elle allait lui dire ; elle en eut l'occasion au moment des rafraîchissements. Le vicaire, à qui l'on venait de tendre un verre, se trouvait seul dans un coin de la cuisine.

— Excusez-moi, mon père, puis-je vous parler en privé ?

— Bien entendu !

Le prêtre posa son verre et la suivit dans le salon où il venait de célébrer la messe.

Elle ne perdit pas de temps en préambules.

— Je me trouve dans une situation étrange, dit-elle. Comme vous le savez, je suis veuve depuis le mois de juin de l'année dernière, mais je voudrais me remarier et j'aimerais que les fiançailles soient annoncées. Je sais que je devrais attendre un an, mais il s'agit d'un mariage de commodité. Plus vite les choses seront réglées, mieux ce sera.

— Eh bien, vous le savez sans doute, rien dans la Bible ne mentionne une durée de veuvage précise à respecter, mais la coutume par ici veut que l'on attende pendant une période décente...

— Sans vouloir vous offenser, je ne me soucie pas de la coutume, mon père, l'interrompit-elle. Ce sera un mariage très simple... il n'y aura pas d'invités. En fait, mon père, j'apprécierais beaucoup que vous puissiez célébrer ce mariage pour nous très tôt le matin.

Il prit le temps de répondre. Elle savait exactement ce qu'il pensait.

— Je ne suis pas enceinte, si c'est ce que vous vous demandez, précisa-t-elle brutalement.

— Madame Scollard ! Je ne...

— Pardonnez-moi d'être aussi brusque, mon père, s'excusa-t-elle. Mais je pensais que c'était un point à éclaircir. Je ne vous reproche pas vos doutes, ils sont légitimes. Face à une telle requête, c'est ce que la plupart des gens d'ici penseraient.

— Eh bien, d'accord, dit-il d'une voix éteinte.

— Merci, mon père. Merci surtout de ne pas poser de questions.

Elle se tint éloignée de la chapelle durant les trois dimanches où les bans furent publiés. La première semaine, sachant bien qu'elle était de nouveau la cible des commérages des uns et des autres dans la commune, elle sortit aussi peu que possible de la ferme.

Sachant également que les enfants l'apprendraient d'une manière ou d'une autre, à l'école ou ailleurs, elle leur expliqua qu'elle songeait à se remarier. Les réactions furent diverses. Les plus jeunes se montrèrent indifférents à la nouvelle, Margaret parut perplexe — « Mossie est gentil, mais est-ce que nous ne sommes pas bien comme ça ? » —, et Mary se soumit simplement à sa décision. Kathleen, cependant, fut scandalisée. Elizabeth s'était préparée à sa réaction et lui fit remarquer en passant qu'elle n'était pas en position de porter un jugement.

Le mariage eut lieu à six heures un samedi matin de la deuxième semaine d'avril. Johnny Thade et Tilly avaient été choisis comme témoins, et les seules autres personnes en dehors du prêtre dans la chapelle étaient Mick Harrington et la tante de Mossie, Bel, qui avait l'air déconcertée. Tilly avait eu beau faire pression sur elle jusqu'à la fin, Elizabeth avait refusé fleurs et confettis, quoi que ce soit, en fait, qui eût pu donner un air de fête à la cérémonie. Elle avait délibérément choisi un samedi parce qu'elle n'avait pas à réveiller les enfants pour l'école. Et elle s'arrangea pour être rentrée à la ferme avant que l'on ait besoin d'elle, si bien que la première vision qu'eurent les enfants de la nouvelle Mme Mossie Sheehan fut lorsque celle-ci appela tout le monde pour le petit déjeuner.

Elle était parfaitement consciente, cependant, de la vitesse à laquelle la nouvelle allait se répandre dans la commune, et afin d'être la première à l'annoncer aux enfants, elle resta à la maison à s'occuper de choses et d'autres jusqu'à ce qu'elle trouve une occasion favorable pour leur parler.

Elle attendit le soir, après le dîner, quand chacun s'activait dans la cuisine. Elle-même préparait avec Mary le repas du lendemain, Francey nettoyait la lampe à pétrole en cuivre, Johanna passait l'éponge sur la table et Margaret repassait. Kathleen, étendue de tout son long sur une chaise, lisait. Bien que les autres s'en plaignaient, Elizabeth avait décidé de laisser la jeune rebelle faire ce qu'elle voulait, jugeant cette solution préférable aux remarques continuelles et aux disputes.

Elle jeta un coup d'œil autour d'elle et décida que le moment convenait bien pour faire sa petite annonce.

— J'ai quelque chose à vous dire à tous, commença-t-elle d'un ton faussement désinvolte.

Quand elle fut certaine d'avoir leur attention, elle croisa les doigts comme si elle s'apprêtait à accomplir la tâche la plus difficile du monde.

— Mossie Sheehan et moi nous sommes mariés ce matin.

Il s'ensuivit un tohu-bohu qu'elle n'attendait pas. Tous parlaient en même temps.

— Allons ! Allons !

Elle leva les mains pour réclamer le silence.

— Tu aurais pu nous en parler ! s'exclama Margaret. J'aurais pu être demoiselle d'honneur.

— Moi aussi, moi aussi ! reprirent en chœur Goretti et Johanna, tandis que Kathleen se levait pesamment de sa chaise et se dirigeait vers la chambre, ne laissant planer aucun doute sur ce qu'elle pensait de cette nouvelle.

— Incroyable ! marmonna-t-elle, au cas où Elizabeth n'aurait pas saisi le message.

— Qu'en dis-tu, toi, Mary ? demanda Elizabeth en faisant appel à sa loyauté.

— Je pense que c'est la vie de maman ! dit celle-ci en se tournant vers les autres. Je crois que vous êtes tous très égoïstes. Quelle différence est-ce que cela fait pour vous ?

— Si tu es mariée avec lui, interrogea alors Margaret, pourquoi est-ce qu'il ne vit pas ici ?

Elizabeth avait prévu cette question.

— Bel, la tante de Mossie, est très âgée, et il lui faut quelqu'un pour s'occuper d'elle. Il doit rester là-bas et veiller sur elle. Et puis, je vous rappelle que nous n'avons pas de chambre d'ami, à moins que vous ne vouliez tous laisser votre chambre et dormir ici ?

Pendant qu'ils discutaient de ce dernier point, elle poussa un soupir de soulagement. Encore un obstacle de franchi, se dit-elle.

Durant les jours qui suivirent, la vie reprit telle qu'avant. Le nouveau mari d'Elizabeth observait scrupuleusement les termes de leur accord, et, quoiqu'il continuât de s'occuper de la ferme, elle le voyait toujours aussi peu.

Le mariage n'avait donc rien changé à sa vie. La seule différence, c'était qu'elle portait deux alliances au lieu d'une seule, et que chaque fois qu'elle entrait dans une boutique au village, les gens se taisaient aussitôt. C'était une situation aisément surmontable cependant, car elle savait que ce genre de réaction durait ce que dure la nouveauté dans la région. Il suffisait qu'un autre ou une autre fasse parler de lui ou d'elle pour que l'attention des gens soit immédiatement détournée.

Un jour de la fin du mois d'avril, pour des raisons qui n'avaient rien à voir avec son nouveau statut, Elizabeth crut qu'elle était à bout de patience.

Ce jour-là — trois jours après le dix-septième anniversaire de Mary — avait été particulièrement agité. Margaret, Goretti et Johanna s'étaient réveillées la veille avec un mal d'estomac, et, avec Mary, elle avait veillé sur elles pendant vingt-quatre heures et continuait de le faire.

En plus de cela, Kathleen s'était montrée inhabituellement grincheuse et, si son humeur était compréhensible, elle n'aidait pas à améliorer l'atmosphère de la maison. A un moment, elle voulut récupérer un peigne qu'elle avait laissé tomber sur les dalles de la cuisine.

— Tu veux que je t'aide ? lui demanda Elizabeth comme le peigne venait de glisser pour la seconde fois entre ses doigts.

Pour toute réponse, Kathleen se mit à pleurer.

— Oh, pour l'amour du ciel !

Elizabeth se précipita vers elle et ramassa le peigne.

— J'ai mal à l'estomac ! se plaignit Kathleen en sanglotant.

D'après les meilleures estimations du docteur, Kathleen ne devait pas accoucher avant un mois ; il y avait donc une chance pour qu'elle souffre de la même douleur à l'estomac que les trois autres. Tout pouvait arriver, cependant, songea Elizabeth, avec une fille aussi jeune.

— Est-ce que c'est une douleur qui va et vient ? lui demanda-t-elle.

— Non, c'est juste *là*.

Elizabeth se détendit un peu.

— Assieds-toi à table, dit-elle, je vais te préparer un bol de lait chaud.

— Je ne veux pas d'un bol de lait.

— Bon, alors, va t'allonger.

Elizabeth ne savait pas où elle trouvait les ressources pour faire preuve encore de patience.

— Si la douleur est encore là dans une demi-heure, nous verrons ce que nous devons faire.

Kathleen s'exécuta et rejoignit sa chambre en reniflant.

Ce fut lorsqu'elle alla voir Goretti, qui avait vomi à nouveau, qu'Elizabeth décida que, par sécurité, il valait mieux que Kathleen voie quelqu'un.

— Ça ne va pas mieux ? demanda-t-elle.

— Non, répondit Kathleen, pelotonnée dans son lit.

Elizabeth regretta pour la énième fois qu'ils ne fussent pas plus près d'un téléphone. Personne au village n'en disposait, et le premier téléphone public, à Eyeries, était à une demi-heure de là. Elle posa une main sur le front de Kathleen : il était frais, de sorte qu'il était improbable qu'elle souffre du même mal que les autres.

— Est-ce que tu te sens assez forte pour aller voir la sage-femme ? demanda Elizabeth.

La sage-femme, qui habitait près de Castleclough, était deux fois plus près de la maison que ne l'était le médecin de Castletownbere.

— Il faut que je reste ici, mais Mary est capable de conduire la carriole. Je lui dirai de mener Éclair très doucement, qu'elle le fasse aller au pas.

— Les gens vont me voir ! s'écria Kathleen.

Bien que tout le monde dans la commune fût au courant de la grossesse de Kathleen, Elizabeth, se souvenant de la honte qu'elle avait éprouvée elle-même autrefois, comprenait les réticences de la jeune fille.

— Cette fois, c'est important, Kathleen, dit-elle d'un ton enjôleur. Il y a un petit vent frais dehors ; je te prête ma cape, si tu veux, ainsi personne ne fera attention à toi.

Elle savait que Kathleen convoitait ladite cape depuis longtemps.

— Allons, l'encouragea-t-elle, il y a au moins un mois que tu n'as pas mis le nez dehors. L'air frais te fera du bien.

A force d'insistance, elle réussit à la persuader d'y aller.

Tilly arriva une demi-heure plus tard, tandis qu'Elizabeth aidait Mary à atteler Éclair.

— Vous allez quelque part ? demanda-t-elle.

— J'envoie Kathleen chez la sage-femme, répondit Elizabeth. Oh, là, du calme ! dit-elle en s'adressant au cheval.

Éclair, qui n'était pas sorti depuis quelque temps, renâclait et piétinait d'impatience ; elle avait eu beaucoup de difficulté à le faire sortir de sa stalle, et pour une fois que Mossie aurait pu se rendre utile, il n'était nulle part. Tout semblait s'acharner contre elle ce jour-là, songea-t-elle avec irritation en attrapant la bride du cheval.

— Comment ça se présente ? s'enquit Tilly.

— Pas très fort.

Elizabeth attacha la dernière sangle et vérifia que la carriole était tout à fait prête. Elizabeth appela Kathleen, qui sortit aussitôt de la maison, enveloppée dans la grande cape qui dissimulait à peine sa taille ; c'était une bonne chose, songea alors Elizabeth, qu'ils n'aient pas de miroir en pied à la maison. Avec Tilly, elle aida la jeune fille à monter dans la carriole, tandis que Mary, qui était bonne conductrice maintenant, grimpait à l'avant.

— Elle est terriblement grosse. Es-tu sûre qu'il est bon de la laisser y aller ? fit Tilly d'un air incertain et à voix basse au moment où Mary faisait claquer sa langue pour faire avancer Éclair et agitait joyeusement la main dans leur direction.

— Tout ira bien, l'assura Elizabeth. Et n'oublie pas, criat-elle à Mary, prends ton temps. Si vous n'êtes pas revenues à l'heure du thé, je vous garderai quelque chose à manger.

— Alors, qu'est-ce qui ne va pas ? demanda Tilly comme elles tournaient toutes les deux les talons et se dirigeaient vers la maison.

— Il y a des jours où *rien* ne va, voilà ce qui ne va pas. Entre, nous bavarderons un peu.

Avril, cette année-là, avait été un mois sec, et Mossie en profitait pour récolter la tourbe sur la parcelle des Scollard à Derryvegill. C'était une des tâches qu'il avait le plus de plaisir à faire chaque année.

Il n'était pas seul sur la tourbière : Mick Harrington, lui aussi, profitait du beau temps et creusait à une centaine de mètres de là, sur une parcelle adjacente.

Mossie travaillait depuis une heure environ quand il s'arrêta pour boire un peu de lait à la bouteille qu'il conservait dans une de ses poches. La sueur sur son front et dans son cou sécha rapidement au contact de la brise du nord qui descendait des montagnes du Kerry, et, ne portant qu'une chemise, il ne put s'empêcher de frissonner.

Il allait se remettre à creuser quand il entendit un bruit étrange. Appuyé sur sa pelle, il écouta attentivement. Le son allait et venait au gré du vent, mais c'était manifestement le cri d'une femme, et il semblait provenir de la direction du lac.

— Est-ce que tu as entendu ça ? cria-t-il à Mick Harrington.

— Quoi ?

Mick se trouvait au sud-ouest par rapport à lui, et le vent l'empêchait presque d'entendre ce qu'il lui disait.

— Écoute ! cria à nouveau Mossie.

Les deux hommes tendirent l'oreille. Et le bruit se répéta, à n'en pas douter un cri.

— Ouais, j'ai entendu cette fois !

Mick Harrington planta sa pelle en terre et se mit à courir. Mossie fit de même et se précipita en direction de la petite colline qui leur dissimulait le lac.

Mais, quand ils furent de l'autre côté, tournant les yeux dans toutes les directions, ils ne virent rien.

Les cris, qui leur parvenaient avec plus d'intensité maintenant, semblaient provenir de derrière un haut talus herbeux qui s'élevait au bord d'un marais, à l'ouest du lac de Derryvegill. Suivi de près par Mick, Mossie courut jusque-là et trouva par terre un sac à main de femme ouvert, son contenu déversé dans l'herbe.

— Seigneur ! cria-t-il au moment où Mick fut à ses côtés. Quelqu'un est tombé.

Mick se signa, et tous deux se penchèrent au-dessus du talus, qui avait une dizaine de mètres de haut environ, pour regarder en bas.

— Oh, mon Dieu ! s'exclamèrent-il simultanément.

Les deux filles Scollard, Mary et Kathleen, étaient étendues par terre, l'une sous la carriole brisée au bas du talus, l'autre juste à côté. C'était Kathleen qui hurlait. Ayant été éjectée durant la chute, elle était allongée sur le côté et se tenait le ventre à deux mains ; une de ses jambes était repliée sous elle dans un angle curieux. Seul l'arrière de la tête de Mary était visible, et du sang noir et rouge brillait sur ses cheveux ; elle était immobile.

Un peu à l'écart, Éclair agitait ses pattes arrière et balançait la tête d'un côté et de l'autre en essayant de se relever. Ses deux pattes avant semblaient cassées.

Mossie vit tout cela en une seconde ou deux.

— Va chercher de l'aide ! cria-t-il à Mick par-dessus son épaule en cherchant frénétiquement un chemin pour descendre jusqu'en bas.

— Je ferai aussi vite que possible.

Mick se mit à courir en direction de la maison la plus proche, qui était à peu près à cinq cents mètres de là, au bord de la route.

— Et rapporte un fusil ! hurla Mossie tout en commençant à descendre, espérant que Mick l'avait entendu.

Kathleen le vit arriver et ses cris redoublèrent d'intensité. Traînant la jambe, elle se mit à ramper vers lui. Mossie descendait aussi vite qu'il pouvait ; il perdit même prise à un moment et se rattrapa de justesse à une touffe d'ajoncs accrochée à la paroi. Quand il ne fut plus qu'à deux mètres du sol, il sauta, glissa et se réceptionna sur son épaule droite, mais se releva aussitôt.

Kathleen l'avait presque rejoint, sa bouche qui hurlait de douleur formant comme une sombre cicatrice rouge sur son visage blême. Mossie se précipita vers elle et comprit qu'elle essayait de dire quelque chose.

— Du calme, du calme, cria-t-il.

A travers les larmes et les cris, il crut entendre le mot « cogner » ou « saigner ». Il la prit par les épaules.

— Est-ce que tu saignes ?

— Ou..ouu..ouiii !

Comme on sauve quelqu'un de la noyade, il prit les bras de la jeune fille et les passa autour de son cou.

Ce fut seulement à cet instant qu'il remarqua la tâche rouge sombre qui imprégnait le bas de la cape qu'elle portait.

Il ôta alors ses bras de son cou.

— Écoute-moi, Kathleen, écoute-moi ! dit-il en lui tenant les poignets et en la secouant.

— Vous me faites mal ! gémit-elle.

Puis, se tordant de douleur :

— Oh, Seigneur ! Je crois que le bébé arrive...

Mossie desserra son étreinte.

— Il faut que tu m'écoutes. Le bébé ne sera pas là avant un moment encore. Tiens bon, Kathleen. J'ai envoyé chercher de l'aide. Est-ce que tu comprends ?

Mais elle ne put s'empêcher de crier :

— Oh, Seigneur ! Seigneur ! Le bébé !

— Il faut que j'aille voir comment va Mary, dit-il fermement. Tu ne bouges pas, tu restes exactement comme tu es. On va venir vous aider. Ne bouge pas ! répéta-t-il, en la traînant un peu pour qu'elle puisse appuyer son dos contre le talus.

Mary n'avait pas bougé, mais la carriole sous laquelle elle se trouvait brinquebalait d'un côté et de l'autre comme le cheval blessé se débattait.

— Tout doux, Éclair, tout doux...

Mossie, accroupi, glissa son épaule gauche sous la carriole et souleva de toutes ses forces, réussissant à la pousser sur le côté et à dégager totalement le corps de Mary.

Quand il se releva, il lui sembla qu'une myriade d'étoiles dansaient devant ses yeux tant l'effort avait été intense ; il crut un instant qu'il allait s'évanouir et baissa la tête quelques secondes jusqu'à ce que la sensation s'estompe. Quand il put voir de nouveau, il s'aperçut que Mary ne bougeait toujours pas.

Terrorisé à l'idée de ce qu'il allait peut-être trouver s'il l'examinait de plus près, il tourna involontairement son regard vers Kathleen, qui continuait de gémir et de crier. Les yeux fermés, se tenant l'estomac avec ses deux mains, elle se balançait d'avant en arrière.

— Oh, mon Dieu, pria Mossie, faites que les secours arrivent rapidement...

Puis, il se pencha pour examiner Mary.

Elle était morte.

— Non, c'est impossible ! Impossible !

Instinctivement, il passa une main derrière la tête sans vie de l'aînée des filles de Neeley et ôta une mèche de cheveux de son front de l'autre main. Ses yeux étaient largement ouverts, comme si elle avait seulement reçu un grand choc, et un mince filet de sang s'écoulait de sa bouche. En dehors de cela, son visage n'avait rien.

Mais, à la façon dont sa tête bougeait, mollement, Mossie devina tout de suite ce qui l'avait tué. Elle s'était brisé le cou.

Doucement, il reposa sa tête sur le sol. La jupe qu'elle portait s'était relevée, découvrant ses hanches et ses jambes nues. Mossie la remit en place en la baissant autant qu'il put.

Éclair était de plus en plus faible. Couché sur le côté, la bouche écumeuse, il perdait lui aussi du sang.

— Du calme, mon garçon, dit Mossie en lui caressant les naseaux, tandis que l'animal montrait tristement le blanc des yeux.

Mossie enfouit alors son visage dans ses mains et se mit à pleurer comme un bébé.

Après quelques minutes, il entendit du bruit et se releva. Mick Harrington, accompagné par deux hommes et un jeune garçon, arriva enfin.

— Nous avons envoyé chercher un docteur ! cria-t-il en descendant à son tour.

— Il est trop tard pour elle, dit tristement Mossie en faisant un petit signe de tête en direction de Mary.

— Oh, non !

Tandis que les deux hommes descendaient à la suite de Mick par une voie détournée — tenant chacun une porte en bois en guise de civière —, il se pencha et examina Mary.

— Elle n'a pas souffert, murmura-t-il en se relevant. Est-ce que tu as dit l'acte de contrition pour elle ?

Muet, Mossie secoua négativement la tête.

Mick se pencha alors au-dessus de Mary et lui murmura la prière à l'oreille. Mossie était vaguement conscient de ce qui se passait à côté de lui, les deux hommes et le garçon essayant de persuader Kathleen de s'allonger sur la civière improvisée. Mossie ne supportait plus d'entendre crier la jeune fille tant le spectacle de désolation autour de lui, le cheval qui se débattait dans son harnachement, la carriole brisée, le corps inerte de Mary, lui soulevait l'estomac.

— Est-ce qu'il est chargé ? demanda-t-il au garçon, presque furieux, en indiquant le fusil qu'il portait à l'épaule.

Le visage blême, le garçon, qui n'avait pas plus de douze ou treize ans, acquiesça.

— Donne-le-moi.

Il attendit que Mick ait fini de dire l'acte de contrition.

Éclair semblait savoir ce qui allait arriver. Il s'arrêta de geindre et laissa reposer sa magnifique tête sur le sol, entre ses pattes, tandis que Mossie épaulait le fusil, les yeux pleins de larmes et tremblant tellement qu'il pouvait à peine viser l'animal.

— Tu veux que je le fasse ? murmura Mick.

— Non ! répondit sèchement Mossie. C'était mon cheval, c'est moi qui l'aie amené aux Scollard. C'est à moi de le faire.

Il prit une profonde inspiration et tira.

Elizabeth et Tilly bavardaient tranquillement à table quand Elizabeth entendit le gémissement familier provenant de la chambre.

— Seigneur ! se plaignit-elle, je sais qu'ils ne peuvent pas s'en empêcher, mais il faut avoir la patience d'un saint !

Elle se leva, ramassa le premier drap propre de la pile déjà préparée près du fourneau, et alla voir ce qui se passait.

Quelques minutes plus tard, Goretti s'allongeait à nouveau sur son lit, les joues pâles, tandis qu'Elizabeth lui épongeait le front.

— Merci, maman.

A côté, Margaret, en voie de guérison et occupée à lire, demanda qui se trouvait dans la cuisine.

— Tilly, répondit Elizabeth.

— Oui, mais l'homme, qui est-ce ?

— Quel homme ?

— L'homme qui est dans la cuisine, répéta patiemment Margaret comme si sa belle-mère était stupide.

En retournant dans la cuisine, Elizabeth découvrit qu'il s'y trouvait non pas un, mais deux hommes. L'un était Mossie, l'autre le vicaire.

Mossie se retourna lorsqu'il sentit sa présence derrière lui, et, en voyant son visage ravagé, Elizabeth eut l'impression que son cœur s'arrêtait de battre.

— Quoi ? Que se passe-t-il ! cria-t-elle.

— Je suis désolé, Elizabeth, tellement désolé, murmura Mossie, nous sommes arrivés trop tard... Mick et moi... nous sommes arrivés trop tard...

Elizabeth, effarée, regarda le vicaire.

— Dites-moi ce qui se passe.

— J'ai bien peur qu'il vous faille être courageuse.

Le prêtre s'approcha d'elle comme pour la toucher, mais elle recula violemment.

— Tilly ? gémit-elle.

Le visage de Tilly était aussi pâle que la bassine qu'Elizabeth tenait encore entre les mains.

— On conduit Kathleen à l'hôpital en ce moment même, annonça Tilly, incapable de poursuivre.

Puis, faisant un violent effort sur elle-même pour retrouver son sang-froid :

— Il y a eu un accident, reprit-elle. Mary... elle est... elle est...

Elle inspira profondément et leva les yeux au ciel.

— J'ai bien peur qu'elle soit morte, Lizzie.

Elizabeth lâcha la bassine qu'elle tenait à la main, qui se brisa sur les dalles dans une explosion d'eau et de morceaux de porcelaine.

25

De toutes les vicissitudes de sa vie, la mort de Mary fut de loin, pour Elizabeth, l'événement le plus traumatisant.

À bien des égards, tout ce qui lui était arrivé jusqu'à présent, le fait qu'elle soit tombée enceinte de Francey, la mort de Neeley, et jusqu'à sa passion pour Daniel Carrig, chacune de ces choses était la conséquence d'une action entreprise et pouvait être considérée du même coup comme une réaction ou une rétribution à cette action.

Mais la mort de Mary paraissait incroyablement vaine et imméritée. La fille aînée de Neeley était passée discrètement dans cette vie et s'était toujours occupée des autres, prodiguant aux esprits les plus turbulents autour d'elle douceur et attention. Rétrospectivement, Elizabeth se rendait compte que Mary avait été le véritable cœur de cette maison.

Tout cela, elle le voyait trop tard. La jeune fille n'avait que faire désormais que l'on projette de s'occuper « bientôt » de son avenir, ou qu'on lui rende cette loyauté dont elle avait si longtemps fait preuve à l'égard des autres, et sans laquelle Elizabeth aurait passé des moments bien plus pénibles ces dernières années.

Quand il fut temps de préparer le corps de Mary pour l'enterrement, Elizabeth remercia les voisins qui se proposèrent de le faire, mais insista pour rendre elle-même ce dernier service à la fille aînée de Neeley. Elle n'avait jamais fait cela auparavant, mais Tilly resta dans la pièce avec elle pour la conseiller.

En ce qui la concernait cependant, et bien qu'elle fût extrêmement reconnaissante à Tilly du soutien qu'elle lui apportait, Elizabeth était seule avec Mary pour la dernière fois. Elle s'adressa à elle tranquillement tout en lavant son jeune corps, lui dit toutes les choses qu'elle aurait dû lui dire quand elle était encore en vie. Elle lui dit combien elle était jolie, lui expliqua que, sans elle, elle n'aurait peut-être pas supporté cette dernière et terrible année ; elle lui dit combien elle la remerciait de l'amour qu'elle lui avait toujours témoigné depuis son arrivée à Béara.

Tandis qu'elle lui coupait les ongles, elle se souvint de la manière souple et adroite qu'avait la jeune fille de se déplacer dans la cuisine avec une assiette de pain beurré, de la fierté qu'elle éprouvait à chacun des progrès que faisait Abigail, de la façon dont elle était devenue une seconde mère pour les plus jeunes, et même pour Francey, avec qui elle n'avait pourtant aucun lien de sang.

Elle se souvint de son regard timide quand, depuis le fauteuil du coiffeur, elle avait tourné les yeux vers elle pour voir ce qu'elle pensait de sa nouvelle coiffure.

— Oh, Seigneur, je ne sais pas ce que je vais faire sans toi... murmura-t-elle en sanglotant. Mary chérie... Tu vas tellement me manquer...

Elle sentit alors, derrière elle, la main de Tilly se poser sur son épaule.

Une fois qu'elle eut commencé à pleurer, Elizabeth fut incapable de s'arrêter, au point que Tilly envoya son mari téléphoner au docteur pour lui demander de venir. En arrivant, celui-ci lui donna quelque chose qui la fit dormir seize heures d'affilée.

Il revint la voir le lendemain matin avant les funérailles, et ce qu'il lui donna cette fois-là la fit se sentir si groggy et désorientée que les funérailles passèrent sans qu'elle leur trouve le plus petit degré de réalité. A l'église, tous les gens présents apparaissaient puis s'effaçaient, avançaient et s'éloignaient devant ses yeux comme s'ils dansaient une gavotte éthérée. Les intonations du prêtre lui parurent venir de loin, et au moment d'accepter les condoléances, les noms des uns et des autres se brouillèrent dans son esprit.

Au cimetière, elle trouva la présence constante de son père à ses côtés ennuyeuse. Il ne lui lâchait pas un instant le bras, quand tout ce qu'elle voulait, c'était aller librement. C'était une belle journée, songea-t-elle à un moment, où il aurait fait bon se promener sur les hauteurs de Knockameala. Détournant le regard de la tombe ouverte, qui signifiait aussi peu de chose pour elle que le nombre étonnant de personnes qui se pressaient alentour, elle contempla le sommet de la colline, tout juste visible au nord-est derrière Knocknasheeog. Elle se souvint que Daniel se tenait là-haut souvent, et elle le vit de nouveau, mais lorsqu'elle tenta de se libérer de l'étreinte de son père, elle fut retenue par d'autres mains.

Elle avait remarqué qu'Ida était venue avec son mari et ses parents et, derrière la maison, elle s'entendit la féliciter pour sa grossesse, maintenant bien avancée. C'était gentil à Ida d'être venue.

Mais où était Mary maintenant qu'elle avait besoin d'elle pour s'occuper de tous ces gens ? Trois fois en une heure, elle regarda autour d'elle dans la cuisine pleine de monde et appela Mary, mais personne ne lui dit où elle était.

Puis elle appela Tilly, mais Tilly était introuvable elle aussi. Elle alla voir Mick et lui demanda où était Tilly, et Mick lui répondit qu'elle était partie à Cork pour être avec Kathleen qui allait accoucher à l'hôpital.

Qu'est-ce qu'il racontait ? N'était-ce pas Ida qui allait avoir un bébé ? Pourquoi est-ce que Kathleen irait accoucher à Cork elle aussi ?

Après avoir ruminé tout ceci pendant quelques minutes, elle décida qu'elle voulait aller à Cork elle aussi pour être avec Kathleen. Elle sortit dans la cour et se rendit jusqu'à l'écurie pour atteler Éclair, mais trouva sa stalle vide. Que se passait-il ?... Où était le cheval ?

Elle s'efforçait d'y réfléchir quand elle entendit quelqu'un approcher derrière elle.

C'était Mossie Breac.

— Quelqu'un a volé Éclair, lui dit-elle d'un ton sévère.

Elle fut surprise de voir qu'il ne répondait rien. Il la prit seulement par le coude et la reconduisit vers la maison.

En arrivant devant la porte, cependant, elle se déroba en reculant brusquement. Tous ces gens à l'intérieur, et pas un seul ne bougeait le petit doigt pour trouver Éclair ou faire quelque chose pour Kathleen !

— Appelez la police ! dit-elle à Mossie.

— Je vais y aller, répondit-il. Je vais aller en ville, dans un petit moment.

— Vous le promettez ?

— Je le promets.

Elle décida qu'elle pouvait faire confiance à Mossie aussi bien qu'à n'importe qui d'autre après tout, et elle se laissa conduire à l'intérieur.

Le docteur était encore là. Est-ce qu'il avait assisté aux funérailles ? Elle ne s'en souvenait pas. Il avait l'air de venir très souvent chez elle ces derniers temps. Elle vit Mossie et sa mère lui parler, et maintenant, il lui donnait quelque chose de chaud à boire et lui conseillait d'aller s'étendre un moment.

— Mais, et le thé ? demanda-t-elle en regardant la horde d'hôtes qui se pressait dans sa cuisine.

Comment diable allait-elle faire pour les nourrir tous ?

— Ce n'est pas l'heure du thé, lui dit sa mère en lui tapotant l'épaule. Tu as besoin de prendre du repos, chérie, nous veillerons sur le reste.

Tout était tellement confus, songea-t-elle. C'était pourtant bien l'heure du thé...

Elle obéit néanmoins et s'allongea sur son lit. Pendant quelques minutes, elle essaya de se souvenir pourquoi tout le monde était ici, pourquoi elle était au lit au milieu de la journée. Elle devait être malade, se dit-elle, comme Johanna, Goretti et Margaret. Mais elle n'avait pas envie de vomir, elle avait seulement sommeil.

Lentement, tandis qu'elle perdait conscience sous l'effet des médicaments, les bavardages derrière la porte s'éloignèrent comme les vagues de la mer lorsqu'elles refluent à marée basse, ne laissant derrière elles qu'un lointain écho.

Lorsque, au plus noir de la nuit, elle se réveilla, elle trouva sa chambre baignée d'une lumière aussi vive que celle que diffusaient les chandeliers électriques sous lesquels elle avait dansé avec Ida à Dublin il y avait tellement longtemps. Une lumière jaune et chaleureuse ; comme du miel, songea-t-elle, en se souvenant de Daniel Carrig.

Elle tourna la tête sur son oreiller. Mary était là, dans un coin de la chambre ; la lumière venait d'elle, son visage irradiait comme le soleil.

— Bonjour, Mary, dit-elle, surprise.

Mary ne répondit pas, mais lui sourit si gentiment qu'elle aurait voulu courir vers elle comme si c'était elle l'enfant et Mary la mère. Mais elle se sentit incapable de faire le moindre mouvement.

Mary, dont la chevelure brillait à la manière d'un halo autour de sa tête, était habillée d'une robe d'une seule pièce qui tombait de ses épaules jusqu'au sol ; comme une couette en patchwork, elle était cousue de milliers de petits diamants multicolores.

Tandis qu'elle approchait, deux de ces diamants allèrent se percher dans ses yeux. Les yeux de Hazel. Où était Hazel, d'ailleurs ? Et Kathleen ?

— Où est Kathleen ? demanda-t-elle à Mary.

Mais Mary se contenta de lui sourire. Elle n'avait pas encore prononcé un seul mot.

— Elizabeth ! Elizabeth !

Quelqu'un l'appelait...

— Elizabeth !

On la secouait par les épaules maintenant.

— Je t'en prie, murmura-t-elle, je t'en prie...

Mais la voix continuait de l'appeler, et elle ouvrit finalement les yeux.

Sa mère se tenait près du lit ; il n'y avait aucune lumière jaune dans la pièce, seulement la petite lueur qui émanait de la lampe à pétrole sur sa coiffeuse.

— Tu as fait un rêve, chérie, lui dit doucement sa mère. Tiens, le docteur a dit qu'il fallait que tu avales ceci, ajouta-t-elle en lui tendant deux comprimés dans la paume de sa main.

— Non, refusa-t-elle avec moins de véhémence qu'elle ne l'aurait voulu.

Elle avait la gorge sèche et la voix éteinte.

— Plus de pilule, murmura-t-elle.

Puis, trop groggy pour faire une autre phrase complète :

— Soif, dit-elle simplement.

Corinne lui servit un verre d'eau et l'aida à boire en lui soutenant la tête.

— Es-tu sûre qu'il soit bien sage de ne pas faire ce que dit le docteur, Beth ? demanda-t-elle.

— Oui, répondit-elle en reposant de nouveau sa tête sur son oreiller. L'heure, s'il te plaît ?

— Il est un peu plus de minuit. Tout est en ordre. Ce gentil M. Sheehan a tout réglé pour nous ; nous allons dormir à Castletownbere, à l'Hôtel de la Baie de Béara. Il a dit qu'il resterait ici toute la nuit pour s'assurer que tout va bien.

Elizabeth, qui revenait brusquement à la réalité, essaya de se relever en se hissant sur un coude, mais ce fut au-dessus de ses forces et elle renonça.

— Pas rester la nuit, balbutia-t-elle.

Corinne ne comprit pas ce qu'elle voulait dire.

— Tu n'as pas à t'inquiéter, chérie, nous sommes dans un *hôtel,* tu comprends ?

— Mossie !

— Allons, ne te mets pas dans cet état, dit Corinne en voyant à quel point elle s'agitait. Il a dit que ça ne l'ennuyait pas. Ferme les yeux maintenant et dors.

Elizabeth avait encore les idées trop brouillées pour

poursuivre plus longtemps la discussion. Elle ferma les yeux. Puis, comme des ailes de papillon, elle sentit les lèvres froides de Corinne se poser sur son front.

— Mère ?

Elle ouvrit les yeux de surprise.

— Chut... fit Corinne en posant un doigt sur ses lèvres. Bonsoir, chérie, à demain matin. Et Dieu fasse que nous ayons de bonnes nouvelles de Kathleen à l'hôpital.

Quoique les choses lui parussent moins confuses que quelques heures plus tôt, Elizabeth avait encore des difficultés à faire le point. Le temps était devenu élastique, et elle avait du mal à faire la distinction entre passé et présent. Ce fut seulement lorsqu'elle entendit la porte d'entrée se refermer derrière sa mère que la signification de ce qu'elle lui avait dit fit réellement son chemin dans son esprit. Elle réussit à se lever, et bien que le sol se dérobât quelque peu sous ses pieds, elle s'arrangea pour atteindre la porte. Une fois là, cependant, elle fut saisie de vertige et s'accrocha de justesse au montant en bois.

L'apercevant, Mossie, qui entretenait le feu dans la cheminée, se releva et courut jusqu'à elle.

— Vous devriez rester au lit...

— Parlez-moi de l'hôpital, demanda-t-elle d'une voix entrecoupée. Ma mère dit...

Mais la tête lui tournait tellement qu'elle crut qu'elle allait s'évanouir, ce qui ne lui était jamais arrivé de toute sa vie, et elle fut bien obligée de laisser Mossie la soutenir tandis qu'elle allait s'asseoir sur une chaise.

Il se précipita alors dans l'arrière-cuisine et lui ramena un verre d'eau.

Après quelques gorgées, Elizabeth se sentit un peu mieux et lui redonna le verre.

— Dites-moi ce qui s'est passé pour Kathleen, lui demanda-t-elle, faisant un effort pour prononcer chaque mot.

— Je pensais que vous étiez au courant.

— Non.

En fait, elle se souvenait vaguement d'avoir entendu quelque chose à propos de Kathleen et de l'hôpital, mais elle devait faire des phrases aussi courtes que possible.

A la lumière de la lampe à pétrole, Mossie avait des poches énormes sous les yeux.

— Elle a eu un petit garçon, dit-il.

-— Est-ce qu'elle va bien ?

— Elle a une jambe cassée.

— Et le bébé ?

— Je crois qu'il est hors de danger, lui aussi.

De nouveau, elle sentit la tête lui tourner.

— De l'eau, s'il vous plaît, demanda-t-elle d'une voix éteinte.

Mossie lui resservit un verre d'eau.

— Il faut que vous retourniez vous coucher, dit-il. Je vous en prie, Elizabeth.

Elle l'autorisa à la raccompagner jusqu'à la chambre.

— Merci, dit-elle en se glissant sous les draps d'un air soulagé.

Elle remarqua qu'elle portait une chemise de nuit et un cardigan, mais elle ne se souvenait pas de les avoir enfilés.

— Merci, répéta-t-elle.

Elle essaya de dire à Mossie qu'il pouvait rentrer chez lui maintenant, qu'elle et Mary pouvaient parfaitement se débrouiller toutes seules, mais, tandis qu'elle sombrait de nouveau dans l'inconscience, tout ce qu'elle put dire fut : « Chez moi... »

Quand elle se réveilla, il faisait jour. Pendant quelques instants, elle se sentit détendue et s'étira dans la chaleur des draps. Automatiquement, elle tourna les yeux vers le coin où se trouvait le lit d'Abigail : il était vide.

Où était Abbie ?

C'est alors qu'elle se souvint, clairement cette fois, de l'accident et de ses conséquences. Incapable de rester passivement couchée tandis que les terribles souvenirs se rappelaient à son esprit, elle repoussa les couvertures et essaya de se lever.

Quoique encore un peu étourdie, elle arrivait malgré tout à tenir debout et, enfilant sa robe de chambre par-dessus sa chemise de nuit, elle passa dans la cuisine.

Elle aperçut alors, horrifiée, Mossie Sheehan endormi sur une chaise devant la cheminée.

Elle jeta un coup d'œil à l'horloge : il était un peu plus de six heures du matin. Qu'est-ce que Mossie Sheehan faisait dans sa cuisine à cette heure ? Elle n'hésita pas un instant.

— Mossie ! appela-t-elle en le secouant rudement par une épaule. Mossie, réveillez-vous.

Mossie ouvrit les yeux lentement et, pendant une seconde ou deux, il la regarda comme s'il ne la reconnaissait pas. Puis il se releva brusquement.

— Quelle heure est-il ?

— Où est Abigail ? demanda Elizabeth à brûle-pourpoint. Elle n'est pas dans son lit.

— Votre amie Ida s'occupe d'elle chez les Harrington. Comment vous sentez-vous ? demanda-t-il.

— Peu importe comment je me sens, que faites-vous ici ?

Elizabeth concentra toute son énergie sur ce seul point : si elle pouvait canaliser toutes ses émotions dans cette seule direction, elle n'aurait pas à penser à Mary. Elle était presque heureuse d'avoir Mossie pour cible.

Il s'éclaircit la gorge.

— J'ai pensé que vous pourriez avoir besoin d'aide, dit-il tranquillement.

— Eh bien, merci, mais je n'ai plus besoin d'aide. Nous allons tous très bien maintenant.

Il parut sur le point d'ajouter quelque chose, puis, en se frottant le menton, y réfléchit à deux fois. Il prit sa veste sur le dossier de la chaise — il portait son beau costume, remarqua Elizabeth — et sortit sa casquette d'une de ses poches.

— Ne soyez pas trop dure avec vous-même, dit-il doucement.

— Ça ne regarde que moi, Mossie, et merci encore de vous être inquiété.

Elizabeth sentit que, s'il ne quittait pas rapidement la maison, elle risquait pour de bon de perdre son calme.

Mossie traversa la pièce jusqu'à la porte.

— Je reviendrai vous voir plus tard, dit-il.

Et, avant qu'elle ait pu objecter quoi que ce soit, il ajouta :

— Juste pour voir si je peux me rendre utile. Par exemple, si vous avez besoin de moi pour porter un message à Kathleen à Cork.

— Comment va-t-elle ?

Elle crut se souvenir d'avoir entendu parler d'un petit garçon.

— Est-ce qu'elle a eu son bébé ?

— Oui, un petit garçon. Tout va bien, pour autant que je le sache — en dehors du fait que Kathleen a une jambe cassée, bien sûr.

— Pourquoi est-ce qu'on ne m'a rien dit ?

— On l'a fait... Je l'ai fait, hier soir.

La patience dont Mossie faisait preuve la força à reconnaître qu'elle s'était montrée parfaitement grossière avec lui. Elle ne put se résoudre à lui faire des excuses, mais le rappela tandis qu'il ouvrait la porte.

— Mossie ?

— Oui ? dit-il en se retournant.

— Qu'est devenue la carriole ? demanda-t-elle rapidement en s'efforçant d'adopter un ton plus aimable.

— Je l'ai brûlée, répondit-il.

— Et... et... le cheval ?

Elle n'arrivait pas à dire Éclair.

— Je m'en suis occupé, précisa-t-il brièvement.

— Merci, Mossie.

Elle sentit qu'elle était au bord des larmes.

— J'apprécie sincèrement tout ce que vous avez fait.

De nouveau, il se frotta le menton du bout des doigts, d'embarras ou non, elle n'aurait su dire, avant d'acquiescer simplement. Quand il fut parti, elle regarda autour d'elle dans la cuisine silencieuse. Chaque chose était à sa place, songea-t-elle, exactement comme si Mary...

Elle ne put retenir un cri en s'effondrant sur la chaise que Mossie occupait encore quelque instants plus tôt.

— Maman ?

Elle leva les yeux et vit Francey s'avancer vers elle, le visage apeuré. Elle sortit un mouchoir de la poche de sa robe de chambre et se moucha.

— Viens ici, mon amour, dit-elle.

Il courut jusqu'à elle grimpa sur ses genoux. Il était bien trop grand déjà pour qu'elle le berce dans ses bras, mais il passa ses mains autour de son cou et posa sa tête contre la sienne.

— Ne pleure pas, maman, ne pleure pas.

Il pleurait, lui aussi.

— Je vais déjà mieux, chéri, l'assura-t-elle en le berçant. Nous allons être courageux tous les deux. Nous allons nous entraider.

— Maman, demanda-t-il, les joues zébrées de larmes, est-ce qu'Éclair est au paradis lui aussi ?

— Bien sûr qu'il y est. Mary l'a emmené avec elle.

— Et qu'est-ce qu'ils font là-haut ?

Elizabeth revit, l'espace d'un instant, quelques images de son rêve hallucinatoire.

— Tu n'imagines pas comme c'est beau là-haut, Francey, dit-elle en essuyant ses larmes avec une des manches de sa robe de chambre. Tout est lumineux et plein de couleurs, comme un immense jardin fleuri avec des oiseaux et un beau soleil. Éclair a des pâturages entiers pour lui tout seul...

— Est-ce que quelqu'un lui donne de l'avoine ?

— Autant d'avoine qu'il peut en manger, chéri.

Francey appuya sa tête contre son épaule et composa en imagination cette vision du ciel.

— Comment est-il monté là-haut ? demanda-t-il alors.

— Quand quelqu'un meurt...

Elle déglutit péniblement, de nouveau au bord des larmes.

— Quand quelqu'un meurt, reprit-elle, il se passe la même chose que lorsqu'on ouvre la coquille d'une huître. Tu vois l'huître à l'intérieur de sa coquille ?

— Oui, répondit Francey en hochant la tête.

— Eh bien, ce corps — elle lui toucha la poitrine — est comme cette coquille, mais la vraie personne, le *vrai* Francey, est à l'intérieur, exactement comme l'huître. Et, lorsqu'on meurt, la coquille s'ouvre et la vraie personne à l'intérieur est libre d'aller au ciel. Elle n'a plus besoin de son corps maintenant. Elle le laisse derrière elle.

— Est-ce qu'ils volent ?

— D'une certaine façon. C'est difficile à expliquer, mais, si tu peux, essaie de les imaginer portés par le vent au-delà des étoiles...

— Mais, si Éclair a laissé son corps derrière lui, comment est-ce qu'il peut galoper au ciel ?

— Le véritable Éclair peut faire tout ce qu'il veut maintenant. Tu as déjà fait l'expérience de courir aussi vite que tu peux, mais pas aussi vite que tu le voudrais ? Eh bien, c'est parce que ton corps n'est pas libre. Éclair est libre maintenant, parce qu'il n'a plus besoin de son corps, il peut galoper plus vite qu'il ne l'a jamais fait auparavant et parcourir tout l'univers.

Elle lui caressa ses cheveux ébouriffés.

— La prochaine fois que tu lèveras les yeux vers les étoiles, Francey, ajouta-t-elle, si tu te concentres très fort, tu pourras peut-être entendre Éclair galoper.

— Vraiment ? demanda-t-il, les yeux écarquillés. C'est comme de la magie ?

— C'est de la magie.

Elizabeth sentit qu'il fallait qu'elle change très vite de sujet, ou bien elle allait de nouveau fondre en larmes.

— Voudrais-tu me rendre un service, chéri ?

— Quoi ?

— Je n'ai rien mangé depuis très longtemps, voudrais-tu me préparer une tranche de pain beurré, s'il te plaît ?

Il descendit de ses genoux et, tandis qu'elle le regardait beurrer une tartine, tirant la langue d'un air concentré, elle comprit qu'elle ne pourrait plus jamais se contenter de se préoccuper de son seul confort.

Quand Ida revint avec Abigail, elle trouva une Elizabeth qui avait récupéré psychologiquement — du moins, en surface — et qui avait l'air beaucoup plus résolu.

— Es-tu sûre que tout va bien, Beth ? demanda-t-elle.

Lorsqu'Elizabeth essaya de la convaincre que oui — « c'est d'avoir dormi aussi longtemps » —, Ida lui proposa de rester quelques jours de plus.

— Il est encore tôt, Beth, dit-elle. Je sais que tu as l'air d'aller bien maintenant, mais une rechute est toujours à prévoir.

— Je ne suis pas seule, se défendit Elizabeth. J'ai les enfants. Et il va bien falloir que nous affrontions la situation tôt ou tard. Autant que ce soit maintenant.

— Et ton nouveau mari ? Apparemment, tu n'as pas jugé bon de me parler de lui, fit observer Ida, les lèvres pincées.

— Je vois que Mick Harrington t'a appris la nouvelle, dit Elizabeth, mais, Ida, je voulais qu'il y ait le moins de monde possible dans la confidence. Mes parents n'en savent toujours rien, et j'apprécierais que tu sois discrète sur ce point.

— Je n'ai jamais entendu parler d'un arrangement aussi étrange de toute ma vie.

— Les choses se sont arrangées, vraiment. Il ne m'ennuie pas. Et je me rends compte aujourd'hui que je n'aurais jamais pu m'occuper toute seule de cette ferme.

— Mais...

— Je t'en prie, Ida.

— D'accord, d'accord ! abdiqua immédiatement Ida. Mais, tiens-moi au courant, ajouta-t-elle doucement. Je suis ta meilleure amie, Beth.

— C'est promis. Mais il s'agissait de circonstances très particulières.

— Je veux bien te croire... Beth, je sais qu'il est un peu tôt pour te dire cela, mais j'espère sincèrement que les choses vont aller mieux maintenant. Tu as eu des ennuis pour dix, c'est bien suffisant, je crois.

— Après tout, il ne s'est rien passé pendant six ans...

— Je n'appellerais pas « rien » plusieurs fausses couches.

— Je suppose que lorsque les choses arrivent une par une, on s'en remet beaucoup mieux, elles ne paraissent pas si importantes avec le temps.

Ayant dit cela, elle fut surprise elle-même de trouver autant de vérité dans ces propos.

— Il faut seulement faire aller, et continuer. Que se passerait-il si je flanchais, si j'abandonnais, que deviendraient les enfants ?

— J'aimerais aussi que tu t'occupes de toi pour une fois.

Elizabeth lui adressa un pâle sourire.

— C'est précisément ce qui m'a mise dans le pétrin avec Mossie Sheehan.

— Je ne comprends rien à toute cette histoire. Il est très gentil, Beth. Je n'arrive pas à saisir pourquoi tu ne...

— Ne commence pas, Ida !

De nouveau, Elizabeth sentit qu'elle allait manquer de patience. Elle changea rapidement de sujet.

— Ne t'inquiète pas et tiens-moi au courant pour le bébé.

Ida saisit l'allusion.

— Je n'y manquerai pas, dit-elle. (Puis :) Je pensais seulement à toi, c'est tout.

— Je sais.

Elles s'embrassèrent et Ida repartit, promettant d'aller voir Kathleen aussitôt qu'elle serait de retour à Cork.

Au petit déjeuner, comme elle aurait pu s'y attendre, seule Abigail se conduisit comme elle le faisait tous les jours, se parlant tranquillement à elle-même, cognant sa cuiller contre le bord de son bol de porridge pour le plaisir de faire du bruit. Les quatre autres étaient assis en silence, les yeux tirés, jouant avec leur nourriture. Elizabeth, qui devait supporter maintenant un violent mal de tête, n'avait pas le cœur à manger. Et cependant, lorsqu'elle tournait les yeux vers tous ces visages perdus et tristes, elle savait qu'ils comptaient sur elle pour qu'elle donne l'exemple d'une certaine façon.

— Je veux que vous m'écoutiez tous, dit-elle d'une voix aussi énergique que possible.

Abbie, perdue dans son propre monde, enfonça ses doigts dans son bol devant elle, mais les quatre autres se tournèrent instantanément vers elle.

— Ce qui est arrivé est terrible, reprit-elle, mais c'est arrivé et il nous faut maintenant continuer. Vous connaissez sans doute ce dicton de la région qui dit qu'une mort apporte une nouvelle vie ? Eh bien, dans notre cas, c'est certainement vrai. Nous aimions tous énormément Mary, poursuivit-elle d'une voix tremblante, *énormément*. Elle nous manquera à tous. Mais nous avons tous un travail qui nous attend maintenant. Bientôt, un nouveau bébé viendra vivre dans cette maison, le petit garçon de Kathleen. Kathleen, elle, devra sans doute rester quelques temps encore à l'hôpital parce qu'elle a une jambe cassée, mais ce sera à nous de nous occuper de son bébé.

Il y eut un long silence, puis une lueur d'intérêt s'alluma dans les yeux de Margaret.

— Comment s'appelle-t-il ?

— Je ne le sais pas encore. C'est à Kathleen de décider. Mais, voilà une chose que nous pourrions tous faire aujourd'hui : écrire chacun une lettre à Kathleen en lui disant que nous avons hâte de la revoir et en lui suggérant peut-être quelques prénoms.

La suggestion fut accueillie par le même silence.

— Elle se sent probablement très seule là-bas, elle aussi, dans cet hôpital, sans personne autour d'elle, ajouta-t-elle rapidement.

— Est-ce qu'il faut que nous allions à l'école aujourd'hui ? De nouveau, c'était Margaret qui avait posé la question.

— Non, chérie. Aujourd'hui est une journée où nous avons tous besoin de rester ensemble.

L'idée d'écrire des lettres à Kathleen s'avéra finalement une bonne idée, puisque, après le petit déjeuner, une fois la vaisselle faite et rangée, tous s'installèrent autour de la table avec papier, plumes et crayons.

Et, tandis que chacun écrivait fatalement à peu près la même chose, leur tristesse disparut peu à peu, et Elizabeth fut impressionnée de voir quelle capacité de réaction les enfants avaient.

Les noms proposés pour le nouveau-né ne s'avérèrent pas très originaux. Johanna était naturellement d'accord avec Francey : pour eux, c'était Charlie. Goretti proposa Sean et Margaret mit longtemps à se décider entre Rodney, Richard et Roy. Finalement, influencée par Elizabeth, qui lui fit remarquer que tous ces prénoms avaient très peu de chose à voir avec Béara — ou même avec l'Irlande —, elle arrêta son choix sur Michael.

Toute la journée, la cuisine vit défiler de nouveau un flot ininterrompu de voisins pleins de sollicitude venus vérifier qu'Elizabeth n'avait besoin de rien, ou simplement venus s'asseoir et bavarder un peu. Ses parents vinrent lui dire au revoir, mais ils étaient si manifestement soulagés de constater qu'elle était de nouveau elle-même que l'épreuve des adieux ne fut pas celle à laquelle Elizabeth s'était attendue.

— Nous reviendrons te voir dans quinze jours, promit son père, juste pour voir comment vont les choses.

— Oui, confirma Corinne, et nous irons à l'hôpital voir cette pauvre Kathleen. Et le bébé également, bien sûr, ajouta-t-elle.

— Merci, mère, dit Elizabeth en prenant Corinne dans ses bras sans même se demander comment celle-ci allait réagir.

— Papa.

Elle le serra dans ses bras lui aussi.

— Oh, si seulement cette fichue guerre était finie ! s'exclama-t-il, avec un tel degré d'irritation dans la voix qu'Elizabeth ne doutât pas un instant qu'il fût sincère. Les transports sont devenus si difficiles, poursuivit-il. Allons, viens, Corinne...

— Les choses ne devraient plus durer bien longtemps maintenant, chéri...

— Quoi ?

— La guerre, chéri, ce n'est plus qu'une question de semaines maintenant, c'est ce que tout le monde dit, reprit Corinne en lui tapotant le bras de sa main gantée.

Elizabeth fut touchée en voyant tous les efforts qu'ils faisaient pour lui paraître agréables et lui témoigner leur soutien.

— Allez, dit-elle d'une voix étranglée, je vous verrai dans quinze jours.

Et elle retourna dans la cuisine.

Ce soir-là, comprenant brusquement qu'elle n'avait gardé quasiment aucun souvenir des funérailles de Mary, elle attendit que les plus jeunes soient couchés pour demander à Margaret si elle voulait bien veiller sur la maison pendant une heure ou deux.

— Où vas-tu ? lui demanda celle-ci d'un air inquiet.

Elizabeth était réticente à la laisser toute seule, mais le besoin d'aller se recueillir sur la tombe de Mary était plus fort qu'elle.

— Je serai de retour dans une heure ou deux. J'aimerais aller au cimetière, c'est tout.

Quand elle fut devant le mur du cimetière de Kilcatherine, le courage lui fit défaut pendant quelques minutes, et elle s'arrêta devant la grille. Une petite brise de mer soufflait depuis la baie de Coulagh, plaquant ses cheveux contre ses joues. Il y avait plus d'une semaine maintenant que le temps était au beau fixe, et elle pouvait voir à l'ouest les nuages crépusculaires s'empiler sur l'horizon marin.

Elle éprouva un sentiment de crainte et de malaise en

poussant la grille et en s'approchant de la tombe où Mary avait été enterrée avec sa mère et son père, dans la partie est du cimetière, à côté d'une petite chapelle en ruine. Le soleil se couchait, et la terre grasse entre les stèles et les pierres tombales s'assombrissait de minute en minute.

Elle pria alors en silence, mais les mots lui parurent soudain vides de sens.

À quoi bon, se dit-elle, elle était coupable, oui, coupable. N'était-ce pas elle qui avait envoyé Mary à la mort en lui demandant de conduire Kathleen ce jour-là ?

— Oh, Seigneur, je suis désolée, Mary, pardonne-moi...

Elle s'agenouilla et enfouit ses mains jusqu'aux poignets dans l'argile sombre comme si elle pouvait atteindre Mary en faisant cela.

— Pardonne-moi, pardonne-moi, répétait-elle comme une litanie, les yeux brouillés de larmes.

Une voix traversa alors sa conscience. Une voix d'homme.

— Elizabeth ! Elizabeth !

Elle leva les yeux et vit Mossie de l'autre côté de la tombe.

— Je ne vous espionnais pas, s'empressa-t-il de dire, je vous en prie, croyez-moi. J'étais seulement inquiet, j'avais peur qu'il ne soit encore trop tôt pour que vous veniez seule ici.

Furieuse, Elizabeth se releva et bondit sur lui, lui griffant le visage et frappant sur sa poitrine avec ses deux poings.

— Espèce de salaud, salaud ! Tout ça, c'est de votre faute !

— J'ai fait tout ce que j'ai pu pour la sauver, Lizzie, tout ce que j'ai pu. Croyez-moi, supplia-t-il sans faire le moindre effort pour parer les coups qu'elle lui donnait.

— Allez-vous-en ! hurla-t-elle en continuant de lui marteler la poitrine. Allez-vous-en ! Je ne veux plus que vous m'approchiez, que vous l'approchiez elle. Si vous ne nous aviez pas vendu ce cheval...

— Vous croyez que je ne le sais pas ? cria-t-il à son tour en l'agrippant par les épaules et en la secouant. Que croyez-vous que j'éprouve, *moi* ?

Quelque chose, dans le chagrin qui le torturait, se fraya un chemin en elle, et elle fit un brusque écart en arrière, vacillant légèrement.

— Oh, Seigneur, fit-elle en balançant sa tête d'un côté et de l'autre comme s'il s'agissait d'un pendule. Je suis désolée, Mossie, ce n'est pas de votre faute, c'est de la mienne... c'était ma faute. C'est moi qui l'ai envoyée ce jour-là, c'est moi... Oh, mon Dieu... que vais-je faire ? Que vais-je faire ?

Il s'approcha d'elle et la prit à nouveau par les épaules.

— Arrêtez de vous faire du mal. Ce n'est pas votre faute. Je vous en prie, Elizabeth, vous ne pouvez pas dire ça...

Voyant qu'elle ne répondait pas, mais continuait de balancer sa tête comme un automate, il la secoua doucement une fois encore.

— Écoutez-moi, reprit-il, écoutez-moi, si vous ne pensez pas à vous, pensez au moins aux enfants. D'ailleurs, vous ne pouvez pas rentrer ainsi. Au moins, essuyez votre visage.

La remarque parut faire son effet. Elizabeth arrêta de balancer la tête et le regarda fixement pendant quelques secondes, avant de reporter son regard sur ses mains sales et ses vêtements tout tachés.

— Avec quoi ? demanda-t-elle sombrement.

— Ceci.

Mossie ramassa une bouteille d'eau bénite qui était enfoncée dans l'argile devant la pierre tombale d'Agnès et Neeley Scollard, et, l'ayant débouchée, la lui tendit.

— Je suis sûr que le Seigneur ne nous en voudra pas.

Elizabeth rejeta la tête en arrière et s'aspergea d'un peu d'eau, se frottant les joues avec la manche de son cardigan.

— Non, c'est encore pire ainsi, laissez-moi vous aider, fit Mossie en sortant un mouchoir fripé de la poche intérieure de sa veste.

Il lui prit la bouteille des mains et versa un peu de son contenu sur le morceau de lin. Puis, à la façon d'une petite fille, Elizabeth tendit son visage, qu'il nettoya doucement.

— Donnez-moi vos mains, dit-il ensuite, versant le reste de l'eau dessus et les essuyant avec une partie encore propre de son mouchoir.

Le vent s'était rafraîchi, et Elizabeth frissonna doucement.

— Vous vous sentez mieux ? demanda-t-il en refermant enfin la bouteille et en la remettant à sa place.

— Oui, merci, dit-elle.

Ils n'échangèrent plus une parole tandis qu'ils coupaient à travers champs dans l'obscurité jusqu'à la ferme. En arrivant au portail, Mossie tourna simplement les talons et s'éloigna. Elizabeth n'attendit pas de le voir partir. A cet instant, la pluie, qui menaçait de tomber depuis une heure, s'abattit avec une étonnante soudaineté.

Quand le fils de Kathleen arriva à la maison avec Tilly deux jours plus tard, les enfants découvrirent qu'ils s'étaient complètement trompés sur la question du prénom : Tilly expliqua qu'elle l'avait tenu dans ses bras lorsqu'on l'avait baptisé, et que son nom était pour toujours Desmond Mary Cornelius. Mais, quelques minutes après son arrivée à la ferme, Desmond Mary Cornelius était devenu tout naturellement Dessie.

Ce soir-là, les filles et Francey s'arrachèrent le privilège et la joie de tenir le bébé dans leurs bras, observant avec des cris de ravissement ses petits yeux qu'il avait du mal à ouvrir, tenant ses mains minuscules ou le regardant bâiller.

Pour Elizabeth, l'arrivée de Dessie était une excellente occasion d'oublier la tristesse qui l'avait submergée ces derniers temps. Kathleen, elle, rentra à Lahersheen un mois plus tard, mais elle était, en raison de sa jambe cassée — et de trois côtes fêlées —, dans l'incapacité de s'occuper de son bébé, quand bien même l'eût-elle voulu, ce qui ne semblait pas être le cas. Elizabeth avait en effet l'impression que Kathleen s'intéressait moins à son fils que les autres enfants, et, pour le bien-être du bébé plus que pour celui de la jeune fille, elle préféra ne pas la forcer à aller contre ses instincts naturels ; si bien qu'après quelques temps Elizabeth elle-même eut du mal à ne pas considérer Dessie comme un autre de ses enfants.

En dépit de tout ce qui était arrivé, la vie à Lahersheen retrouva peu à peu un rythme normal. Les changements climatiques réguliers, les demandes constantes des enfants, le soutien loyal et sans réserve de Tilly, même les visites occasionnelles que lui rendaient ses parents, tout cela aida Elizabeth à oublier les durs moments du passé et à retrouver un équilibre. Elle était par ailleurs résolue à ce que la mort de Mary ne soit pas entourée de silence, et quoiqu'elle trouvât difficile elle-même d'en parler, elle encourageait les enfants à confier leurs sentiments.

Ainsi, après quelques temps, elle trouva même le courage de retourner sur la tombe de Mary et de ses parents au cimetière de Kilcatherine. Mossie lui ayant apporté pour l'occasion des magnolias fraîchement coupés dans le jardin de sa tante Bel, elle les déposa sur la tombe et parla longuement avec Mary, lui racontant les dernières nouvelles et lui parlant de Dessie et de ses sœurs. Ce jour-là, elle pleura longtemps, mais éprouva un chagrin différent des autres fois.

La ferme continuait de prospérer. D'après les termes du contrat qu'ils avaient passé, Mossie n'avait aucune obligation de la faire profiter des produits de la terre qu'il travaillait lui-même, mais il semblait se ficher complètement de ces subtilités et continua de leur fournir régulièrement les légumes dont ils avaient besoin. Il avait même acheté un cochon, qu'il avait parqué dans sa propre porcherie, et avait offert généreusement aux Scollard du bacon pour le Noël suivant, une offre qu'Elizabeth avait volontiers acceptée. En échange de tous ces services, elle lui donnait un peu de lait, du beurre et quelques œufs, la tante de Mossie étant désormais incapable de s'occuper de son propre poulailler.

A l'âge de trois mois, Dessie était vif et souriait constamment. A l'exception de ses cheveux brun-roux, il commençait, remarqua-t-elle, à ressembler de plus en plus à Francey.

Un jour de juillet, elle regardait Abigail jouer avec le bébé lorsqu'elle entendit la voix de Mossie Breac.

— Il y a quelqu'un ?

Elle alla ouvrir.

— Bonjour, dit-elle. Entrez.

Elle trouvait qu'elle parlait beaucoup plus facilement à Mossie ces derniers temps. Le temps faisait son œuvre, et le ressentiment qu'elle éprouvait à son égard disparaissait lentement. En fait, n'eût été cette histoire de contrat — et la façon dont elle avait commencé —, elle aurait presque pu le trouver sympathique.

— Je ne peux pas.

Il s'excusa en montrant ses vêtements de travail et ses bottes boueuses.

— Écoutez, poursuivit-il, c'est un peu embarrassant, je ne sais pas comment vous dire ça.

Il regarda ses bottes.

— Faites comme tout le monde, Mossie, commencez par le début, railla-t-elle.

Mais, voyant le regard de reproche qu'il lui adressait, elle leva les mains pour signifier qu'elle s'excusait.

— C'est juste que Maggie m'a invité à venir prendre le thé.

— Je ne vous crois pas !

Elizabeth était plus amusée que véritablement déroutée.

— Quand a-t-elle fait cela ? demanda-t-elle.

— La semaine dernière. J'aurais dû vous en parler.

— Et bien, si elle vous l'a demandé... dit-elle d'un air douteux.

— Je suis désolé, je n'y suis pour rien.

— Allons, il n'y a pas de mal. Venez vers six heures, d'accord ?

— Merci.

Tandis qu'il s'éloignait, Elizabeth n'arrivait pas à décider si elle devait être soulagée ou embarrassée de l'aval qu'elle venait de tranquillement donner aux largesses de Margaret.

Quand celle-ci se retrouva dans ses jambes à la cuisine, elle l'arrêta.

— Est-ce que tu as pris la liberté d'inviter Mossie Breac à venir prendre le thé ici ? lui demanda-t-elle, les mains sur les hanches.

Margaret posa aussitôt une main sur sa bouche, consternée — un peu trop au goût d'Elizabeth.

— Désolée, j'ai oublié, dit-elle.

— Pourquoi l'as-tu invité, Maggie ?

Margaret pencha la tête comme si elle réfléchissait à la réponse qu'elle allait donner.

— Alors, j'attends.

— Parce que je le voulais, parce que je l'aime bien — il est très gentil —, et parce qu'aujourd'hui, c'est son anniversaire. Et puis, on le connaît bien, non ?

Cette fois, Elizabeth était décontenancée.

— Comment sais-tu que c'est son anniversaire aujourd'hui ?

— Il me l'a dit il y a longtemps.

— Je vois. Eh bien, je suppose que nous ferions bien de préparer un gâteau, abdiqua-t-elle. Mais puisque c'est toi qui invites, tu resteras avec moi ici et tu m'aideras.

Mossie Breac arriva à l'heure juste, vêtu de son beau costume et d'une chemise si blanche qu'Elizabeth soupçonna qu'elle était neuve. Il avait apporté un petit bouquet de roses rouges et blanches.

— Merci pour l'invitation, dit-il en tendant le bouquet à Margaret, qui rougit de confusion.

A Elizabeth, il donna également un petit cadeau, un précieux paquet de feuilles à thé, jamais utilisées.

— Nous les mettons de côté, expliqua-t-il. Bel n'en boit plus maintenant, à cause de ses rhumatismes.

— Merci, Mossie, dit-elle.

Le côté formel de cette rencontre l'intimidait et, afin qu'il ne voit pas l'embarras où elle était, elle prit Dessie dans son berceau, qui dormait pourtant à poings fermés.

Le bébé se réveilla immédiatement et adressa un grand sourire béat à tout le monde, les enfants se tenant maladroitement autour de la table comme s'ils attendaient l'ordre de bouger. Enfin, Elizabeth assigna une place à chacun, asseyant Mossie entre Margaret et Kathleen. Quand ils furent tous installés, elle prit une chaise à son tour, tenant toujours Dessie dans les bras, à un bout de la table.

— Commençons ! dit-elle vivement.

Maggie voulut dire les grâces, et Elizabeth la laissa faire après l'avoir littéralement foudroyée du regard. Le repas était composé d'œufs durs, de pommes de terre en salade et de tranches de bacon. Elizabeth, au contraire des enfants, mangea très peu, continuant de s'occuper de Dessie pour masquer sa nervosité.

C'était curieux d'avoir de nouveau un homme à table, de réentendre une voix grave dominant toutes les autres, plus fluettes, dire « s'il vous plaît », ou « merci » ou « voulez-vous me passer le sel ».

Elle fut soulagee quand il fut temps de passer au gâteau : cela signifiait qu'elle n'en avait plus pour longtemps à supporter cette situation. Heureuse d'avoir une excuse pour quitter la table, elle plaça Dessie dans les bras de Kathleen et s'occupa de sortir le gâteau.

— C'est merveilleux, merci, dit Mossie en voyant la montagne de génoise crémeuse qui se dressa bientôt sur la table devant lui.

Les enfants chantèrent « Joyeux anniversaire », mangèrent avidement leur part de gâteau, et demandèrent ensuite à sortir de table pour aller jouer dehors ou dans leur chambre.

Elizabeth coucha Dessie et se retrouva seule alors pour débarrasser et faire la vaisselle avec Mossie.

Elle ramassa toutes les assiettes sur la table et les plongea dans l'eau savonneuse de l'évier, dans l'arrière-cuisine, avant de commencer à les frotter.

— Elizabeth...

— Quoi ? murmura-t-elle en cherchant à éviter son regard.

— Je ne supporte plus cette situation, je deviens fou.

— Que voulez-vous dire ?

Elle cherchait toujours à fuir son regard.

— Vous le savez bien. Je vous aime. Depuis le premier jour où vous êtes arrivée à Lahersheen. Il y a huit ans que je ne pense à rien d'autre qu'à vous.

— C'est absurde, dit-elle, refusant de l'écouter plus longtemps, sans parvenir pourtant à maîtriser les battements de son cœur. C'est de la folie, ajouta-t-elle en le regardant enfin.

— Croyez-vous ?

Il était si près d'elle qu'elle pouvait sentir l'odeur de la sueur fraîche qui perlait sur son front.

Elle recula jusqu'à s'adosser contre le mur glacé derrière elle.

— Nous sommes ennemis, Mossie Sheehan, vous m'avez

fait une chose terrible, pas seulement à moi, à nous, à toute la famille...

— C'était le seul moyen que j'avais pour vous épouser.

— Balivernes ! Vous étiez prêt à laisser Daniel...

— Bien sûr que non. Mais il fallait que je tente ma chance.

— Pourquoi avoir attendu aussi longtemps alors avant de venir m'en parler ? demanda-t-elle dans un murmure.

— J'avais besoin de réfléchir, il fallait que je sois sûr que vous accepteriez. Vous êtes quelqu'un de formidable, Elizabeth Sullivan.

— Moi ? s'exclama-t-elle, surprise.

Elle se sentit aussi timide qu'une souris devant lui.

— Oui, vous...

— C'est pourtant la terre que vous vouliez, Mossie Sheehan, je me trompe ?

— Non, je voulais la terre aussi. J'ai été honnête avec vous sur ce point. Mais, oh, Seigneur, c'est *vous* que je voulais surtout, Elizabeth.

Il s'approcha d'elle, lui saisit les poignets et les lui tint dans le dos, tandis qu'elle se cambrait contre lui.

— Laissez-moi, Mossie, ne faites pas cela...

— Je ne peux pas m'en empêcher. Il y a des années que je rêve de vous, depuis ce jour où je vous ai vue pour la première fois. Vous étiez enceinte et assise sur ce petit banc dans la cour. Vous ne vous en souvenez pas, mais moi si, vos yeux étaient fermés et vous aviez tourné votre visage vers le soleil. Je ne pense pas que vous m'ayez vu passer. Vos cheveux étaient détachés. Vous portiez une robe bleu marine avec un grand col blanc, et vous étiez pieds nus. Je n'avais jamais vu une créature aussi belle de toute ma vie. Vous êtes venue hanter mon sommeil cette nuit-là, et la plupart de mes nuits ensuite, parce que je suis tombé amoureux de vous ce jour-là, Elizabeth. Pour toujours.

Il lâcha ses poignets et appuya ses mains contre le mur, la maintenant dans l'espace que ses bras délimitaient, avant de l'embrasser en scellant passionnément ses lèvres aux siennes.

— Épousez-moi, Elizabeth ! dit-il d'un ton précipité.

Le choc qu'elle éprouva lorsqu'il ôta ses lèvres, ajouté à l'absurdité de la demande, faillit lui arracher un rire.

— *Quoi ?*

— Mariez-vous avec moi ! Convenablement, cette fois, à une heure décente, avec des invités, de la musique et des fleurs. Je veux que le monde entier soit témoin que j'épouse Elizabeth Sullivan.

Elizabeth entendit un bruit et, tournant son regard vers la fenêtre, aperçut les visages des trois plus jeunes dehors.

— Je m'en vais maintenant, Elizabeth, reprit Mossie, mais je reviendrai demain matin à dix heures. Et je reviendrai à dix heures le lendemain encore, et le surlendemain et les autres jours jusqu'à ce que vous disiez que vous voulez m'épouser.

Cette fois, il passa un bras autour de sa taille et l'embrassa si durement qu'il la laissa sous le choc, les lèvres tremblantes.

— A demain, Elizabeth...

Il alla chercher sa veste sur le dossier de sa chaise, l'enfila rapidement et quitta la maison.

Elizabeth l'entendit dire au revoir aux enfants.

Elle était effrayée, agacée, troublée, excitée, triste... Tout ce qu'elle avait cru accomplir dans sa vie, qu'en restait-il aujourd'hui ?

A dix heures le lendemain matin, l'état de confusion dans lequel l'avaient plongée les déclarations de Mossie n'avait fait qu'empirer. Un instant, elle était tout excitée par le souvenir physique de la passion que Mossie éprouvait pour elle, et la minute d'après, elle était furieuse qu'il ait osé montrer pareille audace. Aussi objectivement que possible, cependant, elle examina ce qu'elle pensait aujourd'hui de ce qu'il avait fait à Daniel, et, à sa grande surprise, elle se sentit capable de lui pardonner enfin. Si, comme il le prétendait, il éprouvait pour elle la passion qu'il disait, elle savait mieux que personne à quelles extrémités il pouvait avoir été poussé. Et pourtant, brusquement, elle se remit en colère. Pour qui Mossie Breac se prenait-il ? C'était elle qui dirigeait les choses ici...

Quand il arriva, elle se sentait tellement agitée qu'elle était incapable de s'asseoir.

— Comment avez-vous osé ? lança-t-elle d'un ton rageur avant même qu'il ait eu le temps de lui dire bonjour. Comment avez-vous osé me mettre dans cette position ?

— Quelle position ? Je ne vous ai dit ni plus ni moins que la vérité, se défendit-il en adoptant ce qui semblait être sa position préférée, adossé contre le montant de la porte. Je vous aime, je vous aime depuis des années. Et je peux vous assurer que personne ne vous a jamais aimée, ni ne vous aimera jamais, comme moi. Où sont les enfants ? demanda-t-il brusquement en regardant par-dessus l'épaule d'Elizabeth dans la cuisine.

— Sortis.

Prévoyant cette rencontre, Elizabeth avait envoyé tous les enfants jouer dehors avec Abigail et le bébé, en les prévenant qu'elle ne voulait pas voir ne serait-ce que l'ombre de l'un d'entre eux avant une heure. Heureusement, il faisait un temps splendide.

Mossie se redressa et entra dans la cuisine. Puis, la prenant dans ses bras, il l'embrassa durement.

— Ne faites pas *ça !* protesta-t-elle en s'essuyant la bouche avec le revers de sa main comme s'il l'avait contaminée.

Ignorant son accès de colère, il alla s'asseoir à table.

— Je vous connais, Elizabeth, dit-il doucement, n'oubliez pas cela.

— Vous ne savez rien de moi...

— Au contraire. J'ai essayé de vous le dire l'année dernière, mais je m'y suis mal pris. J'ai tout fichu en l'air parce que je souffrais de vous voir avec Danny McCarthy. Il est joli garçon, Elizabeth, mais il n'est pas pour vous.

— Ce qui n'est pas votre cas, je suppose ?

Mossie était tellement sérieux que la raillerie tomba à plat.

— Souvenez-vous que j'ai attendu huit ans pour vous, dit-il.

— Je ne suis pas faite pour le mariage, rétorqua-t-elle alors d'un ton presque suppliant.

— Ça dépend de quel genre de mariage nous parlons. Je parle moi d'un mariage d'égal à égal. Je crois que c'est ce que vous aimeriez vous aussi, mais vous n'avez jamais essayé. Vous avez peur que ce soit avec moi comme avec les autres. Pourtant, laissez-moi vous faire remarquer dans ce cas que nous sommes mariés depuis un an maintenant. Est-ce que je vous ai envahie ? Peut-être que ceci vous aidera à vous décider...

Il se leva de table et la souleva aussi facilement qu'une poupée.

— Combien de temps avons-nous ? demanda-t-il.

Elizabeth était trop surprise pour lui dire autre chose que la vérité. Et, de nouveau, son corps ne voulait plus rien savoir des messages que lui envoyait sa conscience.

— Une heure, murmura-t-elle.

— Ce devrait être amplement suffisant.

Il la porta jusqu'à la chambre.

— N'oublie pas, lui dit-il en la posant sur le lit, ce ne sera pas un péché, nous sommes mariés !

Elizabeth se mit à rire, à rire jusqu'à ce que les larmes lui viennent aux yeux, et il se joignit à elle, gloussant d'abord, puis riant bientôt aux éclats à son tour.

— La chose la plus drôle dans tout cela, sais-tu ce que c'est ? bafouilla-t-elle quand, enfin, elle réussit à prononcer quelques mots cohérents.

— Quoi ? Quoi ?

Il essaya de l'embrasser tendrement sur les lèvres, mais elle riait à en perdre haleine.

— Cette... cette *femme* à Cahirkeem m'a dit...

— Quelle femme à Cahirkeem ?

Il ne comprenait rien à ce qu'elle disait.

— Cette... cette Anglaise...

De nouveau, elle éclata de rire sans pouvoir se contrôler.

— Quelle Anglaise ? Je t'en prie, Elizabeth...

— Mme...

Les gloussements montaient en elle sans qu'elle puisse rien y faire.

— Allons... essaie !

— Mme Charlton !

Elle riait si fort qu'elle en avait le vertige.

— Mme Charlton... *Leahy...*

— Oh, elle ?

Mossie, de nouveau, se mit à glousser énergiquement.

— Et alors ? demanda-t-il.

— Elle a dit... elle a dit...

— Elizabeth Sullivan, je vais t'étrangler.

— Elle a dit que c'était dans les c... c... cartes, je devais me remarier deux fois, et j'ai pensé... j'ai pensé...

Le rire l'emporta une nouvelle fois. Il la calma de la seule façon qu'il jugea efficace, en l'embrassant. Elle eut encore quelques sursauts de gaieté, puis elle commença à réagir à ses baisers et à ses caresses.

Rapidement, les mains tremblantes, il la dévêtit, mais cela n'allait pas assez vite pour elle et elle l'aida à le faire.

— Oh, Seigneur, tu es si belle, murmura-t-il quand il la vit étendue, nue, au milieu des vêtements en désordre.

Elizabeth tendit les bras et rapprocha son visage du sien, leurs lèvres se mêlèrent, et ils firent l'amour en parfaite harmonie, totalement abandonnés.

Quand, allongée au creux de ses bras quelques minutes plus tard, Elizabeth tourna les yeux vers Mossie, elle éprouva une ineffable satisfaction.

— Nous avons un dicton ici à Béara, dit doucement Mossie. « En règlement des comptes vient l'amour ». As-tu déjà entendu dire cela ?

— Non, mais j'imagine que tu fais référence à notre fichu accord.

— Certainement ! Eh bien, je sais maintenant que ce dicton est vrai. Et je savais que tu t'habituerais à moi pourvu que je t'en laisse le temps. Et sais-tu ce qui est encore plus drôle ? demanda-t-il avec un large sourire.

— Non, dit-elle en l'embrassant sur le front. Mais tu vas me le dire, n'est-ce pas ?

— Je me suis mis à prendre des leçons de danse.